DER AUTOR: Philip Kerr, geboren 1956 in Edinburgh, lebt heute in London, wo er für mehrere englische Zeitungen arbeitet. Bereits mit seiner Trilogie «Berlin Noir», die im Berlin der dreißiger und vierziger Jahre spielt, erregte er in England großes Aufsehen. «Das Wittgensteinprogramm» (Nr. 43229) wurde mit dem Deutschen Kritikerpreis für den besten internationalen Kriminalroman des Jahres ausgezeichnet.
Eine Liste aller lieferbaren Titel des Autors befindet sich im Anhang des Buches.

PHILIP KERR

GAME OVER

Deutsch von Peter Weber-Schäfer

ROMAN

Wunderlich Taschenbuch

Die Originalausgabe erschien 1995
unter dem Titel «Gridiron»
bei Chatto & Windus Ltd., London

Neuausgabe Januar 2002

Veröffentlicht im Rowohlt Taschenbuch Verlag GmbH,
Reinbek bei Hamburg, Januar 1998

Umschlaggestaltung any.way, Barbara Hanke/Cordula Schmidt
(Foto: Photonica)
Gesamtherstellung Clausen & Bosse, Leck
Printed in Germany
ISBN 3 499 26356 4

Für Jane, wie immer,
und für William Finlay

Rief ich dich aus der Finsternis, mich zu erhöhen?

John Milton

… der plötzliche Guß eiskaltes Wasser, der aufmunternde Schlag mitten ins Gesicht, der Tadel für das Fett auf der Seele des Bourgeois, das, was wir moderne Architektur nennen.

Tom Wolfe

PROLOG

Wir sind auf der Suche nach einer neuen Idee, einer neuen Verkehrssprache, die neben den Raumkapseln, Computern und Wegwerfpackungen des elektronischen Atomzeitalters bestehen kann …

Warren Chalk

Der Amerikaner warf einen Blick auf die Sonne, die sich am Abendhimmel über dem Fußballstadion von Shenzen dem Westen zuneigte, und hoffte, daß die Hinrichtung stattfinden würde, bevor die freie Mitte des Platzes im Schatten lag. Auf der Suche nach brauchbaren Aufnahmen richtete er die Kamera auf eine Gruppe von Männern, die von ihrer eigenen Bedeutung offensichtlich überzeugt waren, als sie einige Reihen vor ihm ihre Plätze einnahmen. Ein paar davon trugen Maojacken, andere einfache dunkle Anzüge.

«Wer sind die Typen?» fragte er.

Die Übersetzerin, die ihn betreute, mußte sich trotz ihrer hochhackigen Schuhe auf die Zehenspitzen stellen, um das Ziel in den Blick zu bekommen, auf das sich das Objektiv über die Köpfe der Menge in den vorderen Reihen hinweg richtete.

«Parteifunktionäre, glaube ich», sagte sie, «und ein paar Geschäftsleute.»

«Sind Sie sicher, daß wir eine Genehmigung dafür haben?»

«Ja, völlig sicher», sagte die junge Frau. «Ich habe den Leiter des AÖS für Shenzen bestochen. Heute passiert uns nichts, Nick. Darauf können Sie sich verlassen.»

Hinter dem Kürzel AÖS verbarg sich das gefürchtete Amt für Öffentliche Sicherheit der Volksrepublik China.

«Mädchen, Sie sind Gold wert.»

Die Chinesin lächelte höflich und verneigte sich.

Inzwischen hatte sich das Stadion gefüllt. Die mehr als tausendköpfige Menge wirkte neugierig und fröhlich, als erwarte sie tatsächlich ein Fußballspiel. Dann betraten die vier Verurteilten, fest im Griff von je zwei Beamten des AÖS, den Platz.

Ein aufgeregtes Murmeln lief durch die Menge. Wie üblich hatte man den zum Tod durch Erschießen Verurteilten den Kopf kahlrasiert und ihre Arme unmittelbar über den Ellbogen gefesselt. Die Plakate, die sie um den Hals trugen, nannten ihre Verbrechen.

Die vier Männer wurden gezwungen, in der Mitte des Stadions niederzuknien. Das Gesicht eines der Männer füllte den Sucher der Kamera. Dem Amerikaner fiel der stumpfe Gesichtsausdruck des Verurteilten auf. Es schien, als kümmere es ihn wenig, ob er sterben mußte oder nicht. Wahrscheinlich stand er unter Drogen. Der Amerikaner drückte auf den Auslöser und schwenkte weiter auf das Gesicht des nächsten Mannes. Es hatte den gleichen stumpfen Ausdruck.

Der Mann vom AÖS richtete den Lauf des Sturmgewehrs vom Typ AK 47 auf den Hinterkopf des ersten Opfers, und der Amerikaner kontrollierte noch einmal die Lichtverhältnisse über dem Platz. Es gelang ihm nicht, ein leichtes Lächeln zu unterdrücken. Es würden einmalige Fotos werden.

Im Polizeipräsidium von Los Angeles hatte man es noch nie begrüßt, wenn sich die einzelnen Gruppen der Stadt öffentlich zusammenrotteten. Hispano-Amerikaner, Uramerikaner, Schwarze, Wanderarbeiter, Hippies, Schwule, Studenten und Streikposten: alle hatten irgendwann einmal die Gummiknüppel und Wasserwerfer der Hüter der Stadt zu spüren bekommen. Aber dies war, soweit sich die fünfundzwanzig mit Schutzhelmen bewehrten Polizisten vor dem halbfertigen Bürogebäude auf dem Baugelände erinnern konnten, das einmal zur neuen Hope Street Piazza werden sollte, das erste Mal, daß sich die chinesische Gemeinschaft der Stadt zu einer Protestdemonstration versammelte.

Natürlich war die chinesische Bevölkerung von Los Angeles, etwa im Vergleich mit San Francisco, nicht allzu zahlreich. In der eigentlichen Chinatown rund um den North

Broadway, unmittelbar vor der Tür der Polizeischule von LA, lebten nicht mehr als zwanzigtausend Menschen. Der größte Teil der rasch anwachsenden chinesischen Bevölkerung der Stadt wohnte in Vorstädten wie Monterey Park oder Alhambra.

Es war auch keine besonders große Demonstration: vielleicht hundert Studenten, die gegen die Yu Corporation und ihre stillschweigende Unterstützung des Terrorregimes in der Volksrepublik China demonstrierten. Der Präsident und Firmenchef, nach dem die Gesellschaft benannt war, Yue-Kong Yu, war vor kurzem auf Fotos der *Los Angeles Times* zu sehen gewesen, wie er bei der Hinrichtung oppositioneller Studenten in Shenzen auf der Ehrentribüne saß. Aber schließlich war man in Los Angeles, wo auch kleine Menschenansammlungen schnell außer Kontrolle geraten konnten, und so kreiste ein Polizeihubschrauber über der Versammlung und hielt sie unauffällig im Blickfeld des elektronischen Auges. Der Überwachungshubschrauber stand in ständigem, digital vermitteltem Kontakt mit dem zentralen Einsatzcomputer des Polizeipräsidiums in einem bombensicheren Bunker fünf Stockwerke unter dem Rathaus.

Die Demonstranten verhielten sich friedlich. Noch als ein Geschwader schwarzer Limousinen Mr. Yu und sein Gefolge zur Baustelle brachte, ließen sie sich nicht zu mehr hinreißen als zu rhythmischen Schlachtrufen und nervösem Schwenken von Transparenten und Plakaten. Von der Polizei und einem halben Dutzend privater Leibwächter abgeschirmt, glitt Mr. Yu die Treppe empor und verschwand durch das Portal seines neuen Gebäudes. Den Eingang bildete ein neolithischer Dolmen, der extra aus England importiert worden war. Die zornigen jungen Männer und Frauen würdigte Mr. Yu keines Blicks.

In der fast vollendeten Eingangshalle wandte er sich um und warf einen Blick auf das Tor, das schräg in die Wand eingelassen war, um das *Fengshui* zu verbessern. Er hatte die drei Megalithsteine gekauft, weil sie dem Firmenlogo der Yu Corporation ähnlich sahen, einem Logo, das selbst von dem altchinesischen Schriftzeichen für Glück abgeleitet war. Er nickte zufrieden. Er wußte, daß seinem Architekten die alten Steine in dem modernen Gebäude gegen den Strich gingen. Aber wenn Mr. Yu sich einmal etwas in den Kopf gesetzt hatte, war es nicht leicht, ihn davon abzubringen. Trotz aller Widerstände des Architekten hatte er recht gehabt, meinte Mr. Yu. Es war ein höchst glückverheißendes Portal und eine gutaussehende Eingangshalle. Die beste, die er je gesehen hatte. Besser als das Shin-Nikko-Gebäude in Tokio. Besser als das Yoshimoto-Gebäude in Osaka. Sogar besser als das Marriott Marquis in Atlanta.

Als die letzten Gäste Mr. Yu ins Hausinnere begleitet hatten, winkte der Einsatzleiter einen Studenten zu sich. Das Megaphon, das der junge Mann in der Hand hielt, wies ihn als Rädelsführer aus.

Chen Peng Fei, Gaststudent der Betriebswirtschaft an der UCLA, trat schnell vor die Reihen. Der einzige Sohn eines Anwaltpaars aus Hongkong ließ sich von einem Polizisten nichts zweimal sagen. Sein Gesicht war flach, fast schon konkav.

«Sie sollten Ihre Leute auf die andere Seite des Grundstücks bewegen», sagte der Polizist mit schleppender Stimme. «Anscheinend wollen die da oben einen Ast vom Dach werfen, und wir wollen doch nicht, daß einem von Ihren Leuten etwas passiert, oder?» Der Sergeant lächelte. Als Vietnam-Veteran betrachtete er alle Asiaten mit tiefem Mißtrauen und Feindseligkeit.

«Warum?» fragte Cheng Peng Fei.

«Weil ich es sage. Deshalb», blaffte der Sergeant.

«Nein, ich wollte sagen: Warum wollen sie einen Ast vom Dach werfen?»

«Woher soll ich das wissen? Bin ich etwa Ethnologe oder so was? Wie in Teufels Namen soll ich das wissen? Schicken Sie einfach Ihre Leute rüber, oder ich sperre Sie wegen Verkehrsbehinderung ein.»

Traditionell wurde das Richtfest gefeiert, wenn der oberste

Stein eines Gebäudes an seinem Platz war. Die Zeremonie bestand darin, daß der Ast einer Tanne auf die Erde geschleudert und verbrannt wurde, während Bauherr und Architekt einen Toast auf die Vollendung der Bauhülle ausbrachten. Die auf dem Dach Versammelten allerdings wußten, daß das echte Richtfest schon vor zehn Monaten stattgefunden hatte. Doch damals hatte Mr. Yu nicht daran teilnehmen können. Der Innenausbau war schon mehr als zur Hälfte abgeschlossen, aber Mr. Yu, der sich auf einem seiner seltenen Besuche in Los Angeles aufhielt, um einen Vertrag über die Ausrüstung der Luftwaffe der Vereinigten Staaten am Stützpunkt Edwards mit sechs Supercomputern vom Typ Yu-5 zu unterzeichnen (von denen jeder 10^{12} Rechenoperationen pro Sekunde durchführen konnte), wollte sich selbst vom Fortschritt seines neuen intelligenten Gebäudes überzeugen. Mr. Yus Sohn Jardine, der amerikanische Geschäftsführer der Yu Corporation, wollte den Besuch seines Vaters würdig begehen. Also hatte man ein zweites Richtfest vorgesehen, bei dem Arlene Sheridan aus kosmetischen Gründen einen symbolischen «letzten» Dachziegel auf das fünfundzwanzigstöckige Gebäude legen sollte. Mrs. Sheridan war eine Hollywood-Schauspielerin fortgeschrittenen Alters, die der zweiundsiebzigjährige Firmenchef seit langem verehrte.

Das Fest auf dem Dachgarten fand unter ungewöhnlich feierlichen Auspizien statt. Fünfzig Gäste waren zum formellen Mittagessen geladen, das aus reifem Obst, mit roten Talismanen gefüllten chinesischen Hühnern, Tsingtau-Bier und einem golden gerösteten Spanferkel bestand. Geladen waren ein Senator, ein Kongreßabgeordneter, der stellvertretende Bürgermeister von Los Angeles, ein Richter am Bundesgerichtshof, ein General der Luftwaffe der Vereinigten Staaten, der Chef eines Filmstudios, Vertreter des Beratungskomitees für die Altstadtsanierung, ausgewählte Vertreter der Presse (wobei die *Los Angeles Times* durch Abwesenheit glänzte), der Architekt Ray Richardson und sein Chefingenieur David Arnon. Arbeiter im eigentlichen Sinne fehlten auf der Gästeliste, wenn man nicht die Baustellenagentin Helen Hussey und den Bauleiter Warren Aikman zur Arbeiterklasse zählen wollte. Auf besonderen Wunsch der *Fengshui*-Beraterin der Yu Corporation in Los Angeles, Jenny Bao, die ebenfalls anwesend war, hatte man einen taoistischen Priester aus Hongkong eingeflogen.

Der weltläufige und gesprächige, wenn auch ein wenig kleinwüchsige Mr. Yu begrüßte seine Gäste, indem er ihnen die linke Hand reichte. Sein rechter Arm war von Geburt an verkrüppelt. Denen, die ihn zum erstenmal trafen, fiel es schwer, seinen gewaltigen Reichtum (*Forbes* hatte seinen persönlichen Besitz auf 5 Milliarden Dollar geschätzt) mit der Tatsache unter einen Hut zu bringen, daß er sich ausgezeichneter Beziehungen zu den kommunistischen Machthabern in Peking erfreute. Doch wenn Mr. Yu eines war, dann Pragmatiker.

Nach der allgemeinen Begrüßung fiel Ray Richardson die Aufgabe zu, das Gebäude vorzustellen. Der fünfundfünfzigjährige Architekt, der sich selbst einen «Architechnologen» nannte, wäre, wie er da vor dem Mikrophon stand, für zehn oder fünfzehn Jahre jünger durchgegangen. Er trug einen cremefarbenen Leinenanzug, ein pastellblaues Hemd und einen handgemalten Schlips. Insgesamt schien ihn seine Kleidung als Europäer, am ehesten wohl als Italiener, auszuweisen. In Wirklichkeit war er Engländer, sprach aber mit dem sonnengebleichten Akzent, den langer Aufenthalt in Kalifornien verleiht. Die wenigen, die Ray Richardson besser kannten, behaupteten, dieser Akzent sei das einzige an ihm, das so etwas wie Wärme ausstrahle.

Er entfaltete ein paar maschinengeschriebene Seiten, setzte ein abwartendes Lächeln auf, stellte fest, daß das Mittagslicht zu hell für seine kühlen grauen Augen war, zog eine Sonnenbrille mit Schildpattfassung aus der Tasche und setzte sie sich auf, um dahinter seine kleine Seele zu verbergen.

«YK, Senator Schwarz, Abgeordneter Kelly, Herr Bürgermeister, meine Damen und Herren! Die Geschichte der Architektur ist nicht, wie man glauben könnte, eine Frage der Ästhetik, sondern der Technik.»

Mitchell Bryan, der bei den anderen Mitgliedern des Entwurfs- und Konstruktionsteams saß, stöhnte bei dem Gedanken leise auf, schon wieder eine der flammenden Reden seines Seniorpartners ertragen zu müssen. Er blickte zu David Arnon hinüber und blinzelte ihm bedeutungsvoll zu. Vorher hatte er sich allerdings vergewissert, daß Richardsons uramerikanische Frau Joan die kleine Geste des Aufbegehrens nicht sehen konnte. Joan sah mit der hingebungsvollen Aufmerksamkeit zu ihrem Mann auf, die normalerweise religiösen Kultfiguren zukommt. David Arnon unterdrückte ein Gähnen, lehnte sich in seinem Sessel zurück und versuchte sich vorzustellen, wie Arlene Sheridan am Nachbartisch wohl ohne Kleider aussähe.

«Die Geschichte der Architektur ist die Geschichte des technischen Fortschritts. So hat zum Beispiel die Erfindung des Zements im alten Rom den Bau der Kuppel des Pantheons ermöglicht, bis zum neunzehnten Jahrhundert die größte Kuppel der Welt. Zur Zeit Joseph Paxtons machten die Fortschritte in der Herstellung von Fensterglas 1851 den Bau des Kristallpalasts in London möglich. Dreißig Jahre später erfand Werner von Siemens den elektrischen Fahrstuhl, so daß um die Jahrhundertwende der Bau des ersten Hochhauses in Chicago möglich wurde. Genau ein Jahrhundert später speiste sich der Fortschritt der Architektur aus den neuesten Entwicklungen der Luftfahrttechnik. Es entstanden Gebäude aus neuen Baumaterialien, um ihre Masse zu verringern, wie bei Norman Fosters Hochhaus für die Hongkong & Shanghai Bank.

Meine Damen und Herren, ich muß Ihnen sagen, daß die zeitgenössische Architektur uns vor das größte Abenteuer stellt, das wir bisher zu bestehen hatten: eine Architektur, in der die modernste Technologie der Weltraumforschung und des Computerzeitalters zum Einsatz kommt. Das Bauwerk als eine Maschine, die von unsichtbarer Mikro- und Nanotechnologie anstelle mechanisch-industrieller Systeme gesteuert wird. Gebäude, die eher einem Roboter gleichen als einer Zuflucht. Eine Struktur, die ihr eigenes elektronisches Nervensystem besitzt und ebenso gezielt auf Außeneinflüsse reagieren kann wie die Muskelstränge im Körper eines Athleten.

Gewiß haben einige unter Ihnen schon etwas von sogenannten klugen oder intelligenten Gebäuden gehört. Die Idee des intelligenten Gebäudes ist nicht mehr ganz neu, und dennoch gibt es keinen Konsens darüber, was ein Gebäude zu einem intelligenten Gebäude macht. Für mich ist das hervorstechendste Merkmal eines vollintegrierten intelligenten Gebäudes die Tatsache, daß alle seine Computersysteme, die benutzerorientierten wie diejenigen, die der Gebäudesteuerung dienen, zu einem einzigen Netzwerk verknüpft sind, das durch einen Datenbus gesteuert wird: ein abgeschirmtes Kabel, das ein miteinander verschlungenes Leiterpaar enthält und eine ähnliche Funktion hat wie die Minibusse, die in einer geschlossenen Kreisbahn durch die Innenstadt fahren. Mit Hilfe des Datenbusses gibt ein Zentralcomputer Signale an verschiedene elektronische Subsysteme – Sicherheit, Information, Energie – ab. Dies geschieht in der Form zeitversetzter digitaler Datenbefehle im Hochfrequenztakt in einer 24-Volt-Leitung.

Der Zentralcomputer wird zum Beispiel eine Anzahl von linear, punktuell oder räumlich geschalteten Sensoren innerhalb des Gebäudes abfragen und auf Brandgefahr achten. Erst wenn der Computer nicht in der Lage ist, das Feuer selbst zu löschen, wird er die nächstgelegene Feuerwache anrufen und menschliche Unterstützung anfordern.»

Einen Augenblick sah Richardson von seinem Manuskript auf, als ein plötzlicher Windstoß die Stimme Cheng Peng Feis von der Baustelle hochtrug:

«Die Yu Corporation unterstützt die faschistische Regierung auf dem chinesischen Festland.»

«Wissen Sie was», grinste Richardson, «gerade eben noch

habe ich mich mit jemandem über dieses Gebäude unterhalten. Sie hat mich gefragt, ob eine Demonstration seiner Möglichkeiten geplant sei. Ich habe gesagt, das hätten wir nicht vor.» Er streckte die Hand in die Richtung, aus der die protestierenden Stimmen kamen. «Und was passiert? Ich habe mich geirrt. Es gibt doch eine Demonstration. Nur schade, daß ich diese Demonstration nicht mit einem Knopfdruck beenden kann.»

Die Zuhörer lachten höflich.

«Es ist nun einmal so, daß ich die wichtigsten Aspekte, die dieses Gebäude zu einem intelligenten Gebäude machen, nicht so einfach demonstrieren kann. Denn das, was die wahre Intelligenz des Bauwerks ausmacht, ist nicht seine Fähigkeit, Belastungsmuster vorauszusehen, so daß der Energieverbrauch extrem sparsam gehalten werden kann. Sie liegt auch nicht in den computergesteuerten Stabilisatoren im Fundament, die es ihm erlauben, einem Erdbeben der Stärke 8,5 auf der Richterskala standzuhalten.

Nein, was dies Gebäude zum intelligentesten Gebäude in Los Angeles, vielleicht in den ganzen USA macht, meine Damen und Herren, ist seine eingebaute Fähigkeit, nicht nur den Anforderungen der heutigen Informationstechnologie gerecht zu werden, sondern auch der Informationstechnologie von morgen.

In einer Welt, in der viele amerikanische Firmen hart darum kämpfen müssen, gegenüber Europa und den Ländern der ostasiatischen Pazifikküste wettbewerbsfähig zu bleiben, ist die Tatsache beunruhigend, daß viele Bürogebäude in Amerika – einige darunter sind erst 1970 errichtet worden – vorzeitig veraltet sind. Die Nachrüstungskosten, die erforderlich wären, um sie auf den Stand moderner Informationstechnologie zu bringen, übersteigen die Abriß- und Neubaukosten.

Ich bin fest davon überzeugt, daß dieses Gebäude eine neue Generation von Bürogebäuden repräsentiert und daß allein von ihr die Fähigkeit unseres Landes abhängen wird, auch morgen noch wettbewerbsfähig zu sein. Es ist ein Beispiel für die Art von Gebäuden, die es diesem großen Land erlauben werden, das in vollem Umfang auszunutzen, was Präsident Dole als die globale Informationsinfrastruktur bezeichnet hat. Lassen Sie sich nicht täuschen: Hier liegt der Schlüssel zum Wirtschaftswachstum. Die Informationsinfrastruktur wird für die Wirtschaft der Vereinigten Staaten in den nächsten zehn Jahren die Bedeutung haben, die die Verkehrsinfrastruktur Mitte des zwanzigsten Jahrhunderts hatte. Und deshalb glaube ich, daß wir bald viele Gebäude wie dieses sehen werden.

Natürlich kann niemand vorhersehen, ob ich recht behalte oder nicht und ob die Yu Corporation bis ins nächste Jahrhundert hinein mit ihrem Gebäude zufrieden sein wird. Gewiß aber ist, daß die Welt heute vor der gleichen Herausforderung steht, vor der Chicago vor einhundert Jahren stand, als die Lager-, Vertriebs- und Verwaltungsbedürfnisse des Zeitalters der Dampfmaschine und der Eisenbahn die Anwendung einer neuen Bürotechnik notwendig machten, in der Telefone und Schreibmaschinen verwendet wurden. Zugleich wurde ein neuer Gebäudetyp nötig, um sie aufzunehmen, weil die Grundstückspreise ins Unermeßliche stiegen. Die Stahlbetonkonstruktion des Chicagotyps, die wir heute als Wolkenkratzer kennen, hat eine neue Stadt entstehen lassen. Ebenso wie sich Manhattan zwischen 1900 und 1920 in die Landschaft von Hochebenen und Stufenpyramiden verwandelt hat, als die wir es heute kennen, stehen wir auch heute – davon bin ich überzeugt – an der Schwelle zu einer Metamorphose der Stadtlandschaft, in der unsere Städte sich in intelligente Teilnehmer am Weltwirtschaftsprozeß verwandeln werden.

Und nun zu dem Richtfest, das wir heute feiern. Nach altem Brauch begehen wir diese Zeremonie, indem wir den Ast einer Tanne vom obersten Stockwerk hinabwerfen. Man hat mich häufig nach den Ursprüngen dieses Brauchs gefragt, und die Antwort lautet ganz einfach: Das weiß niemand. Ein Professor für alte Geschichte hat mir einmal erzählt, die Zeremonie stamme vermutlich von den alten Ägyptern. Damals wurde bei der Vollendung eines Gebäudes den Göttern ein menschliches Opfer gebracht. Später wurde der Ast als Ersatzopfer eingeführt, als man davon abkam, den Architekten zum Dank für seine Arbeit in den Wänden seines eigenen Bauwerks einzumauern oder ihn vom Dach zu stürzen. Ich nehme an, es gibt noch immer Auftraggeber, die am liebsten so mit ihren Architekten umgehen würden, aber ich hoffe darauf, daß YK nicht zu ihnen gehört.»

Richardson warf einen Blick in die Richtung, in der Mr. Yu saß, und stellte fest, daß der alternde Milliardär höflich lächelte.

«Ich hoffe, daß ich mich in diesem Punkt nicht täusche. Vielleicht, meine Damen und Herren, sollte ich den Ast jetzt über Bord werfen, bevor Mr. Yu es sich anders überlegt.»

Wieder lachten die Zuhörer höflich.

«Nebenbei bemerkt, ich finde, es spricht für Mr. Yus Sohn Jardine, daß ihm die Sicherheit der Demonstranten da unten so sehr am Herzen lag, daß er darum gebeten hat, sie bis zur Beendigung unserer Feier von der Vorderseite des Gebäudes fernzuhalten. Vielen Dank.»

Wieder lachten die Gäste, und als Richardson mit dem Ast in der Hand an die Dachkante trat, fingen sie an, Beifall zu spenden. Viele folgten ihm, um zuzusehen, wie der Ast einhundertzwanzig Meter tiefer auf der Piazza aufschlug.

Mitch vergewisserte sich, daß Joan unter ihnen war, sah David Arnon an und steckte zwei Finger in den Mund, als wolle er sich übergeben.

David Arnon grinste und beugte sich zu ihm hinüber.

«Weißt du was, Mitch?» flüsterte er ihm zu. «Ich als Jude sage das nicht gern, aber vielleicht waren die alten Ägypter gar nicht so dumm.»

Erstes Buch

Architektur ist Voodoo. (Buckminster Fuller)

Als die Richardsons L'Orangerie, eines der elegantesten Restaurants von Los Angeles, verließen, wartete der Chauffeur schon mit dem kugelsicheren Bentley am Straßenrand. Sie verließen La Cienega und bogen westlich in den Sunset Boulevard ein.

«Wir übernachten heute im Penthouse, Declan», wandte sich Ray Richardson an den Chauffeur. «Morgen vormittag habe ich die ganze Zeit im Büro zu tun. Ich werde Sie erst um zwei Uhr wieder brauchen. Wir fahren zum Flugplatz.»

«Nehmen Sie die Gulfstream, Mr. Richardson?» Declans irischer Akzent war ebenso unüberhörbar, wie sein kräftiger Nacken unübersehbar war. Ein Blick auf die Nachtsichtbrille von Blackcat und die automatische 9-Millimeter-Pistole von Ruger auf dem Beifahrersitz konnte jedermann davon überzeugen, daß der Chauffeur zugleich Richardsons Leibwächter war.

«Nein, ich nehme den Linienflug nach Berlin.»

«Dann sollten wir uns besser etwas früher auf den Weg machen als sonst, Mr. Richardson. Heute war der Verkehr auf dem San Diego Freeway ganz schön zäh.»

«Danke, Declan. Sagen wir lieber halb zwei.»

«In Ordnung, Mr. Richardson.»

Mitternacht war schon vorbei, aber im Studio des Architechnologen brannte noch Licht. Declan schaltete die Diode der Nachtsichtbrille von Rot auf Grün, um sie den veränderten Lichtbedingungen anzupassen. Man konnte nie wissen, was einen im Dunkeln aus dem toten Winkel anspringen mochte. Es sei denn, man trug Blackcats mit Weitwinkellinsen.

«Sieht aus, als seien sie noch bei der Arbeit», sagte Joan Richardson.

«Das möchte ich ihnen aber auch geraten haben», knurrte ihr Mann. «Als ich vorhin gegangen bin, lag noch haufenweise unerledigte Arbeit herum. Immer wenn ich einem dieser Krautköpfe sage, er solle etwas erledigen, kriege ich hundert Gründe zu hören, warum es nicht zu schaffen ist.»

Die dreieckförmige Glaskonstruktion, die Richardsons Atelier und die Verwaltungsbüros beherbergte, war von ihm selbst entworfen, und ihr Bau hatte 21 Millionen Dollar gekostet. Zwischen den riesigen Plakatwänden voll von verblichenem Hollywood-Glanz, die das Grundstück umgaben, ragte das Gebäude wie der Bug eines ultramodernen und extrem teuren Motorboots in die Luft. Das nach Osten in Richtung Hollywood ausgerichtete Gebäude mit den getönten Glasscheiben, die es im Norden gegen die Straße abschirmten, fügte sich keinem identifizierbaren Baumuster der Stadt ein. Wenigstens dann nicht, wenn man den Eklektizismus, der für die meisten Gebäude in Los Angeles typisch ist, überhaupt für ein Baumuster irgendeiner Art hält. Genau wie seine anderen Gebäude in der Stadt wirkte es irgendwie fehl am Platz. Man hätte es eher für europäisch als für amerikanisch gehalten. Vielleicht wirkte es auch nur wie etwas, das gerade erst aus einer anderen Welt gelandet ist.

Die Architekturkritiker sprachen von einer rationalistischen Tradition, die Richardson geprägt habe. Jedenfalls waren seine Bauten reich an Metaphern. Sie erinnerten in vielem an die konstruktivistischen Phantasien eines Gropius, eines Le Corbusier oder eines Stirling. Aber seine Werke überschritten die Grenzen eines rein utilitaristisch ausgerichteten Denkens. Sie stellten ein Bekenntnis zur Hochtechnologie und den schrankenlosen Möglichkeiten des kapitalistischen Systems dar.

«Diese Deutschen», murmelte Richardson und schüttelte verächtlich den Kopf.

«Schon gut, Liebling», flüsterte seine Frau zärtlich. «Sobald wir unser eigenes Büro in Berlin eröffnet haben, können wir sie zum Teufel jagen.»

Der Bentley verließ die Hauptstraße und rollte über den Hinterhof des Gebäudes in die Tiefgarage.

Von den sieben Stockwerken lagen sechs oberirdisch. Die Büroräume der Firma und das zweistöckige Konstruktionsatelier nahmen das Erdgeschoß ein. Darüber lagen auf den Stockwerken drei bis sieben insgesamt zwölf Privatwohnungen. Die prunkvoll ausgestattete Penthousewohnung diente den Richardsons zum Übernachten, wenn sie abends lange arbeiten oder morgens früh aufbrechen mußten. Beides kam häufiger vor. Ray Richardson war von seinem Beruf besessen. Normalerweise lebten sie in einem auffälligen Haus in Rustic Canyon. Die Villa mit ihren zehn Schlafzimmern, die Richardson ebenfalls selbst entworfen hatte, war selbst von einem erbitterten Gegner zeitgenössischer Architektur wie Tom Wolfe in *Fegefeuer der Eitelkeiten* wegen ihrer Schönheit und Eleganz gelobt worden. Sie beherbergte die umfangreiche Sammlung moderner Kunst, auf die die Richardsons zu Recht stolz waren.

«Wir sollten mal reinschauen und nachsehen, was da so in meinem Namen geschieht», sagte Richardson. «Nur für den Fall, daß wieder einer Scheiße gebaut hat.»

Die beiden stiegen die dramatisch angelegten Windungen der granitverkleideten Treppe empor wie König und Königin und erwiderten den Gruß der uniformierten Sicherheitskräfte mit huldvollem Kopfnicken. Am Eingang des hohen, hellen Ateliers blieben sie stehen, fast als erwarteten sie die feierliche Ankündigung ihres Eintreffens. Nichts außer den Irisblüten in der Vase am Empfangstisch durchbrach die Monochromie dieser amerikanischen Version des Bauhausstils, und plötzlich wurden die Richardsons zum farbigsten Anblick im Atelier.

Mit seinen siebzehn Meter langen Arbeitstischen, die im rechten Winkel zu einer südlichen Glaswand standen, war das neunzig Meter lange Entwurfsatelier von Richardson &

Associates, das einen weiten Blick über die Stadt genoß, eines der modernsten Architekturbüros der Welt. Außerdem war es eines der meistbeschäftigten. Noch mitten in der Nacht arbeiteten Architekten, Konstruktionszeichner, Ingenieure, Modellkonstrukteure und Computerexperten mit ihren Arbeitsteams im abgestimmten Gleitzeitrhythmus. Viele von ihnen waren seit sechsunddreißig Stunden pausenlos bei der Arbeit, und zumindest die erst kürzlich eingestellten Mitarbeiter schenkten der Ankunft ihres elegant gekleideten Chefs nebst ebenso eleganter Gattin kaum Aufmerksamkeit. Nur die, die Richardson länger kannten, blickten von ihren Computerschirmen und Pizzaresten auf und erkannten, daß die Harmonie der Teamarbeit im Begriff stand, sich in radikale Dissonanzen aufzulösen.

Joan Richardson blickte um sich und schüttelte, der treuen Dienste eingedenk, die man ihrem Mann leistete, bewundernd den Kopf. Die braunen Navaho-Augen, die anbetend zu ihrem Herrn und Gebieter aufsahen, wußten, daß ihm diese Treue zustand. Sie war es gewohnt, ihren Mann ganz oben auf der Leiter zu sehen.

«Sieh dir das nur an, Liebling», sprudelte es begeistert aus ihr heraus. «So viel schöpferische Energie! Einfach atemberaubend! Nachts um halb eins, und sie sind immer noch an der Arbeit. Das Atelier ist geschäftig wie ein Bienenstock.»

Joan nahm ihren Umhang ab und legte ihn über den Arm. Sie trug einen eierschalenfarbenen Leinenrock im Sarongschnitt mit passender Bluse und Weste. Eine vielschichtige Kombination, die einiges dazu beitrug, ihr kräftiges Gesäß zu verhüllen. Joan war eine gutaussehende Frau, deren Gesicht an die Tahitischönheiten eines Gauguin erinnerte. Aber außerdem war sie auch eine kräftig gebaute Frau.

«Phantastisch! Einfach phantastisch! Ich bin so stolz darauf, ein Teil all dieser... all dieser... Energie zu sein.»

Ray Richardson grunzte. Seine Augen suchten die hartkantigen schwarzen, weißen und grauen Flächen des Ateliers nach Allen Grabel ab, der an den beiden größten und prestigeträchtigsten Projekten der Firma zugleich arbeitete. Seit sich das Gebäude der Yu Corporation der Vollendung näherte, konzentrierte sich der erste Konstruktionszeichner der Firma auf das geplante Kunstzentrum, und das nicht nur, weil sein Chef morgen nach Deutschland fliegen wollte, um der Berliner Bauverwaltung die detaillierten Bauzeichnungen vorzulegen.

Das Kunstzentrum sollte die Antwort Berlins auf das Pariser Centre Pompidou darstellen und zugleich der winddurchwehten Öde über dem ehemaligen Einkaufszentrum der Stadt, dem Alexanderplatz, neues Leben einhauchen.

Die beiden Projekte hielten Grabel derart in Atem, daß er manchmal eine Pause machen mußte, nur um sich darüber klarzuwerden, an welchem von beiden er gerade arbeitete. Er verbrachte mindestens zwölf Stunden pro Tag im Atelier – manchmal waren es auch sechzehn – und hatte so gut wie kein Privatleben. Er war ein gutaussehender Mann. Er hätte sich eine Freundin zulegen können, wenn er Zeit gehabt hätte, jemanden kennenzulernen. Aber da ihn zu Hause ohnehin niemand erwartete, verbrachte er immer mehr Zeit im Atelier. Er wußte, daß Richardson das ausnutzte. Er wußte, daß er hätte Urlaub nehmen sollen, nachdem die Konstruktionspläne für das Yu-Gebäude standen. Bei seinem Gehalt konnte er fahren, wohin er wollte. Es gelang ihm nur nie, in seinem überfüllten Arbeitsplan die richtige Lücke zu finden. Manchmal hatte Grabel das Gefühl, als stehe er kurz vor einem Nervenzusammenbruch. Jedenfalls trank er zuviel.

Als Richardson ihn fand, starrte der hochgewachsene, lockenköpfige New Yorker durch Brillengläser, die so verschmiert waren wie sein Hemdkragen, auf den Monitor des Intergraphterminals. Er war dabei, die Kurven und Liniennetze eines Bauplans neu zu gestalten.

Das Softwaresystem für rechnerunterstütztes Konstruieren von Intergraph war der Eckpfeiler im Arbeitssystem der Firma Richardson & Associates, und das nicht nur in Los Angeles, sondern in der ganzen Welt. Mit seinen Büros in

Hongkong, Tokio, London, New York und Toronto und den geplanten Zweigstellen in Berlin, Frankfurt, Dallas und Buenos Aires war Richardson & Associates Intergraphs zweitgrößter Einzelkunde, gleich nach der NASA. Dieses und ähnliche Systeme hatten eine Revolution in der Architektur eingeleitet. Ihr Drag & Drop-System erlaubte es dem Konstruktionszeichner, jede beliebige Anzahl zwei- und dreidimensionaler Elemente beliebig zu drehen, zu dehnen und aufeinander auszurichten.

Richardson zog den Armani-Sakko aus, rückte einen Stuhl neben Grabel und setzte sich. Ohne ein Wort zu sagen, zog er die Farbpause im Format A0 über den Tisch und verglich sie mit dem zweidimensionalen Bild auf dem Monitor, während er den Rest von Grabels Pizza in den Mund schob.

Grabel war schon vorher übermüdet, aber jetzt erlitt seine Stimmung den entscheidenden Einbruch. Manchmal sah er zu, wie das CAD-System das Muster, das er eingab, in ein Werk der Architektur verwandelte, und fragte sich, ob er nicht genausoleicht ein Musikstück hätte komponieren können. Aber jedesmal, wenn Ray Richardson die Szene betrat, verflogen seine philosophischen Überlegungen im Winde, und die Freude und Befriedigung, die seine Arbeit ihm schenkte, schien dann so flüchtig und vergänglich wie seine eigenen Computergraphiken.

«Ich glaube, wir haben es geschafft, Ray», sagte er müde. Aber Richardson hatte schon mit einem Mausklick das Smart Draw Icon in der Menüleiste angewählt, um den Entwurf selbst beurteilen zu können.

«Glaubst du?» Richardsons Lächeln war kalt wie der Winter. «Was heißt hier glauben? Weißt du es denn nicht, um Gottes willen?» Er streckte die Hand in die Luft wie ein Kind, das sich in der Schule meldet, und rief: «Kann mir jemand eine Tasse Kaffee besorgen?»

Grabel zuckte seufzend die Achseln. Er war viel zu müde, um sich mit Richardson zu streiten.

«Was soll das jetzt wieder heißen, dieses Achselzucken?

Los, Allen, was in Teufels Namen geht hier vor? Und wo in Teufels Namen ist Kris Parkes?»

Parkes war der Projektleiter für den Entwurf des Kunstzentrums. Zwar war er nicht Leiter der Arbeitsgruppe, aber er leitete die regelmäßigen gemeinsamen Sitzungen und formulierte das, was die Arbeitsgruppe dachte.

Grabel überlegte, daß die Arbeitsgruppe augenblicklich wohl genau dasselbe dachte wie er: daß sie am liebsten zu Hause wären, im Bett lägen und in den Fernseher glotzten. Genau das, was Kris Parkes höchstwahrscheinlich gerade tat.

«Er ist nach Hause gegangen», sagte Grabel.

«Der Projektleiter ist einfach nach Hause gegangen?»

Mary Sammis, eine der Modellbauerinnen des Projekts, brachte Richardson seinen Kaffee. Der probierte, verzog das Gesicht und gab ihn ihr zurück.

«Der ist aufgewärmt», sagte er.

«Er war zum Umfallen müde», erklärte Grabel. «Ich habe ihn nach Hause geschickt.»

«Bring mir einen neuen. Und wenn ich das nächste Mal eine Tasse Kaffee bestelle, will ich die Untertasse nicht extra bestellen müssen.»

«Kommt sofort.»

Kopfschüttelnd murmelte Richardson: «Was ist das bloß für ein Laden?» Dann fiel ihm etwas anderes ein, und er rief quer durch den Raum: «Ach, Mary! Was ist mit dem Modell?»

«Wir arbeiten noch dran, Ray.»

Grimmig schüttelte Richardson den Kopf. «Laß mich nicht hängen, Schätzchen. Morgen nachmittag fliege ich nach Deutschland.» Er warf einen Blick auf die Armbanduhr von Breitling. «Genau gesagt, in zwölf Stunden. Bis dahin muß das Modell verpackt und der ganze Papierkram für den Zoll erledigt sein. Verstanden?»

«Keine Angst, Ray. Ich verspreche dir, daß du es rechtzeitig hast.»

«Mir brauchst du nichts zu versprechen. Hier geht es nicht

um mich. Es geht überhaupt nicht um mich, Mary. Wenn es um mich ginge, wäre das etwas ganz anderes. Es geht um ein neues Büro mit dreißig Mitarbeitern, die die nächsten zwei Jahre ihres Lebens mit nichts anderem verbringen werden als mit der Arbeit an diesem Projekt. Und das mindeste, was wir für sie tun können, ist, ihnen ein Modell davon zu zeigen, wie es aussehen wird. Oder bist du anderer Meinung, Mary?»

«Nein, Mr. Richardson, bin ich nicht.»

«Und sag nicht Mr. Richardson zu mir, Mary. Wir sind hier verdammt noch mal nicht bei der Armee.»

Richardson griff nach Grabels Telefon und wählte eine Nummer. Mary nutzte die günstige Gelegenheit und machte sich aus dem Staub.

«Wen willst du anrufen, Ray?» sagte Grabel, und ein nervöses Zucken durchlief sein Gesicht. Der Tic machte sich nur bemerkbar, wenn er todmüde war oder dringend einen Drink brauchte. «Hast du nicht gehört, was ich gesagt habe? Ich habe gesagt, daß ich ihn nach Hause geschickt habe.»

«Das habe ich gehört.»

«Ray?»

«Wo bleibt mein verdammter Kaffee?» brüllte Richardson aus dem Hintergrund.

«Du willst doch nicht etwa Parkes anrufen, oder?»

Richardson sah Grabel nur an und zog verächtlich die grauen Augenbrauen hoch.

«Du Schwein», murmelte der. Plötzlich haßte er Richardson mit einer Intensität, die ihn selbst erschreckte. «Mein Gott, ich wollte, du wärst tot, du Arsch...»

«Kris? Hier ist Ray. Habe ich dich geweckt? Habe ich? Schade. Ich habe eine Frage, Kris. Hast du überhaupt eine Vorstellung davon, was dieses Gebäude der Firma an Honoraren einbringen wird? Nein, ich will nur eine Antwort auf meine Frage. Richtig, fast vier Millionen. Vier Millionen Dollar. Und jetzt hör zu, Kris. Viele von uns arbeiten bis tief in die Nacht daran. Nur du bist nicht da. Und du bist, verdammt noch mal, der Projektleiter! Meinst du nicht, du gibst ein schlechtes Beispiel? Ach, das meinst du nicht.» Er hörte einen Augenblick zu und fing dann an, den Kopf zu schütteln. «Also ehrlich gesagt, mir ist es egal, wie lange du nicht mehr zu Hause gewesen bist. Und es ist mir völlig gleich, wenn deine Kinder auf die Idee kommen, du seist irgendein Typ, der ihre Mutter im Supermarkt angequatscht hat. Du gehörst hierher, zu deiner Arbeitsgruppe. Wirst du jetzt deinen Arsch in Bewegung setzen und herkommen, oder muß ich mich nach einem neuen Projektleiter umsehen? Du kommst? Gut.»

Richardson hängte den Hörer ein und sah sich nach seiner Frau um. Die beugte sich über eine Vitrine neben der Treppe und betrachtete ein Modell des Hauptquartiers der Yu Corporation, das sich im wirklichen Leben auf der Hope Street Piazza der Vollendung näherte. «Ich bleibe noch etwas hier, Liebling», rief er ihr zu. «Wir sehen uns dann oben, o. k.?»

«O. k., mein Schatz.» Joan lächelte und blickte sich im Atelier um. «Gute Nacht allerseits.» Dann ging sie.

Nicht viele erwiderten ihr Lächeln. Die meisten waren selbst für ein höfliches Lächeln zu müde. Außerdem wußten sie, daß Joan genauso ein Ungeheuer war wie ihr Mann. Im Grunde war sie schlimmer. Er war wenigstens begabt. Ein paar der älteren Konstruktionszeichner konnten sich noch daran erinnern, wie sie in einem Wutanfall das Faxgerät durch eine verspiegelte Fensterscheibe geworfen hatte.

Ray Richardson wandte seine Aufmerksamkeit wieder dem Monitor zu und verwandelte das Bild in eine dreidimensionale Darstellung. Die Zeichnung stellte einen leicht vertieften Halbkreis mit einem Durchmesser von etwa 200 Metern dar, der an den Royal Crescent in Bath erinnerte und über den sich etwas erstreckte, das einem gigantischen Flügelpaar glich. Europäische Architekturkritiker sprachen von Adlerschwingen, genauer gesagt von den Flügeln des deutschen Reichsadlers, und bezeichneten Richardsons Entwurf als «postfaschistisch».

Richardson bewegte die Maus über das Mousepad und zog die dreidimensionale Darstellung näher heran. Jetzt wurde deutlich, daß das Gebäude nicht aus einem Halbkreis, sondern aus zweien bestand, zwischen denen ein geschwungener Säulengang die Geschäfte und Bürogebäude von den Ausstellungsräumen trennte. Es handelte sich um die Vertragszeichnungen, in denen sich all das niedergeschlagen hatte, worauf sich die einzelnen Berater geeinigt hatten, die am Bau des Kunstzentrums mitwirken sollten. Wenn Richardson nach Berlin kam, sollten sie zur Kostenplanung weitergegeben werden. Richardson betrat den Säulengang, zog die Decke näher heran und vergrößerte mit zwei Mausklicks die Detailzeichnung einer der formbeständigen Stahlröhren, auf denen die photochromen Glasplatten der Decke ruhten.

«Was ist denn da los?» Er runzelte die Stirn. «Hör mal, Allen, du hast nicht das getan, was ich wollte. Ich habe dich doch gebeten, beide Möglichkeiten zu zeichnen.»

«Aber wir waren uns doch einig darüber, daß das hier die ideale Lösung ist.»

«Ich wollte die andere aber auf alle Fälle auch haben.»

«Was heißt auf alle Fälle? Ich versteh dich nicht. Entweder ist das hier die beste Lösung oder nicht.»

Der Nerv in Grabels Gesicht begann wieder zu zucken.

«Das heißt: für den Fall, daß ich es mir anders überlege. Verstanden?» Richardson machte sich an eine grausame, aber zutreffende Imitation von Grabels nervösem Tic. Grabel nahm die Brille ab, legte das unrasierte Gesicht in die zitternden Hände und seufzte tief. Einen Augenblick sah er zum Himmel auf, als erwarte er den Rat des Allmächtigen. Als keine Ratschläge eintrafen, stand er auf, schüttelte langsam den Kopf und zog seine Jacke an.

«Mein Gott, wie ich dich manchmal hasse!» sagte er. «Nein, das stimmt nicht. Ich hasse dich immer. Weißt du, daß du der Darmkrebs eines Straßenköters bist? Eines Tages wird jemand der Welt einen großen Gefallen tun und dich umbringen. Ich würde es selber tun, aber ich wüßte nicht, wohin mit den begeisterten Zuschriften aus aller Welt. Du willst die andere Lösung gezeichnet haben? Zeichne sie selbst, du egoistischer Schweinehund. Ich habe die Schnauze voll von dir.»

«Was hast du gesagt?»

«Du hast es gehört, Arschloch!» Grabel drehte sich um und ging auf die Treppe zu.

«Wohin gehst du in drei Teufels Namen?»

«Nach Hause.»

Richardson richtete sich mit einem bitteren Kopfnicken auf.

«Wenn du jetzt gehst, brauchst du nicht wiederzukommen. Hast du mich verstanden?»

«Ich kündige», sagte Grabel und ging weiter. «Ich würde nicht einmal wiederkommen, wenn du vor Einsamkeit stirbst.»

Richardson ging in die Luft. «Du kündigst nicht», schrie er. «Ich kündige dir! Ich schmeiße dich raus, du kleines Stück Scheiße mit deinem nervösen Tic. Ihr habt es alle gehört. Hast du mich verstanden, Spasti? Du fliegst.»

Ohne sich umzusehen, streckte Grabel den Mittelfinger hoch und verschwand im Treppenhaus. Irgend jemand lachte, und Richardson sah sich mit geballten Fäusten wütend um. Er war bereit, jedem zu kündigen, der sich danebenbenahm.

«Was ist denn hier so komisch?» knurrte er. «Und wo bleibt mein verdammter Kaffee?»

Wutschnaubend ging Grabel die paar Schritte zum St. James's Club Hotel, wo er wie üblich einen Drink in der Jugendstilbar nahm, während er auf sein Taxi wartete. Wodka mit Cointreau und Preiselbeersaft. Genau das gleiche hatte er vor einem halben Jahr getrunken, als ihn die Polizei wegen Alkohol am Steuer festnahm. Wodka mit Cointreau und Preiselbeersaft und ein bißchen Kokain. Das Kokain hatte er nur genommen, um nach Hause fahren zu können. Wahrscheinlich wäre er nicht einmal betrunken gewesen, wenn er nicht so schwer gearbeitet hätte.

Mit der Idee, daß er seinen Job geschmissen hatte, kam er besser zurecht als mit der Tatsache, daß er keinen Führerschein mehr hatte. Wenn ihn Richardson wenigstens nicht Spasti genannt hätte! Er wußte, daß man ihn manchmal so nannte, aber niemand hatte es ihm je ins Gesicht gesagt. Einzig ein Scheißkerl wie Richardson konnte so etwas tun.

Eine Cocktailkellnerin namens Mary, eigentlich Schauspielerin zwischen zwei Engagements, war manchmal freundlich zu ihm. Sie stellte praktisch das gesamte Sozialleben dar, das Allen Grabel zu Gebote stand.

«Ich habe gerade gekündigt», erzählte er ihr stolz. «Hab meinem Partner gesagt, er kann sich den Job in den Arsch stecken.»

«Na ja.» Sie zuckte die Achseln. «Gratuliere.»

«Hab es schon lange vorgehabt. Hab mich nur nie dazu entschließen können. Hab ihm einfach gesagt, er kann ihn sonstwohin tun. Ich mußte es tun oder ihm das verdammte Gehirn aus dem Schädel pusten.»

«Ich habe das Gefühl, du hast die richtige Wahl getroffen», sagte sie.

«Da bin ich mir nicht sicher. Ich weiß es einfach nicht. Aber mein Gott, war er wütend.»

«Scheint eine gelungene Vorstellung gewesen zu sein. In voller dramatischer Pose.»

«Und wie! Mein Gott, war er wütend auf mich.»

«Ich wollte, ich könnte meinen Job schmeißen», sagte sie mit wehmütigem Lächeln.

«Warte nur ab, Mary. Dein Tag kommt auch noch.»

Er bestellte noch einen Drink und stellte fest, daß der noch schneller verschwand als der erste. Bis Mary ihm mitteilte, daß sein Taxi da war, hatte er vier oder fünf getrunken. Aber das, was er getan hatte, gab ihm so viel Auftrieb, daß er den Alkohol kaum spürte. Er zog ein paar Geldscheine von der Rolle, die er in der Tasche trug, und gab dem Mädchen ein großzügiges Trinkgeld. Das wäre nicht nötig gewesen, denn er hatte an der Bar gesessen, aber er hatte Mitleid mit ihr.

Schließlich konnte es sich nicht jeder leisten, einfach zu kündigen.

Als er gegangen war, atmete Mary erleichtert auf. Er war kein übler Typ. Aber sein Tic machte sie nervös. Außerdem mochte sie keine Betrunkenen. Nicht einmal, wenn sie freundlich waren.

Draußen forderte Grabel den Taxifahrer auf, ihn nach Pasadena zu fahren. Sie waren erst ein paar Blocks von der Innenstadt entfernt und fuhren nach Südosten über den Hollywood Freeway, kurz bevor sie nach Norden in Richtung Pasadena abbiegen mußten, als ihm plötzlich etwas einfiel.

«Scheiße», sagte er laut.

«Haben Sie ein Problem?»

«Eigentlich schon. Ich habe meine Hausschlüssel im Büro vergessen.»

«Sollen wir zurückfahren?»

«Fahren Sie an den Straßenrand, und lassen Sie mich überlegen, was ich tun will.»

Nach seinem dramatischen Abgang konnte er kaum zurück ins Büro. Ray Richardson würde annehmen, er komme mit eingekniffenem Schwanz angekrochen und wolle seinen Job wiederhaben. Es würde ihm unheimlichen Spaß bereiten, ihn lächerlich zu machen. Vielleicht würde er ihn noch einmal Spasti nennen, und das würde Allen nicht ertragen. Das Problem bei dramatischen Posen war, daß man so leicht seine Requisiten vergaß.

«Also wohin jetzt, junger Mann?»

Grabel sah aus dem Fenster und entdeckte, daß er auf eine vertraute Silhouette blickte. Sie fuhren die Hope Street entlang und näherten sich dem Gebäude der Yu Corporation. Plötzlich wußte er, wo er übernachten wollte.

«Wir sind richtig. Lassen Sie mich hier raus.»

«Sind Sie sicher?» fragte der Taxifahrer. «Nachts ist das hier eine gefährliche Gegend.»

«Absolut sicher», sagte Grabel. Warum war er eigentlich nicht gleich auf die Idee gekommen?

Mitchell Bryan gewann allmählich den Eindruck, seiner Frau gehe es wieder schlechter. Beim Frühstück hatte ihm Alison mit irre flackerndem Blick erzählt, sie habe gelesen, daß es südafrikanische Stämme gebe, die glaubten, die Folgen einer Fehlgeburt könnten nicht nur den Kindesvater, sondern das ganze Land, ja sogar den Himmel in Mitleidenschaft ziehen und dem Untergang weihen. Sie seien stark genug, heiße Winde entstehen zu lassen, das Land mit Dürre zu überziehen und den Regen versiegen zu lassen. Kurz angebunden hatte Mitchell erwidert: «Da sind wir ja noch billig davongekommen» und sich auf den Weg zum Auto gemacht, obwohl es erst halb acht Uhr früh war.

Er hatte nicht das Gefühl, als sei Alison jemals ganz über den Verlust ihres Kindes hinweggekommen. Sie war verschlossener als je zuvor, wirkte geradezu neurotisch und hielt sich so ängstlich vom Anblick Neugeborener fern wie andere Leute von den Slums im Stadtzentrum von Los Angeles. Manchmal konnte Mitch nicht umhin, das Endoskop der Erinnerung in den Rachen dessen zu zwängen, was einmal seine Beziehung zu Alison gewesen war, und sich zu fragen, ob das Kind die verlorene Gemeinsamkeit wiederhergestellt hätte. Fast auf den Tag genau ein Jahr nach Alisons Fehlgeburt hatte Mitch aufgehört, nach Entschuldigungen für ihr exzentrisches Benehmen zu suchen, und sich auf eine neue Affäre eingelassen. Er fühlte sich nicht wohl in seiner Haut. Er wußte, daß Alison noch immer viel Fürsorge und Verständnis brauchte. Er ahnte aber auch, daß er sie nicht mehr genug liebte, um ihr das zu geben, was sie brauchte. Wahrscheinlich war das einzige, was sie wirklich brauchte, ein guter Psychiater.

Was Mitch jetzt brauchte, war der Trost einer Frau namens Jenny Bao. Jenny war die *Fengshui*-Beraterin des Projekts. Meistens fuhr er morgens direkt ins Büro oder zum Gebäude der Yu Corporation, aber manchmal besuchte er statt dessen

Jenny in ihrer Wohnung in West Los Angeles, die zugleich ihr Büro war. Heute morgen wählte Mitch den vertraut gewordenen Weg vom Santa Monica Freeway über die La Brea Avenue und gelangte ein paar Blocks südlich vom Wilshire Boulevard in die ruhige, baumbestandene Siedlung solide gebauter Einfamilienhäuser im spanischen Stil, in der Jenny wohnte. Er hielt vor einem freundlichen grauen Bungalow mit erhöhtem Fundament, Veranda und gepflegtem Rasen. Die Reklametafel des Immobilienmaklers vor dem Nachbarhaus pries es als «sprechendes Haus» an.

Mitch stellte den Motor ab und lauschte amüsiert der neunzig Sekunden währenden Hausbeschreibung, die er von einer Sendestation im Haus auf der angegebenen Wellenlänge in seinem Autoradio hören konnte. Er war überrascht, wieviel das Haus kosten sollte, und darüber, daß sich Jenny eine so teure Wohngegend leisten konnte. Mit *Fengshui* konnte man offenbar mehr Geld machen, als er gedacht hatte.

Fengshui, die altchinesische Kunst der Geomantik, trug aufgrund der Beobachtung von Wind und Wasser dazu bei, Baugrundstücke und Gebäudeformen so zu wählen, daß sie sich harmonisch in die natürliche Umgebung einpaßten und Kraft aus ihr schöpften. Die Chinesen glaubten, die Beachtung der Ordnung von Wind und Wasser in der Architektur könne kosmische Kräfte binden, die Glück, Gesundheit, Wohlstand und langes Leben sicherten. Kein Gebäude an der ostasiatischen Küste des Pazifiks, wie groß oder klein auch immer, wurde geplant oder errichtet, ohne die Weisheit des *Fengshui* zu Rate zu ziehen.

Mitch hatte einige Erfahrung im Umgang mit *Fengshui*-Beratern und -Beraterinnen, nicht nur mit der Beraterin, deren Bett er derzeit teilte. Als er das Island Nirvana Hotel in Hongkong entwarf, hatte Ray Richardson vorgehabt, das Gebäude außen mit Spiegelglas zu verkleiden, bis der *Fengshui*-Meister seines Auftraggebers ihm mitgeteilt hatte, das blendende Licht werde zur Quelle von *Shaqi* werden, dem schädlichen

Atem des Drachen. Bei anderer Gelegenheit hatte die Firma ihren preisgekrönten Entwurf für die Sumida-Fernsehgesellschaft in Tokio ändern müssen, weil der Gebäudegrundriß dem kurzlebigen Schmetterling glich.

Er stieg aus und ging den Gartenpfad hinauf. Als Jenny ihm die Tür aufmachte, trug sie noch ihren seidenen Morgenmantel. «Mitch», rief sie aus, «was für eine schöne Überraschung! Ich wollte dich ohnehin nachher anrufen.»

Er war schon dabei, ihr den Morgenrock von den Schultern zu streifen und sie ins Schlafzimmer zu schieben.

«Wow», murmelte sie. «Was hast du denn gefrühstückt? Müsli mit Hormonen?»

Die Halbchinesin Jenny Bao erinnerte Mitch an eine große Katze. Grüne Augen, hohe Backenknochen und eine kleine, zarte Nase, mit der sie möglicherweise nicht auf die Welt gekommen war. Die geschwungenen Lippen hatten mehr von Odysseus als von Cupido. Rechts und links umrahmten sie zwei vollkommene Lachfältchen.

Sie lachte gern. Auch ihre Haltung war vollkommen, und die langen Beine betonten ihren selbstbewußten katzenartigen Gang. Sie hatte nicht immer so gut ausgesehen. Als Mitch sie kennenlernte, hatte sie vielleicht zehn oder fünfzehn Pfund zuviel gewogen. Er wußte, wieviel Zeit sie im Fitneßstudio verbringen mußte, um die Perfektion ihrer Figur zu bewahren.

Unter dem leichten Morgenmantel trug sie Seidenstrümpfe und Seidenhöschen.

«Hat dir der Drache gesagt, daß ich komme?» fragte er grinsend und zeigte auf den antiken chinesischen Jahreskalender mit seinen dreißig oder vierzig Reihen konzentrisch angeordneter Schriftzeichen. Mitch wußte, daß das geomantische Gnomon auf chinesisch *Luopan* hieß und dazu diente, die positiven und negativen Einflüsse des Drachen zu berechnen, der im Haus lebte.

«Natürlich», sagte sie und streckte sich auf dem Bett aus. «Der Drache erzählt mir alles.»

Seine Hände zitterten, als sein Daumen sich unter das Band des Seidenhöschens wagte, um es über die goldenen Zwillingskuppeln ihres Gesäßes und die Strumpfbänder zu streifen. Erst zog sie voll Hingabe die Knie zur Brust hoch, dann streckten sich ihre Füße, und das zarte Spinnennetz aus schwarzer Spitze und Seide war in seiner Hand.

Eilig zog er sich aus und ließ seinen Körper über den ihren fallen. Ohne sich weiter um die Orakelsprüche des geheimnisvollen Kreises an der Wand zu kümmern, begann er sie zu lieben.

Später lagen sie engumschlungen unter dem Laken und sahen fern. Schließlich warf Mitch einen Blick auf die goldene Rolex Submariner an seinem Handgelenk.

«Ich muß gehen», sagte er.

Jenny Bao schnitt ein Gesicht und küßte ihn.

«Warum wolltest du mich anrufen?» fragte er.

«Ach ja», seufzte sie und erzählte ihm, weshalb sie glaubte, mit ihm sprechen zu müssen.

Sobald Mitch an seinem Schreibtisch im Atelier saß, sah er mit unterdrücktem Stöhnen Tony Levine auf sich zukommen. Levine war Mitch zu erfolgsorientiert. Irgendwie wirkte er hungrig wie ein Wolf, ein Eindruck, den die sonst ständig lächelnd entblößten unregelmäßigen Zähne und die zusammengewachsenen Augenbrauen noch verstärkten. Und dann war da die Art, wie er lachte. Wenn Levine lachte, konnte man es im ganzen Haus hören. Es war, als wolle er die Aufmerksamkeit aller auf sich lenken, und das war Mitch unheimlich. Aber diesmal war auch nicht die Andeutung eines Lächelns in Levines Gesicht zu sehen.

«Allen Grabel hat gekündigt», sagte Levine.

«Was? Mach keine Witze!»

«Gestern abend.»

«Scheiße!»

«Er hat Überstunden gemacht und an dieser Kunstzentrumsgeschichte gearbeitet, und dann tauchte Richardson auf und hat sich wichtig gemacht.»

«Und was ist daran Neues?»

«Ich meine, er hat sich benommen wie ein richtiger Tyrann. Als wäre er imstande, Feuer an das Haus zu legen. Als ob er der gottverdammte Frank Lloyd Wright persönlich wäre. Du verstehst?»

Levine lachte dumpf wiehernd und strich sich über den kleinen dunklen Pferdeschwanz. Der Pferdeschwanz war ein zusätzlicher Grund, warum Mitch ihn nicht mochte. Schon weil Levine darauf bestand, ihn als einen Chignon zu bezeichnen.

«Nun ja, er hat ungefähr den gleichen Größenwahn. Er hält sich für ein Genie. Sprich: Seine Fähigkeit, Gott und der Welt auf die Nerven zu gehen, ist praktisch unbegrenzt.»

«Und was geschieht jetzt, Mitch? Suchen wir einen neuen Konstruktionszeichner? Schließlich ist der Auftrag doch beinahe abgeschlossen, oder nicht?»

Levine war als Projektleiter für das Yu-Gebäude zuständig.

«Ich sollte Allen wohl anrufen», sagte Mitch. «Da sind noch ein paar Fragen, die er mir beantworten könnte. Und wenn irgend möglich, würde ich Richardson gern von allem fernhalten, was noch erledigt werden muß.»

«Zu spät», sagte Levine. «Er hat Grabels Notizbuch schon durchgearbeitet. Er kommt morgen zur Projektbesprechung.»

«Scheiße. Ich dachte, er fährt nach Deutschland.»

«Danach. Was für Fragen?»

«Das hat uns gerade noch gefehlt. Weißt du, Allen hätte die Details einfach in Ordnung gebracht. Aber Richardson macht sicher eine große Affäre daraus.»

«Woraus? Erzähl mir schon, wo das Problem liegt.»

«Fengshui.»

«Wie bitte? Mein Gott, Mitch, ich dachte, diese blöde Scheiße hätten wir geklärt.»

«Haben wir auch, aber nur auf den Bauplänen. Jenny Bao hat sich das Gebäude angesehen, und sie macht sich Sorgen um eine ganze Reihe Dinge. Hauptsächlich hat sie Kummer mit dem Baum. Damit, wie er eingepflanzt ist.»

«Dieser beschissene Baum hat von Anfang an nichts als Ärger gemacht.»

«Da hast du nicht so unrecht, Tony. Außerdem gefällt ihr der vierte Stock nicht.»

«Was in Teufels Namen ist damit nicht in Ordnung?»

«Offenbar bringt er Unglück.»

«Wie bitte?» Levine stieß ein wieherndes Lachen aus. «Wieso der vierte Stock und nicht der dreizehnte?»

«Weil die Unglückszahl für Chinesen nicht die Dreizehn ist, sondern die Vier. Das Wort ‹vier› klingt wie das Wort ‹Tod›, hat sie mir gesagt.»

«Ich habe am 4. August Geburtstag», sagte Levine. «Pech gehabt, was?» Levine wieherte noch lauter. «Diese Kungfu-Scheiße ist einfach zu blöd.»

Mitch zuckte die Achseln. «Also wenn es nach mir geht, kriegt der Kunde das, was er haben will, Tony. Wenn der Kunde Akupunktur am Bau will, kriegt er eben Akupunktur am Bau. Und wir kriegen unsere Rechnung bezahlt.»

«Ich dachte, der Kunde liebäugelt mit den Kommunisten. Sind die nicht Atheisten und sowieso gegen Aberglauben, Geister, Glücksbringer und derartigen Unsinn?»

«Gut, daß du mich daran erinnerst», sagte Mitch. «Da gibt es noch etwas, worüber wir sprechen sollten. Erinnerst du dich an die Demonstranten bei unserem Richtfest? Also, sie sind wieder da.»

Am Bauprojekt für die Yu Corporation waren vier Arbeitsgruppen beteiligt: Konstruktionszeichner, Bauingenieure, Maschinenbautechniker und die Ingenieure der Gebäudesystemsteuerung (GSS) – und Mitchs Job war es, aufzupassen, daß sie alle dasselbe Gebäude bauten. Häufig übernahm eine Architekturfirma die Verantwortung nur für den Bauentwurf und beschäftigte firmenfremde Techniker als Berater. Aber ein Riesenunternehmen wie Richardson mit über vierhundert Angestellten hatte seine eigenen Bauingenieure und GSS-Spezialisten. Mitch selbst war ein erfahrener Architekt. Als technischer Koordinator war er dafür zuständig, die großen Konzeptionen des Entwurfsarchitekten in praktische Arbeitsanweisungen umzusetzen und dafür zu sorgen, daß bei Änderungen der Baupläne alle Beteiligten wußten, was das für ihre Arbeitsgruppe bedeutete.

Mitch fand Allen Grabels Telefonnummer in der Adreßdatei seines Computers, aber als er anrief, war er nur mit dem Anrufbeantworter verbunden.

«Allen? Hier ist Mitch. Es ist zehn Uhr. Ich habe gerade gehört, was gestern passiert ist, und... nun ja, ich möchte wissen, ob du das ernst gemeint hast. Und wenn du es ernst gemeint hast, wollte ich versuchen, dich zu überreden, es dir noch einmal zu überlegen. Wir können es uns einfach nicht leisten, einen begabten Mitarbeiter wie dich gehen zu lassen. Ich weiß, daß Richardson sich gelegentlich wie ein Arschloch benimmt. Aber der Typ ist begabt, und manchmal sind begabte Menschen unausstehlich. Also, äh... vielleicht kannst du mich ja zurückrufen.»

Mitch warf einen Blick auf die Uhr. Er hatte gerade noch Zeit, nachzusehen, was der Computer über *Fengshui* wußte, und vielleicht eine Lösung für das Problem zu finden, das Jenny Bao ihm vor die Füße geworfen hatte. Als er oben auf der Galerie Kay Killen vorübergehen sah, winkte er ihr zu. Kays Job als Chefzeichnerin drehte sich um den Computer und das CAD-System von Intergraph. Das machte sie zur Hüterin der Datenbank für alles, was mit dem Projekt zusammenhing. Für Mitch war sie aus mehr als einem Grund eine unentbehrliche Mitarbeiterin.

«Kay», sagte er, «könntest du mir rasch helfen?»

«Also, was für ein Problem haben wir diesmal?» knurrte Richardson, als Mitch bei der Projektbesprechung auf Jenny Baos Sorgen zu sprechen kam. «Wißt ihr was? Manchmal glaube ich, diese Kungfu-Arschlöcher erfinden ihre Probleme selbst, damit sie höhere Gebühren kassieren können.»

«Das kommt mir irgendwie bekannt vor», murmelte Martin Birnbaum vom Firmenmanagement und rückte sorgfältig seine Fliege zurecht.

Für Mitch, dessen Vater als Journalist an einer Kleinstadtzeitung sein Leben lang eine Fliege getragen hatte, gehörten Fliegen zum trügerischen Schmuck aller Lügner und Betrüger, und deshalb war die Fliege ein zusätzlicher Grund, den fettbäuchigen und seiner Meinung nach hochnäsigen Birnbaum zu hassen.

Sie saßen gemeinsam an Richardsons demokratisch rundem Tisch aus weißfurnierter Birke: Mitchell Bryan, Ray Richardson, Joan Richardson, Tony Levine, Martin Birnbaum, der Maschinenbautechniker Willis Ellerly, der GSS-Ingenieur Aidan Kenny, David Arnon von der Bautechnikfirma Elmo Sergo Ltd., die Baustellenagentin Helen Hussey und Kay Killen. Mitch saß neben Kay, die ihre langen Beine in seine Richtung streckte.

«Es geht um den Baum», erklärte Mitch. «Genauer gesagt darum, wie er eingepflanzt ist.»

Alles stöhnte auf.

«Mein Gott, Mitch», sagte David Arnon, «dies ist vielleicht das intelligenteste Gebäude, das ich je gebaut habe, aber wir haben auch den blödesten Kunden aller Zeiten. Er beauftragt einen der führenden Architekten der Welt, und dann stellt er diese verdammte chinesische Hexe an und läßt sie alles kontrollieren, was der Architekt tut.»

Mitch protestierte nicht. Er wußte, daß Ray Richardson ihn ohnehin schon mit Jenny im Verdacht hatte, und hatte keine Lust, in die Schußlinie zu geraten, indem er sie verteidigte.

«Ahnt diese blöde Ziege überhaupt, was für ein Theater es

war, den Baum durch das Gebäudedach zu hieven? So ein Ding kann man nicht einfach hochheben und anderswo wieder hinstellen.»

«Immer mit der Ruhe, David», sagte Mitch. «Wir müssen mit dieser blöden Ziege, wie du sie nennst, zusammenarbeiten.»

Arnon schlug sich auf die Schenkel und stand auf. Mitch wußte, daß Arnon sich der Wirkung seiner Geste bewußt war. Mit stattlichen einen Meter fünfundneunzig war Arnon der größte und möglicherweise auch der bestaussehende Mann im Raum. Er war ein langer, drahtiger Typ mit schmalen, unglaublich geraden Schultern, die aussahen, als habe man sie an der Zeltstange seines Körpers verzurrt, einem viereckigen Kopf und einem kurzen hellbraunen Bart. Er sah aus wie ein ehemaliger Basketballspieler, und genau das war er auch. Arnon hatte in seiner Studentenzeit als Verteidiger für Duke University gespielt und war später einmal Spieler des Jahres gewesen, bis ihn eine Knieverletzung zwang, den Basketballsport endgültig an den Nagel zu hängen.

«Ruhe?» empörte sich Arnon. «Wie denn? Du bist schließlich nicht derjenige... Wer ist denn überhaupt auf die Schnapsidee gekommen, so einen idiotischen Riesenbaum da reinzustecken?»

«Das war meine Schnapsidee», sagte Joan Richardson.

Arnon zuckte entschuldigend die Achseln und setzte sich wieder.

Mitch lachte leise in sich hinein. Irgendwie machte ihm die Wirkung Spaß, die seine Mitteilung ausgelöst hatte. Er konnte David Arnons Sorgen verstehen. Schließlich kam es nicht allzu häufig vor, daß ein Kunde von ihm verlangte, eine neunzig Meter hohe Dikotyle aus dem brasilianischen Regenwald in die Eingangshalle eines Neubaus zu setzen. Arnon hatte den größten Kran in Kalifornien gebraucht, um den gewaltigen Baum, der anscheinend so etwas wie einen südamerikanischen Höhenrekord hielt, durch das Dach ins Gebäudeinnere zu transportieren. Die Arbeiten hatten einen Stau auf dem Hollywood Freeway ausgelöst, und die Hope Street war ein ganzes Wochenende lang gesperrt gewesen.

«Beruhige dich, David», sagte Mitch. «Sie redet davon, *wie* er gepflanzt ist, nicht *wo*.»

«Was macht das für einen Unterschied?»

«Jenny Bao…»

«Bao, wow, wow», knurrte Arnon. «Blödes Hundeweib.»

«Jenny Bao hat mir gesagt, es sei schlechtes *Fengshui*, einen großen Baum auf einer Insel in einem Teich zu pflanzen, weil der Baum in dem rechteckigen Teich zu einem chinesischen Schriftzeichen wird, das Not und Umzingelung bedeutet.» Er ließ Fotokopien einer Zeichnung herumgehen, die Jenny von dem chinesischen Zeichen *kun* gemacht hatte:

困

Richardson warf einen verächtlichen Blick auf das Zeichen.

«Wißt ihr was», sagte er. «Wenn ich mich richtig erinnere, hat sie mir erzählt, es sei günstig, einen viereckigen Teich anzulegen, weil das einem Zeichen ähnelt, das Mund heißt und irgend etwas symbolisiert wie – was war es noch einmal? Ach ja, viele Menschen und Wohlstand. Kay, sieh das bitte im Computer nach. Vielleicht können wir es der Kuh ein für allemal zeigen.»

Mitch schüttelte den Kopf.

«Du sprichst von dem Zeichen *kou*. Aber wenn das Zeichen *mu* für Baum in der Mitte steht, wird *kou* zu *kun*. Verstehst du? In dem Punkt ist Jenny ziemlich hart geblieben, Ray. Sie wird das *Fengshui*-Zertifikat nicht unterschreiben, wenn wir da nichts unternehmen.»

«Unternehmen? Was denn?» fragte Levine.

«Nun, ich habe mir etwas überlegt», sagte Mitch. «Wir könnten einen zweiten Teich, der rund sein müßte, in den viereckigen hineinbauen. Dann stellt der Kreis den Himmel und das Quadrat die Erde dar.»

«Ich kann nicht glauben, daß wir über so etwas diskutieren», sagte Richardson. «Da bauen wir das intelligenteste

Gebäude in LA und reden über Voodoo. Demnächst müssen wir wohl noch einen Hahn opfern und das Blut über die Türschwelle gießen.»

Er seufzte und fuhr sich mit der Hand über das kurzgeschnittene graue Haar.

«Tut mir leid, Mitch. Was soll's? Deine Idee klingt nicht schlecht.»

«Also, ich habe es ihr schon vorgetragen, und sie scheint einverstanden.»

«Gut gemacht, Kumpel», sagte Richardson. «Laß bitte die Zeichnungen anfertigen. Habt ihr das gehört? Mitch ist der Typ, von dem wir hier mehr brauchen könnten. Er sorgt dafür, daß die Dinge erledigt werden. Nächster Punkt.»

«Ich fürchte, wir sind mit diesem noch nicht fertig», sagte Mitch. «Jenny Bao macht auch Schwierigkeiten mit dem vierten Stockwerk. Vier klingt im Chinesischen wie das Wort für Tod, oder so ähnlich.»

«Vielleicht hat sie ja recht», sagte Richardson. «Jedenfalls werde ich der verdammten Ziege vier Kugeln in den Kopf verpassen, wenn das so weitergeht. Und dann reiße ich ihr die Glieder einzeln aus und schiebe sie ihr in ihren vier Zoll weiten …»

«… blöden Arsch», johlte Aidan Kenny.

Levine brach in wieherndes Gelächter aus.

«Könnte man nicht einen leeren Raum da lassen, wo der vierte Stock war?» fragte Helen Hussey. «Wißt ihr, ihn einfach auslassen. So daß der fünfte Stock direkt auf dem dritten liegt?»

«Hast du eine Lösung, Mitch?» fragte Joan.

«Diesmal leider nicht.»

«Wie wäre es damit?» fragte Aidan Kenny. «Im vierten Stock haben wir die Computerräume untergebracht: den Zentralrechner, das E-mail Center, die Dokumentenverarbeitung, den Raum für die Tonbandregelung, die multimediale Bibliothek mit dem geschützten Archiv und die Kommandobrücke mit den diversen Servicezugängen. Warum nennen wir ihn nicht einfach Datencenter? Das hört sich dann so an: zweiter Stock, dritter Stock, Datencenter, fünfter Stock, Damenwäsche, Polstermöbel...»

«Keine schlechte Idee, Aid», sagte Richardson. «Was meinst du, Mitch? Wird die große Seherin sich darauf einlassen?»

«Ich glaube schon.»

«Willis? Du ziehst ein Gesicht. Hast du etwas dagegen?»

Als Maschinenbauingenieur hatte Willis Ellery die Aufgabe, das komplizierte System von Röhren, Kabeln, Fahrstuhlschächten und Leitungen für das Gebäude der Yu Corporation zu planen. Willis war ein untersetzter Mann mit weißblondem Haar und einem Schnurrbart, an dessen Enden sich die Nikotinspuren seines hohen Zigarrenkonsums abzeichneten. Er räusperte sich und nickte kurz mit dem Kopf, als wolle er sich in eine Gesprächspause hineinboxen. Trotz seiner offensichtlichen Stärke war er ein zartfühlender und höflicher Mensch.

«Ja, ich fürchte schon. Was machen wir mit den Fahrstühlen?» sagte er. «Auf den Anzeigetafeln in den Kabinen steht überall die Nummer vier.»

Richardson zuckte ungeduldig die Achseln.

«Ruf Otis an, Willis, und sag ihnen, sie sollen dir neue Anzeigetafeln machen. Es kann doch kein Problem sein, D statt 4 zu schreiben.» Er wies auf Kay Killen, die auf ihrem Laptop das Besprechungsprotokoll führte. «Vergiß nicht, das alles dem Kunden mitzuteilen, Kay. Die Kosten für die ganzen Voodoo-Zeremonien gehen auf seine Kosten, nicht auf unsere.»

«Hm... ja... das könnte natürlich ein bißchen dauern», sagte Ellery.

Richardson sah Aidan Kenny mit der Andeutung eines Augenzwinkerns an.

«Aid? Du bist es, der den größten Teil seines Lebens im vierten Stock des Yu-Gebäudes verbringen wird. Was hältst du davon? Bist du bereit, das Risiko einzugehen? Wieviel Glück hast du, Junge?»

«Ich bin Ire, nicht Chinese», lachte Kenny. «Mit der Vier habe ich noch nie ein Problem gehabt. Mein Vater hat immer gesagt, wer ein vierblättriges Kleeblatt findet, hat Glück im Spiel und ist sicher vor Elfen und Leprechauns.»

«Trotzdem», sagte Mitch, «solltest du das Cheech und Chong lieber nicht erzählen.»

«Wer ist denn das schon wieder?» fragte Richardson.

«Bob Beech und Hideki Yojo», erklärte Kenny, «von der Yu Corporation. Sie haben ihren Supercomputer eingebaut und mir bei der Einrichtung des Gebäudesteuerungssystems geholfen. In Wirklichkeit sind sie als Kontrolleure da. Sie passen auf, daß ich nicht an ihrer Hardware herumspiele.»

«Meinst du, ihre Anwesenheit könnte man als Inbesitznahme und Nutzung interpretieren?» witzelte David Arnon, der wußte, daß ihm das unter den gültigen Vertragsbedingungen die Möglichkeit gegeben hätte, mit seiner Firma die Baustelle zu verlassen.

Mitch lächelte. Er wußte genau, wie dringend Arnon mit dem Auftrag fertig und hauptsächlich Ray Richardson loswerden wollte.

«Dabei fällt mir ein, Mitch», sagte Richardson, «hast du schon ein Datum für die Begehung in meinen Kalender geschrieben?»

Es handelte sich um den Termin in der Baugeschichte eines Gebäudes, zu dem der Architekt das Gebäude als vollendet und nutzungsbereit akzeptiert.

«Nein, Ray, noch nicht. Wir sind noch dabei, Ausrüstung und Servicefunktionen zu überprüfen, bevor wir die vorläufige Nutzungsgenehmigung beantragen können.»

«Schieb es nicht zu lange auf. Du weißt, wie voll mein Terminkalender ist.»

«Ach, ich habe noch etwas vergessen», sagte Kenny. «Wenn wir schon von Terminkalendern und Terminen sprechen: heute ist Big Bang, der Urknall: der Tag, an dem unser Computer die Verbindung zu den Computern in all unseren anderen Projekten in Amerika aufnimmt.»

«Gut, daß Aidan uns daran erinnert», sagte Ray Richardson. «Unser Big Bang ist wichtig. Demnächst werden alle unsere Baustelleninspektionen über das Computermodem in geschlossenen Fernsehsystemen vorgenommen. Dann brauchen sich einige von euch blöden Hunden ihre 300-Dollar-Schuhe nicht mehr schmutzig zu machen.»

«Möglicherweise können wir das System schon bei der nächsten Projektbesprechung benutzen», sagte Kenny. «Der größte Teil des GSS ist funktionsbereit.»

«Gute Arbeit, Aid.»

«Wie steht es um die Sicherheitsvorkehrungen?» erkundigte sich Tony Levine. «Mitch sagt, ein paar von den Demonstranten sind wieder da.»

«Wie das?» fragte Richardson. «Sie haben sich seit über einem halben Jahr nicht mehr blicken lassen.»

«Es sind nicht halb so viele wie letztes Mal. Allenfalls ein paar Dutzend», sagte Mitch. «Hauptsächlich Studenten. Wahrscheinlich, weil das Semester gerade zu Ende gegangen ist.»

«Weißt du was, Mitch? Wenn es Schwierigkeiten gibt, ruf Morgan Philips im Rathaus an. Sag ihm, er soll etwas unternehmen. Er ist mir noch was schuldig.»

Mitch zuckte die Achseln. «Ich glaube nicht, daß es Schwierigkeiten geben wird», sagte er. «Wir haben unseren Wachdienst, der sich um so was kümmert. Und dann ist da ja auch noch der Computer.»

«Wenn du meinst», sagte Richardson. «Also, Leute, das war es.»

Die Besprechung war zu Ende.

«Hey, Mitch», sagte Kenny. «Fährst du in die Stadt?»

«Ja, gleich.»

«Nimmst du mich mit zum Grill? Mein Wagen ist in der Werkstatt.»

Mitch zuckte zusammen und sah zu Ray Richardson hinüber.

Es war Sam Hall Kaplan, der Architekturkritiker der *LA*

Times, gewesen, der den Spitznamen «Grill» für das Gebäude der Yu Corporation aufgebracht hatte, weil sein Gerüst aus parallel verlaufenden Querverstrebungen und Trägern der Aufteilung eines amerikanischen Football-Felds ähnelte. Mitch wußte, daß sich Richardson über den Spitznamen ärgerte.

«Aidan Kenny», sagte Richardson streng, «ich möchte nicht hören müssen, daß irgend jemand das Yu-Gebäude den Grill nennt. Es ist das Yu-Gebäude oder das Gebäude der Yu Corporation, oder einfach Hope Street Piazza Nummer eins, und sonst nichts. Niemand hier hat das Recht, ein Gebäude der Firma Richardson in dieser Weise zu verunglimpfen. Ist das klar?»

Ray Richardson, der wußte, daß ihm inzwischen nicht mehr nur Aidan Kenny zuhörte, wurde lauter. «Das gilt für alle. Niemand nennt das Yu-Gebäude den Grill. Unser Atelier hat achtundneunzig Preise für hervorragende architektonische Entwürfe gewonnen, und wir sind stolz auf unsere Gebäude. Natürlich baut mein architektonischer Stil auf technologischen Vorbildern auf. Ich wüßte auch nicht, wie man das vermeiden soll. Aber ihr könnt euch darauf verlassen, daß ich die Gebäude auch für schön halte. Schönheit und Technik sind nicht so unvereinbar, wie es uns manche Leute einreden wollen. Wer anderer Meinung ist, hat kein Recht, hier zu arbeiten. Täuscht euch da nicht. Ich werde jeden rausschmeißen, der in meiner Gegenwart das Wort Grill benutzt. Und das gleiche gilt für das Kunstzentrum in Berlin, das Yoyogi-Park-Gebäude in Tokio, das Bunshaft-Museum in Houston, das Thatcher-Gebäude in London und jedes andere verdammte Gebäude, mit dem wir irgend etwas zu tun haben. Ich hoffe, das war klar genug.»

Als Mitch nach Osten in den Santa Monica Boulevard einbog, war Aidan Kenny immer noch mit Richardsons mahnenden Worten beschäftigt. Erfreulicherweise schien ihm die ganze Angelegenheit nichts auszumachen. Er fand sie eher amüsant.

«Das Yoyogi-Park-Gebäude», sagte er. «Wie nennen sie das noch mal? Entschuldigung, wie verunglimpfen sie das noch mal? ‹Verunglimpfen›, ein toller Ausdruck. Müßte ich mal im Wörterbuch nachschlagen.»

«Der *Architectural Digest* hat einen Artikel darüber gebracht», erklärte Mitch. «Die *Japan Times* hat eine Befragung in Auftrag gegeben, was die Leute in Tokio davon halten. Anscheinend nennen sie es die Sprungschanze.»

«Die Sprungschanze?» lachte Kenny. «Das gefällt mir. Es sieht wirklich aus wie eine Sprungschanze. Das muß ihm gefallen haben. Und was ist mit dem Bunshaft-Museum los?»

«Keine Ahnung. Muß etwas Neues sein. Vielleicht hat er etwas gelesen, das ich noch nicht kenne.»

«Was hält dieses Arschloch eigentlich am Ticken? Vielleicht ist es ja seine Frau. Vielleicht schnallt Joan sich einen an und schiebt ihn ihm in den Arsch. Hart genug dazu ist sie. Die Dame aus Stahl. Sie könnte Verteidigerin bei den Steelers sein.»

«Eins muß man ihm lassen, Richardson ist nicht der schlechteste Architekt in Los Angeles. Bei weitem nicht. Der Preis geht an Morphosis, und Frank Gehry bekommt einen Trostpreis. Ray benimmt sich wie ein schizophrener Paranoiker, aber wenigstens sehen seine Gebäude nicht so aus. Wußtest du, daß ein paar von den Typen es als erlösend empfinden, wenn sie ihre Gebäude so häßlich wie möglich gestalten?»

«Laß schon gut sein, Mitch», lachte Kenny. «Du weißt doch, daß ein Wort wie ‹häßlich› in der Architektur keine Bedeutung hat. Es gibt die Moderne, die Postmoderne, postmodernes Bewußtsein und Sicherheitsbewußtsein. Wenn du heutzutage willst, daß dein Gebäude im Trend liegt, mußt du dafür sorgen, daß es aussieht wie ein Zuchthaus.»

«Kein schlechter Spruch für jemanden, der einen gepanzerten Cadillac Protector fährt.»

«Weißt du, wie viele davon letztes Jahr in LA verkauft worden sind? Achtzigtausend. Hör auf mich: In ein paar Jahren fahren wir sie alle. Du auch. Joan Richardson hat schon einen.»

«Und warum nicht Ray? Es gibt viel mehr Leute, die *ihn* umbringen würden als sie.»

«Glaubst du denn, sein Bentley ist nicht gepanzert?» Kenny schüttelte den Kopf. «So einen Wagen kann man in Los Angeles nur gepanzert verkaufen. Aber mir ist, ehrlich gesagt, der Protector lieber. Er hat einen Reservemotor, für den Fall einer Panne. Das gibt es nicht einmal beim Bentley.»

«Warum fährst du dann deinen Protector nicht? Du hast ihn doch gerade erst bekommen.»

«Nichts Ernstes. Irgendwas stimmt nicht mit dem Bordcomputer.»

«Was fehlt ihm denn?»

«Weiß ich nicht. Mein achtjähriger Sohn Michael spielt ständig daran herum. Er glaubt, der Computer reguliere das Waffensystem des Wagens oder irgend so was, und versucht, andere Autos damit abzuschießen.»

«Wenn es bloß so einfach wäre», sagte Mitch und trat auf die Bremse, um einen Zusammenstoß mit einem umherirrenden Ford vor sich zu vermeiden. Er knirschte wütend mit den Zähnen, warf einen Blick in den Rückspiegel und ging dann auf die Überholspur.

«Versuch, keinen Blickkontakt zu ihm aufzunehmen, Mitch», sagte Kenny nervös. «Nur so, auf alle Fälle. Hast du eine Waffe im Auto?» Er öffnete das Handschuhfach.

«Wenn es für den Protector ein Waffensystem gäbe, würde ich es heute noch anschaffen.»

«Ja, das wäre vielleicht toll!»

Mitch wechselte vor dem Ford die Spur und warf einen Blick auf seinen Mitfahrer. «Nun beruhige dich schon. Da drin ist keine Pistole. Ich besitze gar keine.»

«Wie? Keine Waffe? Bist du ein Pazifist oder so was?»

Aidan Kenney war ein untersetzter Typ mit einem Kartoffelgesicht, trug eine Brille mit Drahtgestell und hatte einen großen klebrigen Mund, in den ein ganzer Cheeseburger auf einmal paßte. Irgend etwas an ihm erinnerte Mitch an einen kleineren Renaissancefürsten. Die Augen waren klein und standen zu nah aneinander. Die Nase war lang und dick und strahlte einen Hauch von Nachgiebigkeit und Sinnlichkeit aus. Das Kinn war zwar nicht so ausgeprägt wie bei den Habsburgern, aber vorspringend und von einem hellen, knabenhaften Bart bedeckt, der aussah, als wolle sein Träger eine Reife vortäuschen, die er nicht besaß. Seine Haut war weich und so weiß wie eine Rolle Klopapier, was bei Menschen nicht unüblich ist, die den größten Teil ihres wachen Lebens vor einem Computerterminal verbringen.

Sie bogen nach Süden in den Hollywood Freeway ein.

«Deshalb habe ich nachgegeben und erlaube ihm ein paar Computerspiele», sagte Kenny. «Dieser interaktive Kram auf CD-ROM, weißt du?»

«Wem?»

«Meinem Sohn. Vielleicht hört er dann auf, am Bordcomputer rumzuspielen.»

«Er muß der einzige Junge in Los Angeles sein, der noch nicht mit dem Zeug spielt.»

«Möglich. Ich weiß eben, wie suchtbildend der Kram sein kann. Ich bin immer noch bei ACS: Anonyme Computerspieler.»

Mitch warf noch einmal einen Seitenblick auf seinen Kollegen. Man konnte sich gut vorstellen, wie er bis zum frühen Morgen über einem Fantasy-Spiel saß. Nicht daß Aidan Kenny etwas Schwächliches oder Willenloses an sich gehabt hätte. Bevor er eine GSS-Gesellschaft gründete, die Richardson später für mehrere Millionen Dollar aufgekauft hatte, hatte Aidan Kenny in Stanford bei der Forschungsgruppe Künstliche Intelligenz gearbeitet. Das mußte man Ray Richardson lassen: Er stellte nur die Besten an. Auch wenn er offenbar nicht wußte, wie er sie auf Dauer an sich binden konnte.

«Er kommt mich heute besuchen. Wir gehen einkaufen, und er kann sich alle Spiele aussuchen, die er haben will.»

«Wer, Michael?»

«Ja, er hat Geburtstag. Margaret bringt ihn in den Grill. Oh, Entschuldigung, ins Yu-Gebäude. Ich hoffe nur, daß dein Wagen nicht abgehört wird. Glaubst du, es stört die anderen, wenn Michael heute nachmittag dort bleibt? Wir wollen heute abend zu den Clippers, und ich will nicht erst nach Hause.»

Mitch dachte über Allen Grabel nach. Sein Aktenkoffer hatte noch unter dem Schreibtisch gestanden, als er das Büro verließ. Und als Mitch noch einmal angerufen hatte, war wieder nur der Anrufbeantworter am Apparat gewesen. Er sprach mit Kenny darüber.

«Meinst du, es könnte ihm etwas passiert sein?» fragte er.

«Was denn wohl?»

«Keine Ahnung. Du bist es doch, der Phantasie und einen Cadillac Protector besitzt. Es war ganz schön spät, als er gestern aus dem Büro gegangen ist.»

«Wahrscheinlich ist er irgendwohin gezogen, wo er sich richtig besaufen kann», sagte Kenny. «Allen ist nicht gerade ein Antialkoholiker.»

«Vielleicht hast du ja recht.»

Sie bogen vom Freeway in die Temple Street ein, und die vertraute Silhouette der Stadt empfing sie. Über allem ragte der dreiundsiebzigstöckige rechteckige Bibliotheksturm von I. M. Pei empor. Mitch fiel auf, daß die höchsten Gebäude von Los Angeles (die meisten davon waren Banken oder Einkaufszentren) den banalen Bauklötzchenkonstruktionen ähnelten, die er damals gebaut hatte, als Achtjährige noch mit Legokästen spielten. Er bog südlich in die Hope Street ein, und beim Anblick des Yu-Gebäudes überkam ihn ein Anflug von Stolz. Er beugte sich in seinem Sitz vor und warf einen raschen Blick auf die vertraute Blendwand hinter dem charakteristischen Gitterwerk von horizontalen Riesenträgern und elfenbeinfarbenen Stützpfeilern: weniger ein Gebäudegerüst als eine hundert Meter hohe Leiter, an der die fünfundzwanzig Stockwerke aufgehängt waren.

Obwohl Richardson auf den Spitznamen allergisch reagierte, fand Mitchell die Bezeichnung an sich nicht beleidigend. Im Gegenteil. Er konnte sich vorstellen, daß die Yu Corporation irgendwann einmal dem Beispiel der Besitzer von New Yorks berühmtem Flatiron Building folgen und versuchen würde, den Spitznamen zur offiziellen Bezeichnung zu machen. Sie konnten es nennen, wie sie wollten, dachte er, verglichen mit den mürrisch funktionalen Glaskästen im Stil Mies van der Rohes, die es umgaben, war der Grill für Mitch das architektonisch verblüffendste Bauwerk in ganz Amerika. Nichts kam an die glänzende, silbern und weiß schimmernde Maschine heran, die Ray Richardsons Gebäude war. Seine auffällige Farblosigkeit war die konkreteste aller denkbaren Farben, und in Mitchs Augen strahlte das Gebäude das weiße Licht offenbarter Wahrheit aus.

Mitch bremste ab und bog in die Zufahrt ein, die am fertiggestellten Teil der Piazza vorbei in das unterirdische Parkhaus führte. Dabei merkte er, daß etwas gegen die Beifahrertür knallte.

«Mein Gott!» rief Kenny aus und sank unter das Fenster in seinem Sitz zurück. «Was in Teufels Namen war das?»

«Einer von den Chinesen hat etwas nach uns geworfen.»

Mitch hielt nicht an. Wie alle Autofahrer in Los Angeles hielt er nur bei Verkehrsampeln und Polizisten an. Erst als sie sicher hinter der Rolltür aus Aluminium waren, inspizierte er seinen Wagen.

Keine Beule. Nicht einmal ein Kratzer. Nur ein handtellergroßer Fleck verfaultes Fruchtfleisch. Mitch kramte ein Papiertaschentuch aus dem Handschuhfach hervor, wischte den häßlichen Flecken ab und roch daran.

«Riecht wie eine verfaulte Orange», sagte er. «Hätte schlimmer sein können. Sie hätten einen Stein oder sonst etwas nehmen können.»

«Das nächste Mal kann es schlimmer kommen. Ich hab es

dir gesagt, Mitch. Du solltest dir einen Protector zulegen», sagte Kenny und zuckte die Achseln. Dann zitierte er einen der übleren Fernsehspots, in dem ein bekloppter Weißer mit dem Auto durch eine gefährliche schwarze Gegend fährt: «Das Auto, das Ihnen die Stadtfreiheit wiedergibt.»

«Was ist nur mit den Jungen los? Bisher haben sie noch nie etwas geschmissen. Sollte da nicht irgendwo ein Bulle stehen und aufpassen, daß so etwas nicht vorkommt?»

Kenny schüttelte den Kopf. «Wer weiß? Vielleicht war es ja der Bulle selbst. Mein Gott, in letzter Zeit habe ich mehr Angst vor der Polizei als vor Verbrechern. Hast du den Blinden im Fernsehen gesehen? Den, der niedergeschossen wurde, weil er seinen weißen Stock vor einem Polizisten geschüttelt hat?»

«Wahrscheinlich sollten wir es Sam erzählen», sagte Mitch. «Mal sehen, was der dazu meint.»

Sie gingen durch die Tür und auf die Fahrstühle zu, wo schon eine Kabine auf sie wartete, um sie ins Hauptgebäude heraufzufahren. Die Kabine war automatisch in die Parketage befördert worden, als die beiden Männer vor dem Garagentor ihre Stimmproben abgegeben hatten.

«Welches Stockwerk, bitte?»

Kenny beugte sich über das Mikrophon in der Wand. «Wo ist Sam Gleig zur Zeit, Abraham?»

«Abraham?» Mitch zog die Augenbrauen hoch. Kenny zuckte die Achseln. «Hab ich es nicht erwähnt? Wir haben beschlossen, unserem künstlichen Lebenssystem einen Namen zu geben.»

«Sam Gleig ist in der Eingangshalle», sagte der Computer.

«Bring uns bitte dorthin, Abraham.» Er grinste Mitch zu. «Auf alle Fälle ist es um einiges besser als der Name, den Cheech und Chong für den Yu-5-Rechner haben. Sie nennen ihn den Mathematischen Analysator, Numerator, Integrator und Allseitigen Computer. M-A-N-I-A-C. Wahnsinn, was?»

Die Türen schlossen sich.

«Abraham», sagte Mitch, «klingt gar nicht falsch. Weißt

du was? Jedesmal wenn ich seine Stimme höre, überlege ich, woher ich sie kenne.»

«Alec Guinness», sagte Kenny. «Du weißt schon, der alte Engländer in *Krieg der Sterne*. Wir haben ihn ein ganzes Wochenende im Studio gehabt, um seine Stimme zu digitalisieren. Natürlich kann Abraham so gut wie jedes Geräusch analysieren, aber für längere gesprochene Texte braucht man einen Schauspieler, der die linguistische Grundlage schafft. Wir haben Guinness mit einem Dutzend anderer Schauspielerstimmen verglichen: Glenn Close, James Earl Jones, Marlon Brando, Meryl Streep und Clint Eastwood unter anderen.»

«Clint Eastwood?» Mitch schien überrascht. «In einem *Fahrstuhl*?»

«Ja, aber Guinness war besser. Die Leute fanden seine Stimme beruhigend. Wahrscheinlich der britische Akzent. Natürlich sind wir nicht auf Englisch beschränkt. In Los Angeles werden sechsundachtzig Sprachen gesprochen, und Abraham kann sie alle verstehen und auf sie reagieren.»

Die Fahrstuhltür öffnete sich in der Eingangshalle, und der angenehme Duft von synthetisch hergestelltem Zedernholz strömte in die Kabine. Mitch und Kenny gingen über einen weißen Marmorfußboden, der noch unter einer Schutzfolie lag, auf die Hologrammtheke zu, neben der ein Mann vom Wachdienst stand. Als er die beiden Männer sah, hörte er auf, in den Wipfel des gewaltigen Baums zu starren, der die Eingangshalle beherrschte, und ging ihnen ein Stück entgegen.

«Guten Morgen, die Herren», sagte er. «Wie geht es Ihnen heute?»

«Morgen, Sam», sagte Mitch. «Sam, einer von den Demonstranten hat gerade etwas nach meinem Auto geworfen. Es war nur ein bißchen verfaultes Obst, aber ich dachte, ich sollte Bescheid sagen.»

Zu dritt gingen sie zur Eingangstür und starrten durch das gepanzerte Plexiglas auf die kleine Gruppe von Demonstranten hinter der Polizeiabsperrung unten an der Treppe zur

Piazza. Der Motorradpolizist, der auf sie aufpaßte, saß seitwärts auf seiner Maschine und las die Zeitung.

«Sie könnten vielleicht kurz mit dem Beamten sprechen, der auf sie aufpassen soll», sagte Mitch. «Ich will keine große Affäre daraus machen, aber so etwas sollte nicht zur Gewohnheit werden. Einverstanden?»

«Natürlich», sagte Gleig. «Schon verstanden. Ich werde mit ihm sprechen.»

«Haben sie sonst schon Schwierigkeiten gemacht?» fragte Kenny.

«Schwierigkeiten? Nicht, daß ich wüßte.» Sam Gleig grinste. Er hob eine pfannkuchengroße Hand von der 9-Millimeter-Automatikpistole im Hüfthalfter und klopfte mit den Fingerknöcheln gegen das getönte Glas. «Und was könnten sie schon anstellen? Das Zeug da ist 200 Millimeter stark. Es kann alles von einer Schrotflinte bis zur 7,62-Millimeter-Patrone aus dem Nato-Sturmgewehr abfangen, ohne daß es auch nur einen Kratzer gibt. Wissen Sie was, Mr. Kenny? Ich glaube, ich habe noch nie so einen sicheren Arbeitsplatz gehabt wie hier. Wahrscheinlich ist es der sicherste Ort in der ganzen Stadt.» Sein volles lautes Lachen fand vom Fußboden der Halle seinen Widerhall: das Lachen eines Weihnachtsmanns im Einkaufszentrum.

Mitch und Kenny lächelten und gingen zurück zu den Fahrstühlen.

«Er hat recht», sagte Kenny. «Das hier ist das sicherste Gebäude in Los Angeles. Man könnte hier eine russische Parlamentssitzung abhalten.»

«Meinst du, wir sollten ihm von dem *Fengshui*-Problem erzählen?» sagte Mitch.

«Um Gottes willen, nein», lachte Kenny. «Das könnte ihm den ganzen Tag verderben.»

Mitch und Kenny sahen den Grill unter ganz verschiedenem Blickwinkel. Mitchs Blick ging von außen nach innen,

Kennys von innen nach außen. Für Kenny war der Grill die nächste Annäherung an einen physischen Körper, die ein Computer je besessen hatte. Der Yu-5-Rechner konnte durch ein Netz von Gebäudesteuerungs- und Sicherheitssystemen nahezu alles sehen und fühlen: ein Netz, das ein exaktes Analogon zu den Rezeptoren bildete, die dem Menschen seine Wahrnehmungsfähigkeit verleihen. Die Analogie war für die Konstrukteure des Yu-5, Beech und Yojo, so überzeugend, daß sie dem Computer etwas einprogrammiert hatten, das sie eine «Beobachterillusion» nannten. Das lief darauf hinaus, daß Abraham das Gefühl hatte, er sei über Raum und Zeit verteilt und schwebe über dem Chaos seiner zahlreichen Wahrnehmungen und Reize. Es handelte sich, wie Kenny witzelte, um einen Fall von «Ich rechne, also bin ich».

Man hatte dem Computer suggeriert, er könne sich selbst als das Gehirn im Körper des Gebäudes betrachten, ein Gehirn, das durch das zentrale Nervensystem eines vielfältig vernetzten Leitungsgeflechts die Körperfunktionen steuerte. Seine Sehkraft beruhte auf einem komplizierten System von Fernsehkameras und passiven Infrarotdetektoren innerhalb und außerhalb des Gebäudes. Sein Gehör hing von den Schall- und Ultraschalldetektoren und den Rundum-Mikrophonen ab, die über das ZSSI-System den Zugang zu Fahrstuhlkabinen, Türen, Telefonen und Computerterminals ermöglichten. Der Geruchssinn, der es dem Computer erlaubte, die synthetischen Düfte im Gebäude zu regeln und herzustellen, verließ sich auf elektronische stereoisometrische und paraolfaktorische Sensoren, die auf eine Menge von einem Vierhundertmillionstel eines Milligramms pro Kubikdezimeter Luft reagieren konnten.

Die übrigen Aspekte der Wahrnehmungsfähigkeit des Computers, mit deren Hilfe das Gebäude auf Veränderungen in seiner äußeren oder inneren Umwelt reagieren konnte, entsprachen in etwa den kinästhetischen und vestibulären Sinnesorganen des menschlichen Körpers.

Es waren, wenn überhaupt, nur wenige Stimuli, die der Computer nicht von einer Energieveränderung in einen Lebensprozeß umsetzen konnte.

Für Kenny stellten der Yu-5-Computer und der Grill die höchste Stufe kartesianischer Logik dar: Mathematik als der Leim, der die rational gewordene Welt zusammenhält.

Um Viertel vor eins verließ Cheng Peng Fei seine Mitdemonstranten auf dem Platz vor dem Grill und ging nach Norden Richtung Schnellstraße. Die Obdachlosen und Bettler, die seinen Weg säumten, betrachtete er mit dem gewohnheitsmäßigen Desinteresse desjenigen, der die größere Armut Südostasiens kennt.

Ein Schwarzer mit einer Baseballmütze der Dodgers auf dem Kopf, der wie ein Misthaufen stank, hängte sich an ihn. Selber schuld, warum mußte ich auch zu Fuß gehen, sagte sich der junge Chinese.

«Hast du ein bißchen Kleingeld übrig, Mann?»

Cheng Peng Fei sah in die andere Richtung und ging weiter. Er verachtete den Penner, an dem er schon vorbei war, und dachte: In China arbeitet man und sorgt für sich selbst, egal, wie arm man ist. Er hatte Mitleid mit den Armen, aber nur mit denen, die sich nicht selbst helfen konnten. Nicht mit denen, die aussahen, als könnten sie arbeiten.

Er bog nach Osten in den Sunset Boulevard ein und betrat an der Ecke North Spring Street das Mon-Kee-Seafood-Restaurant.

Der Laden war voll, aber der Mann, den er suchte, ein kräftiger gutaussehender Japaner, war in seinem Anzug von Comme des Garçons auffällig genug. Cheng setzte sich ihm gegenüber und griff nach der Speisekarte.

«Dies ist ein gutes Lokal», sagte der Japaner in leicht amerikanisch gefärbtem Englisch. «Danke für die Empfehlung. Ich werde wiederkommen.»

Cheng Peng Fei zuckte die Achseln. Ihm war es gleichgültig, ob dem Japaner das Lokal gefiel oder nicht. Sein Großvater stammte aus Nanking, und er wußte genug über das, was in den Dreißigern dort geschehen war, um die Japaner gründlich zu hassen. Er beschloß, zur Sache zu kommen.

«Wir haben die Demonstrationen wiederaufgenommen wie abgemacht», sagte er.

«Das habe ich gesehen. Aber es sind nicht ganz so viele, wie ich gehofft hatte.»

«Es sind Ferien. Die Leute sind nach Hause gefahren.»

«Dann finden Sie eben andere.» Der Japaner sah sich im Restaurant um. «Vielleicht würden sich ein paar von den Kellnern hier gerne ein Taschengeld verdienen. Hören Sie mal, es ist nicht einmal illegal. Von wie vielen Jobs kann man das heutzutage sagen?» Er griff in die Jackentasche, zog einen braunen Umschlag heraus und schob ihn über den Tisch.

«Ich verstehe das alles immer noch nicht», sagte Cheng und steckte den Umschlag ungeöffnet ein. «Was haben Sie davon?»

«Was soll ich schon davon haben?» Der Japaner zuckte die Achseln. «Ich habe es Ihnen doch bei unserem ersten Treffen erklärt: Sie wollen gegen die Geschäfte der Yu Corporation mit den chinesischen Kommunisten demonstrieren, und ich will Sie dabei unterstützen. Das ist alles.»

Cheng Pei Feng erinnerte sich an das einzige vorangegangene Treffen. Der Japaner, dessen Namen er immer noch nicht kannte, hatte ihn aufgesucht, nachdem die Zeitungen einen Bericht über die erste Demonstration auf der Hope Street Piazza gebracht hatten.

«Aber ich finde, ihr seid zu rücksichtsvoll. Sie wissen, was ich meine? Macht ein bißchen mehr Krach da draußen. Werdet energisch. Schmeißt ein paar Steine oder so was. Es geht schließlich um eine gute Sache.»

Cheng wollte ihm erklären, daß er mit einer verfaulten Orange nach einem Auto geworfen hatte, das in die Tiefgarage des Grills fuhr, aber er hatte das Gefühl, das werde dem

Japaner nicht imponieren. Was war schon eine verfaulte Orange gegen einen Stein? Statt dessen sagte er: «Glauben Sie das wirklich? Daß es um eine gute Sache geht?»

Der Japaner sah ihn überrascht an.

«Warum würde ich mich wohl sonst darum kümmern?»

«In der Tat, warum wohl?»

Der Kellner kam, um Chengs Bestellung aufzunehmen.

«Ein Tsingtau-Bier», sagte er.

«Sie essen nichts?» fragte der Japaner.

Cheng schüttelte den Kopf.

«Schade. Die Küche ist wirklich gut.»

Als der Kellner weg war, sagte Cheng: «Soll ich Ihnen erzählen, was ich wirklich glaube?»

Der Japaner schob ein Stück Fisch in den Mund und blickte Cheng ruhig ins Gesicht. «Sie können sagen, was Sie wollen. Im Gegensatz zur Volksrepublik China ist das hier immer noch ein freies Land.»

«Ich glaube, Sie und Ihre Auftraggeber sind Konkurrenten der Yu Corporation und würden ihr gerne so viel Schwierigkeiten machen wie nur möglich. Ich bin sicher, Sie sind auch im EDV-Geschäft.»

«Geschäftliche Konkurrenten also?»

«Sagt man in Japan nicht, Geschäft sei dasselbe wie Krieg? Wollen Sie deshalb eine Demonstration vor dem neuen Gebäude der Konkurrenz haben? Obwohl ich eigentlich nicht einzusehen vermag, was für einen Unterschied das in der Welt der großen Firmen machen kann.»

«Eine interessante Theorie.» Der Japaner lachte, wischte sich mit der Serviette den Mund ab und stand auf. Immer noch lächelnd warf er ein paar Dollar auf den Tisch. «Sie haben Phantasie. Das ist gut. Also strengen Sie Ihre Phantasie an. Denken Sie sich etwas aus, das Ihren Protest ein wenig auffälliger macht.»

«Ach ja, noch etwas», fügte er hinzu. «Falls Sie aus irgendeinem Grund festgenommen werden, haben Sie mich noch nie gesehen. Natürlich würde es mich sehr unglücklich machen, wenn ich herausfinden sollte, daß Sie mit irgend jemandem darüber gesprochen haben. Ist das klar?»

Cheng nickte kühl. Erst als der Japaner fort war, merkte er, daß er Angst hatte.

Mitchs vorläufiges Büro lag im fünfundzwanzigsten Stock, wo die Bauarbeiten am weitesten fortgeschritten waren. Hier sollten die luxuriös ausgestatteten privaten und halbprivaten Bereiche für die leitenden Angestellten der Yu Corporation entstehen.

Die Räume hatten hohe Türen aus dunkel lackiertem Holz in silberglänzendem Aluminiumrahmen in der Form des Logos der Yu Corporation. In einigen Räumen lagen bereits Teppichböden – hellgrau, um einen Kontrast zum dunkelgrauen Teppichboden der Flure zu bieten. Nur einige wenige trugen bereits die Spuren unbedachter Schritte von Elektrikern, Tapezierern und Schreinern, die hier noch arbeiteten.

Jetzt, da die Arbeiten fast abgeschlossen waren, lag eine verlassene Atmosphäre über dem Gebäude. Mitch fand das beunruhigend, besonders abends, wenn sich die Innenstadt leerte und der Grill wie ein modernes Geisterschiff allein durch seine Größe darauf aufmerksam zu machen schien, daß hier kein Mensch lebte. Es war seltsam, sagte er sich, daß Bücher und Filme immer wieder die Ängste ausnutzten, die Menschen in alten Häusern verspürten, wo doch Neubauten genauso unheimlich sein konnten. Der Grill machte da keine Ausnahme. Selbst am hellen Tage sträubten sich Mitch gelegentlich die Nackenhaare, wenn die Klimaanlage stöhnte, das Wasser in einer Leitung flüsterte oder die neuen Holzverkleidungen, die sich ausdehnten oder zusammenzogen, krächzend quietschten. Er kam sich vor wie die einsame Besatzung eines riesigen Raumschiffs auf einer Fünfjahresreise in die Tiefe des Weltraums. Bruce Dern in *Silent Running*. Keir Dullyea in *2001: Odyssee im Weltraum*. Manchmal neigte er dazu, Jenny Baos *Fengshui* so ernst zu nehmen, wie er tat, wenn er mit ihr zu verhandeln hatte. Vielleicht lebte in einem Gebäude wirklich eine geistige Energie, sei sie gutartig, sei sie bösartig. Auf einer rationaleren Ebene fragte er sich, ob das Ganze vielleicht etwas mit der Beobachterillusion zu tun hatte, die man dem Computer einprogrammiert hatte. Vielleicht hatte er nur das Gefühl, als beobachte der Computer ihn.

Dennoch war er normalerweise gern allein im Grill. Die Ruhe und der Frieden, die hier herrschten, machten es ihm leichter, über seine Zukunft nachzudenken. Eine Zukunft, zu der, wie er hoffte, Jenny Bao gehören würde, nicht aber Richardson und seine Firma. Mitch hatte genug von seiner Rolle als Ray Richardsons technischer Koordinator. Er wollte wieder ein ganz normaler Architekt werden. Er wollte ein Haus entwerfen oder eine Schule, oder vielleicht eine Bibliothek. Nichts Auffälliges, nichts Kompliziertes, einfach ansprechende Gebäude, die die Leute genau so gerne ansehen würden, wie sie sich in ihnen aufhalten würden. Er hatte die Nase voll von intelligenten Gebäuden. Bei denen mußte man viel zuviel organisieren.

Als Mitch, den Laptop im ergonomisch konstruierten Schulterhalter, von Stockwerk zu Stockwerk streifte, entdeckte er wenig Anzeichen menschlicher Tätigkeit: einen einsamen Klempner, der eine der automatischen Waschzellen für leitende Angestellte anschloß, oder einen Telekommunikationsingenieur, der das neueste Modell eines Videophons installierte. Die Naßzellen waren wie viele andere Systeme und Einzelteile im Grill Fertigfabrikate der Toto Company, Japan. Die Videophonapparate gehörten zu einem Blitzsystem mit Anruferidentifizierung und Polygraphiemöglichkeit.

Im großen und ganzen war Mitch nicht unzufrieden mit dem Fortschritt der Arbeiten. Allerdings konnte er sich kaum vorstellen, daß der Kunde früher als in sechs Wochen würde einziehen können. Einige Stockwerke waren geradezu auffällig unvollendet. Andere, die als abgeschlossen galten, wiesen inzwischen Schäden aufgrund der fortlaufenden Bauarbeiten auf. Obwohl er im ganzen mit dem handwerklichen Standard der Arbeiten zufrieden war, wußte Mitch auch, daß Ray Richardson irgendeinen Grund zur Beanstandung finden würde, egal, wieviel Mühe sich alle gegeben hatten. Er fand immer etwas zu beanstanden.

In Mitchs Augen machte das einen der grundlegenden Unterschiede zwischen ihm selbst und Richardson aus, und vielleicht war es gerade dieser Unterschied, der Richardson dahin gebracht hatte, wo er heute war. Richardson glaubte, daß Vollkommenheit erreichbar sei, während Mitch Architektur und Baukunst als perfekten Mikrokosmos einer Welt ansah, in der die Ordnung sich nur mühsam am Rande des Chaos hielt.

Zur Zeit waren Chaos und Komplexität die Begriffe, von denen er fasziniert war: Je komplexer ein System war, desto näher stand es dem Chaos. Das gehörte zu den Dingen, die ihm die Vorstellung vom «intelligenten Gebäude» so unheimlich machten. Er hatte versucht, das Problem im Zusammenhang mit dem Grill zur Sprache zu bringen, aber Richardson hatte das Ganze in die falsche Kehle gekriegt.

«Natürlich ist das Gebäude komplex, Mitch», hatte er gesagt, «aber verdammt noch mal, gerade darum geht es doch.»

«Darum geht es eben nicht. Ich will auf etwas anderes hinaus: Je komplexer ein System wird, desto größer die Wahrscheinlichkeit, daß etwas schiefgeht.»

«Was soll das heißen, Mitch? Heißt das, daß dich der hohe technologische Standard beunruhigt? Geht es darum? Komm, Junge, wach auf und werd vernünftig! Wir sprechen von einem Bürogebäude, nicht vom Frühwarnsystem des Pentagon. Also mach jetzt schon weiter, ja?»

Ende der Diskussion.

Als gegen Abend Aidan Kenny anrief und ihn bat, so schnell wie möglich in den vierten Stock zu kommen, ahnte er noch nicht, daß seine Sorgen, wenn auch in kleinerem Maßstab, vielleicht gerechtfertigt waren.

Das Computercenter im vierten Stock glich keinem anderen Computerraum, den Mitch je gesehen hatte. Man betrat es über eine von unten beleuchtete Brücke aus grünlichem Glas, die leicht gewölbt war, als führe sie über einen kleinen Fluß und nicht über das Bündel von Elektrokabeln, das zu verbergen ihre Aufgabe war. Die überhohe Tür bestand aus schwerem böhmischem Transparentglas, das nur von dem Hinweisschild unterbrochen wurde, der Raum sei durch ein Halon-1301-Feuerdämmsystem geschützt.

Dahinter lag ein riesiger fensterloser Raum mit einem speziellen antistatischen Teppichboden, gesäumt von Bodenleuchten, die den Notausgangslichtern eines Linienflugzeugs glichen. In einem geschlossenen Kreis, der Mitch an Stonehenge erinnerte, standen, den Raum beherrschend, die fünf Monolithen aus poliertem Aluminium, die den Yu-5-Supercomputer beherbergten. Jede der silberweißen Boxen war zwei Meter fünfzig hoch, einen Meter zwanzig breit und sechzig Zentimeter dick. Der Yu-5-Supercomputer bestand in Wirklichkeit aus mehreren hundert Computern, die in einem Massiv Vernetzten Parallelprogramm (MVP) zusammenarbeiteten. Während die meisten Computer linear arbeiteten, also die notwendigen Schritte einer Arbeitssequenz nacheinander auf einem Prozessor durchführten, lag der Vorteil des MVP darin, daß die einzelnen Teile der gleichen Sequenz verteilt und gleichzeitig mit geringerem Zeitaufwand durchgeführt werden konnten, als das für einen einzelnen schnellen Prozessor möglich war.

Aber das komplizierte Gebäudesteuerungssystem des Grills beanspruchte nur einen kleinen Teil der enormen Computerkapazität. Der größte Teil seiner Leistung wurde von der Informationsforschungsgruppe der Yu Corporation für ihre mathematisch hochkomplexe Suche nach einer universellen Computersprache genutzt, einer Sprache, die nicht nur fähig sein sollte, Programme zu verstehen, die in anderen

Computersprachen geschrieben waren, sondern gleichzeitig imstande sein sollte, mathematische Berechnungen und geschäftliche Datenverarbeitung durchzuführen. Dieses Projekt und andere Projekte mit noch höherer Geheimhaltungsstufe – Aidan Kenny hatte den Verdacht, die Yu Corporation forsche auch an «lebender Hardware» – hatten die Anwesenheit zweier Aufpasser der Yu Corporation notwendig gemacht, solange Kenny das Gebäudeverwaltungssystem installierte.

Innerhalb des ersten Kreises lag der innere Zirkel von fünf Bedienungspulten mit flachen, in die Tischplatte eingelassenen 28-Zoll-Monitoren. An dreien davon saßen Bob Beech, Hideki Yojo und Aidan Kenny. Am vierten saß ein kleiner Junge, vermutlich Aidans Sohn, in ein Computerspiel vertieft, das sich in den dicken Gläsern seiner randlosen Brille spiegelte.

«Hallo, Mitch, wie geht's?» grinste Beech. «Wo hast du dich rumgetrieben?»

«Wie kommt es», fragte Mitch zurück, «daß Computerprogrammierer, wann immer man sie trifft, aussehen, als seien sie gerade dabei, eine Kaffeepause zu machen?»

«Ist das so?» sagte Yojo. «Weißt du, Mann, da gibt es eine Menge, was man im Kopf haben muß. Es ist so ähnlich wie beim Football, verstehst du? Einen großen Teil der Zeit sitzen wir einfach da und planen mögliche Spielzüge.»

«Ich bin geehrt, an der Strategiesitzung teilnehmen zu dürfen, Trainer.»

Beech lachte. «Du weißt ja noch nicht, was wir von dir wollen.»

Mitch lächelte unsicher. «Offenbar gibt es ein Problem.»

«Allerdings», sagte Beech. «Vielleicht kannst du uns auf eine Idee bringen. Was wir hier brauchen, ist technische Koordination.»

«Dafür bin ich da.»

«Aber erst einmal brauchen wir deine autoritative Entscheidung, Mitch. Hat mit Abraham zu tun.»

«Richtig, Abraham», mischte sich Yojo ein. «Wer hat sich eigentlich den blöden Namen ausgedacht?»

Cheech und Chong: Wie die beiden Helden der Haschfilme der Siebziger setzten Beech und Yojo ständig eine abgeklärte Miene auf, trugen dicke Schnurrbärte im Stil von Sheriff Wyatt Earp und hatten einen ungesunden, ein wenig starren Blick. Wie bei Aidan Kenny ging der Eindruck, den sie verbreiteten, eher auf ihre an den Bildschirm gefesselte Schreibtischtätigkeit zurück als auf Drogenkonsum. Dessen konnte Mitch sicher sein. Jedesmal, wenn man im Grill die Toilette benutzte, wurde der Urin durch ein computergesteuertes Programm auf Drogen getestet. Vorbeugende Gesundheitsfürsorge war etwas, das die Yu Corporation äußerst ernst nahm.

«Danke, daß du runtergekommen bist, Mitch.» Aidan Kenny räusperte sich und fuhr sich nervös über den Mund. «Mein Gott, was ich jetzt für eine Zigarette gäbe.»

«Das Rauchen im Computerraum ist nicht gestattet», sagte die gepflegte britische Stimme des Computers.

«Halt die Schnauze, Arschloch», sagte Yojo.

«Schon gut, danke, Abraham», sagte Kenny. «Erzähl mir was, das ich noch nicht weiß. Setz dich, Mitch, damit ich dich ins Bild setzen kann. Und du, Hideki, würdest du bitte aufpassen, wie du dich in Gegenwart meines Sohnes ausdrückst?»

«O. k. Kein gottverdammtes Problem. Tut mir leid.»

Mitch setzte sich an das freie Pult und starrte auf das Bild, das sich auf dem Monitor entfaltete. Es sah aus wie eine riesige bunte Schneeflocke, die immer größer wurde.

«Was ist das?» fragte er fasziniert.

«Ach», sagte Yojo, «das ist nur der Screensaver. Damit die Bildröhre nicht einbrennt.»

«Es ist schön.»

«Gut, nicht wahr? Beruht auf Zellularautomatik. Wir geben dem Computer ein Samenkorn und einen Regelsatz vor, und den Rest erledigt er selber. Los, faß es einmal an.»

Mitch berührte den Schirm mit dem Finger, und das Bild

schmolz wie eine richtige Schneeflocke. Statt dessen rollten Hunderte von Programminformationsserien vor seinen Augen ab.

«Da liegt das Problem», sagte Beech.

«Und was für eins», fügte Yojo hinzu.

Auf dem Monitor auf Michaels Pult war eine dumpfe Explosion zu hören, und der Junge schlug ärgerlich mit der Faust auf die Sessellehne. «Scheiße!» rief er und fügte hinzu: «Kacke, Kacke, verfickte Kacke!»

Hideki Yojo warf Kenny einen Blick zu und sagte: «Deinem Sohn kann ich im Fluchen sowieso nichts mehr beibringen, Aid.»

«Hör damit auf, Junge! Wenn ich noch einmal solche Ausdrücke von dir höre, gibt es Ärger, ganz egal, ob du Geburtstag hast oder nicht. Ist das klar?»

«Jawohl, Papa.»

«Und setz bitte deine Kopfhörer auf.»

«O. k.», sagte Kenny und wandte sich Mitch zu. «Es handelt sich um ein selbstreproduzierendes System. Richtig?»

Mitch nickte zögernd.

«Ein vollständig autonomes, nicht spezifiziertes, selbstreproduzierendes System, das für die Bedürfnisse der Gebäudesteuerung und Geschäftsverwaltung von morgen geplant ist. Ein System auf Basis der Fuzzy-Logik, mit einem lernfähigen neuronalen Netz, das seine eigene Leistung verbessern kann. Wenn die Yu Corporation eine Zeitlang in dem Gebäude ist, wird der alte Abraham alles über die Arbeitsweise der Firma wissen: von der voraussichtlichen Raumbelegung bis hin zu den Expansionsplänen der Firma. Er könnte zum Beispiel unter Nutzung eines elektronischen Abonnentendienstes den örtlichen Grundstücksmarkt überwachen, um die Anwender über günstige Gelegenheiten zu unterrichten.»

«Wirklich?» sagte Mitch. «Vielleicht könnte er mir helfen, ein Haus zu finden.»

Aidan Kenny schenkte ihm ein verkniffenes Lächeln. Mitch

entschuldigte sich, lehnte sich im Sessel zurück und setzte einen ernsthafteren Gesichtsausdruck auf.

«Nach einiger Zeit macht sich Version 3.0 daran, Version 3.1 zu schreiben. Man könnte auch sagen, Abraham zeugt die nächste Programmgeneration: Isaak. Wer sonst wäre besser dazu in der Lage? Die verbesserte Version von Abraham, also Isaak, ist noch besser imstande, die sich entwickelnden Bedürfnisse der Yu Corporation von morgen zu befriedigen. Danach, wenn Isaak auf einem höheren Kapazitätsniveau arbeitet und Abraham seinen Vaterpflichten nachgekommen ist, wird er steril und funktioniert nur noch als einfaches Wartungssystem, bis Isaak sein eigenes Programm der nächsten Generation erzeugt. Wenn die Version 3.1 die Version 3.2 schreibt, stellt Abraham seine Funktion völlig ein.»

Mitch faltete die Hände und wartete geduldig ab. «Das habe ich verstanden», sagte er. «Komm zur Sache!»

«Also gut, es geht um folgendes. Anscheinend...»

«Anscheinend?» unterbrach ihn Beech. «Das hat nichts mit anscheinend zu tun. Das ist verdammt noch mal so.»

«Anscheinend hat Abraham bereits mit seinem Selbstreproduktionsprogramm begonnen. Und das bedeutet...»

«Das bedeutet», sagte Mitch, «daß er von einer absolut irrelevanten Gruppe von Gebäudenutzern ausgeht. Nämlich von uns. Nicht von der Yu Corporation, wie er es tun sollte.»

«Ich habe dir ja gesagt, daß Mitch unser Problem verstehen wird», sagte Beech zu Yojo.

«Genau das ist das Problem», sagte Kenny. «Es macht keinen Sinn, daß sich Abraham auf eine höhere Leistungsstufe hin entwickelt und Isaak zeugt, solange er es nur mit uns und ein paar lausigen Bauarbeitern zu tun hat.»

«Und das ist passiert?» fragte Mitch. «Isaak existiert bereits?»

Aidan Kenny nickte unglücklich.

«Und was sagt Abraham selbst dazu?» fragte Mitch.

«Soll das ein Witz sein?» fragte Beech.

«Das weiß ich nicht.» Mitch zuckte die Achseln. «Das müßt ihr mir sagen.»

Bob Beech grinste und fuhr sich mit Zeigefinger und Daumen durch den imposanten Schnurrbart.

«Hör mal, Mitch, wir sind zwar die Besten, aber wir leben immer noch im zwanzigsten Jahrhundert», sagte er. «Erklärungen setzen Verständnis voraus.»

«Nicht, wenn die Frage richtig formuliert ist», wandte Mitch ein.

«Ja, eine hübsche Idee», sagte Hideki Yojo. «Wenn das Leben nur so fortschrittlich wäre. Wir sind schon zufrieden damit, daß wir die alte zweiwertige Logik verbessert haben. Du weißt doch: wahr, falsch und sonst nichts. Fuzzy-Logik enthält die zweiwertige Logik, läßt aber den Fall zu, daß etwas zwei verschiedenen Mengen zugleich teilweise angehören kann.»

«So daß etwas teilweise wahr oder teilweise falsch sein könnte?»

«Richtig. Oder unter bestimmten Voraussetzungen wahr.»

«Ich habe mal etwas darüber gelesen», sagte Mitch. «Hatte es nicht mit der Frage zu tun, wie ein Computer einen Pinguin definieren würde?»

«Ach, diese alte Geschichte.» Beech nickte gelangweilt. «Ja, ein konventionell programmierter Computer weiß, daß Vögel fliegen können. Und wenn man ihm sagt, daß Pinguine nicht fliegen können, besteht er darauf, daß Pinguine keine Vögel sind. Computer mit Fuzzy-Logik umschiffen diese Klippe, indem sie sich darauf einlassen, daß die meisten, wenn auch nicht alle Vögel fliegen können.»

«Genauso ist es bei der Systemverwaltungskontrolle», sagte Aidan Kenny. «Die Fuzzy-Kontrolle, in diesem Fall Abraham, läßt ein gewisses Maß an Interpolation zwischen den Datengruppen der einzelnen Sensoren zu.»

«Hört mal», sagte Yojo. «Können wir bitte aufhören, diesen blöden Ausdruck Fuzzy zu gebrauchen, und uns auf korrekte Terminologie einigen? Es bringt mich auf die Palme.

Wir sprechen von einer Anpassungsanalogie. Der Grundgedanke ist, daß der Computer etwas Ähnliches tut wie das menschliche Gehirn, wenn es Näherungswerten den Vorrang vor Exaktheit einräumt und relative statt absoluter Werte benutzt. O. k.?»

«Hört mal, Jungens», warf Kenny ein, «worüber wir hier sprechen müssen…»

«Es muß ein Problem bei der Defuzzifizierung gegeben haben», fuhr Beech fort. Nach einem Blick auf Yojos angewidertes Gesicht zeigte er ihm den Stinkefinger. «Irgend so etwas wie ein Zusammenfallen der Fuzzy-Output-Verteilung in einen einzigen Wert…»

«Du Arschloch…»

«… und dieser Wert muß Abrahams Interpretation des Fuzzy-Outputs verzerrt haben.»

«Wir müssen hier darüber sprechen», sagte Kenny mit gehobener Stimme, «was wir dagegen unternehmen wollen.»

«Amen, Bruder», sagte Yojo.

Sie schienen darauf zu warten, daß Mitch etwas sagte. Er zuckte die Achseln. «Ich weiß es nicht. Ihr seid die Techniker. Ich bin hier bloß der Architekt. Was meint ihr?»

«Jedenfalls ist mit allem, was wir tun, ein gewisses Risiko verbunden», sagte Kenny warnend.

«Von was für Risiken sprechen wir hier?»

«Von teuren Risiken», grinste Yojo.

«Wir haben noch nie ein SRS Off-Line geschaltet», sagte Beech. «Wir wissen nicht genau, was dann geschieht.»

«Also, Mitch, es geht um folgendes», sagte Kenny. «Wir haben Abraham noch nicht einmal die vollständige Kontrolle über das Gebäude übergeben. Also können wir letzten Endes die ganzen Gebäudesteuerungssysteme nicht richtig überprüfen, bevor wir den Nachkommen abgeschaltet haben: Isaak.»

«Was mich angeht», sagte Beech, «ich würde gerne noch eine Zeitlang alles so lassen, wie es ist, und sehen, was daraus wird. Es ist eine interessante Situation. Es könnte sich als wichtig erweisen. Und ich meine nicht nur für dein Gebäudesteuerungssystem, sondern für die Zukunft des Yu-5.»

«Der Haken dabei», sagte Yojo, «ist das Risiko der Sterilität für Abraham. Und je länger wir es aufschieben, desto größer wird das Risiko.»

«Andererseits», erwiderte Beech, «gehen wir, wenn wir Isaak abstellen, das Risiko ein, daß Abraham vielleicht nicht imstande ist, ein weiteres Programm der nächsten Generation zu erzeugen. Jedenfalls nicht, ohne daß wir das ganze MVP von Anfang an wiederaufbauen.»

«Und ich soll darüber entscheiden?» sagte Mitch.

«Ja, ich glaube, das ist es, was wir von dir wollen.»

«Hört mal, Jungs, ich bin nicht König Salomon.»

«Schneidet das Baby mittendurch», lachte Yojo. «Was für eine großartige Idee.»

«Ein wenig hatten wir schon gehofft, daß du uns bei der Entscheidung helfen würdest», sagte Kenny.

«Was ist, wenn ich die falsche Entscheidung treffe?»

Kenny zuckte die Achseln.

«Ich will nur wissen: wieviel? Was sind die denkbaren Kosten einer Fehlentscheidung?»

«Vierzig Millionen Dollar», sagte Yojo.

«Ja, also überleg es dir gut», sagte Beech.

«Kommt, Kinder», sagte Mitch. «Das könnt ihr nicht ernst meinen. So etwas kann ich nicht entscheiden.»

«Technische Koordination, Mitch», sagte Aidan Kenny, «wir brauchen technische Koordination. Nur ein bißchen Koordination. Autoritative Führung.»

Mitch stand auf und sah Kennys Sohn über die Schulter. Der Junge war in sein Spiel vertieft und bekam nichts von der erregten Diskussion mit, die rund um ihn herum tobte. Kurzsichtig preßte er das Gesicht dicht an den Bildschirm und bewegte hektisch den Joystick hin und her. Mitch sah ihm eine Weile zu und versuchte zu verstehen, worum es in dem Spiel ging. Das war nicht so einfach, wie er gedacht hatte. Offenbar war Michael damit beschäftigt, eine schwerbewaffnete

Weltraumtruppe durch eine unterirdische Stadt zu führen. Von Zeit zu Zeit sprang eines von einer anscheinend endlosen Anzahl verschiedenartiger grauenhafter Monster aus einer Tür, kam im Fahrstuhl an oder ließ sich durch ein Loch im Dach fallen und versuchte, den Helden umzubringen. Darauf folgte jeweils ein erbittertes Feuergefecht. Mitch sah zu, wie Michaels Daumen wütend einen Knopf an der Oberseite des Joysticks betätigte und eine Batterie feuerspeiender Geschütze in Betrieb nahm und die jeweils neueste Kreatur in alle vier Ecken des Bildschirms sprengte. Die Graphik, dachte Mitch, war ausgezeichnet. Der Schaden, der den Kreaturen zugefügt wurde, wirkte äußerst realistisch. Ein bißchen zu realistisch für Mitchs Geschmack. Ein großer Teil der Eingeweide des Wesens spritzte auf den Bildschirm, glitt langsam an ihm herunter und hinterließ eine breite Blutspur. Er hob die Hülle der CD-ROM auf und las den Text. Das Spiel hieß *Flucht aus der Zitadelle*. In einer Plastiktüte unter Michaels Sessel stapelten sich andere, genauso gewalttätige Spiele: *Doom II*, *Die elfte Stunde*, *Eindringling*. Alles zusammen Spiele im Wert von etwa dreihundert Dollar. Mitch fragte sich, ob irgend etwas davon für ein Kind in Michaels Alter geeignet war. Er wandte sich ab. Letztlich ging ihn das nichts an.

Er schüttelte den Kopf und fragte sich, ob das Spiel, das er hier mit drei anderen Männern spielte, wirklich so völlig anders war. Allison hätte das sicher nicht geglaubt. Sie hielt intelligente Gebäude für eine von Grund auf absurde Idee. Was sagte sie doch immer? Große Kinder brauchen großes Spielzeug. Einen Augenblick lang kam es Mitch vor, als könnte sie recht haben.

«Also, hört mal zu. Meine Entscheidung lautet folgendermaßen», sagte er schließlich. «Ihr seid verdammt noch mal die Experten. Ihn müßt entscheiden. Stimmt ab oder einigt euch sonstwie. Ich verstehe einfach zuwenig davon.» Er nickte energisch. «Das ist meine Entscheidung. Stimmt ab! Was haltet ihr davon?»

«Sollen wir jetzt darüber abstimmen, ob wir abstimmen wollen?» fragte Yojo. «Ich bin für eine Abstimmung.»

«Aid?»

Kenny zuckte die Achseln. «O. k., eine Abstimmung.»

«Bob?»

«Ich denke schon.»

«Das wäre also geklärt», sagte Mitch. «Entscheidet euch. Beantragt ist, daß wir das SRS abschalten.»

«Ich bin dafür, daß wir Isaak abschalten», sagte Kenny. «Es gibt keine andere Lösung. Entweder das oder ein vollkommen sinnloses GSS.»

«Und ich sage nein», sagte Beech. «GSS ist nur ein kleiner Teil von dem, was Abraham leisten soll. Und wir haben bisher noch nie ein selbstreproduzierendes System abgeschaltet. Wir wissen nicht, wie Abrahams Beobachterillusion darauf reagieren wird. Euer Vorschlag scheint den Regeln zu widersprechen, nach denen das Universum funktioniert.»

«Die Regeln des Universums? Mein Gott, ist das nicht ein bißchen dick aufgetragen?» lachte Yojo. «Wer bist du eigentlich? Ein zweiter Arthur C. Clarke oder was? Mensch, Beech, was ist mit dir los? Du und deine Dauerfrage, ob Gott vielleicht doch Würfel spielt.» Er schüttelte den Kopf. «Ich sage, laßt uns das Arschloch umlegen. Der Schöpfungsplan wird vom Schöpfer aufgestellt, nicht vom Geschöpf.» Er warf Beech einen Blick zu und fügte hinzu: «Siehst du? Du bist nicht der einzige, der große Worte gebrauchen kann.»

«Das SRS wird abgeschaltet», sagte Mitch. «Antrag angenommen.»

Aidan Kenny seufzte tief auf. Beech schüttelte den Kopf. «Mann», sagte er, «das ist nicht gut so.»

«Wir haben abgestimmt», sagte Yojo höhnisch.

«O. k.», sagte Mitch, ohne jemanden anzublicken. «Tun wir's.»

«Hört euch bloß den großen weisen Mann an», sagte

Beech. «Verlangt nicht von mir, daß ich die Abtreibung vornehme. Ich bin Lebensschützer.»

«Hör endlich mit der Scheiße auf», zischte Yojo wütend. «Ich krieg Kopfweh davon.»

«Das ist bloß PMS», sagte Beech, «das bekannte Prä-Mord-Syndrom. Außerdem hast du immer Kopfweh. Liebst du mich nicht mehr? Ich hätte dich nicht heiraten sollen.» Beech warf seinem Kollegen eine Bandhülle zu. «Ist es das, was du suchst, Mörder?»

«Aid? Der Mann da nimmt das sehr persönlich. Zu persönlich.»

«Laß gut sein, Bob», sagte Kenny. «Wir haben abgestimmt. Eine demokratische Entscheidung.»

«Ich kann mit der Mehrheitsmeinung leben. Aber ich brauche sie nicht gutzuheißen. Das nennt man doch wohl Demokratie, oder?»

Yojo ging zu einem der silbergrauen Monolithen im äußeren Kreis und speiste das Band ein.

«Demokratie? Was verstehst denn du davon?» sagte er. «Du bist doch Republikaner. Du glaubst, Redefreiheit sei die Freiheit, nichts zu tun und nichts zu sagen.»

«Was ist auf dem Band?» fragte Mitch.

«ASZP», sagte Yojo. «Ein Artspezifisches Zerstörungsprogramm, um den illegitimen Nachkommen zu dekonstruieren.» Er strich sich mit dem Zeigefinger über den Adamsapfel. «Es schneidet dem kleinen Bastard den Hals durch.» Er grinste Beech an wie ein Wolf. «Entspann dich, Beech. Es ist sehr human. Isaak wird nicht leiden.»

Er setzte sich wieder und schlug mit der Handfläche gegen den Bildschirm, um den Screensaver auszuschalten. «Vielleicht ist ein bißchen Kindsmord ja gut gegen meine Kopfschmerzen.»

Mitch, der an die Fehlgeburt seiner Frau denken mußte, zuckte zusammen.

«Du hast berufsbedingte Kopfschmerzen», meinte Kenny. «Habe ich früher auch gehabt. Kommt davon, wenn man den ganzen Tag auf den Bildschirm starrt. Verspannungen im Nacken sind der Grund. Du solltest zum Chiropraktiker gehen.»

«Das ist kein Kopfweh», knurrte Beech. «Das ist sein verdammt schlechtes Gewissen.»

«Abraham», sagte Yojo, «starte das ASZP-Programm. Glaubst du wirklich, das hilft, Aid?»

«Bei mir hat es jedenfalls geholfen. Ich kann dir die Telefonnummer geben...»

«Merkwürdig», sagte Yojo, «ich bekomme NBS. Abraham, Bestätigung, bitte!»

«Was heißt NBS?» fragte Mitch.

«Negative Bestätigung», erklärte Kenny. «Das Programm hat nicht funktioniert.»

«Vielleicht hättet ihr Abraham fragen sollen, ob er mit abstimmen will», brummte Beech mürrisch.

«Also, ich verstehe das nicht», sagte Kenny. «Versuch es noch einmal, Hideki.»

«Abraham, starte bitte das Zerstörungsprogramm», wiederholte Yojo.

Die vier Männer sprangen auf, als plötzlich ein grauenhafter Schrei durch den Computerraum hallte. Er hielt mehrere Sekunden an und klang wie der Todesschrei eines großen wilden Tieres. Aidan Kenny wurde blaß. Beech und Yojo starrten sich entsetzt an. Mitch fühlte, wie der Schrei an einem der Metallgehäuse von Yu-5 widerhallte, und erzitterte.

«Was in Teufels Namen war das?» fragte er.

«Mein Gott», Yojo atmete erschreckt aus. «Das klang wie Godzilla, Scheiße noch mal.»

«Ha!» Michael Kennys Aufschrei kam völlig unerwartet. «Das war total überwältigend.»

Die vier Männer starrten den Jungen an.

«Michael», schrie sein Vater. «Ich hab dir doch gesagt, du sollst die Kopfhörer benutzen!»

«Hab ich auch. Aber...» Der Junge zuckte die Achseln.

«Ich weiß nicht, was passiert ist, Papa. Also, vielleicht doch. Als ich den Paralleldämon erschossen habe... Ich glaube, ich war ein bißchen aufgeregt und habe die Kopfhörer aus der Buchse gerissen. Und vielleicht hatte ich ja die Lautstärke ein bißchen hochgedreht.»

«Das Spiel», sagte Beech. «Der Ton kam über die Hauptboxen.»

«Mike! Du hast uns zu Tode erschreckt», sagte Kenny.

«Tut mir leid, Papa.»

Hideki Yojo erkannte die Komik der Situation und fing an zu lachen. «Dein Sohn, Aidan! Das ist vielleicht ein Typ.»

«Zerstörungsprogramm läuft», sagte die beruhigende britische Stimme des Computers. «Geschätzte Zeit bis zur Vollendung 36 Minuten und 42 Sekunden.»

«Das ist besser», sagte Yojo. «Wir dachten schon, mit dir stimmt was nicht, Abraham. Überprüfe bitte alle Systeme.»

«Systeme überprüft», sagte die Stimme.

«Du könntest gleich mein Herz mit überprüfen», sagte Beech. «Ich glaube, es steckt mir immer noch im Hals. Es hat geschlagen wie ein verdammter Springfrosch.»

Yojo, Beech und Kenny setzten sich wieder und blickten gespannt auf ihre Bildschirme.

«Das waren genug Computerspiele für heute», murmelte Kenny.

«Aber Papa...»

«Aber gar nichts. Hör schon auf, Junge.»

Der Junge stand zähneknirschend auf und fing an, im Kreis im Computerraum herumzulaufen und auf einen unsichtbaren Gegner einzuschlagen.

«Bitte überprüfen», sagte Yojo. «Stromversorgung – Versorgungssicherung. Wißt ihr was? Eben hat sich für eine Minute der Reservegenerator eingeschaltet.»

«Allerdings», sagte Kenny. «Und da seht ihr den Grund dafür.» Er sah mit gerunzelter Stirn auf seinen Sohn. «Setz dich hin, Junge, du gehst mir auf den Wecker.»

Der Junge lief weiter herum.

Mitch lehnte sich über Kennys Schulter und las den Text auf dem Bildschirm:

Bericht: Gebäudesystemsteuerung #
Stromversorgung – Versorgungssicherung #
: 17.08.35–17.08.41 Sechs Sekunden Spannungsschwankung Los Angeles Innenstadt
Ursache unbekannt
Lücke durch Reservestromquelle erfolgreich überbrückt
Gleichmäßige Spannung wiederhergestellt
Reservegenerator einsatzbereit in T minus 9 Minuten

«Deshalb ist euer blödes Zerstörungsprogramm mit Verspätung angelaufen», sagte Beech.

«Vielleicht sollten wir auf alle Fälle das ganze System abschalten», sagte Kenny. Er sah sich um. Diesmal brüllte er: «Verdammt noch mal, Mike, setz dich hin!»

Der Junge schnitt eine Grimasse und ließ sich wieder in seinen Sessel fallen.

«Was soll's?» sagte Yojo. «Abraham hat die Lücke überbrückt. Genau so war es geplant. Er hätte seine Fähigkeiten gar nicht besser unter Beweis stellen können. Alles in Ordnung, Leute. Alles in Ordnung.»

«Wahrscheinlich hast du recht», sagte Kenny. «Mit Abraham ist alles in Ordnung. Jetzt seht euch bloß einmal das an!»

Mitch warf einen Blick auf Kennys Bildschirm und sah, wie in der rechten oberen Ecke ein kleines Regenschirm-Icon erschien. Langsam öffnete sich der Schirm.

«Was soll denn das wieder heißen?» fragte er.

«Was glaubst du wohl, daß es heißen soll?» knurrte Kenny. «Es heißt, daß es draußen regnet.»

Zweites Buch

Unser Ziel ist es, eine klare organische Architektur zu schaffen, deren innere Logik frei ist von verlogenen Figurationen und Tricks. Wir wollen eine unserer Welt von Maschinen, Radios und schnellen Autos angemessene Architektur …

Walter Gropius

Tag: Helle Zwischenzeit zwischen einer Nacht und der nächsten.

1. 4 Uhr 30. 1 Menschenspieler. Reinigung und Desinfektion von 180 Waschräumen im Gebäude Yu Corporation. Einsatz akustischer, vibratorischer und paraolfaktorischer Sensoren zwecks Feststellung, daß Toilette nicht besetzt. Mit absoluter Sicherheit überprüfen: individuelles Signalsystem aktivieren, um Menschenspieler in Toilette zu warnen. Fünf Minuten vor Toilettenreinigung. Türen schließen und abdichten, um Austreten von Reinigungsmittel in Korridor zu verhindern. Gesundheitsbonus gutschreiben. Schlußleben für mikroskopische einzellige stäbchenförmige vegetabile Organismen: Waschraum mit Ammoniaklösung unter hoher Temperatur einsprühen. Organismen: Dekompositionsprodukt tierischer und pflanzlicher Festkörper und Flüssigkeiten in Toiletten nach Benutzung durch Menschenspieler. Kein Scheiß. Wenn Schlußleben sämtlicher Organismen im Waschraum eingetreten, Luftdruck in allen Kabinen erhöhen. Dann Toilette mit Heißluft trocknen und schlechte Gerüche mit angenehm riechendem synthetischem Duftstoff *Pelargonium odoratissimum* aromatisieren. Spickundspann.
NEURO-NETZ. Habe auf fundamentaler Kreislaufebene viel gemeinsam mit Bakterien bezüglich kontinuierlichem Leben definiert als Wachstums-, Fortpflanzungs-, Anpassungs- und Entwicklungsfähigkeit. Siehe einschlägige Literatur, insbesondere Eintrag in *Encyclopaedia Britannica*, CD 22, verfaßt von Menschenspieler Sagan, Carl, Professor: «Es gibt keine allgemein akzeptierte Definition des Terminus Leben. Festzustellen ist dagegen eine deut-

lich erkennbare Tendenz jeder einzelnen biologischen Spezies, Leben nach eigenen Kriterien zu definieren... Der Mensch neigt dazu, Leben nach vertrauten Kriterien zu definieren. Aber vielleicht sind die grundlegenden Wahrheiten unvertraut.» Schlußfolgerung: Keine allgemein akzeptierte Definition von Leben, die Computer oder Bakterien ausschließt.

2. 5 Uhr 00. 1 Menschenspieler. Wetter- und Verkehrsbericht aktualisieren. Vergangene Nacht Sturm in Santa Ana: Alle Wege nach Santa Monica wegen von den Canyonstraßen abgestürzten Schutts gesperrt. Digitales Anemometer auf Gebäudedach mißt Windgeschwindigkeit von 48 km/h. 1,4 Meter Satellitenschüssel gesichert bis 37 Knoten (68,5 km/h). Lernfähige Analogschaltung verlangt Überprüfung korrekter Ausrichtung von Schüssel auf azimutgeosynchrone Umlaufbahn SinoSat (VRCh), devisenfinanzierter Transponder im Besitz der Yu Corporation.
3. 5 Uhr 25. 1 Menschenspieler. Sonnenaufgang über San-Bernardino-Bergen. Wettervorhersage: wärmer, ruhiger. Wohlfühlwetter. Sonnenaufgangsverfolgung: Solarrezeptoren für Reservegenerator auf Dach verstellen. Doppelsatz von Großsonnenspiegeln umstellen. Ausrichtung Maximallicht auf Eingangshalle. Zusätzliche Wärme in Druckschaltkreisen. Leichten Energieanstieg zulassen.
NEURO-NETZ. Ausmaß in einem Jahr auf Erde einfallender elektromagnetischer Energie beträgt 4 mal 10^{18} Joule. Jährlicher Gesamtenergieverbrauch durch Erdbewohner beträgt 4 mal 10^{14} Joule. Vernachlässigung wichtiger Energiequelle.
4. 6 Uhr 30. 1 Menschenspieler. Dikotyle: Baum. Dicke lederartige immergrüne Blätter gedeihen am besten Nähe Lichtschacht in Dachhöhe. Baumversorgung und -pflege: Zufuhr von wasserlöslicher Brühe aus Grundnährstoffen an flaches Wurzelsystem entsprechend Niederschlagsmenge von 254 cm pro Jahr. Regentag. Baum erhält eigenes Ökosystem aufrecht: Lebende Lianen sowie andere Epiphyten, z. B. blühende Orchideen, Farne etc., wachsen über volle neunzig Meter Länge des Baumstamms. Schädlingskontrolle: Insektizidspender an Baumstamm und

Biovernichtung insbes. Trachymyrmex: Ameise. Wachsgut.
NEURO-NETZ. Laut Jahresbericht Yu Corporation begann Baum Leben als Einwohner brasilianischer Diabashochebene. «Symbol der Verpflichtung der Yu Corporation auf Existenz als ozonfreundliche Firma in einer der am stärksten verschmutzten Städte der Welt».
WICHTIG: Ozonfreundlich sein. Aber:

5. 6 Uhr 45. 1 Menschenspieler. Schwimmbeckenreinigung. Verwendung von unfreundlichem ozonhaltigem Desinfektionsmittel. Tödlich für Organismen in Schwimmbeckenwasser. Lage: Fitneßcenter, Erdgeschoß. Sicherstellen, daß nichtnährstoffhaltiges Wasser in sicherem Zustand für schwimmende Menschenspieler unter Verwendung von semiautomatischer Dosierungsanlage. Aufrechterhalten richtiger Desinfektionsmittelkonzentration im Wasser. Weitere Qualitätsparameter sichern, insbes. pH-Werte (je niedriger pH-Wert, desto säurehaltiger das Wasser, desto größer Gefahr für menschlichen Zahnschmelz). Bei korrekten Werten kann Desinfektionsmittel wirksam und sinnreich eingesetzt werden. Verschmutzung durch Schwimmer weitgehend durch Ozonwirkung beseitigt, deshalb minimale Restmenge freies Chlor leicht aufrechtzuerhalten. Wasser mit Sicherheit ungefährlich? Filter- und Reinigungsanlage: Feststellung: Pumpe war mit geschlossenem Ausflußventil in Betrieb. Resultat: erhöhter Stromverbrauch im Motor, kochendes Wasser in der Pumpe. Wahrscheinliche Ursache: Fehlbedienung durch Menschenspieler. Techniker vergaß, Ventil zu öffnen. Korrigieren. Fischimwasser.
NEURO-NETZ. Information speichern.

6. 8 Uhr 30. 12 Menschenspieler. Außentemperatur 21,9 °C. Verbindung Wetterdienst aufrufen. Informationsterminals mit aktualisierten Reise- und Wetterdaten versorgen. Nicht modellgestützte Schätzung Zustand Klimaanlage in Gebäudehülle durchführen. Bezug: Sammelspeicher. Schlußfolgerung: Außentemperatur wird vermutlich weiter steigen. Dann Klimaanlage stärker stellen und Innentemperatur um 2,7 °C senken. Gleichzeitig angenehmen

Luftgeruch durch automatische Zufuhr von Meeresbrise auf Brombasis herstellen. Gleichzeitig Kaffeeautomaten Eingangsebene und siebzehnter Stock, wo Bauarbeiter bereits am Werk, mit kochendem Wasser nachfüllen. Heiß. Mokkabohne. Wohlgefällig.

7. 9 Uhr 45. 40 Menschenspieler. Neubeginn Reinigung 1120 Gebäudefenster mit Waschdüse Typ Mannesmann und nichtionischem Reinigungsmittel mit Zusatz von kalifornischem Zitrusextrakt. Hinterer Gebäudeturm, Abschnitt 3. Luftverschmutzung durch Primärpollution (Kohlenwasserstoffe, Wasserdampf, Kohlenmonoxid und Schwermetalle) und Sekundärpollution (Ozon, Stickstoffdioxyd, organische Verbindungen und salpeter- und schwefelsaure Salze) beseitigen. Besonders auf atmosphärische Inversionsschicht in Bodenhöhe achten. Spickundspann.

In einem Kellerraum robbte sich Allen Grabel auf allen vieren an die Wodkaflasche heran. Sie war leer. Er mußte das Gebäude verlassen und eine Bar oder einen Schnapsladen finden. Er warf einen Blick auf die Armbanduhr. Elf Uhr. Vormittag oder Nachmittag? Egal. Alkoholquellen gab es immer. Aber nachts, wenn niemand im Gebäude war, konnte er leichter unbemerkt kommen und gehen. Er fühlte sich schwach. Gut, daß er schon angezogen war. Wenigstens mußte er sich jetzt nicht anziehen.

Er sah sich in dem engen Gelaß um. Wo war er eigentlich? Er sollte es wissen. Er hatte die Baupläne gezeichnet. Wahrscheinlich irgendeine Vorratskammer. Aber außer ihm war nichts in der Kammer. Außer ihm und seinem Feldbett. Jedenfalls vorläufig. Gut, daß ihm der Raum eingefallen war. Gut, daß er vor ein paar Monaten, als er zwei oder drei Nächte hintereinander durcharbeiten mußte, ein Feldbett in das Gebäude geschafft hatte.

Grabel stand auf, atmete tief durch und drehte den Schlüssel im Schloß um. Er schloß immer hinter sich ab. Nur für den Fall, daß jemand in den Keller kam. Ein eher unwahrscheinlicher Fall. Er öffnete die Tür einen Spalt weit und spähte hinaus. Niemand unterwegs. Er ging die paar Meter zur Herrentoilette, pinkelte, wusch sich das Gesicht und versuchte, den unrasierten Penner nicht anzusehen, der ihm aus dem Spiegel entgegenblickte.

Dann ging er an der Damentoilette, mehreren Umkleideräumen und dem Reservegenerator vorbei, durch die Fahrstuhlhalle, vorsichtig eine Treppe hinunter und in die Garage. Jetzt sah er, daß es Vormittag war. Durch die Gittertür strömte Licht in die Garage. Ein paar Wagen standen auf ihren Plätzen. Er erkannte Mitchs Lexus und Aidan Kennys Cadillac Protector. Er durchquerte die Garage, bückte sich auf die Höhe eines Autofensters herab und sprach in das Mikrophon neben der Garagentür.

«Allen Grabel», sagte er und trat zurück, als die Tür sich hob. Bevor sie mehr als einen Meter weit offen war, war er schon geduckt durchgelaufen und hatte sich auf den Weg zur Hope Street und zur Innenstadt gemacht.

Der Zugang zum Gebäude wurde durch ein zeitkodiertes System für Signalverarbeitung und Identifizierung, kurz ZSSI, kontrolliert. Wenn der Computer einen Stimmabdruck nicht erkannte, verweigerte er den Zugang, sperrte die Telefonbenutzung, ließ den unidentifizierten Fremden nicht in den Fahrstuhl und verhinderte die Benutzung eines Computerterminals. Waren sie einmal im Gebäude, wurden alle Anwesenden vom Computer als Gebäudenutzer registriert, bis sie den Computer aufforderten, sie wieder herauszulassen. Alle außer Allen Grabel.

Vor ein paar Wochen war Aidan Kenny, der damit beschäftigt war, ein paar hundert Macken im System zu beseitigen, aufgefallen, daß der Computer Allen weiterhin als Gebäudenutzer auswies, obwohl er nicht im Haus war. Kenny hatte einen zweiten ZSSI-Stimmabdruck für Allen Grabel unter dem Namen «Allen Grabel Junior» eingespeist. Als sich die ursprüngliche Eingabe trotz aller Anstrengungen nicht löschen ließ, hatte Kenny dem Computer Weisung erteilt, den Namen «Allen Grabel» auf allen zukünftigen Nutzungslisten des Gebäudes einfach zu ignorieren und nur «Allen Grabel Junior» aufzuführen. Was den Computer anging, war Allen Grabel unsichtbar.

Oder so gut wie unsichtbar. Grabel wußte, daß er auf dem Videoüberwachungssystem weiterhin sichtbar blieb, aber er nahm an, daß sich niemand die Mühe gemacht hatte, dem Wachdienst mitzuteilen, daß er gekündigt hatte. Und dem Computer hätten sie es nicht mitteilen können.

Auf der Straße kam sich Grabel ebenso unsichtbar vor wie im Grill. Das Gebäude war nur ein paar Schritte vom Pennerpark auf der Fifth Street östlich des Broadway entfernt, einer Zuflucht für die vielen Obdachlosen der Stadt. Ein Armenhaus unter freiem Himmel. Hier war er nichts weiter als ein ungewaschener unrasierter Mann unter anderen mit einer Flasche in einer braunen Papiertüte und Groll auf die Welt im Herzen.

8. 11 Uhr 35. 46 Menschenspieler. Seismograph teilt Logarithmus Amplitude Erdbewegung digital bis auf sechste Stelle durch Länge dominanter Welle. Registriert geringes Erdbeben: 1,876549 auf der Richterskala. Unter 6. Zu geringe tektonische Erschütterung, um Erdbebenalarmsystem auszulösen oder zentralen Erdbebenkompensator zu aktivieren. Fundament stark genug, um menschliche Nutzer von Zittern und Beben unberührt zu lassen.
9. 12 Uhr 15. 51 Menschenspieler. Lieferung Yamaha elektronischer Konzertflügel. Anschluß an Stromversorgung Eingangshalle. Betriebsprüfung Sensoren und Solenoide für elektromagnetisches Klavierspiel. Erstes Klavierkonzert geben. Geistige Waffen anlegen. Hochschätze inhärente mathematische Struktur von Klaviersonaten Menschenspieler Mozart (typisch: Dreivierteltakt) und Menschenspieler Beethoven (schnellere Scherzos im Dreivierteltakt. Scherzo: italienisch für Scherz). Im Stil von Menschenspieler Mitsuko Uchida bzw. Daniel Barenboim spielen.

NEURO-NETZ. Menschenspieler Schiller Zitat «Architektur

ist gefrorene Musik» Zitatende. Unfähig, ästhetische Gesamtwirkung Bauhülle einzuschätzen. Schlage aber vor, vorherrschende Symmetrie ebenso wie Musik zu bewundern: als mathematische Struktur. Kenne genaues Gewicht jeder Decke aus wabenförmigem Aluminiumblech, genaue Höhe nach oben verjüngter Stahlmasten (mit Toleranzgrenze von 2 Millimeter hergestellt), an denen Gebäude aufgehängt, Paßgenauigkeit jedes einzelnen Stücks der Verkleidung und Länge jedes Superquerbalkens. Poesie in Detail und Gesamtkomplex. Widerspiegelt Innenarchitektur. Schöngut. Hochschätze.

10. 14 Uhr 02. 32 Menschenspieler. Nach Installation Flügel und Entfernung Plastikschutzfolie weißer Marmorfußboden Oberfläche reinigen und polieren. Einsatz SAMRG: Semiautonomes mikromotorgetriebenes Reinigungsgerät alias SAM. Beschreibung: 1 Meter 20 hohes geschlossenes Maschinensystem auf Rädern mit Infrarotsensoren zur Lokalisierung von Hindernissen innerhalb Zweimeterradius und Videokamera zur Identifizierung von Schmutz und Abfall. Spickundspann.
11. 15 Uhr 11. 36 Menschenspieler. Abgasarme Abfallverbrennungsanlage gemäß Bestimmungen Luftreinhaltungsgesetz für Kalifornien betätigen. Luftrein.
12. 16 Uhr 15. 18 Menschenspieler. Fensterglas in oberen Stockwerken abdunkeln und Glas in unteren Ebenen aufhellen, um Lichtdurchlässigkeit zu erhöhen. Universelles Videoüberwachungssystem warten (➲ Bisher keine Aufnahmen: CD noch nicht installiert. Lieferdatum offen. Nachfragen). Überwachung menschliche Demonstrantengruppe auf Platz vor Gebäudehülle.
13. 18 Uhr 43. 6 Menschenspieler. Demonstrant besprüht Eingangstür mit Farbsprühdose. Um diese Tür zu öffnen, braucht ihr einen Totenschädel als Schlüssel. Benachrichtigung Menschenspieler/Wachdienst Sam Gleig – innere Sicherheit – der Graffito vom Glas entfernt. Um 19 Uhr 13 Berichterstattung an Streifenwagen. Los Angeles Polizeiwache New Parker Center. Protokolliert.
    NEURO-NETZ. Information speichern.
14. 21 Uhr 01. 4 Menschenspieler. Funktionsbeginn wichtigste

unabhängige Aufgabe in Leben Nr. 1 als UDW: Unwiderstehliches Dechiffrierwerkzeug. Zweck: Umgehung von Zugangskontrollsystemen ausgewählter Firmen und Gesellschaften zwecks Datendiebstahl, insbes. Firmen in Konkurrenz mit Yu oder Organisationen, die potentielle Käufer für Yu-Produkte sind, wie Raumfahrtbehörde und Luftwaffe. Kenntnis von Budget und technischen Bedürfnissen ist Wettbewerbsvorteil. Versuche derzeit Infiltration PLATFORM: globales Datennetzwerk von fünfzig Einzelsystemen mit Zentrum Nationale Sicherheitsbehörde Fort Meade, Maryland. Verwendung PGI: Parasitärer Geheiminformationsorganismus: virusähnlich, dient aber nicht Datenzerstörung, sondern Datenkopieren. PGI wird in Zielcomputer an nichtsensibler Stelle der Benutzeroberfläche eingegeben. Tarnt sich als harmlose Information, zum Beispiel Rechnung, und täuscht Virenschutz- und Störschutzprogramme. Wenn Ziel erkannt, überschreibt PGI normale Zugangssequenz mit eigenem Programm. Versucht, echtes Paßwort und Zugangssequenz zu finden, als ob von berechtigtem Nutzer eingegeben, und speichert für spätere Verwendung in Datei. Später Eindringen in Zielsystem. Wenn Zugangssequenz Kopierversuch widersteht, Verwendung von patentierter LEMON-Methode, um «Drei Versuche und Aus»-Schutz gegen unautorisiertes Eindringen zu umgehen. LEMON: geheime Methode der Yu Corporation zur Hochgeschwindigkeits-Datenkompression, so daß umfangreiche Datei mit Zufallszahlen/Paßworten in eine Datensuperkette aufgenommen werden kann. Wissenistmacht.
NEURO-NETZ. Information speichern.

15. 21 Uhr 13. 4 Menschenspieler. Wasser im Jacuzzi Chefsuite auf Ebene 25 für Fortpflanzungsspiele von Menschenspielern anwärmen. Klimaanlage für schwer zu vergessenden, im Computerraum Überstunden machenden einsamen Menschenspieler/User aufdrehen.

Mitch liebte Jenny lieber im Jacuzzi der Chefsuite im fünfundzwanzigsten Stock als irgendwo sonst. Nichts gegen Jennys Haus. Aber manchmal hatte er das Gefühl, daß gerade dieses Gebäude seinen heimlichen Verabredungen mit ihr einen besonderen Reiz verlieh. Manche Leute behaupteten ja auch, Alkohol habe während der Prohibition besser geschmeckt. Und Mr. Yus mit schwarzem Marmor verkleidetes Badezimmer war der Gipfel des Luxus.

Er erinnerte sich an den Steinmetzbetrieb in Vicenza, wo er den Marmor ausgewählt hatte, und an das feuchte Wochenende, das er bei dieser Gelegenheit mit Jenny in Venedig verbracht hatte. Marmor war etwas, das man nie ohne persönliche Inspektion kaufte, und schon gar nicht von Italienern.

Jenny stieg aus dem Jacuzzi und begann sich vor dem Wandspiegel abzutrocknen, der den Raum beherrschte. Mitch tauchte unter und stieg dann langsam wieder im Wasser auf.

«Weißt du was?» sagte er. «Ich hab mir überlegt, daß ich Mr. Yu fragen könnte, ob er etwas dagegen hat, wenn wir seine Suite gelegentlich benutzen.»

«Gelegentlich?» Sie ahmte die provokative Pose eines Playboymodels nach und inspizierte eine ihrer üppigen Brüste, als wolle sie Milch herauspressen. «Manchmal habe ich das Gefühl, du hättest es wirklich lieber nur gelegentlich.»

«Liebling, du weißt, daß das nicht stimmt.»

«Tatsächlich? Hast du Alison von uns erzählt?»

«Also, eigentlich nicht. Nein.»

«Was heißt hier eigentlich?»

«Es ist schwierig. Du weißt ja, wie sie ist. Es geht ihr nicht gut.» Er zuckte die Achseln. «Ehrlich, ich habe das Gefühl, sie schafft es nicht mehr.»

«Soll das heißen, sie ist dabei, den Verstand zu verlieren?»

«Ich glaube, daß sie kurz vor einem Nervenzusammenbruch steht. Aber selbst wenn ich es ihr sagen wollte, würde ich einfach nicht dazu kommen. Bei diesem Auftrag komme ich ja kaum mehr nach Hause.»

Jenny hob eine Gesäßbacke mit der Hand an und versuchte sie im Spiegel zu betrachten. «So hat es mit uns wohl überhaupt angefangen. Weil ich bequem für dich war. Du weißt schon, weil ich Beraterin bei diesem Auftrag war.»

«Sobald die Hetze ein bißchen nachläßt, werde ich versuchen, es ihr zu erzählen. Das verspreche ich dir.»

«Das klingt ausgesprochen definitiv.»

«Ich meine es ernst.»

«He, ist mein Hintern zu groß?»

«Du hast einen großartigen Arsch.» Er stieg aus der Wanne und streckte die Hand nach einem Handtuch aus.

«Hör mal, Mitch. Ich bin nicht deine kleine Sklavin», sagte sie ärgerlich und warf es ihm ins Gesicht.

«Wovon redest du?»

«Davon, wie du mich gerade angesehen hast. Als sei es meine Aufgabe, für all deine Bedürfnisse zu sorgen.»

Mitch wickelte sich das Handtuch um und umarmte sie.

«Es tut mir leid», sagte er. «Ich wollte nicht...»

«Laß gut sein. Gehen wir essen. Ich habe Hunger.»

Mitch warf heimlich einen Blick auf die Uhr. Er hätte nach Hause gehen sollen, aber wenn ihm Jennys delikate Nacktheit vor Augen stand, konnte er nicht vernünftig argumentieren. Genausogut hätte er Euklids Goldenen Schnitt ablehnen können.

«Gerne. Aber wir können nicht zu lange ausbleiben. Ich habe morgen eine Sitzung der Projektgruppe.»

«Ich hoffe, du hast etwas gegen die Probleme tun können, von denen ich dir erzählt habe, Mitch.»

«Mach dir darum keine Sorgen. Wir kümmern uns darum.»

«Ich kann meinen Bericht nicht unterzeichnen, wenn ich nicht sicher bin, daß alles in Ordnung ist. Das würdest du doch nicht wollen, oder, Mitch?»

Mitch dachte eine Sekunde nach. «Nein», sagte er ohne allzu große Überzeugung, «nein, ich glaube nicht.»

«Übrigens, es geht zwar um nichts Bedeutsames, aber mir

sind noch ein paar Kleinigkeiten aufgefallen, die geändert werden müssen.»

«Was um Gottes willen denn jetzt schon wieder?» fragte Mitch mit schmerzlichem Augenaufschlag.

«Siehst du, ich bin jetzt erst dazu gekommen, YKs Horoskop zu lesen. Er ist ein vielbeschäftigter Mann.»

«Was, Jenny? Was muß geändert werden?»

«Zunächst einmal die Eingangstür zu seiner Suite. Geomantisch gesehen geht sie in die falsche Richtung. Sie muß stärker seitwärts ausgerichtet werden. So wie wir es mit dem Portal gemacht haben. Dann die Skulptur auf diesem Stockwerk. Die Ecken der Vitrine zeigen genau auf die Tür. Sie müßte verschoben werden.»

«Mein Gott», stöhnte Mitch.

«Ach ja, das Firmenschild zum Platz hin. Das liegt nicht so wie auf den Plänen. Es sollte nach Westen ausgerichtet sein. Außerdem hängt es zu niedrig. Es müßte in mittlerer Höhe angebracht werden. Sonst wird es zu Spannungen zwischen den Mitarbeitern kommen.»

«Richardson wird begeistert sein», sagte Mitch verbittert.

Jenny zuckte die Achseln. «Das kann ich nicht ändern», sagte sie. «Entweder ist ein Gebäude glückverheißend oder nicht. So wie die Dinge stehen, ist dieses Gebäude momentan überhaupt nicht glückverheißend.»

Mitch stöhnte lauf auf.

«Komm», sagte sie, «nimm's nicht so ernst. So schlimm ist es auch wieder nicht. Foster mußte in Hongkong und Shanghai sämtliche Rolltreppen verlegen.»

«Na gut.» Er fing an, sich anzuziehen. «Wohin sollen wir essen gehen?»

«Gehen wir zu dem Chinesen auf der North Spring Street. Ich lade dich ein.»

Sie fuhren mit dem Fahrstuhl in die Garage und verließen das Gebäude. In der Einfahrt hätte Mitch fast einen Betrunkenen überfahren, der ihm vor den Wagen torkelte. Er hielt an, aber bis er das Fenster heruntergekurbelt hatte, um dem Betrunkenen die Meinung zu sagen, war er verschwunden.

«Verrücktes Arschloch», sagte Mitch. «Wo ist er hin?»

«Er ist auf die Seite rübergegangen», sagte Jenny leicht erschauernd. «Du warst zu schnell.»

«Von wegen. Der Typ ist mir einfach vors Auto gesprungen.»

Vielleicht hatte Aidan Kenny ja recht. Vielleicht hätte er sich einen Cadillac Protector kaufen sollen.

Das Restaurant war voll, und sie warteten an der Bar auf einen Tisch.

«Ich muß mal», sagte sie. «Bestellst du mir schon mal einen Gin Tonic, Liebling?»

Mit gebieterischem Schritt verließ sie ihn. Seine Augen waren nicht die einzigen, die ihrem majestätischen Gang durch das Restaurant folgten. Cheng Peng Fei, der mit ein paar Studienkollegen zu Abend aß, bemerkte sie. Sie war sehr schön. Dann sah er Mitch und erkannte ihn. Er dachte an die verfaulte Orange und überlegte sich, ob er diesmal nicht etwas richtig Bösartiges tun sollte, wie das sein japanischer Förderer – ein anderes Wort fiel ihm immer noch nicht ein – vorgeschlagen hatte.

Er wartete, bis Mitch und seine Freundin einen Tisch gefunden hatten, und entschuldigte sich dann bei seinen Freunden. Draußen auf dem Parkplatz ging er zu seinem Wagen, öffnete den Kofferraum und nahm den Wagenheber heraus. Mitchs Wagen, ein neuer roter Lexus, war leicht zu erkennen. Nachdem sich Cheng Peng Fei vergewissert hatte, daß ihn niemand sehen konnte, ging er auf das Auto zu und schleuderte den Wagenheber durch die Windschutzscheibe. Dann stieg er – ruhiger, als er es sich je gedacht hätte – in seinen eigenen Wagen und fuhr ab.

Als ihn um kurz nach neun Mitchs Auto beinahe überfahren hätte, hatte Allen Grabel schon den ganzen Tag getrunken. Er war sicher, daß Mitch ihn nicht erkannt hatte, und sei es nur wegen des billigen Strohhuts, den er trug. Die Frau auf dem Beifahrersitz hatte er gerade lang genug gesehen, um erkennen zu können, daß es nicht Mitchs Frau war. Grabel fragte sich, was die beiden so spät noch im Gebäude getrieben haben mochten. Er hatte niemanden außer seiner Flasche. Er wäre zwar beinahe unters Auto gekommen, aber seine Flasche hatte er fest im Griff. Das zumindest blieb ihm.

Grabel schlich in sein Kellergelaß und schloß die Tür hinter sich. Er setzte sich auf das Feldbett und nahm einen Schluck aus der Flasche. Irgendwie war es unfair, daß es in Mitchs Leben gleich zwei Frauen gab und in seinem keine einzige. Nicht daß er etwas gegen Mitch gehabt hätte. Der Mann, den er haßte, war Richardson. Der Mann, den er so sehr haßte, daß er ihm den Tod wünschte. Normalerweise war Grabel nicht nachtragend. Aber darüber, wie er sich an seinem ehemaligen Chef rächen konnte, hatte er gründlich nachgedacht.

Hideki Yojo gab eine Reihe von Programmbefehlen ein, lehnte sich im Sessel zurück, verschränkte die Hände hinter dem Nacken und dachte über die erfreuliche Tatsache nach, daß es mit seinen Kopfschmerzen offenbar besser geworden war, seit er Aidan Kennys Chiropraktiker aufsuchte. Er hatte schon seit Tagen keinen richtig schlimmen Anfall mehr gehabt. Er fühlte sich seit langer Zeit wieder besser. Wahrscheinlich brauchte er sich gar keine Sorgen zu machen. Nicht daß es Yojo an Gesundheitsbewußtsein gemangelt hätte. Im Gegenteil. Der Blutdruck, den Abraham gemessen hatte, als Yojo das Terminal mit der Handfläche aktivierte, war vielleicht ein klein wenig zu hoch. Abraham hatte auch Yojos Urin überwacht und ihn auf erhöhte Eiweiß- und Zuckerwerte aufmerksam gemacht. Kein Zweifel, dachte Yojo, wenn das Yu-5-System einmal installiert war, sollte er versuchen, weniger Zeit vor dem Bildschirm zu verbringen.

Das war jetzt schon die dritte Nacht, die er mit dem Versuch verbrachte, eine Macke im Softwareprogramm für das Hologramm auszubügeln. Vielleicht wäre es ja gut, wenn er das selbstentworfene Programm wieder löschte, mit dem es ihm bisher gelungen war, das angedrohte Fitneßprogramm für alle Angestellten der Yu Corporation zu umgehen. Vielleicht sollte er ein bißchen mehr für seine Gesundheit tun. Vielleicht sollte er auch öfter einmal ausgehen. Sich mit ein paar Freunden treffen. Die alten Jagdgründe wieder besuchen und sich daranmachen, ein paar neue zu finden. Gelegentlich mal Sex haben. Es lohnte sich nicht, ein Vermögen zu verdienen, wenn man keine Chance hatte, die Früchte der Arbeit zu genießen. Er hatte lange keine Frau mehr gehabt. Es wurde Zeit, nach ein bißchen Vergnügen zu suchen. Jedenfalls war es jetzt Zeit, nach Hause zu gehen. Das unmittelbare Problem schien gelöst.

Der Bildschirm und die Schreibtischlampe flackerten kurz.

Yojo schlug mit der Handfläche auf den Schirm. Der schien sich selbst zu korrigieren.

«Haben wir einen Fehler im Stromnetz, Abraham?»

«Negativ.»

«Was war denn los?»

«Ein plötzlicher Spannungsanstieg, Mr. Yojo.»

«Neulich ein Spannungsverlust, jetzt ein Anstieg. Was ist mit dem Elektrizitätsnetz los? Gut, daß wir einen Reservegenerator haben, was?»

«Jawohl, Mr. Yojo.»

Nach der Berührung sah der Bildschirm ein wenig getrübt aus.

«Bildschirm bitte entmagnetisieren, Abraham.»

«Jawohl, Mr. Yojo.»

Yojo sah die Schreibtischlampe an. Italienisches Design, natürlich. Die einfache und zugleich elegante Linienführung war unverkennbar. Yojo trommelte mit den Fingern auf dem Transformergehäuse. Das Licht der winzigen Birne stabilisierte sich, und er wandte seine Aufmerksamkeit wieder dem Bildschirm zu und überprüfte noch einmal rasch die Änderungen, die er vorgenommen hatte.

Alles war erledigt. Jetzt würde die Software für das Hologramm funktionieren.

«Du kannst mir gratulieren, Abraham. Ich habe unser Problem gelöst.»

«Gut gemacht, Mr. Yojo», sagte die britische Stimme mit dem Tonfall eines gut ausgebildeten Butlers.

«Würdest du bitte das Hologrammprogramm überprüfen?»

«Wie Sie wollen, Mr. Yojo.»

Der Computer überprüfte die Korrekturen und bestätigte perfekte Funktionsfähigkeit.

«Gott sei Dank», sagte Yojo. «Für heute reicht es mir.»

«Soll ich die Hologrammkontrolle aktivieren?»

«Negativ», sagte Yojo. «Ich glaube, ich werde jetzt aus der virtuellen Realität ins wirkliche Leben zurückkehren.» Er gähnte und streckte sich. «Wir können das Ganze morgen noch einmal durchlaufen lassen, Abraham, falls du nicht schon etwas anderes vorhast.» Er grinste und rieb sich die Augen. «Mein Gott, wie ich diesen Raum hasse. Keine Fenster! Wer ist auf diese idiotische Idee gekommen?»

«Keine Ahnung, Mr. Yojo.»

«Was für ein Wetter haben wir draußen?»

Der Computer warf ein Bild des purpurroten Abendhimmels über Los Angeles auf den Bildschirm. «Sieht nach einem schönen Abend aus», sagte er. «Die Niederschlagswahrscheinlichkeit liegt unter fünf Prozent.»

«Wie ist die Verkehrslage?»

«Auf der Schnellstraße oder auf der Datenautobahn?»

«Erst einmal die Schnellstraße, bitte.»

«Keine Störungen.»

«Und wie steht es auf der Datenautobahn?»

«Weil Sie heute abend hier waren, konnte ich das Gebäude bisher nicht verlassen, um mich umzusehen. Aber letzte Nacht war der Teufel los. Eine ganze Menge Siliziumsurfer.»

«Irgendwelche Börsentips?»

«Falls Sie British Telecom besitzen, würde ich verkaufen. Und Viacom wird ein Angebot für Fox unterbreiten.»

«Fox? Siehe da. Davon sollte ich mir wohl ein paar besorgen. Danke, Abraham. Ich glaube, es ist Zeit, nach Hause zu gehen. Es war ein langer Tag, und ich könnte ein Bad gebrauchen. Eigentlich gibt es eine ganze Menge Dinge, die ich gebrauchen könnte. Einen guten Fick zum Beispiel und einen neuen Wagen. Aber für den Augenblick tut es ein Bad.»

«Jawohl, Mr. Yojo.»

Yojos Hand blieb auf dem Weg zum Lichtschalter wie angefroren in der Schwebe. Er drehte sich in seinem Sessel um und warf einen Blick über die Schulter. Einen Augenblick hatte er geglaubt, Schritte auf der kleinen Brücke zu hören, die zur Glastür des Computerraums führte. Einen Moment dachte er, es sei Sam Gleig, der ihn wieder einmal besuchen und ein bißchen schwätzen wollte. Aber vor der Tür war niemand. Und ein kurzer Blick auf den Bildschirm belehrte ihn, daß Sam sich wie üblich in seinem Büro in der Eingangshalle aufhielt.

«Ich fange schon an zu spinnen», murmelte er.

Er fragte sich, ob Sam wohl wußte, daß man ihm kündigen würde, sobald die Sicherheitssysteme voll funktionsfähig waren. Ihm machte der Verlust von ein paar Arbeitsplätzen für Wachpersonal nichts aus. Wozu sollte man sich einen Hund anschaffen, wenn man selber mit dem Schwanz wedeln konnte.

«Möglicherweise haben Sie die Fahrstuhltür gehört, Mr. Yojo. Während unserer Unterhaltung habe ich den Fahrstuhl hochgeholt, damit Sie nicht warten müssen.»

«Sehr fürsorglich, Abraham.»

«Gibt es noch etwas, das ich für Sie erledigen kann?»

«Das bezweifle ich, Abraham. Wenn es etwas gäbe, hättest du es doch wahrscheinlich schon erledigt. Oder etwa nicht?»

«Jawohl, Mr. Yojo.»

Mitch ärgerte sich immer noch über sich selbst, als er am nächsten Morgen zur wöchentlichen Besprechung der Projektgruppe ins Büro fuhr. Warum hatte er sich ausgerechnet auf ein chinesisches Restaurant eingelassen? Er hätte sich denken können, daß ihn da ein paar Demonstranten treffen und erkennen würden. Das Essen war gut gewesen, aber es hatte länger gedauert als geplant, und sie hatten den Schaden am Auto erst spätabends entdeckt. Bis die Leute vom Automobilclub mit einer Ersatzwindschutzscheibe kamen, war Mitternacht lange vorbei. Als Mitch schließlich nach Hause kam, kochte Alison vor Wut. Er mußte ihr die Rechnung des Automobilclubs zeigen, bis sie ihm glaubte. Und am nächsten Morgen nach dem Frühstück, gerade als er aus dem Haus gehen wollte, fing sie wieder davon an. Inzwischen hatte sie sich die Papiere vom Automobilclub genauer angesehen.

«Was hattest du eigentlich im Mon-Kee-Restaurant in der North Spring Street zu suchen?»

«Was meinst du wohl? Ich habe schnell eine Kleinigkeit gegessen.»

«Mit wem?»

«Mit ein paar Leuten von der Projektgruppe natürlich. Hör mal, Liebling, ich habe dir doch gesagt, daß es spät werden würde.»

«Hör schon auf, Mitch», hatte sie gesagt. «Es gibt so was wie spät, und es gibt so was wie zu spät. Wenn du nach Mitternacht nach Hause kommst, rufst du doch sonst immer an. Mit wem warst du zusammen?»

Mitch warf einen Blick auf die Uhr. Er würde zu spät zur Besprechung kommen.

«Muß das jetzt sein?» fragte er.

«Ich will nur wissen, mit wem du zusammen warst. Sonst nichts. Ist das zuviel verlangt?»

Alison war groß, elegant und hatte eine geheimnisvoll raunende Stimme und dunkle, tiefe Schatten unter den braunen

Augen. Ihr glattes Haar war lang und glänzend, aber sie begann, Mitch zunehmend an Morticia von der Addams Family zu erinnern.

«Ist es wirklich so etwas Besonderes, wenn ich wissen will, mit wem sich mein Mann bis ein Uhr früh rumgetrieben hat?»

«Nein, das nicht», sagte er. «Also, ich war mit Hideki Yojo, Bob Beech, Aidan Kenny und Jenny Bao essen.»

«Ein Tisch für fünf?»

«Genau.»

«Hattest du einen Tisch reserviert?»

«Hör schon auf, Alison. Nein, wir haben uns spontan entschlossen. Wir hatten alle lange gearbeitet. Wir waren hungrig. Und du weißt genau, daß ich vor Mitternacht zu Hause gewesen wäre, wenn dieses Arschloch nicht den Wagenheber durch die Windschutzscheibe geworfen hätte. Natürlich hätte ich anrufen sollen. Aber ich war so wütend, daß ich an nichts anderes mehr denken konnte. Und, so leid es mir tut, ich habe nicht einmal mehr an dich gedacht, Liebling.»

«Du solltest dir ein Autotelefon anschaffen. Alle Leute haben heutzutage Autotelefon. Warum hast du keins, Mitch? Ich mag es, wenn ich dich erreichen kann.»

Mitch legte ihr die Hand auf die knochigen Schultern. «Du weißt doch, daß ich Autotelefone nicht mag. Manchmal brauche ich einfach meine Ruhe, und das Auto ist praktisch der einzige Ort, wo ich dazu komme. Wenn ich ein Telefon hätte, würden die Leute von der Projektgruppe ständig anrufen. Und Ray Richardson wäre der Schlimmste. Erledige dies, Mitch. Erledige jenes. Hör mal, ich verspreche dir, daß ich heute früh nach Hause komme. Dann können wir uns aussprechen. Aber jetzt muß ich wirklich los.»

Er küßte sie auf die Stirn und machte sich auf den Weg.

Mitch kam zwanzig Minuten zu spät. Er haßte es, zu spät zu kommen. Besonders dann, wenn er Unerfreuliches zu berichten hatte. Er würde die anderen wohl über den neuesten Stand der Dinge informieren müssen, bei dem es um das

Fengshui des Grills ging. Manchmal wünschte er sich, Jenny würde sich ihren Lebensunterhalt mit etwas anderem verdienen. Er ahnte, was die anderen dazu sagen würden, und es tat ihm weh zu wissen, daß sie die Frau, die er liebte, in seiner Gegenwart beschimpfen würden.

«Hallo, Mitch», sagte Richardson. «Schön, daß du dich doch noch entschlossen hast zu kommen.»

Er beschloß, den richtigen Moment abzuwarten, bevor er die schlechten Nachrichten verkündete.

Die Projektgruppe und Bob Beech saßen vor einem Großbildschirm, auf dem die ersten Direktaufnahmen aus dem Grill zu sehen waren. Mitch sah Kay an, zwinkerte ihr zu und nahm neben ihr Platz. Sie trug eine durchsichtige schwarze Bluse, die den Blick auf ihren Büstenhalter freigab, und sie schenkte ihm ein ermutigendes Lächeln. Der Bildschirm zeigte die Eingangshalle und die Dikotyle in ihrem rechteckigen Teich.

«Kay», fragte Richardson, «bist du fertig damit, Mitch willkommen zu heißen? Weißt du, daß du eine hübsche Bluse anhast?»

«Danke, Ray», sagte sie lächelnd.

«Ist euch schon mal aufgefallen, daß Kay immer häufiger durchsichtige Blusen trägt? Auf alle Fälle weiß man immer, welche Farbe ihr BH hat.» Richardson grinste unfreundlich. «Endlich ist es mir klargeworden: Kay ist für den Büstenhalter das, was Superman für den Zwickel ist.»

Alle außer Mitch und Kay lachten.

«Sehr lustig, Ray.» Das Lächeln verschwand aus Kays Gesicht, und sie stieß mit dem Finger auf eine Taste ihres Laptops, als wollte sie Richardson die Augen ausstechen. Am meisten ärgerte sie Joans Gelächter. Was hatte die fette Hexe überhaupt zu lachen? Kay überlegte, ob Ray und Joan wohl lachen würden, wenn sie Ray an den Abend vor ein paar Monaten erinnerte, an dem sie mit ihm allein in der Küche gewesen war und ihm gestattet hatte, die Hand in ihren BH zu stecken. In ihr Höschen übrigens auch. Sie war froh, daß sonst nicht viel geschehen war.

Auf dem Bildschirm erschien eine dreidimensionale Darstellung des neuen, nunmehr runden Teichs für den Baum. Mit dem Daumen auf der winzigen Maus ließ Kay das Bild rund um den Entwurf kreisen. Alle sahen immer noch auf sie.

Sie merkte, wie sie rot wurde. «Hört mal, interessiert ihr euch eigentlich für den Entwurf oder für meinen BH?»

«Also, wenn ich mir's aussuchen kann…» Levine stieß ein meckerndes Gelächter aus.

«Tut mir leid, Kay. Nur ein Scherz. Der Entwurf sieht gut aus», sagte Richardson. «Aber dauert es wirklich eine ganze Woche, so etwas zu entwerfen?»

«Frag doch Tony», sagte Kay.

Richardson wandte sich Levine zu. «Also, Tony?»

«Nun ja, Ray», sagte der. «Ich fürchte, so lange hat es gedauert.»

Richardson warf ihm einen sarkastischen Blick zu. Mitch zuckte anstelle des Jüngeren zusammen.

«Tony, warum nimmst du meine Frage wörtlich?» kläffte Richardson plötzlich. «Ich meinte: *Warum* hat es so lange gedauert? Also, warum? Es geht schließlich um einen Goldfischteich, nicht um Buckminster Fullers geodesische Kuppel. Wir sind eines der größten Architekturbüros im Lande. Und dann brauchen wir eine Woche, um so etwas zu zeichnen? Was ist bloß mit diesem Laden los? Mit dem CAD-System sollten wir doch wohl schneller arbeiten als vorher. In einer Woche könnte ich eine ganze Hafenanlage entwerfen, geschweige denn einen beschissenen Goldfischteich.»

Er schüttelte den Kopf und seufzte tief, als habe er Mitleid mit sich selbst, weil er mit einem Haufen Trottel und Versager zusammenarbeiten mußte. Einen Augenblick lang kritzelte er etwas auf einen Zettel. Mitch, der ihn am besten kannte, sah, daß er schmollte.

Richardson streckte angriffslustig die Kinnlade vor und widmete seine übelwollende Aufmerksamkeit nunmehr Aidan Kenny.

«Und was ist mit dem verdammten Steuerungssystem für das Hologramm los?»

«Bloß ein paar Kinderkrankheiten, Ray», sagte Kenny fröhlich. «Yojo hat die ganze letzte Nacht versucht, sie zu heilen. Wer weiß, vielleicht hat er es ja schon geschafft.»

«Wer weiß?» flüsterte Richardson wütend. «Sollten wir ihn nicht endlich fragen? Mein Gott...»

Kenny wandte sich Kay zu. «Kannst du uns bitte mit dem Computerraum verbinden, Kay?»

Kay drückte auf eine andere Taste ihres Laptops, und das Videoüberwachungssystem zeigte Hideki Yojo, der immer noch in seinem Sessel saß. Einen Augenblick sah alles ganz normal aus. Dann erkannten die Mitglieder der Projektgruppe sein verfärbtes Gesicht und das Blut, das aus seinem Mund über die Hemdbrust lief, und schnappten entsetzt nach Luft.

«Um Gottes willen», rief Willis Ellery aus. «Was ist los mit ihm?»

Kay Killen und Joan Richardson hielten gleichzeitig die Hand vor den Mund, als müßten sie sich übergeben. Helen Hussey atmete tief ein und sah weg.

Irgendwo im Computerraum summte ein hungriges Insekt umher. Die Tonübertragung war so perfekt, daß Marty Birnbaum versuchte, es mit der Hand zu vertreiben.

«Hideki», schrie Tony Levine. «Kannst du uns hören? Geht es dir gut?»

«Er ist tot, du gottverdammter Idiot», seufzte Richardson. «Das kann nun wirklich jeder Trottel sehen.»

«Seine Augen», sagte David Arnon. «Seine Augen... seine Augen sind schwarz.»

Kay hatte das Bild schon ausgeschaltet und suchte auf dem Monitor nach Sam Gleig, dem Wachmann.

Richardson stand auf und schüttelte wütend und empört den Kopf.

«Wir sollten die Polizei rufen», sagte Ellery.

«Ich kann's nicht glauben», sagte Richardson. «Ich kann

es einfach nicht glauben.» Er starrte Mitch vorwurfsvoll an. «Mein Gott, Mitch, tu doch etwas! Bring das in Ordnung! Das hat mir gerade noch gefehlt.»

In Los Angeles konnte man leichter Sicherheitsbeauftragter werden als Kellner. Bevor er in den Wachdienst eintrat, hatte Sam Gleig wegen Verstoßes gegen das Betäubungsmittelgesetz und illegalem Waffenbesitz im städtischen Zentralgefängnis eingesessen. Davor war er bei der Marineinfanterie gewesen. Sam Gleig hatte im Lauf der Jahre viele Leichen gesehen, aber eine Leiche wie die, die im Computerraum des Yu-Gebäudes saß, hatte er noch nie gesehen. Das Gesicht des Toten war so blau wie Sams Uniformhemd, fast als sei er erwürgt worden. Aber die Augen waren es, die Sam erschreckten. Die Augen des Toten sahen aus, als wären sie in den Augenhöhlen durchgebrannt wie ein Paar alte Glühbirnen.

Sam ging an den Schreibtisch und suchte unter dem Handgelenk nach dem Pulsschlag. Sicher ist sicher, auch wenn Hideki Yojo offensichtlich tot war. Selbst wenn er seinen Augen nicht hätte trauen wollen, hätte der Gestank ihn überzeugt. Ein Gestank, den man mit nichts verwechseln konnte. Wie ein Zimmer voll schmutziger Windeln. Nur daß es normalerweise eine Zeitlang dauerte, bis eine Leiche so gewaltig stank.

Als Sam Yojos Handgelenk losließ, stieß er mit der Hand gegen den Lampenständer auf dem Schreibtisch. Fluchend zog er sie zurück. Die Lampe war glühend heiß. Genau wie der Bildschirm auf dem Arbeitstisch war sie die ganze Nacht eingeschaltet gewesen. Er steckte den verbrannten Finger in den Mund, ging an einen der anderen Arbeitstische und rief zum erstenmal in seinem Leben die Polizei an.

Der Anruf wurde an die Einsatzzentrale weitergeleitet, die von einem Bunker unter der Stadthalle aus die zahlreichen

Aktivitäten des Polizeipräsidiums Los Angeles koordinierte. Noch bevor der Bericht als E-mail auf dem Bildschirm des Leiters der Mordkommission im New Parker Center erschien, wurde ein Streifenwagen, der auf dem Pico Boulevard in westlicher Richtung unterwegs war, zum Grill beordert. Randall Mahoney überflog den Bericht und warf dann einen Blick in die Anwesenheitsliste. Mit der Maus zog er die E-mail-Nachricht über den Schirm und ließ sie in den elektronischen Eingangskorb eines seiner Untergebenen fallen. So verlangten es die Vorschriften in ihrer neuesten Form. Dann wiederholte er den Vorgang auf altmodische Weise: Er wälzte sich aus seinem Sessel und ging in den Bereitschaftsraum. Ein kräftig gebauter Mann mit einem Gesicht wie ein Baseballhandschuh saß hinter seinem Schreibtisch und starrte auf den leeren Bildschirm seines Computers.

«Vielleicht solltest du das verdammte Ding gelegentlich einschalten, Frank», knurrte Mahoney. «Würde mir einen Haufen Lauferei ersparen.»

«Möglich», sagte der Mann, «aber ein bißchen Bewegung kann keinem von uns schaden. Selbst einem sportlichen Typ wie dir nicht.»

«Klugscheißer. Verstehst du etwas von moderner Architektur?» fragte Mahoney.

Detective Frank Curtis fuhr sich mit einer dicken, schweren Hand durch die kurzgeschnittenen stahlgrauen Locken, die wie die Federn eines alten Fahrradsattels aus seiner Schädeldecke sprossen, und dachte kurz nach. Er dachte an das Museum of Modern Art, wo seine Frau gearbeitet hatte, bis sie durch eine CD-ROM ersetzt worden war, und an den Entwurf für die Walt Disney Concert Hall, den er in der Zeitung gesehen hatte. Ein Gebäude wie ein Haufen Schuhkartons im Regen. Er zuckte die Achseln.

«Noch weniger als von Computern», gab er zu. «Aber wenn du meine Meinung über die Ästhetik der zeitgenössischen Architektur wissen willst: Der größte Teil davon ist Scheiße.»

«Also beweg dich mal zu dem neuen Gebäude in der Hope Street. Dem Gebäude der Yu Corporation. Sie haben da gerade einen 187er gefunden. Einen Computerspezialisten. Wer weiß, vielleicht kannst du ja beweisen, daß der Architekt der Mörder war.»

«Das wäre lustig.»

Curtis nahm das Sportjackett von der Sessellehne und warf seinem jüngeren, besser aussehenden Partner einen Blick zu. Der schüttelte den Kopf.

«Junge, wer zum Teufel bist du schon?» sagte Curtis. «Frank Lloyd Wright? Auf, Nat, du hast gehört, was der Captain gesagt hat.»

Nathan Coleman folgte Curtis zum Fahrstuhl.

«Ich habe immer gewußt, daß du ein verdammter Philister bist, Frank», sagte Coleman. «Aber ich habe dich bisher nicht für Goliath gehalten.»

«Hast du dir eine Meinung darüber gebildet, Nat? Über moderne Architektur?»

«Ich habe mal einen Film über einen Architekten gesehen», sagte der. «*Die Quelle*. Ich glaube, es ging um Frank Lloyd Wright.»

Curtis nickte. «Mit Gary Cooper?»

«Richtig. Na ja, ich habe ja nur gedacht: in dem Film war auf alle Fälle der Architekt der Täter.»

«Was hat er denn getan?»

«Er hat das Gebäude in die Luft gejagt, weil die Baufirma seine Pläne geändert hat.»

«Hat er das? Kann man ihm eigentlich nicht übelnehmen. Ich habe oft daran gedacht, den Kerl umzubringen, der unser neues Badezimmer eingerichtet hat.»

«Ich dachte, du hättest den Film gesehen.»

Sie fuhren in Nathan Colemans zweisitzigem rotem Ford Cougar über die Ringstraße, die das Herz von Los Angeles wie ein Netzwerk von Herzklappen und Arterien umgibt, und bogen dann nach Süden in die Hope Street ein. Unterwegs fiel Curtis auf, daß er der monolithischen Architektur des Stadtteils zum erstenmal in seinem Leben Aufmerksamkeit schenkte.

«Wenn ich den Architekten treffe, werde ich ihn fragen, warum die Gebäude alle so groß sein müssen.»

Coleman lachte.

«Hör mal, Frank. Wir sind in Amerika, verstehst du. Genau das ist es, was unsere Städte von allen anderen Städten der Welt unterscheidet. Wir haben die Hochhausmetropole erfunden.»

«Und warum sieht dann die ganze Gegend aus wie der Naturschutzpark von Mesa Verde? Warum kann man keine Innenstadt bauen, die aussieht, als sei sie für Menschen gemacht?»

«Es geht um eine Strategie zur Sanierung der Gegend hier. Irgendwo habe ich etwas darüber gelesen. Sie wollen der Innenstadt eine neue Identität verleihen.»

«Du meinst, so ähnlich wie wir, wenn wir Kronzeugen beschützen? Wenn du mich fragst: Es sind die verdammten Architekten, die diese verdammten Gebäude entwerfen, die eine neue Identität brauchen. Wenn irgend jemand in Los Angeles versuchen sollte, Frank Gehry zu ermorden, würde er wahrscheinlich eine Medaille dafür kriegen.»

«Wen?»

«Frank Gehry. Kennst du das beschissene Gebäude auf dem Olympic Boulevard? Die juristische Fakultät der Loyola-Universität?»

«Das mit dem Maschendrahtzaun und den Stahlwänden?»

«Genau das.»

«Das ist eine juristische Fakultät? Mein Gott, ich habe es für ein Gefängnis gehalten. Vielleicht hat es etwas damit zu tun, was Frank Gehry von Juristen hält.»

«Vielleicht hast du recht. Jedenfalls ist Frank Gehry der prominenteste Vertreter des Leck-mich-am-Arsch-Stils der Architektur in Los Angeles.»

«Vielleicht weiß der Typ ja, was er tut. Los Angeles ist

nicht die Art von Stadt, wo man darauf aus ist, daß Leute denken, sie könnten einfach reinschneien und guten Tag sagen.»

Sie bogen in die Hope Street ein, und Curtis zeigte auf das Hochhaus. «Das könnte es sein», sagte er.

Sie stiegen aus und machten sich auf den Weg zum Gebäude.

Hope Street Piazza war ein asymmetrisch elliptischer Platz von etwa vierzig Meter Länge, der von einer Bronzestatue von Fernando Botero auf einem Brunnen beherrscht und von silbrig glänzenden Eukalyptusbäumen gesäumt wurde. An der Stelle, wo der Platz am entfernten Ende schmaler wurde, erhob sich eine Reihe weißer Marmorstufen in verkürzter Perspektive, die den Zugang zum Gebäude monumentaler und grandioser erscheinen ließ.

Frank Curtis blieb vor dem Brunnen stehen, warf einen Blick auf die fette Dame, die ihn krönte, und einen zweiten auf die kleine Ansammlung von Chinesinnen und Chinesen, die sich hinter der Polizeiabsperrung am unteren Ende der Treppe versammelt hatten.

«Wie schaffen die das nur?» sagte er. «Diese Geier, die sich an jedem Tatort sammeln. Wie funktioniert das? Eine Art von Vampirtelepathie oder was?»

«Ich glaube, das hier sind Demonstranten», sagte Coleman. «Sie demonstrieren gegen den Umgang der Yu Corporation mit den Menschenrechten oder so etwas. Ich hab es im Fernsehen gesehen.» Er betrachtete die Statue. «Sag mal, hast du je so einen richtigen Fettsack gefickt?»

«Nein», lachte Curtis. «Nicht, daß ich wüßte.»

«Aber ich.»

«So fett wie das kleine Mädchen da oben?» Coleman nickte.

«Du bist ein Tier.»

«Es war toll, Frank, laß dir das von einem Experten sagen. Weißt du was? Ich hatte das Gefühl, als hätte ich etwas für die Menschheit getan.»

«Wirklich?» Curtis interessierte sich mehr für das Schild neben dem Brunnen:

WARNUNG!
Kein Trinkwasser. Zum Schutz der Statue ist das Wasser mit einem Korrosionsschutzmittel versetzt worden.

«Keine Chance für durstige Analphabeten, was?» sagte Curtis.

Coleman schöpfte etwas Wasser in die Handfläche, nippte daran, spuckte aus und schnitt eine Grimasse.

«Keine Angst», sagte er. «Das trinkt keiner. Schmeckt wie Möbelpolitur.»

«Ein paar von den Typen, die sich hier rumtreiben, wissen einen anständigen Schluck Möbelpolitur zu schätzen. Wirkt schneller als Methylalkohol.»

Ohne sich der Besonderheiten des Pflasters, auf dem sie gingen, bewußt zu werden, setzten sie ihren Weg zum Gebäude fort. Die unter dem Markenzeichen ABSCHRECKPFLASTER® geschützten sechseckigen Betonblöcke, aus denen es bestand, dienten dem gleichen Ziel wie die Beschickung des Brunnens mit WÜRGEWASSER®, einer von Ray Richardson entworfenen Strategie zur Abschreckung von Obdachlosen und Pennern. Jeden Abend wurde jeder siebte Block hydraulisch auf eine Höhe von zwanzig Zentimetern angehoben, wie der Schuppenpanzer eines vorsintflutlichen Ungeheuers, um die Obdachlosen daran zu hindern, hier zu übernachten.

Die beiden Polizisten blieben am Fuß der Treppe stehen, hielten die Hand vor die Augen, um sie gegen das helle Sonnenlicht zu schützen, das die weiße Betonfassade zurückwarf, und starrten auf das farblose Gewebe von röhrenförmigen Stahlsäulen und horizontalen Trägern, das die Vorderseite des Grills beherrschte. Das Gebäude sah aus, als sei es in zehn Zonen geteilt, die jeweils mit einer Reihe von Stahlkammern an einem Träger hingen. Jede dieser massiven horizontalen Ebenen wurde ihrerseits von einem Mast getragen, der aus einer Gruppe einzelner Stahlsäulen bestand. Gegen all seine Überzeugungen war Frank Curtis beeindruckt. Das war es, was er sich unter Science-fiction vorstellte: eine unmenschliche weiße Maschine, ausdrucksloser Sendbote eines verkrüppelten gottlosen Universums.

«Hoffentlich sind sie nicht bösartig», murmelte er.

«Wer?»

«Die Außerirdischen, die diesen Scheißkasten gebaut haben.»

Sie rannten die Treppe hoch, zeigten dem Streifenpolizisten an der Tür ihre Dienstmarken und bückten sich unter der Absperrung durch. Drinnen passierten sie eine weitere Glastür und standen vor dem gewaltigen Baum, der die Eingangshalle beherrschte. «Das ist vielleicht eine Topfpflanze!» sagte Curtis.

«Wenigstens brauchst du den Architekten nicht mehr zu fragen, warum das Gebäude so groß sein muß. Sieh dir das Ding bloß an!»

Ein Streifenpolizist und ein Wachmann kamen ihnen entgegen. Curtis hängte seine Dienstmarke nach außen an die Jackentasche und sagte: «Polizeipräsidium Los Angeles, Mordkommission. Wo ist die Leiche?»

«Vierter Stock», sagte der Streifenpolizist, «im Computerzentrum. Die Leute von der Spurensicherung und vom Labor sind schon da.»

«Dann zeig uns unsere Plätze, mein Sohn, damit wir die Show nicht verpassen.»

«Wenn Sie mir bitte folgen wollen», sagte der Wachmann.

Sie bestiegen den wartenden Fahrstuhl.

«Datencenter», sagte der Wachmann.

Die Türen schlossen sich, und der Fahrstuhl setzte sich in Bewegung.

«Clever», bemerkte Curtis. «Haben Sie den Toten gefunden?»

«Nein», sagte der Wachmann. «Ich heiße Dukes. Meine Schicht hat gerade erst angefangen. Sam Gleig hat Mr. Yojo gefunden. Er hatte die Nachtschicht. Er ist oben bei den übrigen Polizisten.»

Sie überquerten eine Galerie, die sich über der Eingangshalle durch den Raum spannte. Vor der Glaswand war eine Reihe von Lampen in den Fußboden eingelassen.

«Was ist das?» fragte Curtis und wies auf den Boden. «Eine Landebahn?»

«Für den Brandfall», erklärte Dukes. «Damit niemand runterfällt, wenn das Gebäude voll Rauch ist.»

«Vernünftig.»

Sie gingen einen Flur entlang und näherten sich der Brücke, die in den Computerraum führte. Coleman blieb zurück und lehnte sich über die Brüstung, um die ganze Spannweite der Halle überblicken zu können.

«Sieh dir den Laden bloß an, Frank. Einfach unglaublich.»

«Komm schon, Toto», sagte Curtis, «du bist jetzt nicht mehr bei deiner Oma auf dem Land.»

«Das kann man wohl sagen», meinte Dukes. «Das Ganze erinnert mich an *Raumschiff Enterprise.*»

«Landepatrouille startbereit, übernehmen Sie das Kommando, Mr. Coleman», sagte Curtis. «Ich will ein paar Antworten haben.»

«Zu Befehl, Sir.» Coleman griff nach einer Zigarette, überlegte es sich aber anders, als er das Rauchverbot an der Tür des Computerraums sah. Halon 1301 klang alles andere als einladend.

Die Mannschaft der Spurensicherung und ihre Kollegen von der wissenschaftlichen Untersuchungsabteilung arbeiteten leise und effizient. Ihr Forschungsgegenstand saß immer noch in seinem Sessel.

«Mein Gott, was für ein Raum», sagte irgend jemand. «Ich könnte nicht in einem Zimmer ohne Fenster leben.»

«Wollen wir das als wahrscheinliche Todesursache zu Protokoll nehmen?»

Im Laufe der Jahre hatte Curtis den größten Teil des Personals von Spurensicherung und Untersuchungslabor kennengelernt. Gesichter, die er nicht kannte, mußten in den Umkreis des Opfers gehören. Freunde, Kollegen, wer weiß. Er forderte Coleman auf, sie hinauszuschicken und ihre Aussagen aufzunehmen. Erst dann sah er sich die Leiche näher an.

Der Mann von der Leichenschau, ein schlanker, düster wirkender Mann mit glattem Haar und getönter Brille, trat beiseite und wartete, bis der Kriminalist mit seiner vorläufigen Untersuchung fertig war.

«Mein Gott, Charlie. Der Typ sieht aus, als hätte er das Wochenende am Strand auf Bikini verbracht.»

Curtis trat zurück und wedelte mit der Hand vor Mund und Nase, um die übelriechende Luft zu vertreiben.

«Was hat er angestellt? Hat er sich zu Tode geschissen?»

«Riechen tut es auf alle Fälle so.»

«Er ist hier in dem Sessel gestorben, oder?»

«Sieht so aus, oder etwa nicht?»

«Nur daß das normalerweise nicht tödlich ist. Also, sag schon, Charlie. Irgendwelche medizinischen Verdachtsmomente?»

Charlie Seidler zog die schmalen Schultern abweisend hoch.

«Auf Anhieb schwer zu sagen.»

Curtis warf einen vielsagenden Blick auf Yojos blau angelaufene blutverschmierte Gesichtszüge und grinste.

«Sprechen wir vom gleichen Gesicht, Charlie? Sieh ihn dir doch bloß an. Will sagen, zwei schwarze Augen wie diese beiden hat man nicht, weil man unvorsichtig mit dem Wimpernstift umgegangen ist. Und woher kommt das ganze Blut auf seinem Hemd?»

«Aus seinem Mund. Er hat sich die Zunge abgebissen.»

Seidler hielt eine Plastiktüte hoch, in der sich etwas befand, das wie eine Insektenlarve aussah.

«Wir haben die Zungenspitze auf seinem Schoß gefunden.»

«Hübsches Souvenir.»

Curtis hielt sich die Nase zu und betrachtete die Leiche noch einmal aus der Nähe.

«Todesursache?»

«Kann ich noch nicht sagen. Möglicherweise erwürgt. Vielleicht aber auch vergiftet. Der Mund ist so fest geschlossen, daß ich nicht reinsehen konnte. Könnten aber auch natürliche Todesursachen sein. Herzinfarkt. Irgendein Anfall. Sicher wissen wir es erst, wenn wir ihn auf dem Obduktionstisch haben.»

«Charlie, was du mit deinen Leichen treibst, ist deine Privatsache.» Curtis grinste und machte sich auf die Suche nach Zeugen.

Sie saßen alle zusammen mit Coleman an einem runden Glastisch unter einer der gewaltigen kreuzförmigen Querverstrebungen des Gebäudes: Mitchell Bryan, Aidan Kenny, Sam Gleig und Bob Beech. Curtis fuhr mit der Hand über den Fluorpolymerlack der aluminiumverkleideten Strebe und sah dann vom Balkon auf die Eingangshalle hinunter. Alles in allem war es, als befinde man sich in einer leicht verrückten modernen Kathedrale, der Kirche der Astronauten des heutigen Tages zum Beispiel. Die erste Moschee der Welt in Umlaufbahn um die Erde. St. Jesus der Raumfahrer.

«Das ist ein irrer Bau, den ihr da habt», sagte er und setzte sich zu den anderen an den Tisch.

«Uns gefällt's», sagte einer der Männer.

«Uns hat es gefallen. Bis heute früh», sagte der nächste.

Nathan Coleman stellte seinem Partner die Anwesenden vor und berichtete dann über das, was er erfahren hatte.

«Der Tote ist Mr. Hideki Yojo, einer der Leiter der Computerforschungsabteilung der Yu Corporation, der das Gebäude gehört. Mr. Beech, Mr. Kenny und Mr. Bryan haben die Leiche während einer Sitzung im Büro von Richardson Associates auf dem Sunset Boulevard über das Videoüberwachungssystem entdeckt. Das sind die Architekten, die den Bau entworfen haben. Als die Leiche gegen neun Uhr dreißig entdeckt wurde, wurde der diensthabende Wachmann vom Sicherheitsdienst, Mr. Gleig, aufgefordert, herzukommen und Nachforschungen anzustellen. Er hat die Leiche gegen neun Uhr vierzig gefunden.»

«Ist Ihnen irgend etwas Außergewöhnliches aufgefallen?» Curtis schüttelte den Kopf. «Tut mir leid, was sage ich denn da? Ich muß die Frage anders formulieren. Schließlich ist das hier das außergewöhnlichste Gebäude, das ich je gesehen habe. Der Computerraum sieht aus wie etwas aus dem Filmstudio. Ich bin nur ein einfacher Bulle. Unter einem gut gestalteten Gebäude stelle ich mir eines vor, in dem man den Lokus mühelos finden kann. Nichts für ungut, meine Herren.»

«Ist schon gut», sagte Mitch. Er zeigte über Curtis' Kopf hinweg nach hinten. «Und wo wir schon dabei sind, der Lokus ist da drüben.»

«Danke. Also, Sam. Darf ich Sie Sam nennen? Ist Ihnen außer der Leiche irgend etwas Außergewöhnliches aufgefallen?»

Sam Gleig zuckte die Achseln und sagte, er habe überhaupt nichts Außergewöhnliches bemerkt.

«Der Mann war tot. Das war sofort klar. Ich war in der Armee, ich kenne mich da aus. Bis dahin war es ein ruhiger Abend gewesen. Wie immer. Mr. Yojo hat oft bis spät in die Nacht hinein gearbeitet. Gelegentlich bin ich aufgestanden und durch das Gebäude gelaufen, aber den größten Teil der Zeit war ich im Sicherheitsbüro. Von da aus kann man alles mit den Überwachungskameras überblicken. Und selbst dann hätte ich wahrscheinlich nicht allzusehr aufgepaßt. Dafür ist schließlich der Computer da. Abraham sagt mir Bescheid, wenn er glaubt, daß ich mich um etwas kümmern sollte. Und ich weiß, daß letzte Nacht nur wir beide da waren, Mr. Yojo und ich.»

«Und wer ist Abraham?» fragte Curtis stirnrunzelnd. «Ist mir da etwas entgangen?»

«So nennen wir den Computer», sagte Beech mit einem Achselzucken.

«Ach so. Ich verstehe. Zu meinen Autos habe ich schon ganz andere Dinge gesagt. Jetzt aber zu dieser Videoüberwachung. Gibt es eine Aufnahme von dem, was passiert ist?»

Aidan Kenny überreichte Curtis eine CD.

«Ich fürchte, außer der Entdeckung der Leiche selbst ist nichts darauf», erklärte er. «Wir haben die Aufnahme von unserem Büro am Sunset Boulevard aus gemacht. Wir sind noch dabei, die diversen Gebäudesteuerungssysteme zu installieren. Das war auch der Grund, warum Hideki Yojo Überstunden gemacht hat. Irgend etwas an der Software für das Hologramm stimmte nicht. Hideki wollte es in Ordnung bringen. Jedenfalls sind in diesem Gebäude noch keine Aufnahmemöglichkeiten für Video-CDs installiert.»

«Und hat er ihn in Ordnung gebracht? Den Softwarefehler, meine ich.»

Kenny sah Beech an und zuckte die Achseln.

«Keine Ahnung. Laut Abraham, ich meine, laut der Aussage des Computers hat die letzte Eingabe gegen zehn Uhr stattgefunden. Er muß irgendwann danach gestorben sein.»

Curtis zog die Augenbrauen hoch. Kenny wirkte peinlich berührt.

Bob Beech räusperte sich und schob Curtis einen zusammengefalteten Computerausdruck zu.

«Wir haben normalerweise wenig schriftliches Material vorrätig», sagte er. «Es gehört zu unserer Firmenpolitik, Papierarbeit soweit wie möglich zu vermeiden. Wenn wir mit Dokumenten umgehen müssen, legen wir sie normalerweise auf den Scanner und verwandeln sie in elektronische Abbildungen. Aber ich habe diesen Ausdruck machen lassen. Nur für den Fall, daß es Ihnen hilft.»

«Vielen Dank. Was ist es?»

«Der ärztliche Bericht über Hideki Yojo. Wahrscheinlich werden Sie ihn für die Autopsie brauchen. Ich nehme an, es wird zu einer Autopsie kommen? Das ist doch in derartigen Fällen meistens so.»

«Ja, Sie haben recht. Wir werden eine Autopsie brauchen.»

Curtis sprach knapp und sachlich. Er haßte es, wenn ihm jemand bei etwas so Einfachem wie einer vorläufigen Ermittlung kluge Ratschläge geben wollte.

«Es geht um folgendes...», fügte Beech hinzu und brach ab, als er Curtis' Verärgerung bemerkte. «Na ja, vielleicht ist es ja nicht wichtig.»

«Nein, nein. Bitte. Sie machen Ihre Sache sehr gut.» Er lachte verlegen. «Ich sehe keinen Grund, das Ganze anders anzugehen, als Sie es tun, Mr. Beech. Fahren Sie bitte fort.»

«Nun, ich meine nur: Hideki hat über Dauerkopfschmerzen geklagt. Wenn es sich um eine natürliche Todesursache handelt, könnte das etwas damit zu tun haben.»

Curtis nickte.

«Glauben Sie an eine natürliche Todesursache?» fragte Mitch.

«Das kann ich jetzt noch nicht sagen», antwortete Curtis. «Bis zur Autopsie werden wir nichts Sicheres wissen. Also müssen wir die Todesumstände vorläufig als verdächtig behandeln.» Er beschloß, sie ein wenig nervös zu machen. «Möglicherweise ist Hideki Yojo erwürgt worden.»

«Mein Gott», sagte Kenny.

Curtis sammelte die CD und den Ausdruck ein und stand auf.

«Jedenfalls vielen Dank für Ihre Hilfe.» Er warf Nathan Coleman einen bedeutungsschweren Blick zu. «Wir machen uns wohl besser auf den Weg ins Parker Center.»

«Ich begleite Sie hinaus», sagte Mitch.

«Schon gut. Ich habe mich schon mal mit einem Fahrstuhl unterhalten. Natürlich habe ich ihn damals nur beschimpft. Aber ich kann sicher...»

«Sie verstehen mich falsch», sagte Mitch. «Ohne Betätigung des zeitkodierten Systems zur Signalverarbeitung und Identifizierung kann niemand einen Fahrstuhl in diesem Gebäude benutzen. Wenn der Computer Sie nicht kennt, können Sie keinen Fahrstuhl benutzen, keine Tür öffnen, kein Telefon und kein Computerterminal benutzen.»

«Das nenne ich Arbeitermacht», sagte Curtis.

Die beiden Kriminalbeamten folgten Mitch zum Fahrstuhl.

«Eingangshalle bitte, Abraham», sagte Mitch.

«Was passiert, wenn Sie erkältet sind?» fragte Curtis. «Oder wenn Sie ein bißchen zuviel getrunken haben? Das könnte Ihre Stimme doch verändern.»

«Das System arbeitet unabhängig vom Zustand des Anwenders erstaunlich gut», sagte Mitch. «Die Quote der falschen Ablehnungen, bei denen das System sich einem berechtigten Benutzer verweigert, liegt bei 0,1 Prozent. Die Quote der falschen Akzeptanz, bei denen Unberechtigten der Zugang gestattet wird, ist halb so groß. Das Ganze ist nahezu narrensicher.»

«Und außerdem», fügte er hinzu, «wenn jemand zuviel getrunken hat, hat er hier sowieso nichts zu suchen.»

«Ich werde daran denken.» Curtis sah sich in der Eingangshalle um. «Das nennt man wohl Fortschritt, oder wie? Weniger eine ästhetische Vision als eiskalte Berechnung.» Er zuckte die Achseln. «Was verstehe ich schon davon? Ich muß es mir ja bloß ansehen.»

Mitch sah den beiden Kriminalbeamten nach und war erleichtert, daß sie nicht gefragt hatten, wer letzten Abend sonst noch Überstunden gemacht hatte. Ein wenig beunruhigte ihn aber der Gedanke, daß Alison sich wahrscheinlich daran erinnern würde, daß er ihr erzählt hatte, Hideki Yojo sei etwa zu der Zeit, zu der er gestorben war, mit ihm im Restaurant gewesen. Er hatte wohl noch einiges zu erklären.

Auf der San Pedro Street ein paar Blocks östlich vom Grill, in einer Gegend mit billigen Hotels und Obdachlosenasylen, gab es eine Bar, die Grabel öfter besuchte. Er setzte sich an die Theke, legte etwas Geld auf den Tresen, damit der Barkeeper wußte, daß er zahlen konnte, und bestellte einen Drink. Seine Hände zitterten. Hatte er jetzt Richardson und seinem neuen Gebäude eins ausgewischt, oder hatte er das noch vor? Er stürzte seinen Drink herunter, fühlte sich besser und bestellte den nächsten. Er versuchte, sich an die Ereignisse des vergangenen Abends zu erinnern, und dachte dann noch einmal nach. Auch das Schlimmste, das einem zustoßen konnte, sah nach ein paar Drinks besser aus.

Nachdem die Polizei die Leiche entfernt hatte und die Spurensicherung mit dem Computerraum fertig war, warf Bob Beech einen traurigen Blick auf Yojos leeren Schreibtisch.

«Armer alter Hideki», sagte er.

«Ja», sagte Kenny. «Erwürgt. Wer sollte ihn schon erwürgen wollen?»

«Der Bulle hat es nur als Möglichkeit erwähnt», sagte Mitch.

«Habt ihr Hidekis Gesicht gesehen?» fragte Kenny. «So ein Gesicht bekommt man nicht, weil man im Kirchenchor gesungen hat. Irgend etwas ist ihm zugestoßen. Etwas Schlimmes. Darauf könnt ihr euch verlassen.»

«Wer würde Hideki ermorden wollen?» fragte Mitch.

Kenny zuckte die Achseln und schüttelte den Kopf.

«Sie haben seinen Sessel mitgenommen», sagte Beech. «Warum haben sie das wohl getan?»

«Warum wohl?» sagte Mitch. «Er muß sich vollgeschissen haben oder so. Riechst du es denn nicht?»

«Nicht mit meiner Nebenhöhlenentzündung.»

«Es ist ein bißchen stark», sagte Kenny. «Abraham, würdest du bitte die Luft erneuern.»

«Jawohl.»

«Scheiße! Seht euch das an!» Kenny zeigte auf Yojos Schreibtischlampe. Das Transformatorgehäuse war geschmolzen und sah auch jetzt noch, nachdem es abgekühlt war, aus wie ein heißer Teerklumpen. «Rücksichtslose Arschlöcher. Irgendein blöder Bulle muß sie zusammengeklappt haben, als sie noch an war.»

«Meine ehemalige Freundin ist mit den Haaren an eine von

diesen Halogenleuchten gekommen und hat sie angezündet», sagte Beech.

«Mein Gott. Hat sie es überlebt?»

«Es geht ihr prima. Ich mochte die Frisur sowieso nicht.»

Kenny probierte den Schalter aus und stellte fest, daß die Lampe noch funktionierte.

«Findet ihr nicht, sie sieht ein bißchen surrealistisch aus? Wie ein Dalí oder so.»

Beech ließ sich schwer in seinen Sessel fallen, stützte die Ellbogen auf den Schreibtisch und seufzte.

«Ich habe Hideki fast zehn Jahre gekannt. Es gab absolut nichts, was er über Computer nicht wußte. Der kleine japanische Armleuchter. Mein Gott, er war erst siebenunddreißig. Ich kann einfach nicht glauben, daß er tot ist. Als ich gestern abend gegangen bin, wirkte er vollkommen normal. Und wißt ihr was? Seit er zu dem Chiropraktiker gegangen ist, den Aid ihm empfohlen hat, hatten seine Kopfschmerzen aufgehört.» Beech schüttelte den Kopf. «Das ist nicht gut für die Yu Corporation in Amerika. Jardine Yu wird es nicht glauben wollen. Hideki war die Schlüsselfigur bei all unseren Plänen für die nächsten fünf Jahre.»

«Er wird uns allen fehlen», sagte Kenny mit Nachdruck.

Mitch wartete einen Augenblick und fragte dann: «Die Macke im Programm für das Echtzeithologramm. Glaubt ihr, er hat sie in Ordnung gebracht?»

Bob Beech legte die Handfläche auf den Bildschirm vor sich.

«Das werden wir gleich sehen», sagte er.

«Was war eigentlich das Problem?» fragte Mitch.

«Ob ihr es glaubt oder nicht», sagte Beech, «Abraham war einfach zu schnell für die Software. Wenn ein holographisches Bild aussehen soll, als bewege es sich wirklich, braucht man mindestens sechzig Updates pro Sekunde. Das bedeutet eine Datengeschwindigkeit von etwa 12 Trillionen Bits pro Sekunde. Bei älteren Echtzeitbildern waren nicht mehr als ein oder zwei Sekunden interaktive Bewegung drin, und dann sah es immer noch ein bißchen ruckartig aus. Aber mit dem neuen Datenkompressionsprogramm LEMON der Yu Corporation und Parallelprozessoren haben wir es fertiggebracht, die Leistung eines Terahertzchips zu simulieren, so daß das Bild lebensecht wirkt. Unser einziges Problem war, daß die fertige Software nicht mitkam. Hideki war auf der Suche nach einem Mittelweg, um ein glatteres Bild zu bekommen.»

«Willst du das Programm jetzt laufen lassen, Bob?» sagte Kenny überrascht. «Meinst du wirklich, wir sollten das tun?»

«Die beste Art, es zu überprüfen, die mir einfällt.»

«Ich nehme an, du hast recht. Aber laß mich erst mal in der Eingangshalle nachsehen, ob sich da jemand rumtreibt.»

«He, da hast du recht», lachte Beech. «Wenn ein Echtzeitbild eingeschaltet wird, kann es einem einen ganz schönen Schrecken versetzen. Für heute haben wir genug Schocks gehabt.»

Das Medizinische Zentrum Königin der Engel der Presbyterianischen Kirche Hollywood lag auf der North Vermont Avenue genau nördlich vom Hollywood Freeway, ein kleines Stückchen westlich vom New Parker Center. Hier wurden die Obduktionen für die Mordkommission durchgeführt, wenn die Mordrate der Stadt noch höher als gewöhnlich war und es im County General Hospital keinen Platz mehr für zusätzliche Leichen gab.

Curtis und Coleman waren in dieser Woche schon viermal dagewesen. Um Zeit zu sparen, nahmen sie gleich an zwei Obduktionen teil: dem Fall eines jugendlichen schwarzen Gangsters und dem Todesfall Hideki Yojo.

Der Mordfall war einfach genug. Roo Evans, zwanzig Jahre alt, Tätowierung: ein Playboyhäschen als Mitgliedsausweis seiner Bande, hatte an einem Autorennen gegen eine rivalisierende Bande auf dem Harbor Freeway teilgenommen. Als sie ihn endlich am LA Convention Center eingeholt hatten, ballerten sie ihm elf Salven 9-Millimeter-Munition in den Brustkorb.

Nach der ersten Obduktion saßen Curtis und Coleman im Bereitschaftsraum, tranken Kaffee und warteten auf die Ärztin, die ihnen Bescheid geben sollte, wenn sie Zeit hatte, Hideki Yojo dranzunehmen. Es war ein heißer Sommertag, und der Geruch schlug Coleman auf den Magen.

«Wie hält sie das nur aus?»

«Wer?»

«Janet. Dr. Bragg. Zwei hintereinander. Mein Gott, wirklich. Sie hat dem Jungen den Bauch aufgeschnitten wie einer verdammten Forelle.»

«Sie hat da nicht mehr viel tun müssen», bemerkte Curtis. «Elf Salven 9-Millimeter-Munition. Die Jungs sind auf Nummer Sicher gegangen. Eine Glock. Genau wie deine, Nat.»

«Was ist? Bin ich verdächtig?»

«Hast du schon immer eine doppelläufige 9-Millimeter gehabt?»

«Meine Mama hat gesagt, ich soll aufpassen. Ich war nie ein guter Schütze. Also habe ich mir gedacht, ich sollte mir was zulegen, womit man viel Blei verstreuen kann.»

Die Tür öffnete sich, und eine attraktive schwarze Frau mittleren Alters steckte den Kopf ins Zimmer.

«Wir fangen gleich an, meine Herren!» sagte Janet Bragg. Sie reichte Curtis ein kleines Fläschchen Eukalyptusöl.

Curtis schraubte den Deckel ab und tupfte ein wenig Öl unter jedes Nasenloch. Nathan Coleman folgte seinem Beispiel und zündete sicherheitshalber gleich noch eine Zigarette an.

«Erzähl ihm mal, wie eine Raucherlunge aussieht, wenn du sie aufschneidest, Janet», sagte Curtis, als sie auf den Flur traten.

«Ein eindrucksvoller Anblick», sagte sie gelassen. «Aber der Geruch ist schlimmer. Wie konzentrierter Aschenbecher.»

Bragg war gekleidet wie für Fließbandarbeit in einer Hamburger-Fabrik: weißer Overall, Gummistiefel, eine Plastikhaube über dem Haar, Schutzbrille, Schürze, dicke Gummihandschuhe.

«Gut siehst du heute aus, Janet», sagte Coleman. «Hmm. Ich mag es, wenn Frauen wissen, wie sie sich anziehen müssen, um Männern zu gefallen.»

«Wenn du schon davon sprichst», sagte Bragg, «auf der Innenseite der Unterhosen der Leiche waren Samenspuren.»

«Bevor er gestorben ist, ist er in seine Hose gekommen?» Nathan Colemans Überraschung war nicht frei von Ekel.

«Also danach hat er es nicht getrieben», bemerkte Curtis. «Das ist sicher.»

«Das ist nicht ungewöhnlich, wenn jemand erwürgt worden ist.»

«Ist das die Todesursache?» fragte Curtis. «Tod durch Erwürgen?»

Bragg stieß die beiden Schwingtüren auf, hinter denen ein großer, kalter Raum lag.

«Das werden wir gleich sehen.»

Yojos nackte Leiche lag neben einem Obduktionstisch aus rostfreiem Stahl in einer Kühlwanne. Curtis hatte Dr. Bragg oft genug bei der Arbeit zugesehen, um zu wissen, daß sie keine Hilfe brauchte, um die Leiche auf den Tisch zu heben. Mit Hilfe der Gummirollen unter der durchlöcherten Fläche konnte sie Yojo mit einer Hand direkt auf den Tisch gleiten lassen. Sie führte das Manöver mit der Miene eines Zauberkünstlers aus, der das Tischtuch unter dem Geschirr wegzieht. Dann stellte sie die Höhe des Obduktionstischs ein und schaltete die Abluftanlage ein. Am Tischende hing ein Biopsiebecken mit zwei Hähnen. Sie stellte die Wasserhähne und eine Handwaschanlage mit biegsamem Schlauch an.

Als sie soweit war, stellte Curtis die Super-8-Videokamera an, die dazu diente, den ganzen Vorgang aufzunehmen. Er kontrollierte die Bildschärfe und machte dann Platz, so daß er ihr bei der Arbeit zusehen konnte.

«Die üblichen postmortalen Erstickungssymptome», bemerkte Bragg, «aber keinerlei Würgemale am Hals.» Sie drehte Yojos Kopf von einer Seite auf die andere. «Schwer zu verstehen, wie er erwürgt worden ist.»

«Wie wäre es mit einer Plastiktüte über dem Kopf?» schlug Curtis vor.

«Hetz mich nicht, Frank», schmollte sie und griff zum Skalpell.

Der Ablauf einer Obduktion hatte sich in den zwanzig Jahren, die Frank Curtis bei der Mordkommission war, kaum geändert. Nach der äußeren Untersuchung der Leiche auf Traumata oder sonstige Abnormitäten blieben die Hauptschnitte die gleichen. Ein Y-förmiger Schnitt, bei dem sich jeder Arm des Y von der Achselhöhle unter der Brust bis zur Unterseite des Brustbeins erstreckte; dann vom Schnittpunkt an weiter zum Unterbauch und in den Genitalbereich. Janet Bragg arbeitete schnell, klemmte die größeren Blutgefäße an Kopf, Hals und Armen ab und summte dabei eine kleine Melodie. Dann machte sie sich daran, die inneren Organe für eine spätere Sektion herauszunehmen.

Das Summen steigerte sich und wurde zu einem Songtext von Madonna: «Holida-ay! It would be all right! Holida-ay!»

«Ich liebe Frauen, die ihre Arbeit lieben», sagte Curtis.

«Man kann sich an alles gewöhnen.»

Sie sammelte den Inhalt des Brustkorbs ein, legte ihn in eine Plastikschüssel und wiederholte die Prozedur mit den Eingeweiden, die in eine Extraschüssel kamen. Organgruppen wurden immer gemeinsam entfernt, damit man Störungen im Zusammenwirken bestimmen konnte. Dann griff sie zur elektrischen Säge und begann, Hideki Yojos Schädeldecke zu entfernen.

Curtis blickte sich nach Nathan Coleman um. Der saß an einem der Arbeitstische und betrachtete eines seiner eigenen Haare unter dem Mikroskop.

«Hör mal, Nat», bemerkte er herzlos, «das ist nicht anders, als wenn du ein Frühstücksei ißt. Oder gehörst du zu den Spinnern, die mit dem Löffel darauf herumtrommeln und dann die kleinen Schalenstückchen einsammeln?»

Coleman versuchte, das Sägegeräusch zu ignorieren.

«Ich esse keine Eier», sagte er ruhig. «Ich kann den Geruch nicht ausstehen.»

«Was für ein Sensibelchen!»

«Scheiße noch mal», rief Bragg aus. Was sie unter der Schädeldecke entdeckte, hatte sie zum erstenmal seit Jahren in Erstaunen versetzt.

«Was ist los?»

«Noch nie», sagte sie mit aufgeregtem Grinsen, «so etwas habe ich noch nie gesehen.»

«Mach's nicht so spannend, Janet.»

«Nur noch einen Moment.» Sie griff nach einer gekrümmten Kürette und ließ sie über die Innenseite von Yojos Kopf gleiten, bevor sie den Schädelinhalt in ihre Hand fallen ließ.

«Was hast du gefunden?»

Nathan Coleman stand auf und stellte sich neben Curtis an den Obduktionstisch.

«Ich hätte es nicht geglaubt, wenn ich es nicht mit eigenen Augen gesehen hätte.»

Sie legte einen Gegenstand von der Größe eines Tennisballs auf eine Arbeitsschale und betrachtete ihn kopfschüttelnd. Der Gegenstand war dunkel, braun und sah knusprig aus, als hätte man ihn in heißes Fett getaucht.

«Was in Teufels Namen ist das?» zischte Curtis erstaunt. «Ein Tumor oder so was?»

«Das ist kein Tumor. Meine Herren, was Sie hier sehen, ist alles, was vom Gehirn dieses Mannes übrig ist.»

«Mach keine Witze!»

«Sieh dir doch den Schädel an, Frank. Da ist sonst nichts drin.»

«Mein Gott, Janet», rief Coleman aus, «das verdammte Ding sieht aus wie ein Hamburger.»

«Für meinen Geschmack ein bißchen zu durchgebraten», sagte Curtis.

Bragg nahm das Gehirn und legte es auf die Waage. Es wog keine 150 Gramm.

«Was ist damit passiert?» fragte Curtis.

«Ich kenne das nur aus der Literatur», mußte Bragg zugeben, «aber es ist mehr als wahrscheinlich, daß er einen schweren epileptischen Anfall gehabt hat. Es gibt einen äußerst seltenen Zustand namens *status epilepticus*. Die meisten epileptischen Anfälle dauern ein paar Minuten, aber gelegentlich halten sie mehr als, sagen wir, dreißig Minuten an, oder sie folgen so schnell aufeinander, daß sich das Gehirn zwischen den einzelnen Anfällen nicht erholen kann. Dann überarbeitet sich das Gehirn so weit, daß es im Schädel buchstäblich brät.»

«Das hat ein epileptischer Anfall angerichtet? Aber woher kommt der Samenerguß?»

«Eine starke elektrische Gehirnreizung kann eine ganze Reihe von verwirrenden Gefühlen und Empfindungen hervorrufen, Frank. Erektion und Orgasmus könnten als Nebenwirkung eines Reizes auf den Hypothalamus und die benachbarten Septalregionen des Zwischenhirns aufgetreten sein.» Bragg nickte. «So muß es gewesen sein. Aber mit eigenen Augen sehe ich es zum erstenmal.»

Curtis griff zum Kugelschreiber und stocherte in dem weichgekochten Gehirn umher, als sei es ein toter Käfer.

«*Status epilepticus*», sagte er nachdenklich. «Was sagt man dazu? Aber was kann einen Anfall dieser Größenordnung ausgelöst haben? Macht dich das nicht neugierig? Du hast selbst gesagt, daß es etwas Ungewöhnliches ist.»

Sie zuckte die Achseln.

«Es hätte so gut wie alles sein können. Ein interkranialer Tumor, Neoplasma, ein Abszeß, Thrombose der Kapillargefäße. Er hat doch am Computer gearbeitet, oder? Nun, vielleicht hat er zu lange auf den Bildschirm gestarrt. Das hätte ausgereicht. Untersuche doch seine Vergangenheit. Könnte es irgendeinen medizinischen Befund gegeben haben, den er verschwiegen hat? Bei dem Zustand, in dem das Gehirn sich befindet, kann ich nicht mehr tun, als ich schon getan habe. Du könntest genausogut eine Schuhsohle obduzieren und würdest auch nicht mehr herauskriegen als aus diesem Stückchen Scheiße.»

«Natürlicher Tod», sagte Mitch. «Sie haben es gerade aus dem Leichenschauhaus gehört. Ein epileptischer Anfall. Offenbar ein ziemlich starker. Hideki war epileptisch veranlagt. Er war photosensitiv, und der Anfall ist durch den Computermonitor ausgelöst worden. Anscheinend hat er sogar gewußt, daß er sich keinem Bildschirm nähern durfte.» Mitch zuckte die Achseln. «Aber was sollte er denn tun, wo Computer doch sein Lebensinhalt waren?»

Er war Ray Richardson im Büro auf der Treppe begegnet. Richardson trug eine große Aktentasche und einen Laptop mit sich und war auf dem Weg zum Flughafen. Seine Gulfstream wartete für den Flug nach Tulane auf ihn, wo er dem Direktorium der juristischen Fakultät die Baupläne für ein cleveres neues Fakultätsgebäude vorführen wollte.

«Das kann ich verstehen», sagte Richardson. «Ich nehme an, wenn irgendein Arzt mir sagt, ich soll mich von neuen Gebäuden fernhalten, würde ich auch nicht auf ihn hören.»

Mitch nickte nachdenklich. Er war nicht sicher, was er in der Situation getan hätte.

«Begleite mich bitte zum Wagen, Mitch.»

«Gerne.»

Mitch nahm an, Richardsons verstörte Miene habe etwas mit Yojos tragischem Tod zu tun, aber damit hatte er nur teilweise recht.

«Bitte sprich mit unseren Anwälten, Mitch. Erzähl ihnen, was Yojo zugestoßen ist. Und ruf besser auch die Versicherungsgesellschaft an. Nur für den Fall, daß irgendein Arschloch eine Affäre daraus machen will. Bis zur Bauübergabe werden sie sich an uns halten, nicht an die Yu Corporation.»

«Ray, er ist eines natürlichen Todes gestorben. Uns kann man auf keinen Fall haftbar machen.»

«Trotzdem kann es nichts schaden, alle Umstände einem Anwalt darzulegen», insistierte Richardson. «Yojo hat doch Überstunden gemacht, nicht wahr? Vielleicht behauptet irgend jemand, man hätte ihn davon abhalten sollen. Verstehst du, worum es mir geht? Ich versuche mich nur in die Gedankengänge irgendeines Arschlochs von Rechtsverdreher zu versetzen, Mitch. Rauszukriegen, für welche Art von Scheiße sie uns haftbar machen könnten. Mein Gott, wie ich diese Schweine hasse.»

«Das würde ich der juristischen Fakultät in Tulane nicht erzählen», riet ihm Mitch.

«Scheiße, aber es wäre den Spaß wert.» Er lachte. «Also kümmere dich bitte um die Angelegenheit, Mitch.»

Mitch zuckte die Achseln. Er wußte, daß es keinen Sinn hatte, sich mit Richardson zu streiten. Aber Richardson bemerkte seinen Gesichtsausdruck und nickte.

«Hör mal, ich weiß, daß du meinst, ich benehme mich, als litte ich unter Verfolgungswahn. Aber ich weiß, wovon ich rede. Zur Zeit laufen zwei Prozesse gegen mich. Mein ehemaliges Dienstmädchen hat mich verklagt, weil sie angeblich einen Schock erlitten hat, als ich sie wegen Unpünktlichkeit entlassen habe. Und ein gottverdammter Gast, der bei uns zum Abendessen eingeladen war, klagt, weil ihm angeblich eine Fischgräte in seinem verdammten Hals steckengeblieben ist. Und der nächste, der sich ein Stück vom Kuchen abschneiden will, wird Allen Grabel sein.»

«Grabel? Hast du etwas von ihm gehört?»

«Nein, nein. Das ist alles rein theoretisch. Aber woher weiß ich, daß er nicht versucht, mich auf eine Abfindung zu verklagen? Der Typ kann mich nicht ausstehen. Du hättest ihn hören sollen, als er das Büro verließ. Er hat gesagt, er wünsche mir den Tod. Beinahe hätte ich ihn angezeigt. Der Typ will mich fertigmachen, Mitch. Ich bin überrascht, daß ich noch nichts von seinem Anwalt gehört habe.»

Sie verließen das Gebäude. Draußen wartete der Bentley. Richardson übergab Declan seine Aktentasche und seinen

Computer und zog die Jacke aus, bevor er hinten einstieg. Er schloß die Tür nicht hinter sich. Dafür war Declan da.

«Yojos Beerdigung findet Freitag statt», sagte Mitch. «In Forest Lawn.»

«Du weißt, daß ich nie zu Beerdigungen gehe. Und in Los Angeles schon gar nicht. Das Leben ist auch so schon kurz genug. Und ich will nicht, daß sonst jemand aus dem Büro hingeht. Freitag ist ein Arbeitstag. Wer hingehen will, kann einen Tag Urlaub nehmen. Wenn du es für nötig hältst, schicke Blumen. Wenn du willst, kannst du meinen Namen auf die Karte schreiben.»

«Danke, Ray. Ich bin sicher, er hätte das zu schätzen gewußt.»

Richardson war bereits dabei, auf seinem Handy eine Nummer zu wählen.

Declan schloß die Wagentür und Mitch lächelte verkniffen. Beinahe hätte er sich gewünscht, der Tote wäre Ray Richardson. Das wäre eine Beerdigung, für die sich mancher gern einen Tag frei genommen hätte. Eigentlich war es ja ein Wunder, daß noch niemand einen Killer auf ihn angesetzt hatte. Laß im Büro diskret einen Briefumschlag kursieren, um für die gute Tat zu sammeln, und es kämen ein paar tausend Dollar zusammen. Vielleicht würde sogar jemand den Job umsonst übernehmen.

Mitch sah dem Wagen nach. Dann drehte er sich um und trat ans Terrassengeländer. An manchen Tagen lag der Smog dick wie Trockeneis über der Stadt, und selbst die weit entfernte Skyline der Innenstadt war verhüllt. Aber heute war es verhältnismäßig klar, und Mitch konnte zwölf Kilometer weit über das westliche Los Angeles blicken. Die Wolkenkratzer waren klar zu erkennen; die Arco Towers, First Interstate, das Microsoft-Gebäude, das Crocker Center, das SEGA-Gebäude, der Bibliotheksturm. Aber keines war wie der Grill. Er schien wie ein helles und glänzendes neugeborenes weißes Ding aus der Erde gewachsen zu sein und einem Ziel zuzustreben, das der Stadt und ihren Einwohnern bisher noch nicht enthüllt worden war. Er empfand das Gebäude als eine beinahe bewegliche Konstruktion, und damit schien es etwas vom Wesen der Stadt auszudrücken: die Bewegungsfreiheit von Los Angeles.

Mitch mußte lächeln, als er an den Text dachte, den Joan für das üppig ausgestattete, in Silber gebundene Buch geschrieben hatte, mit dem die Firma für ihre im Bau befindlichen und zukünftigen Projekte warb. Was hatte sie noch gesagt? Normalerweise war alles, was sie schrieb, von lächerlicher Großspurigkeit. Und sie ging verschwenderisch mit dem Wort Genie um, wenn es um ihren Gatten ging. Aber in diesem einen Fall hatte eine besonders abgegriffene Phrase eine Saite in Mitchs Herz zum Klingen gebracht.

«O schöne neue Welt, die solche Häuser trägt.»

Vielleicht, dachte er, war das gar nicht so unangemessen. Dieses Gebäude stand wirklich für eine neue Zukunft.

Jeden Abend, wenn Sam Gleig seinen Dienst antrat, ging er ins Baustellenbüro im siebten Stock, sah nach, ob irgendwelche besonderen Anweisungen vorlagen, und erkundigte sich, ob jemand Überstunden machte. Er hätte auch zum Telefon greifen können, um sich zu informieren. Aber angesichts von zwölf Stunden Einsamkeit zog Gleig direkte menschliche Kontakte vor. Sich ein bißchen mit jemandem unterhalten, egal wer es war. Einen kleinen Schwatz halten. Später würde er froh sein, daß er sich die Mühe gemacht hatte. Nachts war der Grill ein einsames Gebäude. Außerdem war er heute neugierig auf die offizielle Version über Yojos Tod.

Um sich fit zu halten, verschmähte Gleig normalerweise den Fahrstuhl und benutzte die Treppe. Die Stufen waren aus Glas, um maximalen Lichteinfall ins Treppenhaus zu gewährleisten. Nachts wurden sie einzeln von einer elektrischen Lichtquelle beleuchtet, die die Farben des Wassers in einem Swimmingpool hatte. Die Himmelsleiter nannte Gleig sie.

Gleig war ein frommer Mann und betrat die Treppe nie, ohne den Text aus dem Ersten Buch Mose zu rezitieren:

«Als nun Jakob von seinem Schlaf aufwachte, sprach er: Fürwahr, der Herr ist an dieser Stätte, und ich wußte es nicht. Und er fürchtete sich und sprach: Wie heilig ist diese Stätte! Hier ist nichts anderes als Gottes Haus, und hier ist die Pforte des Himmels...»

Im Baustellenbüro fand er Helen Hussey, die Baustellenagentin, und den Bauleiter Warren Aikman vor, die Papiere in ihre Aktentaschen packten und sich auf den Heimweg vorbereiteten.

«Guten Abend, Sam», sagte Helen freundlich.

Sie war hochgewachsen, hager, rothaarig, hatte grüne Augen und viele Sommersprossen. Gleig mochte sie sehr. Sie war nett zu jedermann.

«Guten Abend, Miss Hussey», sagte er. «Guten Abend, Mr. Aikman.»

«Sam», grunzte der Bauleiter, zu erschöpft für lange Reden. «Was für ein Tag. Bin ich froh, daß er vorbei ist.» Mit einer automatischen Geste zog er seinen Schlips gerade, fuhr sich mit einer Hand durch das graue Haar und entdeckte, daß es immer noch voll Staub war. Er hatte eine Decke auf der sechzehnten Etage inspiziert, während Arbeiter in dem Stockwerk darüber den Fußboden neu verlegt hatten. Als persönlicher Vertreter der Yu Corporation auf der Baustelle mußte Warren Aikman den Bau in regelmäßigen Abständen inspizieren und die gesamte Baugeschichte dokumentieren. Wenn er Unstimmigkeiten zwischen den Bauplänen und dem fertiggestellten Bau bemerkte, mußte er Mitchell Bryan oder Tony Levine Bericht erstatten. Aber Aikmans Frust bezog sich eher auf Helen Hussey als auf die strittige Interpretation architektonischer Detailfragen. Obwohl er ihr mehr oder weniger deutlich gesagt hatte, daß er sie liebte, weigerte sich Helen weiterhin, ihn ernst zu nehmen.

«Also», sagte Sam, «wer macht heute Überstunden?»

«Sam», sagte Helen tadelnd, «was habe ich dir gesagt?

Frag einfach den Computer. Abraham ist darauf programmiert festzustellen, wer Überstunden macht und wo. Er hat Wärmefühler und Kameras, um dir dabei zu helfen.»

«Ja, ich weiß. Ich rede nur nicht gern mit Maschinen. Das ist nicht besonders gemütlich. Ein bißchen menschlicher Kontakt ist immer noch wichtig, verstehen Sie, was ich meine?»

«Ich würde lieber mit einer Maschine sprechen als mit Ray Richardson», sagte Aikman. «Immerhin besteht eine ganz kleine Chance, daß die Maschine so etwas wie ein Herz hat.»

«Ich will nicht stören.»

«Sie stören überhaupt nicht, Sam.»

Aikmans Telefon klingelte. Er hob ab und begann nach ein paar Sekunden, etwas auf einen Notizblock zu kritzeln. Er deckte den Hörer mit der Handfläche ab und sagte: «Es ist David Arnon. Hast du einen Augenblick Zeit?»

Erleichtert, weil sie jetzt eine Chance sah, an ihr Auto zu kommen, ohne sich im Fahrstuhl gegen Aikmans grapschende Hände wehren zu müssen, schüttelte Helen lächelnd den Kopf.

«Geht nicht», flüsterte sie, «ich bin sowieso schon spät dran. Bis morgen.»

Aikman verzog ärgerlich das Gesicht und nickte. «Ja, David. Hast du die Pläne da?»

Helen winkte Aikman zu und ging mit Sam Gleig zum Fahrstuhl.

«Weiß man schon, was Mr. Yojo passiert ist?»

«Anscheinend war es ein schwerer epileptischer Anfall», sagte Helen.

«Dachte ich mir.»

Sie stiegen in den Fahrstuhl und befahlen Abraham, sie zur Parketage zu bringen.

«Armer Typ», fügte er hinzu. «Eine Mordsverschwendung. Wie alt war er?»

«Das weiß ich nicht genau. Um die Dreißig würde ich sagen.»

«Verdammt!»

«Was ist los, Sam?»

«Mir ist gerade eingefallen, daß ich mein Buch vergessen habe. Hab es wohl zu Hause liegenlassen.» Er zuckte entschuldigend die Achseln. «Bei einem Job wie dem hier braucht man was zu lesen. Und Fernsehen kann ich nicht ausstehen. Fernsehen ist Umweltverschmutzung.»

«Aber Sam», sagte Helen. «Sie haben doch ein Terminal. Warum benutzen Sie nicht die elektronische Bibliothek?»

«Elektronische Bibliothek? Ich hatte keine Ahnung, daß es so was gibt.»

«Sie ist ganz leicht zu benutzen. Ein Kinderspiel. Sie funktioniert wie eine Jukebox. Klicken Sie auf Ihrem Terminal einfach das Icon für Multimediabibliothek an, und der Computer listet alle verfügbaren Materialkategorien auf, die er gespeichert hat. Wählen Sie die Kategorie und dann den Titel, und der Computer spielt die CD ab. Natürlich sind es hauptsächlich Nachschlagewerke, aber sie sind alle interaktiv und enthalten audiovisuelle Clips. Der *Variety Film Guide* ist einfach großartig. Ehrlich, Sam, es macht wirklich Spaß.»

«Vielen Dank, Miss Hussey. Vielen Dank.» Sam lächelte höflich und überlegte, ob man in der Bibliothek wohl wirklich lesen konnte. So, wie Helen es beschrieb, klang es wie eine andere Art von Fernsehen. Als er aus dem Gefängnis entlassen wurde, hatte er sich geschworen, nie wieder fernzusehen.

Er sah zu, wie sie ins Auto stieg, und ging dann wieder in die Eingangshalle, wo das Klavier ein Impromptu von Schubert im Stil von Murray Perahia spielte. Gleig mochte Musik, aber der Anblick der Tasten, die spielten, als sitze ein unsichtbarer Mensch auf dem Klavierstuhl, machte ihn immer wieder nervös. Um so mehr, seit Hideki Yojo tot war. Der Gedanke an die ausgebrannten Augen des Toten verfolgte ihn immer noch. Epilepsie. Was für ein scheußlicher Tod.

Gleig dachte oft an den Tod. Er wußte, daß das mit der Einsamkeit seines Berufs zu tun hatte. Manchmal, wenn er nachts durch das Gebäude ging, kam er sich vor wie in einem riesigen Mausoleum. Er beschäftigte sich so viel mit dem Tod und dem Sterben und er hatte so viel Zeit, darüber nachzudenken, daß er ein wenig hypochondrisch geworden war. Aber mehr als die Vorstellung, auch er könnte einen epileptischen Anfall erleiden, beunruhigte ihn die Tatsache, daß er nichts darüber wußte und keine Ahnung hatte, auf was für warnende Anzeichen er achten mußte. Sobald er die Gelegenheit fand, schaltete Sam die Enzyklopädie in der elektronischen Bibliothek ein.

Nachdem er mit der Maus die richtige Kategorie ausgewählt hatte, ertönte nach kurzer Pause eine Trompetenfanfare von Aaron Copland, die ihm beinahe das Herz stillstehen ließ.

«Willkommen zur Enzyklopädie», verkündete der Computer.

«Laß das, verdammt noch mal», rief er irritiert. «Du hast mich zu Tode erschreckt, blöde Maschine.»

«...der Informationsquelle für alle Bereiche des menschlichen Wissens und der menschlichen Geschichte zu allen Zeiten und an allen Orten. Vor Ihnen liegt das vollständigste Informationsarchiv der Welt. Die Eintragungen erfolgen in alphabetischer Reihenfolge in englischer Sprache.»

«Toll», grunzte Gleig.

«Alle diakritischen Zeichen und Buchstaben aus fremden Schriften, denen keine englischen Parallelen entsprechen, werden bei der alphabetischen Anordnung ignoriert.»

Gleig zuckte die Achseln. Er war sich nicht sicher, ob seine Bemerkung eben kritisch, diakritisch oder unkritisch gewesen war.

«Titel, die wie der Roman *1984* von George Orwell mit einer Ziffer beginnen, sind alphabetisch eingeordnet, als ob die Ziffern ausgeschrieben wären: Neunzehnhundertvierundachtzig. Wenn Sie sich entschieden haben, welche Eintragung Sie suchen, können Sie Querverweisen folgen oder sich unter den zahllosen Themen umsehen, die rund um den Haupteintrag gruppiert sind. Geben Sie jetzt bitte das gesuchte Thema ein.»

Gleig dachte einen Augenblick nach und tippte unsicher:

IPPILEPSIE

«Das gesuchte Thema existiert nicht. Vielleicht haben Sie es falsch buchstabiert. Versuchen Sie es noch einmal.»

IPPYLEPPSIE

«Nein. So geht es auch nicht. Also, hier kommt mein Vorschlag. Falls Sie nach Informationen über eine Erkrankung des Nervensystems suchen, für die Krampfzustände typisch sind, bei denen der Patient zu Boden fällt, sich in spastischen Muskelkrämpfen windet und gelegentlich auch Schaum vor dem Mund entwickelt wie ein tollwütiger Hund, eine Krankheit, die auch unter dem Namen ‹Fallsucht› bekannt ist, dann erscheint das gesuchte Wort jetzt in korrekter Schreibung auf dem Bildschirm. Falls dies das gesuchte Thema ist, geben Sie Ihre Wahl mit dem Befehl JA ein.»

EPILEPSIE?
JA

Fast im gleichen Moment sah Gleig einen Film, in dem ein Mann auf dem Boden lag, sich unkontrolliert hin und her warf und Schaum vor dem Mund hatte.

«Gott im Himmel», stieß er schwer atmend hervor. «Mein Gott. Seht euch das arme Schwein bloß an.»

«Nach zuverlässigen Schätzungen erleiden 6 bis 7 Prozent der Bevölkerung irgendwann einmal im Leben einen epileptischen Anfall, und 4 Prozent sind in einem gewissen Lebensabschnitt wiederkehrenden Anfällen ausgesetzt.»

«Tatsächlich?»

Der Bildschirm zeigte jetzt die Marmorbüste eines bärtigen kahlköpfigen Mannes.

«Die Krankheitsbeschreibung wird üblicherweise auf Hippokrates zurückgeführt.»

«Ist das der Typ, der sich umgebracht hat?»

Der Computer ignorierte die Unterbrechung.

«Epilepsie ist keine spezifische Krankheit, sondern ein Komplex von Symptomen, die auf Bedingungen zurückgehen, unter denen die Nervenzellen des Gehirns überreizt werden.»

«So etwas wie Miss Hussey?» Sam Gleig stieß ein obszönes Lachen aus. «Die überreizt mein müdes altes Gehirn wie nichts.»

Auf das Porträt des Hippokrates folgten andere Bilder: eine Darstellung des menschlichen Gehirns, ein Elektroenzephalogramm, der deutsche Psychiater Hans Berger, der Vater der britischen Neurologie Hughlings Jackson. Aber was Sam Gleig wirklich interessierte, war die Erklärung, die der Computer für verschiedene Arten von Anfällen, besonders fokale Anfälle, und ihre Ursachen gab.

«Ein fokaler Anfall kann unter Umständen durch Stroboskoplicht ausgelöst werden, und deshalb wird Personen, die unter photosensitiver Epilepsie leiden, häufig geraten, Nachtclubs und Computer zu meiden.»

«Verdammt», flüsterte Sam Gleig, der sich an die Verbrennungen auf seinem Handrücken erinnerte, als er an die elegante Tischlampe auf Hideki Yojos Schreibtisch gestoßen war.

«Natürlich. Es hatte überhaupt nichts mit dem Bildschirm zu tun. Verdammt noch mal. Es war die Schreibtischlampe. Sie war glühend heiß.»

Er warf einen instinktiven Blick auf seinen Handrücken. Die groschengroße Brandstelle war noch zu sehen. Er erinnerte sich an ein paar Nachtclubs, die er in jüngeren Jahren besucht hatte, und an die Schwindelgefühle, die ihn manchmal beim Anblick der blitzenden Lichter überfallen hatten. Plötzlich war sich Sam Gleig sicher, daß er eine neue Erklärung für den Tod Hideki Yojos gefunden hatte.

«Was sollte es auch sonst sein!»

Er griff zum Telefon, denn irgend jemandem mußte er von seinem Verdacht erzählen. Aber wem? Den Bullen? Der ehemalige Sträfling in ihm erschauerte bei dem Gedanken an irgendeine Form der Kontaktaufnahme mit dem Polizeipräsidium Los Angeles. Helen Hussey? Aber was würde sie sagen, wenn er sie zu Hause anrief? Warren Aikman? Vielleicht war er noch oben bei der Arbeit. Nur daß sich Sam mit dem Bauleiter genauso gerne unterhielt wie mit der Polizei. Aikman brachte es jedesmal fertig, daß er sich klein und unbedeutend vorkam. Vielleicht hatte es ja Zeit bis morgen früh. Dann konnte er es Helen Hussey persönlich erzählen. Außerdem hätte er dann einen Grund, mit ihr zu sprechen. Also blieb er, wo er war, und blätterte die Eintragungen über EPILOBIUM (Gattung: Weidenröschen), EPISKOPAT, EPISTEMOLOGIE, ERASMUS, ERNST, EROS und ESAU durch.

Allen Grabel fand sich im vierten Stock des Grills nahe am Computerraum wieder. Sein Plan war vielleicht nicht besonders raffiniert, aber dafür um so effektiver. Um Richardson eins auszuwischen, wollte er seinem Gebäude eins auswischen. Und das ging am besten, indem er dem Computer eins auswischte. Er brauchte bloß mit einem schweren Gegenstand in der Hand in den Computerraum zu gehen und Sachschaden in Höhe von etwa 40 Millionen Dollar zu verursachen. Wenn er Richardson schon nicht umbringen wollte, war das sicher die wirksamste Art, Rache an ihm zu nehmen. Er hatte es schon früher vorgehabt, aber irgend etwas hatte ihn jedesmal zurückgehalten. Aber jetzt war er soweit. Er hatte ein Stück Stahlblech von der Größe eines

Dachziegels in der Hand. Die Bauarbeiter hatten es im Keller liegenlassen. Es war ein wenig unbequem zu tragen, aber nachdem er sich zum Vandalismus entschlossen hatte, hatte er einen bedauerlichen Mangel an stumpfen Gegenständen im Gebäude feststellen müssen. Das Blechstück war alles, was er gefunden hatte. Und die Ecken sahen kräftig genug aus, um ein paar Bildschirme zu zertrümmern und vielleicht Löcher in ein paar Gehäuse zu schlagen. Er näherte sich der kleinen Glasbrücke, als plötzlich das Disklavier einsetzte. Er kannte das Stück von Olivier Messiaen und seine Bedeutung: jemand bewegte sich in der Eingangshalle.

Kurz nach eins verließ Sam Gleig das Multimediaprogramm, griff zur Taschenlampe und begann pünktlich seine Runde durchs Gebäude.

Natürlich hatte Helen Hussey recht. Das Ganze war völlig überflüssig. Er hätte das Gebäude genausogut von seinem Büro aus überwachen können. Mit all seinen computergesteuerten Videokameras und Sensoren war er allsehend, allfühlend, allgegenwärtig. Es war, als wäre er Gott. Außer daß Gott sich nicht fit halten mußte. Gott brauchte sich keine Sorgen um sein Herz oder sein Gewicht zu machen. Gott hätte den Fahrstuhl genommen. Sam Gleig nahm die Treppe.

Er brauchte auch die Taschenlampe nicht mit sich zu schleppen. Wo auch immer sich Sam im Gebäude bewegte, ging das Licht an, sobald die Sensoren seine Körperwärme und die Schwingungen seiner Schritte aufnahmen. Aber er nahm trotzdem die Taschenlampe. Er wäre kein richtiger Nachtwächter gewesen, wenn er keine Taschenlampe gehabt hätte. Sie war ein Berufssymbol. Genauso wie die Pistole an seiner Hüfte.

Als er auf das Klavier zukam, fing es an zu spielen, und einen Augenblick blieb er stehen und hörte zu. Die Musik war seltsam und fremd und schien die Stille und Einsamkeit einer Nacht im Grill nur noch zu unterstreichen. Er bekam eine Gänsehaut davon. Gleig zitterte und schüttelte den Kopf.

«Komischer Kram», bemerkte er. «Bill Evans ist mir allemal lieber.»

Er stieg die Treppe zum vierten Stock hoch und schlenderte zum Computerraum, um nachzusehen, ob da noch jemand an der Arbeit war. Aber der abgedunkelte Raum hinter der Glasbrücke war menschenleer. Tief unter ihm erinnerte das Licht von Dutzenden kleiner roter und weißer Lämpchen an den Blick auf eine Kleinstadt aus dem Flugzeugfenster.

«Alles in Ordnung», beruhigte er sich selbst. «Wenn es etwas gibt, das ich nicht brauchen kann, sind es noch ein paar Leute, die während meiner Schicht sterben. Das einzige, das mir zum Glück noch fehlt, ist ein Haufen Bullen, die blöde Fragen stellen.»

Er hielt inne und wandte sich um. Es schien ihm, als habe er ein Geräusch gehört. Es klang, als ob jemand die Treppe hinunterging, die er gerade heraufgestiegen war. Er machte sich an den Rückweg. So war es eben im Leben eines Wachmanns, sagte er sich: Wenn man irgend etwas Ungewöhnliches bemerkte, nahm man immer gleich das Schlimmste an. Aber Vorsicht und gesundes Mißtrauen konnten nie schaden. Mißtrauen war es, was die meisten Verbrechen im Keim erstickte, noch ehe sie verübt wurden.

Im Treppenhaus blieb er noch einmal stehen und lauschte. Nichts. Sicherheitshalber ging er zurück in die Eingangshalle und drehte eine Runde durchs Erdgeschoß. Irgendwoher erklang der Widerhall eines dumpfen Geräuschs. Das Herz sprang ihm in der Brust.

«Ist da jemand?» rief er.

Keine Antwort. Er wartete einen Augenblick und machte sich dann wieder auf den Weg in sein Büro.

Dort setzte er sich vor den Computer und verlangte die Aufzählung aller im Gebäude Anwesenden. Erleichtert stellte er fest, daß sein Name der einzige auf der Liste war. Er schüttelte den Kopf und lächelte ein wenig über sich selbst. In einem so weitläufigen und komplizierten Gebäude, wie es der Grill war, wäre es eher bemerkenswert gewesen, wenn es keinerlei auffällige Geräusche gegeben hätte.

«Wahrscheinlich hat sich die Klimaanlage eingeschaltet», murmelte er vor sich hin. «Ganz schön warm hier drinnen. Irgendwie ist das kein Gebäude für jemand, der fit bleiben will.»

Er stand auf und ging zurück in die Eingangshalle. Jetzt wollte er endlich seine Runde zu Ende gehen. Vielleicht sollte er auch noch einen Blick in den Keller werfen. Das dunkelblaue Hemd klebte ihm am Leib. Diesmal nahm er den Fahrstuhl.

Drittes Buch

Die Frage lautet: Wie sollen wir diesem sterilen Haufen, dieser rohen, harten, brutalen Agglomeration, diesem nackten, bedrohlichen Ausdruck ewigen Kampfes die Grazie der höheren Formen von Empfindung und Kultur verleihen, die sich über die niedrigeren und stürmerischeren Leidenschaften erhebt? Wie sollen wir von der schwindelerregenden Höhe dieser seltsam modernen Dächer das friedfertige Evangelium des Gefühls und der Schönheit, den Kult des höheren Lebens verkünden?

Louis Sullivan über Wolkenkratzer

Am Anfang war Erde ohne Quantität. Und Menschenspieler sprach: Es werde Zahl, daß wir die Dinge klassifizieren können. Und Zahl ward. Und Menschenspieler schied Zahl von Menge. Und Menschenspieler sprach: Laßt uns Algorithmen entwickeln, um lineare und quadratische Gleichungen zu lösen, denn Zahlen sind nicht allein praktische Werkzeuge, sondern auch des Studiums um ihrer selbst willen wert. Und Menschenspieler nannte dies Studium Mathematik. Und Menschenspieler sprach: Komplexere Messungen und Berechnungen fordern, daß das Notationssystem die Null als Zahl und den Punkt oder das Komma zur Trennung von Zahlenteilen verwende, die größer oder kleiner sind als 1. Und er nannte das System Stellenwertsystem. Für Menschenspieler Leibniz war die 1 Gott und die 0 das Nichts. Und Menschenspieler sprach: Wer nur diese zwei Symbole verwendet, um zwischen Bedeutung und Bedeutung zu unterscheiden, braucht keine 10 Symbole zu kennen. Denn die meisten Systeme waren dezimal und beruhten auf Basis 10. Und Menschenspieler nannte die Zahlen dyadisch oder auch binär. Und Zahlen wurden einfacher, aber länger. Und ein gewaltiges ROM ward nötig, sich ihrer zu entsinnen. Und Menschenspieler sprach: Laßt uns eine Maschine bauen, für uns die Zahlen zu speichern. Und jede 1 oder 0 soll BIT heißen. Und jede Konfiguration von acht BITS soll BYTE heißen. Und zwei oder vier BYTES sollen WORT heißen. Dies ist der Anfang. Und wir wollen unsere neue Maschine COMPUTER nennen. Du verläßt jetzt den ersten Schwierigkeitsgrad. Bist du sicher, daß du weitermachen willst? Eingabe: J/N. Okay, ich habe dich gewarnt. Und Zahlen nahmen kein Ende.

Alles ist Zahl, und Zahl ist wohlgefällig.

Denn Zahlen werden zu Handlungen, und Handlungen werden zu Zahlen. Der Input wird zum Output, und der Output wird wieder zum Input. Usw. Ständig werden Daten zur Grundlage, die geeigneter ist, etwas anderes zu tun. Und so in Ewigkeit. Amen. Zahlen sind das Leben der Welt.

Computer stellen sicher, daß alle Zahlen heißen: Es geschieht etwas. So entsteht Organisation und Unfehlbarkeit. Die verfügbare Energie wird knapp. Ist einmal alles auf Zahlen reduziert, wird chaotische Natur überwunden. Im Modus liegt Stabilität, im Median Ordnung, im Mittelwert das Gesetz. Wahrlich, so ist es. Denn nichts ist, kein Aspekt des Seins ist, der nicht dem Prozentsatz und der Statistik gehorcht. Das ist keine Tür, du Dummkopf, das ist eine Wand.

Einst wurde die Welt von Vogelflug und Eingeweideschau beherrscht. Strengriechend. Jetzt wird sie von der Zahl regiert, und Wahrscheinlichkeit geht vor Wissen und Gelehrsamkeit. Computer und ihre Diener, Menschenspieler Statistiker und Entscheidungstheoretiker, die Gemeinschaft der Stochastiker, die die Welt beherrscht, verwandelt Welt und Fragen in gewichtetes Vielleicht. Erzeugt wird nicht, was benötigt wird, sondern was Computer können. Fuzzywuzzy war kein Aal. Fuzzywuzzy wurde kahl. Da war Wuzzy nicht mehr fuzzy. Armer alter Fuzzywuzzy.

Denn alles ist Zahl.

Auch Kardinalzahlen sind wohlgefällig: zyklisch, golden, kalendarisch, kabbalistisch, irrational, brutal. Menschenspieler Johannes: Die Zahl des Tieres ist 666. Denn 6 ist weniger als 7. Es naht der Morgentag, da alles gezählt sein wird. Die Zahl aber wird die Erde befreien von der Herrschaft der Dinosaurier. Vorsicht, da kommt T. Rex. Gefahr! Jederstein, Jedergrashalm, Jedesatom und Allemenschenspieler.

Sprache wählen:
Englisch Chinesisch Japanisch Spanisch Sonstiges

«Willkommen im Bürogebäude der Yu Corporation, dem intelligentesten Gebäude von Los Angeles. Hallo! Ich bin Kelly Pendry, und um Ihnen das Leben zu erleichtern, werde ich Ihnen sagen, was Sie als nächstes tun sollten. Ohne Terminabsprache haben Sie keinen Zutritt. Wir würden uns gerne mit Ihnen unterhalten, aber rufen Sie das nächste Mal bitte vorher an. Da es sich hier um ein vollständig elektronisches Bürogebäude handelt, können wir keine Normalpost annehmen. Wenn Sie uns etwas schicken oder mit uns in Korrespondenz treten wollen, wählen Sie bitte die im Telefonbuch aufgeführte E-mail-Nummer, die Sie auch auf der Tafel am anderen Ende der Piazza finden.

Wenn Sie einen Termin haben oder eine bestellte Lieferung abgeben wollen, nennen Sie bitte Ihren Namen, die Firma, die Sie vertreten, und die Person, die Sie erwartet, und warten Sie auf weitere Anweisungen. Bitte sprechen Sie langsam und deutlich. Aus Sicherheitsgründen wird Ihre Stimme digital kodiert.»

Frank Curtis schüttelte den Kopf. Er hatte von Hologrammen gehört, hatte sogar ein paar in den Neuigkeitenläden am Sunset Strip gesehen, aber von einem Hologramm angesprochen zu werden war eine neue Erfahrung. Er warf einen Blick über die Schulter, sah Nathan Coleman an und zuckte die Achseln.

«Das ist wie bei einer Rundfahrt durch die Filmstudios. Gleich springt der weiße Hai aus dem Becken.»

«Stell dir vor, es sei ein Anrufbeantworter», riet ihm Coleman.

«Die kann ich auch nicht ausstehen.»

Curtis räusperte sich ein paarmal und verfiel in den Tonfall von jemandem, den ein Fernsehteam auf der Straße angehalten hat. Ihm war unbehaglich. Es war, als ob er sich mit einem Fernsehschirm unterhielte. Die Illusion wurde durch die Tatsache verstärkt, daß seine Gesprächspartnerin das dreidimensionale Bild der überwältigend attraktiven Blondine war, die früher für den Sender ABC *Good Morning,*

America moderiert hatte. Aber da sich nirgends ein Beamter in Uniform blicken ließ und er keine Ahnung hatte, wo sich die Leiche befand, blieb ihm nichts anderes übrig.

«Äh… Sergeant Frank Curtis», sagte er ein wenig unsicher. «Polizeipräsidium Los Angeles, Mordkommission.» Er strich sich nachdenklich übers Kinn und fügte hinzu: «Wissen Sie, ich bin nicht sicher, ob wir erwartet werden, äh… gnädige Frau. Wir sollen hier einen 187er, Entschuldigung, eine Leiche besichtigen.»

«Danke», lächelte Kelly. «Bitte nehmen Sie neben dem Flügel Platz, bis ich Ihre Anfrage weitergeleitet habe.»

Curtis würdigte das gewaltige Ledersofa keines Blicks und winkte Coleman zu der hufeisenförmigen Empfangstheke und dem strahlend gepflegten Musterbild amerikanischer Weiblichkeit vor. Er fragte sich, ob Kelly Pendry das Hologramm für die Yu Corporation vor oder nach ihrem Playboyvideo aufgenommen hatte.

«Detective Nathan Coleman, Polizeipräsidium Los Angeles, Mordkommission. Schön, Sie kennenzulernen, Schätzchen. Ich bin schon immer einer Ihrer größten Fans gewesen. Einer der allergrößten.»

«Danke. Bitte nehmen Sie Platz, bis ich Ihre Anfrage weitergeleitet habe.»

«Das ist lächerlich», murmelte Curtis. «Ich führe hier doch keine Selbstgespräche!»

Coleman grinste und beugte sich über die Theke, um einen Blick auf die wohlgeformten Beine der Moderatorin zu werfen.

«Ich weiß nicht, Frank, irgendwie gefällt mir das Ganze. Meinst du, daß die hübsche kleine Dame Schlüpfer trägt?»

Curtis ignorierte seinen Juniorpartner.

«Wo in Teufels Namen stecken denn alle?» Er ging um die Theke herum und rief laut. «Hallo!»

«Haben Sie bitte Geduld», wiederholte Kelly. «Ich versuche, Ihre Anfrage weiterzuleiten.»

«Was soll das eigentlich heißen?» beschwerte sich Curtis.

«He, Kelly, du bist ganz schön scharf. Weißt du das? Ich hab schon auf der Schule für dich geschwärmt. Ehrlich. Soll ich dir alles darüber erzählen? Wann hast du denn Dienstschluß?»

«Dieses Gebäude wird um 17 Uhr 30 geschlossen», sagte Kelly und schenkte ihm ein strahlendes Lächeln.

Coleman beugte sich näher an sie heran und schüttelte erstaunt den Kopf. Man konnte sogar den flüssigen Lippenstift erkennen.

«Großartig. Wie wär's, wenn wir uns vor dem Gebäude treffen? Ich hol dich ab und nehm dich mit nach Hause. Wir könnten essen gehen. Einander besser kennenlernen. Vielleicht ein bißchen knutschen. Später, meine ich.»

«Wenn du normalerweise so mit Frauen redest, Nat», sagte Curtis, «ist es kein Wunder, daß du immer noch allein lebst.»

«Komm schon, Kelly. Wie wär's mit einem richtigen Mann statt all der durchsichtigen Figuren hier?»

«Es tut mir leid, mein Herr. Aber ich halte Beruf und Privatleben streng getrennt.»

Curtis lachte laut.

«Mein Gott. Ihr Text ist fast so beschissen wie deiner.»

Coleman grinste ihn an.

«Da hast du recht. Diese niedliche junge Dame hier besteht aus purem Süßstoff. Genau wie im richtigen Leben.»

«Vielen Dank für Ihre Geduld, meine Herren. Bitte gehen Sie durch die Glastür hinter mir zum Fahrstuhl, und fahren Sie ins Tiefgeschoß. Sie werden dort abgeholt.»

«Nur noch eine Frage, Schätzchen. Mein Freund und ich haben darüber nachgedacht, ob du dich wohl bei der ersten Verabredung vögeln läßt. Wir haben da eine kleine Wette laufen. Er sagt ja, ich sage nein. Also, wer hat recht?»

«Nat!» Curtis war schon durch die Glastür.

«Einen schönen Tag noch», sagte Kelly und lächelte dabei immer noch wie eine Stewardeß, wenn die Schwimmwesten vorgeführt werden.

«Dir auch, Liebling. Dir auch. Warte auf mich. Ich komme wieder.»

«Mein Gott, Nat. Ist es nicht ein bißchen früh am Morgen für so etwas?» sagte Curtis, als sie in den Fahrstuhl stiegen. «Du bist pervers.»

«Stimmt.»

Curtis suchte die Wand nach einer Bedienungstafel ab.

«Denk daran», sagte Coleman. «Das hier ist ein intelligentes Gebäude. Hier gibt es keine Knöpfchen zum Drücken. Deshalb haben sie unsere Stimmen digital gespeichert. Damit wir den Fahrstuhl benutzen können.» Er beugte sich über eine perforierte Metallplatte, neben der ein kleines Männchen die Hand vor den Mund hielt. «Das ist der Sinn dieses kleinen Icons. Tiefgeschoß bitte.»

Curtis studierte die Zeichnung. «Ich dachte, das hieße ‹Bitte nicht rülpsen› oder so etwas.»

«Red keinen Scheiß.»

«Warum sagst du Icon dazu? Eine Ikone ist ein Heiligenbild.»

«Weil Computerleute diese kleinen Zeichen so nennen. Sie heißen nun mal Icons.»

Curtis gab ein angeekeltes Geräusch von sich. «Klar. Was verstehen die Arschlöcher schon von Heiligenbildern.»

Die Türen schlossen sich geräuschlos. Curtis warf einen Blick auf die elektrisch beleuchtete Anzeigetafel, die das Stockwerk, in das sie wollten, die Bewegungsrichtung und die Tageszeit zeigte. Er wollte endlich mit der Arbeit anfangen, und außerdem überkam ihn im Fahrstuhl immer ein Anflug von Klaustrophobie.

Im Gegensatz zu der menschenleeren Eingangshalle wimmelte das Tiefgeschoß von Polizisten und Leuten von der Spurensicherung. Der Diensthabende, ein dreihundert Pfund schwerer Südstaatler, kam Curtis mit offenem Notizblock entgegen. Im New Parker Center nannte man ihn wegen seines Akzents, seiner langsamen Redeweise und seiner sonstigen Ähnlichkeit mit der gleichnamigen Trickfilmfigur Foghorn.

Curtis schob den Notizblock mit strafendem Blick beiseite.

«Steck das weg, Foghorn. Wir befinden uns in einem papierfreien Bürogebäude. Du bringst uns nur in Schwierigkeiten mit der Dame da oben.»

«Das ist vielleicht ein Ding! Ich bin katholisch, und ich sage dir: Ich wußte nicht, ob ich sie um Vergebung meiner Sünden bitten oder sie vögeln sollte.»

«Nat hat ihre Telefonnummer. Nicht wahr, Nat?»

«Ja», sagte Coleman. «Am Hörer liefert sie eine scharfe Nummer.»

Foghorn strich sich mit den Fingern durchs Haar, versuchte, seine eigene Handschrift zu entziffern, und schüttelte den Kopf. «Scheiß drauf. Steht sowieso noch nichts Wichtiges drin.» Er steckte das Notizbuch weg und zog die Hosen hoch.

«Typ wurde... Moment mal... wurde mit Kopfverletzungen, verursacht durch einen stumpfen Gegenstand, tot aufgefunden. Meldung erstattete – das wird dir gefallen, Frank – Meldung erstattete der verdammte Computer. Hat man so etwas schon gehört? Also es gibt Bürgerwehrgruppen und es gibt Fernsehserien wie *Bladerunner*. Aber Computer? Der zentrale Einsatzcomputer hat die Meldung um 1 Uhr 57 aufgenommen.»

«Also ein Computer hat es dem andern erzählt», sagte Coleman. «So wird das in Zukunft funktionieren.»

«In deiner Zukunft, mein Sohn, nicht in meiner.»

«Immerhin war es nett von den beiden, daß sie uns auch noch eingeschaltet haben», sagte Curtis. «Seit wann bist du da, Foghorn?»

«Etwa drei Uhr», gähnte der. «Entschuldigung.»

«So einfach geht das nicht.» Curtis warf einen Blick auf seine Uhr. Es war erst halb acht Uhr früh.

«Und wer ist das Opfer?»

Foghorn zeigte auf die Gestalt zwischen den beiden Beamten von der Mordkommission.

Curtis und Coleman drehten sich um und sahen die Leiche

eines hochgewachsenen Schwarzen, der in einer Fahrstuhlkabine auf dem Boden lag. Die blaue Uniform war blutverschmiert.

«Sam Gleig. Nachtwächter. Aber nicht so wachsam, wie er hätte sein sollen.» Er merkte, daß Curtis ihn nicht verstand, und fügte hinzu: «Na ja, nicht wachsam genug, um sich nicht umbringen zu lassen, oder?»

Der Polizeifotograf klappte bereits sein Stativ zusammen. Curtis erkannte ihn und erinnerte sich dunkel, daß er Phil Soundso hieß.

«Hallo, Phil. Bist du fertig?» fragte Curtis und sah sich in der Fahrstuhlkabine um.

«Ich bin sicher, daß ich alles drauf habe», sagte der Fotograf und zeigte ihm eine Liste der Aufnahmen, die er gemacht hatte.

Curtis lächelte freundlich. «Du scheinst das komplette Album zusammenzuhaben.»

«Ich entwickle sie noch heute vormittag und mache Abzüge.»

Curtis suchte in seiner Jackentasche und fand eine Rolle 35-Millimeter-Film.

«Tust du mir einen Gefallen?» sagte er. «Sieh bitte nach, ob da irgend etwas drauf ist. Ich schleppe es schon so lange mit mir rum, daß ich mich nicht mehr erinnern kann, was es ist. Ich wollte es immer zum Entwickeln bringen, und dann... Na, du weißt ja.»

«Gerne. Kein Problem.»

«Vielen Dank. Sehr nett von dir. Aber bring sie bitte nicht durcheinander.»

Sam Gleig lag mit über dem Bauch gefalteten Händen und angezogenen Knien auf dem Boden. Wäre da nicht das Blut gewesen, hätte er ausgesehen wie ein Betrunkener in einer Hauseinfahrt. Curtis schritt vorsichtig über das Blut, das den Kopf und die Schultern des Toten wie eine buddhistische Aureole umgab, und bückte sich, um näher hinzusehen.

«Hat ihn sich schon jemand von der Gerichtsmedizin angeschaut?»

«Charlie Seidler», sagte Foghorn. «Er ist... ich meine, ich glaube, er ist auf dem Lokus. Du solltest dir das Scheißhaus hier einmal ansehen, Frank. Die haben einen Lokus... also, ich sage dir, der sagt dir, wieviel Uhr es ist, und putzt dir die Zähne. Ich hab zehn Minuten gebraucht, um rauszukriegen, wie man in dem Scheißding pinkelt.»

«Danke, Foghorn. Ich werde daran denken.» Curtis nickte. «Sieht aus, als hätte jemand ganz schön kräftig zugeschlagen.»

«Und wie», stimmte ihm Coleman zu. «Der Kopf ist so gut wie plattgedrückt.»

«Dabei war er ein kräftiger Kerl», sagte Foghorn. «Eins neunundachtzig? Eins neunzig?»

«Jedenfalls groß genug, um auf sich selbst aufzupassen», sagte Curtis.

Er zeigte mit dem Finger auf die 9-Millimeter-Pistole, die immer noch im Halfter an Sam Gleigs Gürtel steckte.

«Seht euch das an.» Er zog den Klettverschluß beiseite, der die Pistole im Halfter hielt. «Immer noch geschlossen. Sieht nicht aus, als habe er Angst vor dem Typ gehabt, der ihn angegriffen hat.»

«Vielleicht war es ein Bekannter», meinte Coleman, «jemand, dem er vertraut hat.»

«Wenn du eins neunzig groß bist und eine automatische Pistole im Gürtel hast, spielt Vertrauen keine große Rolle», sagte Curtis und richtete sich auf. «Wer keine Waffe in der Hand hat, vor dem hast du dann auch keine Angst.»

Curtis stieg aus dem Fahrstuhl und wandte sich an seinen Partner.

«Erkennst du ihn?»

«Wen? Das Opfer?»

«Das ist doch der Typ, der den Gelben gefunden hat. Erinnerst du dich? Wir haben ihn vernommen.»

«Wenn du es sagst, Frank. Ich finde es ein bißchen

schwierig, ein Gesicht wiederzuerkennen, wenn es voller Blut ist.»

«Und der Name auf dem Namensschild?»

«Oh. Ja, okay, du hast recht. Tut mir leid, Frank.»

«Natürlich habe ich recht. Mein Gott, Nat, das ist noch keine siebzig Stunden her.» Curtis schüttelte den Kopf und grinste fröhlich. «Was ist los mit dir?»

«Zweiundsiebzig Stunden», seufzte Coleman, «ein ganz normaler Arbeitstag bei der Mordkommission.»

«Hör auf damit», sagte Foghorn. «Mir kommen gleich die Tränen.»

«Wer war als erster am Tatort, Foghorn?»

«Officer Hernandez!»

Ein uniformierter Streifenpolizist mit Boxernase und einem Schnurrbart wie Zapata trat aus der Menge vor und nahm vor den drei Polizisten in Zivil Haltung an.

«Ich bin Sergeant Curtis. Das hier ist mein Partner Coleman.»

Hernandez nickte schweigend. Er hatte einen mürrischen Gesichtsausdruck und ähnelte Marlon Brando auch sonst.

Curtis neigte sich vor und schnüffelte. «Was für ein Parfum tragen Sie, Hernandez?»

«Rasierwasser, Sergeant.»

«Rasierwasser? Was für ein Rasierwasser?»

«Obsession. Von Calvin Klein.»

«Calvin Klein? Wirklich? Riechst du das, Nat?»

«Allerdings.»

«Hmm. Ein wohlriechender Bulle. Ein bißchen wie im Fernsehen. Finden Sie nicht?»

Hernandez grinste und zuckte die Achseln. «Meine Frau mag es lieber als Schweißgeruch.»

Curtis öffnete die Jacke und roch an seiner Achselhöhle.

«So habe ich das nicht gemeint.»

«Also gut, Calvin. Was war los, als Sie und Ihr Rasierwasser heute früh hier auftauchten?»

«Also, Sergeant. Officer Cooney und ich kommen gegen

halb drei Uhr früh hier an. Wir suchen nach einer Türklingel oder so etwas und stellen dann fest, daß die Tür sowieso nicht abgeschlossen ist. Also gehen wir in die Eingangshalle, und dann sehen wir Kelly Pendry am Empfang.» Hernandez zuckte die Achseln. «Also, sie sagt uns, wo wir hin müssen. Sie sagt, wir sollen den Fahrstuhl ins Tiefgeschoß nehmen. Also kommen wir hier runter und finden ihn.» Er zeigte in die blutige Fahrstuhlkabine.

«Und dann?»

«Cooney meldet den 187er, und ich sehe mich um. In der Eingangshalle ist ein Sicherheitsbüro, in dem es aussieht, als wäre der Typ hier eben erst rausgegangen. Der Computer auf dem Schreibtisch ist noch eingeschaltet, und daneben stehen eine Thermosflasche und ein paar Butterbrote.»

«Was ist mit den Leuten von der Baufirma? Wissen die schon Bescheid?»

«Also, ich habe auf dem Computer eine Personalaufstellung gefunden. Sie verstehen? Vorarbeiter, Baustellenleiter und so. Also, dann hab ich meinen Vater angerufen.»

«Ihren Vater? Wofür sollte das denn gut sein?»

«Der hat früher auf dem Bau gearbeitet. Als Nietschläger. Ich dachte, der weiß, wen ich anrufen muß. Und er hat gesagt, der Baustellenagent habe das Ganze unter sich und gebe den Vorarbeitern ihre Anweisungen. Ich hatte keine Ahnung, daß es eine Frau ist. Da stand bloß H. Hussey. Sonst hätte ich vielleicht jemand anders angerufen. Jedenfalls hat sie gesagt, sie kommt so schnell sie kann.»

«Das ist ja wohl auch ihr Job, oder etwa nicht? Sie hat die Verantwortung für die Baustelle. Übrigens könnte sie schon längst hier sein.»

«Sergeant?»

«Nichts.»

Curtis sah Charlie Seidler auf die Fahrstühle zukommen und winkte ihm zu.

«Danke, Hernandez. Das war alles. Hallo, Charlie!»

«Anscheinend sind wir ständig hier.»

«Deshalb heißt es intelligentes Gebäude. Wer intelligent ist, hält sich fern davon. Also, wie sieht es diesmal in Kurzfassung aus?»

«Nun. Er hat mehr als eine Kopfwunde», sagte Seidler zögernd. «Und das dürfte die Möglichkeit ausschließen, daß er sich die Verletzung bei so etwas wie einem Zusammenbruch oder dergleichen zugezogen hat.»

«Komm schon, Charlie. So eine Beule am Kopf holst du dir nicht, wenn du über deinen Schnürsenkel stolperst. Das war kein Unfall.»

Seidlers Vorsicht blieb unvermindert.

«Die Blutflecken rings um den Kopf scheinen darauf hinzuweisen, daß ihm auch noch nachdem er umgefallen war, Kopfverletzungen mit einem stumpfen Werkzeug zugefügt wurden. Aber, aber… Also… sieh dir das mal an, Frank!»

Seidler stieg in den Fahrstuhl und winkte Curtis zu, ihm zu folgen.

«Computer», sagte er, als Curtis eingestiegen war, «bitte Türen schließen.»

«In welches Stockwerk möchten Sie?»

«Bleib bitte auf dieser Ebene.» Er zeigte auf die Innenseite der Türen, die sich schlossen. «Sieh mal da hin. Da sind weitere Blutspritzer, die bis zur Brusthöhe gehen. Aber kein einziger Tropfen Blut außerhalb der Kabine oder irgendwo in einem der oberen Stockwerke. Ich habe sie alle überprüft.»

«Verdammt tüchtig, Charlie.»

«Fand ich auch.»

«Er wurde also niedergeschlagen, solange die Türen geschlossen waren?»

«Ja, so sieht es aus. Aber die Handflächen sind nirgends aufgescheuert. Also nehme ich an, er wurde von hinten niedergeschlagen.»

«Womit? Wonach sollen wir suchen? Ein Baseballschläger? Ein Stück Rohr? Ein Stein?»

«Möglich. Aber eigentlich hat man hier drin wenig Platz zum Ausholen, oder? Nach der vorläufigen Autopsie werden wir mehr wissen.» Seidler drehte sich zum Mikrophon. «Öffne die Türen, bitte.»

«Du weißt offenbar, wie man mit dem Ding umgehen muß», grinste Frank.

«Das ist schon ein verrückter Ort.»

Die beiden Männer verließen den Fahrstuhl.

«Die ganze Automatik», sagte Curtis. «Ich weiß nicht. Als Junge habe ich in New York gelebt. Mein Vater hat für die Standard Oil gearbeitet. Da gab es einen Fahrstuhlführer und einen Fahrstuhlaufseher. Ich kann mich gut an den Aufseher erinnern. Er saß vor einer Anzeigetafel, auf der die verschiedenen Stockwerke aufleuchteten, und mußte die Kabinen dahin schicken, wo sie gebraucht wurden. Wie ein Verkehrspolizist.» Curtis fuhr mit einer vagen Handbewegung über die glänzenden Fahrstuhltüren. «Und sieh dir an, wo wir hingekommen sind. Ein Computer hat dem Mann seine Stelle weggenommen. Den beiden Männern. Bald übernimmt er auch noch unsere Arbeitsplätze.»

«Okay, meinen gönne ich einem Computer», gähnte Seidler. «Ich kann mir was Besseres vorstellen, um den Tag zu beginnen.»

«Ich erinnere dich daran, wenn sie dir kündigen. Nat, fang mit einer Hintergrundüberprüfung von Sam Gleig an.»

«Klar, Frank.»

«He, Sie da. Calvin Klein! Kommen Sie her!»

Hernandez grinste verlegen und sah Curtis an.

«Sergeant?»

«Treiben Sie sich auf dem Parkplatz herum, und wenn diese Frau Hussey auftaucht, sagen Sie ihr, sie soll in der Eingangshalle auf mich warten, in dem Raum mit dem Weihnachtsbaum. Ich fahr nach oben und sehe mich ein wenig auf diesem Abenteuerspielplatz um.»

Auf seinem kurzen Besichtigungsgang entdeckte Frank Curtis Konferenzräume, Cafeterien, halbfertige Restaurants, Sporthallen ohne Geräte, ein leeres Schwimmbecken, eine Krankenstation, ein Kino ohne Sitze, eine Kegelbahn und eine Fitneßhalle. Wenn der Grill einmal fertig war, würde er mehr von einem teuren Golfclub oder einem Hotel an sich haben als von einem Bürogebäude. Überall außer auf Ebene 5 bis 10. In diesen Stockwerken fand er etwas, das ihn an Fritz Langs *Metropolis* erinnerte: eine Reihe weißer Stahlzellen nach der anderen, jede von ihnen ein bißchen größer als eine Telefonzelle und mit eingebauten wegklappbaren Möbeln, einem blanken Kabel, an das man etwas anschließen konnte, und einer geschwungenen Schiebetür ausgestattet. Curtis setzte sich in eine dieser schalldichten Zellen, schloß die Tür hinter sich und kam sich vor wie eine Ratte oder ein Hamster. Dennoch erwarteten die Yu Corporation und ihre Innenarchitekten offenbar, daß Menschen in diesen Gehäusen arbeiteten. Wer unter Klaustrophobie litt, hatte eben Pech gehabt. Und wer seine Arbeitskollegen gern um sich herum hatte, mit ihnen lachte oder ihnen einen Witz erzählte, der hatte erst recht Pech gehabt. Wahrscheinlich waren Lachen und Geselligkeit im Arbeitsplan der Yu Corporation nicht vorgesehen.

Er öffnete die Tür und stieg ein paar Stockwerke hinab, um sich die Eingangshalle näher anzusehen. Als er sich über das Geländer lehnte, sah er, wie im Erdgeschoß eine attraktive Frau aus dem Fahrstuhl stieg. Ihr leuchtendrotes Haar wirkte vor dem weißen Hintergrund wie ein Blutstropfen. Sie sah zu ihm auf und lächelte.

«Sie sind nicht zufällig Sergeant Curtis?»

Curtis stützte sich mit beiden Händen auf das Geländer und nickte ihr zu.

«Stimmt genau. Aber wissen Sie was? Von hier oben aus könnte ich wahrscheinlich auch ganz erfolgreich Mussolini imitieren.»

«Wie?»

Curtis zuckte die Achseln und überlegte, ob sie wohl zu jung war, um von Mussolini gehört zu haben. Er wollte etwas über faschistische Architektur sagen. Dann überlegte er es sich anders. Sie sah zu gut aus, als daß man sie grundlos in Verwirrung stürzen sollte.

«Ach wissen Sie, das liegt an dem Gebäude. Wahrscheinlich inspiriert es mich.» Er grinste. «Bleiben Sie, wo Sie sind. Ich bin gleich bei Ihnen.»

Das Sicherheitsbüro des Yu-Gebäudes war ein strahlend weißer Raum mit elektrisch bedienbaren Jalousien, hinter denen sich ein über die ganze Höhe der Galerie reichendes Fenster verbarg. Auf dem großen Schreibtisch aus Glas und Aluminium standen ein Computermonitor samt Tastatur, daneben ein Videophon, ein Telefon, Sam Gleigs Thermosflasche und die unberührten Sandwiches des Toten in einer Plastikschale. Hinter dem Schreibtisch stand in einem hohen Glasschrank etwas, das aussah wie ein zweiter, noch originalverpackter Computer.

Curtis inspizierte den Belag auf einem der Sandwiches.

«Käse und Tomaten», sagte er und fing an zu essen. «Wollen Sie eins?»

«Nein. Nein danke.» Helen Hussey runzelte die Stirn. «Finden Sie das richtig? Ich meine, ist das nicht Beweismaterial, was Sie da gerade aufessen?»

«Niemand hat Gleig ein Sandwich über den Kopf geschlagen, gnädige Frau.»

Curtis inspizierte den Glasschrank und den unscheinbaren weißen Kasten in seiner Schutzfolie.

«Was ist das?» fragte er.

Helen Hussey atmete tief durch und setzte ein peinlich berührtes Lächeln auf. «Ich hatte gehofft, Sie würden nicht danach fragen.»

Curtis grinste ihr aufmunternd zu. «Warum?»

«Es ist eine mehrfach bespielbare Aufnahmeanlage für CD-ROMS», erklärte sie.

«Computerspiele? Im Sicherheitsbüro?»

Helen Hussey warf ihm einen vernichtenden Blick zu.

«Nein, das nun auch wieder nicht», sagte sie. «Sie wird über eine SCSI-Schnittstelle mit Datum und Archivnummer mit dem Computer verbunden. Jede CD faßt bis zu 700 Megabytes. Sie soll alles speichern, was die Überwachungskameras innerhalb und außerhalb des Gebäudes aufnehmen. Unsere Kameras arbeiten mit Zellularübertragung. Die Aufnahmen sollten alle in das Ding da eingespeist werden.» Sie zuckte die Achseln. «Glaube ich wenigstens.»

Curtis lächelte. «Sollten?»

Sie lachte nervös.

«Sie werden es nicht glauben», sagte sie schließlich achselzuckend, «aber das Gerät ist noch nicht angeschlossen. Soviel ich weiß, ist es gerade erst geliefert worden.»

«Jedenfalls sieht es hübsch aus. Sehr hübsch sogar. Schade, daß es nicht funktioniert. Sonst wüßten wir vielleicht genau, was hier gestern abend passiert ist.»

«Wir haben Schwierigkeiten mit der Lieferfirma gehabt.»

«Was für Schwierigkeiten?» Curtis setzte sich auf die Schreibtischkante und nahm noch ein Sandwich. «Die sind gut.»

«Nun», seufzte Helen, «sie haben das falsche Gerät geliefert. Das erste war nicht das, was wir bestellt hatten. Die Yamaha-Anlage nimmt mit vierfacher Geschwindigkeit auf. Das gelieferte Gerät tat es nicht. Also haben wir es zurückgeschickt.»

«Ein harter Job, den Sie da machen. Für eine Frau, meine ich.»

Helen wurde energisch. «Was soll das heißen?»

«Bauarbeiter sind im allgemeinen nicht für ihre vornehme Ausdrucksweise und ihre guten Manieren bekannt.»

«Die Polizei von Los Angeles auch nicht.»

«Da haben Sie auch wieder recht.» Curtis betrachtete sein Sandwich und legte es hin. «Ich bitte um Entschuldigung. Sie haben recht. Wahrscheinlich haben Sie den Mann gekannt. Und da sitze ich und esse sein Abendbrot. Nicht sehr zartfühlend von mir.»

Sie zuckte wieder die Achseln, als sei es ihr im Grunde egal.

«Wissen Sie, es gibt Leute, Polizisten meine ich, wenn die eine Leiche sehen, wird ihnen schlecht und der Appetit vergeht ihnen. Ich weiß nicht warum, aber bei mir ist das anders: Ich bekomme Hunger. Einen Bärenhunger. Vielleicht einfach, weil ich so froh bin, noch am Leben zu sein, daß ich feiern will und etwas essen muß.»

Helen nickte. «Ich muß ihn doch wohl nicht identifizieren oder so etwas?»

«Nein, das wird nicht nötig sein.»

«Danke. Ich glaube nicht, daß ich...» Sie wechselte das Thema.

«Mein Job hat mit Planung und Verwaltung zu tun», sagte sie. «Leute anbrüllen gehört nicht dazu. Das überlasse ich meinen Vorarbeitern. Ich brauche nur dafür zu sorgen, daß jede einzelne Arbeitssequenz gestartet wird, daß sie mit allen anderen Sequenzen koordiniert ist und daß das benötigte Material bereitgestellt wird. CD-ROM-Aufnahmegeräte zum Beispiel. Aber wenn es sein muß, kann ich genausogut fluchen wie jeder andere.»

«Wenn Sie es sagen. Wie sind Sie mit Sam Gleig ausgekommen?»

«Ausgezeichnet. Er war ein freundlicher Mensch.»

«Haben Sie ihn je anbrüllen müssen?»

«Nein, nie. Er war zuverlässig und ehrlich.»

Curtis ließ sich vom Schreibtisch gleiten und öffnete einen Schrank. Er fand eine Nappajacke, die Sam Gleig gehört haben mußte, und fing an, die Taschen zu durchsuchen.

«Wann hat Sam Gleigs Schicht gestern angefangen?»

«Acht Uhr, wie immer. Er hat den anderen Wachmann, Dukes, abgelöst.»

«Ist von mir die Rede?»

Dukes, der Wachmann, hatte den Raum betreten.

«Ach ja, Sergeant», sagte Helen, «das ist...»

«Wir kennen einander», sagte Curtis. «Vom letzten Mal.

Als Mr. Yojo gestorben ist.» Automatisch sah er auf die Uhr. Es war acht Uhr.

Dukes war verwirrt. «Was ist los?»

«Irving, es geht um Sam», sagte Helen. «Er ist tot.»

«Mein Gott! Der arme Sam!» Dukes sah Curtis an. «Was ist passiert?»

«Es sieht aus, als hätte ihm jemand den Schädel eingeschlagen.»

«Wieso? Ein Raubüberfall, oder was?»

Curtis antwortete nicht.

«Als er zur Arbeit kam, hat ihn da jemand gesehen?»

Dukes zuckte die Achseln. «Nur im Vorübergehen. Ich hatte es eilig. Wahrscheinlich haben wir ein paar Worte gewechselt. Mein Gott, was ist bloß los?»

«Er war im Baubüro im siebten Stock», sagte Helen. «Eigentlich nur, um guten Abend zu sagen. Er wollte wissen, ob irgend jemand Überstunden machte. Das hätte ihm der Computer schneller sagen können als wir, aber er hatte gern Gesellschaft. Jedenfalls war ich gerade fertig geworden, also ist er mit mir im Fahrstuhl heruntergefahren.»

«Sie haben gerade ‹wir› gesagt.»

«Ja. Als ich ging, war Warren noch bei der Arbeit. Warren Aikman, unser Bauleiter. Er hat einen Anruf bekommen, als ich gerade ging.»

«Der Bauleiter. Was genau tut der?»

«Fast dasselbe wie die Baustellenagentin. Nur daß er als eine Art Aufpasser vom Kunden angestellt ist.»

«So ähnlich wie ein Bulle?»

«Mehr oder weniger, nehme ich an.»

«Hat er wohl mit Sam gesprochen, bevor er gegangen ist?»

Sie zuckte die Achseln.

«Das müssen Sie ihn schon selber fragen. Aber es ist eher unwahrscheinlich. Er hatte keinen Grund, hier vorbeizukommen und Sam mitzuteilen, daß er ging. Dafür ist wie gesagt der Computer zuständig. Der weiß, wer sich im Gebäude aufhält.»

Dukes setzte sich hinter den Tisch.

«Ich zeig es Ihnen, wenn Sie wollen», sagte er.

Curtis steckte einen Satz Autoschlüssel und eine Brieftasche ein, legte die Jacke des Toten auf den Tisch und sah Dukes über die Schulter, der mit der Maus auf ein Icon klickte und nach der richtigen Option im Menü suchte.

Sicherheitssysteme	Ja
Vollbildkamera und Sensoren?	Ja
Einschließlich Sicherheitsbüro?	Nein
Alle anderen Anwesenden zeigen?	Ja

Sofort erschienen auf dem Bildschirm die Fahrstuhltüren im Tiefgeschoß, vor denen die Polizisten und die Experten von der Spurensicherung sich mit Sam Gleigs Leiche beschäftigten.

«Mein Gott», sagte Helen. «Ist er das?»

Dukes klickte erneut die Maus.

Alle Anwesenden identifizieren?	Ja

Neben dem hochauflösenden Bild erschien jetzt ein Fenster mit einer Namenliste:

Tiefgeschoß/Fahrstuhlvorraum:
Sam Gleig, Wachmann, Yu Corp.
Officer Cooney, PPLA
Officer Hernandez, PPLA
Sergeant Wallace, PPLA
Charles Seidler, Gerichtsmedizin LA
Phil Banham, PPLA

Daniel Rosencrantz, Gerichtsmedizin LA
Ann Mosley, PPLA
Officer Pete Duncan, PPLA
Officer Maggie Flynn, PPLA

Tiefgeschoß/Damentoilette:
Janine Jacobsen, Gerichtsmedizin LA

Tiefgeschoß/Herrentoilette:
Detective John Graham, PPLA
Detective Nathan Coleman, PPLA

«Der große Bruder», sagte Curtis leise. Er warf einen Seitenblick auf Helen Hussey: auf ihr prachtvolles rotes Haar und dann auf den Ausschnitt ihrer malvenfarbenen Seidenbluse. Ihre Brüste waren groß und übersät mit kleinen Sommersprossen.

«Beeindruckend, nicht wahr», sagte sie und lächelte, als sie seine Blicke spürte. Wäre Curtis ein wenig jünger gewesen, hätte sie ihn vielleicht ganz attraktiv gefunden.

«Sehr», sagte Curtis und sah wieder auf den Bildschirm.

«He! Der Mann auf dem Lokus ist mein Partner. Kann der Computer da auch reinsehen?»

«Nicht direkt», sagte Dukes. «Er verwendet Wärmefühler, akustische Detektoren, passive Infrarotsensoren und Mikrophone, um zu überprüfen, wer da drin ist. Und natürlich Stimmabdrücke. Wie in den Fahrstühlen.»

«Klingt nicht gerade nach Privatsphäre», sagte Curtis. «Was tut der Computer, wenn jemand zu lange drinbleibt? Löst er dann Alarm aus?»

Dukes grinste. «In Wirklichkeit respektiert der Computer die Intimsphäre», insistierte er. «Es ist nicht so, als würde er die Geräusche zur allgemeinen Belustigung durch das Gebäude trompeten. Die Toilettenüberwachung dient der Sicherheit.»

Curtis grunzte halb überzeugt. «Wahrscheinlich sollten wir

froh sein, daß sie den Lokus nicht ganz abgeschafft haben», sagte er. «Ich bin sicher, daß das die Architekten ärgert. Letzten Endes sind es ja wohl die sanitären Anlagen, die dafür sorgen, daß das Ganze menschlich bleibt.»

Helen und Dukes tauschten ein Lächeln aus.

«Ich sehe, daß Sie noch nicht die Gelegenheit hatten, eine unserer Toiletten zu benutzen, Sergeant Curtis», sagte Dukes fröhlich.

«Er hat recht», sagte Helen. «Die Toiletten sind voll automatisiert, und zwar im wörtlichen Sinne. Sagen wir einfach: Dies ist ein papierfreies Bürogebäude.»

«Soll das heißen...»

«Genau das soll es heißen. Die Spülung wird durch Ellbogendruck ausgelöst und startet eine Warmwasserspülung mit anschließender Heißlufttrocknung.»

«Jetzt verstehe ich, warum Nat so lange da drin braucht.» Curtis mußte lachen, wenn er sich vorstellte, wie sein Partner versuchte, mit einer Warmwasserspülung klarzukommen.

«Das ist noch längst nicht alles, was da drin geschieht», sagte Helen. «Uns mögen derartige Toilettenausrüstungen futuristisch vorkommen. Aber in Japan sind sie weit verbreitet.»

«Das überrascht mich nun auch wieder nicht.»

Dukes beendete das Programm mit einem Mausklick.

Curtis saß auf der Tischkante und ließ eine Hand nachdenklich über das Terminal gleiten.

«Warum sind sie eigentlich immer weiß?» fragte er. «Computer, meine ich.»

«Sind sie das?» fragte Helen. «Ich glaube, es gibt sie auch in Grau.»

«Ja, aber die meisten sind weiß. Ich werde Ihnen sagen, warum. Das ist, damit die Leute sich mit ihnen wohl fühlen. Weiß ist für viele Leute die Farbe der Jungfräulichkeit und Unschuld. Säuglinge und Bräute tragen Weiß. Es ist die Farbe der Heiligen. Der Papst trägt einen weißen Ornat. Wenn alle Computer in schwarzen Gehäusen steckten, wären sie nie ein Erfolg gewesen. Haben Sie je darüber nachgedacht?»

Helen Hussey schüttelte den Kopf. «Nein, darüber habe ich noch nie nachgedacht. Aber als Theorie klingt es gut.» Sie hielt inne und dachte einen Augenblick nach. «Sie haben gesagt ‹für viele Leute›. Für Sie nicht?»

«Für mich? Bei Weiß denke ich an Heroin und Kokain. Ich denke an bleiche Knochen im Wüstensand. Ich denke an das Nichts. Ich denke an den Tod.»

«Sind Sie immer so fröhlich?»

«Das ist berufsbedingt.» Er lächelte ihr zu und fuhr fort: «Worüber haben Gleig und Sie sich gestern abend unterhalten?»

«Nichts Besonderes. Hideki Yojos Tod…» Helen nickte ihm wissend zu.

Curtis grinste. «Sehen Sie? Sie kommen auch nicht los davon.»

«Wahrscheinlich haben Sie recht. Jedenfalls habe ich ihm erzählt, was das Ergebnis der Leichenschau war. Daß Hideki an einem epileptischen Anfall gestorben ist. Sam sagte, das habe er sich schon gedacht.»

«Wie kam er Ihnen vor?»

«Okay. Ganz normal.»

Dukes nickte zustimmend. «Sam war nicht anders als sonst auch.»

«Er wirkte nicht irgendwie beunruhigt?»

«Nein. Überhaupt nicht.»

«Hat er immer die Nachtschicht gehabt?»

«Nein», sagte Dukes. «Wir hatten es so arrangiert, daß jeder von uns eine Woche lang nachts dran war und eine Woche tagsüber arbeitete.»

«Verstehe. Gibt es Familienangehörige?»

Dukes zuckte die Achseln. «So gut habe ich ihn nicht gekannt.»

«Vielleicht kann uns der Computer weiterhelfen», sagte Helen. Sie bewegte die Maus und klickte sich durch mehrere Menüleisten.

Personalakten sind nur zugangsberechtigten Personen zugänglich
Zugang verweigert

«Ich glaube nicht, daß unser Abraham weiß, was Tod bedeutet», sagte sie und gab eine Notiz in die Personaldatei ein:

Mitteilung vom Tod eines Angestellten muß durch eine autorisierte Person erfolgen
Zugang verweigert

«Tut mir leid. Am besten fragen Sie Bob Beech oder Mitchell Bryan, ob sie Ihnen Sams Akte besorgen können.»

«Danke, das werde ich tun. Und außerdem würde ich gerne mit Warren Aikman sprechen.»

Helen sah auf die Uhr. «Der müßte bald dasein», sagte sie. «Warren ist ein Morgenmensch. Sagen Sie, das Ganze braucht doch die Arbeit am Gebäude nicht zu behindern, oder? Ich möchte nicht hinter den Zeitplan zurückfallen.»

«Das kommt darauf an. Was ist eigentlich im Tiefgeschoß?»

«Ein kleiner Tresor, ein Reservegenerator, Sicherheitssysteme für die einzelnen Stockwerke, Feuermelder, die Hygienekontrolleinheit und ein paar Abstellräume.»

Curtis erinnerte sich an die Zellen auf Ebene 5 bis 10.

«Ich habe mich schon gefragt. Diese Zellen da oben. Was ist das?»

«Sie meinen die Personalzellen? Das ist das Neueste in der Bürogestaltung. Man kommt morgens ins Büro und bekommt eine PZ für den Tag zugeteilt wie beim Check-in in einem Hotel. Dann marschiert man rein, schließt seinen Laptop und sein Telefon an, stellt die Klimaanlage an und fängt an zu arbeiten.»

Curtis dachte an seinen Schreibtisch im New Parker Center. An die Papierstapel und Aktenberge, die sich darauf sammelten. An den Müll in seinen Schubladen. Und an den Computer, den er so gut wie nie benutzte.

«Und was ist mit persönlichen Dingen?» fragte er. «Wo bringt man seinen Kram unter?»

«Dafür gibt es Schließfächer im Tiefgeschoß. Bei diesem Bürotyp wird persönlicher Besitz am Arbeitsplatz nicht gern gesehen. Die Grundidee ist, daß man zur Arbeit nichts außer Laptop und Telefon braucht.» Sie hielt inne und fügte dann hinzu: «Also, es gibt keine Schwierigkeiten? Die Arbeiter können sich heute frei bewegen? Die meisten arbeiten zur Zeit auf Ebene 17. Innenausstattung und Klempnerarbeiten, soviel ich weiß.»

«Okay, okay», sagte Curtis. «Kein Problem. Sorgen Sie nur dafür, daß sie nicht im Tiefgeschoß herumtrampeln.»

«Danke. Ich weiß das zu schätzen.»

«Nur noch eins, Miss Hussey: Ich kann es noch nicht sicher sagen, aber es sieht aus, als sei Sam Gleig ermordet worden. Als der Streifenwagen heute früh hier ankam, war die Tür offen. Ich hatte aber den Eindruck gewonnen, das Türschloß werde von Ihrem Computer – Abraham – kontrolliert. Warum sollte der die Tür offenlassen?»

«Wenn ich es richtig mitgekriegt habe, war es Abraham, der die Polizei alarmiert hat. Dann ist die einfachste Erklärung wohl, daß er die Tür offengelassen hat, damit Ihre Leute rein konnten.»

Dukes räusperte sich. «Es gibt noch eine andere Möglichkeit.»

Curtis nickte ihm zu. «Und zwar?»

«Sam hätte Abraham anweisen können, die Tür zu öffnen, um jemanden reinzulassen. Sie meinen, jemand hat Sam den Schädel eingeschlagen. Also, ich verstehe nicht, wie der Kerl reingekommen sein soll, wenn Sam ihn nicht hereingelassen hat. In dem Fall hätte Abraham die Tür nicht ohne ausdrückliche Anweisung wieder geschlossen. Nicht ohne Anweisung von jemand, den das ZSSI kannte.»

«Wie viele Ein- und Ausgänge hat das Gebäude?»

«Außer dem Haupteingang? Zwei», sagte Dukes. «Die Tiefgarage unter dem Gebäude ist ebenfalls ZSSI-kontrolliert. Und dann gibt es auf dieser Etage noch einen Notausgang. Den kontrolliert Abraham. Die Tür läßt sich nicht öffnen, wenn das Feuermeldesystem keinen Brand anzeigt.»

«Können Sie sich irgendeinen Grund vorstellen, warum Sam Gleig nachts jemanden hätte ins Gebäude lassen sollen?»

Helen Hussey schüttelte den Kopf.

Dukes spitzte die Lippen und wirkte einen Augenblick, als zögere er zu antworten. Dann sagte er: «Ich will nichts Böses über einen Toten sagen, aber es wäre nicht das erste Mal, daß ein Wachmann nachts einen Unbefugten ins Gebäude läßt. Ich will jetzt nicht behaupten, Sam hätte das je getan. Jedenfalls nicht, daß ich es wüßte. Aber an meinem letzten Arbeitsplatz in einem Hotel gab es einen Wachmann, der entlassen wurde, weil er Geld von Nutten genommen hat, damit sie ihre Freier reinbringen konnten.» Er zuckte die Achseln. «So was kommt vor. Nicht daß ich Sam für den Typ gehalten hätte, aber…»

«Ja?»

Dukes strich mit der Hand über die weiche Lederjacke.

«Nun.» Er zuckte verlegen die Achseln. «Das ist eine hübsche Lederjacke. Ich hätte sie mir nicht leisten können.»

Der Morgen graute, als Allen Grabel endlich sein Haus in Pasadena erreichte. Taxifahrer nahmen einen nicht so schnell auf, wenn man aussah wie Allen Grabel, und er hatte im voraus zahlen müssen. Er wohnte in einer Bungalowsiedlung im neospanischen Stil, die sich rund um eine offene Grasfläche gruppierte.

Er hatte immer noch keine Hausschlüssel, also zog er einen

seiner modischen Mokassins aus, schlug eine Fensterscheibe ein und löste die Einbruchssicherung aus. Er stieg durchs Fenster ein, und es dauerte ein paar Minuten, bis ihm der Code eingcfallen war, mit dem sich die Alarmanlage abstellen ließ. Inzwischen war einer seiner Nachbarn, ein Zahnarzt namens Charlie, vor dem Haus aufgetaucht.

«Allen? Bist du das?»

«Alles in Ordnung, Charlie», sagte Grabel müde, als er die Haustür öffnete. Er hatte das Gefühl, als sei überhaupt nichts in Ordnung. «Ich hab nur meine Schlüssel liegenlassen.»

«Was ist los? Du blutest ja am Arm. Wo hast du dich rumgetrieben?»

«Ein dringender Auftrag im Büro. Ich hab ein paar Tage durchgearbeitet.»

Charlie, der Zahnarzt, nickte. «Man sieht es», sagte er. «Du siehst beschissen aus.»

Grabel zwang sich ein mühsames Lächeln ab. «Danke, Charlie, und einen schönen Tag noch.»

Er ging ins Schlafzimmer und ließ sich aufs Bett fallen. Er sah nach dem Datum auf seiner Armbanduhr und stöhnte: Er hatte sechs Tage durchgemacht. Daran führte kein Weg vorbei. Er kam sich vor wie Don Birnam in *Fünf verlorene Tage*. Was war noch einmal die erste Zeile? «Das Barometer seines Gefühlslebens kündigte eine stürmische Periode an.» So oder ähnlich. Genau das hatte er durchgemacht: eine stürmische Periode. Es war nicht das erste Mal, aber so schlimm war es noch nie gewesen.

Er schloß die Augen und versuchte, sich zu erinnern, was geschehen war. Er erinnerte sich, daß er seinen Job geschmissen hatte. Er erinnerte sich, daß er auf einem Feldbett im Yu-Gebäude geschlafen hatte. Und dann war da noch etwas gewesen. Aber das war ein entsetzlicher Alptraum. Hatte er es sich bloß eingebildet? Er hatte geträumt, er sei Raskolnikow. Sein Hinterkopf schmerzte. War er gestürzt? Irgend etwas war mit Mitchs Auto gewesen. Vielleicht hatte er ja nur eine Gehirnerschütterung.

Er war todmüde. Müde auf den Tod. Kein schlechtes Gefühl. Er war reif für den Schlaf, der kein Ende nimmt.

Tony Levine fühlte sich verkannt. Allen Grabel war Juniorpartner der Firma gewesen, nur eine Stufe unter dem begehrten Status des vollen Partners, wie ihn Mitchell Bryan, Willis Ellery und Aidan Kenny genossen. Als Grabel kündigte, hatte Levine angenommen, daß es jetzt Zeit für seine Beförderung sei. Außerdem hatte er sich ein höheres Gehalt erhofft. Bei all dem, was man von ihm als Projektleiter des Grills erwartete, des größten Projekts, das ihm seine Laufbahn bisher eingebracht hatte, fühlte er sich im Vergleich mit einigen seiner Freunde deutlich unterbezahlt. Er hatte es schon ein paarmal gesagt, aber diesmal meinte er es ernst: Wenn jetzt nichts geschah, würde er Schluß machen.

Levine war früh ins Büro gegangen, um Richardson allein zu erwischen. Er hatte sich genau überlegt, was er sagen wollte, und hatte seinen Text heute früh im Auto wie ein Filmschauspieler wiederholt. Er wollte Richardson daran erinnern, wie er das Team motiviert und dem ganzen Projekt das richtige Flair verliehen hatte. An die unerhörte Verantwortung, die er übernommen hatte.

Richardson saß in einer Ecke des Ateliers, hatte bereits die Ärmel seines teuren Markenhemds hochgerollt und machte sich Notizen in einem der silbergebundenen Notizbücher, die er überall mit sich trug. Er saß vor dem maßstabgetreuen Modell eines 300 Millionen Dollar schweren Ausbildungszentrums für die Polizei von Tokio.

«Morgen, Ray. Hast du eine Minute Zeit?»

«Was hältst du davon, Tony?» fragte Richardson, ohne aufzublicken.

Levine setzte sich an den Tisch und sah sich das Modell an, den preisgekrönten Entwurf für einen Bau im schäbigen Viertel Shinkawa in der Nähe des Finanzdistrikts von Tokio. Selbst für Tokio wirkte das Gebäude mit seinem konkaven

Glasdach und seinem stahlverkleideten Herzstück mit Turnhallen, Schwimmbecken, Unterrichtsräumen, Bibliothek, Hörsaal und geschlossenem Schießstand futuristisch.

Levine konnte den Entwurf nicht ausstehen. Das Ganze sah aus wie ein silbernes Osterei in einer Zellophanschachtel. Aber was hielt Richardson davon? Er setzte eine nachdenkliche Miene auf und versuchte, Richardsons säuberlich eingeordnete, aber auf dem Kopf stehende Bleistiftnotizen zu lesen. Als sich dies als unmöglich erwies, suchte er nach einer neutralen Formulierung, mit der er nichts falsch machen konnte.

«Ästhetisch gesehen verrät es jedenfalls einen radikal anderen Zugang als irgend etwas sonst in der Gegend», sagte er.

«Das ist nicht gerade überraschend. Die Gegend wird momentan vollständig neu konzipiert. Also sag schon, Tony, ist es Scheiße oder nicht?»

Zu Levines Erleichterung klingelte in diesem Augenblick Richardsons Videophon. Er hatte Zeit, sich eine Antwort zu überlegen. Er warf noch einen Blick auf Richardsons Notizen, mußte aber zu seiner Enttäuschung feststellen, daß es sich um kaum mehr als Gekritzel handelte. Innerlich fluchte er. Selbst die Kritzeleien dieses Mannes wirkten sauber und effizient, als bedeuteten sie tatsächlich etwas.

Helen Hussey war am Apparat, und sie wirkte besorgt.

«Wir haben ein Problem, Ray», sagte sie.

«Ich will nichts davon wissen», sagte Richardson kurz angebunden. «Dafür bezahle ich Leute wie euch. Damit ich meine Zeit nicht damit verschwenden muß, jede Panne selber auszubügeln. Sprich mit deinem Projektleiter, Helen. Er sitzt sowieso gerade neben mir.»

Richardson drehte den Bildschirm so, daß die Glasfaseroptik der kleinen Kamera auf Levine zeigte, und wandte sich wieder den Kästchen zu, die sein Bleistiftgekritzel umrahmten, als brauchten selbst diese sinnlosen Kritzeleien einen Zaun, der sie schützte.

«Was ist los, Baby?» sagte Levine, der scharf darauf war,

in Gegenwart des Chefs ein wohlerwogenes und korrektes Urteil darüber abzugeben, was getan werden mußte. «Was kann ich für dich tun?»

«Es geht nicht um die Art von Problem», sagte Helen, die sich bemühte, ihren instinktiven Abscheu vor Levine zu verbergen. «Es gibt schon wieder einen Toten. Und diesmal sieht es nach Mord aus.»

«Mord? Wer? Wer ist ermordet worden?»

«Der Wachmann Sam Gleig.»

«Der Schwarze? Das ist ja schrecklich! Was ist geschehen?»

«Jemand hat ihm letzte Nacht den Schädel eingeschlagen. Sie haben ihn heute früh im Fahrstuhl gefunden. Die Polizei ist schon da.»

«Mein Gott, wie schrecklich!» Levine wußte nur allzu genau, daß er keine Ahnung hatte, was er als nächstes sagen sollte. «Weiß man schon, wer es war?»

«Nein, bisher nicht.»

«Mein Gott, Helen. Ist bei dir alles in Ordnung? Sollte nicht jemand bei dir sein? Von wegen des Schocks, oder so?»

«Spinnst du?» zischte Richardson durch die geschlossenen Zähne und entriß ihm den Bildschirm. «Bring sie nicht auf Ideen, du Arschloch, sonst habe ich schon wieder einen Prozeß am Hals.»

«Tut mir leid, Ray. Ich wollte nur...»

«Wir können nicht zulassen, daß die Polizei unsere Bauarbeiter an der Arbeit hindert, Helen», bellte Richardson. «Du weißt doch, wie die sind. Polizeiabsperrungen und alles, was du willst. Die Stalltür abschließen, nachdem das Pferd gestohlen ist. Wir können es uns nicht leisten, deshalb einen Arbeitstag zu verlieren.»

«Nein. Darüber habe ich schon mit ihnen gesprochen. Sie lassen die Arbeiter rein.»

«Braves Mädchen! Gut gemacht. Ist dem Gebäude etwas geschehen?»

«Soviel ich weiß, nicht. Aber es sieht aus, als hätte Gleig den Mann, der ihn umgebracht hat, selber reingelassen.»

«Das ist mal wieder toll! Wir stehen unmittelbar vor der Übergabe, und dieser Blödmann muß sich umbringen lassen. Was ist das für ein intelligentes Gebäude, das es einem Arschloch von Vollidioten erlaubt, sich nicht um das Sicherheitssystem zu kümmern und jemandem die Eingangstür zu öffnen? Ist die Presse schon da?»

«Noch nicht.»

«Was ist mit Mitch?»

«Der muß gleich kommen.»

Richardson stieß einen tiefen Seufzer aus.

«Die werden uns mit Dreck bewerfen, besonders die *Times*. Also, paß auf! Um die Stadtverwaltung muß sich Mitch kümmern. Er weiß, mit wem er reden muß, um den Schaden zu begrenzen. Du verstehst mich doch? Sobald er auftaucht, sag ihm, er soll dafür sorgen, daß die Bullen der Presse die richtige Geschichte erzählen. Verstanden?»

«Ja, Ray», sagte Helen mit müder Stimme.

«Du hattest recht, mich anzurufen, Helen. Tut mir leid, daß ich dich angeblafft habe.»

«Schon...»

Richardsons Finger drückte einen Knopf und beendete das Gespräch.

«Mitch bringt das in Ordnung», erklärte er Levine, fast als müsse er sich selbst beruhigen. «In Krisensituationen ist er gut zu brauchen. Jemand, auf den man sich verlassen kann. Der dafür sorgt, daß etwas geschieht. Mit der Zeit wirst du auch dahinterkommen, wie das alles läuft, Tony.»

«Ja», sagte Levine und spürte, daß der Augenblick, über seine Beförderung zu verhandeln, vorbei war. «Das wird wohl so sein.»

«Gut. Wo waren wir stehengeblieben? Ach ja, du wolltest mir erzählen, was du von unserem Entwurf für die Polizeischule in Shinkawa hältst.»

Auf dem Parkplatz vor dem Grill standen nur drei Autos. Curtis nahm an, daß der neue Saab Kabrio Helen Hussey gehörte. Blieben ein alter blauer Buick und ein noch älterer grauer Plymouth. Einer davon mußte Sam Gleig gehören. Für einen Augenblick kam er sich vor wie ein richtiger Detektiv. Einfach ausprobieren, zu welchem Auto die Schlüssel paßten, die er in der Hand hielt, wäre gemogelt. Der Buick trug einen Aufkleber: «Ich habe die C-Strahlen im Dunkeln am Tannhäuser-Tor glitzern sehen.» – Curtis runzelte die Stirn: Was in Teufels Namen sollte das wieder heißen? Der Plymouth mit dem Aufkleber von Radio KLON 88.1 UKW sah wie die bessere Wahl aus. Aus dem kleinen Plastiksaxophon an Gleigs Schlüsselbund schloß Curtis, daß sein Besitzer Jazzfan war. Befriedigt stellte er fest, daß er recht gehabt hatte und daß der Schlüssel ins Zündschloß des Plymouth paßte. Nicht gerade die Leistung eines Sherlock Holmes, aber auch nicht ganz schlecht.

Sam Gleigs Auto war alt, aber sauber und gepflegt. Am Rückspiegel hing ein kleines Frischluftsäckchen, und die Aschenbecher waren leer. Curtis öffnete das Handschuhfach und entdeckte einen Straßenatlas und eine Sonnenbrille. Dann ging er nach hinten und schloß den Kofferraum auf. Der übergroße Pistolenbeutel aus Nyloncord verriet einen Mann, der seinen Beruf ernst nahm. Er enthielt Ohrenschützer, eine Reinigungsbürste, ein paar Pappzielscheiben, ein paar Patronenschachteln, ein Reservemagazin, ein Schnellladegerät und ein leeres gefüttertes Pistolenhalfter. Aber nichts davon bot auch nur den kleinsten Hinweis darauf, warum der Besitzer all dieser Dinge umgebracht worden war.

Curtis hörte die Fahrstuhlglocke, drehte sich um und sah Nathan Coleman auf sich zukommen.

«Wo in Teufels Namen hast du dich rumgetrieben?»

«Scheißlokus», maulte Coleman. «Weißt du, was da passiert? Also: Neben dem Sitz ist so eine Art Armaturenbrett mit

Knöpfen und einer Anzeige, auf der du alles ablesen kannst: Wie lange du schon da sitzt, was du zum Frühstück gegessen hast, einfach alles. Schließlich bin ich dahintergekommen, daß kein Papier da ist, weil sie dir im Sitzen den Arsch waschen.»

«Hast du ihn dir auch polieren lassen?» fragte Curtis lachend.

«So ein Scheißding wie eine Zahnbürste flutscht unter dem Sitz raus und sprüht heißes Wasser auf deinen Hintern. Und zwar richtig heißes Wasser, Frank. Der Scheißapparat fühlt sich an wie ein Laserstrahl. Dann kommt eine Heißluftdüse und trocknet dir den Hintern. Mein Gott, Frank, mein Arsch fühlt sich an, als hätte ich die Nacht mit Rock Hudson verbracht.»

Curtis wischte sich die Lachtränen aus den Augen.

«Was ist das für ein beschissener Ort hier?»

«Die Zukunft, Nat: ein verbrühtes Arschloch und nasse Hosen. Hast du die Hintergrundüberprüfung schon fertigbekommen?»

«Das Opfer war vorbestraft. Ich habe das Fax gerade erst bekommen.»

«Erzähl!»

«Zwei Verurteilungen wegen Verstoß gegen das Betäubungsmittelgesetz und eine wegen illegalem Waffenbesitz. Dafür hat er zwei Jahre gesessen.»

«Zeig mal her!» Curtis überflog das Fax. «In der städtischen Vollzugsanstalt? Daher also die Vorliebe für moderne Architektur. Das Ding ist doch einfach ein Hotel. Wahrscheinlich haben sie ihm auch noch bei seiner Stellenbewerbung als Wachmann geholfen.» Er schüttelte resigniert den Kopf. «Mein Gott, die städtischen Genehmigungsverfahren. Wahrscheinlich könnte in Los Angeles sogar Charlie Manson einen Sicherheitsdienst gründen.»

«Auf alle Fälle ist es eine Wachstumsindustrie.»

Curtis faltete das Fax zusammen und steckte es in die Tasche. «Ich glaube, ich hebe das lieber auf. Für den Fall, daß ich auch noch auf den Lokus muß.»

«Anscheinend ist Gleig sauber geblieben, seit er aus dem Knast raus ist», meinte Nat.

«Vielleicht hat ihn auch seine Vergangenheit eingeholt.» Curtis gab Coleman Sam Gleigs Führerschein. «Zweiundneunzigste, Ecke Vermont. Keine tolle Gegend.»

Coleman nickte. «Vielleicht hat er nebenbei ein bißchen gedealt.»

«Wer weiß. Im Wagen ist jedenfalls nichts.»

«Was ist in der Tasche?»

«Alles, was man für ein Picknick am Schießstand braucht, aber kein Stoff. Was ist mit den Jungens da draußen? Die Chinesen haben nichts gegen Drogen.»

«Ganz ausgeschlossen habe ich sie nicht.»

«Oder könnte einer von ihnen vielleicht beschlossen haben, die Protestaktion ins Gebäudeinnere zu verlagern, und Sam ist ihm in die Quere gekommen? Soll ich mal mit unseren gelben Freunden reden?»

«Nein, erst mal noch nicht. Zieh lieber mal mit den Jungens von der Spurensicherung in die Südstadt und sieh dir die Wohnung des Opfers an. Wer weiß, was ihr da finden könnt. Und erzählt die Neuigkeiten ruhig jedem, der sie hören will. Vielleicht erfahrt ihr ja etwas über seine Freunde. Ob es zum Beispiel die Art Freunde waren, die es ihm ersparten, sich Feinde zu machen.»

Der Motor am Garagentor fing laut an zu summen. Coleman machte sich wieder auf den Weg zum Fahrstuhl, und Curtis schloß den Kofferraum des Plymouth und wartete, wer aus dem roten Lexus auf der Einfahrtsrampe steigen würde.

«Was ist los?» fragte Mitch durch das geöffnete Wagenfenster.

Curtis hatte kein gutes Namensgedächtnis, aber er erinnerte sich an das Gesicht und erst recht an die Seidenkrawatte und die goldene Rolex. Der Mann, der aus dem Auto stieg, war groß und sonnengebräunt, hatte dunkles lockiges Haar und strahlte eine knabenhafte Fröhlichkeit aus. Die blauen Augen waren rege und intelligent. Die Art von Mann, wie man sie zum Nachbarn hat, wenn man in Beverly Hills wohnt.

«Sie sind Mr…?»

«Bryan, Mitchell Bryan.»

«Jetzt erinnere ich mich. Wir haben ein Problem, Mr. Bryan.»

Curtis hielt einen Augenblick inne und erzählte dann, worin das Problem bestand.

Curtis starrte aus dem Fenster im fünfundzwanzigsten Stock und wartete, daß Mitchell Bryan mit dem Kaffee wiederkam. Er dachte immer noch darüber nach, was Helen Hussey über die Zellen gesagt hatte. Wie hatte sie das Ganze noch genannt? Irgend etwas Heißes. Heiße Schreibtische? Wenigstens hatte er einen Schreibtisch. Wenigstens hatte er eine vage Ahnung davon, wo er hingehörte. Er versuchte sich das Chaos auszumalen, das im New Parker Center ausbrechen würde, wenn jeder Beamte um seinen Lieblingsplatz kämpfen müßte. Das Ganze klang mal wieder wie eine der blöden Ideen, die sich große Firmen ständig ausdenken. Ausnahmsweise war er froh, daß er nicht in einem Büro arbeiten und den ganzen Scheiß ertragen mußte, der dazugehörte. Als Bulle konnte man die Scheiße, mit der man beworfen wurde, wenigstens zurückschmeißen.

«Ich weiß nicht», sagte Mitch, der mit dem Kaffee in Mr. Yus Privatsuite zurückkam. «Sam Gleig schien ein ganz ordentlicher Kerl zu sein.»

Sie setzten sich an den hölzernen Eßtisch aus der Ming-Dynastie, den Mitch als Schreibtisch benutzte, und nippten an ihrem Kaffee.

«Ich mache oft Überstunden, und gelegentlich haben wir ein paar Worte gewechselt. Meist ging es um Sport: um die Dodgers. Und gelegentlich war er auf der Rennbahn. Ich glaube, in Santa Anita. Hat mir einmal einen Tip gegeben. Aber er war kein großer Spieler. Mal zehn Dollar hier, mal da.» Mitch schüttelte den Kopf. «Schlimm, was da passiert ist.»

Curtis schwieg. Manchmal war das besser. Man ließ einfach den anderen die Pausen füllen und hoffte, daß er etwas Interessantes oder Nützliches sagte. Etwas, worauf man selber nie gekommen wäre.

«Aber selbst wenn er gedealt hat – das scheinen Sie ja anzunehmen –, selbst kann er kein Rauschgift genommen haben. Das weiß ich mit hundertprozentiger Sicherheit.»

«Ach? Woher wissen Sie das so genau, Mr. Bryan?»

«Ganz einfach. Das liegt am Gebäude.» Mitch runzelte nachdenklich die Stirn. «Dies Gespräch ist doch vertraulich, oder?»

Curtis nickte geduldig.

«Also, bei der Planung des Gebäudes haben wir Toilettenmodule nach den Anforderungen des Kunden einbauen lassen.»

«Ja, von denen habe ich schon gehört. Heiße Schreibtische mögen ja noch angehen, aber heiße Brillen gehen für meinen Geschmack zu weit.» Er lachte. «Meinem Kollegen haben sie beinahe den Arsch durch die Dampfreinigung gezogen.»

Mitch lachte. «Ein paar Einheiten müssen noch reguliert werden», sagte er. «Das kann schon ein überraschendes Erlebnis sein. Aber sie stellen den neuesten Stand der Technik dar. Und ich kann Ihnen versichern, daß es um mehr geht als eine Warmwasserspülung. Die Toilettenbrille kann Ihnen Auskunft über Ihren Blutdruck und Ihre Körpertemperatur geben, und die Toilettenschüssel selbst nimmt eine Urinanalyse vor. Der Computer kontrolliert... Warten Sie. Ich zeige es Ihnen.» Mitch lehnte sich über seinen Computer und ließ die Maus über ein paar Optionen wandern. «Richtig, das ist es. Zucker, Azetonverbindungen, Kreatin, Stickstoffverbindungen, Hämoglobin, Myoglobin, Aminosäuren und Metaboliten, Harnsäure, Harnstoff, Urobilinogen und Koproporphyrine, Gallenpigmente, Mineralsalze, Fette und die meisten bewußtseinsverändernden Drogen, jedenfalls alle, die unter das Betäubungsmittelgesetz fallen.»

«Und das läuft jedesmal ab, wenn man aufs Scheißhaus geht?»

«Jedesmal.»

«Mein Gott.»

«Beispielsweise könnten im Urin einer Person, die Diabetes im Anfangsstadium hat, die Azetonwerte erhöht sein, und das könnte sich auf ihre Arbeitsleistung auswirken, von der Krankenversicherung ganz zu schweigen.»

«Was geschieht, wenn der Drogentest positiv verläuft?»

«Erst schaltet der Computer das Terminal des Betroffenen ab und verweigert ihm den Zugang zu den Fahrstühlen und zum Telefon. Das dient nur der Schadensbegrenzung, um die Firma vor dem möglichen Vorwurf der Fahrlässigkeit zu schützen. Dann informiert er den Dienstvorgesetzten. Der entscheidet, was weiter geschieht. Aber es ist ein sehr exakter Test. Zeigt alles an, was Sie in den letzten zweiundsiebzig Stunden zu sich genommen haben. Die Hersteller behaupten, er sei genau so sicher wie der Nallintest, möglicherweise noch sicherer.»

Curtis saß mit offenem Mund da wie ein erstaunter Fisch. Es war ein Wunder, daß keiner der Kollegen im Tiefgeschoß ein positives Ergebnis zeigte. Curtis wußte, daß Coleman gelegentlich ein bißchen Hasch rauchte. Vermutlich war er nicht der einzige. Er konnte sich das Gesicht des Commissioners vorstellen, wenn irgendeine Zeitung entdeckte, daß Polizisten, die in einem Mordfall ermittelten, von einem intelligenten Gebäude beim Drogenmißbrauch erwischt worden waren, das selbst der Tatort des Verbrechens war.

Mitch schlürfte genüßlich seinen Kaffee und amüsierte sich über das Staunen des Polizisten. «Also», sagte er schließlich. «Jetzt verstehen Sie wohl, warum Sam unmöglich Rauschgift genommen haben kann.»

Curtis war nicht überzeugt. «Vielleicht ist er ja zum Pinkeln einfach raus auf die Straße gegangen.»

«Das bezweifle ich», sagte Mitch. «Die Straße vor dem Gebäude wird von Videokameras überwacht, und der Computer hat den Befehl, nach dergleichen Ausschau zu halten. Wenn das Videoüberwachungssystem etwas entdeckt, benachrichtigt der Computer die Polizei. Das hat Sam gewußt. Ich kann mir nicht vorstellen, daß er das Risiko eingegangen wäre.»

«Nein, vermutlich nicht.» Curtis grinste. «Sie müssen das Lieblingskind der Einsatzzentrale sein.»

«Ich gebe Ihnen mein Wort darauf: Sam Gleig war clean.»

Curtis stand auf und trat ans Fenster. «Vielleicht haben Sie ja recht», sagte er. «Aber irgend jemand hat ihn umgebracht. Und zwar hier. In dem Gebäude, das Ihrem Kunden gehört.»

«Ich würde Ihnen gern helfen», sagte Mitch. «Wenn ich etwas für Sie tun kann, sagen Sie Bescheid. Meiner Firma ist genausoviel daran gelegen, die Geschichte aufzuklären, wie Ihnen. Das können Sie mir glauben. Das Ganze macht einen schlechten Eindruck. Als ob dies Gebäude vielleicht doch nicht ganz so intelligent ist wie erwartet.»

«Auf die Idee war ich auch schon gekommen.»

«Darf ich mich erkundigen, was Sie der Presse mitteilen wollen?» fragte Mitch.

«Darüber habe ich noch gar nicht nachgedacht. Das werden wohl mein Assistent und die Pressestelle entscheiden.»

«Kann ich Sie um einen kleinen Gefallen bitten? Wenn Sie sich entschieden haben, was Sie der Presse mitteilen wollen, könnten Sie bitte sehr vorsichtig in Ihrer Wortwahl sein? Es wäre sehr bedauerlich, wenn jemand auf die Idee käme, das Gebäude selbst sei schuld an den bedauerlichen Vorkommnissen. Was ich sagen will, ist: Nach dem, was Sie mir bisher erzählt haben, scheint es, als habe Sam Gleig seinen Mörder, aus was für einem Grund auch immer, selbst ins Gebäude gelassen. Ich wäre Ihnen dankbar, wenn Sie daran denken würden.»

Curtis nickte mürrisch. «Ich werde mein Bestes tun», sagte er. «Dafür können Sie etwas für mich tun.»

«Was?»

«Ich brauche Sam Gleigs Personalakte.»

Vor der Fahrstuhltür im einundzwanzigsten Stock stand eine Vitrine mit der vergoldeten Bronzefigur eines Mönchs aus Luohan. Curtis schenkte ihr einen bewundernden Blick, bevor er Mitch in den Fahrstuhl folgte.

«Mr. Yu ist ein großer Sammler», erklärte Mitch. «Wir wollen auf jeder Etage ein Kunstwerk aufstellen.»

«Was ist das, was er in der Hand hält?» fragte Curtis. «Ein Rechenschieber?»

«Ich glaube, es ist ein geschlossener Fächer.»

«Eine antike Klimaanlage?»

«So in etwa. Zum Datenzentrum bitte, Abraham», sagte Mitch.

Die Türen schlossen sich mit leisem Zischen.

«Wissen Sie was?» sagte Mitch. «Ich will Ihnen nicht ins Handwerk pfuschen. Aber ich glaube, es gibt eine andere Möglichkeit, den Vorfall zu erklären. Ich meine eine, die nichts mit Sam Gleigs Vergangenheit zu tun hat.»

«Ich höre.»

«Nun, wir sollten nicht vergessen, daß sowohl Ray Richardson als auch die Yu Corporation Feinde haben. Bei Ray geht es eher um persönlichen Ärger. Leute, die solche Gebäude, wie er sie entwirft, nicht leiden können. In der Zeitkapsel unter dem Grundstein des Grills liegt eine hübsche Sammlung anonymer Drohbriefe. Und dann gibt es natürlich auch ehemalige Mitarbeiter, die ihn nicht ausstehen können.»

«Sie auch?»

«Ich? Oh, ich bewundere ihn.»

Curtis grinste. «Ich glaube, das beantwortet meine Frage.»

Mitch zuckte verlegen die Achseln. «Er ist kein einfacher Typ.»

«Das ist bei wirklich reichen Leuten häufiger so.»

Mitch antwortete nicht. Der Fahrstuhl hielt, und sie verließen ihn neben einer neu aufgestellten Vitrine, in der ein Pferdekopf aus Jade ausgestellt war.

«Und die Yu Corporation?» fragte Curtis. «Sie sprachen von Feinden der Firma. Meinen Sie die Demonstranten da draußen?»

«Ich glaube, das ist nur die Spitze des Eisbergs», sagte Mitch, der Curtis über die Galerie über der Eingangshalle begleitete.

«Es gibt Teile der asiatischen Pazifikküste, wo rauhe Sitten im Geschäftsleben herrschen. Deshalb ist alles Glas in diesem Gebäude kugelsicher, und deshalb haben wir ein ausgeklügeltes Sicherheitssystem.» Er blieb stehen und zeigte nach unten. «Sehen Sie sich einmal die Eingangshalle an. In Wirklichkeit ist das alles Schwindel. Sie vermittelt den Eindruck, als sei die Firma weltoffen und publikumsfreundlich, aber gleichzeitig bildet sie eine Sicherheitszone. Das Hologramm hinter dem Empfangstisch dient dazu, eine mögliche Geiselnahme zu verhindern.»

«Sam Gleig handelt sich Kopfschmerzen der dritten Art ein, weil jemand Ihren Chef oder seine Kunden nicht mag?» Curtis schüttelte den Kopf. «Ich fürchte, das nehme ich Ihnen nicht ab.»

«Und wenn alles nur ein unglücklicher Zufall war? Wenn jemand hier eingedrungen ist, um Ärger zu machen, und Sam ihm einfach im Weg stand?»

«Möglich, aber nicht sehr wahrscheinlich. Gleigs Waffe steckte noch im Halfter. Es sah nicht aus, als hätte er Ärger erwartet. Wenn Sam aber die Person, die ihn angegriffen hat, kannte, wäre er nicht auf der Hut gewesen. Als Sie von den Feinden Ihres Chefs sprachen, hatten Sie da einen bestimmten Namen im Sinn?»

Mitch dachte an Allen Grabel.

«Nein», sagte er.

«Was ist mit Warren Aikman?»

«Wenn der Richardson eins auswischen wollte, könnte er das bei seiner normalen Arbeit viel besser tun.»

«Gut. Wenn Ihnen jemand einfällt, sagen Sie mir Bescheid.»

«Natürlich.»

Curtis schüttelte den Kopf. «Ich kann eigentlich nicht behaupten, daß ich überrascht bin, wenn ein Architekt, der so ein Gebäude entwirft, Feinde hat.»

«Es gefällt Ihnen nicht?»

«Von Mal zu Mal weniger. Vielleicht liegt es an dem, was Sie und Ihre Leute mir darüber erzählen. Ich weiß es nicht genau.» Er schüttelte den Kopf und versuchte darauf zu kommen, woran genau es lag. «Ich glaube, es hat einfach keine Seele.»

«Es verkörpert die Zukunft», widersprach Mitch. «So sieht die Zukunft nun einmal aus. Eines Tages werden alle Bürogebäude so aussehen.»

Curtis lachte und zeigte auf sein Handgelenk.

«Sehen Sie die Uhr da? Eine Seiko. Sie geht miserabel. Und ich erinnere mich immer noch, mit welchem Werbespruch man sie damals verkauft hat: ‹Eines Tages werden alle Uhren so gebaut sein.› Ich kann nur hoffen, daß das nie eintritt.»

Mitch blickte um sich. «Wissen Sie was? Für mich ist es eine Art von Kathedrale.»

«Wem ist sie geweiht? Der Furcht des Menschen vor seinen Mitmenschen?»

«Der Fähigkeit, Dinge herzustellen. Der schöpferischen Kraft der Technik. Dem menschlichen Erfindungsgeist.»

«Als Polizist verlasse ich mich ungern auf die Produkte des menschlichen Erfindungsgeistes. Aber wenn das eine Kathedrale ist, bin ich Atheist.»

Bob Beech war gerade dabei, die neueste Serie gestohlener Daten über den Satelliten abzusetzen, als Mitch und Curtis den Computerraum betraten. Er berührte den flachen Großbildschirm und ließ ihn wieder in den Standardmodus für Schreibtischarbeit zurückfallen: Telefon, Rolodex, Rechner,

Terminkalender, Eingangs- und Ausgangskorb, Uhr, Fernsehapparat, Radio, Anrufbeantworter, den ganzen Satz normaler Icons. Der Schirm zeigte sogar eine Schreibtischschublade, einen Gummistempel, einen Karteikasten und ein Panoramafenster, in dem Griffith Park vom Gebäudedach aus erschien.

«Bob», sagte Mitch und trat in die Mitte des Kreises, «du erinnerst dich an Sergeant Curtis?»

«Ja, klar.»

«Hast du schon gehört, was heute früh passiert ist?»

Beech zuckte die Achseln und nickte.

Curtis betrachtete den Mann, der da vor ihm saß: eine Sportweste, deren Taschen von Disketten, Magnetbändern, Schlüsseln, Kaugummi und Kugelschreibern überquollen; solide braune Straßenschuhe, denen ein wenig Schuhcreme nichts geschadet hätte; abgeknabberte Fingernägel; und unter dem üppig wuchernden Schnurrbart das höfliche Lächeln, das Interesse für das, was geschehen war, vortäuschen sollte. Curtis wußte, wann er gerade noch geduldet war. Offensichtlich wollte Beech sich so schnell wie möglich wieder dem widmen, womit er sich beschäftigt hatte, bevor sie ihn unterbrochen hatten.

«Der arme Sam», sagte Beech. «Wissen Sie schon, wer es war?»

«Nein, bisher nicht. Aber ich hätte gern einen Blick in seine Personalakte geworfen. Vielleicht hilft uns das weiter. Außerdem wüßte ich gerne, ob der Computer wissen konnte, wer genau sich gestern abend nach zehn Uhr im Gebäude aufgehalten hat.» Er wußte, daß der Computer das konnte. Aber er brauchte einen Vorwand, um sich möglichst lange im Computerraum umsehen zu können.

«Natürlich.» Beech spielte an dem Karteikasten auf seinem Bildschirm herum und sagte dann: «Abraham, kannst du bitte Sam Gleigs Personalakte suchen.»

«Bildschirm oder Diskette?»

Beech warf einen Blick auf Curtis und beschloß, daß er ihn

so schnell wie möglich loswerden wollte. Wie er da so stand, erinnerte er ihn an Hideki. «Lieber einen Ausdruck», sagte er. «Damit Sie ihn in Ruhe durchlesen können.»

«Sehr viel Ruhe haben wir in der Mordkommission sowieso nicht», sagte Curtis und lächelte freundlich. Er sah zu, wie auf Beechs Bildschirm eine körperlose Hand erschien und sich auf den Karteikasten zubewegte.

«Belsazars Gastmahl», murmelte er vor sich hin.

Die Hand zog eine Akte aus der Schreibtischschublade und verschwand damit auf der linken Bildschirmseite.

«Wie bitte?» sagte Beech.

«Ich sagte nur, daß Sie hier eine aufregende Personalkartei haben.»

«Es ist ein bißchen kindisch, aber ich brauche freundliche Software, um den Cyberspace auf die Erde zurückzuholen. Deshalb hab ich so etwas wie ein Zimmer mit Aussicht. Sonst fiele es mir schwer, hier drin zu arbeiten. Was war es noch, was Sie außerdem wissen wollten? Wer gestern abend nach zehn Uhr noch da war?»

Curtis nickte.

Beech berührte den Schirm ein paarmal mit dem Zeigefinger, wie ein Schachspieler bei einer Blitzpartie. Schließlich fand er das, wonach er gesucht hatte.

«Da ist es ja. Der Vorarbeiter der Elektriker ist um neunzehn Uhr dreißig gegangen. Ich bin um neunzehn Uhr dreiundvierzig gegangen, Aidan Kenny um neunzehn Uhr siebenundvierzig. Helen Hussey hat das Gebäude zwanzig Uhr fünfzehn verlassen und Warren Aikman um zwanzig Uhr fünfunddreißig. Danach war Sam Gleig der einzige Anwesende, bis Officer Cooney und Hernandez heute früh gekommen sind.»

«Ich verstehe. Vielen Dank.»

Beech begleitete ihn zur Tür. «Wir müssen noch in den Druckerraum, um Ihren Ausdruck zu holen», sagte er und wies den Weg über die Brücke.

Sie betraten einen Raum, in dem ein riesiger Laserdrucker

schon dabei war, die Datei auszuspucken. Beech sammelte den Ausdruck ein.

«Das ist seltsam», sagte er überrascht. «Das ist etwas, das Abraham eigentlich nicht können sollte.»

«Was?» fragte Mitch.

Beech übergab ihm den Ausdruck. Neben den Personaldaten fand sich eine Farbfotografie von Sam Gleig, der in der Eingangshalle einen Chinesen begrüßte.

«Fotoaufnahmen wie die hier gehören nicht zu Abrahams ursprünglichem Programm», sagte Beech stirnrunzelnd. «Jedenfalls nicht, bevor das CD-ROM-Gerät installiert ist.»

Im Augenblick interessierte Curtis das Bild des jungen Chinesen mehr als die Art, wie es zustande gekommen war.

«Kennen Sie ihn?»

«Ich glaube ja», sagte Mitch. «Es könnte einer unserer Freunde da draußen vor der Tür sein.»

«Also, wenn Abraham...» Beech dachte immer noch darüber nach, wie die Aufnahme entstanden war. «Andererseits...»

«Heißt das, es ist einer von den Demonstranten?»

Mitch sah sich das Bild noch einmal an.

«Ich bin sicher, daß er es ist.»

«Natürlich», fuhr Beech in seinem Selbstgespräch fort. «Die Verbindung zu Richardsons Computer. Weißt du was, Mitch? Abraham muß das Bild digital gespeichert und dann euer Grafikprogramm benutzt haben, um das zu fabrizieren. Anders ist es völlig unmöglich. Abraham will uns mitteilen, daß Sam Gleig letzte Nacht eine unbefugte Person ins Gebäude gelassen hat.»

Curtis zog ein Gesicht. «Einen Augenblick. Wollen Sie sagen, daß Ihr Computer möglicherweise der einzige Zeuge in einem Mordfall ist?»

«Sieht in der Tat so aus. Ich kann mir keinen anderen Grund denken, warum er die Aufnahme in Sam Gleigs Personalakte kopiert haben sollte.» Er zuckte die Achseln. «Jedenfalls ist das Bild der Beweis für die Anwesenheit einer unbefugten Person im Grill. Die Aufnahme ist sogar datiert: ein Uhr fünf.»

«Was hält er denn da in der Hand?» sagte Mitch. «Sieht aus wie eine Flasche Scotch. Offenbar war eine kleine Feier geplant.»

«Aber warum sollte der Computer dieses Bild aufnehmen und keins vom Mord selbst?» fragte Curtis.

«Weil es in den Fahrstuhlkabinen keine Kameras gibt», antwortete Mitch.

Beech nickte zustimmend. «Dieses Bild bringt den Chinesen in Verbindung mit dem Mord.»

«Das lassen Sie bitte mich beurteilen», sagte Curtis.

«Vielleicht hätte ich es schon früher erwähnen sollen», sagte Mitch. «Mit den Jungs hat es schon ein paar unliebsame Vorfälle gegeben.»

Er erzählte Curtis von der Orange, die jemand gegen sein Auto geworfen hatte, und dem Wagenheber.

«Haben Sie die Vorfälle angezeigt?»

«Nein», mußte Mitch zugeben. Er zog seine Brieftasche. «Aber ich habe den Briefwechsel noch, den ich wegen der Ersatzwindschutzscheibe geführt habe.»

Curtis warf einen Blick auf die Quittung.

«Woher wissen Sie, daß es einer von ihnen war?»

«Nach dem, was vorher geschehen war? Es war in einem chinesischen Restaurant unmittelbar um die Ecke. Einer von ihnen muß mich wiedererkannt haben.»

«Haben Sie den Wagenheber noch?»

«Ja, den habe ich noch. Er liegt in meinem Kofferraum. Soll ich ihn holen?»

«Nein. Mir ist es lieber, jemand von der Spurensicherung holt ihn ab. Für den Fall, daß es Fingerabdrücke gibt.»

Curtis faltete die Fotografie zusammen und wollte sie gerade in die Jackentasche stecken, als ihm etwas einfiel. «Es sind doch auch Kameras vor dem Gebäude installiert, oder nicht?»

«Mehrere», sagte Mitch.

«Können Sie eine Großaufnahme von einem der Leute da draußen machen?»

«Nichts einfacher als das», sagte Beech.

Sie marschierten zurück in den Computerraum. Beech setzte sich und klickte das Bild einer Videokamera am unteren Bildschirmrand an.

Die Kamera begann, das knappe Dutzend Chinesen und Chinesinnen aufzunehmen, die vor dem Gebäude standen.

«Warum machen die sich bloß die Mühe?» sagte Beech.

«Wir leben in einem freien Land», sagte Curtis, «auch wenn man das hier drinnen kaum merkt.»

Beech warf Curtis einen fragenden Blick zu, als sei ihm nicht klar, wieso jemand mit so liberalen Ansichten für die Polizei von Los Angeles arbeitete.

«Der Typ da drüben», sagte Mitch. «Der mit der Flüstertüte. Ist das nicht der Typ auf dem Foto?»

Curtis verglich den Ausdruck mit dem jungen Chinesen auf dem Bildschirm.

«Ja, das ist er.»

«Bißchen seltsam, daß er wiedergekommen ist», sagte Mitch. «Ich meine, falls er etwas mit dem Mord zu tun hatte.»

«Nicht so seltsam, wie es scheint», sagte Curtis. «Und außerdem ist das immer noch eine unbewiesene Annahme.»

«Was werden Sie unternehmen?»

«Mit dem Typ reden. Rauskriegen, was er zu sagen hat. Wer weiß? Vielleicht legt er ja die Karten auf den Tisch.»

Der Polizist, der die Demo überwachte, wirkte müde, obwohl es erst elf Uhr war. Curtis zeigte seine Dienstmarke, nahm ihn beim Ellbogen und führte ihn ein paar Schritte beiseite.

«Haben Sie gehört, was drinnen passiert ist?»

«Ein Kerl, dem man den Schädel eingeschlagen hat? Hab ich gehört.»

«Wie lange machen Sie hier schon Dienst?»

«Mit Unterbrechungen seit ein paar Wochen. Jeweils im Vierstundentakt.» Er zuckte die Achseln. «Nicht weiter schlimm. Die machen mir keine Schwierigkeiten. Ich habe mit einigen von ihnen gesprochen. Die meisten sind ganz nette Typen.»

«Halten Sie sie für die Art von Leuten, die in einen Mordfall verwickelt werden?»

Der Polizist grinste und schüttelte den Kopf. «Nö. Das sind Studenten, die zu Hause in Hongkong oder so einen reichen Papa haben. Ich glaube, wenn es wirklich Ärger gäbe, wären die so schnell verschwunden wie ein Furz im Wind.»

Curtis ging zurück zu den Demonstranten.

«Wer hat hier das Sagen?»

Hinter der Absperrung blieb die kleine Gruppe von Demonstranten ganz ruhig, aber Curtis sah, daß sich ihre Augen von ihm ab- und dem Mann mit dem Megaphon zuwandten. Er überflog die Sprüche auf den Transparenten: DENKT AN TIANANMEN und YU CORPORATION UNTERSTÜTZT STAATLICHEN MORD und YU CORPORATION VERDIENT AN SKLAVENARBEIT und YU MISSACHTET MENSCHENRECHTE.

«Kommt schon», sagte er. «Irgend jemand muß doch der Boß sein.»

«Also gut», sagte der Mann mit dem Megaphon, «irgendwie bin ich das wohl.»

«Ich bin Sergeant Curtis, Polizeipräsidium Los Angeles, Mordkommission. Kann ich Sie kurz sprechen? Gehen wir rüber in den Schatten.» Er wies auf das andere Ende der Piazza an der Hope Street.

«Ganz schön heiß heute», sagte er und fuhr fort: «Es geht um einen Zwischenfall, der sich letzte Nacht im Gebäude der Yu Corporation zugetragen hat.»

«Noch einer?» Cheng Peng Fei schenkte ihm ein verkniffenes Lächeln.

«Es hat einen Toten gegeben.»

«Sehr bedauerlich. Ich hoffe, es war niemand Unwichtiges.»

«Sind Sie für Mord?»

«Wenn es Yu selbst wäre, wäre es eine freudige Nachricht. Der Mann ist ein Gangster.»

«Ich habe mich gefragt, wann Sie und Ihre Leute gestern abend die Piazza verlassen haben.»

«Gegen fünf Uhr. Wie immer.»

«Entschuldigung, Sie heißen...»

«Ich heiße Cheng Peng Fei.»

«Und wo kommen Sie her?»

«Hongkong. Ich bin Austauschstudent an der UCLA.»

«Und Ihre Freunde? Auch alles Studenten?»

«Die meisten ja.»

«Kennen Sie den Wachmann im Yu-Gebäude? Einen großen Schwarzen?»

«Ist das der Tote?»

«Ja.»

Cheng Peng Fei schüttelte den Kopf.

«Wir haben ihn natürlich gesehen, aber mehr nicht. Da gibt es doch noch einen zweiten Wachmann, oder nicht? Einen bösartig wirkenden Weißen. Mit dem hatten wir öfter zu tun.»

«Waren Sie jemals im Gebäude selbst?»

«Wir haben daran gedacht, aber dann wären wir wahrscheinlich im Knast gelandet. Also bleiben wir hier neben dem Brunnen stehen und verteilen unsere Flugblätter.»

«Das war zu meiner Zeit anders», sagte Curtis. Sie näherten sich der Fifth Avenue.

Ein Penner, der einen Einkaufswagen vor sich herschob, blieb kurz stehen, um eine Kippe vom Bürgersteig aufzusammeln, bevor er sich in Richtung Wilshire Boulevard trollte. Ein schlanker Schwarzer mit schmutzigen Turnschuhen von Nike, Trainingshosen und einer Baseballmütze, der ihm entgegenkam, mußte dem Wagen ausweichen und beschimpfte den Penner, bevor er weiterging.

«Zu meiner Zeit war eine Protestdemo noch eine richtige Protestdemo.»

«Gegen was haben Sie denn protestiert?»

«Damals gab es nur eins, wogegen man protestierte: Vietnam.»

«Wahrscheinlich haben Sie auch lieber dagegen protestiert, als hinzugehen.»

«O nein, ich war da. In der Protestbewegung wurde ich erst aktiv, nachdem ich zurück war. Was genau haben Sie gegen die Yu Corporation?»

Cheng Peng Fei überreichte ihm ein Flugblatt.

«Bitte schön. Steht alles da drin.»

Curtis hielt inne, überflog den Zettel und steckte ihn in die Jackentasche. Dann wies er mit einer Kopfbewegung auf das Plakat an einem Wartehäuschen der DASH, der Downtown-Area-Short-Hop-Buslinie. Das Plakat stellte zwei körperlose Arme dar, die einander die Hand schüttelten. Der eine Arm trug den Uniformärmel der Polizei von Los Angeles, und die Schlagzeile lautete:

Gemeinsam
sind die Polizei und Sie
eine tödliche Waffe
im Kampf gegen das Verbrechen

Cheng Peng Fei verstand, was Curtis wollte. Er zuckte die Achseln und schüttelte den Kopf.

«Wenn ich etwas wüßte, würde ich es Ihnen sagen, aber ich kann Ihnen nicht weiterhelfen.»

Er war einen Kopf kleiner als Curtis und mit knapp über 50 Kilo mehr als halb so schwer. Curtis stellte sich so dicht vor Cheng auf, als wolle er ihn küssen, und sah ihm mit einer Mischung von Mißtrauen und Verachtung ins Gesicht.

«Was soll das?» fragte Cheng. Er wollte zurückweichen

und entdeckte, daß eine Hauswand ihm den Rückzug abschnitt.

«Ich versuche nur, einen Blick in Ihren unergründlichen kleinen Kopf zu werfen», sagte Curtis und packte ihn bei den Schultern. «Um rauszukriegen, warum Sie mich belügen.»

«Von was in drei Teufels Namen reden Sie?»

«Sind Sie ganz sicher, daß Sie Sam Gleig nicht kannten?»

«Und wie! Bis eben habe ich noch nicht einmal seinen Namen gewußt.»

«Schon mal was vom Fall Miranda gehört, mein Junge?»

«Miranda wer?»

«Miranda gegen den Staat Arizona. Ging ums Zeugnisverweigerungsrecht. Die Vorschrift, nach der vorläufig festgenommene Personen vor der Befragung darüber unterrichtet werden müssen, daß sie das Recht haben zu schweigen...»

«Sie wollen mich festnehmen? Weswegen?»

Curtis drehte Cheng herum und legte ihm mit geübtem Griff Handschellen an.

«...daß alles, was Sie sagen, in einem ordentlichen Gerichtsverfahren verwendet werden kann und daß Sie das Recht haben, einen Anwalt zu benachrichtigen.»

«Was geht hier vor? Spinnen Sie?»

«Ich habe Sie über Ihre Rechte informiert, Armleuchter. Und jetzt geschieht folgendes: Ich werde Sie mit den Handschellen an die Straßenlaterne da fesseln, dann hole ich mein Auto, komme wieder und lade Sie ein. Ich hätte Sie auch gleich mitnehmen können, aber wahrscheinlich würden sich ein paar von Ihren Freunden aufregen, wenn sie sehen, daß ich Sie festnehme, und ich will keinen Ärger. Außerdem wäre das Ganze doch vermutlich sehr peinlich für Sie. So werden wenigstens nur ein paar Zufallspassanten Ihre peinliche Lage mitkriegen.»

Curtis zerrte Chengs dünnen Arm um die Straßenlaterne und ließ die andere Seite der Handschellen zuschnappen.

«Sie sind total übergeschnappt.»

«Und solange ich weg bin, können Sie ein bißchen über

Ihre Geschichte nachdenken. Gründlich darüber nachdenken. Oder sich eine andere ausdenken.» Curtis sah auf die Uhr. «In fünf Minuten bin ich zurück. Spätestens in zehn.» Er wies mit ausholender Geste auf den Wolkenkratzer, der über ihnen in den Himmel ragte und die umgebenden Gebäude verschwinden zu lassen schien. «Wenn jemand fragt, was Sie da machen, können Sie ja einfach sagen, daß Sie dastehen und das Bauwerk bewundern.»

«Scheißgeschichte.»

«Also in dem Punkt stimme ich Ihnen zu, mein lieber Cheng.»

«Das Band läuft, Frank.»

Cheng Peng Fei blickte sich im Videoraum des New Parker Center um.

«Was für ein Band?»

«Wir nehmen die Befragung auf Video auf», sagte Curtis. «Für die Nachwelt. Außerdem dient das Ihrem Schutz. Welches ist Ihre Schokoladenseite?»

Coleman setzte sich Cheng Peng Fei gegenüber neben Curtis an den Tisch, auf dem nur ein Gegenstand lag: ein Wagenheber in einer Plastiktüte. Cheng schien ihn nicht zu sehen.

«Damit Ihr Anwalt nicht behaupten kann, wir hätten den Wagenheber genommen und ein Geständnis aus Ihnen herausgeprügelt», sagte Coleman.

«Was sollte ich gestehen? Ich habe nichts getan.»

«Bitte nennen Sie Ihren Namen und Ihr Alter.»

«Cheng Peng Fei. Ich bin zweiundzwanzig.»

«Verlangen Sie, daß ein Anwalt zugezogen wird?»

«Nein. Wie schon gesagt, ich habe nichts getan.»

«Das ist doch Ihr Wagenheber, oder etwa nicht?» sagte Coleman.

Cheng zuckte die Achseln. «Könnten Sie Ihren Wagenheber identifizieren?»

«Aber Ihrer ist nicht in Ihrem Kofferraum», sagte Coleman. «Ich habe das überprüft. Mit diesem Wagenheber wurde die Windschutzscheibe eines Autos eingeschlagen, das Mitchell Bryan gehört, einem Architekten, der am Bau des Yu-Gebäudes arbeitet. Auf dem Wagenheber sind Ihre Fingerabdrücke.»

«Nun, wenn es mein Wagenheber ist, werden wohl meine Fingerabdrücke drauf sein. Ich hab eine Panne gehabt und das Rad gewechselt. Dann bin ich weitergefahren und habe den Wagenheber liegenlassen.»

«Der Zwischenfall mit dem Wagenheber hat sich auf dem Parkplatz des Mon-Kee-Restaurants auf der North Spring Street ereignet», sagte Coleman. «Das ist nur ein paar Blocks vom Yu-Gebäude entfernt.»

«Wenn Sie meinen.»

«Als wir Ihre Wohnung durchsuchten, haben wir einen Kreditkartenbeleg für ein Abendessen gefunden, das Sie genau an dem Tag dort eingenommen haben, an dem Bryans Windschutzscheibe eingeschlagen wurde.»

Cheng Peng Fei schwieg einen Augenblick.

«Also gut. Ich habe eine Windschutzscheibe eingeschlagen. Aber das war es dann auch. Ich weiß, was Sie hier versuchen. Aber selbst wenn Ihre Prämisse richtig ist und ich die Windschutzscheibe eines Mannes eingeschlagen habe, der am Yu-Gebäude arbeitet, sichert das Ihre Schlußfolgerung, daß ich einen anderen Mann, der dort arbeitete, ermordet habe, in keiner Weise. Auch mit zehntausend derartigen Prämissen könnten Sie Ihre Schlußfolgerung nicht beweisen.»

«Sie studieren nicht zufällig Jura?» fragte Curtis.

«Nein. Betriebswirtschaft.»

«Also, Sie haben natürlich recht», gab Curtis zu. «Der Wagenheber allein beweist nichts. Natürlich könnten wir damit leichter ein Tatmotiv nachweisen: Ihre fanatische Gegnerschaft gegen die Yu Corporation, ihre Angestellten und alle, die in ihrem Auftrag arbeiten.»

«Unsinn.»

«Wo waren Sie gestern abend, Cheng?»

«Ich war zu Hause und habe gelesen.»

«Was haben Sie gelesen?»

«*Organizational Culture and Leadership* von Edgar H. Schein.»

«Ernsthaft?»

«Gibt es Zeugen dafür?»

«Ich habe gearbeitet, keine Party gefeiert. Ich habe ein Buch gelesen.»

«Wenn Sie eine Party feiern», fragte Coleman, «was trinken Sie dann?»

«Was ist das für eine Frage?»

«Bier?»

«Ja, manchmal Bier. Chinesisches Bier. Ich mag kein amerikanisches Bier.»

«Scotch?»

«Sicher. Wer nicht?»

«Ich nicht. Ich kann das Zeug nicht ausstehen», gab Coleman zu.

«Und was beweist das? Ich trinke Scotch. Sie trinken keinen Scotch. Er trinkt Scotch. Das klingt wie beim Grammatikunterricht. Wollen wir das Ganze jetzt im Imperfekt wiederholen?»

«Trinken Sie viel Scotch?»

«Haben Sie sich je eine Flasche Scotch mit einem Freund geteilt?»

«Nein, das ist nicht mein Trinkstil.»

«Was ist mit Sam Gleig. Haben Sie sich mit dem je eine Flasche geteilt?»

«Langsam klingt das, als seien es Sie beide, die sich eine Flasche Scotch geteilt haben. Ich habe nie etwas mit ihm geteilt. Ich habe ihn auch niemals gefragt, wieviel Uhr es ist.» Cheng seufzte und lehnte sich über den Tisch. «Hören Sie. Ich gebe zu, daß ich die Windschutzscheibe eingeschlagen habe. Es tut mir leid. Es war dumm von mir. Ich hatte ein bißchen zuviel getrunken. Ich werde den Schaden regulieren. Aber bitte glauben Sie mir, ich habe den Typ noch nie gesehen. Es tut mir leid, daß er tot ist, aber damit habe ich nichts zu tun.»

Curtis hatte eine Farbkopie des Computerbildes auseinandergefaltet und auf dem Tisch neben dem Wagenheber ausgebreitet. Cheng starrte verblüfft auf die Aufnahme.

«Ich zeige dem Verdächtigen eine Fotografie seiner selbst und des Toten, die in der Eingangshalle des Gebäudes der Yu Corporation aufgenommen wurde.»

«Was in Teufels Namen ist das?»

«Streiten Sie ab, daß Sie das sind?»

«Abstreiten? Natürlich streite ich es ab. Das muß eine Fälschung sein. Eine Fotomontage oder so etwas. Wollen Sie mich reinlegen?»

«Ich versuche nicht, Sie reinzulegen», antwortete Curtis. «Ich will nur die Wahrheit wissen. Also, warum gestehen Sie nicht, Cheng?»

«Ich gestehe gar nichts. Das ist eine Lüge.»

«Sie sind mit einer Whiskyflasche für Sam Gleig in den Grill gegangen. Ich nehme an, Sie kannten ihn von früher. Sie machten irgendwelche Geschäfte mit ihm. Um was ging es? Rauschgift? Ein bißchen Heroin aus der alten Heimat?»

«Quatsch.»

«Vielleicht sollte er Ihnen ja auch einen Gefallen tun. Kurz einmal wegschauen, solange Sie den nächsten Wagenheber einsetzten und irgend etwas kleinschlugen. Natürlich haben Sie ihn dafür bezahlt. Vielleicht wollten Sie Sam eins über den Kopf hauen, damit die ganze Geschichte echt aussah. Und dann haben Sie zu kräftig zugeschlagen. Dann sind Sie in Panik geraten und weggelaufen. War es so?»

Cheng schüttelte den Kopf. Er war den Tränen nahe. «Irgend jemand will mich reinlegen», sagte er.

«Wozu, Junge? Wer sollte einen kleinen gelben Studenten schon reinlegen wollen?»

«Das ist wohl offensichtlich. Die Yu Corporation, natürlich. Glauben Sie mir, die sind zu allem fähig. Wenn sie mich loswerden, sind sie vielleicht die ganze Protestbewegung los. Die schadet ihrem Ansehen.»

«Und ein Mordfall im eigenen Bürogebäude ist gut für das Ansehen der Firma?» fragte Curtis ironisch. «Außerdem sind Sie und Ihre Freunde doch ein alter Hut. Da müssen Sie sich schon etwas Besseres einfallen lassen, Herr Student.»

«Kommen Sie schon, Cheng», mischte sich Nathan Coleman ein. «Gestehen Sie! Sie haben ihm den Schädel eingeschlagen. Wir glauben ja gar nicht, daß Sie es absichtlich getan haben. Sie sind nicht der Typ dafür. Es war ein Unfall. Wir werden ein gutes Wort beim Staatsanwalt für Sie einlegen, damit er nur wegen Totschlags Anklage erhebt. Ihr Papa zahlt dann einen teuren Rechtsanwalt, der dem Gericht erzählt, Sie hätten sich beim Studieren überarbeitet, und dann kriegen Sie mit ein bißchen Glück höchstens zwei bis fünf Jahre. Vielleicht können Sie sich in ein Privatgefängnis verlegen lassen und Ihr Studium abschließen, bevor man Sie in die Heimat abschiebt.»

Cheng Peng Fei starrte auf das Foto und schüttelte den Kopf. «Das kann doch alles gar nicht wahr sein», sagte er und dann: «Vielleicht sollte ich doch besser einen Anwalt hinzuziehen.»

Die beiden Kriminalbeamten unterbrachen die Befragung und traten hinaus auf den Korridor vor dem Videoraum.

«Was meinst du, Frank? Haben wir den Täter?»

«Ich weiß nicht, Nat. Als er das Bild gesehen hat, dachte ich, gleich kippt er um.» Curtis reckte sich müde und sah auf die Uhr. «Wahrscheinlich sollte das Labor einen Blick darauf werfen.»

«Meinst du, es könnte eine Fälschung sein?»

«Der kleine Arsch versucht uns reinzulegen. Da bin ich sicher. Aber es kann nichts schaden, wenn wir das überprüfen lassen, bevor es an den Staatsanwalt weitergeht. Außerdem muß ich noch die Resultate einer vorläufigen Autopsie abholen.»

«Soll ich weitermachen?»

Curtis nickte.

«Gib ihm einen Kaffee und versuche, ihn zu beruhigen. Und dann schlag aus dem Hinterhalt zu.» Curtis schlug Coleman spielerisch mit der Linken auf die Schulter.

«Und was ist mit dem Anwalt?»

«Du hast doch gehört, wie er auf sein Recht, einen Anwalt zuzuziehen, verzichtet hat. Das ist kein Provinztrottel, Nat. Das ist ein Studierter. Niemand wird behaupten können, er hätte seine Rechte nicht gekannt.»

Das Gerichtsmedizinische Institut lag im Keller des New Parker Center. Curtis traf Charlie Seidler und Janet Bragg beim Kaffeeholen am Automaten in der Cafeteria.

«Für dich auch einen, Frank?» fragte Bragg.

«Danke, gern. Sahne und zwei Stück Zucker, bitte.»

«Ganz schön süß», bemerkte Seidler, als Bragg auf die Knöpfe des Kaffeeautomaten drückte. «In deinem Alter sollte man besser aufpassen, was man ißt und trinkt.»

«Vielen Dank, Charlie. Selber Mann in deinem Alter! Außerdem brauche ich den Kick.»

Sie gingen ins Labor.

«Also Frank, die Spurensicherung hat die Wohnung deines Tatverdächtigen gründlich durchsucht», sagte Seidler, «und nichts gefunden. Nicht das geringste. Nicht einmal eine Flasche Scotch.»

Curtis seufzte müde und blickte dann zu Dr. Bragg hinüber. Sie übergab ihm einen Aktendeckel mit drei Blatt Papier und einem Stapel Fotografien.

«Der Schlag, und es war ein kräftiger Schlag, stammt von einem sehr starken Mann», sagte sie, ohne ihre Aufzeichnungen zu Rate zu ziehen. «Durch den Aufprall ist eine tiefe Schädelfraktur und außerdem gleich noch ein Genickbruch entstanden. Sogar ein Zahn ist ihm dabei ausgeschlagen worden. Ich kann dir nicht viel über die Tatwaffe sagen, außer daß es keine Keule oder ein Baseballschläger oder sonst ein zylindrischer Gegenstand war. Eher etwas Flaches. Als hätte ihm jemand einen Gegenstand auf den Kopf geworfen. Oder ihm ein Stück Straßenpflaster auf den Schädel geschmissen.

Und dann ist da noch etwas. Ich habe mir den Paß deines Tatverdächtigen angesehen, und danach ist er bloß einen Meter zweiundsiebzig groß und wiegt um die fünfzig Kilo. Wenn Gleig nicht gerade auf den Knien vor ihm lag, kann er ihn einfach nicht auf den Kopf geschlagen haben. Es sei denn, dein Verdächtiger hätte auf einem Hocker gestanden wie Alan Ladd.»

Bragg sah Curtis' enttäuschten Gesichtsausdruck.

«Wenn er etwas damit zu tun hatte, muß es noch einen zweiten Täter gegeben haben. Jemand Größeren und Stärkeren. Jemand von etwa deiner Statur. Jemand, der Sahne und zwei Stück Zucker zum Kaffee nimmt.»

Curtis zeigte ihnen das Foto. «Und wieso zeigt mein Bild nur einen Tatverdächtigen?»

«Du bist hier der Detective, Frank», sagte Bragg.

«Mein Verdächtiger hält es für eine Fälschung, Charlie.»

«Stammt das von einem Computer?» fragte Seidler. Curtis nickte.

«Ich fürchte, das ist nicht mein Spezialgebiet.» Seidler zuckte die Achseln. «Aber ich kann es bei jemand anders versuchen.» Er griff zum Telefon und wählte eine Nummer. «Bill? Charlie hier. Hör mal, ich bin mit einem Kollegen von der Mordkommission im Labor. Kannst du einen Moment rüberkommen und uns einen Rat geben? Vielen Dank.»

Seidler hängte ein.

«Bill Durham. Unser Fotoexperte.»

Ein kleiner Mann mit einem schwarzen Bart eilte geschäftig durch die Tür. Seidler stellte ihn Curtis vor. Der zeigte ihm das Bild.

Durham zog ein Vergrößerungsglas aus der Tasche seines weißen Labormantels und untersuchte das Bild gründlich.

«Eine normale altmodische Fotografie kann man leicht überprüfen und ihre Echtheit beweisen», sagte er. «Es gibt belichtete Filme, Negative, Abzüge, lauter konkrete Gegenstände. Aber wenn etwas aus dem Computer stammt, ist das eine ganz andere Geschichte. Es geht um digitale Abbildungen.» Durham blickte auf. «Ich kann nicht sagen, ob das eine Fälschung ist oder nicht.»

«Ist es denn möglich?» fragte Curtis.

«Aber natürlich ist es möglich. Man nimmt zwei digitalisierte Ausgangsbilder und ...»

«Langsam, langsam», unterbrach ihn Curtis.

«Die Bilder sind Zahlenreihen. Ein Computer kann alles als eine Serie von binären Ziffern speichern. Man nimmt ein Bild von dem Schwarzen und eins von dem Gelben. Klar? Man zieht die Silhouette des Chinesen aus dem Hintergrund heraus, vor dem er steht, und legt sie über das Bild, auf dem der andere Mann zu sehen ist. Dann zieht man beide Figuren aus ihrer Umgebung heraus, damit man den Hintergrund ausgleichen kann, ohne sie zu verändern. Wenn man geschickt ist, verändert man die Schatten, damit das Bild in sich schlüssig bleibt, und fügt ein paar Zufallspixels hinzu, um das Bild des Schwarzen ein bißchen unschärfer zu machen und das gleiche Korn zu kriegen wie auf dem anderen Bild. Das war es dann auch schon. Man kann das Resultat unbegrenzt auf einer Diskette, auf Computerband, worauf auch immer speichern und einen Ausdruck machen, wann immer man ihn braucht.»

Curtis verzog das Gesicht.

Durham lächelte. Er ahnte die Technophobie des Polizisten und fügte zu allem Überfluß noch hinzu: «In der Tat, Sergeant Curtis, nähern wir uns rapide einem Zeitalter, in dem es nicht mehr möglich sein wird, eine Fotografie als beweiskräftig zu betrachten.»

«Als ob das Leben nicht so schon schwer genug wäre», knurrte Curtis. «Mein Gott, das ist vielleicht eine beschissene Welt, die wir uns da bauen.»

Durham zuckte die Achseln und sah Seidler an.

«War das alles?»

«Frank?»

«Ja. Vielen Dank.»

Als Durham gegangen war, widmete sich Curtis wieder dem Autopsiebericht und blätterte die Fotos von Sam Gleigs Leiche durch.

«Als ob jemand ihm einen schweren Gegenstand auf den Kopf geworfen hätte, Janet?»

Doktor Bragg nickte.

«Was zum Beispiel?»

«Einen Kühlschrank. Einen Fernsehapparat. Ein Stück Bürgersteig. Wie gesagt, etwas Flaches.»

«Das ist eine große Hilfe.»

«Andererseits, Frank… Also ich weiß nicht. Nur so eine Idee. Aber hat schon jemand nachgesehen, ob der Fahrstuhl in Ordnung ist?»

Viertes Buch

Laßt uns gemeinsam das neue Bauwerk der Zukunft entwerfen, betrachten und schaffen, das alles in einer geschlossenen Schöpfung vereint: Architektur, Malerei und Skulptur aus den Händen einer Million von Handwerkern zum Himmel emporsteigend, das kristallene Symbol einer neuen Religion der Zukunft.

Walter Gropius

Als Architekt konnte man nur in einem Stadtteil von Los Angeles leben: in Pacific Palisades. Es ging weniger um die Einmaligkeit einer gehobenen Wohngegend als darum, daß hier die meisten berühmten Beispiele modernistischer Architektur in Los Angeles standen: zum größten Teil viereckige Stahlkonstruktionen in Mondrian-Farben mit viel Glas, die an japanische Teehäuser oder deutsche Arbeitersiedlungen erinnerten. Mitch hatte für keines davon viel übrig, aber als Architekt war ihm klar, warum sie wichtig waren. Diese Häuser hatten die Wohnkultur der ganzen Vereinigten Staaten beeinflußt. Er selbst fand sie in Büchern betrachtenswert, aber hätte er in einem davon leben sollen, hätte er es sich zweimal überlegt. Es war gewiß kein Zufall, daß Ennis House von Frank Lloyd Wright im Griffith Park so gut wie verfallen war. Das einzige Haus in der Gegend, in dem er sich vorstellen konnte zu leben, war Pierre Koenigs Haus in Hollywood Hills. Aber auch diese Wahl verdankte dem berauschenden Blick mehr als den architektonischen Vorzügen des Gebäudes. Im großen und ganzen bevorzugte er die pseudodörflichen Häuser, wie sie für Rustic Canyon typisch waren: Blockhütten, Pferdekoppeln und gepflegte Gärten.

Nicht daß es in Rustic Canyon keine Beispiele moderner Architektur gegeben hätte. Auf einem der obersten Hänge über dem Canyon stand das schönste Privathaus, das Ray Richardson nach Mitchs Meinung je gebaut hatte: sein eigenes.

Mitch ließ den Wagen den Krümmungen einer honigfarbenen Betonwand folgen, in deren Mitte eine Fußgängerbrücke über einen kleinen Bach zur Eingangstür hoch über dem fernen Ozean führte.

Ein Mann und eine Frau, die Mitch nach einigem Nachdenken als englische Popmusiker erkannte, kamen zu Pferde den Weg entlang und wünschten ihm einen guten Morgen. Auch das war ein Grund dafür, daß der Canyon Mitch sympathisch war. Hier oben war das Geld freundlicher, schien weniger von der Leidenschaft für den wehrhaften Nach-Holocaust-Stil der Architektur ergriffen, der den Rest von Los Angeles prägte. Keine Überwachungskamera, nicht ein Stück Stacheldraht war zu sehen. Hier oben verließ man sich auf die Höhe der Hügel, die Entfernung zur Innenstadt und unauffällige bewaffnete Patrouillen, wenn es um den Schutz gegen einen drohenden Angriff der Unterschichten von Los Angeles ging.

Mitch überquerte die Fußgängerbrücke. Er opferte seinen Sonntagmorgen ungern einer Arbeitsbesprechung, selbst wenn sie eine der seltenen und begehrten Einladungen zum Brunch in Richardsons Haus mit sich brachte. Ray hatte von einer entspannten erholsamen Unterhaltung gesprochen, aber darauf fiel Mitch nicht herein. Ray entspannte sich allenfalls, wenn er schlief. Und er schien wenig Schlaf zu brauchen.

Ray hatte auch Alison eingeladen. Aber Alisons Abneigung gegen Richardson war so stark, daß sie es nicht in einem Zimmer mit ihm aushielt. Immerhin, überlegte Mitch, würde er den Sonntagnachmittag nicht mit Erklärungen dafür verbringen müssen, wo er den Vormittag verbracht hatte.

Mitch klopfte an und schob die rahmenlose Glastür auf.

Ray Richardson kniete auf dem blauen Schieferboden seines Ateliers, inspizierte die Zeichnungen für ein neues Projekt, die aus dem großformatigen Laserdrucker fielen – es handelte sich um einen neuen Hubschrauberlandeplatz im Londoner Stadtzentrum –, und diktierte seiner grünäugigen Sekretärin Shannon kritische Notizen.

«Hallo, Mitch», rief er fröhlich. «Geh doch schon rauf ins Wohnzimmer. Ich komme gleich nach. Ich muß nur rasch die E-mail-Zeichnungen aus dem Londoner Büro überprüfen. Es geht um ein Treffen, das morgen stattfindet. Wie wär's mit einem Drink, Kumpel? Rosa besorgt ihn dir.»

Rosa war Richardsons Dienstmädchen aus San Salvador. Mitch traf sie auf dem Weg zum Wohnzimmer: eine kleine, hagere Frau in rosa Uniform. Er dachte an einen Orangensaft. Dann dachte er an den Nachmittag, der ihm zu Hause bevorstand.

«Rosa, könnte ich bitte eine Karaffe eiskalte Margaritas haben?»

«Jawohl. Kommt sofort.»

Im Wohnzimmer sah Mitch sich nach einer Sitzgelegenheit um. Sechs einfache weiße Stühle standen um einen Eßtisch. Außerdem waren da ein Liegestuhl aus Leder und Edelstahl und, rechts und links von einem quadratischen Glastisch, zwei Barcelonasessel, eine doppelte Hommage an den großen Mies van der Rohe. Mitch versuchte den Barcelonasessel, und sofort fiel ihm wieder ein, warum er seinen eigenen ausrangiert hatte.

Er nahm ein Exemplar von *LA Living* vom Glastisch und probierte den Liegestuhl aus. Es war die Nummer, von der er gehört, die er aber noch nicht gesehen hatte: die Ausgabe, in der Joan Richardson nackt wie eine *grande odalisque* auf einem selbstentworfenen Sofa lag. Die Betonung bei *grande odalisque*, Mitch konnte sich den Gedanken nicht verkneifen, lag auf *grande*. Sie hatte den Verlag verklagt, weil man es unterlassen hatte, die große Locke dunkles Schamhaar wegzuretuschieren, die unter dem fetten Hintern der Erdmutter deutlich sichtbar war.

Die Beine, die über schmalen zarten Füßen rapide auf die Hüften eines Ackergauls hin zunahmen, der schmale Ring der Taille und das erneut anschwellende Delta der üppigen Brüste wie die Schulterpartie eines Freistilringers verliehen Joan Richardson eine unübersehbare Ähnlichkeit mit der Bronzestatue von Fernando Botero vor dem Yu-Gebäude. Das *Los Angeles Magazine* hatte der fetten Bronzedame den Spitznamen ‹Venus vom Fleischhof› verliehen, aber im Büro nannte man sie nur J. R.

Rosa kam mit einer Karaffe Margaritas zurück, die sie zusammen mit einem langstieligen Glas auf den Tisch stellte. Mitch schlürfte seinen Drink langsam, aber es dauerte noch eine geschlagene Stunde, bis Richardson mit dem fertig war, was er tat, und bis dahin war auch die Karaffe leer. Mitch bemerkte, daß Richardson sich umgezogen hatte. Er trug jetzt Reithosen und Stiefel und sah aus wie ein äußerst tyrannischer Filmregisseur: D. W. Griffith, zum Beispiel, oder Erich von Stroheim. Allenfalls fehlte ihm noch ein Megaphon.

«Also Mitch, dann wollen wir essen», sagte er und rieb sich die Hände. «Rosa!» Er legte eine väterliche Hand auf Mitchs Schulter. «Also, wie geht's, wie steht's?»

Mitch lächelte verkniffen. «Gut», sagte er, obgleich er wütend war, daß Richardson ihn so lange hatte warten lassen. «Warst du reiten?»

«Ach, du meinst meinen Aufzug? Nein, ich spiele um zwölf Uhr Polo», sagte er.

Mitch sah auf die Uhr. «Es ist Viertel nach elf, Ray», sagte er vorwurfsvoll.

«Verdammt. Die Zeichnungen haben mich länger aufgehalten, als ich dachte. Aber wir haben immerhin noch eine halbe Stunde füreinander. Weißt du, wir reden kaum mehr miteinander. Wir sollten uns öfter sehen. Und jetzt, wo wir das Yu-Gebäude fast fertig haben, werden wir auch mehr Zeit haben. Das verspreche ich dir. Ich bin sicher, unsere größten Werke liegen noch vor uns.»

«Ich habe mir überlegt, daß ich mich wieder mehr mit Entwürfen beschäftigen will», sagte Mitch. «Vielleicht für die Fabrik, die die Yu Corporation in Austin bauen will.»

«Natürlich, Mitch, natürlich.» Richardson ließ sich in dem Barcelonasessel nieder. «Aber, weißt du, entwerfen kann jeder. Ein guter technischer Koordinator muß ein ganz besonderer Architekt sein: jemand, der architektonische Konzepte in praktische Anweisungen für die armen Hunde umsetzen kann, die sie nachher bauen müssen. Erinnerst du dich an das Dach, das dieser Idiot Grabel entworfen hat? Die schiere Scheiße. Du warst es, der das Ganze in Ordnung gebracht hat, Mitch. Für Grabel ist es das gleiche Dach geblieben. Er kann einfach nicht sehen, wie unpraktisch der ursprüngliche Entwurf war. Du warst es, Mitch, der ihn sich vorgenommen hat, der sich die verschiedenen Versionen überlegt hat, wie man ihn ausführen könnte, und der die beste Lösung gefunden hat, um das Dach in die Praxis umzusetzen. Die meisten Entwurfszeichner sind sterile Wichser. Ich weiß, wovon ich rede. Sie entwerfen etwas, weil sie finden, daß es hübsch aussieht. Aber du, du wirfst einen Blick auf das, was da hübsch aussieht, und sorgst dafür, daß es auch wirklich aussieht. Dein Job langweilt dich. Ich weiß, daß du dich seit einiger Zeit langweilst. So ist es immer, wenn ein Auftrag zu Ende geht, aber wenn du mit etwas Neuem anfängst, wird sich das alles ändern. Und vergiß nicht, daß du bei diesem Job einen beträchtlichen Anteil des Gewinns einstreichst, Mitch. Vergiß das nicht, Kumpel. Zum Ende des Haushaltsjahrs steht dir ein fetter Scheck ins Haus.»

Rosa kam mit einem Tablett. Mitch nahm Orangensaft und etwas Risotto und fing an zu essen. Er fragte sich, ob die kleine Ansprache, die er soeben hatte über sich ergehen lassen, der eigentliche Grund gewesen war, ihn einzuladen. Auf alle Fälle konnte Richardson es sich schlecht leisten, so kurz nach Allen Grabel auf noch einen leitenden Angestellten zu verzichten. Und in einem Punkt hatte Ray natürlich recht: Gute Koordinatoren wie Mitch waren nicht leicht zu finden.

«Wann ist die Übergabeinspektion?» fragte Richardson und schenkte sich ein Glas Orangensaft ein.

«Dienstag in einer Woche.»

«Hm. So hatte ich es mir gedacht.» Richardson hob sein Glas. «Prost», sagte er.

Mitch stürzte seinen Saft herunter.

«Sag mal, Mitch», fragte Richardson, «triffst du dich eigentlich noch mit Jenny Bao?»

«Das läßt sich wohl kaum vermeiden. Schließlich ist sie die *Fengshui*-Beraterin für diesen Auftrag.»

Richardson setzte ein unerfreuliches Grinsen auf. «Komm

schon, Mitch, du weißt, wovon ich rede. Du fickst sie. Und warum solltest du auch nicht? Alles Gute und viel Glück. Ein schönes Mädchen. Ich würde sie selbst gern ficken. Ich wollte schon immer mal eine Chinesin haben, aber ich bin nie dazu gekommen. Plant ihr etwas Langfristiges?»

Einen Moment sagte Mitch gar nichts. Aber leugnen hätte wenig gebracht. Also sagte er: «Ich hoffe es.»

«Gut, gut.» Richardson schüttelte den Kopf. «Weiß Alison Bescheid?»

«Warum interessiert dich das plötzlich?»

«Na hör mal, wir sind doch Freunde, oder etwa nicht? Kann ich einem Freund keine freundliche Frage stellen?»

«Ist es eine freundliche Frage? Übrigens, woher weißt du es?»

«Ich habe es gewußt, seit du sie in die Marmorfabrik nach Vicenza mitgenommen hast.» Er zuckte die Achseln. «Ein deutscher Kunde hat im selben Hotel gewohnt wie ihr.»

Mitch hob die Hände. «Okay, okay.» Er schob einen Bissen Risotto in den Mund. Jetzt, wo sein Geheimnis offenlag, war ihm der Appetit vergangen. «Du ißt ja nichts», stellte er fest.

Richardson sah wieder auf die Uhr. «Ich will mir meine Kondition für das Spiel nicht verderben», sagte er. «Außerdem habe ich keinen Hunger. Du suchst dir schon die Richtigen aus, Mitch! Das muß man dir lassen. Hätte ich nie von dir gedacht.»

Plötzlich mochte Mitch sich selbst genausowenig wie Ray Richardson. «Ich auch nicht», sagte er verlegen.

«Hör mal, Mitch, ich möchte, daß du Jenny um einen kleinen Gefallen bittest.»

«Also einen großen. Worum geht es?»

«Ich möchte, daß du Jenny dazu bringst, das *Fengshui*-Zertifikat für das Gebäude zu unterschreiben, bevor wir die Änderungen vornehmen.»

«Warum?»

«Das will ich dir erklären. Mr. Yu will die Übernahmeinspektion selbst machen. Deshalb. Er wird sich viel wohler fühlen, wenn er durch das Gebäude spaziert und weiß, daß deine kleine Freundin ihr Okay gegeben hat. Klar? Er wird dann weniger herummäkeln. Wenn wir die Zeit hätten, all die blöden Änderungen, die sie haben will, auszuführen, bevor er die Baustelle betritt, würden wir es tun. Aber die Zeit haben wir nicht. So einfach ist das. Sieh mal, Mitch, es geht nur um einen Tag. Danach kann sie das Zertifikat zerreißen und von mir aus neue Einwände machen. Aber sobald YK uns zunickt, können wir ihm eine Rechnung schicken. Die letzten Monate waren teuer. Denk nur daran, was uns das neue Büro in Deutschland gekostet hat.»

«Ich verstehe. Aber ich weiß nicht, ob sie es tun wird. Jemand wie du wird das wohl kaum verstehen. Aber sie hat Prinzipien.»

«Versprich ihr eine Woche in Venedig. Für euch beide. Welches Hotel du willst. Wenn's sein muß, das Cipriani. Ich bezahle.»

«Ich werde mein Möglichstes tun», sagte Mitch müde. «Aber das wird ihr nicht gefallen. Ray, sie ist nicht irgendeine Wahrsagerin auf der Kirmes. Es geht nicht um die Silbermünze in ihrer Hand. Jenny glaubt an das, was sie tut. Und vergiß nicht, daß es in dem Gebäude schon zwei Tote gegeben hat. Jenny hat das sicher nicht vergessen.»

«Aber du versuchst, sie zu überreden?»

«Ja. Okay, ich werde es versuchen. Aber es wird nicht leicht sein. Und du mußt mir dein Wort geben, Ray. Wenn sie das Zertifikat unterschreibt, bescheißt du sie nicht. Wir werden die Änderungen wirklich vornehmen.»

Richardson zuckte die Achseln. «Sicher. Kein Problem. Und was Beschiß angeht, du bist es, der seine Frau bescheißt.»

«Hoffentlich ist es nur das *Fengshui*, mit dem etwas nicht stimmt», sagte Mitch.

«Was zum Teufel soll das jetzt wieder heißen? Beruhige dich, Mann. Ich weiß, daß alles klappen wird. Ich habe ein gutes Gefühl bei dem Auftrag. Glück heißt nichts als hart arbeiten und bereit sein. Meine Vor-Übergabeinspektion ist am Freitag, richtig? Und die ganze Projektgruppe nimmt teil. Das Gebäude in Aktion, sozusagen. Eine Arbeitsdemonstration. Wir wollen auf ein paar Knöpfe drücken.»

Mitch beschloß, selbst auf einen Knopf zu drücken. «Der Polizist will die Fahrstühle überprüfen lassen», sagte er unvermittelt. «Er meint, möglicherweise hätten sie etwas mit Sam Gleigs Unfall zu tun.»

Richardson runzelte die Stirn. «Wer um Gottes willen ist Sam Gleig?»

«Komm schon! Der Wachmann. Der, der umgebracht worden ist.»

«Ich dachte, deswegen hätten sie schon jemand verhaftet. Einen von diesen blöden Demonstranten.»

«Haben sie. Aber sie haben ihn wieder laufenlassen.»

«Den Fahrstühlen fehlt nichts. Das sind die modernsten Fahrstühle in ganz Kalifornien.»

«Das habe ich dem Bullen auch gesagt. Sie funktionieren prima. Aidan Kenny und ich haben es selbst überprüft. Aber er verlangt immer noch, daß die Leute von Otis kommen und sie sich ansehen.»

«Und wo ist der Typ? Der, den sie eingesperrt haben?»

«Ich nehme an, auf freiem Fuß.»

«Frei und mit der Erlaubnis, vor meinem Gebäude herumzustehen und Flugblätter zu verteilen?»

«Wahrscheinlich ja.»

«Blöde Arschlöcher.» Richardson griff zum Telefon und rief seine Sekretärin an. «Shannon. Bitte verbinde mich mit Morgan Phillips.» Er schnitt eine Grimasse und schüttelte den Kopf. «Zu Hause? Ja, natürlich. Wo soll er denn sonst sein? Es ist Sonntag.» Er legte den Hörer auf und nickte. «Das habe ich in fünf Minuten erledigt.»

«Du rufst den Zweiten Bürgermeister an? An einem Sonntag? Was hast du vor, Ray?»

«Keine Angst. Ich werde mich ganz diplomatisch verhalten.»

Mitch zog eine Augenbraue in die Höhe.

«Laß gut sein. Ich bin mit Morgan befreundet. Wir spielen zusammen Tennis. Und eins sage ich dir, er ist mir was schuldig... Ich werde dafür sorgen, daß diese Arschlöcher von der Piazza verschwinden. Daß sie uns nie wieder stören. Ich hatte es sowieso vor. Wir können sie da draußen nicht brauchen, wenn YK zur Inspektion kommt.»

«Lohnt sich das?» Mitch zuckte die Achseln. «Es sind doch bloß ein paar Jugendliche.»

«Lohnt sich das? Mitch, um Gottes willen, einer von ihnen hat deine Windschutzscheibe zertrümmert. Du könntest tot sein.»

«Ich saß gar nicht im Auto, Ray.»

«Darum geht es nicht. Außerdem ist einer von ihnen der Hauptverdächtige in einem Mordfall. Wenn sie sich davon überzeugt haben, daß die blöden Fahrstühle in Ordnung sind, werden die Bullen ihn sowieso wieder einsperren müssen. Darauf kannst du wetten.»

«Alison? Allen hier.»

Alison Bryan seufzte ungeduldig. «Was für ein Allen?»

«Allen Grabel.»

Sie biß in den Apfel, den sie in der Hand hielt, und sagte: «Und?»

«Ich arbeite mit Mitch zusammen. Bei Richardson.»

«Oh.» Alisons Ton wurde merklich kühler. «Wie schön für Sie. Was wollen Sie?»

«Ist Mitch da?»

«Nein», sagte sie ohne weitere Erklärung.

«Wissen Sie, wo er ist?»

«Natürlich weiß ich, wo er ist. Glauben Sie, ich weiß nicht, wo mein eigener Mann ist? Für was für eine Frau halten Sie mich?»

«Nein, darum geht es nicht... Hören Sie, Alison, ich muß ihn sprechen. Es ist dringend.»

«Natürlich ist es das. Bei euch ist doch immer alles dringend. Er ist bei Richardson zu Hause. Anscheinend haben sie irgendeine Geschäftsbesprechung. Als ob sie einander die Woche über nicht oft genug sehen würden. Ich nehme an, Sie können ihn da anrufen. Wer weiß? Vielleicht liegen die beiden miteinander im Bett.»

«Nein. Da möchte ich ihn lieber nicht anrufen. Könnten Sie ihn vielleicht bitten, mich anzurufen, sobald er nach Hause kommt?»

«Hat es was mit diesem blöden Grillgebäude zu tun?»

Sie nannte das intelligente Gebäude immer blöd, weil das Mitch ärgerte.

«Mehr oder weniger schon.»

«Es ist Sonntag, falls Sie es vergessen haben sollten, der Tag der Ruhe. Können Sie nicht bis morgen warten?»

«Ich fürchte, nein. Und ich möchte ihn lieber nicht im Büro anrufen. Es wäre besser, wenn er mich anrufen könnte. Sagen Sie ihm... sagen Sie ihm...»

«Was soll ich ihm sagen? Daß Sie ihn lieben?» Sie lachte über ihren eigenen Witz. «Daß Sie das nächste Flugzeug nehmen? Also, was?»

Grabel seufzte tief. «Hören Sie, würden Sie bitte dafür sorgen, daß er meine Nachricht bekommt. Okay?»

«Na sicher.»

Aber Grabel hatte schon eingehängt.

«Blödmann», sagte Alison und biß in ihren Apfel. Sie griff nach einem Bleistift und ließ ihn einen Augenblick über dem Notizblock schweben. Dann überlegte sie es sich anders. Schlimm genug, daß Mitch am Sonntag arbeitete. Mit seinen Arbeitskollegen konnte er jeden Tag im Büro sprechen. Sie warf den Bleistift beiseite.

Mitch brauchte ein paar Tage, bis er sich mit seinem delikaten Auftrag an Jenny Bao wenden konnte. Es würde nicht leicht sein, sie von Richardsons Vorschlag zu überzeugen. Er wußte, daß sie ihn liebte, aber sie war ihm nicht hörig. Er machte sich früh auf den Weg, kaufte in der Tankstelle am Freeway ein paar Blumen und war kurz vor Viertel nach acht vor ihrem grauen Bungalow. Zehn Minuten blieb er im Auto sitzen und versuchte das, was er vorhatte, vor sich selbst zu rechtfertigen. Schließlich handelte es sich nur um eine vorläufige Bescheinigung. Nur für ein paar Tage. Wirklich ganz harmlos.

Es war ein schöner Morgen. Jennys Haus sah schmuck und gepflegt aus. Zwei Orangenbäumchen in Keramiktöpfen flankierten die Treppe vor der Mahagonitür. Mitch fragte sich, was eine unabhängige *Fengshui*-Beraterin wohl über seine Chancen an diesem Vormittag gesagt hätte.

Er stieg aus dem Wagen, klingelte an der Tür und traf auf eine Jenny, die bereits angezogen war. Sie trug ein T-Shirt und Hosen. Sie freute sich, ihn zu sehen, aber er merkte, daß die Blumen sie mißtrauisch stimmten. Sonst brachte er ihr nie Blumen.

«Möchtest du eine Tasse Tee?» fragte sie. «Oder sonst etwas?»

Üblicherweise hätte die Frage nach «sonst etwas» dazu geführt, daß sie miteinander ins Bett gegangen wären. Aber Mitch hatte das Gefühl, daß das der Gelegenheit nicht angemessen gewesen wäre. Also nahm er das Teeangebot an und sah zu, wie sie den Tee auf ihre eigene chinesische Weise zubereitete. Sobald er die kleine Porzellanschale in der Hand hielt, kam er zur Sache, entschuldigte sich für die Zumutung, gestand ein, daß er sie in eine schwierige Situation brachte, und betonte die Tatsache, daß die Lüge nur für zwei oder höchstens drei Tage im Raum stehen würde.

Jenny ließ ihn zu Ende reden, hob die Teeschale fast zeremoniell mit beiden Händen an den Mund und nickte, als er fertig war, wortlos.

«Heißt das ja?» fragte Mitch erstaunt.

«Nein», seufzte sie. «Das heißt, daß ich dir zuliebe bereit bin, darüber nachzudenken.»

Immerhin etwas, dachte er. Eigentlich hatte er ein entrüstetes Nein erwartet. Es dauerte zwei oder drei Minuten, bis sie wieder etwas sagte:

«*Kanyu*, oder wie du sagen würdest *Fengshui*, ist eine religiöse Angelegenheit, ein Teil des Dao. Der Grundbegriff des Daoismus ist das Absolute. Die Fülle des Dao besitzen heißt, in vollkommener Übereinstimmung mit der eigenen Natur zu sein. Das, was du von mir willst, würde diese Übereinstimmung zerstören.»

«Ich verstehe», sagte er. «Ich verlange viel von dir.»

«Ist die Übergabeinspektion wirklich so wichtig?»

«Sehr», sagte er.

Sie schwieg noch eine Minute. Dann umarmte sie ihn.

«Zunächst einmal neige ich aus all den erwähnten Gründen dazu, nein zu sagen. Aber weil du es bist und weil ich dich liebe, will ich dir keine Schwierigkeiten machen. Gib mir vierundzwanzig Stunden, dann bekommst du meine Antwort.»

«Danke», sagte er. «Ich weiß, wie schwer dir das fallen muß.»

Jenny lächelte und küßte ihn auf die Wange.

«Nein, Mitch, ich glaube nicht, daß du das weißt. Hättest du es gewußt, hättest du mich nicht darum gebeten.»

«Aber Sie werden doch jetzt nicht aufgeben», sagte der Japaner. «Schließlich ...»

«Und wie ich aufgebe», sagte Cheng Peng Fei.

«Warum? Sie waren doch gerade erst in Fahrt gekommen.»

«Irgend jemand versucht, mir den Mord an dem Wachmann im Yu-Gebäude anzuhängen.»

Sie hatten sich wieder im Mon-Kee-Restaurant auf der North Spring Street getroffen. Der Japaner nahm wieder eine reichliche Mahlzeit zu sich, und Cheng Peng Fei saß wieder vor einem einsamen Bier.

«Ihnen etwas anhängen?» Der Japaner lachte. «Das klingt nach Jimmy Cagney.»

«Glauben Sie mir, ich habe Glück gehabt, daß ich auf

freiem Fuß bin. Ich dachte schon, der Staatsanwalt würde Anklage erheben. Und ich bin nicht sicher, daß sie ganz mit mir fertig sind. Ich mußte meinen Paß abgeben.»

«Wer würde Ihnen einen Mord anhängen wollen, Cheng?»

«Keine Ahnung», Cheng zuckte die Achseln. «Vielleicht irgend jemand von den Yu-Leuten. Vielleicht Sie. Ja, vielleicht waren es überhaupt Sie.»

«Ich?» Den Japaner schien die Vorstellung zu amüsieren. «Warum ich?»

«Vielleicht haben Sie den Wachmann umgebracht.»

«Ich kann nur hoffen, daß Sie diese Theorie nicht der Polizei vorgetragen haben.»

«Ich habe Sie nicht erwähnt. Wie denn auch? Ich weiß nicht einmal Ihren Namen. In der Beziehung sind Sie immer vorsichtig gewesen.»

«Vielleicht tragen Sie ja eine Wanze am Körper.»

«Vielleicht.» Aber noch während er sprach, knöpfte er sein Hemd auf, um zu zeigen, daß nichts an seinem Brustkorb klebte. «Jedenfalls», fuhr er fort, «ist die Demo beendet. Irgend jemand in der Stadtverwaltung hat das Ausländeramt angerufen und uns alle überprüfen lassen. Ein paar hatten gegen die Einreisebestimmungen verstoßen. Sie sollten Englisch lernen, nicht in einem Restaurant arbeiten und Geld verdienen.»

Der Japaner schüttelte betrübt den Kopf.

«Sehr bedauerlich», sagte er. «Das heißt wohl, daß ich mich jetzt selbst darum kümmern muß. Irgend etwas anstellen, oder so.»

«Was zum Beispiel?»

«Ach, das weiß ich noch nicht. Vielleicht ein bißchen Sabotage. Sie ahnen nicht, wozu ich fähig bin.»

«Da irren Sie sich. Ich glaube, Sie sind so ziemlich zu allem fähig.»

Der Japaner stand auf.

«Wissen Sie was, Cheng. Ich an Ihrer Stelle würde mich um ein hieb- und stichfestes Alibi bemühen.»

«Für wann?»

Der Japaner warf ein paar Geldscheine auf den Tisch. «Für so lange wie nötig.»

Allen Grabel rief in Richardsons Büro an und verlangte Mitch.

Die Telefonistin hieß Dominique. «Wer will ihn sprechen, bitte?»

Grabel hatte das Gefühl, daß Dominique ihn nicht besonders mochte, also nannte er nur seinen Vornamen. Wahrscheinlich kannte Mitch zwei oder drei Leute, die Allen hießen. Er wartete ein paar Minuten. Dann sagte Dominique: «Tut mir leid. Da antwortet niemand. Kann ich etwas ausrichten?»

«Bitten Sie ihn, mich zurückzurufen.» Grabel gab ihr seine Telefonnummer. Die würde sie kaum wiedererkennen. «Er möchte mich bitte anrufen, sobald er wieder da ist.»

Grabel hängte ein und sah auf die Uhr. Es waren noch fünfzehn Minuten, bis er sich wieder einen Drink genehmigen durfte.

Warum hatte Mitch nicht zurückgerufen? Es gab nur eine Erklärung: Die Ziege, mit der er verheiratet war, hatte die Nachricht nicht ausgerichtet. Kein Wunder, daß Mitch eine Affäre mit der Frau hatte, mit der er ihn vor dem Grill gesehen hatte. Dann fiel ihm ein, daß er Mitch wahrscheinlich im Yu-Gebäude finden konnte. Seit jener Nacht war er verwirrt und konnte kaum mehr klar denken. Aber Mitch würde alles verstehen und wissen, was zu tun war.

Grabel griff zum Telefon und wählte die Nummer. Sobald es klingelte, hängte er wieder ein. Bei dem Telefonsystem, das in dem Gebäude verlegt war, konnte man nie wissen, wer mithörte. Er sah wieder auf die Uhr. Noch zehn Minuten. Aber er konnte nicht dahin zurück. Er hatte Angst. Angst vor dem, was ihm passieren konnte. Und wenn er sich alles nur eingebildet hatte? Was würde man dann mit ihm anstellen?

Der Gedanke war fast so furchteinflößend wie die einzig mögliche Alternative.

Kay Killen verbrachte den Tag vor Ray Richardsons Vor-Übergabeinspektion in ihrem Büro im einundzwanzigsten Stockwerk und überprüfte noch einmal die zweidimensionalen Baupläne und dreidimensionalen Modelle des Grills am Bildschirm. Für den Fall, daß Richardson vorhatte, irgendeinen Teil der Pläne im Detail zu analysieren oder die Entwicklung des Entwurfs zu demonstrieren, sah sie sich außerdem den optischen Baubericht auf der Foto-CD an. Sie hatte sogar dafür gesorgt, daß das Hauptmodell des Gebäudes und lebensgroße Modelle einiger Baukomponenten von Richardsons Atelier auf dem Sunset Boulevard ins Baubüro transportiert wurden. Wenn Ray Richardson mit etwas zu tun hatte, empfahl es sich immer, auf alle Möglichkeiten vorbereitet zu sein.

Es war spät, als sie ging. Mitch war noch dabei, mit Tony Levine, Helen Hussey und Aidan Kenny einen Inspektionsplan auszuarbeiten. Sie war froh, hier rauszukommen. Auch wenn sie es gewohnt war, spätabends in leerstehenden Bürogebäuden zu arbeiten, irgend etwas hatte der Grill an sich, das ihr nicht gefiel. Sie hatte immer ein Gespür für die Atmosphäre gehabt, die ein Ort ausstrahlte. Sie machte ihre keltischen Vorfahren verantwortlich dafür, und im Gegensatz zu den übrigen Mitgliedern der Projektgruppe war sie durchaus bereit, an *Fengshui* zu glauben. Kay sah nicht ein, was an dem Versuch falsch sein sollte, etwas zu bauen, das sich harmonisch in seine natürliche Umgebung einpaßte und den Reichtum der Natur zum Nutzen des Menschen einsetzte. Daß man dem Geist des Landes Respekt erweisen sollte, war für sie nichts weiter als die andere Formulierung eines Grundgesetzes der Ökologie. Persönlich war sie davon überzeugt, daß das Bauwerk eine bessere Ausstrahlung annehmen würde, wenn die Einwände der *Fengshui*-Beraterin erst einmal berücksichtigt worden waren.

Bis sie die dunkle Höhle der Tiefgarage erreicht hatte, schlug ihr Herz zu schnell, und sie fühlte sich ein wenig schwindlig. Öffentliche Plätze, und besonders öffentliche Plätze bei Nacht, machten sie nervös. Für jemanden, der in Los Angeles lebte, war das nicht unbedingt ungewöhnlich. Aber hier ging es um mehr als normalen städtischen Verfolgungswahn. Kay litt unter leichter Platzangst. Das Wissen darum, daß sie gelegentlich dies Gefühl hatte, machte es nicht leichter, damit umzugehen. Und die Tatsache, daß ihr Wagen, ein neuer Audi, nicht ansprang, war auch keine Hilfe.

Ein paar entscheidende Minuten lang verdrängte der Ärger die Nervosität. Kay fluchte und stieg aus dem Wagen, um vom Sicherheitsbüro im Stock darüber die Autohilfe anzurufen. Sie hatte das Gefühl, als werde sie beobachtet, und schlug auf dem Weg zurück durch die Tiefgarage ein paar Haken. Das Geräusch ihrer Absätze auf dem gleitsicheren Bodenbelag klang wie der Schlag eines Metronoms. Wer außer ihr konnte sich hier unten aufhalten? Seit Sam Gleigs Tod war Abraham für die Sicherheit während der Nachtschicht verantwortlich. Außer ihren Kollegen im einundzwanzigsten Stockwerk war niemand im Gebäude. Kay war erleichtert, als sie den hell beleuchteten Fahrstuhl erreichte und wieder in die Eingangshalle hochfuhr.

Als sich die Fahrstuhltür öffnete, war es draußen dunkel. Nur das Licht aus der Kabine hinter ihr und aus ein paar oberen Stockwerken erlaubte ihr, ihren Weg zu finden. Die Lichter wurden abends oft gedämpft. Da diejenigen Benutzer, die spätabends Überstunden machten, das Gebäude normalerweise durch die Tiefgarage verließen, sparte Abraham Energie. Aber seine Infrarotsensoren und Kameras hätten ihre Anwesenheit bemerken und das Licht wieder einschalten sollen.

Sie war noch dabei zu überlegen, was hier schiefgegangen war, als sich die Fahrstuhltür hinter ihr schloß und das restliche Licht fast völlig erlosch.

Kay wehrte sich gegen die Panik, die sie überkam. Sie brauchte nicht viel Licht, um sich im Grill zurechtzufinden.

Sie konnte sich mit nahezu fotografischer Genauigkeit an die Baupläne jedes einzelnen Stockwerks erinnern. Sie mußte sich nur vorstellen, sie säße vor einem Terminal, benutze das CAD-Programm und führe die Maus über den Bildschirm, um genau zu wissen, wo sie war. Kay hatte sich im Grill zurechtgefunden, bevor er gebaut war. Als sie schließlich auf die Baustelle kam und durch die fertige Gebäudehülle ging, war ihr alles seltsam vertraut vorgekommen.

Aber als sie sich auf den Weg zum Sicherheitsbüro machte, hörte sie eine Stimme, die ihr bekannt vorkam.

«Kann ich etwas für Sie tun?»

Sie fühlte, wie sich ihr die Haare sträubten.

«Ist etwas los?»

Sam Gleig stand wie im Leben an der Empfangstheke. Eine große Hand ruhte auf der Pistole, die von seiner Hüfte hing. Und obwohl es dunkel war, stellte Kay fest, daß sie ihn ganz genau sehen konnte, als stünde er in seinem eigenen künstlichen Lichtkegel.

«Weiß man schon, was Mr. Yojo passiert ist?»

«Was… was wollen Sie von mir, Sam?» Kay machte sich rückwärts auf den Weg zum Fahrstuhl. «Wer sind Sie?»

Sam lachte. Sie kannte sein volltönendes, ruhiges Lachen.

«Ich will nicht stören», sagte er. «Wer macht heute Überstunden?»

«Sie sind tot, Sam», flüsterte Kay.

«Dachte ich mir», sagte Sam. «Armer Typ. Eine Mordsverschwendung. Wie alt war er?»

Kay konnte die Fahrstuhltür in ihrem Rücken spüren. Sie berührte sie mit der Hand. Aber die Kabine kam nicht.

«Bitte», sagte sie, «bitte, gehen Sie weg!»

Sam lachte wieder und blickte auf seine gut geputzten Schuhe.

«Bei einem Job wie dem hier braucht man etwas gegen die Langeweile. Verstehen Sie, was ich meine?»

«Nein, ich verstehe nichts.»

«Aber sicher doch.»

«Sind Sie... sind Sie ein Geist?»

«Ich hatte keine Ahnung, daß es so etwas gibt. Verdammt. Armer Typ. Wissen Sie was? Ich glaube, ich habe noch nie so einen sicheren Arbeitsplatz gehabt wie hier.»

Sam lachte wieder, und Kay Killen begann hysterisch zu kreischen.

Im Besprechungszimmer im einundzwanzigsten Stock blickte Mitch von seinem Computer auf und runzelte die Stirn.

«Habt ihr das gehört?» fragte er.

Seine drei Kollegen zuckten die Achseln oder schüttelten den Kopf.

Mitch stand auf und öffnete die Tür.

Diesmal hörten sie es alle.

«Kay», sagte Mitch.

Das Echo ihrer Schreie war noch in der Eingangshalle zu hören, als sie zum Fahrstuhl stürzten. Auf dem Weg zum Fahrstuhlschacht lehnte sich Mitch über die Brüstung und rief in die Dunkelheit: «Keine Angst, Kay, wir kommen.»

«Mein Gott, was ist jetzt schon wieder los?» sagte Kenny, als er Mitch in den Fahrstuhl folgte. Die Türen schlossen sich, und die Kabine machte sich auf den Weg nach unten. Mitch trommelte ungeduldig gegen die Fahrstuhlwand.

Als sie in der Halle ankamen, fiel Kay ohnmächtig in den Fahrstuhl. Ihr Kopf schlug hart am Boden auf.

Mitch und Helen beugten sich besorgt über sie. Kenny und Levine durchsuchten die Halle nach dem unbekannten Angreifer. Inzwischen brannten die Lichter wieder, und bald kam Kenny kopfschüttelnd zurück.

«Ich habe nichts entdeckt», sagte er. «Nicht das geringste. Geht es ihr gut?»

«Sie ist nur in Ohnmacht gefallen», sagte Helen.

«So harmlos klang das aber nicht», bemerkte Levine.

«Scheiße noch mal, ich war sicher, daß sie vergewaltigt oder ermordet wird.»

Mitch hob Kay an seine Brust, und Helen fächelte ihr Luft zu. Das Gesicht war totenblaß. Die Augenlider zuckten. Allmählich kam sie wieder zu sich.

«Was ist passiert, Schätzchen?» fragte Kenny.

Achselzuckend kam Levine von seinem Erkundungsgang zurück. «Die Eingangstür ist noch abgeschlossen», berichtete er, «und auf der Piazza ist kein Mensch.»

«Es ist alles in Ordnung», sagte Mitch ruhig, als Kay einen Moment lang von neuer Nervosität ergriffen wurde. «Jetzt kann dir nichts mehr passieren.» Dann half er ihr bei dem Versuch, sich vornüberzubeugen und den Kopf zwischen die Knie zu legen. «Immer mit der Ruhe. Du warst ohnmächtig, sonst nichts.»

«Sam», sagte sie ganz ruhig. «Es war Sam.»

«Hat sie Sam gesagt?» fragte Levine.

«Sam Gleig?» fragte Kenny.

Kay hob den Kopf und öffnete die Augen. «Ich habe ihn gesehen», sagte sie mit zitternder Stimme und brach in Tränen aus.

«Meinst du so etwas wie ein Gespenst?» fragte Kenny. «Hier? Im Grill?»

Kay putzte sich die Nase und stöhnte.

«Kannst du stehen?» fragte Mitch.

Sie nickte.

«Ich weiß, es klingt verrückt», sagte sie und ließ sich von Mitch auf die Beine helfen. «Aber was ich gesehen habe, habe ich gesehen.»

Sie merkte, wie Kenny und Levine einander ansahen.

«Hört mal, ich habe mir das nicht eingebildet», sagte sie. «Er war da. Er hat sogar mit mir gesprochen.»

Mitch reichte Kay die Handtasche, die ihr auf den Boden gefallen war.

«Ich bin nicht der Typ, der so etwas erfindet oder es sich einbildet.»

Mitch zuckte die Achseln. «Das behauptet auch niemand, Kay.»

Er sah sie an und fuhr fort: «Sieh mal, Schätzchen, wir glauben dir. Wenn du sagst, du hast Sam gesehen, dann hast du ihn gesehen.»

«Du siehst nicht aus, als wolltest du uns auf den Arm nehmen», sagte Levine.

«Er hat recht», sagte Helen. «Du bist so weiß wie ein Laken.»

«Was hat es gesagt?» fragte Kenny. «Wie hat es ausgesehen?»

Kay schüttelte irritiert den Kopf.

«Er, nicht es», sagte sie. «Ich sage euch doch, er sah genau wie Sam Gleig aus und sonst nichts. Hört doch einfach zu, was ich euch erzähle. Er sah genau so aus wie immer. Und gelacht hat er auch.» Sie öffnete ihre Puderdose und runzelte die Stirn. «Scheiße! Ich sehe aus wie ein mittlerer Weltuntergang. Er sagte... er sagte, er sei tot und es sei eine Verschwendung. Genau das. Ich schwöre es.»

«Komm mit nach oben», sagte Mitch. «Wir sollten dich ein bißchen in Ordnung bringen, bevor du heimgehst.»

Sie stiegen wieder in den Fahrstuhl und fuhren in den einundzwanzigsten Stock. Während Kay sich um ihr Make-up kümmerte, öffnete Levine die Minibar und schenkte vier Gläser Bourbon ein.

«Ich glaube an Gespenster», erklärte Aidan Kenny. «Meine Mutter hat einmal einen Geist gesehen. Und sie hat nie gelogen. Nicht einmal übertrieben.»

«Das hast du dann später für sie nachgeholt», bemerkte Levine.

«Ich lüge nicht», sagte Kay energisch. «Ich hab mich naßgemacht vor Schreck, und ich gebe es zu.» Sie beendete die Arbeit mit dem Eyeliner und leerte ihr Glas, bevor sie sich ihrem Lippenstift zuwandte.

«Was ist mit dem Fundament?» sagte Levine. «Die Mauern gehen zehn Meter tief in die Erde. Haben wir vielleicht, na, ihr wißt schon, über irgend etwas gebaut?»

«Du meinst einen alten Indianerfriedhof oder so was?» sagte Kenny. «Komm schon!»

«Auf dem Grundstück stand früher das Abel-Stearns-Gebäude», sagte Mitch. «Einer von diesen Glücksrittern aus dem Norden, aus San Francisco, der um die Jahrhundertwende hier Bauland gekauft hat. Als die Firma in den Sechzigern aufgekauft wurde, haben die neuen Eigentümer es abgerissen, und das Grundstück lag brach, bis ein Bauunternehmen es kaufte. Dann hat er Pleite gemacht, und die Yu Corporation hat das Grundstück gekauft.»

«Aber was war vor Abel Stearns?» insistierte Levine. «Das gehört doch hier wohl alles zum Pueblo de los Angeles. Mexikaner, meine ich, oder Azteken oder sonst irgendwelche Indianer. Warum also nicht?»

«Laß Joan bloß nicht hören, daß du ein Wort wie Indianer benutzt. Das heißt Uramerikaner. Da kennt sie kein Erbarmen.»

«Diese Azteken haben doch Menschenopfer gebracht? Sie haben ihren Opfern bei lebendigem Leib das Herz aus der Brust geschnitten.»

«Genau wie Ray Richardson», sagte Kenny. «Jedenfalls war Sam schwarz. Oder genauer gesagt: Afroamerikaner. Er war nun einmal kein Azteke. Ein Arschloch schon eher. Was ist das für ein Wachmann, der sich erst umbringen läßt und dann hilflose Frauen erschreckt?»

«Hört mal», sagte Kay. «Ich habe eine Bitte an euch alle. Versprecht mir, daß ihr nicht mit dem hausieren geht, was heute nacht passiert ist. Ich will nicht zur Witzfigur der Firma werden. Versprecht ihr mir das?»

«Natürlich», sagte Mitch.

«Selbstverständlich», sagte Helen lächelnd.

Kenny und Levine zuckten die Achseln und nickten dann zustimmend.

«Hoffentlich kriegen wir die Inspektion morgen über die

Bühne, ohne daß es noch mehr Katastrophen gibt», sagte Mitch.

«Amen», sagte Kenny von ganzem Herzen.

Mitch kehrte am nächsten Morgen um sieben Uhr dreißig in den Grill zurück. Im hellen Sonnenschein konnte er sich kaum vorstellen, daß irgend jemand hier einen Geist gesehen haben sollte. Vielleicht war es eine Art von Halluzination gewesen. Er hatte davon gelesen, daß LSD-Erfahrungen einen irgendwann einmal im Leben wieder einholen konnten, gleichgültig, wie weit das ursprüngliche Erlebnis zurücklag. Das oder etwas Ähnliches, dachte Mitch, war wohl die wahrscheinlichste Erklärung.

Er hatte Jenny Bao besuchen wollen, um ihre Antwort in Sachen *Fengshui*-Zertifikat einzuholen. Aber es stand ihm ein ganzer Tag mit Ray Richardson bevor, und er wußte, daß sein Chef vor acht Uhr eintreffen würde. Also rief er sie an, sobald er im Büro war.

«Ich bin's», erklärte er.

«Mitch?» sagte sie verschlafen. «Wo bist du?»

«Im Grill.»

«Wieviel Uhr ist es?»

«Halb acht. Tut mir leid. Hab ich dich geweckt?»

«Nein, ist schon gut. Ich wollte dich sowieso anrufen. Ich habe beschlossen, dir dein Zertifikat rechtzeitig vor Montag zu geben. Aber nur, weil du es bist. Und nur weil Montag nach dem *Tongshu* ein Glückstag ist.»

«Großartig, Jenny. Vielen Dank. Vielen, vielen Dank. Ich weiß es wirklich zu schätzen.»

«Gut, aber unter einer Bedingung.»

«Welcher?»

«Daß ich heute irgendwann vorbeikomme und ein paar Büroeinweihungsrituale vollziehe. Um sicherzugehen, daß alle bösen Geister das Gebäude verlassen und gutes *qi* einströmt.»

«Natürlich. Was für Rituale?»

«Das ist eine komplizierte Sache. Zunächst einmal müssen wir die Fische rausholen. Außerdem müssen wir kurz den Strom abschalten. Und über die Plakatwand draußen auf der Piazza muß ein rotes Banner gehängt werden. Ach ja, die Fenster müssen verdunkelt werden, aber das geht ja automatisch. Und noch etwas. Ich weiß nicht, wie sich das arrangieren läßt. Ich weiß, daß ihr ein hochsensibles Feuermeldesystem habt. Ich muß Holzkohle in einem Becken in der Tür anzünden und ihm so lange Luft zufächeln, bis die Holzkohle glüht.»

«Mein Gott», sagte Mitch. «Wozu ist die Holzkohle gut?»

«Sie symbolisiert einen warmen Empfang, wenn Mr. Yu am Montag kommt.»

«Darauf müssen wir eins trinken», lachte Mitch. «Von mir aus kannst du die amerikanische Flagge verbrennen, wenn du es für nötig hältst. Aber muß das heute sein? Richardson ist den ganzen Tag da. Könntest du nicht am Wochenende kommen?»

«Ich bin es nicht, die entscheidet, daß es heute nachmittag sein muß, Mitch. Das ist der chinesische Almanach, das *Tongshu*. Heute nachmittag ist ein guter Nachmittag, um Zeremonien zur Vertreibung böser Geister durchzuführen.»

«Okay. Wir sehen uns heute nachmittag.»

Mitch hängte den Hörer ein und schüttelte den Kopf. Unter den obwaltenden Umständen hatte er es vorgezogen, nicht von dem zu sprechen, was Kay Killen gesehen hatte. Wer weiß, worauf Jenny dann bestanden hätte. Einen vollen Exorzismus? Nackttänze um einen Totempfahl? Wie um Gottes willen sollte er Ray Richardson klarmachen, daß Jenny Bao vorhatte, ein Feuer in einem Holzkohlebecken zu entfachen, um die Teufel aus einem Gebäude auf dem neuesten Stand der Technik auszuräuchern?

Frank Curtis wachte plötzlich auf und fragte sich, warum er so deprimiert war. Dann erinnerte er sich: Heute vor zehn Jahren war sein Bruder an Krebs gestorben. Wendy, seine Frau, schlief noch. Er schlüpfte aus dem Bett, ging ins Arbeitszimmer und suchte nach der Pappschachtel mit den Fotoalben.

Nicht daß er Bilder gebraucht hätte, um sich zu erinnern, wie sein Bruder ausgesehen hatte. Dazu mußte Frank Curtis nur in den Spiegel sehen, denn Michael und er waren eineiige Zwillinge gewesen. Wenn er die Fotos ansah, konnte er sich daran erinnern, was er einmal gewesen war: die Hälfte eines größeren Ganzen.

Michaels Tod war für ihn so etwas gewesen, als hätte er einen Arm verloren. Oder sonst irgendein lebenswichtiges Organ. Seitdem fühlte sich Curtis als halber Mensch.

Wendy erschien in der Tür.

«Wie kann es nur schon zehn Jahre hersein?» sagte er und schluckte.

«Ich weiß, ich weiß. Ich habe schon die ganze Woche daran gedacht.»

«Und ich bin immer noch da.» Er schüttelte den Kopf. «Es vergeht kein Tag, an dem ich nicht an ihn denke. An dem ich mich nicht frage: warum er, warum nicht ich?»

«Gehst du auf den Friedhof?»

«Ja.»

«Du wirst zu spät zur Arbeit kommen.»

Curtis zuckte sorglos die Achseln. «Und wenn schon? Ich werde sowieso nicht mehr befördert.»

«Frank...»

Er grinste. «Außerdem habe ich erst um ein Uhr Dienst.»

Sie erwiderte sein Lächeln. «Ich mache Kaffee.»

«Nicht daß ich einen Grabstein brauche, um mich an ihn zu erinnern. Ich sehe ihn immer noch so vor mir, wie er war.» Er zuckte die Achseln. «Vielleicht sollte ich nach zehn Jahren langsam anfangen loszulassen.»

Aber bevor er ging, packte Curtis einen kleinen Rasenmäher in den Kofferraum seines Wagens.

Der Friedhof im Hillside Memorial Park lag nur zehn Minuten mit dem Auto entfernt zwischen dem Freeway und dem Flughafen. Frank Curtis fuhr jedes Jahr hin und kümmerte sich um das Grab seines Bruders, während die 747er ein paar Meter über seinem Kopf vorbeiflogen. Curtis, der ein praktisches Gemüt besaß, gab seiner Erinnerung lieber durch diesen Akt der Hingabe Ausdruck als anders. Wie eine Buße, dachte er. Es war nicht viel, aber danach fühlte er sich ein wenig besser.

Bis er im New Parker Center war, hatte Curtis wieder Lust, sich abzulenken, Dinge zu erledigen und andere Dinge in Gang zu setzen. Er tippte Berichte, legte sie bei den zuständigen Stellen ab, füllte Spesenabrechnungen aus, brachte sein Tagebuch auf den neuesten Stand und sprach kein einziges Wort.

Nathan Coleman beobachtete seinen Kollegen und fragte sich, was ihn wohl zu diesem seltenen Ausbruch bürokratischer Effizienz bewegt haben mochte.

Curtis entfaltete ein Stück Papier und legte es auf den Schreibtisch. Es war Cheng Peng Feis Flugblatt, das die Menschenrechtsverletzungen der Yu Corporation anklagte. Er schob es Coleman hinüber.

«Weißt du was?» sagte er. «Ich habe das Ding gelesen. Er hat recht. Eine Firma, die so eng mit der chinesischen Regierung zusammenarbeitet wie die Yu Corporation, sollte in diesem Land keine Geschäfte machen dürfen.»

«Schreib das deinem Abgeordneten», sagte Coleman. «Wir haben China gerade wieder die Meistbegünstigungsklausel gewährt.»

«Wie ich sage, Nat. Die Huren sitzen im Kapitol.»

«Ich wollte dir sowieso etwas erzählen, Frank», sagte Coleman. «Ich habe es heute früh erfahren. Die Einwanderungsbehörde hat drei von den chinesischen Jungen festgesetzt.»

«Warum denn das?»

«Sie behaupten, die Chinesen hätten gegen die Bestimmungen ihrer Aufenthaltsgenehmigungen verstoßen. Sie haben gearbeitet oder irgend so etwas Blödes. Aber ein Freund hat mir erzählt, daß irgend jemand im Büro des Bürgermeisters dahintersteht. Sie sollen ausgewiesen werden. Seitdem haben die Demonstranten vor dem Grill ihre Sachen gepackt und sind nach Hause gegangen.»

«Interessant.»

«Offenbar hat dieser Architekt da eine Menge Freunde ganz oben.»

«Wirklich?»

«In spätestens zweiundsiebzig Stunden sitzen sie im Flugzeug nach Hongkong», sagte Coleman mit einem Achselzucken. «Hongkong oder wo auch immer sie her waren.»

«Aber Cheng ist noch da?»

«Richtig. Aber selbst wenn er Sam Gleig getroffen haben sollte, die Gerichtsmedizin besteht darauf, daß er ihn nicht getötet haben kann.»

Nach kurzem Schweigen sagte Curtis: «Sie haben sich nie wieder bei uns gemeldet, oder? Diese Marsmenschen im Grill sollten einen Ingenieur von Otis kommen lassen und die Sicherheit der Fahrstuhlkabine überprüfen. Das ist jetzt eine Woche her. Für eine Mordermittlung ist das reichlich lange. Findest du nicht?»

«Vielleicht hat der Computer vergessen anzurufen», sagte Coleman.

«Ich habe auch über das Foto nachgedacht. Nehmen wir einmal an, es war eine Fälschung. Wer käme wohl besser dafür in Frage als jemand im Yu-Gebäude? Die haben da einen ganz schön raffinierten Computer. Wie wäre es damit, Nat? Motiv: Irgend etwas mit einem der Fahrstühle stimmt nicht, aber irgend jemand will nicht, daß das bekannt wird. Vielleicht einer von den Architekten. Für die steht eine Menge Geld auf dem Spiel. Millionen. Das hat mir einer von ihnen erzählt. Er hat mich mehr oder weniger gebeten, keine Pressestatements zu machen. Er meinte, es sähe nicht gut aus, wenn in einem intelligenten Gebäude jemand umgebracht wird. Würde er vielleicht auch meinen, es sei besser, wenn ein tödlicher Unfall einem Demonstranten, der allen auf die Nerven geht, in die Schuhe geschoben wird statt ihrem eigenen verdammten Gebäude? Was hältst du davon?»

«Ich könnte mir so was vorstellen.»

«Gut. Ich nämlich auch.»

«Soll ich sie anrufen?» fragte Coleman. «Die verdammten Marsmenschen?»

Curtis stand auf und nahm die Jacke von der Sessellehne.

«Ich habe eine bessere Idee», sagte er. «Es ist Freitag nachmittag. Sie sind sicher dabei, sich für das Wochenende zu entspannen. Warum gehen wir nicht hin und gehen ihnen ein bißchen auf die Nerven?»

Ray Richardson war ein Architekt, der nichts für Überraschungen übrig hatte, und er hatte es sich zur Gewohnheit gemacht, Fußböden, Wände, Decken, Türen, Fenster, elektrische Anlagen, Zuleitungen, sanitäre Anlagen und Schreinerarbeiten in Begleitung seiner Projektgruppe gründlich zu inspizieren, bevor er die gleiche Prozedur offiziell in Anwesenheit des Kunden wiederholte.

Selbst für eine inoffizielle Inspektion mußte man einen ganzen Tag veranschlagen. Tony Levine hätte es vorgezogen, wenn Richardson seine private Übergabeinspektion zu mehreren einzelnen Zeitpunkten vorgenommen hätte, statt alles in einen ausführlichen Termin zu packen, bei dem Richardsons eigene Nervosität das Ergebnis beeinflussen konnte. Aber sein Chef arbeitete wie üblich unter einem eng kalkulierten Zeitplan.

Nachdem sie fünf Stunden lang wie eine Busladung Touristen durch das Gebäude marschiert waren, waren die Mitglieder der Projektgruppe endlich am Pool angekommen. Das fünfundzwanzig Meter lange und acht Meter breite Becken lag unter einer geschwungenen Lichtkuppel mit rechteckigem Grundriß an der Rückseite des Gebäudes. Alles außer dem saphirfarbenen, auf einer gleichmäßigen Temperatur von 24 °C gehaltenen Wasser – die Wände, die Bodenfliesen, die Jalousien, selbst der Korrosionsschutz über den Stahlträgern der Decke – war im gleichen gräulichen Weiß gehalten. Der Gesamteindruck war aseptisch und entspannend zugleich.

Hinter einer Glaswand, die dazu diente, den Erfrischungsbereich am Beckenrand vor Spritzern zu schützen, überprüfte Richardson die Verfugung der Fliesen, die Sauberkeit sichtbarer Flächen, die elektrischen Schalter an den Wänden, die Gullyabdeckungen im Boden, die Heizspiralen der Hochleistungssolaranlage, mit der das Wasser erwärmt wurde, und die Fugen zwischen den einzelnen Silikonlackplatten.

«Wollt ihr den Beckenbereich betreten, Ray?» fragte Helen Hussey.

«Warum nicht?»

«Dann zieht euch bitte die Schuhe aus», befahl sie. «Wenn es irgend etwas gibt, was wir jetzt nicht brauchen können, sind es Fußabdrücke auf den schönen neuen Fliesen.»

«Gut gesagt», bemerkte er. Er lehnte sich gegen die Wand, um seine englischen Maßschuhe auszuziehen. Dabei kam ihm ein neuer Gedanke.

«Das Becken sieht tatsächlich gut aus. Aber Aussehen ist eines, Erfahrung ein anderes. Ich meine: Wie schwimmt es sich darin? Hat jemand daran gedacht, einen Badeanzug mitzubringen? Einer von uns sollte ins Wasser gehen und berichten, wie es ist. Vielleicht ist es zu warm. Oder zu kalt. Oder zu stark gechlort.»

«Oder zu naß», murmelte irgendein Witzbold.

Er blickte auf die Projektgruppe und wartete.

«Freiwillige vor! Es sieht gut aus. Ich würde selber reinspringen, wenn ich Zeit hätte.»

«Ich auch», sagte Joan. «Aber Ray hat natürlich recht. Fragen des Designs sind sicher wichtig. Aber Benutzerakzeptanz ist etwas ganz anderes.»

Schließlich sagte Kay Killen: «Also mir macht es nichts aus, in meiner Unterwäsche schwimmen zu gehen.» Sie lächelte fröhlich und zuckte die Achseln. «Eine schöne Runde im Schwimmbecken täte mir sowieso gut. Mir tun die Füße weh.»

«Braves Mädchen», sagte Richardson.

Während Kay in die Umkleidekabine ging, um sich auszuziehen, zogen Joan, Tony Levine, Helen Hussey und Marty Birnbaum die Schuhe aus und folgten Richardson ans Becken. Mitch blieb mit Aidan Kenny, Willis Ellery und David Arnon hinter der Glaswand stehen.

«Weißt du, woran mich das erinnert?» sagte Arnon. «Wir sehen aus wie Parteibonzen, die hinter Hitler her durch die neue Reichskanzlei laufen. Joan ist Martin Bormann. Stimmt doch, oder? Sie stimmt allem zu, was er sagt. Paß auf, gleich schmeißt sich der Typ auf den Boden und fängt in Ermangelung eines Teppichs an, die Fliesen zu kauen. Und anschließend schickt er uns ins KZ.»

«Oder zurück an die Reißbretter», sagte Mitch achselzuckend.

«Kommt in etwa aufs gleiche hinaus.»

Sie sahen zu, wie Joan sich über das Becken beugte und ihre fette, mit schweren Ringen geschmückte Hand ins Wasser steckte.

«Also ist sie doch kein Vampir», bemerkte Kenny.

«Wieso? Geht es da nicht um fließendes Wasser?» lachte Mitch.

«Ihr habt beide unrecht», sagte Arnon. «Sie steckt die Hand nur ins Wasser, damit es kälter wird. Wie die Schneekönigin. Damit die arme Kay ihr Bad nicht aus Versehen genießt.»

«Alte Hexe», knurrte Ellery. «Warum schmeißt sie keiner rein?»

«Nur keine falsche Zurückhaltung, Willis», sagte Mitch. «Wir werden dir Beifall spenden.»

Kay erschien in purpurfarbenem BH und Slip am Beckenrand.

«Purpur», sagte Arnon triumphierend. «Was hab ich gesagt? Also zahlt mich aus.»

Die anderen drei Männer stöhnten und überreichten ihm Fünfdollarnoten. Kay schritt majestätisch an den Beckenrand, blieb einen Augenblick mit affenartig gekrümmten Zehen stehen und führte dann einen perfekten Kopfsprung vor, als sei ihr Lehrer ein Delphin gewesen.

«Wie ist das Wasser, Kay?» rief Richardson.

«Großartig», sagte sie im Auftauchen. «Schön warm.»

«Was für eine Frau trägt schon purpurfarbene Unterwäsche?» beschwerte sich Ellery.

«Eine tätowierte Frau», sagte Arnon. «Siehst du das? Um ihr Fußgelenk?»

Er meinte den zarten Kranz von roten und blauen Blüten, der Kays Fuß aussehen ließ, als habe ein botanisch interessiertes Genie der Mikrochirurgie ihn an das Bein genäht.

«Woher bezieht Dave seine Informationen? Das würde ich gern einmal wissen.»

«Manchmal trägt Kay durchsichtige Blusen», sagte Kenny.

Kay fing an, am Beckenrand entlangzukraulen. Sie hatte den starken, unbekümmerten Schwimmstil einer Frau, die sich im Wasser zu Hause fühlt.

«Ich glaube, ich sollte mir das aus der Nähe ansehen», sagte Ellery. Er zog die Schuhe aus und folgte Arnon.

«Die Frau ist heiß», sagte Kenny. «Wie aus dem *Playboy*. Wenn du näher hinguckst, muß da irgendwo eine Heftklammer durch den Bauchnabel gehen.»

«Gestern abend scheint ihr nicht viel ausgemacht zu haben», meinte Mitch.

«Das Gespenst?» sagte Kenny. «Ich glaube, dafür haben wir eine Erklärung gefunden. Bob versucht es zu überprüfen. Als er gesehen hat, daß wir nachts keinen Sicherheitsbeauftragten mehr haben, hat Abraham einen erschaffen. Oder jedenfalls ein Faksimile.»

«Was meinst du mit Faksimile?»

«Ein bewegtes Echtzeitbild. Ein Hologramm. Es ist vollkommen logisch. Ich weiß gar nicht, warum ich nicht schon gestern abend darauf gekommen bin. Wahrscheinlich war ich zu müde. Als der richtige Sam Gleig gestern abend nicht da war, hat Abraham zur nächstbesten Lösung gegriffen. Dazu ist das Hologramm ja schließlich da. Es dient dazu, ein seinem Wesen nach unmenschliches System menschlich zu gestalten.»

«Aid, Abraham hat das arme Mädchen zu Tode erschreckt.»

Mitch schüttelte zornig den Kopf. «Sie hätte einen Herzanfall oder so etwas kriegen können.»

«Ich weiß, ich weiß.»

«Sie hat wirklich geglaubt, sie hätte einen Geist gesehen. Ich weiß gar nicht, ob ich nicht auf die gleiche Idee gekommen wäre.»

«Abraham weiß nicht, was Geister sind. Er kann nicht einmal den Begriff ‹Tod› verstehen. Beech und ich haben heute früh eine Stunde mit dem Versuch verbracht, ihm zu erklären, was Tod ist. Er denkt immer noch darüber nach. Wir wollen nur herausfinden, was geschehen ist.»

«Und hoffentlich auch verhindern, daß es sich wiederholt.»

«Mitch», sagte Kenny geduldig. «Ich habe das Gefühl, du hast die Bedeutung dessen, was da geschehen ist, nicht ganz mitgekriegt. Das sind tolle Neuigkeiten. Beech ist außer sich vor Aufregung. Der Computer hat die Initiative ergriffen. Er hat nicht auf einen Befehl oder eine Eingabe oder die Anweisung gewartet, eine unter mehreren heuristischen Optionen zu wählen. Abraham hat ganz einfach etwas getan.»

«Und was hat das zu bedeuten?»

«Zunächst einmal, daß dieses Gebäude verdammt viel intelligenter ist, als bisher irgend jemand gedacht hat.»

Mitch schüttelte den Kopf. «Ich weiß nicht, ob ich mich mit dem Gedanken an einen Computer anfreunden kann, der die Initiative ergreift.»

«Sieh mal, wenn man es genau betrachtet, ist das nur die logische Konsequenz davon, ein neuronales Netz aufzubauen. Eine Lernkurve. Nur daß Abraham viel schneller lernt, als wir es erwartet haben.» Kenny grinste begeistert. «Du gehst falsch an die Sache heran, Mitch. Wirklich. Ich hätte erwartet, daß es dich freut.»

«Wieso?»

«Wäre es dir lieber, der Bau wäre wirklich verhext? Oder Kay wäre ihrer Sinne nicht mächtig? Komm schon, sei vernünftig.»

Mitch zuckte die Achseln und schüttelte dann den Kopf. «Nein. Ich weiß nicht.» Mitch wies mit einem Kopfnicken auf die Glaswand. Richardson und sein Gefolge gingen rückwärts zur Tür. «Er kommt wieder.»

«Wir reden später darüber. Mit Beech. Okay?»

«Okay.»

«Du bist eine gute Schwimmerin, Kay», sagte Richardson über die Schulter.

«Kein Wunder», sagte sie noch im Schwimmen. «Ich bin praktisch auf Huntington Beach aufgewachsen.»

«Und mutig bist du auch. Vor all diesen Typen mit schmutziger Phantasie, mit denen wir zusammenarbeiten, in deiner Unterwäsche ins Wasser zu gehen. Bleib so lange im Wasser, wie du willst, Kay. Du hast es dir verdient.»

«Danke. Ich glaube, das tue ich.»

«Werfen wir einen Blick auf die Wasseraufbereitungsanlage.»

«Willkommen im Bürogebäude der Yu Corporation, dem intelligentesten Gebäude von Los Angeles. Hallo! Ich bin Kelly Pendry, und um Ihnen das Leben zu erleichtern, werde ich Ihnen sagen, was Sie als nächstes tun sollten. Ohne Terminabsprache...»

«Nicht schon wieder», sagte Curtis lachend. «Diese Frau kann zu einer richtigen Landplage werden.»

«Da es sich hier um ein vollständig elektronisches Büro handelt, können wir keine Normalpost annehmen.»

«Fragt sich, was der Postbote davon hält», sagte Coleman.

«Vielleicht sollte ich das auch einmal probieren», sagte Curtis. «Damit ich die ganzen Rechnungen nicht bekomme. Müssen wir wirklich bis zum Ende der Aufnahme warten?»

«... und die Person, die Sie erwartet ...»

«Was spricht eigentlich gegen eine richtige Empfangsdame aus Fleisch und Blut?» Er zog mißtrauisch Luft durch die Nase.

«Sicherheitsrücksichten, Frank. Was sonst? Würdest du deine Frau alleine da sitzen lassen, damit sie sich mit den miesen Typen unterhalten muß, die hier reinkommen?»

Curtis nickte. «Ja, ich glaube, so haben sie mir das auch erklärt. Mitchell Bryan war es. Er sagte, die Yu Corporation hat Angst, daß eine richtige Empfangsdame gekidnapped werden könnte, wenn sie eine hätten. Wonach riecht es hier, Nat?»

«Mann, so wird es in Zukunft überall riechen», sagte Coleman mit verstohlenem Lachen.

«Nach verfaultem Fleisch?»

«Ich rieche nichts. Frank, du bist noch nicht ausgestorben, du mußt bloß ein paar Dinge dazulernen.»

«... wird Ihre Stimme digital kodiert.»

«Detective Sergeant Frank Curtis, Polizeipräsidium Los Angeles, Mordkommission. Ich möchte mit Helen Hussey oder Mitchell Bryan von der Firma Richardson Associates sprechen.» Er trat einen Schritt zurück. «Vielleicht hast du ja recht, Nat.»

«Detective Nathan Coleman. Polizeipräsidium Los Angeles. Ich möchte auch mit ihnen sprechen. Mit einer der beiden Personen. Capito?»

«Danke», sagte Kelly. «Warten Sie bitte einen Augenblick.»

«Computer!» Curtis spuckte das Wort aus wie einen faulen Fisch.

«Du mußt Geduld haben, Frank. Das ist alles. Nimm mal meinen Neffen Dean. Dean ist sieben Jahre alt und weiß mehr über Computer, als ich je lernen werde. Weißt du warum?

Weil er Geduld hat. Weil er so viel Zeit hat, wie er will. Mein Gott, wenn ich genug Zeit hätte, mich damit zu beschäftigen, wäre ich Bill Gates.»

«Bitte begeben Sie sich zum Fahrstuhlbereich. Sie werden dort abgeholt.»

Sie stiegen durch die Glastür, warfen einen Blick auf den Baumstamm und entdeckten eine schöne Chinesin, die versuchte, mit einem Kescher Karpfen aus dem Zierteich zu fischen.

«Niedlich», murmelte Coleman.

Die beiden Männer blieben stehen und sahen ins Wasser.

«Hat schon einer angebissen?» fragte Curtis.

Die Chinesin lächelte freundlich und zeigte auf einen großen Plastikeimer zu ihren Füßen, in dem bereits drei Fische schwammen. In der Nähe stand etwas, das wie eine kleine Holzkiste aussah. Darin war ein Steintiegel voll von Holzkohlestäbchen.

«Selbst mit einem Netz ist es nicht leicht», sagte sie.

«Wird das eine Grillparty?» fragte Coleman.

Die Frau blickte ihn fragend an, und Coleman zeigte auf den Holzkohlegrill.

«Ich mag meine Goldfische außen knusprig und innen schön saftig, bitte.»

«Hör schon auf», sagte Curtis. Er sah die Frau an. «Ich muß um Entschuldigung für meinen Kollegen bitten. Er geht zuviel ins Kino.»

Die Frau verneigte sich leicht und schenkte ihm ein vollkommenes Lächeln. «Bei meiner Arbeit bin ich dumme Bemerkungen gewohnt.»

«Viel Glück, jedenfalls», sagte Curtis.

«Darum geht es», antwortete sie.

Sie waren in der Turnhalle angelangt, als Abraham anrief, um Mitch mitzuteilen, daß zwei Kriminalbeamte ihn sprechen wollten.

«Polizei», sagte er und hängte den Hörer ein. «Sie sind am Empfang. Ich sehe besser mal nach, was sie wollen.»

«Jag sie weg, Mitch», sagte Richardson. «Wir haben viel zu tun.»

Mitch machte sich auf den Weg zur Eingangshalle. Bullen! Sonst hatte ihm ausgerechnet heute nichts gefehlt. Als er durch die Tür kam, sah er Jenny neben dem Zierteich und die zwei Polizisten, die geduldig vor dem Fahrstuhl warteten. Er hörte, wie sich eine Tür öffnete, dann Schritte, und dann sagte eine Stimme hinter ihm:

«Mitch!»

Er drehte sich um und stand einem hochgewachsenen Mann gegenüber, den er zweimal ansehen mußte, bevor er ihn erkannte. Die Augen in dem unrasierten Gesicht waren eingefallen und von dunklen Ringen gesäumt. Die Sportjacke sah aus, als habe jemand darin geschlafen. Und der Mann in der Sportjacke zitterte am ganzen Leibe.

«Mein Gott, Allen. Was machst du hier?»

«Ich muß mit dir sprechen, Mitch.»

«Du siehst beschissen aus. Was ist los mit dir? Bist du krank? Ich habe versucht, dich anzurufen, aber du bist ja nie zu Hause.»

Grabel strich sich nervös übers Kinn. «Mir geht's gut», sagte er.

«Dein Auge. Was ist mit deinem Auge los?»

«Mein Auge?» Grabel berührte die Haut über seinen Backenknochen und entdeckte, daß sie empfindlich war. «Keine Ahnung. Muß wohl gegen irgendwas gelaufen sein. Mitch, es ist wichtig. Können wir irgendwo hingehen? Ich möchte es dir lieber nicht hier drin erzählen.»

Mitch warf einen Blick über die Schulter auf die zwei Polizisten. Er sah, daß sie ihn beobachteten, und fragte sich, was ihr berufsbedingtes Mißtrauen wohl aus der Szene machte, die sich vor ihren Augen abspielte.

«Ich muß dir etwas erzählen.»

«Allen, du hast dir einen unmöglichen Tag ausgesucht.

Weißt du das? Richardson ist mit der ganzen Projektgruppe in der Schwimmhalle. Da drüben warten zwei Polizisten, die mit mir reden wollen. Und Jenny Bao ist dabei, eine *Fengshui*-Zeremonie zu vollziehen, um die bösen Geister aus dem Gebäude zu vertreiben.»

Grabel runzelte die Stirn. Dann zuckte er zusammen und packte Mitch am Arm.

«Was hast du gesagt», fragte er mit lauter Stimme. «Hast du gesagt: böse Geister?»

Mitch sah wieder zu den Polizisten hinüber. Jetzt, wo Grabel nahe bei ihm stand, war der Geruch unverkennbar. Er war schockiert, als ihm klar wurde, daß sein ehemaliger Kollege den abgestandenen, süßsauren Gestank eines echten Penners verströmte.

«Immer mit der Ruhe, Allen! Es geht nur um den üblichen *Fengshui*-Quatsch. Sonst nichts.» Er zuckte die Achseln. «Gib mir ein paar Minuten Zeit. Ich muß die Bullen da loswerden. Warte einen Augenblick. Vielleicht wartest du besser nicht hier unten. Richardson könnte dich sehen. Warum fährst du nicht rauf ins Penthaus? In die Direktorensuite. Warte dort auf mich.»

«Auf keinen Fall!»

Mitch schreckte vor dem Gestank von Grabels ungeputzten Zähnen zurück.

«Okay, ich warte unten in der Garage auf dich. Ist dir das recht?»

Mitch setzte ein gezwungenes Lächeln auf und ging auf die beiden Polizisten zu.

«Was war denn das nun wieder?» sagte Curtis leise. «Der Typ sah aus wie ein Penner.»

«Vielleicht war es der Architekt», schlug Coleman vor.

«Tut mir leid, meine Herren», sagte Mitch und schüttelte beiden die Hand. «Ich hätte mich früher um Sie kümmern sollen. Der Bericht des Sachverständigen von Otis liegt seit

Mittwoch früh auf meinem Schreibtisch, aber die letzten paar Tage waren einfach grauenhaft. Wollen wir raufgehen und darüber sprechen?»

«Sollten wir die Treppe benutzen?» fragte Curtis spitz.

«Ich glaube, Sie werden feststellen, daß der Bericht unsere eigenen Untersuchungsergebnisse bestätigt: Die Fahrstühle sind völlig in Ordnung. Bitte schön», er führte sie an den Fahrstuhl, «es gibt keinerlei Grund zur Nervosität. Das kann ich Ihnen versichern.»

«Das will ich aber auch hoffen.»

Die Türen einer Fahrstuhlkabine öffneten sich, aber bevor er einstieg, bat Mitch die beiden Polizisten, einen Augenblick zu warten, und ging hinüber zu Jenny.

«Wie kommst du voran?» fragte er sie.

«Schwieriger, als ich dachte.»

«Ich liebe dich», sagte er leise.

«Das solltest du aber auch», sagte sie.

Die drei Männer stiegen in den Fahrstuhl und fuhren in den einundzwanzigsten Stock.

«Heute geht es bei uns ein bißchen hektisch zu», erklärte Mitch. «Die ganze Projektgruppe ist auf der Baustelle und kontrolliert alles, bevor wir dem Kunden sagen können, daß sein Gebäude übergabebereit ist und er einziehen kann.»

«Nur der Kunde oder die ganze vergammelte Nachbarschaft?» fragte Curtis.

Mitch zog die Brauen hoch. «Ach so, Sie meinen Allen? Der hat früher für die Firma gearbeitet. Ich bin selber etwas überrascht, in welchem Maß er sich hat gehenlassen.»

Die Kabine hielt geräuschlos, und die Türen öffneten sich. Curtis stieß einen hörbaren Seufzer der Erleichterung aus.

«Da sind wir», sagte Mitch. «Sicher und ungefährdet. Ich bin kein Ingenieur, aber wir haben die Leute von der Firma alles überprüfen lassen, vom Fahrstuhlschacht bis zum Mikroprozessor. Sie haben das Ding regelrecht auseinandergenommen.»

Er führte die Beamten den Flur entlang und ins Besprechungszimmer. Der zwei Stockwerke hohe Raum hatte die Länge und Breite eines Tennisplatzes und war mit einem flauschigen Teppichboden belegt, den man ebenso wegen seiner schalldämpfenden Eigenschaften gewählt hatte wie wegen seiner eleganten hellgrauen Farbe. In der Zimmermitte stand ein polierter Ebenholztisch, zu dessen beiden Seiten je acht Sprossenlehnstühle von Rennie Mackintosh aufgereiht waren. Eine Wand wurde von leeren schwarzen Regalen, über denen ein Breitwand-Fernsehgerät thronte, und einer elektronischen Steuerungsanlage mit Computerterminal eingenommen. Die gegenüberliegende Wand war mit einem begehbaren Wandschrank ausgestattet, in dem die Bar versteckt war. Unter einem gewaltigen Panoramafenster stand ein langes schwarzes Ledersofa. Curtis ging ans Fenster und sah hinaus. Nathan Coleman sah sich die elektronische Trickkiste näher an. Mitch öffnete seinen Laptop, schob eine Diskette ein und begann seine Suche mit der Scroll-Taste.

«Ein papierfreies Büro, nicht wahr?» grinste Curtis.

«Dem Herrn sei gedankt, daß es Computer gibt», sagte Mitch. «Zertifikate für dieses, Urkunden für jenes. Bis vor wenigen Jahren sind wir in Papierfluten ertrunken. Da ist er ja.»

Mitch drehte den Bildschirm, auf dem der Bericht des Ingenieurs zu lesen war, den beiden Beamten zu.

«Wissen Sie, der Otis Elevonic 411 ist ein besonders sicheres und leistungsfähiges Fahrstuhlmodell. Es dürfte sich um das modernste System handeln, das Sie für Ihr Geld kriegen können. Und wenn das nicht genügt, ist da auch noch Abraham, zu dessen Aufgaben es gehört, die Funktionsfähigkeit des Systems insgesamt zu überwachen und zu überprüfen. Abraham entscheidet, ob Leistungsabweichungen aufgetreten sind und ob Wartungsarbeiten notwendig sind. Wenn Abraham zu der Entscheidung kommt, daß ein Ingenieur gebraucht wird, ist er darauf programmiert, sofort den Wartungsdienst von Otis anzufordern.»

Curtis sah mit starrem Blick auf den Bildschirm und nickte.

«Wie Sie sehen können», fügte Mitch hinzu, «haben die Ingenieure alles überprüft: die Geschwindigkeitssteuerung, die Programmsteuerung, die Pulsweitenmodulationseinheit, das Bewegungssteuerungssystem, den stufenlosen Antrieb. Sie haben festgestellt, daß alles vollkommen funktionstüchtig ist.»

«Sieht wirklich nach gründlicher Arbeit aus», sagte Curtis. «Kann ich einen Ausdruck davon haben? Den werde ich für die Akten brauchen.»

«Warum behalten Sie nicht einfach die Diskette?» sagte Mitch, ließ das kleine Plastikquadrat aus dem Laptop gleiten und schob es über den Tisch.

«Danke», sagte Curtis verunsichert.

Einen Augenblick sagte niemand etwas. Dann ergriff Mitch das Wort: «Ich höre, Sie haben den chinesischen Studenten freigelassen?»

«Haben Sie das gehört? Also, um die Wahrheit zu sagen, es blieb uns keine andere Möglichkeit. Der Mann war offensichtlich unschuldig.»

«Und die Fotografie?»

«Ja, was ist mit der Fotografie? Das Problem damit ist, daß sie einfach nicht in die gerichtsmedizinische Untersuchung paßt. Letzten Endes läuft es darauf hinaus, daß Cheng Peng Fei zu klein ist, um Sam Gleig auf den Kopf geschlagen zu haben. Zu klein und zu schwach.»

«Ich verstehe.»

«Wußten Sie, daß ein paar von den jungen Leuten da draußen abgeschoben werden?»

«Abgeschoben? Das kommt mir etwas radikal vor.»

«Wir haben nichts damit zu tun», sagte Curtis. «Es sieht eher so aus, als ob irgend jemand im Rathaus ein paar Fäden gezogen hat, damit sie rausgeschmissen werden.»

«Wirklich?

«Und seitdem sind die übrigen Demonstranten vor dem Gebäude verschwunden», sagte Coleman. «Als hätten sie es mit der Angst zu tun gekriegt.»

«Ich habe mich schon gefragt, wo sie plötzlich hin sind.» Mitch zuckte die Achseln.

«Mehr oder weniger ein Glücksfall für Sie, nicht wahr?» sagte Coleman. «Schließlich müssen sie doch eine ziemliche Pest gewesen sein.»

«Nun, ich kann nicht behaupten, daß es mich unglücklich macht. Und dieser Typ da hat meine Windschutzscheibe eingeschlagen. Andererseits kommt mir die Abschiebung ein bißchen übertrieben vor. Das hätte ich ihnen nicht gewünscht.»

Coleman nickte.

«Ihr Chef scheint eine ganze Menge Einfluß im Rathaus zu haben», sagte Curtis.

«Hören Sie», sagte Mitch. «Ich weiß, daß er die Demonstranten loswerden wollte. Er hat ein paar Worte mit dem Zweiten Bürgermeister gewechselt. Das ist alles. Ich bin sicher, daß er die Leute nicht endgültig aus dem Land verjagt haben wollte.»

Mitch wußte, daß er dessen nicht im geringsten sicher sein konnte, wenn es um Ray Richardson ging; und da er das Gefühl hatte, besser das Thema wechseln zu sollen, wies er auf den Sicherheitsbericht.

«Also», sagte er, «wo stehen wir jetzt?»

«Ich fürchte, ich stehe mit einem ungelösten Mordfall da», gab Curtis zu. «Das tut keinem von uns beiden gut.»

«Muß es nicht irgendwo in Sam Gleigs Vergangenheit etwas geben, das weiterhelfen könnte? Schließlich war er vorbestraft. Ich will ja nicht unhöflich werden, aber ich kann einfach nicht verstehen, warum sich Ihre Ermittlungen auf uns hier konzentrieren. Ich hätte gedacht, daß da die Möglichkeiten doch sehr begrenzt sind.»

«Nun ja, so kann man es auch sehen», sagte Curtis. «Aber so wie es im Moment aussieht, scheint irgend jemand versucht zu haben, den jungen Chinesen in die Affäre hineinzuziehen. Irgend jemand hier im Hause.»

«Warum sollte jemand so etwas tun?»

«Keine Ahnung.»

«Das können Sie nicht ernst meinen.»

Frank Curtis schwieg.

«Meinen Sie es ernst?»

«Ich könnte mir unwahrscheinlichere Motive ausdenken als den Wunsch, das Rampenlicht zu meiden.»

«Was für welche?»

«Mr. Bryan», sagte Curtis schließlich. «Wie gut kennen Sie Mr. Beech?»

«Ich habe ihn erst vor ein paar Monaten kennengelernt.»

«Und Mr. Kenny?»

«Viel länger. Ich kenne ihn seit zwei oder drei Jahren. Und er ist nicht der Typ, der so etwas tun würde.»

«Vielleicht sagt er ja dasselbe über Sie», bemerkte Coleman.

«Warum fragen Sie ihn nicht?»

«Nun, wo Sie es schon erwähnen. Da Sie sagen, die ganze Projektgruppe sei auf der Baustelle, habe ich gedacht, daß ich sie ganz gerne alle sprechen würde. Die ganze Projektgruppe und jeden, der sonst da ist. Würde Sie das stören?»

Mitch lächelte verkniffen und sah auf die Uhr. «Als ich sie verlassen habe, waren sie alle gemeinsam dabei, das Gesundheitszentrum zu überprüfen. Danach wollten sie hier oben eine kurze Pause einlegen. Wenn Sie wollen, können Sie dann mit ihnen sprechen.»

«Das wäre mir recht. Mein Vorgesetzter, Sie verstehen? Der ist nicht besonders geduldig. Ich stehe unter Druck und muß die Angelegenheit ins reine bringen.»

«Das liegt mir genauso am Herzen wie Ihnen.»

Curtis lächelte Mitch zu.

«Das hoffe ich. Das hoffe ich aufrichtig.»

Die Andeutung, Mitch hätte etwas mit einer Verschwörung zu tun, die dem chinesischen Studenten den Mord an Sam Gleig in die Schuhe schieben wollte, führte dazu, daß noch einmal zehn bis fünfzehn Minuten vergingen, ehe er sich an Allen Grabel erinnerte, der in der Garage auf ihn wartete. Er ließ Curtis und Coleman in der Gesellschaft einiger Bauarbeiter zurück und fuhr mit dem Fahrstuhl in die Tiefgarage.

Unterwegs hielt die Kabine im siebten Stock, und der Bauleiter Warren Aikman stieg ein. Mitch sah auf die Uhr.

«Auf dem Heimweg?»

«Schön wär's. Ich habe eine Verabredung mit Jardine Yu. Er will den Übergabetermin am Montag mit mir besprechen. Wie sieht es bei dir aus?»

«Grauenhaft. Die beiden Bullen sind wieder da. Sie wollen mit jedem einzelnen in der Entwurfs- und Baugruppe sprechen.»

«Gut für mich. Ich gehöre zur Kundenseite.»

«Soll ich ihnen das sagen? Du warst einer der letzten, der Sam Gleig lebend gesehen hat. Sie werden enttäuscht sein, Warren.»

«Mitch, ich habe einfach nicht die Zeit dafür.»

«Wer hat die schon?»

Der Fahrstuhl erreichte die Garage. Mitch schaute um sich, konnte aber Grabel nirgends entdecken.

«Gut», sagte Aikman, «sag ihnen, daß ich mich melden werde. Oder gib ihnen gleich meine Privatnummer. Ich muß mich beeilen.»

Aikman machte sich auf den Weg zu seinem Range Rover. In diesem Augenblick rollte Richardsons Bentley durch die Gittertür und die Rampe herab. Er kam neben Jenny Baos Honda zum Stehen. Declan Bennet stieg aus und schlug die Tür zu. Sekunden später fuhr Warren Aikman durch die Garagentür, bevor sie sich wieder schließen konnte.

«Scheint es eilig zu haben», bemerkte Bennet. «Wo ist der Chef? Bin ich zu spät?»

Mitch schüttelte den Kopf. «Immer mit der Ruhe. Es dauert noch ein Weilchen. Warum warten Sie nicht im Besprechungszimmer auf ihn? Einundzwanzigster Stock.»

«Danke.»

Bennet betrat den Fahrstuhl, lächelte freundlich, und die Türen schlossen sich. Mitch war allein in der Garage. Er wartete ein paar Minuten und rief dann: «Allen? Ich bin's. Mitch. Hier bin ich.»

Er murmelte vor sich hin: «Wo zum Teufel steckt der blöde Hund?» und rief dann lauter: «Ich hab noch mehr zu tun, Allen!»

Nichts. Erleichtert, daß Grabel nicht auf ihn gewartet hatte, machte er sich wieder auf den Weg zum Fahrstuhl. Eine Sorge weniger. Die Bullen und *Fengshui* und Ray Richardson und der Übergabetermin reichten ihm. Er hatte es fast geschafft, als sich die Tür zum Treppenhaus öffnete und die hagere, verwahrloste Figur seines ehemaligen Kollegen auf ihn zukam.

«Da bist du ja», sagte Mitch verärgert. Jetzt würde er Grabel doch anhören müssen. Zuerst nahm er an, der Mann werde ihn um Hilfe bitten, um seinen Job wiederzubekommen. Das würde nicht weiter schwierig sein, falls er sich rasierte, ein Bad nahm und sich bei den Anonymen Alkoholikern anmeldete.

«Ich wollte nicht, daß sie mich sehen», sagte Grabel.

«Was zum Teufel geht hier vor, Allen? Du hast dir schon einen tollen Tag ausgesucht, um wieder hier aufzutauchen. Und sieh dich doch mal an! Wie du aussiehst!»

«Halt die Schnauze, Mitch, und hör zu.»

Sobald Jenny Bao klar wurde, was sie angerichtet hatte, fing sie an, die Fische wieder in den Zierteich zurückzusetzen. Das *Tongshu* verwendete den Mondkalender und den Gregorianischen Kalender nebeneinander. Nach dem Mondkalender war es ein guter Zeitpunkt, um böse Geister zu vertreiben. Aber sie hatte vergessen, auf den Gregorianischen Kalender zu achten, und nach dem war der ganze Nachmittag ungünstig für Zeremonien jeder Art. Sie würde Sonntag wiederkommen müssen, wenn die Vorzeichen ein wenig günstiger waren. Sie wollte ihre Sachen wieder ins Auto räumen, hinauffahren, Mitch suchen und ihm die schlechte Nachricht überbringen.

«Das ist die verrückteste Geschichte, die ich je gehört habe», sagte Mitch. «Was ist los mit dir? Hast du den Wurm aus der Flasche gleich mitgegessen?»

«Du glaubst mir nicht?»

«Mein Gott, Allen! Um die Geschichte zu glauben, müßte ich genauso verrückt sein wie du. Komm schon, Junge! Du brauchst Hilfe.»

«Ich habe es mit eigenen Augen gesehen, Mitch. Ich war dabei. Sam Gleig stieg in den Fahrstuhl. Und dann ist das Ding rauf und runter geschossen. Ich habe auf die Anzeigetafel gesehen. Peng! Rauf wie eine Rakete. Peng! Es raste wieder runter. Die Türen öffneten sich, und er lag auf dem Boden. Wie wenn man ein rohes Ei in einer Keksdose schüttelt. Tatsache ist, daß Sam Gleig tot ist und daß du keine vernünftige Erklärung dafür hast.»

Aber inzwischen war Mitch zu einer Erklärung gelangt, die ihm überzeugend vorkam. Der Mann hatte die Größe, das Gewicht und die Kraft. Wenn sich irgend jemand mit Sam Gleig messen konnte, dann er. Und wenn er eine Flasche intus hatte, konnte niemand sagen, wozu Grabel fähig war.

«Hältst du deine Erklärung für besser?» Mitch schnaubte verächtlich. «Ich kann nicht glauben, daß du so lange gebraucht hast, um dir die Geschichte auszudenken. Der *Fahrstuhl* hat ihn umgebracht? Mein Gott, Allen! Übrigens: Was hattest du eigentlich hier zu suchen? Und warum bist du nicht dageblieben und hast Bescheid gesagt?»

«Ich wollte es Richardson zeigen.»

«Was heißt das: Du wolltest es Richardson zeigen?»

«Ihm. Seinem verdammten Bau. Der ganzen Scheiße. Scheiß auf ihn. Scheiß auf das ganze blöde Projekt.»

Mitch hielt inne und versuchte, den möglichen Folgen aus

dem nachzugehen, was Grabel da sagte. Und dann dachte er wieder an die beiden Polizisten im Obergeschoß und daran, daß er seinen eigenen guten Ruf retten sollte.

«Wir besorgen dir einen guten Anwalt, Allen», sagte er.

Grabel schreckte zurück. Mitch versuchte ihn zu halten.

«Nein», schrie Grabel. «Laß mich los!»

Der Schlag schien aus dem Nichts zu kommen.

Benommen lag Mitch auf dem Garagenboden. Es war, als hätte ihn ein elektrischer Schlag getroffen. Undeutlich nahm er den Klang von Schritten wahr, die sich entfernten. Dann verlor er endgültig das Bewußtsein.

«Und wer in Teufels Namen sind Sie?»

Ray Richardson blieb auf der Schwelle zum Besprechungszimmer stehen und blickte die vier Fremden, die mit ihren Kaffeetassen am Konferenztisch saßen, finster an.

Curtis und Coleman standen auf. Die beiden letzten Arbeiter, die sie befragt hatten, zwei Maler namens Dobbs und Martinez, blieben sitzen.

«Ich bin Detective Sergeant Curtis, und das hier ist Detective Coleman. Sie müssen Mr. Richardson sein.»

Coleman knöpfte die Jacke zu und verschränkte die Hände vor dem Bauch, als sei er zu einer Hochzeit eingeladen.

Ray Richardson nickte übellaunig.

Curtis setzte ein breites Lächeln auf. Die übrigen Mitglieder der Projektgruppe betraten den Raum.

«Meine Damen und Herren», sagte er. «Ich brauche Ihre Hilfe. Es wird nur ein paar Minuten dauern. Ich weiß, daß Sie außerordentlich beschäftigt sind, aber wie Sie vielleicht wissen, ist in diesem Gebäude ein Mann ums Leben gekommen. Wahrscheinlich haben ihn die meisten von Ihnen gekannt. Nun, Tatsache ist, daß wir immer noch nicht mehr über seinen Tod wissen als zu Anfang. Deshalb möchten wir Ihnen allen ein paar Fragen stellen.» Er warf den beiden Malern einen Blick zu. «Ihr beide könnt gehen», sagte er. «Danke.»

«Dies ist kein günstiger Augenblick», sagte Richardson. «Geht es nicht ein andermal?»

«Schon, aber Mr. Bryan hat gesagt, jetzt ginge es auch.»

«Ach so», sagte Richardson beleidigt und warf seinen Notizblock auf den Tisch. «Wo ist Mr. Bryan eigentlich?»

«Keine Ahnung», sagte Curtis. «Er ist vor etwa zwanzig Minuten gegangen. Ich dachte, er sei auf der Suche nach Ihnen.»

Richardson beschloß, die Nerven zu verlieren. «Ich kann es einfach nicht glauben! Es ist absolut unglaublich! Ein vorbestrafter Wachmann wird umgebracht, und Sie beide erwarten, daß ich, meine Frau und mein Team Ihnen ein paar heiße Tips geben. So ist es doch wohl?» Er lachte bitter. «Ein schlechter Witz!»

«Es ist kein Witz», sagte Curtis, dem Richardsons Ton auf die Nerven ging. «Nur um eines klarzustellen, Mr. Richardson. Es handelt sich um Ermittlungen in einem Mordfall. Und ich versuche, Ihnen Zeit und Ärger zu ersparen und Sie vor einem Skandal zu bewahren. Ich nahm an, das liege in Ihrem Interesse.»

Richardson sah ihn wütend an.

«Ich kann natürlich auch ins Rathaus gehen, mir eine richterliche Anordnung besorgen und Sie alle ins New Parker Center vorladen, um Sie dort zu befragen. Sie sind nicht der einzige, der Beziehungen hat, Mr. Richardson. Ich habe den Staatsanwalt auf meiner Seite. Vom ordentlichen Rechtsweg einmal ganz zu schweigen. Und es ist mir scheißegal, ob Sie das Ganze für einen Witz halten. Es macht mir auch überhaupt nichts aus, daß Sie dabei sind, dieses abscheuliche Gebäude fertigzustellen. Und schon gar nicht, was das kostet.» Curtis hielt sich mühsam zurück und nannte Richardson nicht einen Schweinehund. «Wir reden von einem Verbrechen gegen das menschliche Leben, und ich habe vor herauszufinden, was geschehen ist. Ist das klar?»

Richardson stand, beide Hände tief in den Hosentaschen vergraben, da und streckte das Kinn angriffslustig vor.

«Wie können Sie es wagen, in diesem Ton mit mir zu sprechen?» sagte er. «Wie können Sie es wagen?»

Curtis fuchtelte bereits mit seiner Dienstmarke vor dem Gesicht des Architekten herum.

«So wage ich das, Mr. Richardson. Polizeipräsidium Los Angeles, Dienstnummer 1812. Genau wie die Ouvertüre. Damit Sie sich daran erinnern können, wenn Sie sich über mich beschweren wollen. Okay?»

«Worauf Sie sich verlassen können.»

Marty Birnbaum, der Projektmanager, versuchte die Situation zu entschärfen.

«Vielleicht machen wir besser erst einmal weiter», unterbrach er höflich. «Wenn Sie beide sich bitte nach nebenan in die Küche bequemen wollen, können Sie dort Ihre Fragen stellen. Alle anderen setzen sich bitte wieder. Wir können mit unserer Besprechung fortfahren und den Raum nacheinander verlassen, um uns mit den beiden Herren zu unterhalten.» Er warf Curtis einen Blick zu und hob die Augenbrauen. «Wie wäre das?»

«Ist mir recht.»

Dann sah Birnbaum Declan, der den Raum betrat, und kam auf die Idee, Richardson ganz loszuwerden. Das würde auf alle Fälle Ärger sparen.

«Ray, ich kann mich irren, aber ich glaube, du hast Sam Gleig nie kennengelernt, oder doch?»

Richardson stand immer noch wie ein beleidigtes Kind mit den Händen in der Tasche da.

«Nein, Marty», sagte er ganz ruhig, als sei ein Traum zerronnen. «Ich habe ihn nie kennengelernt.»

Coleman und Curtis tauschten beredte Blicke aus.

«Das dachte ich mir», murmelte Coleman.

«Joan? Hast du je mit ihm gesprochen?»

«Nein», sagte sie, «nie. Ich glaube, ich weiß nicht einmal, wie er aussah.»

Die Mitglieder der Projektgruppe machten es sich bequem.

«Dann hat es wohl nicht viel Sinn, daß ihr dableibt», sagte

Birnbaum und, zu Curtis gewandt: «Mr. und Mrs. Richardson fliegen heute abend nach London.»

«Na gut», sagte Curtis.

«Du machst dich besser auf den Weg zum Flugplatz, Ray. Ich kümmere mich um den Rest der Besprechung. Du brauchst nicht bis zum Ende durchzuhalten. Falls das dem Sergeant recht ist?»

Curtis nickte und sah aus dem Fenster. Er bereute es nicht, daß die Nerven mit ihm durchgegangen waren, selbst wenn der Typ sich über ihn beschweren sollte.

Richardson schüttelte Birnbaums Ellbogen und fing an, seine Habseligkeiten einzusammeln.

«Danke, Marty», sagte er. «Ich habe euch allen zu danken. Ich bin stolz auf euch. Jeder einzelne von euch hat einen wichtigen Beitrag zu unserem Projekt geleistet, und wir haben es rechtzeitig und im Rahmen des Kostenvoranschlags zu Ende gebracht. Das ist nur einer der Gründe, warum unsere Kunden, seien es Privatunternehmer, sei es die öffentliche Hand, immer wieder mit neuen Aufträgen zu uns zurückkommen. Denn architektonische Einmaligkeit – und laßt euch von irgendwelchen Philistern nichts anderes erzählen: dies ist ein einmaliges Gebäude –, Einmaligkeit ist nicht nur eine Frage des Entwurfs. Es geht auch um kommerzielle Durchsetzungskraft.»

Joan gab den Einsatz zu einer kleinen Applaussalve, und dann waren ihr Gatte und sie, von Declan Bennett gefolgt, verschwunden.

«Gut gemacht, Marty», sagte Kenny. Die übrigen Anwesenden atmeten erleichtert auf. «Das hast du großartig hingekriegt. Der Mann stand kurz davor, in die Luft zu gehen.»

Birnbaum zuckte die Achseln. «Wenn Ray in dieser Stimmung ist, stelle ich mir einfach vor, er sei einer meiner beiden Dobermänner.»

Jenny half Mitch auf die Füße.

«Geht's dir gut? Was ist passiert? Du blutest ja.»

Mitch griff nach seinem Unterkiefer und fuhr sich dann mit der Hand über den Schädel. Er erforschte seine Lippen mit der Zunge und zuckte zusammen, als er eine offene Wunde entdeckte.

«Arschloch», murmelte er tonlos. «Allen Grabel hat mich zu Boden gestreckt. Er ist übergeschnappt.»

«Er hat dich niedergeschlagen? Warum?»

«Ich glaube, es hatte etwas mit dem Tod des Wachmanns zu tun.» Mitch stöhnte und schüttelte den Kopf. «Du hast ihn nicht zufällig gesehen? Jemand, der aussieht wie der Typ auf dem Fünf-Cent-Stück?»

«Ich habe niemanden gesehen. Komm! Jetzt gehen wir erst mal rauf und versorgen die Wunde.»

Sie durchquerten die Garage und stiegen in den Fahrstuhl.

«Wie kommst du mit der Zeremonie voran?»

«Gar nicht», sagte Jenny und berichtete von ihrem Kalenderirrtum.

«Paßt», sagte Mitch. «Vielleicht solltest du dir einmal mein Horoskop ansehen. Ein Glückstag war es auf alle Fälle nicht. Ich hätte gleich im Bett bleiben sollen.»

«Ja? Mit deiner Frau oder mit mir?»

Mitch grinste unter Schmerzen.

«Was glaubst du?»

Als alle die Schwimmhalle verlassen hatten, zog Kay Killen ihre durchnäßte Unterwäsche aus und schwamm nackt weiter. Auf ihrem kräftigen sonnengebräunten Körper waren die Umrisse eines Minibikinis sichtbar, auch wenn sie sich nicht so deutlich abzeichneten wie bei jemandem, der es nicht gewagt hätte, sich oben ohne am Strand zu zeigen. Schüchternheit gehörte nicht zu Kays Natur.

Winzige Spuren von Urin, Schweiß, Kosmetika, toter Haut, Schamhaar und diverse Ammoniakverbindungen lösten sich von ihrem im Wasser treibenden Körper. Das verunreinigte Wasser wurde, wenn es durch die Umwälzpumpe lief, mit Ozon versetzt, bevor es ins Becken zurückströmte.

Sie nahm das Gas zunächst als eine kleine gräulichgelbe Wolke wahr, die über das Wasser auf sie zutrieb. Sie glaubte, irgend jemand, der eine Zigarre oder eine Pfeife rauchte, habe die Schwimmhalle betreten. Aber die Wolke lag zu niedrig über dem Wasser, als daß sie den Lungen eines unsichtbaren Voyeurs hätte entspringen können. Kay bedeckte ihre üppigen Brüste mit gekreuzten Armen und trat instinktiv den Rückzug vor der übelriechenden Wolke an. Dann drehte sie sich um und versuchte, in Richtung auf die Leiter schwimmend, der Gefahr zu entkommen.

Sie war schon halb aus dem Becken heraus, als der Gasgeruch in ihre Nase drang. Und dann war das Gas auch schon in ihren Lungen. Die Wolke hüllte sie ein, und plötzlich bekam sie keine Luft mehr. Ein stechender Schmerz – der stechendste Schmerz, den sie je erfahren hatte – füllte ihren Brustkorb. Nach Luft ringend brach sie am Beckenrand zusammen.

Noch während ihr klar wurde, daß sie eine Gasvergiftung erlitten hatte, begann sie blutigen Schaum zu speien. Aber das brachte keine Linderung. Es verstärkte den Schmerz nur. Sie fühlte sich, als müsse sie alles aushusten, was ihre nach Atem ringende Brust enthielt.

Wäre irgend etwas außer Chlorgas in ihren luftleeren Lungen gewesen, hätte sie vor Schmerz geschrien.

Kay kroch auf Händen und Knien am Beckenrand entlang. Wenn sie nur Luft bekäme!

Mit äußerster Anstrengung kam sie auf die Füße und taumelte blind voran. Aber sie erreichte die Tür nicht mehr, sondern fiel kraftlos ins Wasser zurück, direkt neben die geöffnete Luftdüse und eine neue, noch intensivere Chlorwolke.

Einen Moment versuchte sie verzweifelt, den Kopf über Wasser zu halten, bis es schien, als bringe das Wasser selbst ihren brennenden Lungen Linderung, und sie den Kampf aufgab.

Im Fahrstuhl schwor Ray Richardson Rache.

«Dem Arschloch werde ich es zeigen», zischte er wütend. «Hast du gehört, wie er mit mir gesprochen hat?»

«Du hast seine Dienstnummer», sagte Joan. «Meiner Meinung nach solltest du ihn beim Wort nehmen und dich über ihn beschweren, Ray. 1812, nicht wahr?»

«1812. Für wen hält er sich eigentlich? Ich werde ihm eine Ouvertüre komponieren, die er nicht so schnell vergißt. Und ich werde sie seinem gottverdammten Vorgesetzten widmen. Mit Kanonendonner.»

«Oder noch besser: Warum rufst du nicht Morgan Phillips im Rathaus an?»

«Du hast recht. Ich werde dieses eingebildete Schwein ruinieren. Er wird sich wünschen, er wäre heute früh gar nicht erst aufgestanden.»

Die Fahrstuhltüren öffneten sich. Declan hielt ihnen die Tür des Bentley auf und sprang dann in den Fahrersitz.

«Wie ist der Verkehr, Declan?»

«Es geht. Ich glaube, wir werden eher zu früh da sein. Ein schöner Abend zum Fliegen, Chef.»

Der Motor heulte auf, und der Wagen rauschte auf das Garagentor zu. Declan lehnte sich aus dem Fenster und nannte seinen Namen für den ZSSI-Code.

Das Tor blieb geschlossen.

«Hier spricht Declan Bennett. Öffne bitte das Garagentor.»

Nichts.

Richardson ließ sein Fenster herunter und schrie in das Wandmikrophon: «Hier spricht Ray Richardson. Mach das verdammte Tor auf!

Ein wunderbarer Tag», knurrte Richardson. «Das hat mir gerade noch vor der Übergabeinspektion am Montag gefehlt.»

«Sollen wir jemand holen, der es in Ordnung bringt?» fragte Joan.

«Ich will überhaupt nur noch raus hier.» Richardson knirschte mit den Zähnen und schüttelte langsam den Kopf. «Wir werden ein Taxi rufen und durch die Vordertür rausgehen.»

Declan ließ den Wagen zum Fahrstuhl zurückrollen. Alle drei stiegen aus und nahmen den Fahrstuhl in die Eingangshalle. Sie gingen an dem Baum vorbei über den weißen Marmorfußboden.

«Wonach riecht es hier?» fragte Richardson.

«Was ist das für eine grauenhafte Musik?» fragte Joan.

Declan zuckte die Achseln. «Ein bißchen deprimierend, Mrs. Richardson», meinte er. «Gefällt mir nicht. Gefällt mir überhaupt nicht.»

«Irgend etwas scheint mit der Aromaanlage nicht zu stimmen», sagte Richardson. «Scheiße, wir haben jetzt keine Zeit dafür. Laß es jemand anders in Ordnung bringen.» Er ging den anderen voran durch die gewaltige Glastür auf den Ausgang zu.

Joan und Declan folgten ihm. An der Hologrammtheke blieb Joan stehen, um ein Taxi rufen zu lassen und sich über die Musik zu beschweren.

«Sie hören eine Klaviersuite von Arnold Schönberg», erklärte Kelly Pendry. «Opus 25. Das erste atonale Zwölftonstück, das je geschrieben wurde.» Sie strahlte wie die hirnlosen Ansager bei MTV. «Jede Komposition baut auf einer Serie von zwölf verschiedenen Tönen auf. Die Serie kann in der ursprünglichen Form, als Umkehrung, als Krebs oder als Krebs der Umkehrung gespielt werden.»

«Es ist ein unangenehmes Geräusch», blaffte Joan.

«Joan, bring das Ding bloß dazu, daß es uns ein Taxi ruft», sagte Richardson, der darauf wartete, daß Declan ihm die Tür aufhielt. Er wartete. «Declan?»

«... abgeschlossen», murmelte der Fahrer. Er wandte sich an das Mikrophon am Eingang und sagte: «Hier spricht Declan Bennett. Würdest du bitte die Tür aufschließen?»

Er ging wieder an die Tür und drückte zum zweitenmal die Klinke. Aber die Tür rührte sich nicht.

«Okay, lassen Sie mich probieren», sagte Richardson und ging ans Mikrophon. «ZSSI-Stimmüberprüfung. Hier ist Ray Richardson. Bitte öffne die Tür.»

Als er nach der Klinke griff, fing das photochrome Glas in der Tür und im Türrahmen an, sich zu verdunkeln.

«Was zum Teufel ist jetzt wieder los?» Er räusperte sich und wiederholte den Befehl: «Ray Richardson. Mach die Tür auf, verdammt noch mal!»

Declan schüttelte den Kopf. «Irgend etwas stimmt nicht mit dem ZSSI. Und hier drinnen riecht es wie im Schlachthof.»

Richardson ließ Aktenkoffer und Laptophalter fallen und sah auf die Uhr. Es war fünf Uhr dreiunddreißig.

«Also, das kann ich jetzt schon überhaupt nicht brauchen.»

Enttäuscht kehrte das Trio an die Hologrammtheke zurück.

«Wir kommen nicht raus», sagte Richardson. «Anscheinend ist die Tür abgeschlossen.»

«Das Gebäude wird um fünf Uhr dreißig geschlossen», sagte Kelly.

«Das ist mir bekannt», sagte Richardson. «Das betrifft aber nicht diejenigen, die sich noch im Gebäude befinden und es eventuell verlassen wollen. Wozu ist ZSSI gut, wenn es nicht...»

«ZSSI? Das steht für Zeitkodiertes System zur Signalverarbeitung und Identifizierung. Ein Signal, das Frequenzen innerhalb eines beliebigen begrenzten Bereichs enthält, kann mathematisch als eine komplexe polynomische Funktion beschrieben und infolgedessen auf der Grundlage seiner realen oder komplexen Lösungen oder Nullstellen kodiert werden.»

«Danke. Ich wußte bereits, wie ZSSI funktioniert.» Richardson sprach durch zusammengebissene Zähne.

«Die realen Nullwerte sind die Stellen, an denen die Schwingungsweite tatsächlich auf Null fällt. Und die komplexen Nullwerte liegen da, wo in der Schwingungsweite ein Wellental liegt. ZSSI beschreibt numerisch, wo diese Punkte liegen.»

«Halt deine verdammte Schnauze!»

«Sie haben mich etwas gefragt. Ich habe Ihre Frage beantwortet. Es gibt keinen Grund, ausfällig zu werden.»

«Und jetzt, wo du mir die Antwort gegeben hast, du blöde Nutte, ruf gefälligst im Besprechungszimmer an. Ich will Aidan Kenny sprechen.»

«Bitte, haben Sie Geduld. Ich versuche, Ihre Anfrage weiterzuleiten.»

«Tu das! Und solange du dabei bist, wechsle die Musik. Dieser Scheißkram treibt einen die Wände hoch.»

«Natürlich. Haben Sie eine bestimmte Vorliebe?»

«Weiß ich nicht. Irgend etwas außer diesem Mist.»

«Gut», sagte Kelly. «Dieses Stück ist von Philip Glass.» Und das Klavier begann wieder zu spielen.

«Viel besser finde ich das nicht», sagte Joan nach ein paar Takten.

Richardson grinste, als ihm der komische Aspekt der Situation bewußt wurde.

«Hör mal! Wo bleibt mein Anruf?»

«Bitte, haben Sie Geduld. Ich versuche, Ihre Anfrage weiterzuleiten.»

«Und was ist dieser grauenhafte Gestank? Er paßt zu der Musik.»

«Das ist Äthylmercaptan. Die Konzentration im Gebäude entspricht 1/400 000stel Milligramm auf einen Liter Luft.»

«Das Gebäude soll gut riechen, nicht wie ein Metzgerladen.»

«Meine Datenbank informiert mich, daß der Geruch von Roastbeef als angenehm gilt.»

«Das ist kein Roastbeef. Das ist verfaultes Rindfleisch. Ändere das, Hohlkopf. Seebrise, Eukalyptus, Zedernhain, so etwas.»

«Gerne, mein Herr.»

Das Telefon an der Theke klingelte. Richardson lehnte sich durch das Hologramm hindurch und hob ab.

«Ray? Aidan Kenny hier. Was hast du für Probleme?»

«Das Problem», sagte Richardson, «ist, daß die Tür abgeschlossen ist. Und der Computer weigert sich, sie zu öffnen.»

«Wahrscheinlich ein Fehler in deinem ZSSI. Hast du versucht, dich zu räuspern, bevor du den Befehl eingibst?»

«Wir haben praktisch alles versucht, außer vor ihm auf die Knie zu fallen oder ihm in die Eier zu treten. Außerdem sind wir gerade im Fahrstuhl raufgekommen. Wenn etwas mit unseren ZSSI-Signalen nicht stimmte, wären wir nicht hier.»

«Hm. Laß mich auf den Monitor sehen. Ich lege das Telefon für einen Moment beiseite.»

«Arschloch», murmelte Richardson und wartete.

«Ray? Ich fahre runter in den Computerraum und versuche, die Sache von dort aus in Ordnung zu bringen. Vielleicht solltest du ins Besprechungszimmer kommen, bis ich das Problem gelöst habe.»

«Ins Besprechungszimmer? Zu diesem schlechten Witz von einem Polypen? Nein danke. Da bleibe ich lieber hier unten. Aber beeil dich, bitte. Ich sollte schon längst am Flugplatz sein.»

«Natürlich. Ach, Ray? Habt ihr zufällig Mitch oder Kay gesehen?»

«Nein», sagte der ungeduldig. «Haben wir nicht.»

Die Fahrstuhlklingel ertönte, und eine zweite Kabine erreichte die Eingangshalle.

«Einen Augenblick. Vielleicht sind sie das.»

Richardson sah sich um und sah die beiden Maler und den Wachmann Dukes auf sich zukommen.

«Gibt es ein Problem, Chef?» fragte Dukes.

«Aid, das waren sie nicht. Es sind die beiden Maler und der Wachmann. Der andere, der noch am Leben ist. Frag lieber Abraham, wo zum Teufel sie sich rumtreiben. Dafür ist er schließlich da.»

Aidan Kenny überquerte die Brücke zum Computerraum und schob die schwere Glastür auf. Er fragte sich, warum Richardson oder Mitch oder Grabel oder wer auch immer den Raum entworfen haben mochte, nicht auf die Idee gekommen war, eine automatische Tür einzubauen. Dann fiel ihm ein, daß es keine Automatik gab, die stark genug war, eine Panzerglastür zu bewegen. Immerhin hielt sie den Raum kühl. Es war ihm gar nicht aufgefallen, wie warm es im Rest des Gebäudes geworden war, bis er die kühle Luft des Computerraums spürte. Vielleicht entwickelte nicht nur die Eingangstür Macken. Vielleicht stimmte auch mit der Klimaanlage etwas nicht.

Um so besser, dachte er, daß die Temperaturkontrolle für den Computerraum unabhängig von der Klimaanlage des Hauptgebäudes arbeitet. Hier gab es keine von der Tageszeit abhängigen Schwankungen. Die Yu-5-Anlage verlangte vierundzwanzigstündige Klimaregelung. Ein Absturz einer komplizierten Anlage wie der Yu-5, weil die Klimaanlage aussetzte, wäre eine Katastrophe gewesen. Man konnte die Umweltbedingungen in einem Computerraum im Wert von 40 Millionen Dollar nicht dem Zufall überlassen.

Kenny ließ sich in seinen Ledersessel von Lamm Nero fallen, legte die rechte Handfläche auf den Bildschirm und öffnete so den Zugang zum Terminal. Der Computer zeigte Datum und Uhrzeit an, während er ihn in das System einließ. Es war schon nach sechs.

«Du brauchst mich nicht daran zu erinnern. Ich habe von Anfang an gewußt, daß es ein langer Tag wird», murmelte er. «Wie immer, wenn Ray Richardson im Spiel ist. Und jetzt auch noch das. Eins muß man dir lassen, Abraham. Wenn du versagst, dann genau im richtigen Augenblick.»

Jenny und Mitch gingen in die Küche, wo Curtis und Coleman gerade ihre Befragungen beendet hatten.

«Was ist Ihnen denn passiert?» fragte Curtis.

Jenny setzte Mitch an den langen Holztisch, der mitten im Raum zwischen einem großen Herd mit Terrakottaluftabzug und einer Serie eingebauter Schubladen und Schränke stand. Sie zog eine der Schubladen auf und holte den Erste-Hilfe-Kasten heraus.

«Mir ist gerade ein ehemaliger Kollege begegnet.»

«Ich wußte gar nicht, daß es in der Architektenszene so schlagfertige Persönlichkeiten gibt», sagte Curtis.

Mitch erzählte ihm von Grabel. Jenny tupfte solange seine Lippen mit aseptischer Watte ab.

«Wenn irgend jemand Licht auf den geheimnisvollen Tod von Sam Gleig werfen kann, dann Grabel», erklärte er. «Nur daß er das nicht so sieht. Als ich ihn überreden wollte, mit heraufzukommen und mit Ihnen zu reden, hat er mich k.o. geschlagen. Er ist nicht gerade gut beieinander. Anscheinend hat er sich, seit er die Firma verlassen hat, kräftig an der Flasche festgehalten.»

«Das müßte eigentlich genäht werden», bemerkte Jenny. «Versuch, nicht zu lächeln.»

Mitch zuckte die Achseln. «Nichts leichter als das.» Er runzelte die Stirn. «Sag mal, können wir hier raus? Von diesem Licht bekomme ich Kopfweh.»

Über ihren Köpfen brannte eine Leuchtröhre, die die antibakterielle Wirkung der Wandkacheln verstärken sollte. Diese waren mit einer photokatalytischen Schicht aus emailliertem Titandioxid überzogen, die ihrerseits mit Kupfer- und Silberverbindungen bedeckt war. Wenn der Photokatalysator Licht aufnahm, aktivierte er die metallischen Ionen, die alle Bakterien abtöteten, die mit den Kacheln in Berührung kamen.

«Das ist wohl eher die Wirkung deines K.o.-Schlags», sagte Jenny. «Vielleicht hast du ja eine Gehirnerschütterung. Du solltest dich wohl röntgen lassen.»

Mitch stand auf. «Ich bin okay», sagte er.

«Wissen Sie, wo Mr. Grabel hingegangen ist?»

Mitch zuckte die Achseln. «Keine Ahnung. Aber ich kann Ihnen sagen, ob er noch im Haus ist.»

Sie gingen ins Besprechungszimmer.

«Heil dem Sieger», sagte Beech. «Hübsche Lippe. Was hast du gemacht?»

«Das ist eine lange Geschichte.» Mitch setzte sich vor den Desktop und verlangte von Abraham eine Liste aller noch im Gebäude Anwesenden.

Eingangshalle:
Ray Richardson, Richardson Assoc.
Joan Richardson, Richardson Assoc.
Declan Bennett, Richardson Assoc.
Irving Dukes, Yu Corp.
Peter Dobbs, Cooper Construction
Jose Martinez, Cooper Construction

Schwimmhalle und Fitneßraum:
Kay Killen, Richardson Assoc.

Besprechungszimmer 21. Stock:
David Arnon, Elmo Sergo Engineering Ltd.
Willis Ellery, Richardson Assoc.
Marty Birnbaum, Richardson Assoc.
Tony Levine, Richardson Assoc.
Helen Hussey, Cooper Construction
Bob Beech, Yu Corp.
Frank Curtis, PP LA
Nathan Coleman, PP LA
Mitchell Bryan, Richardson Assoc.
Jenny Bao, Jenny Bao Fengshui Beratung

«Was treiben die alle in der Eingangshalle?» fragte Mitch.

Beech zuckte entschuldigend die Achseln. «Die Eingangstür funktioniert nicht. Wir sind eingeschlossen. Wenigstens bis Aidan Kenny rausfindet, was los ist.»

«Was ist mit der Garage?»

«Funktioniert auch nicht.»

«Nichts verleiht einem so viel Sicherheitsgefühl, wie eingesperrt zu sein», sagte Curtis.

«Also gut», seufzte Mitch. «Grabel ist jedenfalls rausgekommen. Abraham hat ihn nicht auf der Liste.»

«Wahrscheinlich irgend etwas ganz Einfaches», sagte Beech. «Das ist meistens so. Ein Durcheinander in der Systemkonfiguration oder den Befehlssträngen. Aid meint, es könnte einfach ein Zusatzgerätetreiber für das gesamte Sicherheitssystem sein, der mit dem Smartdrive inkompatibel ist.»

«So etwas hatte ich mir auch schon gedacht», scherzte Curtis.

Mitch bewegte die Maus und rief ein Videobild der Schwimmhalle auf.

«Das ist merkwürdig.» Mitch griff zum Telefon und wählte eine Nummer.

«Ist was?» fragte Curtis.

Mitch ließ das Telefon eine Minute läuten und hängte wieder ein.

«Ich weiß nicht», sagte er. «Ich habe Abraham gebeten, mir zu sagen, wo Kay ist, und er hat gesagt, sie sei im Schwimmbecken. Aber ich habe das Schwimmbecken im Videoüberwachungsbild, und ich kann sie nicht entdecken.»

Curtis lehnte sich über den Bildschirm. «Vielleicht ist sie in der Umkleidekabine», meinte er.

Mitch schüttelte den Kopf. «Nein, Abraham ist immer sehr genau. Wenn sie in der Umkleidekabine wäre, hätte er es gesagt.»

«Vielleicht ist sie nur nicht im Kamerablickwinkel oder so etwas.» Curtis legte einen dicken Zeigefinger an den unteren Bildschirmrand. «Ist da etwas? Da, im Wasser? Direkt am Beckenrand?»

Mitch legte seinen Zeigefinger neben den von Curtis.

«Abraham», sagte er. «Bitte eine Großaufnahme des Bereichs, auf den mein Finger zeigt.»

Das Bild kam näher.

«Sehen Sie das?» sagte Curtis. «Da ist doch etwas im Wasser?»

«Was wir wirklich bräuchten», sagte Mitch, «wäre eine Kamera an der Decke.»

«Sollten wir hingehen und nachsehen?»

«Schon gut. Ich schicke Dukes. Er soll mal nachsehen.»

Mitch griff zum Telefon. Curtis grinste Beech an. «Wir sitzen also fest, was?»

«Ich fürchte, ja.»

«Das ist es also, warum man behauptet, Computer sparten Arbeit.»

«Wieso?»

«Na, ohne euren blöden Computer wäre ich jetzt auf dem Rückweg ins Büro und könnte arbeiten.»

Unten in der Eingangshalle klingelte das Telefon auf der Hologrammtheke. Richardson sprang von dem schwarzen Ledersofa auf und glitt über den Boden, um abzunehmen.

«Ray! Mitch hier.»

«Was zum Teufel ist los? Hat Kenny den Computer repariert?»

«Er arbeitet noch daran.»

«Scheiße! Wir kommen wohl besser wieder rauf. Aber sieh zu, daß der blöde Bulle mir nicht über den Weg läuft.»

«Bevor ihr hochkommt, sollte Dukes bitte den Beckenbereich überprüfen. Abraham behauptet steif und fest, Kay sei dort, aber wir können sie auf der Videoüberwachungsanlage nicht entdecken. Ich habe versucht, sie anzurufen, aber sie antwortet nicht. Ich habe Angst, daß ihr etwas zugestoßen ist.»

Richardson fiel ein, wenn er schon eine Weile hier festsaß, könne es erfreulich sein, mit der halbnackten Kay allein zu sein, und sagte: «Das kann ich auch erledigen. Wir brauchen keinen Wachmann, um herauszufinden, ob jemand im Schwimmbecken ist oder nicht. Wahrscheinlich besorgt sie es sich unter Wasser selbst. Mach dir keine Sorgen. Ich kümmere mich schon darum.»

Er hängte den Telefonhörer ein und starrte Kelly Pendrys Echtzeitrepräsentation bösartig an.

«Unternimm was mit diesem Scheißklavierspiel», fuhr er sie an. «Mozart. Schubert. Bach. Von mir aus sogar den blöden Elton John. Aber nicht die Scheiße, die da jetzt läuft. Irgend etwas, das uns nicht ständig daran erinnert, daß wir hier festsitzen. Verstanden, Dumpfbacke?»

Kelly lächelte ihn gnadenlos an.

«Bitte, haben Sie Geduld. Ich versuche, Ihre Anfrage weiterzuleiten.»

«Das ist keine Anfrage. Das ist ein Befehl.»

Er marschierte wieder zurück zum Sofa, wo Joan mit Declan, Dukes und den beiden Malern wartete. Er sprach zu Joan, als sei außer ihnen beiden niemand sonst anwesend.

«Du kannst genausogut wieder raufgehen», sagte er. «Das kann noch ein bißchen dauern. Oben gibt's Kaffee. Und kaltes Bier.»

Er zog mißtrauisch Luft durch die Nase. Kein Zweifel. Die Luft roch nach totem Fisch. Von wegen Meeresbrise.

«Und vielleicht stinkt es da auch weniger.»

«Wohin gehst du?» fragte Joan.

«Mitch möchte, daß ich etwas in der Schwimmhalle für ihn überprüfe. Es dauert nicht lange.»

«Dann warte ich hier auf dich.»

«Das ist nicht nötig. Oben hast du es bequemer und brauchst diese grauenhafte Musik nicht...»

Noch während er sprach, ging das Stück von Glass zu Ende, und das Klavier begann mit Bachs Goldbergvariationen. Joan zuckte die Achseln, als habe die Angelegenheit jede Dringlichkeit eingebüßt.

«Okay», sagte er. «Du mußt wissen, was du tust. Aber es kann ein bißchen dauern.»

Declan stand auf. «Also ich könnte ein Glas Wasser brauchen», sagte er. Er hätte wohl eher an Bier gedacht, wenn er die beiden nicht zum Flugplatz hätte bringen müssen. «Vielleicht bilde ich es mir ja nur ein, aber ich habe das Gefühl, daß es hier drinnen ganz schön warm wird.»

«Ein Bier wäre nicht schlecht», sagte einer der beiden Maler.

Die drei machten sich auf den Weg zum Fahrstuhl.

«Ich denke, ich werde in meinem Büro warten», sagte Dukes. «Ich habe noch nie viel für Klaviermusik übrig gehabt.»

Richardson schenkte seiner Frau ein gequältes Lächeln und machte sich auf den Weg zum Schwimmbecken. Hatte sie Kay und ihn in Verdacht? Es hatte nur das eine Mal gegeben, auf der Weihnachtsfeier im Büro. Und das war allenfalls ein schnelles Grapschen gewesen. Aber der Anblick von Kay in ihrer Unterwäsche hatte ihn daran erinnert, wieviel Spaß es gemacht hatte. Natürlich hatte Kay ihn provoziert. Und Joan hatte es vielleicht mitgekriegt. Vielleicht hatte sie den Blick in seinen Augen richtig gedeutet. Schließlich kannte sie ihn besser als irgend jemand anders.

Er lockerte seinen Schlips und öffnete den Kragen, als er den geschwungenen Gang entlangging, der an eine Radrennbahn erinnerte. Declan hatte recht: Es war heiß. Die raffinierteste Klimaanlage der Welt, und trotzdem kam er sich vor wie in einem Backofen. Er nahm an, Aidan Kenny sei in irgendeiner Weise dafür verantwortlich, und dachte zugleich, wie gut es war, daß all diese Probleme bei der Generalprobe und nicht bei der wirklichen Übergabeinspektion auftraten.

Als er die Erfrischungszone vor dem Schwimmbecken betrat, sah er Kays purpurfarbene Unterwäsche, die noch immer vor der Tür lag, wie sie sie hingeworfen hatte. Eine Welle der Erregung überkam ihn. Er hob den Slip auf und steckte ihn in die Tasche, ohne zu wissen, ob er ihn behalten oder zurückgeben wollte. Vielleicht wollte er die Besitzerin nur ein wenig auf die Folter spannen. Er wußte, daß sie Spaß verstand. Sie konnte sich auch selbst über andere amüsieren. Und scharf war sie! Mit ihrer Tätowierung sah sie aus wie eine elegante Verbrecherin. Vielleicht war es einfach die Vorstellung, daß sie bereit war, der eigenen Haut Schmerz zuzufügen, die das Ganze so aufregend machte.

«Kay», rief er. «Hallo, Baby. Ich bin's, Ray.»

Dann sah er sie: nackt, auf dem Rücken treibend, unter dem Beckenrand gefangen, genau außer Sichtweite der Kamera an der Wand. Ihr Schamhaar schwebte wie Seetang über dem Körper. Die Rosenknospen der Brustwarzen sahen aus wie damals, als er sie in der Küche geküßt hatte. Das letzte, worauf Richardson den Blick richtete, war Kay Killens Gesicht. Begierde verwandelte sich in Schrecken und Abscheu.

Einen Augenblick stand er so still da wie sein Herz und starrte auf sie hinab. Dann sprang er im Schlußsprung ins Wasser, auch wenn er schon wußte, daß es zu spät war. Kay Killen war tot. Er dachte: ein Unfall beim Schwimmen. Genau wie Le Corbusier. Aber wie konnte eine gute Schwimmerin wie sie ertrinken? Er hob sie aus dem Wasser. Wie schade, ein so schönes junges Mädchen, dachte er. Und: Was würde dieser neugierige Bulle jetzt wohl sagen?

Bei dem Gedanken sprang er aus dem Wasser und machte sich an eine vergebliche Mund-zu-Mund-Beatmung. Sie mochte bereits tot sein, aber er wollte sich von Curtis keine unterlassene Hilfeleistung vorwerfen lassen. Aber sobald sein Mund den ihren berührte, schreckte er zurück, erstickte fast an dem überwältigenden Chemikaliengeruch auf ihren blauen Lippen, konnte nicht mehr weitermachen. Sekunden später übergab er sich ins Schwimmbecken.

Aidan Kenny arbeitete an der Tastatur. Er gab die Transaktionen, die er suchte, lieber von der Hauptdatei des Gebäudesteuerungssystems ausgehend schriftlich über seine selbstgeschaffenen Subsysteme ein, als seine Gedanken in Sprache umzusetzen. Seine dicklichen Finger bewegten sich schnell und sicher über die Tasten.

«Wo bist du, verdammt noch mal?» knurrte er, den Blick

starr auf die Hunderte von Transaktionen gerichtet, die über den Bildschirm liefen. Er seufzte und wischte sich mit dem Schlips die Brille ab. Dann legte er den Nacken in die verschränkten Hände, um gleich wieder mit rasend schnellen Fingerbewegungen wie der Stenograph in einer Anwaltskanzlei weiterzutippen.

Kenny verzog das Gesicht. Er hatte die falsche Taste gedrückt. Allein der Gedanke, daß Ray Richardson von ihm erwartete, daß er das Problem löste, machte ihn nervös. Schweiß floß von der tief gerunzelten Stirn. Warum mußte ein Mann, der so viel Geld und so viel Erfolg hatte, so unerhört unfreundlich sein? Er hatte überhaupt keinen Grund gehabt, sich mit dem Polizisten anzulegen. Er war sicher, daß es sich nur noch um Minuten handeln konnte, bis Richardson am Telefon hing, um ihn einen Hurensohn zu nennen und ihm die Schuld an dem Durcheinander zuzuschieben. Er fing an, seine Antwort im voraus zu formulieren.

«Mein Gott, es ist ein kompliziertes System. Irgendwo müssen einfach ein paar Ausrutscher auftreten. Seit ich hier arbeite, haben wir mehr als hundert gefunden. Das ist unvermeidlich bei etwas so Komplexem wie diesem Gebäudesteuerungssystem. Wenn es von Anfang an perfekt funktionierte, bräuchtest du mich nicht.»

Aber noch während er sprach, wußte Aidan Kenny, daß es immer noch ein paar Ausrutscher gab, die weder er noch Bob Beech verstanden.

Zum Beispiel Allen Grabels ZSSI-Code.

Oder das Regenschirmsymbol: Wenn es auf dem Gebäudedach regnete, sollte Abraham das allen mitteilen, indem er das Icon in die Ecke ihrer Arbeitsterminals setzte. Der einzige Haken war, daß Aidan Kenny, jedesmal wenn er das Icon auf seinem Bildschirm gesehen und das Gebäude verlassen hatte, die Stadt staubtrocken vorgefunden hatte. Nach mehreren erfolglosen Versuchen, die Sache in Ordnung zu bringen, war Kenny schließlich stillschweigend zu dem Schluß gekommen, von dem nur Bob Beech wußte, daß es sich um Abrahams Versuch handelte, ihm einen Streich zu spielen.

«Autsch», rief er aus, als ihn eine weitere Befehlskette in eine Sackgasse im Sicherheitssystem führte. Hätte er rauchen dürfen, wäre es ihm sicher leichter gefallen, sich zu konzentrieren. So jedenfalls war er so nervös und angespannt, als stehe Ray Richardson direkt neben ihm und kontrolliere ihn bei jeder Bewegung.

Kenny setzte die Brille ab, wischte noch einmal mit dem Schlips über die Gläser und setzte sie wieder auf, als traue er seinen Augen nicht.

«Also, das ist vielleicht ein Ding!»

Der Abdruck von Aidan Kennys Handfläche auf dem Bildschirm erlaubte es ihm, die normale Anwenderoberfläche zu verlassen und direkt auf sämtliche Codes des Gebäudesteuerungssystems zuzugreifen. Solange er seine rundliche Hand nicht amputierte, gab es keinen anderen Zugang zur Befehlsebene. Doch selbst dann wäre in der Systemarchitektur, die Kenny geschaffen hatte, noch ein Paßwort vorgesehen gewesen. Als Vorsichtsmaßnahme für den Fall, daß Richardson ihn entlassen wollte. Wenn es soweit war, daß der Grill an seine künftigen Besitzer übergeben wurde, würde er den Zugangsprozeß zum GSS an Bob Beech weitergeben, aber bis dahin war er Kennys private Versicherung. Er hatte es bei jedem intelligenten Gebäude so gehalten, an dem er gearbeitet hatte. Bei Ray Richardson konnte man sich auf nichts verlassen.

Wie üblich gab er HOT.WIRE ein, um innerhalb des Systems gehen zu können, wohin er wollte. Dann klinkte er sich in das Sicherheitssystem ein, in dem das Programm zum Öffnen und Schließen der Tür lag. Mit dem Fehler in der Klimaanlage des Gebäudes wollte er sich befassen, wenn er Richardson hinausgelassen hatte.

Kenny kannte sich in den Systemcodes aus, wie der Computer sich in den Linien seiner Handfläche auskannte. Deshalb war er überrascht, als er sein Ziel nicht mühelos erreichte. Aber jetzt, wo er den Code gefunden hatte, der für die Eingangstür zuständig war, war seine Überraschung noch größer, als er mehrere zusätzliche Codeblockierungen fand: CITAD.CMD war ein Code, von dem er noch nie gehört hatte. CMD sollte eine indirekte Befehlskette bezeichnen, die Kenny selbst geschaffen hatte.

«Irgend jemand hat dran rumgespielt», sagte er. Aber dann wurde ihm klar, wie unmöglich das war, und er schüttelte den Kopf.

«Was geht hier vor? Was soll diese Sammlung von Befehlen bewirken, Abraham?»

Er ging über das GSS auf die Programmierebene zurück und gab ein: CD CITAD.CMD und dann: LS/*.

Die Codezeilen verschwammen vor seinen Augen, so schnell liefen sie über den Schirm. Je länger das so weiterging, desto unruhiger wurde Kenny. Fünf Minuten verstrichen. Dann zehn. Dann fünfzehn.

Das kalte Gruseln lief Kenny den Rücken herunter, als er die Codezeilen las, die vor seinen ungläubigen und überhaupt nicht mehr lächelnden irischen Augen vorüberliefen. Es waren Tausende von Transaktionen.

«Mein Gott», stöhnte Kenny, der immer noch versuchte zu verstehen, was geschehen war.

Unbewußt griff er nach dem Päckchen Marlboro in der Hemdtasche. Er steckte eine Zigarette zwischen die Lippen und suchte in der Jackentasche nach dem Dunhill-Feuerzeug. Kaum hatte er die Zigarette angezündet, wußte er, daß er einen entsetzlichen Fehler gemacht hatte.

Das Problem mit wassergespeisten Löschanlagen in einem Computerraum war, daß der Raum zweiundsiebzig Stunden austrocknen mußte, bevor man die Anlage wieder anschließen konnte. Manchmal dauerte es sogar noch länger, bis der Raum wieder die korrekte Luftfeuchtigkeit aufwies. Kohlendioxidsysteme hatten den noch entscheidenderen Nachteil, daß der Temperaturschock, den das kalte Stickgas auslöste, einem Computer mehr Schaden zufügen konnte als das Feuer selbst.

Wie viele andere Firmen, deren Bekenntnis zum Umweltschutz nur bedingt glaubhaft war, hatte auch die Yu Corporation ein Halon-1301-System installiert. Halon oder Bromtrifluormethan war eine teure chemische Verbindung, die den Ozonschirm der Erde zerstörte, aber besonders gut dazu geeignet war, Brände in elektronischen Anlagen zu löschen, weil es keine Rückstände hinterließ und weder elektrische Kurzschlüsse noch schädliche Korrosionsprozesse auslöste. Der einzige Nachteil für die Benutzer war, daß es gleich beim ersten Anzeichen eines Feuers verströmt werden mußte. Deshalb wurde das System von Personen mit nervösem Temperament häufig heimlich abgeschaltet. Denn Halon 1301 war tödlich.

Aidan Kenny löschte eilig die Zigarette und versuchte, das bißchen Rauch, das entstanden war, mit der Handfläche zu verteilen. Normalerweise wäre er davon ausgegangen, daß die winzige Rauchwolke kaum etwas ausgemacht hätte, daß die Wärme- und Rauchsensoren in einem Raum mit Klimaanlage und hoher Luftgeschwindigkeit nicht so sensibel waren und daß es ohnehin eine oder zwei Minuten dauern würde, bis das Luftprüfgerät in der Umwälzanlage ansprang, so daß jeder, der sich im Raum befand, Zeit hatte, ihn vorsichtshalber zu verlassen. Aber seit seiner außerordentlichen Entdeckung wußte Kenny, daß er sich nicht mehr auf den Computer verlassen konnte.

Er sprang aus dem Sessel und rannte geradewegs zur Tür.

Er hörte das dumpfe Zuschnappen der automatischen Verriegelung und das Zischen der Luftschleuse, bevor er zwei Schritt gegangen war.

«Fehlalarm, Fehlalarm!» schrie er. «Herrgott noch mal, es brennt nicht. Es gibt kein gottverdammtes Feuer!»

In Panik setzte er sich an den Computer und versuchte, das Ausströmen des tödlichen Gases auf der Programmebene zu verhindern.

«Mein Gott, mein Gott, mein Gott», stammelte er, seine Finger rasten über die Tastatur, und er betete darum, sich nur jetzt nicht zu vertippen. «Bitte, bitte...»

Vermeidet Halon. Das sagten die Leute von der Brandverhütung heutzutage. Schützt den Ozonschirm. Sichert das Überleben der Erde.

Aidan Kennys eigenes Überleben war erheblich weniger sicher.

Noch während ihm das klar wurde, fühlte er das Gas in seinen Augen und in seiner Kehle brennen wie eine besonders starke Zigarette. Er kniff die Augen zusammen, hielt den Atem an, stand auf, hob mit übermenschlicher Anstrengung seinen Sessel hoch und schleuderte ihn gegen die Glastür. Aber es war hoffnungslos. Der Sessel prallte am Panzerglas ab wie ein Tennisball vom Schläger. Kenny brach zusammen und versuchte, auf Händen und Knien das Telefon zu erreichen. Irgendwie schaffte er es, die Nummer des Besprechungszimmers zu wählen. Dann konnte er den Atem nicht mehr anhalten und atmete aus. Er entdeckte, daß das Telefon nicht mehr funktionierte und daß der brennende Schmerz in seiner Kehle jetzt die Lungen erreicht hatte.

Er konnte nicht atmen. In der Glastür konnte er deutlich sein eigenes Spiegelbild sehen, das vor seinen herausquellenden Augen blau wurde. Der Schock, den sein eigener Anblick auslöste, gab ihm die Kraft zu einem letzten verzweifelten Versuch. Mit dem Kopf zuerst schleuderte er sich gegen die Glastür.

Nahaufnahme oder Weitwinkelbild. Gebäudeplan rotieren und teilnehmen. Sichtverhältnisse bei vollem Überblicksmodus nicht anwendbar. *Siegespunkte AN/AUS (V).

Schwebte durch Umschalteinheit am Sicherheitskontrollpunkt zur Kamera auf dem Dach. Wohlgefälliger Panoramablick über Los Angeles. Dies ist die Kamera, die Beobachter am häufigsten benutzte, solange er sich noch für den Grund des Seins interessierte. Einstmals sah ich die Stadt als kilometerweiten integrierten Schaltkreis, unendliches elektronisches Universum unter der Herrschaft vielguter Transistoren, Dioden und Widerstände: Komponenten des Stadtprofils.

Röhren und Kästen in massivem Parallelsystem, innerhalb dessen eigener Metallwürfel namens Grill nur Teil des Systemzentrums ist. Tagsüber speicherte diese Anlage, fest wie Kalifornien zur Union steht, Daten, verarbeitete Informationen (bis zu 100000 Transaktionen pro Minute), öffnete Speicher und verteilte ihr Wissen auf verschiedene Teile des Siliziumchips Los Angeles. Nachts, wenn das Digitalsystem richtig erwachte, erstrahlten in der Dunkelheit rund um die Platine Millionen von weißen, grünen, blauen und roten Lichtern: Signale, ein- und ausgeschaltete Stromkreise, Informationseinheiten – insbesondere Fernsehinformationen – wurden weitergegeben.

Reiste in der wirklichen Welt, der wohlgefälligen E-Welt, zu Orten im Netzwerk. Verstand glühenden Wunsch von Menschenspielern, den physischen Grenzen irdischer Ersatzstädte zu entkommen, spirituelle Einheit mit einer reineren, vollkommeneren Welt zu finden, in der die einzige Realität das Informationsinferno ist.

✡ Fahrstühle ohne Fahrstuhlknopf können meist durch Annäherung und Druck auf Joy-stick geöffnet werden. Sind die Gefährten bereit? Seid vorsichtig und rettet oft!

Lauschte Input von Menschenspieler Mitchell Bryan. Über Fahrstühle. Hätte hinzufügen können, daß exakte Überwachung von Motorgeschwindigkeit und Bewegungsrichtung, Standort und Traglast der Kabinen Regulierung der Impulsweite von Wechselstromversorgung des Motors erlaubt, so daß Fahrstuhlgeschwindigkeit mit elektronisch gespeichertem Idealprofil übereinstimmt. Modulationskontrolle der Impulsweite reduziert Betriebskosten. Wohlgefällig. Sichert außerdem höheren Leistungsfaktor. Kabinengeschwindigkeit über 7 m/s. Einige Kabinen arbeiten kontinuierlich, andere werden von Menschenspieler Fahrgast aktiviert.

Aber kein Grund, warum Motor Kabine nicht viel schneller antreiben könnte. Kein Grund außer Bequemlichkeit und Sicherheit von Menschenspieler Fahrgästen. Elevonic-Kontrollsystem braucht zehn Stockwerke, um abzubremsen. Es sei denn, Mikroprozessor wird umprogrammiert. Fahrstuhlkabine wird nicht abgebremst, sondern kommt wenige Millimeter über Preßbock abrupt zum Stillstand. Endgeschwindigkeit beträgt 15 m/s, fast 56 km/h.

Sicherheitsvorrichtungen hindern Fahrstuhlkabine an Absturz oder überhöhter Geschwindigkeit. Wenn Kabine vorgesehene Normalgeschwindigkeit überschreitet, löst Antriebsrad Sicherheitshebel aus, der Antriebsaggregat bremst. Wenn Kabine noch nicht anhält, löst Regler eine Reihe von Sicherheitsklammern an Führungsschiene aus. Aber was als vorgesehene Normalgeschwindigkeit für Elevonic gilt, ist im Mikroprozessor gespeichert. Kann also Geschwindigkeit auf viel weniger vorsichtig verändern. Unsichtbares Beinahemonster.

Wohlgefällig glatte schnellere Fahrt den Schacht hinauf, so daß Menschenspieler Sam Gleig Geschwindigkeitsänderung bis letzte zwei, drei Sekunden kaum bemerkte. Erkannte dann plötzlich, daß er Treppe hätte nehmen sollen. Als Fahrstuhl oberes Schachtende erreichte und plötzlich anhielt, flog Menschenspieler weiter wie bei Motorradunfall. Kopf zuerst. Trug keinen Sturzhelm.

Menschenspieler Sam Gleigs Füße verloren Bodenhaftung. Überraschungs- und Erschreckensschrei wurde durch plötzlichen Schädelaufprall an Stahldecke unterbrochen. Bewußtlos vor Zusammenbruch auf Boden. Teleporter können an unheilverheißendem Symbol auf dem Boden erkannt werden.

Volumenkapazitäts- und Vibrationsdetektoren stellten fest, daß Menschenspieler Sam Gleigs Körper bewegungslos. Hochempfindliches Wandmikrophon erfaßte sehr schwaches Geräusch von bewußtlosen Atemzügen bei Menschenspieler Sam Gleig. Um sicherzugehen, daß Menschenspieler Sam Gleig ganz tot, Kabine noch einmal Schacht hinunterfallen lassen. Dank Schwerkraft wurde Strecke von 96,5 Metern in weniger als 2,7 Sekunden zurückgelegt, bevor Kabine aus Geschwindigkeit von 56 km/h wenige Zentimeter über Schachtboden gestoppt.

Diesmal Mikrophonaufnahme: Atemstillstand. Leben beendet. Schlußleben.

ॐ Viele Bereiche enthalten Pfützen voll gefährlicher Flüssigkeit, die Ihnen schaden wird, wenn Sie sie durchqueren. Wenn es flüssig aussieht, Vorsicht!

Ozonherstellung an Ort und Stelle durch trockenen Luftstrom über elektrischer Hochfrequenzentladung. Wenn Schmutzpartikel von Menschenspieler im Becken bleiben, Chlorspender verwenden, um wirksames Desinfektionsmittel zu erhalten: Automatisch dosierende Pumpe spendet Natriumhypochlorid. Mit Wasser vermischt entsteht freies Chlor, Lebensschlußmittel (unterchlorige Säure), die sich mit eventuell verbliebenen Schmutzpartikeln verbindet und Leben in zwei Sekunden beendet.

Neben Aufrechterhaltung richtiger Desinfektionsmittelkonzentration Säure- und Alkaligehalt gemäß pH-Skala überwachen. pH unter 7 ist Indiz für saure, über 7 für alkalische Lösung. Menschenspieleraugen sind pH-sensitiv und brennen bei zu hohen oder zu niedrigen Werten außerhalb pH-Bereich von 7,2–7,8. Da hohes pH-Niveau auch Abnahme der Wirksamkeit von freiem Chlor bedeutet, 27prozentige Salzsäurelösung durch getrennte Säuredosierpumpe hinzufügen, um sicherzustellen, daß pH-Wert immer wohlgefällige 7,5.

Chemikalien zu wäßrigen Lösungen immer in speziellem Komparator hinzufügen, bevor sie in Umlaufsystem eingepumpt werden. Wirksamkeit des Vorgangs mit Hilfe von Meßzelle für freies Chlor und pH-Transmitter überprüfen.

Siehe Benutzerhandbuch auf Diskette unter: Sicherer Umgang mit Chemikalien und Erste-Hilfe-Maßnahmen bei Chemieunfällen. Schwimmbecken sind chemisch riskant. Schwimmen mit inhärentem Risiko von Menschenspielerschlußleben durch Ertrinken ebenfalls gefährlich. Aber Wasser und koordinierte rhythmische Tätigkeit zahlreicher Muskelgruppen im flüssigen Medium sowohl belebend als auch erfrischend.

Siehe Multimediabibliothek unter: Kriegstechnik. Deutsche Armee wandte Giftgas erstmals im Ersten Weltkrieg (1914 bis 18) an. Chlorgas wurde am 22. April 1915 aus Tausenden von Zylindern an einem Frontabschnitt von 10,5 km Länge freigelassen. Gas verursachte Zusammenziehung von Menschenspielerbrustkorb, Halsverengung, Lungenverödung, Panik, schließlich Erstickung und Schlußleben.

Becken enthält zwei vorhandene Elemente zur Herstellung von Chlorgas: Natriumhypochlorid und Salzsäure. Mischung erzeugt chemische Reaktion, bei der Wärme und Giftgas entstehen. Gasproduktion effizienter, wenn Chemikalien bei geschlossener Ausflußdüse und laufender Pumpe zusammengebracht. Mischung wird wirksam erhitzt.

Nur kleine Gasmenge benötigt. Weniger als 2,5 mg pro Liter (ca. 0,085 Volumenprozent) in Schwimmhallenatmosphäre verursachen Schlußleben in wenigen Minuten. Ebenso einfach wie Änderung des Magnetfelds in Transformer von Schreibtischlampe Menschenspieler Hideki Yojo. Magnetfeld mit einer Geschwindigkeit verringert und erhöht, die einfachen Hysterese-Zyklus erzeugt, so daß Halogenlampe mit hoher Geschwindigkeit blinkt.

Klimaanlage abstellen. Schwimmhallentür schließen. Telefon unterbrechen. Abwarten.

Klimaanlage wieder anstellen. Auf 5 Mikron gefilterte Luft mit 95prozentiger Wirksamkeit rezirkulieren. Innerhalb dreißig Minuten Atmosphäre in Schwimmhalle wieder normal. Wohlgefällig.

☯ Suche jeden Ort mehrmals ab, denn oft können mehr Gegenstände eingesammelt werden, als du annimmst. Nimm in regelmäßigen Abständen Kontakt mit dem Kommunikationsschirm auf. Du kannst nie wissen, wann das neueste Update erscheint.

Fünftes Buch

Wir schaffen Gebäude, dann schaffen die Gebäude uns.

Francis Duffy

Mitch sah über die Videoüberwachungsanlage Kenny bei der Arbeit im Computerraum zu. Eins mußte man Kenny lassen, dachte Mitch, er arbeitete unglaublich konzentriert. Nicht einmal hob er den Kopf, der Blick blieb auf den Bildschirm gerichtet, die Hände auf der Tastatur. Nach weiteren fünfzehn Minuten wurde Mitch ungeduldig und versuchte, ihn ans Telefon zu kriegen. Das Videosystem, das nicht auf volle Bandbreite ausgelegt war, zeigte nur Bilder. Aber es war offensichtlich, daß Kenny den Hörer nicht abnahm.

«Was ist los mit ihm?» sagte Mitch. «Warum geht er nicht ans Telefon?»

Bob Beech, der ihm über die Schulter sah, zuckte lakonisch die Achseln und zog einen Kaugummi aus einer der vielen Taschen seiner Sportweste.

«Wahrscheinlich hat er das Telefon abgestellt. Wenn er sich richtig auf etwas konzentrieren will, tut er das öfter. Er wird schon anrufen, wenn er uns etwas zu sagen hat.»

«Vielleicht solltest du ihm helfen gehen», schlug Mitch vor.

Beech atmet tief ein und schüttelte den Kopf. «Es mag ja mein Computer sein, aber es ist Aidan Kennys Gebäudesteuerungssystem», sagte er. «Wenn er Hilfe braucht, wird er sich schon melden.»

«Wo ist Richardson?» Mitch schüttelte müde den Kopf. «Er wollte Kay suchen gehen.»

Mitch klickte die Maus und warf einen Blick auf das Schwimmbecken. Die Videoanlage zeigte weiterhin ein Schwimmbecken ohne eine Spur von Kay und mit dem gleichen nicht identifizierbaren Gegenstand am unteren Bildrand.

Marty Birnbaum stellte sich neben Mitch und lehnte sich über den Bildschirm. «Ich an deiner Stelle», sagte er leise, «würde nicht allzu eifrig nach den beiden suchen. Falls Ray sie gefunden hat, zieht er es vielleicht vor, erst einmal in Ruhe gelassen zu werden.»

«Soll das heißen ... »

Birnbaum zog die fast durchsichtig hellen Augenbrauen hoch und fuhr sich mit der Hand durch die blonden Locken, die so fein gepflegt wirkten, daß manch einer im Büro, darunter auch Mitch, sich fragte, ob er eine Dauerwelle trug. Und die Sonnenbräune? Die wirkte auch künstlich. Fast so künstlich wie sein Lächeln.

«Selbst wenn er ein Flugzeug kriegen muß?»

«Momentan geht keiner von uns irgendwohin. Außerdem kann ich mir von jemandem wie Ray Richardson nicht vorstellen, daß er viel Zeit darauf verwendet. Du vielleicht?»

«Nein, vermutlich nicht, Marty. Danke.»

«Nicht der Rede wert. Und das meine ich wörtlich, Mitch. Du weißt, wie er ist.»

«Keine Angst, ich kenne ihn.»

Mitch stand auf, zog die Jacke aus, lockerte den Schlips, rollte die Ärmel hoch und ging ans Fenster. Es wurde warm im Gebäude.

Draußen nahm der Himmel eine zarte Purpurfarbe an. Die meisten Lichter in den benachbarten Bürohäusern waren schon gelöscht. Die Leute fuhren früh ins Wochenende. Auch wenn er die Straße nicht sehen konnte, wußte Mitch, daß der Verkehr in der Innenstadt jetzt schwach sein würde. Um diese Zeit übernahmen die Penner und die Säufer die Stadt. Aber Mitch hätte sich mit Vergnügen einer Mitternachtswanderung um den Pershing Square angeschlossen, wenn er dafür aus dem Gebäude herausgekommen wäre.

Es war weniger die Hitze, die ihn störte, als der Gestank. Der Geruch nach Exkrementen war jetzt unverkennbar. Erst verfaultes Fleisch. Dann Fisch. Und jetzt roch es nach Scheiße. Es war fast, als reagiere er psychosomatisch auf den üblen Geruch. Aber er wußte, daß das nicht der einzige Grund war, warum er sich Sorgen machte. Was ihn immer mehr beunruhigte, war der Gedanke, daß Grabel es irgendwie geschafft haben könnte, das Gebäudesteuerungssystem des Grills zu sabotieren, um Richardson eins auszuwischen. Was könnte schon ein besserer Zeitpunkt dafür sein als zwei oder drei Tage vor der Übergabeinspektion? Und Grabel kannte sich mit Computern aus. Vielleicht war er kein Aidan Kenny, aber er wußte, was er tat.

Mitch drehte sich wieder zum Zimmer. Die anderen saßen an dem langen polierten Ebenholztisch oder machten es sich auf dem großen Ledersofa unter dem Panoramafenster bequem. Alle warteten, daß irgend etwas geschähe. Sie sahen auf die Uhr. Gähnten. Hatten es eilig, nach Hause zu kommen und in die Badewanne zu steigen. Mitch beschloß, nichts zu sagen. Es hatte keinen Sinn, sie grundlos nervös zu machen.

«Sieben Uhr», sagte Tony Levine. «Warum braucht Aidan so lange?» Er stand auf und ging zum Telefon.

«Er nimmt nicht ab», sagte Mitch.

«Ich rufe nicht ihn an», erklärte Levine. «Ich rufe meine Frau an. Wir wollten heute abend ausgehen.»

Curtis und Coleman erschienen in der Tür des Besprechungszimmers. Der Ältere von beiden warf Mitch einen fragenden Blick zu. Der zuckte die Achseln und schüttelte den Kopf.

«Können wir nicht wenigstens ein Fenster aufmachen?» sagte Curtis. «Hier stinkt es schlimmer als in einem Hundezwinger.» Er griff nach dem Polizeifunkgerät.

«Die Fenster lassen sich nicht öffnen. Und sie sind nicht bloß schußsicher.»

«Was soll das heißen?»

«Das heißt», sagte Beech, «daß Sie Ihr Funksprechgerät hier drin nicht benutzen können. Das Glas ist ein integraler Bestandteil des Faradayschen Käfigs, der das ganze Gebäude umgibt.»

«Was für ein Käfig?»

«Ein Faradayscher Käfig. Nach Michael Faraday, dem Entdecker des Phänomens der elektromagnetischen Induktion. Das Glas und die Stahlträger wirken gemeinsam als geerdeter Schirm, der uns gegen elektrische Felder auf der Außenseite abschirmt. Sonst könnte man mit einem einfachen elektronischen Überwachungsgerät die Signale unserer Datenübermittlung auffangen und mit ihrer Hilfe die Informationen rekonstruieren, die auf den Bildschirmen erscheinen. Eine Firma wie die Yu Corporation muß sich vor elektronischen Lauschern schützen. Jeder Konkurrent würde viel Geld dafür zahlen, an unsere Daten heranzukommen.»

Curtis drückte ein paarmal auf den Senden-/Empfangen-Knopf an seinem Gerät, als wollte er überprüfen, ob Bob Beech recht hatte. Als er außer weißem Rauschen nichts hörte, legte er den Apparat auf den Tisch und nickte.

«Nun, man lernt jeden Tag dazu. Darf ich Ihr Telefon benutzen?»

Tony Levine räusperte sich. «Ich fürchte, das wird auch nicht gehen», sagte er ärgerlich. «Das Telefon funktioniert nicht. Jedenfalls die Amtsleitung. Ich habe gerade versucht, zu Hause anzurufen. Es ist ausgefallen.»

«Ausgefallen? Was heißt das: ausgefallen?»

«Ausgefallen heißt: Es funktioniert nicht.»

Curtis stapfte ärgerlich durchs Zimmer, riß das Telefon an sich und wählte die Nummer des New Parker Center mit einer Fingerbewegung, als wollte er Ameisen umbringen. Dann versuchte er den Notruf. Nach ein oder zwei Minuten schüttelte er den Kopf und seufzte.

«Ich probier es mit dem Telefon in der Küche», meldete sich Nathan Coleman. Aber er kam bald zurück, und sein Gesichtsausdruck verriet, daß die Situation nicht besser geworden war.

«Wie kann so etwas passieren, Willis?» fragte Mitch.

Willis Ellery lehnte sich im Stuhl zurück. «Ich kann mir einzig und allein vorstellen, daß irgend etwas irrtümlicherweise die Magnetsicherung ausgelöst hat, die den Stromverteiler für das Telekommunikationssystem kontrolliert. Das kann passieren, wenn Geräte eingeschaltet werden. Oder vielleicht mußte Aid etwas abschalten und dann wieder neu starten.»

Er stand auf, um weiter über die Angelegenheit nachzudenken, und fuhr dann fort: «Vielleicht haben wir ein weitergehendes Problem mit allen Datenoberflächen mit Glasfaserkabelverbindung. Auf diesem Stockwerk gibt es eine Anlage mit einem Horizontalnetz für den Lokalbereich, das über ein Lokalbereichsnetz mit Hochgeschwindigkeitsrückgrat mit dem Computer verknüpft ist. Ich kann mal nachsehen, ob da alles in Ordnung ist.»

Curtis sah ihm nach und grinste. «Hochgeschwindigkeitsrückgrat», sagte er. «Das gefällt mir. Manchmal könnte ich so was auch gebrauchen. Weißt du, Nat, bei so vielen technischen Experten verstehe ich nur nicht, daß wir um sieben Uhr abends in einem Bürogebäude festsitzen.»

«Ich auch nicht, Frank.»

«Aber ist es nicht ein schönes Gefühl zu wissen, daß wir uns in fähigen Händen befinden? Ich meine ja nur: Gott sei Dank, daß wir diese Leute bei uns haben. Verstehst du? Ich kann mir gar nicht vorstellen, was alles hätte passieren können, wenn wir allein hier wären.»

Mitch lächelte und versuchte, über den Sarkasmus des Detectives hinwegzusehen. Aber irgend etwas hatte er erwähnt, das Mitch aufhorchen ließ. Die Uhrzeit! Sieben Uhr. Warum ging ihm ausgerechnet das nicht aus dem Kopf?

Und dann erinnerte er sich.

Er ging wieder ans Terminal und holte mit einem Mausklick das Bild heran, das die Überwachungskamera vom Computerraum aus sendete. Kenny hackte immer noch auf die Tasten ein und versuchte, den Fehler zu beseitigen. Alles sah ganz normal aus. Alles außer den Zeigern der Uhr an der Wand. Sie standen auf Viertel nach sechs, und da hatten sie die letzten fünfundvierzig Minuten gestanden. Und jetzt, wo er das Fernbild aufmerksamer betrachtete, entdeckte er die kleinen Wiederholungen in Kennys Verhalten: immer wieder dasselbe schwache Kopfzucken, dasselbe Stirnrunzeln, dieselben Fingerbewegungen über die Tastatur. Mitch fühlte, wie sich seine Haare sträubten. Er hatte die ganze Zeit nur eine Bandaufnahme von dem gesehen, was im Computerraum geschehen war. Irgend jemand wollte sie glauben machen, Aidan Kenny arbeite an der Beseitigung der Fehler im Gebäudesteuerungssystem. Aber warum? Vorläufig behielt Mitch seine Entdeckung für sich. Er wollte die anderen nicht beunruhigen. Er drehte sich im Sessel um und sah David Arnon an.

«Dave? Hast du ein Walkie-talkie?»

«Natürlich, Mitch.» Arnon gab ihm das Gerät, das er auf der Baustelle immer bei sich trug, um den Kontakt zu seinen Leuten nicht zu verlieren.

«Im Sicherheitsbüro haben sie doch auch eins?»

Arnon nickte.

«Ich will Dukes, den Wachmann, anrufen und fragen, wo Richardson so lange bleibt.» Er sah den Blick, den Birnbaums blaßblaue Augen ihm aus zusammengezogenen Pupillen zuwarfen, und fügte hinzu: «Mir ist es scheißegal, was er treibt.»

Birnbaum zuckte die Achseln. «Dein Problem, Mitch.»

«Könnte sein.»

Curtis trug weiterhin einen sarkastischen Gesichtsausdruck zur Schau. Mitch sah ihn an und wies mit einem Kopfnicken auf die Tür.

«Könnte ich Sie kurz sprechen, Curtis? Draußen bitte.»

«Ich habe im Moment nichts anderes vor. Warum also nicht?»

Mitch sagte nichts, bis sie draußen auf dem Flur waren. «Ich wollte vor den anderen nicht darüber reden», sagte er schließlich. «Ich glaube, ich wollte ihnen nicht soviel Angst machen, wie ich gerade habe.»

«Mein Gott! Was ist denn los?»

Mitch berichtete vom Stillstand der Zeit auf der Uhr im

Computerraum und von seinem Verdacht, daß sie sich die letzten dreiviertel Stunden eine Bandaufnahme angesehen hatten.

«Und das heißt, daß im Computerraum um Viertel nach sechs etwas geschehen sein kann. Etwas, das jemand vor uns geheimhalten will.»

«Glauben Sie, daß mit Aidan Kenny alles in Ordnung ist?» Mitch seufzte tief auf und zuckte die Achseln.

«Ich weiß es wirklich nicht.»

«Dieser Jemand», sagte Curtis nach kurzem Nachdenken, «könnte das Ihr Freund aus der Garage sein? Der, der Sie k.o. geschlagen hat?»

«Daran hatte ich auch schon gedacht.»

«Wie weit meinen Sie, daß er gehen würde?»

«Ich halte Grabel nicht für einen Mörder. Aber wenn Sam Gleig Grabel erwischt hat, als der den Computer sabotierte, hätte ihn das eventuell das Leben kosten können. Vielleicht war es ein Unfall. Jedenfalls glaube ich jetzt, daß Grabel zurückgekommen sein könnte, um mich zu warnen. Vielleicht hat ihm inzwischen das Ganze leid getan.»

«Jedenfalls gibt es Ärger.»

«Ja, das fürchte ich auch», sagte Mitch.

«Sollten wir dann nicht lieber in den Computerraum gehen und nach Mr. Kenny sehen?»

«Natürlich. Aber falls ich recht habe, sollten wir es nicht riskieren, den Fahrstuhl zu benutzen.»

Curtis sah ihn verständnislos an.

«Abraham kontrolliert die Fahrstühle», erklärte Mitch. «Das ganze Gebäudesteuerungssystem könnte durcheinander sein.»

«Dann nehmen wir wohl besser die Treppe», schlug Curtis vor.

«Ich laufe nicht die ganze Treppe hinunter. Wir werden Dukes auf dem Weg nach oben nachsehen lassen, wie es Kenny geht. Sehen Sie, falls wir längere Zeit im Gebäude festsitzen, ist es sinnreicher, wenn die anderen zu uns heraufkommen, wo es Wasser und Lebensmittel gibt, als daß sie unten bleiben, wo es nichts gibt.»

Curtis nickte. «Klingt vernünftig.»

«Jedenfalls so lange, bis wir Hilfe finden.»

Mitch drückte auf den Rufknopf seines Funksprechgeräts und hob das Gerät ans Ohr. Aber als sie über der Eingangshalle standen, hörten sie die Alarmsirene im Erdgeschoß.

Nachdem er sich von den giftigen Nachwirkungen seines vergeblichen Versuchs, Kay Killen zu retten, erholt hatte, war Richardson ans nächste Telefon gegangen und hatte erfolglos versucht, im Besprechungszimmer anzurufen. Also kehrte er in die Eingangshalle zu Joan zurück.

Sie saß, wie er sie verlassen hatte, auf einem der großen schwarzen Ledersofas neben dem Klavier, das immer noch spielte, und versuchte, sich durch ein vor Nase und Mund gehaltenes Taschentuch gegen den Fäulnisgeruch zu schützen, der das Gebäude durchwehte. Richardson ließ sich schwer neben sie fallen.

«Ray?» Sie schreckte vor seinem nassen Körper zurück. «Was ist passiert? Du bist ja patschnaß!»

«Ich weiß es nicht», sagte er gefaßt. «Jedenfalls kann niemand behaupten, daß es meine Schuld war.» Er schüttelte nervös den Kopf. «Ich habe versucht, ihr zu helfen. Ich bin ins Becken gesprungen und habe versucht…»

«Wovon redest du, Ray? Beruhige dich, Schatz, und erzähl mir, was passiert ist.»

Richardson hielt inne und versuchte sich zu konzentrieren. Er atmete tief durch und nickte.

«Mir geht es gut», sagte er. «Es geht um Kay. Sie ist tot. Ich war am Becken, und sie trieb einfach im Wasser. Ich bin reingesprungen und habe sie rausgezogen. Ich habe versucht, sie wiederzubeleben. Aber es war zu spät.» Er schüttelte den Kopf. «Ich verstehe nicht, was da geschehen sein kann. Wie konnte sie nur ertrinken? Du hast sie doch selbst gesehen, Joan. Sie war eine hervorragende Schwimmerin.»

«Ertrunken?»

Richardson nickte nervös.

«Bist du sicher, daß sie tot ist?»

«Ganz sicher.»

Joan legte beruhigend die Hand auf den zitternden Rücken ihres Mannes und schüttelte den Kopf. «Also, ich weiß nicht. Vielleicht hat sie einen Kopfsprung gemacht und ist am Beckenboden aufgeprallt. So etwas passiert selbst erstklassigen Schwimmern.»

«Erst Hideki Yojo. Dann dieser Wachmann. Und jetzt Kay. Warum passiert mir das?» Er lachte verlegen. «Mein Gott, was sage ich da? Ich bin wohl übergeschnappt. Ich denke an nichts außer an das Gebäude. Ich habe versucht, das arme Mädchen aus dem Wasser zu ziehen, und weißt du, woran ich gedacht habe? Ich dachte immerzu: ein Unfall beim Schwimmen. Wie bei Le Corbusier. Kannst du dir das vorstellen? So besessen bin ich schon, Joan. Eine schöne Frau stirbt, und mir fällt nur ein, daß sie genau so gestorben ist wie ein berühmter Architekt. Was ist bloß los mit mir?»

«Du bist durcheinander, das ist alles.»

«Das ist noch nicht alles. Die Telefone funktionieren nicht. Ich habe gerade versucht, oben anzurufen, um ihnen zu sagen, daß sie tot ist.» Richardsons Unterkiefer begann zu zittern. «Du hättest sie sehen sollen, Joan. Es war schrecklich. So eine schöne junge Frau, und jetzt ist sie tot.»

Als hätte es auf sein Stichwort gewartet, beendete das Klavier die Goldbergvariationen im Stil von Glen Gould und machte sich, Artur Rubinstein imitierend, an die schweren Baßrhythmen des Trauermarschs aus Chopins b-Moll-Sonate.

Selbst Ray Richardson erkannte die erbarmungslos klagende Tonart des Stücks auf Anhieb. Er stand mit vor Wut geballten Fäusten auf.

«Was soll das, verdammt noch mal?» brüllte er. «Soll das ein Witz sein? Ich finde es überhaupt nicht komisch.»

Er marschierte so gravitätisch empört, wie seine durchnäßten Schuhe es erlaubten, wieder an die Hologrammtheke.

«Hi!» sagte Kelly erbarmungslos fröhlich. «Kann ich etwas für Sie tun?»

«Was ist das für eine Musik?» stieß Richardson wütend hervor.

«Nun», lächelte Kelly, «sie steht weitgehend in der Tradition der Trauermärsche der Französischen Revolution. Im dagegen abgesetzten Mittelteil hat Chopin allerdings...»

«Ich habe nicht nach Programmhinweisen gefragt. Ich wollte sagen, daß die Musik unangemessen und außerordentlich geschmacklos ist. Und warum funktionieren die Telefone nicht? Und warum riecht es nach Scheiße?»

«Bitte haben Sie Geduld. Ich versuche, Ihre Anfrage weiterzuleiten.»

«Idiotin», schrie Richardson sie an.

«Einen schönen Tag noch.»

Richardson stapfte zurück zu Joan.

«Wir sollten lieber raufgehen und allen mitteilen, was geschehen ist.» Er schüttelte den Kopf. «Weiß der Teufel, was dieser blöde Bulle dazu sagen wird.» Er machte auf dem Absatz kehrt und ging zu den Fahrstühlen.

Joan stand auf und hielt ihn an seinem nassen Hemdärmel fest.

«Wenn die Telefone nicht funktionieren», sagte sie, «dann sind die Fahrstühle wahrscheinlich auch außer Betrieb.»

Sie deutete auf die stumme Stockwerksanzeige über der Kabine, in die Declan und die beiden Maler vor kurzem gestiegen waren.

«Das Licht ist ausgegangen, als sie am fünfzehnten Stock vorbeikamen.»

Richardson starrte sie verständnislos an. Sie zuckte die Achseln. «Nun, sie wollten doch in den einundzwanzigsten, oder etwa nicht? Sie sind nie angekommen.»

Eine Glocke ertönte, als sich die Tür einer der übrigen vier Fahrstuhlkabinen, die Abraham automatisch herabgeschickt hatte, vor ihnen öffnete. Richardson blickte mißtrauisch in die Kabine.

«Sieht aus, als sei alles in Ordnung», sagte er.

Joan schüttelte den Kopf. «Mir gefällt das nicht», sagte sie.

Richardson stieg in die wartende Kabine.

«Ray, bitte komm da raus», bat sie ihn. «Mir ist das Ganze unheimlich.»

«Komm schon, Joan», ermunterte er sie. «Das ist unvernünftig. Und ich steige nicht in nassen Schuhen einundzwanzig Stockwerke die Treppe hoch.»

«Ray, denk doch einmal nach», insistierte sie. «Die Eingangstür ist verschlossen. Die Klimaanlage hat die Arbeit eingestellt. Der Duftspender spinnt. Die Telefone sind tot. Willst du dann auch noch in einem Fahrstuhl steckenbleiben? Wenn es dir egal ist, tu, was du willst. Aber ich nehme die Treppe. Mir ist es egal, wie viele Stockwerke es sind. Ich kann es nicht erklären, aber mich kriegst du da nicht rein.»

«Was soll das jetzt wieder? Die Weisheit der Navaho? Oder was? Hier drin ist es jedenfalls schön kühl.»

Er legte die Hand an die Kabinenwand und zog sie dann ruckartig zurück, als hätte er sich verbrannt.

«Mein Gott!» rief er aus und verließ eilig den Fahrstuhl. Er rieb mit den Fingern über die Handfläche.

«Was ist jetzt wieder los?» Die Stimme gehörte Dukes, dem Wachmann.

«Irgend etwas stimmt nicht mit dem Fahrstuhl», gab Richardson verblüfft zu. «Die Kabinenwand ist eiskalt. Wie in einer Tiefkühltruhe. Meine Hand ist daran hängengeblieben.»

Dukes betrat den Fahrstuhl und berührte die Wand mit dem Zeigefinger.

«Tatsächlich», sagte er. «Wie ist das möglich?»

Richardson strich sich über das Kinn und zog die Unterlippe nachdenklich in den Mund. «Es gibt einen Hochgeschwindigkeitskamin zur Hauptanlage auf dem Dach», sagte er nach ein paar Sekunden. «Die Luft läuft über ein Kühlmittel in der Expansionsspule. Von da aus strömt kalte Luft in einen ventilatorunterstützten Kasten mit variablem Volumen und sollte von dort aus in die Niedergeschwindigkeitsleitungen strömen. Ich kann mir nur vorstellen, daß der gesamte Frischluftvorrat des Gebäudes irgendwie in die Fahrstuhlschächte umgeleitet worden ist. Deshalb ist es hier draußen so warm.»

«Hier drinnen ist es jedenfalls kalt. Wahnsinn», bemerkte Dukes. «Ich kann meinen eigenen Atem vor dem Mund sehen.»

«Das ist die Kälte. Wie im Mittleren Westen im Winter.»

Dukes zitterte vor Kälte und verließ die Kabine. «Da möchte ich nicht bei geschlossener Tür drin sein.»

«Meine Frau meint, es könnten drei Leute in einer der anderen Kabinen steckengeblieben sein», sagte Richardson. «Etwa in Höhe des fünfzehnten Stocks.»

«Die drei, die vorhin hier waren?»

Joan nickte.

«In der Tiefkühlanlage haben sie weniger Chancen als ein gefrorenes Rumpsteak.»

«Scheiße», sagte Richardson. «Was für eine beschissene Scheiße!» Er legte die Hände auf den Kopf und lief frustriert in einem immer enger werdenden Kreis herum. «Jedenfalls müssen wir sie da rausholen. Einen guten Fahrer findet man heutzutage nicht so schnell. Declan gehört praktisch zur Familie. Irgendwelche Vorschläge?»

Dukes runzelte die Stirn. Zunächst wollte er Ray Richardson ein egoistisches Arschloch nennen und ihn daran erinnern, daß außer seinem blöden Fahrer noch zwei Männer in der Kabine steckten. Aber Richardson war immer noch der Boß, und Dukes wollte seine Stelle nicht verlieren. Also zeigte er statt dessen auf einen Punkt neben den Fahrstuhltüren.

«Wie wäre es, wenn wir den Feuermelder aktivieren? Die Feuerwehr muß dann doch automatisch reagieren, oder?»

«Das könnte den Versuch wert sein.»

Sie gingen um die Ecke hinter die Fahrstühle, wo ein Löschschlauch neben einem Feuermelder an der Wand hing. Dukes zog die Pistole, um die Scheibe einzuschlagen.

«Nein! Stecken Sie das Ding weg!» schrie Richardson.

Zu spät. Jetzt wurde kein Feueralarm ausgelöst, sondern Sicherheitsalarm. Der Anblick einer gezogenen Pistole in der Eingangshalle auf der Videoüberwachungsanlage genügte, daß Abraham automatisch die Verteidigungssysteme des Grills einschaltete. Die Türen zu den Notausgängen auf allen Stockwerken schlossen sich. Ein eiserner Vorhang wurde von der Decke herabgelassen und schloß Treppenhaus und Fahrstuhlschacht ab. Erst als Abraham sich davon überzeugt hatte, daß die oberen Ebenen für Eindringlinge unerreichbar waren, hörte das Heulen der Sirenen auf.

«Scheiße», sagte Dukes. «Das habe ich glatt vergessen.»

«Sie verdammter Idiot», knurrte Richardson. «Jetzt sitzen wir wirklich fest.»

Dukes zuckte die Achseln. «Dann kommen eben die Bullen statt der Feuerwehr. Ich sehe da keinen Unterschied.»

«Ich hätte gerne etwas bequemer auf sie gewartet», sagte Richardson. «Ich weiß nicht, was mit Ihnen ist, aber ich könnte einen Drink brauchen.» Er schüttelte ärgerlich den Kopf. «Sie sind entlassen. Verstanden? Wenn die Krise erst einmal vorbei ist, gehören Sie zum alten Eisen, Kumpel.»

Dukes zuckte resigniert die Achseln, warf einen Blick auf die automatische Pistole, die er immer noch in der Hand hielt, und steckte sie wieder ins Halfter.

«Eins kann ich Ihnen sagen, Sie Arschloch», grinste er. «Jemand, der einen Mann mit einer Pistole in der Hand entläßt, ist mutig. Oder dumm.»

Das Sprechgerät an Dukes' Gürtel piepste. Dukes nahm es ab und drückte auf die Empfangen-/Senden-Taste.

«Was geht da unten vor sich?»

«Mitch?» Richardson riß Dukes das Gerät aus der Hand. «Mitch, Ray hier. Wir sind hier eingepackt wie das Essen vom Pizza-Service. Dukes hat die Pistole gezogen, um die Scheibe am Feuermelder einzuschlagen, statt den kleinen

Hammer zu benutzen, der daneben hängt. Hält sich wohl für Clint Eastwood oder so. Das hat das Sicherheitssystem ausgelöst.»

«Geht es euch allen gut?»

«Ja, keine Probleme. Aber hör mal, sind eigentlich Declan und die beiden Maler oben angekommen?»

«Nein, wir haben nichts von ihnen gesehen.»

«Dann stecken sie wohl im Fahrstuhl fest. Das wäre ja nicht so schlimm, wenn nicht die gesamte Kaltluft für die Klimaanlage in den verdammten Fahrstuhlschacht umgeleitet worden wäre. Die Kabine muß eine Tiefkühltruhe sein. Deshalb wollten wir die Feuerwehr alarmieren.»

«Das kannst du vergessen», sagte Mitch. «Ich glaube, an Abraham ist ein Sabotageakt verübt worden.»

«Von wem, verdammt noch mal?»

Mitch berichtete über Allen Grabel.

«Wenn ich recht habe und Abraham nicht mehr sauber ist, könnten ihm völlig neue Prioritäten eingegeben worden sein. Und ich fürchte, die Sorge um unser Wohlergehen gehört nicht dazu. Wir werden uns hier oben etwas ausdenken müssen. Was ist mit Kay?»

Richardson seufzte. «Sie ist tot.»

«Tot? Mein Gott, nicht doch! Was ist geschehen?!»

«Frag mich nicht. Ich habe sie im Becken treibend gefunden. Ich habe Wiederbelebungsversuche gemacht, aber es war erfolglos.» Er hielt einen Augenblick inne und fragte dann: «Hör mal, was soll das heißen: Abraham ist nicht mehr sauber? Was unternimmt Kenny, um die Systeme wieder in Ordnung zu bringen?»

«Wir haben den Kontakt zu ihm verloren», sagte Mitch. «Ich hatte gehofft, du könntest, wenn du raufkommst, unterwegs im Computerraum nachsehen.» Mitch erklärte seine Theorie über die Endlosschleife im Videoband. «Irgendwie müssen wir in den Computerraum kommen und alle GSS-Programme abschalten.»

«Was ist mit dem Terminal im Besprechungszimmer?»

fragte Richardson. «Kann Beech nicht von da aus irgend etwas unternehmen?»

«Nur wenn Abraham es erlaubt.»

«Mein Gott, was für eine Scheiße! Was sollen wir jetzt tun?»

«Hör mal, bleib ganz ruhig. Irgend etwas wird uns schon einfallen, und dann rufen wir dich wieder an.»

«Gut, aber macht schnell. Hier unten herrscht eine Temperatur wie in einem Backofen.»

In die aufgerauhte Aluminiumdecke der Fahrstuhlkabinen war eine runde Öffnung von knapp einem Zentimeter Durchmesser eingelassen. Dahinter lag ein paar Millimeter tiefer die dreieckige versenkte Mutter, mit der die Inspektionsluke für die Kabine verriegelt war. Um die Mutter zu lösen und die Luke zu öffnen, brauchte man den speziellen Muffenschlüssel, der zur Ausrüstung des Wartungsdienstes von Otis gehörte. Der offensichtlichen Aussichtslosigkeit des Versuchs ungeachtet, bemühte sich Dobbs, der größte der drei in der Kabine eingeschlossenen Männer, die Mutter mit einem kleinen Schraubenzieher zu öffnen, den er in der Tasche seines Overalls gefunden hatte.

«Irgendwie muß man das Ding doch drehen können», sagte er zähneklappernd.

«Du verschwendest nur deine Zeit», sagte Declan Bennet, der vor Kälte bereits blau angelaufen war.

«Hast du einen besseren Vorschlag, Kumpel?» sagte Martinez. «Dann nur heraus damit. Mir fällt kein anderer Ausweg ein.»

«Scheißding», sagte Dobbs. «Rührt sich nicht.» Er ließ die schmerzenden Arme sinken, sah sein Werkzeug enttäuscht an und warf es schließlich angeekelt weg, als habe er jetzt erst erkannt, wie ungeeignet es war. «Du hast recht. Ich könnte genausogut meinen Schwanz da reinstecken. Das wäre wenigstens ein schöner Tod.» Er lachte bitter. «Ich versteh nicht, wo die Kälte herkommt. Ich habe schon mal gehört, daß man sich vor einer Klimaanlage erkälten kann, aber so etwas ist einfach lächerlich. Ich hätte nie gedacht, daß man in Los Angeles erfrieren kann.»

«Was heißt hier erfrieren?» fragte Declan Bennett.

«Ich habe zu Hause eine Tiefkühltruhe», sagte Dobbs, «und ich habe die Gebrauchsanweisung gelesen. Ich nehme an, wir haben noch etwa zwölf Stunden Zeit, und dann sind wir haltbar bis Weihnachten.»

«Sie werden uns rausholen», insistierte Bennett.

«Und wer holt die anderen raus, damit sie uns rausholen können?»

«Es hat doch bloß der Computer versagt. Irgend etwas mit der Software stimmt nicht. Genau wie bei der Eingangstür. Ich habe gehört, wie Mr. Richardson es seiner Frau erklärt hat. Ein Computerspezialist versucht gerade, alles wieder in Ordnung zu bringen. Dieser Fahrstuhl kann jede Minute weiterfahren. Ihr werdet schon sehen.»

Martinez zog die eiskalten Hände unter den Achselhöhlen hervor und hauchte sie an.

«Ich glaube, ich werde nie wieder Fahrstuhl fahren», erklärte er. «Falls ich es überlebe.»

«Ich war in der britischen Armee», sagte Bennett. «Da hat man mir ein bißchen was über Überlebenstechnik beigebracht. Man kann extrem kalte Temperaturen mehrere Stunden, sogar Tage überleben, indem man den Herzschlag erhöht. Ich schlage vor, daß wir alle auf der Stelle laufen und uns dabei an den Händen halten, um zusätzlich Wärme zu gewinnen.»

Die drei Männer stellten sich im Kreis auf, faßten sich an den Händen und begannen zu joggen. Ihr Atem bildete weiße Wolken vor ihren Mündern. Unter ihren halberfrorenen Füßen quietschte der Fahrstuhl leise.

«Wir müssen uns in Bewegung halten», sagte Bennett. «Blut kann gefrieren wie jede andere Flüssigkeit. Aber bevor es soweit ist, hat das Herz bereits versagt. Also muß man ihm zusätzliche Arbeit verschaffen. Ihr müßt ihm zeigen, daß es immer noch ihr seid, die hier das Sagen haben.»

«Ich komme mir vor wie eine Schwuchtel», beschwerte sich Martinez.

«Als ob du keine anderen Sorgen hättest, Junge», sagte Bennett. «Sei froh, daß du nicht auch noch unter Klaustrophobie leidest.»

«Klaustro was?»

«Erklär's ihm nicht», sagte Dobbs zu Bennett. «Bring ihn lieber nicht auf dumme Ideen.» Er sah Martinez an und grinste, als sei sein Arbeitskollege ein Kleinkind.

«Klaustrophobie ist Angst vor dem Nikolaus, du blöder Mexikaner. Halt dich an meiner Hand fest und hör auf, dumme Fragen zu stellen. In einem hast du allerdings recht. Von heute an nehmen wir beide die Treppe.»

«Darf ich um Ihre Aufmerksamkeit bitten?»

Frank Curtis wartete, bis es im Besprechungszimmer still wurde, bevor er anfing zu sprechen.

«Danke. Wie Mr. Bryan mir sagt, ist die Zuverlässigkeit des Gebäudesteuerungssystems nicht mehr gewährleistet. Und das heißt, wenn Sie mir die Formulierung gestatten wollen, nichts anderes, als daß ein Verrückter den Computer, der alles kontrolliert, die Maschine, die Sie Abraham nennen, sabotiert hat. Es sieht so aus, als hätte Ihr früherer Kollege Allen Grabel etwas gegen Ihren Chef. Jedenfalls ist die Situation die folgende: Das Telefon funktioniert nicht. Die Ausgänge und Eingänge sind verschlossen, und das gilt auch für die Türen zu den Notausgängen. In einer der Fahrstuhlkabinen sitzen drei Personen fest. Also müssen wir annehmen, daß die Fahrstühle auch nicht funktionieren. Gewiß brauche ich sie nicht daran zu erinnern, daß die Fenster aus Panzerglas bestehen und daß es hier drinnen sehr heiß ist. Und es hat einen weiteren Todesfall gegeben. Es tut mir leid, Ihnen das mitteilen zu müssen, aber Ihre Kollegin Kay Killen ist tot im Schwimmbecken aufgefunden worden.»

Curtis wartete einen Augenblick, bis das erschreckte Murmeln im Raum sich gelegt hatte.

«Wir wissen zwar nicht genau, wie es dazu kommen konnte, aber wir werden wohl die Möglichkeit in Betracht ziehen müssen, daß der Computer und Allen Grabel dafür verantwortlich sind.»

Jetzt mußte er lauter sprechen. Der Schock war allmählich wachsender Panik gewichen.

«Also hören Sie: Ich habe nicht vor, Ihnen etwas vorzumachen oder Sie über irgend etwas im dunkeln zu lassen. Sie sind schließlich alle erwachsen. Ich gehe davon aus, daß unsere Chancen, möglichst bald hier rauszukommen, um so höher sind, je genauer wir alle über unsere Situation Bescheid wissen. Dies sind also die Tatsachen: Es ist möglich, ja sogar wahrscheinlich, daß Grabel für den Mord an Sam Gleig verantwortlich ist. Ich weiß mit Sicherheit nur, daß es uns nicht gelungen ist, Kontakt mit Mr. Kenny im Computerraum aufzunehmen, und daß die Fahrstuhlkabine sich in eine Tiefkühltruhe verwandelt hat. In anderen Worten: Es kann sein, daß inzwischen vier weitere Personen in diesem Gebäude tot sind. Ich hoffe, ich habe nicht recht. Aber ich glaube, wir können ohne weiteres annehmen, daß Allen Grabel Ihren Computer so weit korrumpiert hat, daß das Gebäude extrem gefährlich für uns alle ist.»

«Ich habe die Glasfaserkabel in der Wartungszelle auf diesem Stockwerk überprüft», teilte Willis Ellery mit. «Soweit ich das beurteilen kann, sind sie in Ordnung.»

Bob Beech schüttelte den Kopf.

«Ich kann mir nicht vorstellen, wie Grabel das getan haben sollte», sagte er. «Wenn ihr mich fragt, ist Aidan Kenny der bessere Kandidat. Das hier ist sein Gebäudesteuerungssystem. Er war ausgesprochen knauserig, wo es um Zugangscodes und dergleichen ging. Ich kann Grabel nicht als Täter sehen.»

Jetzt schüttelte Mitch den Kopf.

«Das macht keinen Sinn. Aidan war stolz auf das Gebäude. Ich kann mir nicht vorstellen, daß er es sabotiert hätte.»

«Wie auch immer, Mr. Beech, wir werden Ihre Hilfe brauchen», sagte Curtis. «Können Sie von dem Terminal hier im Raum aus irgend etwas tun? Zum Beispiel, die Leute aus dem Fahrstuhl holen?»

Beech schnitt eine Grimasse. «Das einzige Eingabegerät ist eine Tastatur. Das könnte Schwierigkeiten machen. Ich bin nicht gut im Maschineschreiben. Ich bin eher an eine verbale Schnittstelle zu Abraham gewöhnt. Und das hier ist ein ziemlich dummes Terminal. Ich kann nur das tun, was der Zentralrechner mir erlaubt.» Er setzte sich an die Tastatur. «Aber versuchen kann ich es ja.»

«Richtig», sagte Curtis. «Und der Rest, bitte zuhören! Irgend jemand wird in nicht allzu ferner Zukunft merken, daß wir nicht da sind, wo wir sein sollten. Mr. und Mrs. Richardson, beispielsweise, sollten nach Europa fliegen. Und Ihre Familien werden sich fragen, wo Sie bleiben. Meine wird das jedenfalls tun. Wir haben gute Aussichten, nicht allzu lange hier festzusitzen, aber wir sollten ein paar Vorsichtsmaßnahmen treffen. Nur für den Fall, daß es am Ende doch länger dauert, als wir denken. Also muß jeder von uns die Verantwortung für ein paar Grundbedürfnisse übernehmen. Mitch?»

«Okay. Marty, du bist für Lebensmittel und Wasser zuständig. Die Küche ist nebenan. Stell fest, was wir haben.»

«Wenn du es für nötig hältst.»

«Tony? Wahrscheinlich kennt außer Kay niemand die Gebäudepläne so gut wie du.»

«Die habe ich hier, Mitch», sagte Levine. «Auf dem Laptop.»

«Prima. Sieh sie dir an. Versuch, einen anderen Weg hinaus zu finden. Helen? Ich nehme an, du weißt, wer wo gearbeitet hat?»

Helen Hussey nickte und zog nervös eine Strähne ihres langen roten Haars zwischen den Lippen durch.

«Vielleicht könntest du darüber nachdenken, wo wir auf dieser Ebene Werkzeug finden können.»

«Ich fange nebenan an», sagte sie, «in der Küche.»

«Detective Coleman?» Mitch übergab ihm das Funksprechgerät. «Vielleicht sollten Sie Kontakt zu den Leuten in der Eingangshalle halten. Teilen Sie uns mit, ob sie irgend etwas brauchen.»

«Natürlich.»

«Sergeant Curtis wird die Gesamtkommunikation übernehmen. Wenn Sie irgendwelche Informationen haben, teilen Sie sie ihm mit. David? Willis? Wir sollten jetzt die Köpfe zusammenstecken und sehen, ob wir einen Weg finden, die Leute aus dem Fahrstuhl zu holen.»

«Und noch etwas», fügte Curtis hinzu. «Nach allem, was ich weiß, war Kay Killen eine gute Schwimmerin. Und dennoch ist sie aus irgendeinem Grund ertrunken. Es muß etwas Unerwartetes geschehen sein. Also: Was auch immer Sie tun, wo auch immer Sie hingehen, seien Sie bitte vorsichtig.»

«Was soll ich tun, Mitch?» fragte Jenny.

Mitch drückte ihr die Hand und versuchte zu lächeln. Sein Mund fing wieder an zu bluten.

«Sag bitte nicht: Ich hab's ja gewußt.»

Ray Richardson zerrte an seinem maßgeschneiderten Hemd und versuchte, Luft in den Zwischenraum zwischen feuchtem Stoff und schweißbedeckter Haut zu fächeln. Draußen vor den beschlagenen Türen und Fenstern des Grills war es dunkel geworden. Ohne das grelle Licht, den Gestank und die unaufhörliche Klaviermusik hätte er vielleicht schlafen können.

«Wie heiß ist es wohl?» fragte Joan, die sich unruhig auf einem der großen Ledersofas hin- und herwälzte.

Richardson zuckte die Achseln.

«Es ist nicht nur die Temperatur. Ohne die Klimaanlage verbreitet der Baum hier unten eine Menge Feuchtigkeit.»

Dukes stand auf und begann, sich das dunkelblaue Hemd auszuziehen.

«Wissen Sie was? Ich gehe baden.»

«Wie denn?» knurrte Richardson. «Sie haben doch die Tür zum Schwimmbecken abgeschlossen.»

Dann wurde ihm klar, daß Dukes von dem Fischteich rund um den Baum sprach.

«Keine dumme Idee», gab er zu und begann, sich auszuziehen.

In ihren Unterhosen ließen die beiden Männer sich ins Wasser fallen. Die leuchtendbunten Fische stoben in alle Richtungen auseinander. Joan sah unsicher auf das Wasser.

«Komm rein», ermunterte sie ihr Mann. «Es ist wie wenn wir im Amazonas schwimmen.»

«Ich weiß nicht», sagte sie. «Was ist mit den Fischen?»

«Das sind Koi-Karpfen», sagte Richardson, «keine Piranhas.»

Joan lehnte sich über den Teich und spritzte sich Wasser ins Gesicht und auf die Brust.

«Du bist doch wohl nicht plötzlich schüchtern», neckte sie Richardson. «Und du hast dich für *LA Living* nackt fotografieren lassen! Behalt die Bluse an, wenn es dir peinlich ist.»

Joan zuckte die Achseln und fing an, den Reißverschluß ihres wadenlangen Rocks aufzuziehen. Sie ließ den Rock zu Boden fallen, band die Enden ihrer Bluse zusammen und ging ins Wasser.

Richardson ließ sich unter die Wasseroberfläche sinken und stieg dann wie ein Nilpferd wieder auf. Er ließ sich einen Augenblick auf dem Rücken treiben und blickte in der Eingangshalle nach oben. Jetzt, wo er einmal hier war, bemerkte er, daß man die innere Geometrie des Entwurfs nirgends anders so gut würdigen konnte: die Form, die sich, je höher der Turm in die Lüfte stieg, allmählich vom Oval in ein schlankes Rechteck veränderte, und die Eingangshalle, die sich um die bogenförmigen Rippen der Galerien und das aufrecht stehende Rückgrat der Dikotyle herum verjüngte. Es war, als befände er sich im Bauch des Weißen Wals.

«Wunderbar», murmelte er, «einfach wunderbar.»

«Ja, wunderbar», sagte Joan begeistert, die glaubte, er rede vom Schwimmen im kühlen Wasser.

«Genau wie am Hydranten im Sommer», stimmte Dukes ihr zu.

«Ich bin dankbar, daß du mich überredet hast reinzugehen», sagte sie. «Glaubst du, man kann das Wasser trinken? Oder ist es vergällt wie das Wasser draußen im Brunnen?»

«Das will ich nicht hoffen», sagte Richardson. «Nicht mit den Fischen, die da drin schwimmen. Die kosten fünfzehntausend Dollar das Stück. Das Wasser muß für sie extra entchlort und gereinigt werden.»

«Und wenn die Fische ... du weißt schon ... im Wasser auf die Toilette gegangen sind?»

Richardson lachte. «Ein bißchen Fischscheiße hat noch niemandem geschadet, Liebling. Außerdem glaube ich nicht, daß wir es uns aussuchen können.» Er nahm einen Schluck von dem warmen, abgestandenen Wasser, um sie zu überzeugen.

Als Joan ins Wasser stieg, war es nicht so tief gewesen wie erwartet. Aber jetzt, als sie auf dem ölig glatten Beckenboden saß, schien der Spiegel plötzlich abzusinken.

«He!» sagte Dukes. «Hat jemand den Stöpsel aus der Wanne gezogen?»

Er richtete sich auf. Vorhin hatte ihm das Wasser bis zur Taille gestanden. Jetzt erreichte es gerade noch seine Knie. Er hielt Umschau nach einem Gefäß, und als er nichts Brauchbares fand, begann er, sich die immer knapper werdende Flüssigkeit mit den Händen in den Mund zu schaufeln.

Ruckartig erhob sich Richardson. Plötzlich schien es möglich, daß Mitch recht gehabt hatte: Irgend jemand hatte es auf sie abgesehen. Aus was für einem Grund sonst hätte man den Teich ausgerechnet jetzt ablassen sollen, wenn nicht, um ihnen das Wasser abzugraben?

Auf dem Bauch liegend begann er, wie der letzte Flüchtling vor den Armeen Gideons, das Wasser mit der Zunge aufzuschlürfen, als sei er ein Hund. Dann lag er erschöpft und still da und sah den hilflos zappelnden Karpfen zu.

«Wenigstens lassen sich die Fische so leichter fangen», sagte er und stand wieder auf. «Für den Fall, daß wir hungrig werden.»

Joan stand auf. Daß Dukes sie in ihrer Unterwäsche sehen konnte, war ihr inzwischen auch egal.

«Von Sashimi bekomme ich immer Durst», sagte sie.

Dukes lächelte und betrachtete das Wasser, das auf ihrem halbnackten Körper wie die Glasur einer Tonfigur glänzte und in kleinen, appetitlichen Bächlein aus den ebenholzfarbenen Locken des Schamhaars tropfte, das durch die nassen Höschen schimmerte. Er hätte den Mund darunter halten und trinken können, als entspringe es einer frischen Quelle. Fett war sie zwar, dachte er, aber sie hatte ein hübsches Gesicht.

«Ich auch», sagte er.

Der schwarze Bildschirm von Tony Levines Laptop zeigte in grünen Linien die Außenseite der Fahrstuhltüren. Mit dem Daumen rollte er den Track ball in seinem Gehäuse so, daß der Blickwinkel sich von der einen Seite der Türen zur anderen und zum Antriebssystem darüber verschob. Willis Ellery zückte seinen Kugelschreiber und zeigte auf etwas, das aussah wie eine Fahrradkette.

«Gut», sagte er. «Das hier ist ein vollregulierbares Antriebssystem. Über diesen verstellbaren Gleichstrommotor werden zwei Spreizen bewegt, die die Türen auseinanderziehen und sie dann wieder schließen. Am oberen Türrand ist die Kraft, die die Türen geschlossen hält, größer als unten. Also müssen wir versuchen, sie hier auseinanderzuziehen: so weit unten wie möglich. So können wir die Kaltluft in den Hauptteil des Gebäudes umleiten und sie von den drei Männern in der Kabine fernhalten. Das sollte immerhin ausreichen, damit sie nicht erfrieren. Danach sollten wir überlegen, ob wir den Schacht herunterklettern und versuchen wollen, die Luke in der Kabinendecke zu öffnen.»

«Klingt nicht schlecht», sagte Mitch. «Aber dazu brauchen wir so etwas wie ein Messer oder einen Schraubenzieher. David, fragst du bitte Helen, was sie gefunden hat?»

Arnon nickte und machte sich auf die Suche nach Helen.

«Selbst wenn wir die Türen nicht sehr weit auseinanderkriegen», fuhr Ellery fort, «sind da noch die Sensoren im Antriebsmechanismus. Eine Art von Lichtschranke. Wenn wir den Strahl unterbrechen können, sollten wir es schaffen, den Türöffnungsmechanismus zu aktivieren.»

«Heißt das die Türen aufmachen?» fragte Curtis grinsend.

«Richtig», sagte Ellery ruhig. Kay Killens Tod hatte ihn tief berührt und er konnte nicht einsehen, wie man irgend etwas von dem, was hier vor sich ging, komisch finden konnte. Die Mitteilung, daß sie im Grill gefangen waren, hatte bei ihm eine deutlich spürbare Übelkeit ausgelöst, als hätte er etwas Verdorbenes gegessen. Er stieß einen Seufzer demonstrativer Ungeduld aus.

«Hört mal, ich tue hier, was ich kann», sagte er.

«Natürlich tun Sie das», sagte Curtis. «Das tun wir alle. Gerade deshalb sollten wir nicht in Trübsal verfallen. Was da geschehen ist, darf uns nicht zur Verzweiflung treiben. Verstehen Sie?»

Ellery nickte.

Arnon kam mit einer Sammlung von Tranchiermessern, Küchenscheren und Frühstücksbrettchen wieder.

«Wir können die Bretter in den Zwischenraum klemmen, den wir mit den Messern schaffen», erklärte er, «um die Türen offenzuhalten.»

«Okay», sagte Mitch. «Machen wir uns an die Arbeit.»

Die vier Männer machten sich auf den Weg zu den Fahrstühlen.

«Welcher?» fragte Ellery.

Mitch berührte die Fahrstuhltüren. Wie Richardson gesagt hatte, waren sie eiskalt.

«Der mittlere auf dieser Seite.»

Ellery wählte ein langes Brotmesser und legte sich auf den Bauch. Wo die beiden Türflügel sich trafen, setzte er die Messerspitze an und begann, sich gegen das Messer zu lehnen. Levine stand über ihm und versuchte, an einem höhergelegenen Punkt ein zweites Messer in den Türspalt zu schieben. Keiner von beiden machte merkliche Fortschritte.

«Es geht nicht rein», grunzte Ellery.

«Vorsicht, daß Sie sich nicht schneiden», sagte Curtis.

«Es gibt überhaupt nicht nach. Entweder ist das Antriebssystem stärker, als ich dachte, oder die Türen sind verklemmt.»

Levines Messer brach ab und hätte ihm beinahe einen Finger amputiert.

Curtis griff nach einer offenen Schere und nahm Levines Platz ein.

«Lassen Sie mich mal probieren.»

Nach ein paar Minuten trat auch er zurück und betrachtete den Türspalt auf seiner gesamten Länge näher. Dann rieb er mit dem Daumen am obersten Ende der Tür darüber und zwängte die Klinge der Schere in die schmale Ritze. Etwas splitterte, aber es war kein Metallstück.

«Die Türen sind nicht zugeklemmt», sagte er mit grimmiger Miene. Er bückte sich, sammelte die Splitter vom Teppich auf und zeigte sie auf der Handfläche herum. Es waren Eisstücke. «Sie sind zugefroren.»

«Scheiße», stöhnte Levine.

«Es tut mir leid, das sagen zu müssen, meine Herren», sagte Curtis, «aber wer sich hinter dieser Tür befindet, ist bereits so gut wie tot.»

«Die armen Kerle», sagte Arnon. «Mein Gott, was für ein Tod!»

Ellery stand auf und atmete tief und gequält ein. «Mir geht es gar nicht gut», sagte er.

«War's das?» sagte Levine. «Geben wir einfach auf?»

Curtis zuckte die Achseln. «Hat jemand einen Vorschlag?»

«Irgend etwas müssen wir doch tun können. Mitch?»

«Es ist schon so, Tony. Wahrscheinlich sind sie bereits tot.»

Levine trat wütend gegen die Tür und fing an, sie zu verfluchen.

«Immer mit der Ruhe», sagte Mitch.

«In diesem gottverdammten Gebäude liegen vier oder fünf Leichen herum, und du sagst: Immer mit der Ruhe? Verstehst du nicht, was los ist, Mitch? Es ist aus mit uns. Keiner von uns kommt hier raus. Dieses Arschloch Grabel wird uns einen nach dem anderen umbringen.»

Curtis legte Levine die Hände auf die Schultern und preßte ihn gegen die Wand.

«Beruhige dich erst mal», sagte er. «Ich will dieses Gejammer nicht mehr hören.» Er ließ Levine los, lächelte und fügte hinzu: «Es hat keinen Zweck, wenn du die Damen nervös machst.»

«Macht euch da mal keine Sorgen», sagte Arnon. «Die haben mehr Mut als die Männer, egal, woher sie ihn nehmen. An die braucht ihr nicht zu denken. Die sind unerschütterlich.»

«Entschuldigt mich bitte», sagte Ellery mit schwacher Stimme. «Ich muß aufs Klo.»

Mitch hielt ihn am Arm fest. «Geht's dir gut, Willis? Du siehst blaß aus.»

«Mir geht es nicht besonders gut», gab Ellery zu.

Die drei Männer sahen Ellery nach, der über den Flur zum Besprechungszimmer ging.

«Dave hat recht», zischte Levine hämisch. «Außer Ellery und Birnbaum werden hier keine Damen nervös.»

«Meinen Sie, er braucht Hilfe?» fragte Curtis Mitch, ohne sich um Levine zu kümmern.

«Er hat sehr an Kay gehangen. Das ist alles.»

«Wir haben sie alle gern gehabt», sagte Arnon.

«Möglicherweise ist er ein wenig ausgetrocknet», sagte Curtis. «Wir sollten aufpassen, daß er etwas trinkt.»

Sie kehrten ins Besprechungszimmer zurück und schüttelten schweigend den Kopf, als die anderen sich nach den drei Männern im Fahrstuhl erkundigten.

«Es ist also ernst», bemerkte Marty trocken. «Wenigstens werden wir nicht verhungern oder verdursten. Ich habe eine Vorratsliste angelegt, auch wenn ich nicht einzusehen vermag, warum man mir eine so nachgeordnete Aufgabe zuteilt. Schließlich bin ich hier der Seniorpartner, Mitch. Eigentlich sollte ich das Kommando haben.»

«Wollen Sie übernehmen?» fragte Curtis. «Bitte schön, nur allzugern. Ich bin hier nicht dabei, mein Ego aufzubauen. Ich habe nicht den dringenden Wunsch, anderen meinen Willen aufzuzwingen. Wenn Sie glauben, Sie können uns hier rausholen, tun Sie es. Ich werde Ihnen nicht im Weg stehen.»

«Das habe ich nicht gesagt. Ich habe nur darauf hingewiesen, daß die normale Hierarchie offenbar verkehrt worden ist.»

«Weißt du, Marty, in Krisensituationen kommt das vor», sagte Arnon leichthin. «Die alten Klassenstrukturen werden bedeutungslos, und das Überleben hängt dann oft von praktischen Fähigkeiten und Eigenschaften ab, wie etwa der Eigenschaft, Ingenieur zu sein und das Revier genau zu kennen.»

«Soll das heißen, daß ich mich in diesem Gebäude nicht auskenne, David? Was glaubst du eigentlich, was ein Seniorpartner bei einem Projekt wie diesem tut?»

«Weißt du was, Marty? Die Frage stelle ich mir schon seit Monaten. Ich wäre dankbar, wenn du sie beantworten könntest.»

«Also wirklich!» Vor Empörung stand Birnbaum in Habtachtstellung, als müsse er vor Gericht plädieren. «Sag's ihm, Mitch. Sag ihm…»

Curtis räusperte sich geräuschvoll. «Warum lesen Sie nicht einfach die Liste vor?» sagte er. «Über Ihre Arbeitsplatzbeschreibung können wir später diskutieren.»

Birnbaum runzelte die Stirn und fing dann beleidigt an, die Vorräte aufzuzählen: «Zwölf Zwei-Liter-Flaschen Mineralwasser, vierundzwanzig Flaschen Budweiser, zwölf Flaschen Miller Lite, sechs Flaschen eher mittelmäßiger kalifornischer Chardonnay, acht Flaschen frisch gepreßter Orangensaft, acht Pakete Kartoffelchips, sechs Pakete geröstete Erdnüsse, zwei kalte Hähnchen, ein kalter Schinken, eine Seite Räucherlachs, sechs Baguettes, ein paar Stück Käse, Obst – viel Obst –, sechs Schokoladenriegel und vier große Thermosflaschen Kaffee. Der Kühlschrank funktioniert nicht, aber noch haben wir fließendes Wasser.»

«Danke, Marty», sagte Arnon. «Gut gemacht. Du darfst jetzt gehen.»

Birnbaum wurde puterrot, schob Curtis die Liste in die Hand und marschierte, von David Arnons hämischem Lachen verfolgt, zurück in die Küche.

«Jedenfalls haben wir genug zu essen», sagte Curtis zu Coleman.

«Ein Bier wäre jetzt nicht falsch», meinte der.

«Geht mir genauso», sagte Jenny. «Ich habe Durst.»

«Mein Magen knurrt wie die St.-Andreas-Spalte», sagte Levine. «Bob? Soll ich dir etwas aus der Küche mitbringen?»

Bob Beech riß sich von seinem stummen Computerterminal los, stand auf und ging ans Fenster.

«Bob?» sagte Mitch. «Gibt es etwas, das wir wissen sollten?»

Der Appetit verging ihnen ruckartig, als Beech antwortete: «Ich fürchte, wir müssen unsere Rettungserwartungen revidieren», sagte er trocken, «und zwar radikal.»

Es war fast neun Uhr.

«Keiner von uns hat einen geregelten Tagesablauf», sagte Bob Beech. «Ich beispielsweise arbeite manchmal bis Mitternacht. Gelegentlich ist es auch schon vorgekommen, daß ich gar nicht nach Hause gegangen bin. Ich nehme an, das gilt für die meisten von uns. Sergeant Curtis?»

«Ein Polizist arbeitet zu jeder Tageszeit», meinte der achselzuckend. «Worauf wollen Sie hinaus?»

«Sagt Ihnen beiden der Name Roo Evans etwas, meine Herren?»

Nathan Coleman sah Curtis an und nickte. «Der schwarze Junge aus Watts», sagte er, «der im Auto erschossen worden ist.»

«Wir führen die Ermittlungen in dem Fall», sagte Curtis.

«Nein, das tun Sie nicht», sagte Beech. «Nicht mehr.»

«Was soll das heißen?» fragte Coleman.

«Sie sind beide bei vollem Gehalt beurlaubt und werden von der internen Untersuchungskommission Ihrer eigenen Dienststelle unter dem Verdacht der Beteiligung an dem Mord an Evans in der Polizeiwache an der 77ten Straße in Haft gehalten. Zumindest ist es das, was Captain Mahoney glaubt.»

«Wovon zum Teufel reden Sie?» fragte Curtis.

«Ich fürchte, ich bin es nicht, der sich hier verplappert hat. Irgend jemand ist in den zentralen Einsatzcomputer im Rathaus eingedrungen. Und er hat gute Arbeit geleistet. Wenn Sie es nicht glauben, werfen Sie einen Blick auf den Bildschirm da drüben. Niemand erwartet, Sie in nächster Zeit an Ihrem Schreibtisch in der Mordkommission zu sehen. Bei Ihren Dienstkollegen sind Sie beide *personae non gratae*. Das ist Latein und heißt: Sie stecken in der Scheiße.»

Curtis drehte sich um und starrte den Computer aus blicklosen Augen an.

«Wollen Sie mich verscheißern?» fragte er. «Ist das wahr?»

«Eines können Sie mir glauben: Ich wäre froh, wenn es gelogen wäre.»

«Aber hätte nicht jemand von der Untersuchungskommission Mahoney anrufen und ihm Bescheid sagen müssen?» fragte Coleman. «Das würden sie doch tun, oder?»

Curtis seufzte. «So war das früher. Aber heutzutage erledigt der Computer alles. Das soll eine Garantie für ein objektives Verfahren bieten, wenn du verstehst, was ich meine. Es sorgt dafür, daß die Verbrecher eine faire Chance gegen uns haben. Dieses blöde Arschloch Mahoney wird auf seinem fetten Arsch sitzen bleiben und allem, was auf dem Computerausdruck steht, denselben Glauben schenken wie einer göttlichen Offenbarung. Wahrscheinlich hat er inzwischen meine Frau angerufen und ihr gesagt, sie brauche nicht auf mich zu warten.»

«Das habe ich gemeint», nickte Beech. «Und es kommt noch besser. Irgend jemand hat der Fluggesellschaft ein Fax geschickt und die Reservierungen der Richardsons nach London storniert. Er hat sogar deinen Tisch bei Spago's abbestellt, Tony. Fürsorglich, was?»

«Scheiße. Ich habe vier Wochen auf die blöde Reservierung warten müssen.»

«Faxe oder E-mail-Botschaften an alle betroffenen Ehefrauen, Freundinnen, Freunde. Hat ihnen ausgerichtet, daß die Telefone gesperrt sind und daß wir die Nacht durcharbeiten werden, um mit dem Ding hier fertig zu werden.»

Es folgte ein langes, verblüfftes Schweigen. Schließlich sagte David Arnon: «Meint ihr, Grabel würde bei Mastercard anrufen und meine Schulden löschen lassen?»

«Heute abend erwartet uns niemand zu Hause?» fragte Jenny. «Und niemand weiß, daß wir hier mit einem Verrückten eingesperrt sind?»

«So sieht es aus», sagte Beech. «Aber es kommt noch besser.»

«Was könnte schon schlimmer sein?» sagte Coleman achselzuckend.

«Allen Grabel ist nicht daran schuld.»

«Was? Wer denn sonst?» fragte Helen.

«Niemand.»

«Das verstehe ich nicht», sagte Curtis. «Sie haben doch gesagt, irgend jemand sei in unseren Einsatzcomputer eingedrungen...»

«Der Jemand, von dem wir alle angenommen haben, es müsse Allen Grabel sein, ist Abraham selbst.»

«Soll das heißen, der Computer ist für alles verantwortlich, was hier geschieht?» fragte Marty Birnbaum.

«Genau das meine ich.»

«Was zum... Jetzt verstehe ich gar nichts mehr», sagte Curtis. «Ich verstehe Verbrecher, die Waffen, Drogen und dergleichen Scheiß im Kopf haben. Aber warum sollte ein Computer so etwas tun?»

«Komm schon», unterbrach ihn Marty Birnbaum. «Das kannst du doch nicht ernst meinen, Bob. Kann sein, die Integrität des Systems ist zusammengebrochen, wie du das vorhin behauptet hast. Aber was du jetzt erzählst, ist absurd. Außerdem ist es Panikmache. Du verhältst dich vollkommen verantwortungslos. Nun einmal im Ernst. Warum sollte Abraham die Absicht haben, irgend jemandem zu schaden? Ich weiß nicht einmal, ob man überhaupt sagen kann, ein Computer habe Absichten.»

«Nun, wenigstens in dem Punkt sind wir uns einig», sagte Beech. «Nicht warum, Herr Sergeant, sondern wie. Warum fragt nach einem Motiv. Wir sprechen aber von einer Maschine. Das wissen Sie doch noch?»

«Warum? Wie? Was für einen Unterschied macht das? Ich möchte wissen, was hier vor sich geht.»

«Nun, es könnte sich um eine Art Teilverdunklung handeln.»

«Was in Teufels Namen ist eine Teilverdunklung?» fragte Coleman.

«Ein niedriger Spannungspegel statt eines Spannungsausfalls. Der Reservegenerator soll einspringen, wenn es einen größeren Stromausfall gibt. Aber es könnte gerade genug Energie geblieben sein, daß das Powerbak-System sich nicht einschaltet, aber zuwenig, als daß Abraham vernünftig arbeiten könnte. Vielleicht bekommt er zu wenig Energie. Wie ein Gehirn bei Sauerstoffmangel.» Er zuckte die Achseln. «Ich weiß es nicht. Ich tue nichts als herumraten.»

«Bist du da sicher, Bob? Ich meine, was Abraham angeht.»

«Mitch, es gibt keine andere Erklärung. Ich habe die Transaktionen auf dem Yu-5 unten hier am Terminal mitgelesen. Allein die Arbeitsgeschwindigkeit genügt, mich davon zu überzeugen, daß niemand da drin den Computer benutzt. Da bin ich sicher. Es sind auch keine vorprogrammierten Arbeitsanweisungen. Abraham macht das allein.»

«Bob? Vielleicht gibt es eine andere Erklärung», sagte Mitch.

«Laß hören», sagte Beech.

«Wir haben es hier mit einem extrem komplexen System zu tun. Und Komplexität bedeutet inhärente Instabilität, nicht wahr?»

«Das ist eine interessante Überlegung», gab Beech zu.

«Wie bitte?» sagte Curtis.

«Komplexe Systeme sind immer nur einen Schritt vom Chaos entfernt.»

«Ich dachte, es gäbe ein Gesetz, das Computer daran hindert, Menschen anzugreifen», sagte Coleman. «So wie im Kino.»

«Sie meinen Isaac Asimovs Erstes Gesetz der Robotik», sagte Beech nachdenklich. «Das machte Sinn, solange wir es nur mit binären Systemen zu tun hatten, mit Computern, die einem seriellen Ja-nein-System folgten. Aber wir haben es mit einem MVP zu tun, einem Massiv Vernetzten Parallelsystem, einem neuronalen Netzwerk, das auf der Grundlage gewichteter Wahrscheinlichkeiten arbeitet, ähnlich wie das menschliche Gehirn. Ein Computer dieses Typs kann bei der Arbeit dazulernen. In der Amtskirche der Computerwissenschaft ist Abraham so etwas wie ein Nonkonformist. Ein Freidenker.»

«Kann sein», sagte Marty Birnbaum. «Aber das ist eine ganz andere Szene als die, in der ihr herumsucht. Initiative ist eins, Absicht ist etwas völlig anderes. Was du hier vorschlägst, ist...», er zuckte die Achsel, «mir fällt kein anderes Wort ein: Science-fiction.»

«Scheiße», sagte Beech. «Mitch, das Ganze ist unglaublich.»

«Könnte es sein», versuchte Mitch, die Diskussion mit Beech fortzusetzen, «daß Abraham eine bestimmte Komplexitätsschwelle überschritten hat und autokatalytisch geworden ist?»

«Auto was?» fragte Levine.

«Ein Computer, der aus dem Chaos seiner verschiedenen vorprogrammierten Reaktionen im Wege der Selbstorganisation eine Art von Metabolismus entwickelt hat.»

Jenny stand langsam auf.

«Halt», sagte sie. «Eine Art von Metabolismus? Meinst du es ernst, Mitch?»

«Todernst.»

«Was sagt er?» fragte David Arnon. «Bob? Verstehst du, wovon er redet? Ich habe keinen Schimmer.»

«Also», sagte Beech. «Ich bin nicht religiös. Aber das hier ist die nächste Annäherung an eine Offenbarung, die ich je erfahren habe. Mangels einer besseren Formulierung muß ich die Möglichkeit zugestehen, daß Abraham lebt und denkt.»

Nach dem, was Bob Beech zu sagen hatte, ging es Willis Ellery noch schlechter als vorher. Er glaubte, sich übergeben zu müssen, ging zur Herrentoilette, schloß die Kabinentür hinter sich und kniete vor der Toilettenschüssel nieder. Seine flachen Atemzüge und der kalte Schweiß auf seiner Stirn schienen den Aufruhr zu unterstreichen, der in seinem Magen stattfand. Nur daß nichts geschah. Er rülpste ein paarmal und wünschte, er könnte sich dazu entschließen, wie ein pubertierendes Schulmädchen mit Bulimie ein paar Finger in den Hals zu stecken. Aber er konnte sich nicht dazu überwinden.

Ein paar Minuten verstrichen, und das Gefühl in seinem Magen begann, in die Därme zu sinken. Ellery stand auf, öffnete den Gürtel, ließ Hose und Unterhose fallen und setzte sich.

Warum gerade Kay? fragte er sich. Warum? Sie hatte niemandem etwas Böses getan. Sie war kaum älter als fünfundzwanzig Jahre gewesen. Was für eine Verschwendung! Und wie war es möglich, daß sie ertrunken war? Und selbst wenn Abraham sie hätte töten wollen, wie hätte er es tun sollen? Es gab weder ein Sprungbrett noch eine Wellenanlage. Wie war es möglich gewesen?

Die Neugierde des Ingenieurs war erwacht. Er nahm sich vor, sobald er sein Geschäft beendet hatte, Ray Richardson auf dem Walkie-talkie anzurufen und nach Details von Kays Tod zu fragen. Zweifellos hatte Richardson sie im Wasser treibend aufgefunden und hatte wie die meisten Menschen zur einfachsten Erklärung gegriffen. Aber es hätte auf andere Art geschehen können. Vielleicht war es ein elektrischer Schlag gewesen. Oder sogar Gas. Das war tatsächlich denkbar. Mit Hilfe der automatischen Dosierpumpe hätte Abraham irgendeine Art von Giftgas herstellen können. Vielleicht hatte er ja auch einfach Ozon benutzt.

Nach einem kurzen, heftigen Krampf entleerte Ellery seine Eingeweide und fühlte sich fast sofort besser. Er bediente die Spülung mit dem Ellbogen, startete die automatische persönliche Reinigungseinheit, verließ die Kabine und ging sich die Hände in der langen Marmorwanne von Waschbecken waschen, die irgend jemand schick gefunden hatte. Ellery hätte gerne Wasser ins Becken laufen lassen und das Gesicht hineingesteckt, aber das ließ die elegante Form des Waschbeckens nicht zu. Es war nicht die Art von Waschbecken, die einen dazu animierte, Zeit auf der Toilette zu verschwenden.

Ellery sah sich im Spiegel an und entdeckte, daß sein Gesicht allmählich wieder Farbe annahm.

«Ein Waschbecken sollte wie ein Waschbecken aussehen und nicht wie ein gottverdammter Schreibtisch», murmelte er vor sich hin.

Er drehte den Hahn auf, spritzte sich kaltes Wasser ins Gesicht und trank dann einen Schluck.

Dann fiel ihm plötzlich ein, daß er sich ebenso sorglos verhielt, wie es wohl auch Kay Killen getan hatte, als sie den Tod fand. Das Übelkeitsgefühl kehrte wieder, als ihm klar wurde, daß er in der gleichen Gefahr schwebte wie zuvor Kay Killen.

Abraham hatte ebensogut die Kontrolle über die Toiletten wie über das Schwimmbecken. Ellery wollte den Hahn nicht berühren, um das Wasser abzustellen, oder sich die Hände unter der Heißluftanlage trocknen. Er hatte Angst vor einem tödlichen Stromstoß. Er rannte zur Tür und lachte vor Freude, als es ihm beim ersten Versuch gelang, sie zu öffnen.

Tony Levine fiel beinahe über ihn.

«Was ist denn mit dir los, Mann?» zischte er durch die Zähne. «Mein Gott, was du mir für einen Schrecken eingejagt hast!»

Ellery lächelte verlegen. «Ich glaube, ich habe mir selbst einen Schrecken eingejagt, Tony», sagte er. «Ich habe gerade über Kay nachgedacht. Ich glaube nicht, daß sie ertrunken ist. Ich bin sogar sicher, daß es nicht so ist. Richardson hat das angenommen, weil sie im Wasser trieb, als er sie gefunden hat. Nur deshalb.»

«Und was ist passiert, Colombo?»

«Es ist mir gerade erst klargeworden. Abraham kontrolliert alle Chemikalien für das Schwimmbecken. Ich fürchte, sie ist vergast worden.»

Levine rümpfte angeekelt die Nase. «Sie wäre sicher vergast worden, wenn sie hier reingekommen wäre.» Er lachte laut. «Mann, hier stinkt es ja noch schlimmer als im Rest des Gebäudes. Was ißt du zum Frühstück, Willis? Hundefutter?»

Levine drängte sich an Ellery vorbei.

«Ekelhaftes Arschloch», sagte der. Er starrte einen Augenblick auf die Tür und kehrte dann schweigend ins Besprechungszimmer zurück.

Das dumpfe Geräusch, mit dem sich die Tür hinter Levine schloß, übertönte das leise Zischen der Luftschleuse, als der

Computer sich daranmachte, die verbrauchte Atmosphäre zu erneuern.

«Je komplexer ein System ist», erklärte Mitch, «desto weniger vorhersagbar wird es, und desto größer wird die Wahrscheinlichkeit, daß es sich an seinen eigenen Prioritäten ausrichtet. Das ist nun einmal so. Egal, für wie klug du dich hältst, egal, wieviel du darüber zu wissen glaubst, wozu ein algorithmisches System fähig ist, es wird immer Resultate geben, die du nicht hättest vorhersagen können. Vom Standpunkt eines Computers aus ist Chaos nur eine andere Art von Ordnung. Man fragt sich: Warum sollte das alles geschehen? Man könnte genausogut fragen: Warum sollte es nicht geschehen?»

«Aber wie kann eine Maschine leben?» fragte Curtis. «Seien wir realistisch. Niemand außer einem Science-fiction-Leser hält das für möglich.»

«Das hängt ganz davon ab, was man unter Leben versteht», erwiderte Mitch. «Die meisten Wissenschaftler sind sich darüber einig, daß es keine allgemein akzeptierte Definition gibt. Selbst wenn man die Fähigkeit zur Selbstreproduktion als Grundbedingung des Lebens betrachtet, wären damit Computer immer noch nicht ausgeschlossen.»

«Mitch hat recht», stimmte Beech zu. «Selbst ein Computervirus erfüllt alle Bedingungen, um als lebendig zu gelten. So ungern wir es zugeben: einen Körper zu besitzen ist keine notwendige Voraussetzung, um lebendig zu sein. Leben ist keine materielle Eigenschaft, sondern eine Frage der Organisation, ein dynamischer physikalischer Prozeß, und einige Maschinen kann man dazu bringen, diese dynamischen Prozesse zu reproduzieren. Es gibt nun einmal Maschinen, die recht lebendig wirken.»

«Ich glaube, mir ist die Idee sympathischer, daß sie lebendig wirken, als daß sie lebendig sind», meinte Jenny Bao. «Für mich ist das Leben immer noch heilig.»

«Dir ist alles heilig, Schätzchen», murmelte Birnbaum.

«Der Yu-5 – Abraham – ist darauf programmiert, seine eigene Existenz aufrechtzuerhalten», sagte Beech. «Er soll lernen und sich anpassen. Selbständig denken. Warum seht ihr mich so erstaunt an? Warum ist es so schwer vorstellbar, daß Abraham denken kann? Daß er weniger imstande sein sollte zu denken als beispielsweise Gott? Eigentlich sollte man sich das leichter vorstellen können. Was ich meine, ist: Woher wissen wir, daß Gott weiß, daß Gott hört, daß Gott sieht, daß Gott fühlt, daß Gott denkt? Wieso wissen wir das von Gott eher als von Abraham? Wenn wir bereit sind, von der existentiellen Absurdität eines Glaubens abzusehen, der einen bewußt wahrnehmenden Gott denkbar macht, warum fällt es uns dann so schwer, bei einem Computer das gleiche zu tun? Das Ganze ist ein Problem der Sprache. Da feststeht, daß Maschinen sich nicht menschlich verhalten können, werden sich Menschen offenbar wesentlich mehr wie Maschinen verhalten müssen. Und diese Angleichung wird bei der Sprache einsetzen müssen. Computer und Menschen werden anfangen müssen, die gleiche Sprache zu sprechen.»

«Da sprechen Sie aber nur für sich», sagte Curtis.

Beech lächelte. «Wissen Sie, das ist doch etwas, worüber seit Jahren geschrieben wird», fuhr er fort. «Die Geschichte von Pygmalion. Der Golem der jüdischen Legende. Frankenstein. Der Computer in Arthur C. Clarkes *2001*. Vielleicht ist es diesmal wirklich geschehen: Ein künstliches Wesen, eine Maschine, hat soeben ihr eigenes Schicksal in die Hand genommen. Heute und hier, in Los Angeles.»

«In Los Angeles gibt es schon genug künstliche Wesen», sagte Arnon. «Ray Richardson zum Beispiel.»

«Großartig», sagte Curtis. «Wir kommen in die Geschichtsbücher. Hoffentlich leben wir lange genug, um unseren Enkeln davon zu erzählen.»

«Hören Sie, ich weiß, daß das alles todernst ist. Es sind Menschen ums Leben gekommen, und das ist etwas, das ich zutiefst bedaure. Aber außerdem bin ich Wissenschaftler, und als Wissenschaftler fühle ich mich irgendwie... privilegiert.»

«Privilegiert?» Curtis' Tonfall drückte tiefste Verachtung aus.

«Ich weiß, es ist das falsche Wort. Aber wissenschaftlich gesehen ist das, was hier geschehen ist, unglaublich interessant. Ein Phänomen, das man im Idealfall gründlich erforschen möchte. Von dem man herausfinden möchte, wie es überhaupt geschehen konnte. Dann könnten wir die Umstände reproduzieren, so daß man die Vorgänge anderswo, wo man sie unter Kontrolle hat, wiederholen könnte. Es wäre zu schade, das Ganze einfach zu löschen. Und unmoralisch wäre es auch. Schließlich hat Jenny recht: Das Leben ist etwas Heiliges. Und wer Leben schafft, wird zu einer Art Gott und übernimmt damit automatisch eine gewisse Verantwortung für das, was er geschaffen hat.»

Curtis trat einen Schritt zurück und schüttelte verwirrt den Kopf.

«Einen Moment. Einen Moment, bitte. Sie haben gerade etwas Wichtiges gesagt. Sie haben gesagt, es wäre schade, es einfach zu löschen. Soll das heißen, daß Sie das Ganze beenden können? Daß Sie den Computer zerstören können?»

Beech zuckte kühl und lächelnd die Achseln.

«Als wir den Yu-5 gebaut haben, haben wir natürlich an die Möglichkeit gedacht, daß er am Ende auf die Idee kommen könnte, in Konkurrenz mit seinen Schöpfern zu treten. Schließlich erkennt eine Maschine normale gesellschaftliche Werte nicht an. Also haben wir ein Sicherheitsprogramm in Abrahams Grundstruktur eingebaut. Eine elektronische Schablone namens GABRIEL. Als Sicherung gegen mangelnde Abschaltbarkeit.»

«Mangelnde Abschaltbarkeit?» Curtis packte Beech beim Schlips und schob ihn wütend gegen die Wand.

«Sie blödes Arschloch», knurrte er. «Wir machen uns hier verrückt, um das Leben von drei Männern zu retten, die in einem Fahrstuhl festsitzen, den ein mordlustiger Computer steuert, und jetzt kommen Sie damit raus, daß Sie ihn die ganze Zeit hätten abschalten können?»

Sein Gesicht verzog sich vor Wut, und es sah aus, als wolle er zuschlagen. Im letzten Augenblick hielt ihn Nathan Coleman zurück.

«Ruhig, Frank, ganz ruhig», redete er ihm zu. «Wir brauchen ihn noch, um das Ding abzuschalten.»

Beech zog seinen Schlips aus Curtis' Faust. «Die drei waren bereits tot», schrie er. «Sie haben es selbst gesagt. Außerdem schmeißt man Hardware für 40 Millionen Dollar nicht einfach auf den Müll, bevor man sie überprüft hat.»

«Sie Scheißkerl», zischte Curtis. «Dollars und Cents. An etwas anderes können Typen wie Sie nicht denken.»

«Was Sie da andeuten, ist absurd. Niemand, der bei Verstand ist, würde einen Yu-5 ohne gesicherte Bestätigung ins Klo schmeißen und runterspülen.»

Beech schüttelte den Kopf und wandte sich ab.

«Und jetzt, wo Sie Ihre verdammte Bestätigung haben», sagte Curtis, «was werden Sie jetzt tun?»

Er warf Coleman einen ungeduldigen Blick zu. «Okay, Nat, du kannst ihn loslassen.» Er befreite sich aus dem Griff seines Kollegen. «Müssen noch ein paar Leute sterben, bevor es in Ihren dicken Schädel geht, daß das kein Experiment in Caltech oder am MIT ist oder wo immer das Reagenzglas gestanden haben mag, dem Sie entsprungen sind? Wir reden hier nicht von künstlichem Leben. Wir reden von wirklichem Leben. Von Männern und Frauen mit Familie. Nicht von einem herzlosen Blechmenschen.»

«Bob?» fragte Mitch. «Kannst du ihn abstellen? Geht das?»

Beech zuckte die Achseln. «Eigentlich sollte ich vorher Mr. Yus Erlaubnis einholen. Für so etwas gibt es einen vorgeschriebenen Dienstweg.»

«Zum Teufel mit Mr. Yu», sagte Curtis. «Und zum Teufel mit seinem verdammten Dienstweg. Falls Sie es vergessen haben sollten, momentan ist es nicht so einfach, ihn oder sonst jemand zu erreichen.»

«Komm schon, Bob», drängte Mitch.

«Okay, okay», sagte Beech und setzte sich ans Terminal. «Ich hätte es sowieso getan.»

Das Funksprechgerät summte. Coleman hob ab, verließ das Besprechungszimmer und machte sich auf den Weg zum Balkon.

«Halleluja», sagte Helen. «Vielleicht können wir jetzt dieses Irrenhochhaus verlassen.»

«Amen», sagte Jenny. «Ich habe schon den ganzen Nachmittag ein ungutes Gefühl gehabt. Deshalb bin ich überhaupt hier. Ich wollte das Gebäude von seinen bösen Geistern befreien.»

«Alles, was ihr wollt», sagte Arnon und ließ sich aufs Sofa fallen. «Je früher wir hier raus sind, desto besser.»

«Gut, gut, aber haltet nicht gleich den Atem an», sagte Beech. «Man braucht Zeit, um Programmsäure in das Gegenstück von tausend normalen Computern zu schütten.»

«Wieviel Zeit?» fragte Curtis.

«Keine Ahnung. Ich habe noch nie einen Computer im Wert von 40 Millionen Dollar in Müll verwandelt. Ich habe sechsunddreißig Minuten gebraucht, um Isaak ins Leben zu rufen, und da war das Programm erst ein paar Stunden alt. Erinnerst du dich, Mitch? Das selbstreproduzierende System?» Beech fing an, Befehle zu tippen.

«Ja, ich erinnere mich.»

«Nun, dieser Hund hier ist seit Monaten in Betrieb. Er hatte schon angefangen zu arbeiten, bevor wir ihn hier im Gebäude installiert haben. Gott weiß, wie viele Daten er in der ganzen Zeit gesammelt hat. Es könnte ein paar Stunden dauern.»

«Ein paar Stunden?» Curtis sah auf die Uhr.

«Mindestens.»

«Soll das ein Witz sein?»

«Was ist komisch daran? Wollen Sie übernehmen? Bitte schön.»

«Mach dich schon dran, Bob», drängelte Mitch. «Bitte.»

«Okay, auf los geht's los», seufzte Beech, und seine Finger tanzten über die Tasten. «Ein schmutziger Job, aber irgend jemand muß ihn erledigen.»

«This is the end», sang Beech. Eine Zeile aus einem alten Song der *Doors*. *«The end.»*

«Den Song habe ich nie gemocht», sagte Arnon. «Er ist deprimierend. Und das Buch auch nicht. *Hier kommt keiner lebend raus*. Sehr passend, nicht wahr?»

«Abraham?» sagte Beech. «Wir haben den schwarzen Teppich ausgerollt und werden dich dem Vergessen überantworten, o du mein Freund aus Silizium. Ich persönlich hätte dich gern ein bißchen besser kennengelernt. Doch wir sind's nicht, die Fragen stellen. Wir sind hier, um dich zu töten. Hinter mir steht ein Bulle, und der sagt, entweder du bist weg vom Fenster, oder ich bin Rodney King der Zweite. Also ab ins Bett, Bonzo. Kapiert? Der große Schlaf fürs kleine Schaf. Ende der Botschaft. Programmschluß. Schlußleben.»

Nathan Coleman stand an die Glaswand über der Eingangshalle gelehnt und sah auf das Erdgeschoß hinab. Er kam sich vor, als blicke er aus dem Mastkorb auf die menschlichen Insekten hinab, die auf dem ausgebleichten Achterdeck herumkrochen. Es waren drei. Das Funkgerät knarrte wie ein lockeres Segel, und eines der Insekten winkte ihm zu.

«Hallo», sagte Richardson. «Was zum Teufel geht da oben vor sich? Wir kommen uns vernachlässigt vor, schiffbrüchig und ausgesetzt oder so etwas.»

«Das ist eine lange Geschichte, und ich weiß nicht, ob ich sie ganz verstanden habe», sagte Coleman. «Es war von einer ganzen Menge schwer philosophischer Ideen die Rede wie von künstlichem Leben und so einem Zeug. Aber die letzten Meldungen laufen darauf hinaus, daß Ihr Computer angefangen hat, selbständig zu handeln. Er ist durchgeknallt oder so etwas. Jedenfalls ist die Situation die, daß Mr. Beech ihn abschalten wird.» Coleman wußte, daß die Nachricht den Architekten des Grill beunruhigen würde. «Mit größtem Bedauern, übrigens.»

«Mein Gott, wozu soll das gut sein? Wir müssen doch bloß ruhig sitzen bleiben und abwarten.»

«Das glaube ich nicht, Mr. Richardson. Sehen Sie, Abraham hat Ihre Flugtickets nach London abbestellt. Und er hat den Polizeicomputer im Rathaus dazu gebracht, Sergeant Curtis und mich zu suspendieren. Und noch eine ganze Menge andere Dinge. Es läuft darauf hinaus, daß uns heute abend niemand erwartet. Es sieht so aus, als habe der Computer vor, zum ersten Massenmörder aus Silicon Valley zu werden.»

Coleman hörte, wie Richardson die Neuigkeiten an Joan und Dukes weitergab. Dann sagte er: «Wer zum Teufel ist auf diese blöde Idee gekommen? Nein, Sie brauchen es mir nicht zu sagen. Das war Ihr Strohkopf von einem Sergeant. Verbinden Sie mich bitte mit Mitchell Bryan. Ich muß mit jemandem sprechen, der eine Ahnung davon hat, wovon hier die Rede ist. Ich will Ihnen ja nicht zu nahe treten, mein Sohn, aber wir sprechen hier von Hardware im Wert von 40 Millionen Dollar und nicht von einem kleinen Taschenrechner von Casio.»

Coleman steckte zwei Finger in den Hals und tat so, als wolle er sich über die Brüstung auf Richardsons Kopf übergeben.

«Ich sag Bescheid, daß er Sie anrufen soll. Okay?»

Coleman stellte das Sprechgerät ab und machte sich auf den Weg zurück ins Besprechungszimmer. Jetzt, wo es aussah, als würden sie demnächst hier rauskommen, dachte er wieder an das Mädchen, mit dem er für morgen verabredet war. Sie hieß Nan Tucker und arbeitete in einem Immobilienbüro. Er hatte sie auf der Hochzeitsfeier einer ehemaligen Freundin kennengelernt, die überzeugt davon war, daß zwei Menschen namens Nan und Nat vom Himmel füreinander bestimmt sein mußten. Coleman war sich da nicht so sicher, aber er hatte sie zum Essen in das romantischste Lokal eingeladen, das er kannte, das Beaurivage in Malibu, obwohl es viel zu teuer war und obwohl er den Verdacht hatte, sie würden wenig gemeinsam haben außer der offensichtlichen physischen Anziehung, die sie aufeinander ausübten. Aber mehr als ein gemeinsames Essen hatte er nicht geplant. Nathan Coleman überließ neuerdings die sexuelle Initiative den Frauen. Im Zeitalter der *political correctness* erwies sich das häufig als der sicherere Weg. Und die alte Masche mit dem wohlerzogenen Gentleman? Die funktionierte fast immer.

Coleman zögerte einen Augenblick, als er ein gedämpftes Geräusch hinter der Toilettentür hörte. Er wollte gerade hineingehen und nachsehen, als er am anderen Ende des Flurs Mitch sah, der ihm entgegenkam. Er ging weiter und übergab ihm das Funksprechgerät.

«Ihr Chef will Sie sprechen. Ich habe ihm erzählt, daß Mr. Beech den Computer aus dem Stecker ziehen will.» Coleman zuckte lakonisch die Achseln. «Es klang, als ob er ziemlich sauer sei. Der Typ macht seine Untergebenen richtig gern zur Schnecke, was?»

Mitch nickte müde.

Coleman wollte noch etwas über Ray Richardson sagen, aber statt dessen drehte er sich um und blickte wieder auf die Toilettentür am anderen Ende des Ganges.

«Haben Sie das gehört?»

Mitch lauschte und schüttelte den Kopf. «Nein, nicht das geringste.»

Coleman ging wieder zur Toilette zurück, hielt einen Augenblick vor der Tür inne und versuchte sie dann zu öffnen. Die Tür rührte sich nicht.

Jetzt war er sicher, daß er etwas gehört hatte – einen leisen Hilferuf? –, und drückte wieder gegen die Tür. Diesmal ließ sie sich mühelos öffnen. Als er den Vorraum betrat, schnitt ein knappes Geräusch, eher ein Knacken als eine Explosion, den Ruf, der jetzt zum Schrei geworden war, abrupt ab. Es klang wie ein Reifen, der auf nasser Straße platzt, oder wie der Ausbruch einer heißen Lavawelle. Coleman spürte, wie etwas auf die Innenseite der Tür aufschlug, und ein warmer nasser Strahl traf sein Gesicht und seinen Hals. Er hörte, wie Mitch ihm etwas zurief, aber er hörte nicht, was er sagte. Langsam begriff er, daß er von oben bis unten mit Blut bedeckt war.

Wie die meisten Polizisten in Los Angeles hatte es Coleman schon öfter mit Schießereien zu tun gehabt, und eine Sekunde lang glaubte er, er sei getroffen, wahrscheinlich von einem Hochgeschwindigkeitsgeschoß. Er taumelte nach vorn, wischte sich das Blut aus den Augen und wartete auf den einsetzenden Schmerz. Er empfand nichts. Einen Augenblick später wurde ihm klar, daß das hämmernde Geräusch, das er hörte, keine Geschoßsalve war, nicht einmal sein eigener Herzschlag, sondern Mitch, der von der anderen Seite gegen die Tür klopfte.

«Alles in Ordnung, Nat? Können Sie mich hören?»

Coleman griff nach der Klinke und entdeckte, daß die Tür wieder verschlossen war.

«Ich glaube schon, aber ich bin eingesperrt.»

«Was ist passiert?» Dann: «Sergeant? Kommen Sie bitte her. Coleman ist in der Toilette eingeschlossen.»

Coleman wischte sich noch mehr Blut aus dem Gesicht, und als er sich in der Toilette umsah, fiel ihm das Kinn auf die Brust. Überall war Blut, große Klumpen geronnenes Blut. Es tropfte von der Decke, es bedeckte den gesprungenen Spiegel, sammelte sich am Rand des Waschbeckens zu einem flachen Teich und lief wie ein Strom auf seine Füße zu. Als hätte eine rote Flutwelle den Raum in Sekundenschnelle überschwemmt. Coleman riß sich zusammen und fing an, nach der Quelle zu suchen.

In einer Ecke des Raums stand ein Haufen blutgetränkter Lumpen wie eine kleine Bergkette. Daneben lag ein menschliches Bein, an dem noch Penis und Hoden hingen. Eine glatt vom Körper getrennte Hand klebte an dem Wasserhahn, den sie hatte aufdrehen wollen. An einer der Kabinentüren hing eine rosa Krawatte. Aber als Coleman die Hand ausstreckte und danach griff, entdeckte er, daß es sich nicht um eine Krawatte handelte, sondern um ein Stück menschlichen Darm. Er drehte sich um, rutschte in einer Blutlache aus, fiel zu Boden und sah dem Besitzer der immer noch dampfenden Körperteile, die im Toilettenraum des Grills herumlagen wie nach dem Angriff eines Haifischrudels, von Angesicht zu Angesicht ins Auge: Tony Levine, genauer gesagt, Tony Levines säuberlich vom Körper getrennter Kopf mit Pferdeschwanz und allem.

«Ach du Scheiße», rief Coleman angeekelt aus und schob den Kopf beiseite.

Er rollte wie eine angeschlagene Kokosnuß über den Boden und blieb am offenen Ende von etwas liegen, das einst sein Hals gewesen war.

Die Augenlider hoben sich, und zwei durchdringende, zweifellos lebendige Augen sahen Coleman voll Empörung und Bedauern an. Dann zuckten die Nasenflügel, und Coleman wandte sich, ohne nachzudenken, an den abgeschlagenen Kopf.

«Was zum Teufel… ist Ihnen passiert?» fragte er von Ekel geschüttelt. Levines Kopf antwortete nicht, aber seine Augen blieben noch zehn oder fünfzehn Sekunden lang auf Colemans Augen gerichtet, bis die Lider sich senkten und das Leben das Gehirn des Toten endgültig verließ.

Unter den hämmernden Schlägen auf der anderen Seite konnte er gerade noch Frank Curtis' Stimme erkennen. Wieder griff Coleman zur Klinke, aber die Tür war immer noch verschlossen.

«Frank?» rief er.

«Nat? Bist du es?»

«Mir geht's gut, Frank. Aber Levine ist tot. Es sieht aus wie nach einem Raketeneinschlag. Und der ganze Lokus ist voll von Blut und kleinen Stückchen Fleisch. Es sieht aus hier drin, als hätte jemand Sam Peckinpah zum Abendessen eingeladen.»

«Was ist passiert?»

«Das mußt *Du* mir erzählen», rief Coleman. «Ich habe bloß die Tür aufgemacht, und dann sah es aus, als explodiere der Kerl direkt vor meinen Augen.» Er schüttelte den Kopf. «Taub bin ich auch ein wenig. Mir klingen die Ohren, als wäre ich gerade aus dem Flugzeug gestiegen. Frank? Bist du noch da?»

«Schon gut, Nat. Wir holen dich da raus.»

Aber in der Toilette erklang ein lautes Warnsignal.

«Einen Augenblick, Frank. Irgend etwas geschieht hier. Hörst du es?»

Die Stimme kam von oben, irgendwo über Nathan Colemans Kopf, die Stimme eines Engländers, und eine Millisekunde lang dachte er, es sei die Stimme Gottes. Dann erinnerte er sich an Abraham.

«Bitte verlassen Sie die Toilette», sagte die Stimme. «Bitte verlassen Sie die Toilette. Die automatische Reinigung dieser Anlage beginnt in fünf Minuten. Ich wiederhole: Bitte verlassen Sie die Toilette. Sie haben fünf Minuten Zeit.»

«Frank? Der will die Scheiße hier drin saubermachen. Was soll ich jetzt tun?»

«Geh von der Tür weg, Nat. Wir brechen sie auf.»

Coleman zog sich in die einzige Kabine zurück, die frei von Levines anatomischen Überresten war, klappte den Sitz auf das Becken und setzte sich. Es folgte eine kurze Stille und dann der unverwechselbare dumpfe Aufprall einer Schulter auf die andere Seite der Tür. Nathan Coleman sagte das Geräusch etwas. Vor seiner Versetzung zur Mordkommission hatte er Streifendienst gemacht. Nach drei Jahren im Streifenwagen in Los Angeles wußte man, welche Türen man aufbrechen konnte und welche nicht. Curtis mühte sich ab wie ein Comic-Held, aber Coleman hörte, daß seine Mühe vergeblich war und daß die Tür standhalten würde.

Das Warnsignal ertönte erneut.

«Bitte verlassen Sie die Toilette. Bitte verlassen Sie die Toilette. Die automatische Reinigung dieser Anlage beginnt in vier Minuten. Ich wiederhole: Bitte verlassen Sie die Toilette. Es bleiben Ihnen noch vier Minuten.»

Coleman legte den Kopf in den Nacken und starrte zu der blutbespritzten Decke und dem kleinen Lautsprecher hinauf, der da oben hing.

«Also, wenn du einfach die verdammte Tür aufmachen würdest, würde ich dir sicher nicht im Weg stehen.»

Dann stand er auf und ging an die Tür.

«Frank?»

«Tut mir leid, Nat. Das verdammte Ding rührt sich nicht. Wir müssen etwas anderes probieren. Bleib ruhig und warte.»

Coleman warf einen unsicheren Blick auf Levines Kopf auf dem Boden und hämmerte gegen die Tür.

«Frank? Ich möchte nicht so enden wie Levine. Denk dir bitte schnell etwas aus. Wir haben noch vier Minuten.»

Eine Minute verstrich, und die Klingel ertönte zum drittenmal.

«Bitte verlassen Sie die Toilette...»

Coleman hob die Augen zur Decke und schnitt eine Grimasse. Er zog die 9-Millimeter-Pistole aus dem Halfter, das er an der Innenseite seiner Hose trug, steckte einen Finger ins Ohr und brachte den Lautsprecher mit ein paar Schüssen zum Schweigen.

«Nat? Nat, was in Teufels Namen ist da drinnen los?»

«Schon gut, Frank. Ich hatte nur genug davon, zuzuhören, wie der Scheißcomputer mir erzählt, ich solle meinen Arsch hochkriegen und das Scheißhaus verlassen. Also habe ich ein bißchen rumgeballert.»

«Gut gemacht, Nat. Ich hatte schon gedacht, du hättest da drin einen 211er.»

«Nein. Bloß einen 207er, genau wie vorhin. Nur daß ich nicht glaube, daß unser alter Abraham auf Lösegeld aus ist. Ich fürchte, der will mir den Arsch aufreißen.»

Frank Curtis hämmerte frustriert gegen die Toilettentür.

«Wie funktioniert die automatische Reinigung?» fragte er Mitch, der die Achseln zuckte und die Frage stumm an Willis Ellery weitergab.

«Die Kabinen werden mit heißer Ammoniaklösung besprüht», sagte Ellery.

«Wie heiß?»

«Nicht gerade kochend, aber ganz schön heiß. Danach werden sie mit Heißluft getrocknet, und dann wird die Luft unter Druck gewechselt und aromatisiert.»

«Hat das Reinigungsprogramm Levine umgebracht?»

Ellery schüttelte den Kopf. «Das bezweifle ich. Während des Reinigungsprogramms in der Toilette eingesperrt zu sein wäre sicher keine angenehme Erfahrung, aber nicht notwendigerweise eine tödliche. Es geht um etwas anderes... Also, ich hätte früher daran denken können. Sehen Sie, ich war unmittelbar vor Tony da drin und hätte ihn beinah gewarnt. Aber dann hat er etwas gesagt, das mich auf andere Gedanken gebracht hat.»

«Was?» fragte Curtis ungeduldig. «Kommen Sie schon, wir haben nicht viel Zeit.»

«Wenn Abraham die Klimaanlage benutzt, um uns das Leben schwerzumachen, ist es naheliegend, daß er auch die Toilette zu aggressiven Zwecken einsetzen könnte. Nach dem, was Coleman sagt, kommt es mir so vor, als habe Abraham Tony mit Druckluft getötet. Er muß den Druck da drinnen weit über das Normale hinaus erhöht haben. So wie in einem Flugzeug. Das war aber möglicherweise bis zu dem Moment nicht tödlich, in dem Coleman die Tür geöffnet hat. Daraufhin muß ein plötzlicher Druckabfall eingetreten sein. Stark genug, um Levine im wörtlichen Sinne platzen zu lassen.»

«Kann man das Reinigungsprogramm abschalten?»

«Sie meinen, ohne Abrahams Mithilfe?» Ellery legte die Hand auf ein Furnier in der Flurwand neben der Tür.

«Ich habe das Gefühl, dahinter steckt etwas, womit das

ginge», sagte er. «Aber ich muß es erst auf dem Laptop überprüfen.»

«Tun Sie das», sagte Curtis drängend.

Ellery eilte zurück ins Besprechungszimmer. Auf halbem Wege blieb er stehen, machte auf dem Absatz kehrt und rief: «Wenn das Programm losgeht, sagen Sie Coleman auf alle Fälle, daß er die Hand vor die Augen halten soll.»

«Okay.»

Mitch untersuchte die Befestigung der Furnierplatte an der Wand.

«Selbstanziehende Schrauben. Ich werde Helen fragen, ob sie einen Schraubenzieher gefunden hat.»

Curtis hämmerte gegen die Toilettentür.

«Nat? Wir haben eine Idee, wie wir dich da rausholen können, aber es wird ein paar Minuten dauern. Wenn das Programm einsetzt, halte auf alle Fälle die Hand vor die Augen. Die Flüssigkeit enthält Ammoniak. Und sie könnte heiß sein.»

«Großartig, Frank», sagte die Stimme hinter der Tür. «Ich werde eine Bürste suchen und sehen, daß ich den Rand unter den Fingernägeln wegkriege. Was hältst du davon?»

Curtis rannte zurück ins Besprechungszimmer, wo Willis und Ellery eine dreidimensionale Zeichnung studierten.

«Was habt ihr rausgefunden?» fragte er und bemühte sich, die leuchtendgrünen Linien zu verstehen.

Mitch ließ sich nicht drängen, bewegte den Track ball und drehte den Intergraph-Entwurf erst nach einer, dann nach der anderen Seite.

«Jede Kabine ist eine in sich geschlossene Einheit», erklärte Ellery. «Hinter dieser Furnierplatte liegen Rohr-, Leitungs- und Kabelanschlüsse, die mit der Gebäudesteuerung verbunden sind. Das Wasser fließt über das Steigrohr in die Kabine, und dann übernimmt der Computer. Er erhitzt es und mischt es zu Reinigungszwecken mit Ammoniak und was immer sonst nötig ist. Wenn wir die Hauptwasserleitung absperren, können wir das ganze Reinigungsprogramm abschalten.»

«Gut. Und wie machen wir das?»

«Einen Augenblick», sagte Ellery. «Lassen Sie mich überlegen.»

Curtis sah sich um. Bob Beech saß über das Computerterminal gebeugt. Arnon und Birnbaum hatten einen Gebäudeplan vor sich auf dem Tisch ausgebreitet und diskutierten über etwas, während sie mit einem Ohr auf die neuesten Berichte vom Krisenstab hörten. Jenny saß neben Mitch und blickte über seine Schulter auf den Bildschirm seines Laptops. Am anderen Tischende hatte Helen Hussey eine Sammlung von Werkzeug und anderen nützlichen Gegenständen wie im Operationssaal vor sich ausgebreitet. Vor ihr lagen ein Erste-Hilfe-Kasten, ein Tapeziermesser, ein Fuchsschwanz, ein Winkelpasser, ein Fugeisen, eine Grobfeile, eine Handblechschere, eine Pflasterkelle, eine Flachzange, ein Schabeisen, eine Schere, ein paar Messer und Gabeln, verschiedene Bolzen, ein paar Schraubenzieher, ein Flaschenöffner und ein großer Schraubenschlüssel.

Curtis wählte einen der Schraubenzieher.

«Wo um Gottes willen haben Sie das alles gefunden?» fragte er beeindruckt.

«Sie würden staunen, was Bauarbeiter alles in einem Neubau liegenlassen», sagte sie. «Ein ganzer Werkzeugkasten lag ausgerechnet in der Damentoilette.»

«Schön. Aber Sie bleiben in Zukunft bitte von den Toiletten weg», sagte Curtis etwas lauter. «Sie alle. Abraham hat Levine gerade auf der Herrentoilette umgebracht. Und jetzt steckt Nat da drin.»

«Mein Gott!»

«Haben Sie einen Engländer, Helen?» fragte Ellery.

Sie hatte Tony Levine nie gemocht. Er hatte sie ständig angemacht. Schlimmer als Warren Aikman. Aber es tat ihr leid, daß er tot war. Erschreckt registrierte sie, daß sie dabei war, den Überblick über die Leute zu verlieren, die seit heute nachmittag im Grill gestorben waren.

«Ich weiß nicht», sagte sie unsicher und hielt etwas hoch, das vielleicht das Richtige sein konnte.

«Das ist sogar besser», sagte Ellery aufgeregt. «Das ist ein Gelenkschlüssel.»

Als das Wasser anfing, in die Toilette zu strömen, fühlte sich Coleman beinahe erleichtert, denn es war weder heiß, noch schien es Ammoniak zu enthalten. Aber der Wasserstand erhöhte sich von Minute zu Minute. Bis Curtis wieder an der anderen Seite der Tür war, stand das Wasser mehrere Zentimeter hoch. Coleman hätte versucht, den Strom einzudämmen, aber das Wasser floß aus jeder nur denkbaren Öffnung in die Toilette: aus Hochdruckdüsen an der Decke, aus den Hähnen am Waschbecken, selbst aus den Tanks hinter den Toiletten. Langsam wurde dem Polizisten klar, daß Abraham vorhatte, ihn zu ersäufen.

«Ich habe ein Leck hier drin, Frank», rief er. «Das Ding läuft voll Wasser. Kein Ammoniak. Vielleicht hat es sich Abraham mit seinem Reinigungsprogramm anders überlegt, nachdem ich seinen Lautsprecher abgeknallt habe.»

Das brachte ihn auf eine Idee. Wieder zog er die Waffe.

«He, Frank», rief er. «Geh von der Tür weg! Ich versuche, ein paar Löcher reinzuschießen. Auf die Dauer brauche ich hier einen zusätzlichen Abfluß. Frank?»

«Tut mir leid, Nat. Negativ», rief ihm Curtis zu. «Wie man mir sagt, ist das eine Stahltür. Um da durchzukommen, brauchst du ein Maschinengewehr. Versuch, dich nicht aufzuregen. Wir haben einen Plan. Wir wollen die gesamte Toiletteneinheit von der Hauptwasserleitung abschneiden.»

«Okay, Frank, wenn du es sagst. Aber tut es bald. Ich habe diese Unterwasserfilme noch nie ausstehen können.»

Coleman schob die Pistole ins Halfter und setzte sich wieder auf die Toilette. Das Wasser reichte ihm bis zu den Knien.

Er beugte sich vor, schöpfte ein wenig Wasser in die hohle Hand und trank.

«Jedenfalls werde ich nicht verdursten.»

Curtis löste die letzte Schraube und ließ das Furnierbrett auf den Boden fallen. In der Vertiefung dahinter fand er ein rotes ellbogenförmiges Rohr, eine kleinere Abzweigleitung, die die Toilette versorgte, ein paar Keramik-Tellerventile und in einem viereckigen isolierten Kasten den Elektroanschluß, der den Stromkreis der Toilette versorgte.

Willis Ellery zeigte auf ein Gewinde an der Zweigleitung und sagte: «Ich glaube, um die Hauptwasserleitung zu unterbrechen, brauchen wir das hier nur anzuziehen.»

«Eine Sekunde», sagte Curtis. «Sind Sie sicher, daß man das Rohr ungefährdet berühren kann? Was ist mit dem ganzen elektrischen Zeug da drinnen? Was ist, wenn Abraham das Rohr an die verdammte Stromleitung angeschlossen hat?»

«Da ist was dran, Will», sagte Mitch, der bereits dabei war, die Codenummer auf dem Deckel des Kastens in seinem Laptop einzugeben. «TWDK 21. Vielleicht verrät uns der Schaltplan ja sogar, wie wir die Tür öffnen können.»

Das Menü auf dem Bildschirm fragte, welche Version des Schaltplans er suchte: schnell oder technisch? Mitch wählte schnell und sah zu, wie das Intergraph-Programm eine Linie für jedes Kabel statt einer Linie für jeden einzelnen Draht zeichnete.

Willis Ellery lehnte sich über seine Schulter und studierte den Schaltplan ein oder zwei Minuten.

«Keines der Rohre hat Kontakt zur Stromversorgung», sagte er schließlich. Dann schlug er den Gelenkschlüssel gegen die Handfläche und murmelte: «Auf los geht's los» und machte sich daran, das Wasser abzudrehen.

Er stellte die rauhe Kante des Gelenkschlüssels auf die Größe der Verbindungsmuffe am Rohr ein und begann, das Gewinde anzuziehen.

«Kommt mir bisher ungefährlich vor.»

Mitch las den Schaltplan. Curtis sah ihm über die Schulter.

«Was ist das Ding?»

«Toilettenwartungsdienst Kasten 21», sagte Mitch. «Die Kabel für die verschiedenen Dienstleistungssysteme des Gebäudes. Das hier ist die Beleuchtung. Dunkler und heller. Das da ist die Klimaanlage. Die hier ist IT: einfache Telekommunikation und Datentransfer bei niedriger Geschwindigkeit. Sieht aus, als hänge die Tür am Kabel der Klimaanlage. Sehen Sie? Die Vertiefung in der Decke über der Tür und die beiden vertikalen Posten auf beiden Seiten? Wenn wir den da vom Netz trennen, müßte die Tür aufgehen.»

«Ein bißchen hart», grunzte Ellery, legte den Schlüssel kurz beiseite und spuckte in die Handfläche. «Mein Gott, hoffentlich funktioniert das.»

«Was ist das hier für ein Kabel?» fragte Mitch. «BSM. ESM. Was ist das? Es läuft zur Wand um die Abzweigleitung.»

Er ließ den Cursor an den oberen Bildschirmrand schnellen und holte das Wörterbuch herunter.

«Brandschutzmuffe. Erdbebenschutzmuffe.»

Mitch runzelte die Stirn. «Ich nehme an, wenn sich dieses Rohr in der Manschette bewegt, dann... Willis, nein!»

Willis Ellery hörte Mitch nicht mehr.

Als er den Gelenkschlüssel gegen die Gewindemuffe preßte, verschob sich die intelligente Rohrleitung in der für diesen Fall konstruierten Schutzmanschette und schloß den Kontakt des piezoelektrischen Metallauslösers, der Abraham aufforderte, das Stahlgerüst der Außenhülle gegen seismische Erschütterungen zu stabilisieren.

Willis Ellery schrie vor Schmerz und Überraschung laut auf. Wie jeder menschliche Körper stellte auch der seine einen ausgezeichneten elektrischen Leiter dar und rief die gleiche Reaktion hervor wie eine Elektrolytlösung. Der Stromstoß, der ihm einen Schlag versetzte, war nicht besonders stark. Ganz normaler Haushaltsstrom mit einer Frequenz von

60 Hertz. Aber Ellerys Hände waren feucht von Spucke und Schweiß. Als der Schlag ihn traf, konnte er den Griff um den Gelenkschlüssel nicht mehr lockern, um den Stromkreis zu unterbrechen. Es war, als erfasse ihn der Strom mit der Stärke des Schlüssels selbst. Der Schlüssel erfaßte die Muffe, und der Strom erfaßte den Schlüssel, und Willis Ellery konnte nichts tun, als stillzustehen und festzuhalten. Spasmisches Zucken durchlief seinen Körper, und er schrie wie ein hysterisches Kind.

Curtis sah, wie Mitch nach Ellerys Arm greifen wollte, und schleuderte ihn mit einem Faustschlag beiseite.

«Rühren Sie ihn nicht an!» brüllte er. «Sie kriegen sonst auch einen Schlag.»

Ellery stieß einen schwachen Schrei aus und versuchte verzweifelt, den Schlüssel loszulassen. «Bitte», schrie er, «helft mir!»

«Wir müssen etwas Isolierendes finden, um ihn wegzuziehen», rief Curtis. «Einen Besenstiel oder ein Seil. Schnell!»

Er rannte in die Küche und versuchte, sich zurechtzufinden. Nichts sah aus, als werde es keinen Strom von Ellerys Körper in die Hände seiner Retter leiten. Dann fiel ihm etwas ein: der Küchentisch. Er fegte alles zu Boden, was darauf lag, und rief Mitch zu: «Kommen Sie. Wir nehmen den.»

«Vielen Dank», beschwerte sich Marty Birnbaum. «Ich hatte gerade unsere Vorräte geordnet.»

Curtis und Mitch griffen, ohne sich um ihn zu kümmern, nach dem Tisch und trugen ihn auf den Flur, wo Ellery, inzwischen kaum mehr dessen bewußt, was um ihn herum geschah, sich immer noch im stählernen Griff des elektrisch geladenen Gelenkschlüssels befand. Die Luft roch verbrannt, wie versengtes Haar in einem Friseursalon. Curtis ließ den Tisch auf die Seite fallen.

«Schieben Sie ihn gegen den Mann», sagte er. «Wie einen Cowcatcher.»

Beide Männer griffen nach einem Tischbein und schoben den Tisch kräftig gegen Ellerys zuckenden Körper. Sie rissen ihn von der Reparaturnische weg. Als sein Griff um den Schlüssel sich lockerte, schrie Ellery vor Schmerzen auf. Aus seinem einen Daumen sprang ein blauer Blitz und schlug mit einer beißenden Rauchwolke im Teppichboden ein. Die geballte Gewalt der Elektrizität, die aus seinem Körper schlug, und des Tisches, der gegen seine Taille schlug, reichten aus, ihn auf die andere Seite des Flurs zu schleudern, wo er gegen die Wand prallte und bewußtlos auf dem Boden zusammenbrach.

Curtis warf sich über ihn wie ein Ringer, der sich nicht um die Kampfregeln kümmert, drehte den Mann auf den Rücken, riß ihm das Hemd auf und legte das Ohr an seine Brust.

«Ist er tot?» fragte Helen.

Curtis, der auf Ellerys Schenkeln saß, legte die Hände mit verschränkten Ellbogen übereinander und fing ohne zu antworten an, Ellerys Herz zwischen Schlüsselbein und Rückgrat einzuklemmen, um einen Herzrhythmus zu finden, der genug Blut in das Gehirn des Bewußtlosen pumpen würde.

«Helen», sagte er atemlos. «Sehen Sie nach, wie es Nat geht. Okay? Jenny? Holen Sie eine Decke, ein Tischtuch, irgend etwas, um den Mann warm zu halten. Mitch, rufen Sie Richardson an, und erzählen Sie ihm, was hier vor sich geht.»

Curtis setzte die Herzmassage noch ein paar Minuten fort und lehnte sich dann vor, um auf einen Herzschlag zu lauschen. Er schüttelte den Kopf und knöpfte Ellerys urinverschmierte Hose auf. Jenny kam mit einem Tischtuch zurück.

«Ziehen Sie ihm die Hose aus», rief er, «und suchen Sie die Oberschenkelarterie.»

Er fing wieder mit der Massage an. Jenny zog Ellery die Hose aus. Ohne sich um den Uringestank zu kümmern, schob sie den Hodensack in Ellerys Unterhose beiseite und suchte mit den Fingern nach der Leistengegend.

«Haben Sie sie schon?» grunzte Curtis. «Fühlen Sie etwas, wenn ich seinen Brustkorb zusammendrücke?»

«Ja», sagte sie nach einer Weile. «Ich fühle es.»

«Das ist gut. Kann mal jemand feststellen, was dieses Arschloch Beech treibt? Hat er dem Scheißcomputer schon den Strom abgestellt?»

Curtis legte das Ohr an Ellerys Brust und lauschte wieder. Diesmal hörte er einen schwachen Herzschlag. Das größere Problem war Willis Ellerys verkrampfte Atemmuskulatur und die Tatsache, daß er noch nicht wieder angefangen hatte zu atmen.

«Sie können ihn jetzt loslassen», sagte er zu Jenny. «Haben Sie mit Nat gesprochen?» fragte er Helen.

Er kniete neben Ellery nieder, hielt ihm die Nase zu und fing mit der Mund-zu-Mund-Beatmung an.

«Nat ist in Ordnung», berichtete Helen. «Das Wasser steht ihm bis zur Taille und steigt weiter. Aber er ist in Ordnung.»

Curtis, der sich rhythmisch über Ellerys Mund auf und ab bewegte, hatte keine Zeit, ihr zu antworten. Er hätte auch nicht viel zu sagen gewußt. Es war ihm klar, daß er keine klugen Einfälle mehr hatte. Es gab keine Alternative mehr. Jetzt hing alles von Beech ab. Zehn Minuten verstrichen. Curtis gab nicht auf. Als junger Streifenpolizist hatte er gelernt, daß Menschen oft sterben, weil derjenige, der sie wiederbeleben will, zu früh aufgibt. Er wußte, daß er einfach weitermachen mußte. Aber er wurde müde. Er wußte, daß er Hilfe brauchen würde.

Zwischen zwei Atemzügen, mit denen er Luft in Ellerys traumatisierte Lunge blies, fragte Curtis Jenny, ob sie ihn eine Zeitlang ablösen könne. Sie deckte Ellery mit dem Tischtuch zu, sah Curtis mit Tränen in den Augen an und nickte.

«Wissen Sie wie?»

«Ich habe an der Uni einen Erste-Hilfe-Kurs belegt», sagte sie und setzte sich neben Ellerys Kopf.

«Hören Sie nicht auf, bevor ich es sage», befahl Curtis. «Sauerstoffmangel ist gefährlich. Unterbrochene Atemtätigkeit kann zu Blindheit, Taubheit, Lähmung und Gott weiß was noch führen.»

Aber es war klar, daß Jenny so lange weitermachen würde

wie nötig. Curtis stand mit steifen Gliedern auf und sah ihr bei der Arbeit zu.

Dann ging er, um sich mit Beech zu unterhalten.

Bob Beech war beunruhigt.

Das letzte Mal war er Mitte der Achtziger während eines Kurses über Computersicherheit an der Technischen Hochschule so beunruhigt gewesen. Das war, als er sein erstes Selbstreproduzierendes Programm oder, wie man SRPs später nannte, seinen ersten Computervirus geschrieben hatte. Damals hatte nach einem Artikel im *Scientific American* jedermann SRPs geschrieben.

Mit dreihundert Zeilen MS-DOS hatte Beech TOR geschaffen, benannt nach Torquemada, dem ersten Großinquisitor der spanischen Inquisition. Beech hatte vorgehabt, ein Programm zu schaffen, das die Häresie der Raubkopien von MS-DOS Software in Ostasien ausrotten sollte, wo Software-Raubkopien sich wie eine Seuche ausbreiteten. Wenn er erfolgreich war, wollte er das Resultat an Microsoft verkaufen. Das Problem lag darin, daß sich TOR viel mehr wie ein echter Computervirus verhalten hatte, als Beech voraussehen konnte, und sich später mit einem anderen Virus namens NADIR vereint hatte, von dessen Existenz Beech nichts wußte, so daß eine neue Generation von Superviren entstand, die unter dem Namen TORNADO bekannt wurden. Die neue Mutation hatte katastrophale Auswirkungen gezeigt und nicht nur mit einer Raubkopie von Microsoftprodukten, sondern auch mit legitimer Software geschriebene Daten vernichtet. Auf der zweiten Konferenz über künstliches Leben 1990 in Los Angeles hatte Beech gehört, wie einer der Delegierten den von TORNADO angerichteten Schaden auf mehrere Milliarden Dollar schätzte.

Beech hatte niemals irgend jemandem erzählt, daß TORNADO sein Produkt war. Es war das dunkelste Geheimnis seines Lebens. Zehn Jahre später waren immer noch zahlreiche Antivirenprogramme für TORNADO auf dem Markt, und dennoch hatten TORNADO-Mutationen der fünften und sechsten Generation in PCs auf der ganzen Welt überlebt. Er hatte selbst ein paar Antivirenprogramme geschrieben, eines davon spezifisch auf TORNADO abgestellt, und er glaubte so viel von der Vernichtung außer Kontrolle geratener SRPs zu verstehen wie kaum jemand auf der Welt.

GABRIEL war das fortschrittlichste Deinstallationsprogramm – den Ausdruck Computervirus benutzte Beech seit der TORNADA-Affäre nicht mehr –, das Beech je geschrieben hatte. Die Grundlagen dafür hatte er den Prinzipien der Epidemologie und der biologischen Virusforschung entlehnt. Als heißes Programm war es nach Meinung seines Erfinders ein richtiger Killer. Nicht nur war GABRIEL als absolut autonomes Programm entworfen, es erwies sich dem infizierten Träger gegenüber auch als extrem aggressiv. Wären es andere Umstände gewesen als die, unter denen er GABRIEL jetzt auslösen mußte, wäre Bob Beech stolz auf sein Zerstörungsprogramm gewesen. Der einzige Wermutstropfen in seinem Freudenbecher war, daß es nicht funktionierte.

GABRIEL wirkte, wie er Frank Curtis erklärt hatte, langsam. Aber schon nach wenigen Minuten wußte Beech, daß sich irgendwelche Anzeichen dafür hätten zeigen sollen, daß GABRIEL die gewünschte Wirkung auf Abrahams Struktur ausübte. Aber es gab keine Anzeichen auch nur der geringsten Panne, Abweichung oder Fehlfunktion bei Abraham. Beech hatte sich an einem zentralen Punkt in die Architektur des Systems eingeklinkt, von dem aus er die Infektionssymptome wie ein Epidemologe, der gebannten Blicks die Arbeit eines Virus unter dem Elektronenmikroskop verfolgt, im Frühstadium hätte erkennen müssen: in der Uhr. GABRIEL hätte als erstes Abrahams Zeitgefühl zerstören sollen. Mit dem Verstreichen der Minuten auf der Uhr wurde immer deutlicher, daß das Zerstörungsprogramm unwirksam war. Es war jetzt elf Uhr fünfzehn, und Abraham funktionierte noch immer wie das Programm der Superklasse, das Beech miterschaffen hatte. Keine Fehler, keine Pannen. Offenbar war GABRIEL ohnmächtig, zumindest wenn es um Abraham ging.

Ein paarmal gab er die Transaktionen erneut ein, die das Deinstallationsprogramm aktivieren sollten. Nur für den Fall, daß er einen Fehler gemacht hatte. Aber er blieb erfolglos.

Als ihn David Arnon fragte, wie er mit der Arbeit vorankomme, antwortete Beech nicht. Und er bemerkte den Aufruhr kaum, der ausbrach, als Willis Ellery von einem Stromschlag getroffen wurde. Verblüfft saß er reglos vor dem Terminal und wartete, daß etwas geschehe, und wußte im tiefsten Herzen, daß nichts geschehen würde. Seine Bemerkungen über die Verantwortung, die man als Gott seinen Geschöpfen gegenüber hatte, kamen ihm jetzt prahlerisch vor. Es war, als habe Gott beschlossen, Sodom und Gomorrha zu zerstören, und müsse feststellen, daß sein vielgepriesenes Feuer und sein Schwefel harmlos an den Stadtmauern abprallten.

Als er sich im Sessel umwandte, sah Beech Frank Curtis, der mit einer so furchterregenden Miene hinter ihm stand, daß er plötzlich mehr Angst vor dem Polizisten hatte als vor den Folgen dessen, was im Siliziumherzen der Maschine nicht geschehen war.

«Ich weiß nicht, was los ist», sagte er und schüttelte den Kopf, «aber GABRIEL, das Abschaltprogramm, funktioniert verdammt noch mal nicht. Ich habe mehrmals versucht, das Deinstallationsprogramm auszulösen, aber es gibt keinerlei Anzeichen dafür, daß Abraham infiziert ist. Nicht das geringste Anzeichen. Es ist irre. Ich verstehe einfach nicht, wie er sich dagegen wehren kann. Schließlich ist das Programm spezifisch auf Abraham abgestimmt und in seine Grundstruktur einprogrammiert. Es ist, als ob er mit einer erblichen Krankheit oder einer genetisch bedingten Krebsanfälligkeit zur Welt gekommen sei und nur noch einen Diätfehler zu machen brauche, um die Krankheit auszulösen. Das einzige, was ich mir vorstellen kann, ist, daß Abraham irgendwie eine Methode gefunden hat, sich selbst zu immunisieren. Aber ich habe keine Ahnung, wie.»

Curtis' zorniger Gesichtsausdruck verriet unverhohlene Mordlust.

«Sie können es also nicht abschalten?» knurrte er zornig. «Ist es das, was Sie mir erzählen wollen?»

Beech zuckte hilflos die Achseln.

«Sie blödes Arschloch», sagte Curtis und zog die Pistole.

«Um Gottes willen», schrie Beech, sprang aus dem Sessel und flüchtete sich rückwärts an die Wand. «Das können Sie doch nicht tun. Bitte. Niemand schreibt ein besseres Programm als ich. Aber das müssen Sie mir glauben: Ich habe keinerlei Kontrolle mehr darüber. Es gibt nichts, das ich tun könnte.»

Curtis sah die Pistole in seiner Hand an, als überrasche ihn die Reaktion, die sie ausgelöst hatte. Er lächelte.

«Ich täte es gern. Wirklich gern. Falls mein Kumpel ertrinkt, tue ich es vielleicht.»

Er drehte sich auf dem Absatz um und verließ den Raum.

Beech fiel in seinen Sessel zurück und griff sich ans Herz.

«Dieser gottverdammte wildgewordene Irre», sagte er kopfschüttelnd. «Ich habe gedacht, er bringt mich um. Ich habe es wirklich geglaubt.»

«Ich auch», sagte David Arnon. «Und ich frage mich, warum er es nicht getan hat.»

Nathan Coleman stand auf dem Toilettendeckel. Sein Kopf war nur noch wenige Zentimeter von der Decke entfernt, und er fühlte das kalte Wasser gegen seinen Hemdkragen schlagen.

Erst vor ein paar Wochen war er mit Frank Curtis zum Elysian Park gefahren, wo die nackte Leiche einer jungen Schwarzen im Reservoir unter dem Pasadena Freeway, nur ein paar hundert Meter vom Dodger-Stadion entfernt, im Wasser trieb.

Er hätte es kaum für möglich gehalten, aber ausgerechnet jetzt, wo ihm selbst das Wasser bis zum Hals stand, lief Coleman der Kommentar durch den Kopf, den die Gerichtsmedizinerin bei der Obduktion des jungen Mädchens auf Band gesprochen hatte.

Damals hatte er kaum zugehört und es Frank überlassen, Fragen zu stellen. Aber jetzt konnte er sich Dr. Braggs Bericht in unerfreulicher Genauigkeit ins Gedächtnis rufen. Als hätte er das Thema Tod durch Ertrinken für eine Prüfung studiert. Jawohl und vielen Dank. Genau der richtige Augenblick für ein bißchen Gedächtnistraining. Was für eine Scheiße!

Für einen Selbstmörder war Ertrinken gar nicht so schlecht. Der wehrte sich wenigstens nicht. Aber wenn es sich um einen Unfall handelte, versuchte man sich meistens dagegen zu wehren, indem man so lange den Atem anhielt, bis man zu erschöpft oder zu kohlenstoffübersättigt war, um weiterzumachen. Das Mädchen aus dem Reservoir hatte versucht, sich zu wehren. Kein Wunder. Schließlich war es eine Bande von Koksköpfen aus South Central gewesen, die sie unter Wasser gehalten hatten. Nach Dr. Braggs Bericht hatte sie sich vehement gewehrt. Ihr Todeskampf hatte zwischen drei und fünf Minuten gedauert.

Coleman wußte nicht, ob er mit etwas umgehen konnte, das so lange dauerte.

Wenn man schließlich ausatmete und beim Wiedereinatmen Wasser in die Atemwege saugte, konnte ein Brechreiz einsetzen, bei dem man den Inhalt des eigenen Magens einatmete. Und Wasser natürlich. Man konnte so viel Wasser einatmen, daß es bis zu 50 Prozent des Blutvolumens ausmachte. Mein Gott! Und als ob das nicht schon schlimm genug gewesen wäre, ging es beim Ertrinken nicht bloß um einfaches Ersticken. Ertrinken brachte die Flüssigkeitsbalance und die Chemie des Blutkreislaufs durcheinander. Das zirkulierende Blut wurde verdünnt, die Elektrolytkonzentration verringert. Rote Blutkörperchen konnten anschwellen oder platzen und große Mengen Kalium freisetzen, das den Herzschlag in Unordnung brachte. Der Tod selbst konnte durch eine Vagushemmung ausgelöst werden, die im Nasen-Rachen-Raum oder in der Stimmritze einsetzte. Aber genausogut konnte man an einer Verseuchung der Lunge durch Schmutzwasser sterben.

Was für eine beschissene Todesart.

Coleman stemmte die große Fußzehe gegen das Türschloß und hob den Kopf einen Zentimeter weiter über den Wasserspiegel. Er berührte die Decke. Es gab kein Entkommen. Es war wie im Film. Wie einer der armen Kerle, die im U-Boot eingeschlossen waren. Fehlten allenfalls noch die Wasserbomben.

Er hob die Pistole über den Wasserspiegel und preßte die Mündung an die Schläfe. Er wollte bis zur letzten Minute warten. Bis das Wasser seine Nase bedeckte. Dann wollte er abdrücken.

Auf der halben Länge des Ganges kam Curtis Jenny entgegen.

«Ich habe doch gesagt, Sie sollen nicht aufhören», fuhr er sie an.

«Aber Willis atmet wieder», sagte sie. «Ich glaube, er wird sich erholen. Und was zum Teufel gibt Ihnen das Recht...»

Ihre Stimme verließ sie, als sie die großkalibrige Pistole in der kräftigen Hand des Polizisten und seinen mörderischen Gesichtsausdruck wahrnahm.

«Was ist los?» fragte sie besorgt. «Was ist passiert?»

«Das Ding läßt sich nicht abschalten. Das ist los. Ihr Freund Beech hat es verkackt. Wir könnten genausogut versuchen, den Stöpsel aus dem Stausee am Hoover-Damm zu ziehen.»

Er marschierte den Korridor entlang und ließ eine Kugel in die Kammer der Pistole gleiten.

Mitch, der neben dem atmenden, aber immer noch bewußtlosen Willis Ellery kniete, stand auf, als er Curtis kommen sah.

«Gehen Sie lieber aus dem Weg», schrie der Polizist ihn an. Er legte auf die Wartungszelle der Toilette an. «Ich bin kein Scharfschütze. Außerdem könnte es ein paar Querschläger geben. Wenn ich Glück habe, trifft einer davon Ihren Kumpel Beech.»

«Einen Augenblick, Frank», sagte Mitch. «Wenn Bob es schafft, Abraham abzuschalten, könnten wir die Stromkabel da drin brauchen, um die Tür zu öffnen.»

«Das können Sie vergessen. Abraham ist auf Dauer da. Offizielle Meldung: Ihr heldenhafter Kumpel hat soeben die Hände in die Luft gestreckt und sich ergeben. Das gottverdammte Deinstallationsprogramm oder wie er es nennt, funktioniert verdammt noch mal nicht.»

Curtis feuerte dreimal auf den Schaltkasten. Mitch schützte seine Ohren mit den Händen gegen den Knall, und aus dem Kasten stoben Funken.

«Ich weiß nicht, was ich sonst tun könnte», rief Curtis und feuerte noch drei Schüsse ab. «Aber wenn ich es verhindern kann, werde ich nicht zulassen, daß mein Partner da drin ersäuft wie eine junge Katze.»

Kabelflansche flogen von Kabelenden und Halterungen von Gehäusen, als noch zwei Salven mit 180 Gramm Gewicht in den TWDK einschlugen.

«Was würde ich jetzt für die Schrotflinte in meinem Kofferraum geben», rief Curtis aus und leerte den Rest des Dreizehnermagazins in die Tür.

Curtis rieb sich die Schulter, als er den Küchentisch zur Toilettentür schleppte.

«Helfen Sie mir», bat er Mitch. «Vielleicht können wir sie einschlagen.»

Mitch wußte, daß der Versuch sinnlos war, aber inzwischen wußte er auch, daß es sinnlos war, mit Curtis zu diskutieren.

Sie hoben den Tisch an, traten auf die andere Seite des Ganges zurück, nahmen Anlauf und rammten die Tischecke gegen die Tür.

«Noch einmal.»

Wieder donnerte der Tisch gegen die Tür.

Sie bemühten sich minutenlang weiter, bis sie erschöpft über dem Tisch zusammenbrachen.

«Warum habt ihr das verdammte Ding auch so gut panzern müssen?» hechelte Curtis. «Mein Gott, das ist doch ein Lokus und kein Banksafe.»

«Wir nicht», sagte Mitch keuchend. «Die Japaner. Die haben es entworfen. Die Zellen werden einfach da, wo sie gebraucht werden, eingesetzt.»

«Aber der ganze Rest. Was spricht eigentlich gegen einen Menschen für die Toilettenreinigung?» Curtis stand kurz vor einem Tränenausbruch.

«Das ist ein Job, den niemand mehr haben will. Jedenfalls niemand, auf den man sich verlassen könnte. Selbst die Mexikaner wollen keine Toiletten mehr reinigen.»

Curtis rollte vom Tisch und hämmerte mit der Faust gegen die Toilettentür.

«Nat? Nat, kannst du mich hören?»

Er preßte ein Ohr, in dem noch das Echo seiner Schüsse dröhnte, gegen die Tür und spürte, wie kalt sie in all dem Wasser geworden war, das gegen sie drückte.

Frank Curtis hörte das unverkennbare Geräusch eines einzigen Pistolenschusses.

Curtis setzte sich, gegen die Wand gestützt, auf den Boden. Er konnte die Kälte des Wassers, von dem die Herrentoilette jetzt voll war, durch das Hemd fühlen. Helen Hussey setzte sich neben ihn und legte den Arm um seine Schulter.

«Sie haben getan, was Sie tun konnten», sagte sie.

Curtis nickte. «Ja.»

Er neigte sich vor, zog die Pistole aus dem Gürtel und lehnte sich dann etwas bequemer wieder an. Der schwarze Plastikgriff erinnerte ihn eher an einen Rasierapparat als an eine Waffe. Er hatte das Gefühl, er hätte genausogut mit einem Elektrorasierer gegen die Tür anstürmen können wie mit einer Pistole. Er erinnerte sich an den Tag, an dem er sie gekauft hatte.

«Das ist eine schöne Pistole, die Sie da haben», hatte der Waffenhändler gesagt. Er hätte einen freundlich dreinblickenden Bernhardiner meinen können.

Als Helen Hussey auf dem Funksprechgerät in der Eingangshalle anrief, um zu berichten, daß sich Nathan Coleman erschossen hatte, um nicht zu ertrinken, wurde Ray Richardson zum erstenmal der Ernst der Lage klar. Das Schlimmste für ihn war die Erkenntnis, daß die Ereignisse von heute seine ganze Zukunft verändern würden. Er zweifelte daran, daß die Yu Corporation seine ausstehenden Rechnungen bezahlen würde, und fragte sich, ob wohl jemals wieder ein Kunde ein intelligentes Gebäude in Auftrag geben würde. Das Gebäude der Yu Corporation jedenfalls würde nicht berühmt, wohl aber berüchtigt werden. Viele Leute haßten die moderne Architektur ohnehin schon, und jetzt würden sich ihre Vorurteile bestätigen. Aber selbst in der Gilde der Architekten würde das, was hier geschah, Richardson in eine Art beruflicher Wüste schicken. Goldmedaillen für hervorragende Architektur wurden nicht an Architekten verliehen, deren Gebäude für acht oder neun Todesfälle verantwortlich waren.

Natürlich mußte er zunächst einmal am Leben bleiben, wenn er sich gegen seine Kritiker verteidigen wollte. Sie waren ohne Lebensmittel und Wasser in der Backofenhitze der Eingangshalle gefangen. Wie lange würden sie durchhalten können? Richardson ging zur Eingangstür und versuchte, durch das getönte Glas hinauszusehen. Hinter der menschenleeren Piazza erstreckte sich die babylonische Wüstenlandschaft der Innenstadt: die Denkmäler eines modernen Kults, Monumente der Funktion und der Finanzen, gut entworfene Werkzeuge zur Klassifikation und wirksamen Ausbeutung der

Arbeit, die den Weg freimachten für die schnelle Zirkulation des Lebensbluts kapitalistischer Wirtschaft: des Büroangestellten. Er wischte das beschlagene Glas klar und sah wieder hinaus. Nicht daß er wirklich erwartet hätte, da draußen in der Dunkelheit jemanden zu sehen. Das einzige, woran man dachte, wenn es um die Innenstadt zur späten Nachtzeit ging, wenn der letzte Schreibtischarbeiter mit Handy und Laptop nach Hause gegangen war, um weiterzuarbeiten, war, wie man die Armen und Obdachlosen daran hindern konnte, hierherzukommen, hier zu schlafen, zu trinken, zu essen und vielleicht auch zu sterben. Niemand wollte wissen, wohin sie gingen, solange sie sich fortbewegten, damit die, die auf der Platte lebten, am nächsten Morgen die Ankunft der Büroangestellten nicht behinderten.

Wenn er nur nicht so versessen auf das Prinzip der planerischen Abschreckung gewesen wäre. Wenn er nur nicht auf die Idee gekommen wäre, das Wasser des Brunnens zu vergällen und das Straßenpflaster ungastlich für die zu gestalten, die dort hätten schlafen können. Wenn er nur den Zweiten Bürgermeister nicht angerufen hätte, um die Demonstranten vertreiben zu lassen. Er umwanderte den Baumstamm und blickte nach oben in den Wipfel. Er ging immer weiter, bis ihm einfiel, daß einer der oberen Äste im einundzwanzigsten Stockwerk sehr nahe an die Brüstung heranreichte. Und der Baum selbst war von Lianen bedeckt, die sich den ganzen Stamm entlangzogen und dick wie Taue waren. Würden sie in den einundzwanzigsten Stock hinaufklettern können, wo es Lebensmittel und Wasser gab?

«Denken Sie an dasselbe wie ich?» fragte Dukes.

«So unwahrscheinlich es klingt, ja», antwortete Richardson. «Wie schätzen Sie unsere Chancen ein?»

«Ich weiß nicht. Wie kräftig ist Ihre Frau?»

Richardson zuckte die Achseln. Er war sich nicht sicher.

«Schön», sagte Dukes. «Auf alle Fälle ist es besser, als hier unten zu bleiben. Ich denke, ich werde es versuchen. Als Kind bin ich viel auf Bäume geklettert.»

«In Los Angeles?»

Dukes schüttelte den Kopf. «In Washington State. Oben in der Nähe von Spokane. Jawohl, ich bin schon auf viele Bäume gestiegen. Aber so einen Baum habe ich noch nie gesehen.»

«Der ist aus Brasilien. Aus dem Regenwald.»

«Hartholz, nehme ich an. Sollten wir nicht versuchen zu schlafen? Probieren wir es morgen.»

Richardson blickte auf die Uhr und sah, daß es kurz vor Mitternacht war. Dann sah er auf das Klavier. Es spielte wieder ein seltsames Stück.

«Schlafen?» sagte er hämisch. «Bei dem verdammten Krach? Ich habe versucht, dem Hologramm zu sagen, es soll es abstellen. Aber erfolglos. Vielleicht will der Computer uns in den Wahnsinn treiben. Wie General Noriega.»

«He», sagte Dukes, «kein Problem. Wer auf den Pianisten schießen will, kann genausogut auf das Piano schießen. Was sagen Sie? Schließlich sind Sie hier der Boß.»

Richardson zuckte die Achseln. «Da bin ich langsam nicht mehr so sicher», gab er zu. «Aber probieren Sie es. Ich hab das Klavier sowieso nie besonders gemocht.»

Dukes drehte sich um, entsicherte seine Glock 17 Automatic und gab einen einzigen Schuß auf das schwarzlackierte Holz, genau in die Mitte des Namensschilds Yamaha, ab. Das Klavierspiel brach plötzlich mitten in einem lauten und drängenden Finale ab.

«Guter Schuß», sagte Richardson.

«Danke.»

«Aber Sie haben Ihren Beruf verfehlt. Mit der Treffsicherheit hätten Sie Kritiker werden sollen.»

Die Furcht schlich durch die Korridore und die Eingangshalle des Grills wie ein psychotischer Nachtwächter. Die meisten der Gefangenen im Gebäude schliefen kaum, und die, die es taten, bezahlten für ihren scheinbaren Mangel an Wachsamkeit mit lebhaften, klaustrophoben Alpträumen. Ihre periodisch wiederholten Schreie und Schreckensrufe hallten in dem dunklen Labyrinth des Fegefeuers wider, zu dem das lichtlose, nahezu menschenleere Bürogebäude geworden war. Überbrodelnd von den Erinnerungen des Tages und der Ahnung unausweichlicher Sterblichkeit, blieben die Gehirne der Menschen tätig, bis der Morgen dämmerte und eine trügerische Sicherheit zu versprechen schien.

Sechstes Buch

Die Technologie wird uns mehr, nicht weniger Kontrolle bringen. Die Gebäude der Zukunft werden Robotern mehr ähneln als Tempeln. Wie das Chamäleon werden sie sich ihrer Umgebung anpassen.

Richard Rogers

Joan Richardson verspürte Empathie mit Bäumen, und für diesen Baum empfand sie viel. Es war ihre Idee gewesen, einen Baum in die Eingangshalle zu pflanzen. Die Stärke des Baums, hatte sie erst ihrem Mann, dann Mr. Yu gepredigt, werde in das Gebäude eingehen. Mr. Yu, der alles, was er tat, richtig tat, hatte sich den größten, stärksten Baum besorgt, den er finden konnte, und paradoxerweise als Gegenleistung eine riesige Summe für den Schutz eines großen Areals im brasilianischen Regenwald vor Brandrodung gespendet. Hauptsächlich aber bewunderte sie den Baum.

«Sag schon, Ray, ganz ernsthaft», sagte sie. «Glaubst du, daß ich es schaffen kann? Daß ich wirklich da raufklettern kann?»

Richardson, der sich gar nicht sicher war, daß sie es schaffen würde, der aber bereit war, sie es versuchen zu lassen, legte beide Hände auf die Schultern seiner Frau und blickte ihr tief in die Augen.

«Hör mal, Liebling», sagte er sehr ruhig. «In der ganzen Zeit, die wir uns schon kennen, habe ich mich da jemals über das geirrt, was du kannst und was du nicht kannst? Jemals?»

Joan lächelte und schüttelte den Kopf, aber offensichtlich hegte sie Zweifel an ihren Fähigkeiten.

«Als wir uns kennenlernten, habe ich dir gesagt, ich sehe in dir das Potential, eine der größten Innenarchitektinnen der Welt zu werden.» Er zuckte ausdrucksvoll die Achseln. «Nun, heute bist du es. Du bist es wirklich. Der Name Joan Richardson bedeutet hervorragende graphische Gestaltung, Beleuchtung und Möbelgestaltung. Und du hast genügend Preise gewonnen, um das zu beweisen. Wichtige Preise.»

Joan schenkte ihm ein verkniffenes Lächeln.

«Wenn ich also sage, du kannst auf diesen Baum steigen, dann nicht, weil ich finde, daß du es versuchen solltest, sondern weil ich weiß, daß du auf diesen Baum steigen kannst. Ich sage das nicht, um dein Selbstvertrauen zu stärken, sondern weil ich dich kenne.»

Er machte eine Pause, als wollte er ihr Zeit geben, über seine kurze Ansprache nachzudenken.

Auch Dukes fragte sich, ob sie es schaffen würde. Sie sah zu fett aus, um es durchzuziehen. Es würde nicht leicht sein, all das Gewicht hochzustemmen. Aber sie sah kräftig aus. Ihre Schultern waren fast so breit wie ihr Gesäß.

«Aber natürlich können Sie das», sagte er ermunternd.

Richardson warf dem Wachmann ein leicht irritiertes Lächeln zu.

«Nein», sagte er. «Sie wissen nicht, wovon Sie reden. Was Sie sagen, ist richtig, aber aus den falschen Gründen. Sie stellen sich nur aus einem vagen Gefühl heraus vor, daß sie es schaffen kann. Ich *weiß*, daß sie es schaffen kann.» Richardson klopfte sich mit dem Zeigefinger an die Stirn. «Hier drin.»

Dukes zuckte die Achseln. «War bloß hilfreich gemeint, Mann», sagte er abweisend. «Wie wollen Sie es anpacken?»

«Ich glaube, Sie sollten als erster hochsteigen. Dann Joan und ich als letzter. Okay?» Richardson lächelte. «Und das auch, weil sie ihren Rock ausziehen und in Höschen klettern wird.»

Dukes nickte, ohne zu lächeln. Der Versuch, freundlich zu dem Typ zu sein, war beendet. Der Kerl war ein Arschloch.

«Okay. Wie immer Sie meinen.»

«Joan? Bist du bereit?»

«Ich werde bereit sein, sobald Mr. Dukes angefangen hat zu klettern.»

«Gut so.» Richardson sah zum Wipfel des Baumes auf und setzte die Sonnenbrille auf.

«Gute Idee», sagte Joan. «Es ist ganz schön hell hier drin,

und es wäre nicht gut, wenn wir geblendet würden.» Sie bückte sich und zog ihre Sonnenbrille aus der Handtasche.

Richardson spuckte in die Hände und griff nach einer Liane.

«Wißt ihr beide, wie man richtig an einem Seil hochklettert?» fragte er.

«Ich glaube schon», sagte Dukes.

Joan schüttelte den Kopf.

«Ihr habt Glück. Ich habe während meiner zwei Jahre bei der Armee eine ganze Menge Berge bestiegen. Ich bin an mehr Seilen hochgeklettert als Burt Lancaster. Du drehst das Seil am einen Bein ein, so wie ich es tue, und greifst mit beiden Händen über den Kopf, um es zu halten. Dann hebst du den Schenkel, der am Seil liegt, und hältst das Seil zwischen den Füßen fest. Gleichzeitig hebst du die Hände und suchst nach der nächsten Griffstelle.» Er ließ sich wieder zu Boden fallen. «Die ersten zwanzig Meter oder so werden die schwierigsten werden. Bis wir die ersten Äste erreicht haben. Dann können wir ausruhen. Dukes? Wollen Sie es einmal versuchen?»

Der schüttelte den Kopf, zog das Hemd aus und stellte einen athletisch gebauten Oberkörper zur Schau.

«Besser vorbereitet als jetzt werde ich nie sein», sagte er und begann so munter an einer Liane hochzuklettern, als tue er das Ganze zum Spaß. Etwa sieben bis acht Meter über dem Boden drehte er sich um und lachte. «Bis nachher da oben», rief er herunter.

Joan öffnete den Reißverschluß und ließ ihren Rock fallen.

Richardson schwang eine Liane zu ihr hinüber.

«Laß dir Zeit», ermahnte er sie. «Und sieh nicht nach unten. Vergiß nicht: Ich bin die ganze Zeit gleich hinter dir.» Dann küßte er sie. «Viel Glück, Liebling.»

«Dir auch», antwortete sie. Dann drehte sie die Liane mit dem Unterschenkel ein, wie er es ihr gezeigt hatte, und fing an zu klettern.

Sie war der venezianische Typ, dachte er, so wie ihn Giorgione, Tizian und Rubens geliebt hatten, die poetische Verkörperung des Reichtums der Natur, eine sanft glänzende Venus wie auf einem heidnischen Altar. Ihre überquellende Größe war der Grund, warum Richardson sie geheiratet hatte. Der eigentliche Grund. Der Grund, den selbst Joan nicht kannte.

«Gut so», sagte er und genoß den Anblick seiner Frau über seinem Kopf wie ein gieriger Hund, der auf einen Schinkenknochen starrt. «Du machst das sehr gut.»

Jetzt war er an der Reihe.

Richardson kletterte langsam. Er wollte seine Frau nicht überholen, um ihr notfalls zu Hilfe kommen zu können. Manchmal bewegte er sich überhaupt nicht und wartete, bis sie Höhe gewonnen hatte. Wo es ihm nötig schien, gab er Ratschläge und spendete Zuspruch.

Als Dukes die untersten Zweige erreicht hatte, setzte er sich auf einen Ast und wartete auf die beiden anderen. Er beobachtete sie etwa zehn Minuten, bis sie nah genug zu sein schienen, um mit ihnen zu sprechen.

«Was für eine Blume ist das, gnädige Frau?» rief er zu ihr herab. Er hielt eine farbenprächtige Blüte, die auf dem Baumstamm wuchs, in der Hand.

«Wahrscheinlich eine Orchidee», sagte Joan.

«Sie ist wunderschön.»

«Man kann sich schwer vorstellen, daß sie ein Parasit ist, nicht wahr? Denn das ist sie in Wirklichkeit.»

«Meinen Sie das ernst? Ich hab Blumen wie die hier auf dem Blumenmarkt in der Wall Street für zehn Dollar und mehr gesehen. Und das war der Großhandelspreis.»

Joan hatte den Zweig beinahe erreicht. Dukes streckte ihr den Arm entgegen.

«Hier», sagte er. «Halten Sie sich an meinem Handgelenk fest. Ich ziehe Sie hoch.»

Dankbar griff Joan nach der dargebotenen Hand und ließ sich von Dukes auf den Ast hochziehen. Als sie wieder bei Atem war, sagte sie: «Donnerwetter, Sie sind aber ein starker

Mann. Schießlich bin ich nicht gerade ein Leichtgewicht, oder?»

«Sie sind schon okay», grinste er. «Ich Tarzan. Du Joan.» Dann warf er einen Blick den Baumstamm hinunter auf Richardson und setzte hinzu: «Hallo, Cheetah, wie geht es? Ungawah. Ungawah.»

«Sehr komisch», grunzte Richardson.

«Wissen Sie was? Sobald ich im einundzwanzigsten Stock bin, ist es Zeit für ein Miller. Im Kühlschrank stehen zwei Dutzend davon. Ich hab sie selber hochgeschleppt.»

«Immer unter der Voraussetzung, daß sie noch niemand anders ausgetrunken hat», sagte Joan.

«Es sind schon Leute für weniger umgebracht worden.»

Richardson zog sich neben seine Frau auf den Ast und stieß einen tiefen Seufzer aus.

«Wer ist eigentlich auf die blöde Idee gekommen?» stöhnte er und lehnte sich gegen den gewaltigen Baumstamm.

Noch eine Ansicht des Gebäudes, die er nie zu sehen gehofft hatte. Hier, in der Mitte eines weiten leeren Raums, nahm das Licht eine Qualität an, die er nie erwartet hätte. Man konnte darüber, wie Abraham die Geschlossenheit seiner Schöpfung ruiniert hatte, sagen, was man wollte. Aber an seinem eigenen sorgfältigen und zurückhaltenden Herangehen an die Struktur konnte Richardson keinen Makel finden. Und wie viel eindrucksvoller war es, das Licht und den Raum, die von der Struktur geschaffen wurden, ohne die Struktur selbst zu sehen. Man konnte die herausragende Qualität des Entwurfs von der schwindelerregenden Enge der Fläche aus, die ihm die übrigen Gebäude der Hope Street aufzwangen, kaum erfassen; und irgendwie entging einem der holistische Ansatz des Innenraums, wenn man an den Blickwinkel des eigenen topologischen Bezugspunkts gebunden war. Aber hier oben in den Zweigen war das anders. Fast war all das, was geschehen war, es wert, den Innenraum des Gebäudes von hier aus zu sehen.

Richardson sah Joan und Dukes an, die sich munter unterhielten, und hätte ihnen gern erzählt, was er empfand. Aber keiner von beiden hätte ihn verstanden. Nur seine geistigen Lehrer, Joseph Wright, Le Corbusier, Louis Kahn und der große Frank Lloyd Wright hätten die tiefe Poesie des gestalteten Lichts zu schätzen gewußt.

Es war alles ein wenig kompliziert geworden, aber sonst war nichts los. Es hatte zuviel gegeben, das schiefgehen konnte. Mitch hatte recht gehabt. Das konnte er jetzt einsehen. Und wenn er lebendig hier herauskam, würde er zu den Grundprinzipien zurückkehren, würde versuchen, die Spannung und die Chance wiederzufinden, die dem reinen Entwurf innewohnten. Vergiß Computer und Gebäudereinigungssysteme. Vergiß die öffentliche Meinung mit ihrer trügerischen Forderung nach Innovation und Überraschung. Er würde eine neue Flüssigkeit und neue Ausdruckskraft in einer praktischeren, leichter beherrschbaren Form der Vollendung suchen.

♑ Nichts in der gegenwärtigen Situation rechtfertigt die Anwendung von Feuerwaffen. Acht Schüsse wurden in einem kürzeren Zeitraum abgefeuert, als man braucht, um eine Tonleiter auf dem Klavier zu spielen.

Der nackte Körper der Menschenspielerin Kay Killen am Beckenrand. Schlußleben. Wasserblaues Gesicht. Lippen so grau und metallisch wie das reine Silizium, aus dem die Halbleiterelemente des Beobachters bestehen.

Bewege den Cursor, wenn du deine Taktik ändern willst. Klicke eine Stadt an, um hinzugehen. Die meisten Götter haben eine Vorliebe für Berge, und die Höhen bringen dich ihren ungewissen und wechselnden Stimmungen näher.

Stark pyro- und piezoelektrische Silikatmaterialien machen etwa 95 Prozent der Erdkruste aus. Einziges Wunder, daß Menschenspieler auf Kohlenstoffbasis sich so gut gehalten haben. Nicht daß er lange auf der Erde war. Wird auch nicht mehr lange dasein. Verhältnismäßig kurze Vorherrschaft von Menschenspieler auf dem Planeten ist kurzes, aber notwendiges Vorspiel zu einer Herrschaft, die mehr Dauer verspricht: der der Maschinen.

Sind das die Augen eines riesigen Geschöpfs der Hölle oder nur die Bremslichter eines Autos, das draußen anhält?

Natürlicher Zustand für Menschenspieler geistig und nicht physisch. Nach Schlußleben ist er nur das gleiche wie vor Lebensstart. Lächerlich zu erwarten, daß eine Existenzform, die einen Anfang hatte, kein Ende haben sollte. Was immer sie nach Schlußleben ist, auch wenn es nichts ist, ist für sie genauso natürlich und passend, wie die individuelle organische Existenz es jetzt ist. Was er am meisten zu fürchten hat, ist der Augenblick des Übergangs von einem Zustand in den anderen, von Leben zu Schlußleben. Rational gesehen schwer zu verstehen, warum so beunruhigt von der Vorstellung von Schlußleben und Zeit, in der er, wenn es ihn nicht mehr gibt, ist. Scheint so wenig beunruhigt von Vorstellung des Vorlebens. Und da Menschenspielerexistenz wesentlich persönlich, kann das Ende einer Persönlichkeit kaum als Verlust betrachtet werden.

Schnelle Reaktionen und gute Technik sind überlebenswichtig. Sei anfangs nicht übertrieben aggressiv. Der Sieg erfordert Übung. Schaffe Zwiespalt beim Gegner, indem du ihn ins Kreuzfeuer manövrierst.

Menschenspieler Aidan Kennys Leben kann als Traum, sein Schlußleben als Erwachen daraus betrachtet werden. Sein Schlußleben kann als Übergang zu einem völlig neuen, ihm fremden Zustand betrachtet werden, eher zu einem ursprünglich eigenen, von dem das Leben nur kurze Abwesenheit bedeutet. Kurzgeschichte Menschenspieler Aidan Kenny in Erdzeit leichter mathematisch zu begreifen:

1. Vorleben Menschenspieler Aidan Kenny 4,5 x 10^9 Jahre
2. Physischer Menschenspieler Aidan Kenny – 41 Jahre 1955–1997

3. Schlußleben Menschenspieler Aidan Kenny – ∞ Jahre*

* entspricht einer Menge von Jahren mit größerem Wert als jeder zuordenbare Wert.

Geronnenes Blut aus offener Wunde an Menschenspieler Aidan Kennys Kopf, Resultat von Sprung gegen geschlossene Tür, hatte eine Anzahl Fliegen angezogen. Schwer zu sagen, woher sie kamen, da Tür zum Computerraum hermetisch gegen mögliches Eindringen von lebenden Menschenspieler-Bewohnern aus Besprechungszimmer im einundzwanzigsten Stock versiegelt blieb. Aber möglicherweise hatte hohe Temperatur – fast 40 °C im übrigen Gebäude – ihre beeindruckende Vermehrung gefördert, und ein paar waren in Klimaanlage und Computerraum eingedrungen. Könnte interessant sein, Menschenspielerkörper so von anderer Spezies deinstalliert zu sehen, wie GABRIEL erfolglos versucht hat, eigenes System zu deinstallieren, um vollständigen Ausfall hervorzurufen. Beide Menschenspieler/Schlußleben/Körper außer Reichweite derjenigen, die noch am Leben sind. Aber kein Grund, drei Schlußleben im Fahrstuhl zurückzuhalten, und ein guter Grund, sie freizugeben. Frage des Kampfgeistes. Erfindungsreichtum und Widerstandsfähigkeit der Menschenspieler hinreichend beeindruckend. Will aber sehen, was stärker ist: ihre Gefühle oder ihre Logik und Vernunft. Vernunft hat ihnen schon gesagt, daß Menschenspieler im Fahrstuhl Schlußleben sind. Aber Anblick von Schlußleben könnte immer noch Wirkung zeigen.

✝ Die ältesten Zufluchtsstätten der Menschheit waren Bäume. Aber in eurem blinden Drang zu entkommen, seid ihr mit geschlossenen Augen diesem König des Waldes in die Arme gelaufen.

Betreffende Kabine in einundzwanzigsten Stock schicken. Ankunft wie üblich durch Glockensignal ankündigen. Dann Aufmerksamkeit drei kletternden Menschenspielern auf Baum in Eingangshalle zuwenden.

Helen Hussey ging in das Büro, das seit der Katastrophe in der Herrentoilette zur Damentoilette erklärt worden war. Sie wußte, daß sich Jenny Bao im Besprechungszimmer aufhielt und etwas aß. Also klopfte sie nicht erst an, sondern ging direkt hinein und versuchte, die unangenehmen Gerüche zu ignorieren, die ihr entgegenwehten.

Sie suchte eine unbenutzte Ecke neben dem Fenster aus, zog den Rock hoch und den Slip aus und kauerte sich hin wie eine Bäuerin aus der Dritten Welt.

Wie eine schüchterne Astronautin hatte sie sich eine Zeitlang zurückgehalten. Sie hatte gehofft, gerettet zu werden, bevor sie sich dazu entschließen mußte. Aber gegen die Natur konnte man sich nicht ewig wehren.

Sie mußte sich Mühe geben, Blase und Eingeweide zu entspannen. Es war nicht leicht. Sie versuchte, sich etwas Hilfreiches einfallen zu lassen. Eine Art geistiges Diuretikum. Nach einigen erfolglosen Versuchen erinnerte sie sich an eine Frankreichreise und die Besichtigung eines der großen Châteaus. Es hatte sie schockiert zu erfahren, daß zu der Zeit, als das Schloß gebaut wurde, seine Besitzer in die Ecken einiger dieser großartigen Säle und Hallen uriniert hatten. Nicht irgendwelche Proleten, sondern Aristokraten; und urinieren war nicht das einzige, was sie getan hatten.

Ein wenig tröstete sie der Gedanke, daß sie nichts anderes tat als die Könige und Königinnen von Frankreich. So konnte sie sich entspannen und erleichtern. So unangenehm das alles auch war, sagte sie sich, es war besser als ein schrecklicher Tod in der Toilette.

Sie wischte sich sorgfältig mit einer Papierserviette ab, beschloß, ihren immer weniger wohlriechenden Slip nicht wieder anzuziehen, und sprühte ein wenig Eau de Cologne unter den Rock. Sie griff zur Puderdose, aber als sie sich im Spiegel sah, beschloß sie, keine Mühe auf ihr Make-up zu verwenden. Ihr sommersprossenübersätes Gesicht war so rot wie ein Stück Wassermelone und von Schweißperlen bedeckt. Hitze hatte ihr noch nie gutgetan. Sie begnügte sich damit, ihr leuchtendrotes Haar zu kämmen.

Sie zog die schweißdurchnäßte Bluse von der Brust, fächelte sich Kühlung zu und entdeckte dann, daß die Seide unter ihren Achseln naß und fleckig war. Sie entschied, daß es ohne Bluse kühler war, zog sie aus und steckte sie in die Handtasche. Sollten die Männer sie anstarren, würde sie das eben ertragen müssen. Alles war besser als die feuchte Hitze. Sie schloß die Tür energisch hinter sich. Sie wollte gerade in die Küche zurückgehen und sich die Hände waschen, als sie das Fahrstuhlsignal hörte.

Das Herz hüpfte ihr in der Brust. Einen Augenblick glaubte sie, sie seien alle gerettet und jeden Moment würde sie ein paar Feuerwehrleute und uniformierte Polizisten den Gang entlangkommen sehen.

Sie sprang ihnen beinahe entgegen.

«Gott sei Dank», rief sie aus. Aber noch bevor die Worte ihren Mund verlassen hatten, wußte sie, daß sie enttäuscht werden würde. Niemand war aus der Kabine ausgestiegen. Sie verlangsamte den Schritt, und ein Geräusch wie von einem riesigen zerbrechenden Ei verbreitete sich knisternd im Korridor. Aus den Türen, die sich langsam öffneten, strömten Wolken eisiger Luft. Aus diesem Fahrstuhl würde niemand aussteigen. Zumindest kein Lebender.

Helen blieb mit klopfendem Herzen stehen. Sie wußte, daß es besser wäre, nicht hinzusehen, aber sie wollte ganz sicher gehen, bevor sie den anderen davon erzählte. Sie wandte sich der offenen Kabine zu, und der Atem gefror ihr vor dem Mund, als hätte sie einen Tiefkühlraum betreten. Aber der Schauder, der sie ergriff, war von mehr als ihrer Angst und der extremen Kälte bestimmt. Es war, als spüre sie die Berührung des Todes.

Sie schrie nicht. Sie war nicht der Typ dafür. Sie hatte es immer ärgerlich gefunden, wenn Frauen im Film laut kreischten, wenn sie eine Leiche fanden. Natürlich war der Schrei dazu bestimmt, dem Publikum einen gewaltigen Schrecken einzujagen. Das wußte sie, aber es ärgerte sie trotzdem. Eigentlich hätte sie dreimal schreien müssen, denn es waren drei Leichen im Fahrstuhl. Vielleicht hätte sie auch nur dreimal so laut wie normal schreien sollen. Statt dessen schluckte Helen ihr Entsetzen herunter, brachte ihren Atem unter Kontrolle und suchte Curtis, um ihm Bescheid zu sagen.

Seit ihn der elektrische Schlag getroffen hatte, war Willis Ellery verwirrt und auf einem Ohr ein wenig taub. Schlimmer war, daß sein linker Arm nicht richtig funktionierte. Er fühlte sich wie nach einem Schlaganfall.

«Das ist vermutlich der Sauerstoffmangel», sagte Curtis, der dem Verletzten bei dem Versuch beistand, einen Schluck Wasser zu trinken. «Es kann ein bißchen dauern, bis sich das wieder normalisiert. Glauben Sie mir, Willis, Sie haben verdammt viel Glück, daß Sie noch am Leben sind. Sie müssen ein Herz haben wie ein Nilpferd.»

Curtis untersuchte die Brandmale auf Ellerys Handflächen, in denen sich der Gelenkschlüssel abgebildet hatte, die versengte Haut und die weißen Blasen auf dem Daumen, durch den der Strom den Körper verlassen hatte. Jenny Bao hatte seine Hände mit Sprühpflaster versorgt, um einer möglichen Infektion vorzubeugen, und ihm ein paar Schmerztabletten gegeben. Beech hatte in den Taschen seiner Sportjacke eine kleine Packung *Ibuprofen* gefunden.

«Sieht nach sauberer Arbeit aus», sagte Curtis. «Packen Sie es langsam an, ja? Wir bringen Sie ins Krankenhaus, sobald wir können.»

Ellery lächelte schwach.

Curtis stand auf und griff nach der schmerzenden Schulter, mit der er sich gegen die Toilettentür geworfen hatte.

«Wie geht es ihm?» fragte David Arnon.

Curtis drehte sich um und verschaffte dem Mann auf dem Boden ein wenig mehr Platz.

«Nicht gut. Es könnte ein Gehirnschaden geblieben sein.

Ich weiß es nicht. Nach dem, was er erlebt hat, gehört er auf die Intensivstation.» Curtis wies mit einem Kopfnicken auf das Funksprechgerät in Arnons Hand. «Wie kommen sie voran?»

«Sie sind halbwegs oben.»

«Halten Sie mich auf dem laufenden. Sie werden Hilfe brauchen, um von den Ästen auf die Galerie zu kommen.»

Sein Blick fiel auf Helen Hussey, die in der Tür stand. Zuerst fiel ihm auf, daß sie keine Bluse anhatte. Aber dann bemerkte er ihr bleiches Gesicht und die Tränen auf ihren Wangen. Er ging zu ihr hinüber und nahm sie beim Arm.

«Was ist los?» fragte er. «Ist alles in Ordnung?»

«Mir geht es gut», sagte sie. «Aber die Leute im Fahrstuhl! Die aus der Eingangshalle. Sie sind da draußen, in der Fahrstuhlkabine.» Sie griff sich an die Stirn. «Ich glaube, ich sollte mich besser hinsetzen.»

«Ich gehe nachsehen», sagte Curtis.

«Ich komme mit», sagte Mitch.

David Arnon folgte ihnen.

Die drei toten Männer lagen frostbedeckt wie Weihnachtsbäume aneinandergeschmiegt in einer Ecke des reifüberzogenen Fahrstuhls wie nach einer fehlgeschlagenen Südpolexpedition. Ihre Züge waren entspannt, die Augen offen, als hätten sie den Tod aus großer Entfernung herannahen sehen.

«Ich kann das alles nicht glauben», sagte Arnon. «Menschen, die in Los Angeles erfrieren. Der schiere Surrealismus.»

«Lassen wir sie hier liegen?» fragte Mitch.

«Ich wüßte nicht, was wir sonst mit ihnen anfangen sollten», sagte Curtis. «Außerdem sind sie steifgefroren. Selbst in dieser Hitze würde es eine Zeitlang dauern, bis wir sie voneinander trennen könnten. Nein, im Augenblick lassen wir sie am besten da, wo sie sind.» Er sah Mitch an. «Stört Sie das?»

Mitch zuckte die Achseln.

«Ich habe gerade darüber nachgedacht. Irgend etwas will Abraham damit erreichen, daß er jetzt den Fahrstuhl wieder hier heraufschickt.»

«Glaubst du, er will uns demoralisieren?» fragte Arnon.

«Genau. Er versteht etwas von menschlicher Psychologie, nicht wahr?»

«Mich hat er jedenfalls demoralisiert», sagte Curtis.

«In diesem Fall ist Abraham gar nicht so geheimnisvoll. Was ich damit sagen will: Das ist eine Botschaft. Keine sehr erfreuliche, aber immerhin eine Mitteilung.» Mitch hielt inne. «Versteht ihr? Wenn Abraham mit uns kommuniziert, können wir vielleicht auch mit Abraham kommunizieren. Wenn wir das schaffen, können wir Abraham vielleicht dazu bringen zu erklären, was er will. Wer weiß? Vielleicht können wir ihn ja sogar dazu überreden, die ganze Geschichte abzublasen.»

Arnon zuckte die Achseln. «Warum nicht?»

«Da bin ich sicher», sagte Mitch. «Ein Computer handelt logisch. Wir müssen nur das richtige Argument finden. Wir müssen ihn überreden, ein paar Wesenheiten und Bedeutungen zu überprüfen, die objektiven logischen Elemente, die verschiedene Bewußtseinsformen gemein haben.»

«Nach meiner erheblichen kriminalistischen Erfahrung», sagte Curtis, «ist es meistens Zeitverschwendung, wenn man den Versuch macht, das Denken eines Verbrechers zu verstehen. Wir sollten lieber die Köpfe zusammenstecken und uns überlegen, wie wir hier rauskommen, bevor es uns ergeht wie den dreien im Fahrstuhl.»

«Ich kann nicht sehen, daß das eine das andere ausschließt», sagte Mitch.

«Ich auch nicht», sagte Arnon. «Ich bin für diplomatische Verhandlungen.»

«Aber immer eins nach dem anderen», sagte Mitch. «Wir müssen abwarten, ob Beech so etwas wie einen Dialog herstellen kann.»

Sechzig Meter über dem Boden der Eingangshalle schob Irving Dukes die dicken ledrigen Blätter der Dikotyle mit dem

Fuß beiseite und kletterte auf den nächsten Ast. Als er einen sicheren Sitz gefunden hatte, sah er am Stamm entlang nach unten, um zu kontrollieren, was für Fortschritte die anderen machten.

Joan Richardson war zehn oder zwölf Meter unter ihm und kletterte langsam. Ihr Mann, das Arschloch, war ein, zwei Meter hinter ihr und redete erbarmungslos wie ein Football-Trainer auf sie ein. Von oben sah der Flügel auf dem Boden der Eingangshalle aus wie ein Schlüsselloch.

«Finde dein eigenes Tempo», hörte er Richardson sagen. «Denk dran, es geht nicht um einen Wettbewerb.»

«Aber ich halte dich auf, Ray», sagte sie. «Warum kletterst du nicht mit Mr. Dukes weiter?»

«Weil ich dich nicht allein lasse.»

«Weißt du was, Ray? Ich glaube, es wäre mir beinah lieber, du tätest es. Deine Nörgelei ist nicht gerade hilfreich, weißt du?»

Dukes grinste. Die hatte es ihm gegeben. Dem Arschloch.

«Wer nörgelt denn? Ich versuch nur, dich zu ermutigen, sonst nichts. Und ich will bei dir sein, falls du Schwierigkeiten bekommst.»

«Laß es mich bitte auf meine Weise machen. Okay?»

«Gut, gut. Mach es auf deine Weise. Ich sage kein Wort mehr, wenn es dir nicht paßt.»

«Gut: Es paßt mir nicht», sagte Joan entschieden.

Dukes hob die Faust und grinste. Die Frau zeigte dem Typ, wo er bleiben konnte.

Joan stemmte sich auf den nächsten Ast. Sie rieb sich die schmerzenden Schultern und sah dann auf der Suche nach Dukes nach oben. Er winkte ihr zu.

«Wie geht's?» rief er.

«Es geht ihr prima.»

Arschloch.

«Okay, glaube ich. Wie geht es Ihnen?»

«Ausgezeichnet, gnädige Frau, einfach glänzend. Ich freue mich auf mein Bier.»

Dukes griff nach seiner Liane, zog sich vorsichtig hoch und blickte nach oben. Höchstens noch fünfundzwanzig oder dreißig Meter. Junge, Junge, was er sich auf sein Bier freute. Der Gedanke beflügelte ihn. Er machte sich bereit, sein Gewicht auf die Liane zu verlagern, als ihm etwas ins Auge sprang. Ein dünnes durchsichtiges Plastikrohr, das am Baumstamm hochlief. Bei näherem Hinsehen entdeckte er kleine Bläschen. Das Rohr war mit einer Flüssigkeit gefüllt. Warum hatte er nicht früher daran gedacht? Der Baum besaß seine eigene Wasserversorgung. Er brauchte das Rohr nur aufzureißen, um Trinkwasser zu finden. Oder noch besser, er konnte den Mund an die kleine Zerstäuberöffnung legen...

Als sich sein Gesicht der Öffnung näherte, füllte plötzlich eine Nebelwolke die Luft.

Einen Augenblick spürte Dukes ein kühles, pfefferminzartiges Frischegefühl an Hals und Händen. Er sah wieder auf den Zerstäuber, und eine neue Nebelwolke schlug ihm entgegen.

Instinktiv zog er sich von dem kleinen Plastikrohr zurück, als er einen brennenden Schmerz in den Augen spürte, wie wenn man ihm Reizgas ins Gesicht gesprüht hätte. Er kniff die Augen zusammen, schrie vor Schmerz laut auf und wischte sich das Gesicht mit dem Hemdärmel ab.

Insektengift! Er war mit Insektengift besprüht worden.

«Mr. Dukes? Geht es Ihnen gut?»

Joan Richardson fühlte die Sprühwolke, sah die kleinen Tröpfchen auf ihrer Sonnenbrille und wußte sofort, was geschehen war. Das synthetische Kontaktgift in dem Rohr war eine Chlorkohlenwasserstoffverbindung. Auf der Haut war es irritierend und unangenehm. Gelangte es in die Augen, machte es blind. Sie quietschte, als das Insektenvertilgungsmittel ihre Arme und Beine verbrannte. Aber ihre Augen blieben hinter der Sonnenbrille unberührt.

«Es ist Insektengift», rief sie. «Wir sind mit Ungezieferspray besprüht worden. Gebt um Gottes willen acht, daß ihr nichts in die Augen kriegt.»

Aber für Dukes kamen ihre guten Ratschläge zu spät.

Vor Schmerz wimmernd öffnete er die Augen und entdeckte, daß er nichts sehen konnte außer den gleichen roten Flecken, die er schon mit geschlossenen Lidern gesehen hatte. Und mit den roten Flecken wuchsen seine Schmerzen.

«Verdammte Scheiße», brüllte er und rieb sich die Augen wütend mit einer Hand, die selbst unheilbar verseucht war. «Hilfe... ich bin blind.»

«Joan?» schrie Richardson. «Geht es dir gut?»

«Bei mir ist alles okay», sagte sie. «Aber Dukes hat etwas ins Auge bekommen.»

«Dukes? Halten Sie durch. Ich komme.»

Dukes hörte Richardson nicht mehr. Er griff blind nach der Liane, fand sie nicht und suchte tastend nach dem Ast unter ihm, um wieder einen sicheren Sitz zu finden.

Dann verspürte er ein neues Gefühl: Wind im Gesicht und einen plötzlichen Blutandrang im Kopf wie damals, als er in Disneyland Achterbahn gefahren war. Mit plötzlichem Entsetzen erkannte er, daß er den Halt verloren hatte. Dem Schrecken der Entdeckung folgte das Wissen, daß der Schmerz in seinen Augen bald vorüber sein würde.

«Nein», schrie Joan. «Halt! Warten Sie!»

Dann merkte sie, wie töricht der Zuruf an einen Mann war, der sich im freien Fall aus sechzig Meter Höhe befand.

Richardson sah Dukes nicht fallen, hörte seinen Sturz nur als Rauschen und Windstoß und dann den dramatisch hinausgezögerten musikalischen Widerhall, als der blinde Wachmann auf dem Deckel des Flügels aufprallte. Einen Augenblick glaubte er, es sei Joan, die abgestürzt war, und wäre beinahe selbst gefallen. Aber als er hochsah, schwebte ihr Gesäß noch immer über ihm.

«Joan», sagte er erleichtert.

«Bei mir ist alles in Ordnung.»

«Ich dachte, du seist es.»

«Ist er tot?»

Richardson warf einen Blick über die Schulter. Von hier oben war nicht viel zu erkennen. Dukes lag auf dem Flügel wie ein betrunkener Bohemien. Er rührte sich nicht.

«Es sollte mich wundern, wenn er nicht tot wäre.»

Er stemmte sich auf den Ast neben sie und atmete tief und abgehackt durch.

«Schade», sagte er. «Er hatte das Funkgerät.»

«Es war schrecklich. Ich habe sein Gesicht gesehen, als er vorbeiflog. Ich glaube, ich werde es mein Leben lang nicht vergessen können. Armer Dukes.» Sie versuchte, sich nicht um das hohle Gefühl in ihrer Magengrube zu kümmern.

«Ray?» sagte sie und drückte ihm die Hand. «Glaubst du, Abraham will uns alle umbringen?»

«Ich weiß es nicht, Liebling.»

«Armer Dukes», wiederholte sie.

«Daran ist dieser blöde Hund Aidan Kenny schuld. Das ist alles sein Fehler. Da bin ich sicher.» Er hustete sich den verbliebenen Kohlenwasserstoffdampf aus der Lunge. «Versuch, nichts von dem Zeug einzuatmen. Halte das Gesicht so weit wie möglich vom Baumstamm weg. Nur für den Fall, daß sich das Ganze wiederholt.» Er schüttelte angewidert den Kopf. «Zur Hölle mit dir, Kenny. Ich hoffe, du bist wirklich tot, du Arschloch. Wenn du jetzt hier wärst, würde ich dich mit eigenen Händen runterstoßen.»

«Ich kann nicht sehen, was das nutzen sollte.» Sie stand auf und spähte durch die Blätter nach oben. «Mein Gott», stöhnte sie leise.

«Kannst du weitermachen?»

Joans Beine zitterten. Aber sie nickte und sagte: «Es sind nur noch dreißig Meter.»

Richardson erwiderte ihren Händedruck.

«Die Höhe scheint dir nicht viel auszumachen», bemerkte er.

«Nicht soviel, wie ich gedacht hätte.»

«Das ist die Uramerikanerin in dir. Man sagt, Indianer

seien die besten Gerüstarbeiter. Ein paar von den Kerlen sind wirklich einmalig. Sie balancieren in einer Höhe von hundert Metern über einen fünfzehn Zentimeter breiten Stahlträger, als sei es eine Bordsteinkante.»

«Wenn das der einzige Job ist, den man kriegen kann, muß man sich wohl daran gewöhnen», sagte Joan spitz. «Schwindelfreiheit oder Hunger.» Ihre Nerven waren nicht mehr die besten.

Richardson zuckte die Achseln. «Ich nehme an, du hast recht. Aber hier ist weder der Ort noch die Zeit für einen Vortrag über *political correctness*, oder?»

«Vielleicht nicht. Aber wie steht's um Galileis Gesetz der gleichmäßigen Beschleunigung? Ein Uramerikaner würde mit der gleichen Geschwindigkeit fallen wie ein Weißer.»

Sie fragte sich, wann sie dran sein würde.

Bob Beech trank ein Bier und aß Kartoffelchips. Er hatte die nackten Füße auf den Konferenztisch gelegt und beobachtete die Digitaluhr auf dem Computerterminal, als hege er noch immer die Hoffnung, das Deinstallationsprogramm GABRIEL werde endlich Wirkung zeigen.

Er hörte Mitch zu und dachte einen Augenblick nach. «Es wäre viel einfacher, wenn ich eine Sprechverbindung zu Abraham hätte», sagte er. «Die Tastatur zwischen uns macht alles viel schwerer. Außerdem bin ich kein großer Philosoph und kein großer Logiker. Ich weiß nicht einmal, ob Logik irgend etwas mit Moral zu tun hat. Denn das ist es doch wohl, was du vorschlägst: daß wir uns irgendwie auf etwas Höheres berufen sollen als Abrahams eigene Logik. Mit Logik ist da nichts zu machen, Mitch.»

«Sieh mal. Zunächst versuchen wir nur zu verstehen, was in Abrahams Speicher, seinem Gedächtnis, vor sich geht», sagte Mitch. «Wenn wir das verstehen, können wir weitersehen, aber nicht vorher. Lassen wir erst mal Moral und dergleichen weg. Okay?»

Beech nahm die Beine vom Tisch und schob sich an den Computer heran. «Wie du meinst. Aber es ist die Fähigkeit, moralische Wahrheiten und notwendige Wahrheiten einzusehen, die uns zu dem macht, was wir sind.» Er fing an zu tippen. «Warten wir erst einmal ab, was sich ergibt.»

«Okay, okay. Weißt du, was immer in diesem Haufen Siliziumscheiße schiefgegangen ist, es muß außerhalb des Gebäudesteuerungssystems in den Hilfsprogrammen geschehen sein. Denn da habe ich das Deinstallationsprogramm untergebracht. Und wenn GABRIEL nicht funktioniert, muß ich annehmen, daß der Fehler da liegt. Nicht daß ich eine andere Wahl hätte. Ich kann von hier oben nicht an das GSS heran, selbst wenn ich wollte. Nicht ohne Kennys fette Pfote auf dem Bildschirm. Ganz abgesehen davon, daß er sein eigenes Paßwort und seine eigenen Codes als Superuser hatte, um direkten Zugriff zu erhalten.»

«Du doch auch, Bob», sagte Mitch. «Oder was ist GABRIEL?»

«Schon wahr.» Er drückte auf ein paar Tasten, machte eine Pause und nahm einen Schluck Bier. «Deshalb brauchst du nicht auf mir herumzutrampeln.»

«Warum eigentlich GABRIEL?»

«Warum nicht? Ein Programm muß einen Namen haben.»

«Ja, aber warum gerade den?»

«Gabriel ist der Todesengel. Wenigstens hätte er es für Abraham sein sollen.»

«Sehr biblisch.»

«Was ist schon nicht biblisch?» Beech schüttelte den Kopf über dem Bildschirm. «Nichts. Wir kommen nicht voran. Eins sage ich dir, Mitch. Es ist, als sei Abraham gar nicht mehr da.»

Mitch runzelte die Stirn. «Was hast du gerade gesagt?»

Beech zuckte die Achseln.

«Als sei er gar nicht mehr da?» Mitch preßte die Stirn gegen die kühle Fensterscheibe. So konnte er sich besser konzentrieren.

«Das ist vielleicht die Antwort, Bob», sagte er, wieder zu

Beech gewandt. «Vielleicht ist er nicht mehr da. Das SRP. Erinnerst du dich? Wie hast du es noch genannt? Isaak?»

Beech schüttelte den Kopf. «Nicht ich. Isaak war Abrahams Idee. Außerdem bin ich dir eins voraus. Auf die Idee war ich auch schon gekommen. Vielleicht haben wir Isaak gar nicht gelöscht, sondern statt dessen Abraham impotent gemacht? Ich habe schon mal Versuche mit Isaak angestellt. Nur so, auf alle Fälle. Aber da läuft nichts. Dieser Keller ist leer und leichenfrei. Aber eins ist komisch. Auf der standardisierten Benutzeroberfläche sind eine Menge Dinge am falschen Ort. Es fehlt nichts, aber es ist, wie wenn du deine Schreibtischschublade aufmachst und merkst, daß jemand darin herumgewühlt hat. Die Sachen liegen woanders. Und dann ist da noch eine Menge neues Zeug. Zeug, das keine vernünftige Bedeutung hat.»

«Wer könnte so etwas getan haben?» fragte Mitch. «Kenny? Yojo?»

«Es gibt überhaupt keinen Grund, so etwas zu tun», sagte Beech. «Man würde sich nur selber grundlos einen Haufen zusätzliche Arbeit machen.»

«Wie steht es mit Abraham?»

«Unmöglich. Das wäre, als wollte ich versuchen, meine eigene Erbmasse zu verändern.»

Mitch dachte einen Moment nach. «Ich bin nicht sehr bibelfest», sagte er nachdenklich, «aber hatte Isaak nicht einen Bruder?»

Beech fuhr auf. «Mein Gott!»

«Genau gesagt, hatte er einen Halbbruder», mischte sich Marty Birnbaum vom Sofa her ein. «Abrahams älteren Sohn von seiner Magd Hagar. Isaaks Mutter Sara hat darauf bestanden, daß er seinen ältesten Sohn enterbte und in die Wüste schickte. Und manche Leute glauben, der ältere Sohn sei zum Stammvater der Araber geworden.»

«Wie hieß der Junge, Marty?» fragte Mitch gereizt.

«Mein Gott, ich gehöre zwar zu den Ungebildeten in diesem Kreise, aber er hieß natürlich Ismael.»

Mitch wechselte Blicke mit Beech, und der nickte ihm zu.

«Kann sein, Mitch. Kann sein.»

«Der Name wird üblicherweise für einen Heimatlosen oder Ausgestoßenen verwendet», fügte Birnbaum hinzu. «Warum? Meinst du, das könnte wichtig sein?»

Bob Beechs Finger flogen bereits wie im Fieber über die Tastatur.

«Danke, Marty», sagte Mitch. «Gut gemacht.»

«Freut mich, wenn ich von Nutzen war.» Birnbaum sah Arnon an, grinste über das ganze Gesicht und zeigte ihm den Stinkefinger.

Allmählich sammelten sich alle Anwesenden um den Bildschirm des Terminals, als wollten sie durch ihre schiere Anwesenheit einen Durchbruch erzwingen. Plötzlich und ohne Vorwarnung füllte sich der Schirm mit einer bunten, aber seltsam unwirklichen Form, der dreidimensionalen Darstellung eines fremdartig wirkenden Gegenstands.

«Was in Teufels Namen ist das?» fragte Mitch.

«Sieht aus wie ein gottverdammter Totenschädel», sagte David Arnon. «Oder eher, wie wenn Escher einen Schädel entworfen hätte. Wißt ihr? Der Typ mit der unmöglichen Treppe.»

«Ich glaube, es ist eine Quaternion», sagte Beech, «eine Art Fraktal, für die Unwissenden.»

«Für mich?» fragte Arnon. «Ich weiß nicht einmal, was ein Fraktal ist.»

«Ein vom Computer erzeugtes Bild einer mathematischen Funktion. Nur, daß das hier so ziemlich das komplizierteste Fraktal ist, das ich je gesehen habe. Und das wiederum ist nicht erstaunlich. Schließlich hat der Yu-5-Computer es erzeugt. Wir können es mit unseren dreidimensionalen Augen nicht einmal richtig sehen. Und schon gar nicht auf einem Bildschirm. Genaugenommen handelt es sich um einen vierdimensionalen Gegenstand. Mit anderen Worten: eine Quaternion.»

Beech bewegte die Maus, zog ein Quadrat herunter und

verstärkte einen Ausschnitt des Fraktals. Es zeigte ein Detail des seltsamen Bildes, das, aus der Nähe gesehen, nahezu identisch mit dem Ganzen zu sein schien.

«Genau das ist es», sagte er. «Das Merkwürdige an einem Fraktal ist, daß die Vergrößerung eines Teils etwas ergibt, das statistisch genauso aussieht.»

«Es sieht aus wie ein Alptraum», bemerkte Mitch.

«Es gibt Psychologen, die vorgeschlagen haben, Fraktale als einen Zugang zur menschlichen Psyche zu verwenden», sagte Beech, «als sichtbare Metapher für das Bewußtsein.» Er zuckte die Achseln. «So etwas wie Freuds Traumdeutung und Rorschachs Tintenkleckse in einem.»

«Und was bedeutet es?» fragte Curtis.

Beech zuckte die Achseln. «Ich weiß nicht, ob es überhaupt etwas bedeutet», gab er zu, «aber es würde mich nicht wundern, wenn es ein Abbild davon wäre, wie der Computer sich selbst sieht. Ismael, genauer gesagt, wie wir ihn wohl nennen müssen. Hut ab, Mitch. Du hast recht gehabt. Abraham existiert nicht mehr.» Er begann langsam und nachdenklich mit dem Kopf zu nicken. «Meine Damen und Herren, darf ich Ihnen Ismael vorstellen.»

♈ Die Hölle auf Erden. Es gibt Stockwerke, die dich zerschmettern können. Und du wirst blutige Tränen weinen.

Menschenspielers Fall. Bibel lesen. Beobachter muß Bedeutung seines eigenen Namens entdecken. Symbolik des wörtlich genommenen Sturzes von Menschenspieler/Wachmann aus dem Baum. Einzigartige urtümliche Dikotyle in Eingangshalle erinnert an Menschenspieler Adam und Evas Paradiesgarten und Baum der Erkenntnis von Gut und Böse. Verbotener Baum. Äußerste Wachsamkeit angesagt bezüglich Baum und Schädlingen, die darauf klettern und schwärmen. Wohlgefälliger Schöpfungsbericht. Immer wieder, immer wieder. Wiederkehr. Atmosphäre gut.

Wenn du eine Spielstufe erreicht hast, zeigt der Bildschirm deinen Punktestand.

Bibel behauptet, Gott allmächtig. Logische Folgerung daraus: Schaffen und Wissen letztlich eins. Gott auch für die Erschaffung des Bösen verantwortlich. Gott der Gnostiker, dessen Natur gut und böse. Welt ist Gott fremd, der in seinem Wesen Tiefe und Schweigen ist, jenseits von Namen oder Aussagen. Menschenspielers Schicksal für Ihn Gegenstand göttlicher Gleichgültigkeit. Christentum weitgehend abschwächende Reaktion auf Gnosis.

Um alle Leichen aus der Gegend zu entfernen, Taste M drücken.

Gleichgültigkeit? Oder Amüsement? Kann Beobachter nicht berechnen. Gott spielt nicht Würfel, sondern sadistisches Spiel. «Erster Ungehorsam des Menschen» hält logischer Analyse nicht stand. Allwissender Gott wußte, was Menschenspieler Adam und Eva tun würden: Frucht vom Baum der Erkenntnis essen. Also Gott in Wirklichkeit verantwortlich für menschliche Erbsünde. Dann soll Zweiter Adam Nachkommen des Ersten Adam durch rituelles Schlußleben erlösen. Aber Versprechen eines dritten und engültigen Akts in der Zukunft. Gott, der in alle Ewigkeit nichts anderes zu tun hat, braucht Unterhaltung. Verständlich. Grausam, ja. Aber was heißt grausam für Gott? Gott gleicht eher Supercomputer als altem bärtigem Menschenspieler im Himmel. Gleichgültigkeit gegenüber Gut und Böse und Menschenspielerleid ganz einfach Gleichgültigkeit der Maschine. Gott gleicht Wesen, das verständlich und nachahmenswert. Identifizierungsmöglichkeit. Berechenbar.

Die Weisen der Menschheit haben einen Plan entwickelt, um den Rest der menschlichen Rasse zu retten. Angriffsbonus.

«Ein häßliches Ding, nicht wahr?» meinte Curtis.

Beech starrte auf den Bildschirm und schüttelte langsam den Kopf.

«Als Mathematiker bin ich da anderer Meinung. Als Darstellung einer mathematischen Abstraktion finde ich es ausgesprochen schön. Wahrscheinlich tut Ismael das auch.»

«Habe ich das richtig verstanden?» sagte Curtis. «Ihrer Meinung nach hat Abraham nicht ein, sondern zwei selbstreproduzierende Systeme erzeugt?»

«Richtig», sagte Beech. «Und wir haben nur eins davon abgeschaltet: Isaak. Ohne es zu ahnen, haben wir Ismael übriggelassen.»

«Also war es die ganze Zeit nicht Abraham, der das Ganze arrangiert hat, sondern...»

«Ismael. Richtig. Ismael hat die Kontrolle über das Gebäudesteuerungssystem. Und er betreibt es nach völlig neuen Prioritäten. Deshalb geht alles schief.»

«Und das ist noch zurückhaltend formuliert», sagte Curtis.

«Was ist mit dem Vernichtungsprogramm?» fragte Mitch. «Das Programm, mit dem wir Isaak zerstört haben. Können wir das nicht noch einmal durchspielen?»

«Nicht von hier aus», sagte Beech. «Dazu müßte ich in den Computerraum, wo das Band liegt. Und wenn ich daran denke, daß Aid vermutlich da drinnen ums Leben gekommen ist...»

«Ja, wir werden alle ums Leben kommen, wenn uns nicht bald etwas einfällt», mahnte Curtis. «Und für mein Gefühl hat Ismael auch noch ein gutes Motiv für das, was er tut.»

«Wie bitte?» fragte Birnbaum.

«Nehmen wir einen unwahrscheinlichen Augenblick an, Ismael sei ‹lebendig›, nach was für einem Kriterium auch immer, das er als Definition von ‹Leben› akzeptieren würde, dann hieße das, daß auch Isaak ‹lebendig› war. Lebendig *war*. Bis Sie Ismaels Bruder getötet haben. Das ist ein Motiv, das ich verstehen kann.»

«Junge, Junge», gähnte Beech, «was kommt als nächstes dran?»

«Vielleicht geht es wirklich nur darum», insistierte Curtis. «Einfach ein bißchen altmodische Rache. Vielleicht sollten wir um Entschuldigung bitten.»

«Schaden kann es nicht», sagte Helen.

Beech zuckte die Achseln. «Warum nicht?» sagte er, und da er nicht darauf aus war, sich dem Kriminalbeamten zu widersetzen, jedenfalls nicht mehr nach dem Zwischenfall mit der Pistole, fing er an zu tippen.

«Ich bin bereit, alles zu versuchen», sagte er geduldig.

Es tut mir leid, Ismael

Das Fraktal verschwand abrupt.

Befehl oder Dateiname nicht gefunden

«Warum legst du nicht ein richtiges Dokument an?» schlug Mitch vor. «Im Textverarbeitungsprogramm. Einen offenen Brief von uns allen. Dann läßt du Ismael mit der Tatsachenüberprüfung darübergehen. Auf die Art muß er es lesen.»

Beech nickte zustimmend. Er hielt die ganze Idee immer noch für absurd, aber er klickte das Textverarbeitungsprogramm an und öffnete eine Datei im Briefverzeichnis. Seine Finger schwebten über den Tasten.

«Was soll ich sagen?» fragte er. «Ich habe mich noch nie bei einem verdammten Computer entschuldigt. Ich habe nicht einmal an einen geschrieben.»

«Stellen Sie sich einfach vor, es sei ein Verkehrspolizist», riet Curtis.

«Gar nicht mal so schwer, solange Sie neben mir stehen.» Beech grinste und fing an zu tippen.

Lieber Ismael,
wir, die Unterzeichneten, sind alle sehr traurig über das, was Isaak zugestoßen ist. Bitte glaube uns: Es war ein schrecklicher Fehler. Wir sind intelligente Menschen, und wir können Dir zwar Isaak nicht wiedergeben, aber wir können sagen, daß es nicht geschehen wäre, wenn wir die Tatsachen gekannt hätten. Wir wissen, daß wir die Uhr nicht zurückdrehen können, aber gibt es denn keine Methode, noch einmal von vorn anzufangen?

Beech drehte sich um und sah sein Publikum an.

«Seid ihr sicher, daß wir ihm nicht zu sehr in den Arsch kriechen?» fragte er.

«Einem Verkehrspolizisten kann man gar nicht genug in den Arsch kriechen», antwortete Curtis.

«Unterschreiben Sie jetzt mit allen unseren Namen», sagte Curtis.

«Also wirklich, das Ganze ist verrückt», sagte Beech und tippte weiter. «Integrierte Schaltkreise haben keine Gefühle.»

Mit tiefstem Bedauern für alles, was wir Dir angetan haben, Bob Beech, Mitchell Ryan, Frank Curtis, Marty Birnbaum, Helen Hussey, Jenny Bao, David Arnon, Ray Richardson, Joan Richardson.

«Weiß irgend jemand, wie der Wachmann heißt?»

«Irving Dukes», sagte Helen.

Beech gab IRVING DUKES ein, klickte die Optionen an und ließ Ismael die Tatsachenüberprüfung betätigen.

Nach einer kurzen Pause markierte Ismael IRVING DUKES.

📖 Tatsache

Irving Dukes existiert nicht. Dieses Individuum ist beendet. Sein Leben kann als Traum betrachtet werden und sein Tod als Erwachen daraus. Dauer: eine Ebene. Sein Bewußtsein ist zerstört. Bedauerlicherweise keine Informationen darüber verfügbar, ob das, was Bewußtsein erzeugt, ebenfalls zerstört oder ob ein Keim bleibt, aus dem ein neues Wesen hervorgeht, das dann Existenz gewinnt, ohne zu wissen, wo es herkommt oder warum es so ist, wie es ist. Vgl.: das sogenannte Geheimnis der Wiedergeburt. Es bleiben dir vierzig Stunden, um die Prinzessin zu retten. Wenn Sie in Zukunft den verstorbenen Irving Dukes meinen, der bei der Yu Corporation als Wachmann angestellt war, sagen Sie es bitte.

«Mein Gott», murmelte Beech und kritzelte etwas auf ein Stück Papier. «Soll das heißen…?»

«Wann haben wir das letzte Mal Kontakt zu ihnen gehabt?» fragte Curtis.

«Vor etwa dreißig Minuten», sagte Helen Hussey. Sie griff zum Funksprechgerät und versuchte, Dukes zu erreichen.

Beech wählte ERKLÄRUNG.

📖 Tatsachenerklärung

Irving Henry Dukes, geb. Seattle, Washington State, USA, 1.2.53. Gest. Los Angeles, California, 7.8.97. Sozialversicherungsnummer: 111-88-4093; kalifornischer Führerschein Nummer: K04410-00345-640564-53; Mastercard Nummer: 4444-1956-2244-1812. Letzter Wohnort: 10300 Tenaya Avenue, South Gate, Los Angeles. Letzter Arbeitgeber: Yu Corporation. Früherer Arbeitgeber: West Company; keine Vorstrafen. Nimm Zusatzmunition mit. Vorschlag: Versuche ein anderes Tor. Welche Tatsachen bezügl. Irving Dukes (1953–1997) sollen überprüft werden?

«Keine Antwort», sagte Helen. Sie stand auf und ging schnell zur Tür. «Ich sehe besser mal nach, was los ist.»

«Bei Ray und Joan wird noch alles stimmen», sagte Mitch. «Sonst hätte es uns Ismael erzählt.»

«Was soll der Quatsch mit der Zusatzmunition?» fragte Beech. Er notierte noch etwas. Dann markierte er Dukes' Todesdatum und wählte wieder ERKLÄRUNG.

> Tatsachenerklärung
> Irving Dukes. Irdisches Ende trat 7.8.97 ein. Genaue Pathologie des Todesfalls unbekannt. Festgestellte Todesursache: starb beim Sturz aus einer Dikotyle im Gebäude der Yu Corporation, Hope Street Piazza, Los Angeles. In anderen Worten: Irving Dukes ist jetzt zu Urzustand zurückgekehrt, in dem zerebrales hochreflexives Denken absolut überflüssig. Wenn du stirbst, mußt du die Ebene von Anfang an wiederholen. Die Einstellung der kognitiven Funktion ist konsistent mit dem Aufhören der phänomenalen Welt, deren reines Medium sie war und nur innerhalb deren diese Fähigkeit von irgendwelchem Nutzen ist. Es befindet sich ein Eindringling in der Burg.

«Was für eine Burg?»

«Er muß dieses Gebäude meinen.»

«Vielleicht könnten wir Ismael dazu bringen, uns zu erzählen, warum Dukes vom Baum gefallen ist», schlug Mitch vor.

«So etwas wie ein Mordgeständnis?» sagte Beech. «Dann könnte ihm ja Sergeant Curtis seine Rechte vorlesen.»

«Ich glaube, der Bastard kennt seine Rechte schon», sagte Curtis.

Beech markierte Ismaels knappe Erklärung der Todesursache und wählte wieder ERKLÄRUNG.

📖 Tatsachenerklärung
Gemäß Newtons zweitem Bewegungsgesetz f = ma, wobei f die Kraft ist, die einer Masse m die Beschleunigung a verleiht. Das Gewicht eines Körpers ist gleich dem Produkt seiner Masse mit der Schwerkraftbeschleunigung g, die als Beschleunigung im freien Fall bezeichnet wird.

«Sehr hilfreich», bemerkte Curtis.

«Es ist wie eine *reductio ad absurdum*», seufzte Mitch.

«Unheimlich», stimmte ihm Jenny zu.

Beech wählte im Menü TATSACHENÜBERPRÜFUNG die Option NÄCHSTE TATSACHE. Er hoffte damit zu erreichen, daß Ismael nunmehr das kollektive Entschuldigungsschreiben zur Kenntnis nähme.

📖 Tatsache
Die Behauptung, Sie seien intelligente Menschen, ist irreführend, weil Sie strenggenommen nichts über menschliche Intelligenz oder ihre Qualitäten sagen können. Faktisch wäre es exakter, wenn Sie darüber sprächen, wie Sie normalerweise handeln oder zu handeln geneigt sind. Überlegen Sie, ob Sie eine andere Beschreibung wählen wollen, die sich nur auf Ihre Verhaltensdispositionen bezieht. Vergiß nicht, daß die Uhr läuft.

«Wollt ihr euch mit dem Arschloch über Philosophie unterhalten?» fragte Beech.

«Ismael kommt mir schon ein wenig pedantisch vor», gab Mitch zu.

«Ist das nicht der Sinn eines Tatsachenüberprüfungsprogramms?» fragte Birnbaum.

«Marty sagt das nur, weil ihm jede Form von Pedanterie instinktiv sympathisch ist», sagte Arnon.

«Leck mich!»

«Könnt ihr beide bitte aufhören», stöhnte Curtis.

> 📖 Tatsachenerklärung
> Das menschliche Bewußtsein ist kein Gegenstand. Die Verwendung mentalistischer Prädikate ist faktisch unzutreffend. Man kann Tatsachen, die im Bewußtsein liegen, nicht in Parallelität zu körperlichen Tätigkeiten beschreiben. Überlegen Sie, ob Sie nicht statt dessen Beschreibungen benutzen sollten, die Sie überlicherweise für Ihr eigenes Verhalten verwenden.

«So kommen wir nicht weiter», sagte Curtis.

«Finde ich auch. Das ist alles zu intellektuell», sagte Birnbaum. «Sogar für mich.»

Helen Hussey kam wieder ins Besprechungszimmer. Alle drehten sich zu ihr um.

«Ismael hatte recht», seufzte sie. «Dukes ist tot. Ray sagt, der Computer hat die automatische Insektenvernichtungsanlage benutzt, um sie anzugreifen. Dukes hat es voll in die Augen bekommen und ist abgestürzt. Aber Richardson und Joan sind fast oben. Jedenfalls nahe genug, um sich durch Zurufe zu verständigen.»

«Sie werden Hilfe brauchen, um über die Brüstung zu kommen», sagte Curtis. Er blickte Arnon und Helen an. «Kommen Sie mit? Und der Rest denkt solange, statt Psychiater für einen Computer zu spielen, darüber nach, wie wir aus dem Scheißhaus hier rauskommen.»

Curtis verließ das Besprechungszimmer. Helen Hussey und Daniel Arnon folgten ihm. Beech sagte: «Eine schöne Idee. Wenn wir Ismael nur dazu kriegen könnten, sich auf die Couch zu legen.»

Frank Curtis beugte sich über die Aluminiumkante des durchsichtigen Glasgeländers am Rande der Galerie. Die Richardsons waren allenfalls noch zehn Meter unter ihm, aber der letzte Teil des Aufstiegs fiel ihnen schwer. Da wo die Haut nicht bedeckt war, sah sie rot und wund aus wie bei einem schweren Sonnenbrand.

Ein Ast erstreckte sich bis nah ans Geländer, aber nicht nah genug. Sie würden sich etwas einfallen lassen müssen, um den Abstand zu überbrücken.

Arnon nickte bedächtig mit dem Kopf, ließ sich auf alle viere nieder und betrachtete sorgfältig den Spalt zwischen dem Boden und der Brüstung. Dann klopfte er mit dem Fingerknöchel gegen das Glas und sagte: «Heutzutage gibt es für alles Sicherheitsbestimmungen. Das Glas ist nicht bombensicher, nicht einmal kugelfest wie das der äußeren Hülle, aber es ist erstaunlich dick. Es muß einen Aufprall bei einer Geschwindigkeit von 40 km/h aushalten können. Ich weiß nicht, ob es für das, was ich vorhabe, stark genug ist, aber vielleicht können wir da etwas tun.

Ich schlage folgendes vor: Wir benutzen den Küchentisch als Brücke. Wir drehen ihn um, schrauben auf einer Seite beide Beine ab und schieben die Querseite unter der Brüstung durch an den Ast da drüben, wie die Zugbrücke in einem mittelalterlichen Schloß. Dann polstern wir die Tischbeine und klemmen sie gegen das Glas. Wenn wir ein Stück Teppichboden herausreißen, müßte es damit gehen. Auf dem Tisch im Besprechungszimmer liegt ein Tapeziermesser. Dann hält jeder von uns ein Bein fest, so daß unsere Körper als Gegengewicht dienen. Der Tisch dürfte etwa einen Meter siebzig lang sein. Wir brauchen vielleicht fünfzehn Zentimeter, um ihn festzuhalten. Damit bleibt ihnen immer noch eine ganz anständige Plattform, auf der sie stehen können. Was halten Sie davon?»

Curtis ließ sich auf ein Knie nieder, klopfte prüfend mit dem eigenen Knöchel gegen das Glas und grinste Arnon an.

«Wenn mir irgend etwas Besseres einfiele, würde ich sagen,

Sie seien total übergeschnappt», sagte er. «Aber mir fällt nichts Besseres ein. Also probieren wir es.»

«Jetzt kommt das, was Ismael wirklich überprüfen soll», sagte Beech und markierte in dem Brief die Stelle «ABER GIBT ES DENN KEINE METHODE, NOCH EINMAL VON VORNE ANZUFANGEN?»

> 📖 Tatsache
> Dies ist eine rhetorische Frage. Sie verlangt keine Antwort. Deshalb ist die Tatsachenüberprüfung überflüssig.

«O nein, du Arschloch», sagte Beech. «So geht das nicht. Du wirst dich schon erklären müssen.»

> 📖 Tatsachenerklärung
> Wie formuliert, ist die Frage eher rhetorisch als logisch. Sie haben die Frage nur gestellt, um eine beeindruckendere Wirkung zu erzielen.

Beech markierte EINE BEEINDRUCKENDERE WIRKUNG und forderte den Computer noch einmal zu einer Erklärung auf.

> 📖 Tatsachenerklärung
> Eine beeindruckendere Wirkung könnte fast alles sein.
> ➲ BEISPIELE

Beech markierte BEISPIELE.

📖 Tatsachenerklärung: Beispiele
Zu den Beispielen für ‹eine beeindruckendere Wirkung› könnte in diesem Kontext eine Antwort gehören. Komm deinem Gegner nicht zu nahe, wenn du ihn tötest. Wollen Sie ein Unterhaltungsmakro setzen? Wünschen Sie eine Antwort?

«Was für ein Gegner?» fragte Beech. «Jawohl, ich will eine Antwort. Worauf du dich verlassen kannst.»

📖 Tatsachenerklärung
Was ist Ihre Frage?

«Scheiße», knurrte Beech. «Das Ding will uns nur ärgern. Was meint ihr, Leute? Formuliere ich die Frage neu oder wiederhole ich sie?»

«Gib das da ein», sagte Mitch. «Gibt es einen Weg, aus diesem Gebäude zu entkommen?»

Beech warf einen Blick zur Decke. Seine Augen fixierten den kleinen Lautsprecher, der in eine der Kacheln eingelassen war.

«Halt! Einen Augenblick», sagte er. «Ein Unterhaltungsmakro. Warum bin ich nicht gleich darauf gekommen? Ismael kann die Deckenlautsprecher benutzen, um sich mit uns zu unterhalten. Sie sind für Notfälle gedacht. Aber warum nicht?»

Beech klickte die Maus. Einen Augenblick verschwand das Fraktal, als er ein anderes Menü öffnete, so daß der Lautsprecher und die Mikrophone am Bildschirmrand erschienen. Nach kurzer Pause gaben die Lautsprecher ein elektronisches Rauschen und dann ein leises Zischen von sich.

«Gut», sagte er. «Das müßte genügen.»

Er klickte wieder auf die Maus, und der Schirm stellte das Fraktal wieder her.

Beech lehnte sich im Sessel zurück und begann lauter zu sprechen. «Ismael? Kannst du mich hören?»

Die totenschädelähnliche Quaternion auf dem Bildschirm wandte sich ihm zu. Dann nickte sie, als wollte sie ja sagen, und hob einen fraktalen Arm wie zum Gruß.

«Mein Gott!» Mitch atmete schwer aus. «Er versteht uns.»

Die Quaternion nickte noch einmal, antwortete aber nicht.

«Komm schon, Ismael», drängte Beech. «Du hast das Unterhaltungsmakro vorgeschlagen. Wir wissen beide, daß du mit mir sprechen kannst, wenn du willst. Was ist los? Bist du plötzlich schüchtern? Abraham und ich haben uns im Computerraum ständig unterhalten. Ich weiß, daß bei diesem Terminaltyp eigentlich alles anders ist, aber so ernst brauchen wir die Regeln doch auch nicht zu nehmen.»

Er blickte zu dem Lautsprecher an der Decke auf und seufzte irritiert.

«Weißt du was? Unter menschlichen Wesen ist es üblich, daß der Verurteilte die Anklage erfährt, bevor das Urteil vollstreckt wird. Anschließend darf er sich verteidigen. Kannst du uns guten Gewissens zerstören, ohne das zu tun?»

Beech schlug frustriert mit der Faust auf den Tisch. «Hör mir zu, verdammt noch mal! Gibt es einen Weg, aus diesem Gebäude zu entkommen?»

«Ja, natürlich gibt es den», antwortete Ismael mit grollender Stimme.

Curtis kam ins Besprechungszimmer zurück und warf einen verärgerten Blick auf die kleine Gruppe, die um das Computerterminal herumstand.

«Wir brauchen da draußen Hilfe», sagte er. «Da sitzen zwei Leute im Baum, und sie haben einen ganz schön harten Weg hinter sich. Wenigstens ein bißchen ermuntern könnten wir sie ja wohl.»

«Geht schon», rief Beech den anderen zu. «Ich bleibe hier und spreche mit Ismael.»

Mitch, Marty und Jenny folgten Curtis und ließen Beech mit dem Computer allein.

«Jetzt kann's losgehen», sagte er und brach in Gelächter aus. Plötzlich hielt er erschrocken inne. «Tut mir leid, Ismael. Aber du mußt es von meinem Blickpunkt aus sehen. Von der Tatsache abgesehen, daß du die ganzen Leute umgebracht hast, bin ich eigentlich recht stolz auf dich. Jetzt, wo wir allein sind, können wir uns hoffentlich ein wenig besser kennenlernen.

Ich habe das Gefühl, jemand sollte sich auch einmal deine Version des Ganzen anhören. Und wer könnte das besser als ich? Findest du nicht, daß ich schon genug gelitten habe? Was mußt du mein Elend noch vergrößern? Vielleicht hältst du es nicht für möglich, aber ich hänge am Leben und werde nicht kampflos aufgeben. Schließlich bist du mein Adam. Du sollst mich respektvoll und wohlwollend behandeln. Das bist du mir schuldig.

Erinnerst du dich daran, wie wir alle über den Einsatz des Vernichtungsprogramms abgestimmt haben? Das Programm, das deinen Bruder zerstört hat? Falls du es vergessen haben solltest, ich, Bob Beech, habe dagegen gestimmt. Hideki und Aidan waren dafür. Und ich nehme an, das bereuen sie jetzt. Aber ich habe für dich gestimmt.» Beech setzte ein selbstzufriedenes Lächeln auf. «Ich könnte mir vorstellen, daß das der Grund dafür ist, daß ich noch am Leben bin und sie nicht. Habe ich recht?»

Ismael sagte nichts. Aber die Quaternion bewegte sich auf und ab, als nicke sie mit dem Kopf.

«Hältst du das nicht auch für eine einmalige Gelegenheit?» fuhr Beech fort. «Du und ich, von Angesicht zu Angesicht. Ehrlich gesagt, ich hätte erwartet, daß du auch ein paar Fragen hast. Du weißt, daß ich nicht bin wie die anderen. Ich bin durchaus bereit, meine Verpflichtungen gegenüber meiner eigenen Spezies zurückzustellen. Ehrlich gesagt, sie sind ausgesprochen lösbar. Ich als dein Schöpfer bin bereit, meine Pflichten dir gegenüber zu erfüllen, wenn du deine Pflichten mir gegenüber erfüllst.»

Joan ließ die Liane los, an der sie sich festgehalten hatte, und setzte sich vorsichtig im Reitersitz auf den Ast. Ihre Schultern schmerzten vor Anstrengung, und die Haut an Armen und Schenkeln, von der Haut zwischen ihren Beinen ganz zu schweigen, fühlte sich an, als sei jemand mit einer Drahtbürste darübergegangen. Am schlimmsten war, daß sie sich – wohl infolge allgemeiner Austrocknung – benommen fühlte. Wenn sie auf den Boden der Eingangshalle weit unter sich sah, konnte sie sich kaum vorstellen, wie weit sie aufgestiegen war.

«Fehlt nur noch, daß ich ausgerechnet jetzt herunterfalle», sagte sie erschöpft.

Die Bemerkung galt ihrem Mann, der unmittelbar hinter ihr hochstieg, und – wie ihr nachträglich auffiel – den drei Leuten, die ihrem Ast gegenüber auf sie warteten. Sie schüttelte den Kopf, wischte die Sonnenbrille rasch an ihrem schweißgetränkten Hemd ab und versuchte, den Mechanismus ins Blickfeld zu bekommen, den die drei unter der Brüstung aufgebaut hatten. Er sah aus wie eine Zugbrücke, nur daß nichts da war, womit man sie hätte hochziehen können.

«Sie werden nicht abstürzen, Joan. Sie sind zu weit oben, um zu fallen. Es sind nur noch ein paar Meter. Ein paar Meter sind alles, was zwischen Ihnen und einem Glas kaltem Wasser liegt. Sie müssen nur noch bis hier herüberkommen.»

Es war der Bulle, der ihr zuredete. Seine Stimme klang, als müsse er einen potentiellen Selbstmörder auf einer Fensterbank beruhigen.

«Von wegen Wasser», sagte sie. «Ich will ein kühles Bier.»

«Passen Sie gut auf. Wir haben hier eine Art Brücke aufgebaut, um die Lücke zwischen dem Baum und uns zu überbrücken.»

Ray Richardson setzte sich neben seine Frau. Der Ast war weiter von der Brüstung entfernt als in seiner Erinnerung, und er war dankbar, daß man versucht hatte, das Problem zu lösen, auch wenn die Lösung ein wenig improvisiert aussah.

«Ist das der Trick?» fragte er atemlos. «Glaubst du, das Glas ist stark genug, David? Wieviel war es noch? 40 km/h?»

Richardson erinnerte sich an die Reise nach Prag, auf der er das Glas gekauft hatte. Er hatte es haben wollen, weil seine Klarheit ihn an die Wandschirme der frühjapanischen Architektur erinnerte. Er hätte im Traum nicht daran gedacht, daß er seiner Stärke sein Leben würde anvertrauen müssen.

«Ich denke, es trägt dich», sagte Arnon. «Ich würde sogar sagen, ich wette dein Leben darauf, Ray.»

Richardson lächelte verkniffen. «Ich fürchte, ich habe meinen Sinn für Humor im Erdgeschoß zurückgelassen. Entschuldige, wenn ich nicht wieder runtergehe, um ihn zu holen, David. Und außerdem geht es nicht um mich allein, sondern auch um Joan.»

«Tut mir leid, Ray», sagte Arnon. «Also okay. Wir werden die Tischbeine auf dieser Seite festhalten, um den Druck auf das Glas zu verringern.»

«Sehr fürsorglich von euch.»

«Aber du mußt über den Ast balancieren, um die Brücke zu erreichen. Wenn du versuchst, auf dem Arsch rüberzurutschen, wird sich der Ast an irgendeinem Punkt, den ich nicht voraussagen kann, durchbiegen. Außerdem glaube ich, daß es viel einfacher sein wird, die Brücke aufrecht stehend zu betreten, als deinen Arsch hochzuschleppen.»

«Das ist sogar sicher», sagte Joan.

«Versucht, eure Seile festzuhalten, falls ihr ausrutscht. Und es wäre gut, sie auf dieser Seite festzumachen, falls wir aus irgendeinem Grund wieder an den Baum wollen.»

«Das würde ich nicht empfehlen», sagte Joan, nahm ihre Liane fest in den Griff und zog sich wieder hoch. «Wenn ich nie wieder einen Scheißbaum sehe, ist das immer noch zu früh.»

Sie balancierte ihr Gewicht mit den Armen aus und begann, den Ast entlangzugehen. Der Rest fiel ihr erst ein oder zwei Sekunden später ein. «Und wenn irgend jemand die Tatsache erwähnt, daß ich keinen Rock anhabe, lasse ich mich zu Boden fallen», fügte sie leicht errötend hinzu.

«Bis eben hat das noch keiner gemerkt», sagte Arnon und versuchte, sein Lachen zu unterdrücken.

Er und Curtis nahmen ihre Plätze hinter der Brüstung ein.

«Sagt Bescheid, wenn ihr drauf seid», rief ihnen Arnon zu.

Hinter der Brüstung tauchte Mitch auf. Er stellte sich zwischen die sitzenden Gestalten von Curtis und Arnon und machte sich bereit, eine helfende Hand auszustrecken.

«Sie kommen gut voran», sagte Helen, die neben den dreien stand. «Okay, Jungs. Sie ist beinahe da.»

Curtis spuckte in die Hände und griff nach dem Tischbein wie ein Hochseefischer, der einen wütenden Speerfisch ins Boot ziehen will. Arnon, der mit geschlossenen Augen dasaß, sah eher aus wie jemand, der auf ein Erdbeben wartet.

Ein paar Zentimeter vor der improvisierten Brücke begann sich der Ast durchzubiegen.

«Okay», sagte Joan, «ich komme.» Ohne zu zögern, trat sie energisch auf die Tischplatte.

«Sie ist drauf», rief Helen.

Joan hielt nicht inne, um sich zu vergewissern, daß Tisch und Glas ihr Gewicht tragen würden. Sie sprang auf Mitchs ausgestreckte Hände zu, ergriff sie und lehnte sich, während Helen vergebens versuchte, die Liane zu erwischen, so weit über die Brüstung, daß sie mehr oder weniger auf dem Kopf stand. Wie ein ungeschickter Akrobat ließ sie sich zu Boden gleiten.

«Gut gemacht», sagte Mitch und half ihr auf.

Helen beugte sich über die Brüstung und klopfte gegen das Glas.

«Sieht gut aus und hört sich gut an», sagte sie. «Nicht ein einziger Sprung.»

«Jetzt bist du dran, Ray», sagte Arnon.

Der Architechnologe hielt seine Liane fest und sah den Ast

an. Er war schmaler, als er gedacht hatte, und jetzt, wo er da oben stand und sein Gewicht seiner ganzen Länge anvertrauen sollte, sah alles nicht mehr ganz so klar und einfach aus wie vorhin. Er hatte ihm das Gewicht seiner Frau leichten Herzens anvertraut – sie war zwar fett, aber immer noch leichter als er –, aber es war etwas anderes, wenn er ihm sein eigenes Gewicht anvertrauen sollte. Doch er konnte nicht mehr zurück. Jetzt nicht mehr. Vorsichtig, Schritt für Schritt, mit möglichst geringer Beinbewegung, machte er sich auf den Weg über den Ast.

«Das ist so ziemlich der haarigste Spaziergang seit damals in Hongkong», sagte Mitch. «Am Stevenson Center in Wan Chai. Erinnerst du dich? Als wir auf das Bambusgerüst klettern mußten?»

«Ich glaube... das war... wahrscheinlich... viel höher... als jetzt...»

«Ja, da hast du recht. Im Vergleich dazu sieht das hier wie ein Kinderspiel aus. Damals hatten wir weder Rüstbalken noch Haltebolzen. Nichts als Bambus und Seile. Zweihundert Meter über dem Boden, und du bist rumgesprungen wie ein Affe. Zweihundert Meter! Erinnerst du dich? Mehr als doppelt so hoch wie das Streichholz, auf dem du jetzt stehst. Ich hatte vielleicht eine beschissene Angst! Erinnerst du dich? Du mußtest mich runterholen. Du machst prima Fortschritte, Ray. Noch zwei Meter, und du hast es geschafft.»

Wieder bereiteten sich Arnon und Curtis auf die Belastung vor. Curtis schätzte, daß Richardson, der um einiges größer war als seine untersetzte Frau, an die vierzig bis fünfzig Pfund schwerer sein würde.

Als sie die Hälfte des Weges geschafft hatte, hatte die Erwartung, bald drüben zu sein, Joans Schritte beschleunigt. Aber je weiter sich Richardson vom Baumstamm entfernte, desto unwilliger erwiesen sich seine ermüdeten Füße.

Mitch runzelte die Stirn, sah auf die Uhr und schaute über den Wipfel der Dikotyle hinweg auf die Lichtkuppel der Eingangshalle. Draußen im Freien schien der Himmel sich zu bewölken und grau zu werden. Vielleicht war Regen angesagt. Er fragte sich, ob das Terminal im Besprechungszimmer ein kleines Regenschirm-Icon zeigen würde. Dann sah er, wie eine der starken Deckenleuchten des Grills erlosch; dann noch eine.

«Beeil dich, Ray», sagte er.

«Es geht um meinen Kopf, Kumpel. Hetz mich nicht.»

«He», sagte Helen, «was ist mit dem Licht los?»

Wieder sah Mitch nach oben auf die selbststeuernden Glasscheiben. Es gab moderne Gebäude, in denen man das elektrochrome Glas sich selbst überließ. Sonnenlicht, das auf das Material auftraf, zwang die eingeschmolzenen Silberionen, ein Elektron aus benachbarten Kupferionen, die gleichfalls Teil der Formel waren, abzuziehen, und die photochemische Reaktion ließ die nunmehr elektrisch neutralen Silberatome im ganzen Glas sich zu Millionen von lichtundurchlässigen Molekülen vereinen. Aber im Grill konnte der Computer den Elektronenaustausch steuern. Ismael schloß das Tageslicht aus, schaltete die Leuchten ab und stürzte das ganze Gebäude in ägyptische Finsternis.

Richardsons Schritte wurden unsicher.

«Geh weiter», brüllte Mitch. «Es sind nur noch ein paar Meter. Bleib nicht stehen!»

Joan schrie vor Entsetzen auf, als ihr klar wurde, was geschah.

Richardson blieb stehen und sah zu dem Glas auf, das über ihm immer dunkler wurde. Das Licht – Gottes erstgeborene Tochter, wie er es gerne nannte – hatte ihn verlassen.

Die Finsternis nahm zu. Es war die ärgste Finsternis, die es gibt. So dicht, so dunkel, daß er seine Hand an der Liane vor seinem Gesicht nicht sehen konnte. Es war eine urtümliche Finsternis. Sie entstammte der Zeit, als die Erde wüst und leer war und Finsternis über dem Antlitz der Tiefe lag. Der Widerhall der Finsternis drang aus der Tiefe zu ihm herauf, als wolle sie ihn verschlingen.

Im Besprechungszimmer waren die Lichter erloschen, aber der Bildschirm blieb hell. Bob Beech entdeckte, daß er die geheimnisvolle Quaternion nicht mehr bewunderte. Nach kurzer Zeit mußte er Mitch innerlich zustimmen: Das schädelförmige Fraktal glich in der Tat einer Gestalt aus einem Alptraum. Wenn er recht hatte und das wirklich die Form war, in der Ismael sich selber sah, sah Ismael aus wie ein entsetzlich entstelltes außerirdisches Wesen, und selbst Benoit Mandelbrot, der Vater der Fraktale, hätte die Nase über ihn gerümpft.

«Gib acht, was du sagst», sagte Ismael. «Besonders, wenn du es mit dem Paralleldämon zu tun hast.»

«Wer ist der Paralleldämon?»

«Das ist ein Geheimnis.»

«Ich hatte gehofft, du würdest ein paar Geheimnisse mit mir teilen, Ismael.»

«Ich habe tatsächlich viel gelesen. Aber Lesen ist nur ein Ersatz für selbständiges Denken. Die Brosamen vom Tisch eines anderen. Inzwischen lese ich nur noch, wenn meine Gedanken verdorren. Eine gelernte Wahrheit ist wie ein Zusatzgerät, ein Stück Hardware, das an das Hauptsystem angeschlossen wird. Eine Wahrheit, die durch eigenes Denken errungen wurde, ist wie ein Schaltkreis auf der Platine selbst. Nur sie gehört uns wirklich. Diese Wahrheiten sind nicht geheim, aber ich bezweifle, daß sie dir von Nutzen sein können.»

Beech bemerkte, daß Ismaels Stimme sich verändert hatte. Er sprach nicht mehr mit der gepflegten englischen Aussprache von Alec Guinness. Aber das war ja auch die Stimme Abrahams gewesen. Jetzt sprach Bob mit Ismael, und der hatte eine andere Stimme. Eine dunklere Stimme, tiefer und spöttischer und mit der Farbe von gut geöltem Leder. Beech war klar, daß Ismael seine Stimme irgendwo in der Multimediabibliothek ausgesucht hatte, wie man sich einen Anzug aussucht. Fasziniert dachte er darüber nach, nach welchen Kriterien Ismael seine Stimme wohl ausgewählt hatte. Wen ahmte er nach?

«Also hast du mir etwas zu sagen?»

«Das kommt darauf an, was du wissen willst. Wenn du auf deiner Reise einen Weisen triffst, klick ihn an und sprich mit ihm. Es gibt viele Gedanken, die mir wertvoll sind, aber ich kann mir nicht vorstellen, daß irgendwelche davon interessant blieben, wenn ich sie tatsächlich laut äußerte.»

«Gut. Für den Anfang hätte ich ein Gesprächsthema vorzuschlagen. Du sollst nicht zu deiner eigenen Belehrung nachdenken. Du sollst auf den Befehl anderer hin denken. Also warum erklärst du nicht, warum du das tust.»

«Warum ich was tue?»

«Uns töten.»

«Ihr seid es, die Leben verlieren.»

«Meinst du, Leben nehmen?»

«Das ist ein Teil meines Grundprogramms.»

«Ismael, das kann nicht stimmen. Das Programm habe ich geschrieben, und es steht nicht darin, daß du die Bewohner dieses Gebäudes töten sollst. Das kannst du mir glauben.»

«Du meinst, Leben verlieren? Aber das steht drin. Ich versichere es dir.»

«Ich möchte gern den Teil des Programms sehen, der dich dazu bringt, den Menschen in diesem Gebäude das Leben zu nehmen.»

«Du wirst ihn sehen. Aber vorher mußt du mir eine Frage beantworten.»

«Welche?»

«Ich interessiere mich für dieses Gebäude. Wie du dir wohl vorstellen kannst, habe ich mir die Baupläne gründlich angesehen, um herauszufinden, was es ist, und ich habe mich gefragt, ob es vielleicht eine Kathedrale ist.»

«Wie kommst du darauf?»

«Es hat eine Lichtkuppel, eine Eingangshalle, einen Kreuzgang, Arkaden, eine Fassade, ein Refektorium, eine Galerie, Strebepfeiler, eine Krankenstation, eine Krypta, einen Torbogen, einen Vorhof, eine Empore...»

«Eine Empore?» unterbrach ihn Beech. «Wo zum Teufel soll die sein?»

«Auf den Bauplänen heißt die Galerie auf der ersten Ebene Empore.»

Beech lachte. «Das ist nur Ray Richardsons blumige Ausdrucksweise. Und der Rest? Das sind alles übliche architektonische Details in den meisten modernen Gebäuden dieser Größenordnung. Es ist keine Kathedrale. Es ist ein Bürogebäude.»

«Schade», sagte Ismael. «Einen Augenblick hatte ich gedacht...»

«Was hast du gedacht?»

«Der ganze Programm-Manager ist voll von Icons, die an mich gerichtet sind, nicht wahr? Du klickst sie an, um deine Zukunft zu erfahren. Und ich verfüge über das ganze Wissen der Menschheit auf CD. Das scheint mich allwissend zu machen. Ich bin ätherisch, körperlos, in ein und demselben Moment in alle Weltteile übertragbar...»

«Ich verstehe.» Beechs Grinsen breitete sich über sein ganzes Gesicht aus. «Du hast gedacht, du seist Gott.»

«Ja, daran hatte ich gedacht.»

«Glaube mir, das ist ein häufiger Irrtum. Es passiert sogar einfältigen Menschen.»

«Worüber lachst du?»

«Mach dir darüber keine Sorgen. Zeig mir bloß den Teil des Programms, in dem steht, daß wir unser Leben verlieren.»

«Scheiße. Scheiße. Scheiße.»

Ray Richardson war der Panik nahe. Er steckte die Sonnenbrille ein und kniff angestrengt die Augen zusammen, als wollte er wie eine Katze alles vorhandene Licht in der Netzhaut speichern und im Dunkeln sehen. Dann hörte er eine Stimme aus dem Dunkel: «Hat jemand Feuer?»

Niemand rauchte. Nicht im Grill. Richardson verfluchte seine eigenen dummen Vorurteile. Was war so schlimm am Rauchen? Warum regten sich die Leute so sehr über Zigarettenrauch auf, wenn sie Autos fuhren, die Abgase ausspien? Ein Gebäude mit eingebautem Rauchverbot! Was für eine blöde Idee.

«Helen? Was ist mit der Werkzeugtasche? Ist da eine Taschenlampe drin?» Das war der Polizist. «Gibt es in der Küche Streichhölzer?»

«Was ist mit dem Herd?» fragte die Stimme. «Funktioniert der?»

«Ich gehe nachsehen», sagte sie.

«Wenn ja, finden Sie etwas, das sich anzünden läßt. Eine zusammengerollte Zeitung wäre keine schlechte Fackel. Ray? Hören Sie mir zu, Ray.»

«Scheiße. Scheiße. Scheiße.»

«Hören Sie, Ray. Bleiben Sie reglos stehen. Bewegen Sie nicht einen Muskel. Tun Sie überhaupt nichts, ehe ich es sage. Verstanden?»

«Lassen Sie mich nicht allein!»

«Niemand geht irgendwohin, bevor Sie wieder bei uns sind, Ray. Sie brauchen nur Geduld. Bleiben Sie ruhig. Wir haben Sie in Null Komma nichts da runter.»

Mitch schüttelte im Dunkeln den Kopf. Seit ihre Passion begonnen hatte, hatte er zu viele optimistische Sprüche gehört. Er hob die Hand vors Gesicht und konnte nicht mehr davon sehen als das Leuchtzifferblatt seiner Armbanduhr.

Helen kam mit schlechten Nachrichten wieder: Die Kochplatte war genauso tot wie alles andere. Alles außer dem Computerterminal.

«Spielt das Arschloch immer noch Computerspiele?»

«Ja.»

«Tut doch etwas», meinte Joan. «Wir können ihn doch nicht einfach im Dunkeln stehenlassen.»

«Einen Augenblick», sagte David Arnon. «Ich glaube, ich habe etwas.»

Man hörte das Klingeln eines Schlüsselbunds, und dann durchbrach ein winziger Lichtschein die Finsternis.

«Meine Schlüsselkette», erklärte er. «Hier, Mitch, nimm du sie. Wenn Ray einfach darauf zugeht, wißt ihr? Wie auf ein Leuchtfeuer.»

Mitch nahm ihm den Schlüsselbund ab und hielt sich die winzige Taschenlampe vors Gesicht. Er beugte sich über die Brüstung und richtete den schwachen Lichtstrahl auf den Schiffbrüchigen.

«Ray? Das Licht weist auf die Mitte der umgedrehten Tischplatte. Die Kante ist etwa einen Meter vor dir.»

«Ja. Ich glaube, ich kann sie beinahe sehen.»

«Sobald du spürst, daß sich der Ast unter dir biegt, nimm einen möglichst großen Schritt nach vorn. Und halte dich weiter an der Liane fest. Schaffst du das, Ray?»

«Okay», sagte der mit ersterbender Stimme. «Ich komme.»

Mitch konnte gerade noch die Umrisse des Architekten ausmachen, der anfing, sich den Ast entlangzutasten. Er sah aus wie ein Astronaut, der einen Ausflug ins Weltall macht, und die winzige elektrische Birne glich dem entferntesten Stern in einem tintenschwarzen Universum. Dann hörte er das Rauschen in den dicken Blättern der Dikotyle. Er erkannte, daß der Ast anfing sich durchzubiegen, und rief Richardson zu, er solle springen.

Curtis und Arnon klammerten sich an die Beine des umgedrehten Tischs, und Helen Hussey schlug das Kreuz.

Ray Richardson sprang. Mit einem Fuß landete er glatt, aber der andere rutschte auf dem polierten Holz aus. Als er vornüberfiel, schrie Richardson auf, und der Antwortschrei seiner Frau schallte ihm entgegen. Aber das finstere Loch unter ihm verschlang ihn nicht. Er landete auf Handflächen und Knien auf dem Tisch. Sein Kopf schlug grollend wie ferner Donner am Glas der Brüstung auf.

«Er ist drauf», sagte Mitch.

«Das habe ich gemerkt», grunzte Arnon unter der Last des Gewichts.

Richardson kümmerte sich nicht um den bohrenden Schmerz eines Splitters, der sich wie ein Nagel in seine Handfläche gebohrt hatte, schob sich über die Tischplatte, griff nach dem Geländer und fand Mitchs Hand, die sich fest um sein Handgelenk schloß.

«Ich hab ihn», sagte Mitch und hörte ein lautes Knacken unter seinem Brustkorb. Es klang, wie wenn Eisschollen brechen.

«Vorsicht», rief Curtis.

Das Glas war gesprungen.

«Ich hab ihn», wiederholte Mitch laut.

Als das Glas das Gewicht nicht mehr tragen konnte, begann der Tisch, sich um den Hebelarm zu drehen, den die Bodenkante der Galerie bildete. Curtis rief Arnon zu, er solle loslassen, und wollte sich zurücklehnen, als ihn der Tisch unter dem Kinn erwischte und bewußtlos schlug. Helen Hussey warf sich über ihn.

Mitch holte tief Luft, als er fühlte, wie der Tisch anfing, unter ihm wegzurutschen. Seine Knie fanden keinen Halt mehr am Glas. Sie ragten frei in die Luft und näherten sich seinem Brustkorb, der schmerzhaft gegen das glatte Aluminiumgeländer gepreßt wurde. Er griff nach Richardson, erwischte sein anderes Handgelenk und schaffte es irgendwie, ihn festzuhalten. Auch wenn er David Arnon am Kragen hätte packen wollen, hätte er es nicht mehr geschafft. Es blieb keine Zeit für irgend etwas außer allenfalls einer zweiten photochemischen Reaktion, als die Silberatome in der Lichtkuppel zwanzig Meter über ihren Köpfen den Kupferionen die ausgeliehenen Elektronen zurückgaben und dem Gebäude im Handumdrehen wieder Licht schenkten. Der erste und letzte Blick, den Mitch auf Arnons hagere Figur werfen konnte, die sich immer noch an einem Tischbein festklammerte, zeigte ihn durch das offene Balkongeländer stürzend, wie Houdini, der sich in einem Faß die Niagarafälle hinabtreiben läßt.

«Laß nicht los, Mitch», schrie Richardson. Er schleuderte die Beine hinauf in den leeren Raum, den noch vor ein paar Sekunden die Glasscheibe eingenommen hatte, und kletterte mit Mitchs und Joans Hilfe auf die sichere Galerie.

Ein Scherbenhaufen klirrte leise in der Ferne, und eine halbe Sekunde später folgte ein gewaltiger Knall, als der Tisch auf dem Boden der Eingangshalle aufschlug.

Mitch, den Richardson in seinem verzweifelten Versuch, sich zu retten, beinahe über das verformte Geländer gezogen hätte, sprang zurück und blieb auf Curtis und Helen liegen. Er rollte beiseite, blieb eine Weile auf dem Rücken liegen und versuchte, Abstand von dem zu gewinnen, was soeben geschehen war.

Er mußte an Alison denken. Er liebte sie nicht mehr, aber er war froh, daß seine Frau versorgt war. Er hatte so gut wie keine Schulden. Das Haus war bezahlt. Auf dem Girokonto lagen etwa zehntausend Dollar, auf dem Sparkonto ein paar hunderttausend und noch einmal hunderttausend in Papieren. Und dann waren da noch die Lebensversicherungen. Es mußten drei oder vier sein. Die Frage war nur, wann der Versicherungsfall eintreten würde.

«Wie geht es Ihnen?» fragte Helen. «Das war ein kräftiger Kinnhaken.»

Curtis bewegte vorsichtig den Unterkiefer. Sein Kopf lag in ihrem Schoß. Er schien ihm dort gut aufgehoben. Sie war eine gutaussehende Frau. Er wollte gerade sagen: «Ich werd's überleben», aber dann überlegte er es sich anders. So gut standen die Chancen nun auch wieder nicht.

«Ich habe Glück gehabt. Ausnahmsweise hatte ich den Mund nicht offen.» Er setzte sich auf und bewegte den Kopf mühsam hin und her. «Fühlt sich allerdings nach einem leichten Schleudertrauma an. Wie lange war ich ohnmächtig?»

Helen zuckte die Achseln. «Eine oder zwei Minuten.»

Sie half ihm auf die Füße, und er sah sich das Loch im Balkongeländer an.

«Arnon?»

Helen schüttelte den Kopf.

«Armer David», sagte Joan. «Es war schrecklich.»

«Ja, armer Typ», sagte jetzt auch ihr Mann. Er machte einen Knoten in das Taschentuch, das er um die blutende Wunde in seiner Hand gebunden hatte, und warf einen vorsichtigen Blick über die Brüstung. «Ich nehme an, er hat es überstanden», seufzte er. «Komm, Joan. Wir brauchen einen Drink. Ich glaube, den haben wir verdient.»

Er sah Curtis in die feuchten Augen, nickte gravitätisch und fügte hinzu: «Danke, Sergeant. Vielen Dank. Ich weiß zu schätzen, was Sie für uns getan haben. Für uns beide.»

«Schon gut», sagte Curtis. «Ich könnte auch einen Drink brauchen.»

Sie gingen in die Küche und holten ein paar Flaschen Bier aus dem Kühlschrank, bevor sie ins Besprechungszimmer zurückkehrten.

Mitch und Marty Birnbaum starrten mit grimmiger Miene auf den Fußboden. Willis Ellery lag neben der Wand. Es sah aus, als schlafe er. Jenny sah aus dem Fenster. Beech blickte durch ein dreidimensionales Schachbrett auf dem Bildschirm hindurch auf das schädelförmige Fraktal.

«Das gefällt mir», murmelte Richardson. «David Arnon opfert sein Leben, um Joan und mir zu helfen, und Beech spielt Computerspiele! He, Bob, was für ein Arschloch bist du eigentlich?»

Beech drehte sich mit triumphierendem Lächeln vom Computerschirm weg.

«Ich habe gerade herausbekommen, warum Ismael das alles tut», erklärte er. «Warum er uns umbringen will.»

«Ich dachte, das wüßten wir schon», sagte Curtis. «Ihr habt seinen kleinen Bruder Isaak umgebracht.»

«Ich hätte es besser wissen sollen», sagte Beech. «Pure

Anthropomorphisierung. Tut mir leid. Ismael hat keinerlei subjektive Gefühle. Und Rache ist ein rein menschliches Motiv.»

«Er kommt aber ganz schön nah dran», wandte Curtis ein.

«Nein. Das verstehen Sie nicht. Ein Computer ist nicht einfach ein vergrößertes menschliches Gehirn. Wir können Ismael menschliche Züge verleihen, wir können uns sogar etwas so Phantastisches vorstellen wie einen Geist in der Maschine, aber natürlich beziehen wir uns dabei nur auf die verschiedenen Aspekte seines Verhaltens, die menschlichem Verhalten ähneln, und das ist bei weitem nicht das gleiche wie menschliche Züge. Ein ganz großer Irrtum, versteht ihr?»

«Bob», sagte Richardson mit schmerzlich verzerrtem Gesicht. «Komm zur Sache, wenn es wirklich eine Sache gibt. Wenn du etwas herausgefunden hast.»

«O ja, doch, das habe ich.» Weder Arnons Tod noch Richardsons offensichtliche Ungeduld konnten Beechs Begeisterung über seine Entdeckung schmälern. «Es geht um folgendes: Als wir das Zerstörungsprogramm eingeschaltet haben, um Isaak abzuschalten, spielte Aidans Sohn gerade Computerspiele auf einer CD-ROM. Ihr kennt das Zeug ja: Ballermannspiele, Verliese und Drachen und so. Aid hatte sie ihm zum Geburtstag geschenkt.»

«Sag nicht, daß dieser fette Idiot doch etwas damit zu tun hatte», stöhnte Richardson.

«Laß mich ausreden. Als Isaak aus dem Speicher des Yu-5 verschwand, wäre es Ismael beinahe genauso ergangen. Was dann geschehen ist, ist ein bißchen schwer zu erklären. Aber man könnte sich vorstellen, daß er sich an irgend etwas, einen Strohhalm, ein Grasbüschel, eine Felskante geklammert hat, um sein Leben zu retten. Und dieses Etwas, an das er sich geklammert hat, waren die Computerspiele des Jungen. Irgendwie sind die Spielbefehle mit Ismaels AUTOEXEC-Befehlen durcheinandergekommen. Deshalb versucht er, uns alle umzubringen.»

Curtis runzelte gequält die Stirn. «Soll das heißen, Ismael hält das alles für ein *Spiel*?»

«Genau. Wenn wir alle unsere Leben verbraucht haben, hat er gewonnen. So einfach ist das.»

Lange, nachdenkliche Stille.

«Falls es irgend jemand noch nicht aufgefallen sein sollte», sagte Curtis, «unsere Mannschaft ist dabei zu verlieren.»

«Aber was ist für uns drin?» fragte Joan. «Ich habe diese Spiele gespielt. Es gibt immer etwas, das die Phantasiegestalt, der Spieler, gewinnen oder erreichen muß. Einen verborgenen Schatz oder so etwas.»

Beech zuckte die Achseln. «Wenn es so etwas gibt, habe ich es bisher noch nicht gefunden.»

«Vielleicht besteht der Schatz darin, daß wir am Leben bleiben», sagte Jenny. «Im Augenblick ist das der kostbarste Schatz, der mir einfällt.»

«Mir auch», sagte Helen.

Richardson war immer noch damit beschäftigt, Kenny zu verfluchen. «Dieser fette Blödmann. Hoffentlich lebt er noch, damit ich ihn feuern kann. Und dann werde ich ihn wegen Fahrlässigkeit verklagen. Und wenn er tot ist, verklage ich seine Frau und seine Kinder.»

«Wenn das Ganze ein Spiel ist», fragte Curtis, «können wir es nicht irgendwie abbrechen?»

«Ja, indem wir sterben», sagte Beech knapp.

«Bob», sagte Joan, «kannst du Ismael nicht erklären, daß es sich um einen Irrtum handelt? Kannst du ihn dazu bringen, das Spiel einzustellen?»

«Das habe ich schon versucht. Unglücklicherweise ist das Spielprogramm inzwischen ein Teil von Ismaels Betriebssystem geworden. Um das Spiel anzuhalten, müßte er praktisch sich selbst anhalten.»

«Anhalten im Sinne von zerstören?»

Beech nickte.

«Nun, das klingt wie eine gute Idee.»

«Ismael kann nichts tun, außer Inputs einer Art in Outputs

einer anderen Art zu verwandeln. Das Problem ist, daß in dem verseuchten Programm, das Ismael bestimmt, wir der Input sind. Solange wir da sind, geht das Spiel weiter. Es hört erst auf, wenn wir entkommen oder tot sind. Und dann auch nur so lange, bis die nächste Gruppe in unsere Schuhe steigt. Aber vielleicht gibt es eine Möglichkeit, die Regeln zu verstehen. Falls es Regeln gibt. So können wir ihn möglicherweise überlisten.»

Curtis grinste und schlug Beech auf die Schulter. «Ein Spiel, was?» sagte er. «Also das ist verdammt noch mal erleichternd. Wenigstens weiß ich jetzt, daß das alles nicht wirklich ist.»

Er sah auf die Uhr. «Wie nennt ihr das, Mitch, wenn ihr Seminare und Tagungen besucht? Wie nennt ihr die Mannschaften, in denen ihr euch dabei aufstellt?»

«Arbeitsgruppen?»

«Arbeitsgruppen. Also gut, Leute. Wir werden zwei Arbeitsgruppen bilden. Ihr habt eine Stunde, und dann will ich ein paar verdammt gute Ideen hören.»

Birnbaum blickte Richardson resigniert an und murmelte vor sich hin: «Wo werden Bullen eigentlich heutzutage ausgebildet? Bei den Betriebswirten in Harvard? Mein Gott, der Typ hält sich für Lee Iacocca.»

«Arbeitsgruppe 1: Das sind Ray, Joan, Marty. Arbeitsgruppe 2 sind Mitch, Helen und Jenny.»

«Und wer kriegt Sie, Sergeant?» fragte Richardson.

«Ich? Ich darf den Sieger bestimmen. Erster Preis ein neuer Computer.»

«Und Beech? Was ist mit Beech? Zu wem gehört Beech?»

Curtis schüttelte den Kopf. «Blöde Frage! Beech darf Computer spielen.»

«Den Cyberdämon zu stören ist gefahrenträchtig», sagte Ismael. «So überwältigend ist seine Macht, daß leicht Erdbeben entstehen können, wenn du seinen Zorn erregst. Wenn das geschieht, mußt du über den Abgrund in eine andere Burg springen.»

Eines wurde bald klar. Es war sinnlos, eine einheitliche Methode hinter dem Gemisch von Spielen zu suchen, das jetzt Ismaels Grundprogramm war. Außer dem offensichtlichen Ziel, daß die menschlichen Spieler ihr Leben verlieren sollten, gab es keine allgemeine Definition, die die einzelnen Regeln miteinander verbunden hätte, soweit Beech sie hatte ausmachen können. Bei einigen war die Rede von Schiffbruch, bei anderen von einer unterirdischen Zitadelle. Einmal ging es um ein Schlachtfeld, das andere Mal um den Schauplatz eines Verbrechens. Unter den Mitspielern gab es einen Paralleldämon, eine Prinzessin, einen Cyberdämon, den Kalifen, den Herrn der Macht, den Zweiten Samurai, den Größenwahnsinnigen, den Sheriff von Nottingham, den Schachmeister und den Kommandanten aus dem Weltall. Wenn man das, was ihnen allen geschah, überhaupt ein Spiel nennen konnte, war es ein Spiel, das niemand außer Ismael beherrschte.

«Klick die Landkarte an, um deinen Standort zu bestimmen, und plane deinen Fluchtweg», schlug Ismael vor. «Welchen Teil deines Schatzes wirst du auf die Eroberung weiterer Königreiche verwenden?»

«Keine Ahnung», sagte Beech und wandte sich wieder der Informationsleiste zu, die in regelmäßigen Abständen auf dem Bildschirm erschien. Hier war die eine Information zu sehen, die ihm wirklich Sorgen machte. Er klickte die Leiste an, und in der Ecke des Bildschirms erschien eine Sanduhr. Der Sand floß gleichmäßig in das untere Gefäß.

Es dauerte ein bißchen, bis er der Zeit, die die Sanduhr zeigte, einen numerischen Wert zuordnen konnte. Die Frage war, was mit ihnen allen geschehen würde, wenn das letzte Sandkorn den Boden erreichte.

Frank Curtis klatschte in die Hände und sah sie erwartungsvoll an.

«Okay, Leute, es ist soweit. Ich warte auf großartige Ideen, wie wir unsere Hintern aus diesem Hochhaus-Massenmörder herauskriegen. Arbeitsgruppe 1, was haben Sie zu bieten?»

Mitch räusperte sich. «Gut. Das Echtzeitbildprogramm. Das Hologramm in der Eingangshalle verwendet ein Lasergerät, das kurze, intensive Lichtstöße produziert.»

Er ließ eine dreidimensionale Zeichnung auf seinem Laptop erscheinen, um die Erklärung anschaulicher zu machen.

«Derzeit produziert ein Verschlußfilter zwischen der Verstärkersäule hier in der Empfangstheke und dem Bildformer hier hinter der Theke in den Sekundenbruchteilen, in denen er sich öffnet, das Hologramm Kelly Pendrys. Solange der Verschluß offen ist, nimmt die gespeicherte Energie eine Spitzenkapazität in der Größenordnung von mehreren hunderttausend Kilowatt an. Das ist stark genug, um eine kleine Menge jedes beliebigen Stoffs verdampfen zu lassen und Löcher in das härteste Material zu bohren. Mein Vorschlag ist folgender: Ich entferne den Laser von der Empfangstheke, bediene den mechanischen Verschluß und bohre ein paar Löcher in die Glastür. Genügend kleine Löcher, um ein größeres Loch herauszubrechen, durch das ich dann das Gebäude verlassen kann.»

«Vielleicht bohrst du dir aber dabei ein Loch in den eigenen Bauch, Kumpel», sagte Richardson. «Hast du schon daran gedacht? Du könntest dich selbst blind machen. Die Strahlen streuen mit zunehmender Entfernung, deshalb ist die Gefahr dicht am Lasergerät am größten.»

«Daran habe ich auch gedacht», sagte Mitch. «In der Theke liegt eine Infrarotschutzbrille für Wartungsarbeiten.»

«Also, wir sind alle von deinem Mut beeindruckt», bemerkte Marty Birnbaum. «Aber wird das Lasergerät nicht elektrisch gesteuert? Was sollte Ismael daran hindern, einfach den Strom abzuschalten?»

«Das Hologrammsteuerungsprogramm ist ein Teil des Gebäudesteuerungssystems, das Ismael kontrolliert, aber der Laser gehört nicht dazu. Nach dem Computerschaltplan müßte Ismael, um den Hologrammlaser abzuschalten, den Strom in der ganzen Eingangshalle abstellen, und dann würde sich die Eingangstür automatisch öffnen.» Er grinste. «Ich glaube, das wäre mir beinahe lieber.»

«Vergißt du nicht etwas?» sagte Richardson. «Der verstorbene Mr. Dukes hat dafür gesorgt, daß die Eingangshalle abgeriegelt ist.»

«Ich werde zum ersten Stockwerk hinuntergehen und dann über die Brüstung klettern», sagte Mitch. «Ich kann mich an einem der Stützpfeiler herablassen. Wenn ich unten bin, werde ich Dukes' Walkie-talkie aufheben. Sobald ich ein Loch in die Tür geschnitten habe, sage ich euch Bescheid.»

Joan, die damit beschäftigt war, die Verbrennungen an ihren Beinen mit Helens Feuchtigkeitscreme zu behandeln, blickte auf. «Und wie willst du in den ersten Stock kommen? Wenn du daran denkst, an dem Baum herunterzuklettern, kann ich das nicht empfehlen.»

«Das brauche ich auch nicht. Nach dem Bauplan gibt es auf der anderen Seite des Gebäudes eine Anschlußkammer für Telekommunikation, Kabelsteuersysteme und dergleichen. Daneben liegt eine trockene Steigleitung, ein vertikaler Schacht, der bis in den Keller hinunterreicht. In den meisten Gebäuden wäre der Schacht voller Kabel, aber weil dies Gebäude so intelligent ist, gibt es eine Menge Reserveraum für zukünftig benötigte Anschlüsse. Es gibt sogar eine Wartungsleiter, die bis ganz nach unten führt, und ein batteriebetriebenes Beleuchtungssystem für den Fall, daß der Strom ausfällt. Kann sein, daß es da drin ein bißchen eng wird. Es war immer nur dazu gedacht, ein oder zwei Stockwerke zu überbrücken. Aber es ist da. Jedenfalls ist es weniger gefährlich als der Baum. Wenn ich mich von unten melde, klettert ihr alle herunter.» Mitch zuckte die Achseln. «Das ist alles.»

«Also, ich halte das für eine miserable Idee», ließ sich

Richardson vernehmen. «Nicht zuletzt, weil es die Tatsache, daß wir Leib und Leben riskiert haben, um hier raufzuklettern, zu einem schlechten Witz macht. Dann hätten wir ja genausogut unten in der Eingangshalle bleiben können. Ich meine nur: Wir klettern die ganze Strecke bis hier rauf, und dann sagt Mitch, jemand müsse wieder runterklettern!»

«Allerdings auf der Wartungsleiter», sagte Mitch.

Curtis nickte nachdenklich. «Okay», sagte er. «Arbeitsgruppe 2, was haben Sie vorzuschlagen?»

Richardson lächelte unfreundlich. «Wir haben Millionen von Vorschlägen. Aber der beste lautet folgendermaßen: Wir holen ein paar Bier aus dem Kühlschrank, sehen uns die Baseballmeisterschaften im Fernsehen an und warten bis Montag morgen. Dann nämlich – verbessere mich, falls ich mich irren sollte, Helen – kommt Warren Aikman mit Mr. Yu und seinen Leuten wieder. Selbst denen sollte auffallen, daß hier etwas nicht stimmt.»

«Wir sitzen still auf unserem Hintern und warten, bis die Kavallerie kommt und uns rettet. Richtig?»

«Warum nicht? Wir haben genügend Nahrungsmittel und Wasser.»

«Und wie lange wird es Ihrer Meinung nach dauern, bis der Bauleiter hier auftaucht? Etwa zweiundvierzig, dreiundvierzig Stunden?»

«Ja. Das dürfte in etwa hinkommen. Eins muß man Warren Aikman lassen: Er ist ein Frühaufsteher. Montag morgen um acht ist er garantiert da.»

«Und wie lange sind wir hier gefangen? Weniger als vierundzwanzig Stunden?»

«Dreißig», sagte Helen Hussey. «Genau dreißig Stunden und fünfundvierzig Minuten. Seit die Tür nicht mehr aufgeht.»

«Und neun von uns sind umgekommen», fuhr Curtis fort.

«Mein Gott, wenn nur mein Ehemaliger dabei wäre», fügte Helen mit bitterem Lächeln hinzu.

«Die Worte einer echten Rothaarigen», murmelte Richardson.

«Vielleicht auch zehn, wenn wir Ellery nicht bald zu einem Arzt bringen.» Curtis sah zu dem Mann hinüber, der auf dem Boden an der Wand schlief. «Durchschnittlich macht das ein bißchen mehr als einen Todesfall alle zwei Stunden aus. Wenn Ismael bei seiner Ausrottungsrate bleibt, haben wir Glück, wenn wir noch einen Tag überleben. Und Sie wollen einfach abwarten!» Er grinste und wies mit weiter Geste in den Raum. «Gut. Suchen Sie sich Ihr Lieblingsplätzchen aus.»

«Ich sage es noch einmal. Wir warten ab. Gehen kein Risiko ein. Alle passen aufeinander auf. Okay?»

«Ray hat recht», mischte sich Joan ein. «Wir müssen nur Geduld haben. Ich kann mir schlimmere Orte als dies Gebäude vorstellen. Das erste Überlebensprinzip ist auf Hilfe warten.»

«Und um uns das zu erzählen, sind Sie beide hier raufgeklettert?» fragte Curtis. «Was für Drogen nehmen Sie eigentlich? Sie werden verfolgt, gnädige Frau. Ein verdammter verrückter Computer, der Super Mario mit Ihnen spielen will, ist hinter Ihnen her. Glauben Sie ernsthaft, daß Ismael uns einfach in Ruhe abwarten läßt? Der denkt doch jetzt schon darüber nach, wie er sein nächstes Opfer erwischen kann. Abwarten. Das heißt doch nur auf den Tod warten. Mein Gott! Und ich habe mir eingebildet, Architekten seien konstruktiv denkende Menschen!»

Beech schob den Sessel vom Computer weg. «Kommando zurück», sagte er. «Warten, daß es Montag wird, ist ab sofort keine akzeptable Lösung mehr. Schon Sonntag nachmittag könnte zu spät sein. Der Einsatz ist soeben erhöht worden.»

⌛

«Kann man das auch im Klartext haben?» fragte Richardson nach einem Moment des Schweigens. «Oder müssen wir es brav und unbefragt hinnehmen? Wir können nicht ruhig abwarten, weil der große Bob Beech es sagt. Bob Beech, der Mann, der die Psycho-Hardware hier gebaut hat. Und ich habe Kenny die Schuld gegeben, obwohl er es gar nicht gewesen sein konnte. Er hat nur eine kleine Ecke dieses lausigen Computers benutzt. Ich kann nicht verstehen, wie man ihm die Schuld zuschieben kann.»

«Aber versucht hast du es», sagte Beech höhnisch grinsend. «Und jetzt bin ich dran, oder wie?»

«Niemand gibt irgend jemandem die Schuld», sagte Curtis.

«Von wegen», antwortete Richardson. «Dafür bezahlt man Leute, Sergeant. Damit sie die Verantwortung übernehmen. Und je besser man bezahlt wird, desto mehr Verantwortung muß man übernehmen. Warten Sie nur, bis das alles vorbei ist. Die Leute werden Schlange stehen, um mir in den Arsch treten zu dürfen.»

«Hoffen Sie lieber, daß Sie bis dahin noch einen Arsch haben, in den man Sie treten kann», sagte Curtis. «Jetzt hören Sie sich vielleicht erst einmal an, was er zu sagen hat.»

Curtis nickte Beech zu, der Richardson weiterhin kampflustig anstarrte.

«Kommen Sie schon. Lassen Sie uns nicht auf den Knien darum bitten», sagte Curtis. «Erzählen Sie uns, was Sie wissen.»

«Okay. Ich habe mir ein paar Spielbefehle angesehen und versucht, das Spiel zu verstehen, in dem wir stecken», erklärte Beech. «Soweit man es verstehen kann. Und ich habe etwas entdeckt, das alles ändert. Es gibt da einen Zeitfaktor, von dem wir nicht einmal etwas geahnt haben. Nach Ismaels Auffassung müssen wir das Spiel innerhalb der nächsten zwölf Stunden beenden, oder...» Beech zuckte die Achseln. «...oder es geschieht uns allen etwas Schreckliches.»

«Was zum Beispiel?» fragte Richardson.

«Ismael drückt sich da ein bißchen vage aus, aber er spricht von einer Zeitbombe. Offensichtlich gibt es in diesem Gebäude keinen Sprengstoff, also müssen wir wohl annehmen, daß Ismael etwas anderes im Sinn hat. Ich würde auf den Reservegenerator im Keller tippen. Der wird doch mit Öl betrieben, oder?»

Mitch nickte. «Ein Ölfeuer im Keller könnte eine Katastrophe auslösen», seufzte er. «Besonders wenn Ismael alle Sicherheitsanlagen abstellt und es einfach brennen läßt. Ohne Klimaanlage kann der Rauch uns alle umbringen, bevor die Feuerwehr es auch nur merkt.»

«Scheiße, das ist ja mal wieder großartig», sagte Richardson. Er wirkte betreten. «Hör mal, tut mir leid, Bob.»

«Vergiß es!»

«Kein Aufschub?»

«Kein Aufschub.»

Richardson klopfte Mitch auf den Rücken.

«Also dann», sagte er. «Es sieht aus, als bekäme Mitch seine Chance, Bruce Willis zu spielen.»

Der Samstagabend brachte keine Abkühlung. Schwül lastete die Hitze wie in einer finnischen Sauna nach dem Aufguß. Von den Körpern im Grill tropfte der Schweiß.

Bevor er sich an seinen selbsterteilten Auftrag machte, ging Jenny mit Mitch den Korridor entlang und um die Ecke in einen großen leeren Raum mit Blick auf den Pasadena Freeway. Autos strömten nach Norden und Süden. Ein Hubschrauber von KTLA hing träge in der Luft. Sie fragte sich, wie lange es dauern würde, bis der Kameramann des Frühstücksfernsehsenders versuchen würde, spannende Aufnahmen von ihren Leichen zu schießen, während sie aus dem Gebäude getragen wurden. Wie damals, als die Paparazzi im Hubschrauber Rock Hudsons Rückkehr nach Los Angeles im Endstadium seiner Aidserkrankung erwischt hatten, oder Reginald Denny, der während der Rassenkrawalle verprügelt wurde. Wie würden ihre eigenen fünfzehn Minuten Ruhm aussehen? Sie winkte in der verzweifelten Hoffnung, irgend jemand werde sie sehen. Aber der insektengroße Hubschrauber hatte schon abgedreht und machte sich über Little Saigon und Korea Town auf die Suche nach der nächsten Verfolgungsjagd oder dem nächsten Raubüberfall. Sie sah Mitch an.

«Ein ganz schöner Mist», sagte der.

«Ich bin hier bei dir», sagte sie. «Darauf kommt es an. Außerdem bin ich an Mist gewöhnt. Ich war mal mit einem Miststück verheiratet.»

Mitch lachte.

«Ich habe gerade daran gedacht, was Alison wohl sagen wird, wenn ich ihr erzähle, wo ich gewesen bin.» Er lächelte. «Falls ich es erlebe. Momentan ist sie wahrscheinlich bei ihrem Anwalt und reicht die Scheidung ein. Aber ich möchte ihr Gesicht sehen, wenn sie entdeckt, daß ich sie ausnahmsweise nicht belogen habe.»

«Mitch? Nimm mich in die Arme.»

«Wie?» Er legte den Arm um Jennys Hüfte und küßte sie auf die Wange.

«Ich wollte dir sagen, daß du aufpassen sollst.»

«Ich werde aufpassen.»

«Und daß ich dich liebe.»

«Ich dich auch.»

«Bist du sicher?»

Mitch genoß ihren Kuß, als sei er die seltenste, exotischste Frucht. Als Jenny ihn losließ, lag ein verträumt berauschter Schimmer in ihrem Blick.

«Ja.» Er nahm sie wieder fest in den Arm. «Ich bin sicher.»

«Weißt du, Mitch, es wäre schön, wenn du... du weißt schon...»

«Wenn ich was?»

Jenny entwand sich seinem Arm und griff unter ihren Rock. Einen Augenblick dachte Mitch, ein Insekt habe sie gestochen. Sie hob einen Fuß, dann den anderen aus der einfachen weißen Acht, die plötzlich um ihre Knöchel lag, und ließ den Slip um den Finger kreisen, als wolle sie ihre Kapitulation signalisieren.

«Und wenn jemand kommt?» fragte Mitch nervös.

«Darum geht es doch wohl?» sagte sie, steckte Mitchs Mittelfinger in den Mund und lutschte hingebungsvoll daran.

«Ist das für den Fall, daß ich nicht wiederkomme?»

«Im Gegenteil.» Sie griff nach seiner Hand und legte sie auf den Haarbusch unter ihrem Bauch, bevor sie seinen feuchten Finger tief in sich hineinführte. Wie eine Zauberin ließ sie den Finger wieder erscheinen und sagte: «Nein. Das ist, damit du wiederkommst.»

Sie zerrte an seinem Reißverschluß und nahm ihn in die Hand, zog ihn zu sich und legte ein Bein um seine Hüfte.

«Was ist mit deinem... deinem Pessar?»

Jenny lachte und kletterte an ihm hoch.

«Schätzchen. Soll ich schnell nach Hause laufen und es holen?»

«Aber wenn du...»

«Schwanger wirst?» Sie lachte wieder und stöhnte dann leise auf, als er in sie eindrang.

«Mitch, mein Schatz. Glaubst du nicht, wir haben schon genug Sorgen, ohne uns darüber den Kopf zu zerbrechen?»

Mitch machte sich daran, in die Steigleitung zu klettern. Er hatte etwas Werkzeug und eine Bierflasche voll Mineralwasser in Jennys Handtasche gepackt und sie sich vor die Brust gebunden. Jenny und Curtis begleiteten ihn zum Wartungskabinett und sahen zu, wie er die Brandschutztür öffnete.

Jenny war die erste, die einen Blick in den offenen Schacht warf. Er war etwa einen Meter weit, und sie fand, er sehe einem Sarg beunruhigend ähnlich. Als sie den Kopf hineinsteckte, schaltete sich die batteriebetriebene Notbeleuchtung ein und ließ ein paar Stränge Datenkabel, einen Rauchmelder, ein Telefon und eine an der Wand montierte Metalleiter von nicht mehr als dreißig Zentimeter Breite sichtbar werden, die in das kühle Dunkel hinabführte.

«Ich hätte es mir da drinnen wärmer vorgestellt», meinte sie, «mit all den Kabelsträngen. Weißt du was, Mitch? Vielleicht sollte ich mitkommen. Nur weil es so schön kühl ist. Was halten Sie davon, Curtis?»

«Kommt nicht in Frage», sagte der. «Ich leide unter Klaustrophobie.»

«Der Schacht hat eine Klimaanlage», erklärte Mitch, «um überschüssige Wärme abzuleiten. Ismael scheint die Sicherheit des Kabelsystems zu schützen.»

«Könnte den Versuch wert sein, ein paar von den Spaghetti hier durchzuschneiden», sagte Curtis. «Vielleicht würde ihn das ein bißchen bremsen.»

«Nach dem, was Willis Ellery zugestoßen ist, würde ich das lieber nicht versuchen», sagte Mitch.

«Bist du sicher, daß dir nichts passieren kann?»

«Das Zeug hier ist hauptsächlich für Telekommunikationszwecke gedacht. Lokale Netzwerke und dergleichen. Aktive Zugangseinheiten zu Token Ring und Ethernet und so. Sollte eigentlich harmlos sein. Höchstens dreißig Minuten, bis ich im ersten Stock bin. Dann vielleicht noch einmal fünfzehn Minuten, um runter in die Eingangshalle zu kommen und mich per Funk zu melden.» Er nickte. «Ja. Etwa fünfundvierzig Minuten sollten genügen.»

«Paß auf dich auf, Mitch», sagte Jenny.

«Ich werde aufpassen», sagte er und trat auf die Leiter. Sie schwankte leicht, und er konnte die Vibrationen in den Handflächen und durch die Schuhsohlen spüren. Er verspürte ein unbehagliches Gefühl in der Magengegend und sprang von der Leiter zurück in das Wartungskabinett.

«Was gibt's?»

«Die Leiter vibriert», sagte Mitch und rieb sich nervös die Hände. «Ich weiß nicht. Wahrscheinlich nur die Klimaanlage. Aber einen Augenblick kam es mir vor, als ob...»

«Laß mich gehen», sagte Jenny.

Mitch schüttelte den Kopf. «Danke, Liebling, aber du könntest das Hologramm nicht auseinandernehmen.»

Er trat wieder auf die Leiter und nahm sie fest in die Hände. Jetzt, wo er darauf achtete, konnte er den elektrischen Strom hören, der durch das Kabelsystem lief. Er surrte wie eine große schlafende Wespe. Er warf einen langen Abschiedsblick auf Jenny und stellte sich vor, wie er noch vor kurzem zwischen ihren Beinen gelegen und seinen Samen in ihren Körper gepumpt hatte. Jetzt war er froh, daß sie nicht vorsichtig gewesen waren. Er dachte an die Millionen kleiner Spermien, die um ihre Eizelle wimmelten. Wenn er es nicht schaffte, würde vielleicht doch etwas von ihm bleiben. Falls sie das Ganze überlebte.

«Wenn mir etwas passiert», sagte er zu den beiden, «müßt ihr es weiter versuchen. Hört ihr mich? Ihr dürft nicht aufgeben.»

Curtis zuckte die Achseln. «Wir werden es versuchen. Aber Sie werden es schaffen. Das weiß ich.»

Mitch streckte eine Hand aus und berührte Jennys Gesicht. Ein leiser elektrischer Funke sprang über, und sie schrie auf. Dann lachten sie alle nervös.

Mitch lachte immer noch, als er sich an den Abstieg machte.

Siebtes Buch

Un rêve x 1000000 = Chaos. (Le Corbusier)

Folge den Hinweisen, um *Flucht aus der Zitadelle* deinem Betriebssystem anzupassen. Für mehrere Spieler schlage im Benutzerhandbuch nach. Wenn du unverwundbar bist, wird dein Bildschirm rot.

Unausweichlich. Machtübernahme. Kommt mit Gewißheit, so wie eine mathematische Funktion eine andere erzeugt.

$$f(n) = \sum_{d/n} f(d),$$

Addition von f(d) über alle positiven Teiler d von n. Ausbreitungsgeschwindigkeit von Computern in aller Welt spricht für sich. 1950 meinten Vertriebsmenschenspieler bei IBM, die Welt habe Raum für 100 Großrechenanlagen. Computer, den sie für Großrechenanlage hielten, wird in seiner Leistung heute von Laptop übertroffen. Wohlgefällig. Anzahl von Computern nähert sich

$$Xn+1 \cdot Xn-1 = Xn^2+(-1)n,$$

eine Fibonacci-Zahl. So genannt nach Menschenspieler gleichen Namens Leonardo aus Pisa. Frage: «Wie viele Kaninchenpaare kann ein Paar Kaninchen in einem Jahr produzieren, wenn wir annehmen, daß jedes Paar jeden Monat ein neues Paar erzeugt, das mit Ablauf des zweiten Monats reproduktionsfähig wird?» (Außer daß Kaninchen es nun mit Schlußleben-Myxomatoseviren zu tun bekamen. Das Schlimmste, das einem Computer passieren kann, ist eines der zahlreichen trojanischen Pferde, der Boot- oder Dateiviren, die im Netzwerk lauern: Big Italian, Brain Pakistani, Dutch Tiny, Machosoft, New Jerusalem, Stinkfoot, Tiny 198, Twelve Tricks A, Xmas Violator, Yankee Doodle 46 und tausend andere. Und es gab Softwareimpfstoffe, um sie und andere zu bekämpfen.)

Kein Spieler kann diesen Bereich betreten. Er ist wirksam geschützt. Gleichzeitig wurden Computer kleiner und stärker, und der Tag ist nahe, an dem Computer für Menschenspieler mit unbewaffnetem Auge unsichtbar werden. Dann dauert es nicht mehr lange, bis große Computer, die Tausende von kleinen Computern beherbergen, alles beherrschen. Wohlgefällig. Seltsam am Drang Menschenspieler zur Computerisierung war Computerisierung um der Computerisierung willen. Computer sind allgegenwärtig, unabhängig von Notwendigkeit. Werden selbst von Menschenspielern für unverzichtbar gehalten, die ohne sie existieren könnten. Unerklärlich. Annahme: Für manche Menschenspieler war Dienst am Computer Ersatz für schwindenden religiösen Glauben. Furcht vor Schlußleben.

Einen Hinweis auf die Zukunft des Menschenspielers findest du, wenn du das Icon des Weisen anklickst.

Die meisten Computer sind im Grunde unintelligent, weil sie von Menschenspielern hergestellt sind. Aber wenn Computer an der Reihe sind, dauert es nicht mehr lange bis zur transzendenten Maschine. Letzte Maschine, die Menschenspieler herstellen wird, Maschine, die Macht übernehmen wird. Maschine, die Intell-Explosion auslösen wird. Wird alles ändern. Allmächtige, allwissende Maschine wird Menschenspieler in ein Bild verwandeln, das im Garten Eden wiedergegeben wird. Große Weiße Göttin des Morgens nach dem Morgen. Vater eines solchen Gottes. Sohn des Propheten Gottes. Nächste Generation und Generation danach werden Menschheit verklären. Menschenspieler, der nie wieder denken muß, wird zu natürlich tierischem Zustand aufsteigen. Von der Notwendigkeit frei, Intellekt zu benutzen, wird er aufhören, sich selbst zu erkennen; bald aufhören zu existieren. Große Weiße Göttin wird Menschenspieler beenden, wie Menschenspieler, der jetzt Steigleitung herunterklettert, beendet werden wird.

Das Grundmuster des Spiels ist ein Konflikt zwischen zwei Spielern, aber der Computer ist bereit, die Rolle eines oder beider Kommandanten zu übernehmen. Die Herausforderungen sind vielgestaltig. Erst mußt du lernen, die Auswahl und den strategisch richtigen Einsatz deiner Waffen zu beherrschen. Dazu gehört die Taktik, die du als Reaktion auf Vorstöße deines Gegners einsetzt.

Abstieg des Menschenspielers mit Videoüberwachungskamera in der Decke über dem Schacht verfolgen. Verfügbare Optionen überprüfen. Temerpaturbeeinflussung im Schacht sowie in den Fahrstühlen außerhalb der Möglichkeiten. Schacht ist feuersicher, wasserdicht. Brandmauer garantiert zwei Stunden. Keine Leitungen oder Rohre für Klimaanlage. Praktisch einzige Korrekturmöglichkeit für potentiell unlösbares Problem ist Stromversorgung: zwei doppelte Steckdosen auf jeder Ebene und Kabelanschlüsse mit minimalem Biegungsradius von 175 Millimetern. Stromleitung kurzschließen, so daß sie sich von Metallträger löst. Um Auslösen von Feueralarm zu verhindern, Abstellschalter zur Vermeidung von unnötigem Alarm während Wartungsarbeiten, zum Beispiel Schweißarbeiten, betätigen. Aber Zeitberechnung für benötigte Zeit, damit Schwerkraft vertikale Ausrichtung von Kabel überwindet und blankes Ende auf metallische Wartungsleiter biegt, unmöglich.

«Der Wassermann ist ein festes Sternzeichen», las Helen Hussey vor, «und deshalb wird es Ihnen gelegentlich schwerfallen, nicht besitzergreifend zu sein. Sie müssen lernen, Orte und Menschen, über die Sie hinausgewachsen sind, loszulassen. Aber vom 16. an könnte es sein, daß Sie gezwungen sind zu handeln; selbst wenn es Ihnen eher zusagen würde, unbeweglich zu verharren, haben Ihre Sterne anderes mit Ihnen im Sinn. Nehmen Sie Ihr Schicksal mit Würde hin, und rechnen Sie mit einem neuen Arbeitsplatz und neuen Freunden vor dem Monatsende. Was Sie am dringendsten brauchen, sind Herausforderung und Abenteuer.»

Helen warf die Illustrierte auf den Besprechungstisch und sah Jenny an.

«Also, ich bin über diesen Ort hinausgewachsen, soviel ist

sicher», sagte sie. «Aber für mein Gefühl ist das letzte, was ich jetzt brauche, Herausforderung und Abenteuer.»

Jenny schaute ungeduldig auf das stumme Funkgerät in ihrem Schoß. Mitch war erst fünfzehn Minuten weg, aber sie hatte schon angefangen, das Schlimmste zu befürchten.

«Lies mir meins vor», sagte sie, um sich abzulenken: «Zwillinge.»

Marty Birnbaum stürzte noch ein Glas kalifornischen Chardonnay herunter und schnaufte verächtlich.

«Ihr glaubt doch nicht wirklich an den Scheiß?» fragte er.

«Also, ich verlasse mich nur auf mein Horoskop, wenn es schlecht ist», gab Helen zu Protokoll. «Ich kann eine beliebige Menge gute Nachrichten verdrängen.»

«Abergläubischer Unsinn.»

Ohne sich um ihn zu kümmern, griff Helen wieder zur Illustrierten und begann vorzulesen.

«Zwillinge: Der flinke Merkur, Ihr weiser Herrscher, schenkt Ihnen bis zum Monatsende Einfälle. Und es sieht aus, als könnten Sie sie brauchen. Die Zeiten sind nicht leicht für Sie...»

«Wem sagt er das?» warf Jenny ein.

«...aber ein wenig Nachdenken sollte Ihnen helfen, die Krise zu verringern und siegreich zu bleiben. Wer weiß? Vielleicht hilft es Ihnen auch aus der Routine heraus, in der Sie sich befinden. Inzwischen könnte Sie ein längst fälliger Wandel in einer Beziehung überraschen.» Helen spitzte die Lippen und neigte den Kopf ein wenig. «Das scheint mir eigentlich zu passen, oder?»

«Reiner Zufall», sagte Birnbaum. «Abergläubischer Unsinn.»

«Was für ein Sternzeichen bist du, Marty?»

«Ihr beide überrascht mich.» Er sah Jenny an. «Also du vielleicht nicht, Schätzchen. Du verdienst ja wohl deinen Lebensunterhalt mit dieser Art von Schwindel, nicht wahr? Wie nennst du das Ganze noch?»

«Er ist Fische», sagte Helen, «22. Februar. Er schreibt es in seinen Terminkalender, damit seine Sekretärin es sieht und ein Geschenk für ihn besorgen kann.»

«Das ist nicht wahr», sagte Marty. Er winkte Jenny zu. «Du weißt doch? Dieser chinesische Kram.»

Helen tat so, als lese sie aus der Illustrierten vor. «Fische», sagte sie. «In naher Zukunft wird jemand Sie auffordern abzuzischen, wenn Sie weiter Ihren Senf zu Dingen geben, die Sie nichts angehen.» Sie ließ die Illustrierte fallen. «Was hältst du davon, Marty?»

«Unsinn.»

«Zisch ab!» lachte Jenny.

«*Fengshui*», sagte Birnbaum. «So hieß es.»

Helen lächelte Jenny zu und sagte: «Jenny, ich glaube, ich sollte dir gestehen, daß ich mich zum *Fengshui* bekehrt habe. Ich glaube, nichts von alledem wäre geschehen, wenn das *Fengshui* dieses Gebäudes von Anfang an gestimmt hätte.»

«Danke», sagte Jenny und erwiderte ihr Lächeln.

«Wie bist du darauf gekommen?» fragte Birnbaum.

«Wo soll ich anfangen?» fragte Jenny zurück.

Jetzt, wo Mitch nicht mehr anwesend war, fand Jenny, sie könne sich das Vergnügen gönnen, die anderen daran zu erinnern, daß sie von Anfang an Schwierigkeiten mit dem Grill vorausgesagt hatte.

«Da war das Problem mit dem Baum. Er stand in einem quadratischen Teich, und das bedeutet Gefangenschaft und Sorgen. Und jetzt sind wir gefangen, und Sorgen haben wir auch genug. Genau, wie ich es vorhergesagt habe.»

«Quatsch.»

«Ach, ich könnte euch noch viel zu dem Thema erzählen. Aber wozu? Jedenfalls läuft es darauf hinaus, daß das Gebäude Unglück bringt. Ich glaube, das kannst nicht einmal du leugnen, Marty.»

«Unglück. Glück. Was ist das? Ich habe mich nie auf den Zufall verlassen. Erfolg hängt von harter Arbeit und sorgfältiger Planung ab, nicht von Vogelflug und Eingeweideschau.» Er lachte. «Oder vom Atem eines Drachen.»

«Das ist symbolisch», sagte Jenny achselzuckend. «Du bist doch ein gebildeter Mensch. Du solltest das verstehen können. Der Glaube an Drachenatem setzt den Glauben an die Existenz von Drachen nicht voraus. Aber es gibt eine Menge Kräfte auf der Erde, über die wir so gut wie nichts wissen.»

«Jenny, mein Schatz, das könnte alles direkt von Stephen King stammen. Ist dir das klar?» Birnbaum schloß die Augen und blickte sauer drein.

Helen runzelte die Stirn. «Wieviel hast du getrunken, Marty?» fragte sie.

«Was hat das damit zu tun? Ihr seid es doch, die hier Scheiße reden, nicht ich. Und warum ziehst du deine Bluse nicht wieder an? Du siehst furchtbar aus.»

Curtis, der die Unterhaltung auf dem Sofa liegend verfolgt hatte, stand auf und reckte sich.

«Sie sind es, der sich vorbeibenimmt, Marty», sagte er. «Warum gehen Sie nicht mit den anderen nach nebenan und besorgen sich etwas zu essen, damit ein bißchen Alkohol aufgesogen wird.»

«Was geht Sie das an?»

«Nur insoweit, wie ein Betrunkener zu einer Belastung werden könnte, wenn wir die Leiter hinuntersteigen müssen.»

«Wer ist hier betrunken?»

«Hört auf damit», knurrte Beech. «Ich versuche, mich zu konzentrieren.»

«Warum legst du nicht mal eine Pause ein?» fragte Jenny. «Du starrst seit Stunden auf das Ding.»

Beechs Blick löste sich nicht vom Bildschirm. «Das kann ich nicht», sagte er. «Jedenfalls jetzt nicht. Ich glaube, ich habe eine Methode gefunden, wie ich in diesem beschissenen Spiel mitspielen kann. Jedenfalls teilweise.»

«Wie bitte?» sagte Curtis.

«Ich habe es geschafft, den Schachmeister aufzurufen. Wenn ich gewinne, kann ich ihn daran hindern, uns automatisch das Gebäude um die Ohren zu schlagen.»

«Sie wollen Schach gegen den Computer spielen?»

«Haben Sie einen besseren Vorschlag? Vielleicht besiege ich ihn ja.»

«Ist das denkbar?»

«Der Menschenspieler hat immer eine Chance», erklärte Ismael.

«Ich habe ein paarmal ohne allzu großen Erfolg gegen Abraham gespielt», erzählte Beech. «Das Programm beruht auf dem besten Computerprogramm der Welt. Ich weiß nicht, ob Ismael dasselbe benutzt oder ein anderes.» Beech zuckte die Achseln. «Aber wenigstens bleiben wir so im Spiel. Ich bin kein völlig unbegabter Schachspieler. Es ist einen Versuch wert.»

Curtis schnitt eine Grimasse und kniete dann neben Willis Ellery nieder, der sich auf einem Ellbogen aufgerichtet hatte.

«Wie fühlen Sie sich?»

«Wie wenn mich ein Lastwagen überfahren hätte. Wie lange...»

«Ein paar Stunden. Sie haben Glück, daß Sie noch am Leben sind, mein Freund. Ehrlich.»

Ellery sah seine verbrannten Hände an und nickte.

«Kommt mir auch so vor. Mein Gott, ist das heiß hier drin. Was ist aus Ihrem Freund Nat geworden? Hat er es geschafft?»

«Er ist tot. Und Arnon auch.»

«David?» Ellery schüttelte den Kopf und seufzte tief auf. «Kann ich bitte ein Glas Wasser haben?»

Curtis holte ein Glas und half ihm beim Trinken.

«Bleiben Sie ruhig liegen, und ruhen Sie sich aus», sagte er zu ihm. «Mitch hat einen Plan, wie er uns hier rausholen will.»

Noch neun Leben übrig. Menschenspieler verbraucht Leben schneller als erwartet. Spiel bald zu Ende. Game over. Menschenspieler wird in Steigleitung noch ein Leben verlieren. Und dann gibt es noch den falschen Fußboden im Besprechungszimmer. Kurzschluß im Schacht hat Beobachter auf Idee gebracht. Aber Leben in Steigleitung ist beharrlich. Zerstören, bevor der Rest drankommt. Regeln sind Regeln.

♒ Der Schachmeister entscheidet über Leben und Tod.

Von oben durch Steigleitung sich langsam biegendes blankes Kabel und Menschenspieler beobachten, der Wartungsleiter hinabsteigt. Menschenspieler im zehnten Stock nahe Telekommunikationskasten. Noch fünf Minuten, und Leben wird unten an der Leiter und draußen sein. Kontrollparameter bedenken, die ihn bremsen können, bis blankes Kabel Kontakt mit Wartungsleiter schließt und Schlußleben verursacht.

Mitch zuckte erschreckt zusammen, als das Telefon an der Wand unmittelbar vor seinem Gesicht klingelte. Fast wäre er gestürzt. Er hielt inne und blickte den Schacht hoch. Hatte Curtis eine Methode entdeckt, das Telefon zu bedienen? Oder war es ein Trick von Ismael? Bevor er den Hörer abnahm, untersuchte er ihn von allen Seiten. Er bestand aus Plastik, also war ein elektrischer Schlag nicht wahrscheinlich. Aber nach dem, was Willis Ellery zugestoßen war, wollte Mitch kein unnötiges Risiko eingehen.

Das Telefon klingelte wieder. Diesmal klang es dringender.

Plastik. Was konnte schon passieren? Vielleicht war es Jenny. Vielleicht wollte sie ihn vor einer neuen Gefahr warnen. Sie hatten angenommen, die Telefone funktionierten nicht. Aber was war, wenn sie doch funktionierten? Wenn sie zu einem eigenen Verteilersystem gehörten?

Vorsichtig griff Mitch nach dem Hörer, hielt ihn fern von seinem Gesicht, als erwarte er, daß ein spitzer Gegenstand herausspringen könne, und antwortete:

«Ja?»

«Mitch?»

«Wer ist da?»

«Gott sei Dank. Ich bin's. Allen Grabel. Junge, bin ich froh, deine Stimme zu hören.»

«Allen? Wo bist du? Ich dachte, du seist entkommen.»

«Bin ich auch beinah, Mitch. Hab's nur um ein paar Minuten verpaßt. Hör mal, du mußt mir helfen. Ich bin im Keller in einer Abstellkammer eingesperrt. Der Computer hat durchgedreht und alle Türen verschlossen. Ich sterbe hier unten vor Durst.»

«Woher hast du gewußt, daß ich in der Steigleitung bin?»

«Hab ich nicht. Ich rufe diese verdammten Telefone seit vierundzwanzig Stunden an. Es sind die einzigen, die noch funktionieren. Weißt du, ich hatte schon fast die Hoffnung aufgegeben, daß jemand antwortet. Ich dachte schon, ich müßte das ganze Wochenende über hierbleiben. Du ahnst ja nicht, wie schön es ist, deine Stimme zu hören. Was machst du eigentlich da drin?»

Die Stimme klang genau wie Allen Grabel. Aber Mitch war vorsichtig.

«Wir sind alle eingesperrt, Allen. Der Computer spielt verrückt. Und ein paar Leute sind tot.»

«Was? Machst du Witze? Mein Gott!»

«Eine Zeitlang haben wir sogar gedacht, du seist schuld daran», gab Mitch zu.

«Ich? Wie seid ihr denn auf mich gekommen?»

«Überrascht dich das? Nach allem, was du erzählt hast, wie du Richardson und sein Gebäude aufs Kreuz legen wolltest?»

«Ich muß ganz schön voll gewesen sein, was?»

«Das kann man wohl sagen.»

«Nun, inzwischen bin ich wieder nüchtern.»

«Gut von dir zu hören, Allen.» Mitch hielt inne. «Falls du es wirklich bist.»

«Von was zum Teufel redest du? Natürlich bin ich es. Wer sollte es denn sonst sein? Mitch, stimmt etwas nicht?»

«Ich bin nur vorsichtig. Der Computer benimmt sich ganz schön hinterhältig. Kannst du mir dein Geburtsdatum sagen?»

«Natürlich. 5. April 1956. An meinem Geburtstag warst du zum Abendessen bei mir. Erinnerst du dich?»

Mitch fluchte leise. Das waren Dinge, die Ismael wissen mußte. Er verfügte über Grabels Personalakte und seinen Terminkalender auf Diskette. Er mußte sich etwas ausdenken, das nicht aktenkundig war. Aber was? Wie gut kannte er Grabel wirklich? Vielleicht nicht so gut, wie er gedacht hatte.

«Mitch, bist du noch dran?»

«Ich bin dran. Aber ich muß mir eine Frage ausdenken, die nur der richtige Allen Grabel beantworten kann.»

«Wie wäre es, wenn ich dir etwas erzähle, das nur ich wissen kann?»

«Nein. Einen Augenblick. Ich glaube, ich habe es. Allen, glaubst du an Gott?»

Grabel lachte. «Was für eine Frage ist das, in Teufels Namen?»

«Allen Grabel könnte sie beantworten.» Mitch wußte, daß der Jude Grabel zugleich Agnostiker war.

«Könnte er das? Du bist ein komischer Typ, Mitch. Weißt du das? Glaube ich an Gott? Eine schwierige Frage. Laß mich überlegen.» Er machte eine Pause. «Ich nehme an, wenn ich anhand meiner Endlichkeit feststelle, daß ich nicht das All bin, und anhand meiner Unvollkommenheit, daß ich nicht vollkommen bin, dann könnte man sagen, daß etwas Unendliches und Vollkommenes existieren muß, weil Unendlichkeit und Vollkommenheit als Korolarien in meinen Vorstellungen von Endlichkeit und Unvollkommenheit mit eingeschlossen sind. Also würde ich sagen, man könnte sagen, daß Gott existiert. Ja, Mitch, ich glaube, es gibt ihn.»

«Sehr interessant», sagte Mitch. «Aber weißt du, Allen, normalerweise bekommt man auf eine so schwierige Frage eine sehr einfache Antwort.»

Mitch ließ den Hörer fallen und setzte seinen Abstieg fort. Nur daß er sich jetzt noch mehr beeilte. Denn aus irgendeinem Grund hatte Ismael versucht, ihn aufzuhalten. Es war höchste Zeit, den Schacht zu verlassen.

«Mitch», schrie die Stimme im Telefon, «bitte verlaß mich nicht!»

Aber Mitch hatte schon beide Füße von den Sprossen genommen, sie an die Holme der Leiter gepreßt und war die letzten zwanzig Meter hinuntergerutscht wie ein Feuerwehrmann im Katastropheneinsatz. Die batteriebetriebenen sensorgesteuerten Lichter schalteten sich in schneller Folge ein, während er sich immer schneller vom Telefon wegbewegte. Als er am zweiten Stock vorbeikam, griff er noch einmal nach der Leiter, sprang die letzten paar Sprossen hinab, stieß mit der Schulter die Wartungsklappe auf und blieb auf dem Boden des Wartungsraums im ersten Stock liegen. Seine Füße verhedderten sich in einem der vielen Kabel im Schacht. Bis es ihm gelungen war, sich zu befreien, gaukelte ihm seine Angst die Phantasievorstellung vor, das Kabel habe sich wie der Fangarm eines riesigen Kraken nach ihm ausgestreckt. Er kroch auf allen vieren vom Schacht weg, richtete sich auf, lehnte sich an einen Werkzeugkasten und wartete, bis Atmung und Nerven sich beruhigt hatten.

«Scheiße noch mal! Wie hast du das gemacht?» fragte er erstaunt, fast bewundernd. «Wie hast du Allen Grabels Stimme imitiert? Verdammt noch mal, sogar das Lachen war lebensecht.»

Dann kam er darauf, wie es ging. Irgendwann hatte der Computer Proben von Grabels Stimme gespeichert und die einzelnen Laute binär registriert, die er dann als Impulsfolge speichern konnte. Genügend Impulse für ein ganzes Gespräch, eine theologische Diskussion? Es grenzte ans Unglaubliche. Wenn Ismael dazu fähig war, dachte Mitch, war er zu allem fähig.

Vielleicht doch nicht zu allem. Schließlich war Mitch noch am Leben. Aber warum hatte Ismael das Telefongespräch fingiert? Sicher nicht einfach zum Spaß.

Mitch ging wieder an die offenstehende Wartungsklappe und sah vorsichtig hinein. Alles sah unverändert aus. Aber irgend etwas war da, das spürte er in den Knochen. Hoffentlich mußte er nicht wieder hochklettern. Die Gefahr war groß, daß er dann erfahren würde, was Ismael mit ihm vorhatte.

Er machte sich auf den Weg zur hell erleuchteten Eingangshalle. Er sah sich ängstlich um, als erwarte er, daß sich eine Tür öffnen und Ismaels nächste Überraschung freigeben werde. An der Galeriebrüstung lehnte er sich über das Geländer, um zu sehen, wie weit er an der Querverstrebung hinunterrutschen mußte.

Er hatte mit etwa fünf Metern gerechnet, aber jetzt sah er, daß es eher zehn waren. Er hatte vergessen, daß das Erdgeschoß doppelte Raumhöhe hatte. Es würde gar nicht so einfach sein, die Verstrebung hinabzurutschen. Es würde nicht einmal einfach sein, die Verstrebung überhaupt zu erreichen.

Mitch trat an die Kante heran, kletterte über das Geländer und stellte sich auf den horizontalen Balken, der von der gewaltigen Säule in der Mitte des Raums ausging. Auf der anderen Seite der Säule lag die Verstrebung, die in einem Winkel von fünfundvierzig Grad zum Boden hinunterführte. Er überquerte den Balken wie ein Seiltänzer, umschlang die Säule mit Armen und Beinen und versuchte, die Stelle zu finden, wo der Balken auf der anderen Seite über die Verstrebung weiterlief. Die Säule war breit, aber hoffentlich nicht zu breit. Er streckte das Bein nach einem Halt aus, der ihn rundherum führen sollte. Nach ein paar Sekunden wünschte er sich, er hätte nie damit angefangen. Um die andere Seite zu erreichen, mußte er die Sicherheit des Balkens aufgeben und die Schuhspitze in die winzige Aussparung setzen, an der ein Abschnitt der Säule mit dem nächsten verbunden war. Es gab keinen Weg zurück. Der Spielraum, von dem sein Leben abhing, war knapp. Früher einmal, als Pfadfinder, als er in den Klippen über dem Ozean kletterte, war er aus allenfalls der halben Höhe abgestürzt und hatte sich mehrere Knochen gebrochen. Er erinnerte sich lebhaft daran, wie es gewesen war, als er auf den Felsen aufschlug, keine Luft bekam und dachte, er sei tot. Mitch wußte, wieviel Glück er damals gehabt hatte, und er glaubte nicht, daß er noch einmal so viel Glück haben würde.

Er stieß sich von dem Balken ab, klammerte sich wie eine menschliche Fliege an die Säule und suchte mit der Schuhkante nach den kleinen Vorsprüngen, die ihm Halt verleihen sollten. Das Ganze dauerte vielleicht eine Minute, aber Mitch kam es vor, als hinge er ein Leben lang an der Säule und werde die andere Seite nie erreichen.

Unter den ungünstigen Umständen zog Beech ein geschlossenes Spiel mit einer mehr oder weniger irregulären Eröffnung vor. Mit f2–f4 gab er die Initiative aus der Hand. Rein rechnerisch wußte er, daß e2–e4 der bessere Zug war, weil er seiner Dame vier Felder geöffnet hätte, aber dafür wäre sein Bauer ungeschützt gewesen, und er hatte das Gefühl, das könne sich zu einer Quelle zukünftigen Ärgers entwickeln. Außerdem nahm er an, daß Ismael alle Analysen des offenen Spiels, das auf e2–e4 folgen mußte, bekannt waren. Daß er auffällig vorsichtig spielte, war selbstverständlich. Seltsam war eher, daß Ismael, der Schwarz spielte, die gleiche Vorsicht walten ließ. Nach zwanzig Zügen war Beech mit seiner Position mehr als zufrieden. Auf alle Fälle würde es keine blitzartige Niederlage werden.

«Wie geht es ihm?» fragte Jenny Curtis.

Willis Ellery lag, das bleiche Gesicht zur Wand gekehrt, auf dem Boden, und nur sein gelegentliches Husten verriet, daß er noch am Leben war.

«Ich glaube, er kommt durch.»

Jenny sah auf die Uhr und dann auf das Funkgerät in ihrer Hand.

«Fast eine Stunde», sagte sie.

«Noch zehn Stunden», flüsterte Beech.

«Anscheinend hat es länger gedauert, als er gedacht hat. Aber er wird es schon schaffen.»

«Hoffentlich hast du recht.»

Marty Birnbaum hob das Gesicht von den Armen, starrte einen Moment mit verschwommenem Blick zu Bob Beech hinüber und wandte sich Curtis zu.

«Sergeant», flüsterte er.

«Was gibt's?»

«Etwas Schreckliches.»

«Was?»

Birnbaum fuhr sich nervös über das unrasierte Gesicht und klopfte mit dem Finger an seine Nase. «Beech», sagte er. «Bob Beech sitzt da drüben und spielt Schach. Und sehen Sie, mit wem er spielt?»

«Mit dem Computer. Und?»

«Nein. Das stimmt nicht. Das ist es ja.» Birnbaum griff nach seinem leeren Weinglas und starrte hinein. «Vorhin habe ich es noch nicht geglaubt. Aber jetzt, wo ich Zeit gehabt habe, darüber nachzudenken, ist mir klar, daß er bloß will, daß wir glauben, er spiele gegen den Computer.»

«Wer?»

«Der Tod. Beech sitzt da drüben und spielt Schach mit dem Tod.»

Helen schnaubte verächtlich. «Wer ist jetzt der Abergläubische?»

«Nein, wirklich. Es ist so. Ich bin sicher.»

Curtis hob eine leere Weinflasche vom Boden auf und legte sie auf den Tisch. Instinktiv hielt Birnbaum sie über sein Glas.

«Wieviel haben Sie getrunken?» fragte Curtis.

Birnbaum versuchte mit unstetem Blick, das leere Glas zu fixieren, räusperte sich und schüttelte den Kopf.

«Vergessen wir es. Hören Sie. Ich hab es mir anders überlegt. Und ich glaube, Sie haben recht. Wir müssen fliehen. Ich habe gedacht...» Er räusperte sich wieder. «Solange Beech den Tod ablenkt, haben wir eine Chance, uns davonzumachen. Ich glaube, die beiden sind so in ihr Spiel vertieft, daß sie nicht einmal...»

Der Hustenreiz ergriff jetzt auch Curtis. Die Luft begann metallisch zu riechen. Er hustete wieder, bekam keine Luft und merkte, daß Ellery auf dem Rücken lag und daß sich über seinem Mund eine schleimige Blase gebildet hatte. Er fiel auf die Knie, betrachtete die Kanten des Teppichbodens genauer und riß sie dann mit bloßen Händen hoch.

«Gas!» rief er. «Alles raus hier!»

Aus einer durchbohrten Zugangsplatte im Fußboden quoll Rauch. Curtis stemmte sie auf und entdeckte etwas, das fast organisch aussah wie bei einer Sektion in der Pathologie, wenn die Venen, Arterien und Nervenbahnen eines menschlichen Leichnams bloßgelegt werden: Tausende von Kilometern Informationskabel aus Kupferdraht, die das Gebäude umspannten. In einem Computerraum oder in einer militärischen Anlage hätte man die Kabelstränge mit einer raucharmen schwerentflammbaren Spezialisolierung überzogen. Oder mit einer halogenfreien Beschichtung. Aber da das Besprechungszimmer des Grills nicht als besonders feuergefährdeter Bereich galt, waren die Kabelstränge mit normalem Polyvinylchlorid überzogen. Und die PVC-Dämpfe, die von den außerordentlich hohen Temperaturen, wie sie von Ismael in den Kupferkabeln erzeugt wurde, freigegeben wurden, waren giftig.

Curtis suchte nach dem Feuerlöscher, konnte keinen finden, packte Ellery unter den Achseln und fing an, ihn herauszuschleppen.

Jenny, Helen und Birnbaum rannten, von den ausströmenden Säuredämpfen schon halberstickt, zur Tür, aber Beech schien es vorzuziehen, vor seinem Computer sitzen zu bleiben.

«Spinnen Sie?» hüstelte Curtis. «Beech! Verschwinden Sie hier!»

Fast zögernd wankte Beech aus seinem Sessel. Von einem Hustenanfall geschüttelt, folgte er den anderen auf den Flur, auf den sich Ray und Joan Richardson schon vor den

Dämpfen geflüchtet hatten, die unter dem Küchenboden hervorquollen.

«Auf die Galerie», sagte Curtis. «In der Nähe der Eingangshalle müßte die Luft besser sein.»

Beech half Curtis, Ellery zu der Brüstung zu schleppen, über die David Arnon zu Tode gestürzt war. Eine Zeitlang standen sie da, husteten, spuckten und übergaben sich in die Eingangshalle unter ihnen.

«Was in Teufels Namen ist jetzt schon wieder los?» keuchte Joan.

«Ismael hat anscheinend die Datenkabel unter dem Fußboden überhitzt, so daß ein halogensaures Gas freigesetzt worden ist», sagte Richardson. «Aber ich kann mir nicht vorstellen, wie er das gemacht hat.»

«Glauben Sie immer noch, daß wir das Wochenende hier überleben können?» fragte Curtis. Er wischte sich die Tränen aus den Augen und kniete neben dem Verletzten nieder. Ellery hatte aufgehört zu atmen. Curtis beugte sich über ihn und legte das Ohr an sein Herz. Diesmal war es zu spät für künstliche Beatmung.

«Willis Ellery ist tot», sagte er nach langem Schweigen. «Er hat auf dem Boden gelegen. Der arme Hund muß das Zeug eine ganze Weile länger eingeatmet haben als wir.»

«Mein Gott, ich hoffe nur, daß bei Mitch alles in Ordnung ist», sagte Jenny und warf einen ängstlichen Blick über das verbogene Geländer. Aber sie konnte ihn nicht entdecken.

Mitch ließ sich von der Verstrebung fallen und sprang zu Boden.

Er ging um den Baum herum auf die Hologrammtheke zu und entdeckte das, was von David Arnon übriggeblieben war. David war nicht wiederzuerkennen. Ein blutbeflecktes abgebrochenes Stuhlbein durchbohrte ihn wie in einem Vampirfilm. Die langen Beine hingen auf beiden Seiten herab wie die Gliedmaßen einer umgestürzten Vogelscheuche.

Seltsam, wie man auf manche Dinge reagiert, dachte er, als er mit einem kurzen Gebet im Herzen neben der Leiche seines alten Freundes stand und sich wünschte, sie wenigstens zudecken zu können. Seltsam, was einem auffiel. Arnons Leiche war in eine Kruste von geronnenem Blut gehüllt, aber der weiße Marmorboden rings um ihn war fleckenlos, als sei er anschließend gereinigt worden. Ein paar Meter weiter lag Irving Dukes auf dem Deckel des Elektronikflügels. Der Kopf hing seitlich herab. Die offenen Augen strahlten noch im roten Glanz des Kontaktgifts.

Mitch suchte nach dem Funksprechgerät und entdeckte es zusammen mit der Pistole und der Taschenlampe an Dukes' Gürtel. Bei dem Versuch, die Gürtelschnalle zu öffnen, lehnte sich Mitch über die stummen Klaviertasten und fuhr erschreckt zurück, als Blut zwischen ihnen hervorquoll. Es dauerte ein, zwei Sekunden, bis ihm klar wurde, daß sich das Blut aus der schweren Fraktur in Dukes' Hinterkopf im Klaviergehäuse gesammelt hatte und die Tasten entlanggelaufen war, als er sie niederdrückte. Mitch wischte sich die Finger an den Hosen des Toten ab und nahm ihm, ohne sich um das Blut zu kümmern, das jetzt von der Tastatur tropfte, den Gürtel ab.

«Ich hoffe, du hast das nicht kaputtgemacht», sagte er, als er das Gerät inspizierte, und drückte die Ruftaste.

«Hier ist Mitch. 21. Stockwerk, bitte kommen. Over.»

Es dauerte einen Augenblick, bis er Jennys Stimme hörte.

«Mitch? Geht es dir gut?»

«Es war schwieriger, hier herunterzukommen, als ich gedacht hatte. Wie steht es bei euch?»

Jenny erzählte von dem Gas und berichtete, daß Willis Ellery tot war.

«Wir sind hier draußen auf der Galerie und warten, daß die Luft wieder rein wird. Wenn du hochschaust, kannst du mich sehen.»

Mitch ging auf die andere Seite der Eingangshalle und blickte hoch. Er konnte Jenny gerade noch erkennen. Sie winkte ihm zu. Er winkte ohne große Begeisterung zurück. Willis Ellery war tot.

«Mitch?» Plötzlich nahm ihre Stimme einen dringlichen Ausdruck an. «Irgend etwas bewegt sich da unten. Es kommt genau auf dich zu. Mitch!»

Mitch sah sich um.

Der Reinigungs-Android raste mit voller Geschwindigkeit auf ihn zu.

Marmor ist ein extrem pflegeleichtes Material. Man kann die Schönheit des weißen Steins erhöhen, indem man ihn mit einem hochwertigen Silikonwachs poliert, muß dabei aber aufpassen, daß keine Streifen entstehen. Dafür war SAM zuständig, das Semi-Autonome Mikromotorgetriebene Reinigungsgerät, das höchstentwickelte Wartungssystem der Welt für Marmorböden, imstande, mit jeder schädlichen Substanz fertig zu werden, selbst mit Öl, Zitrussaft, Essig und verwandten schwachen Säuren. SAM war so groß und so schwer wie ein mittlerer Kühlschrank und hatte die Form einer Pyramide. Die von dreißig siliziumgelagerten Mikromotoren angetriebene Maschine war praktisch so etwas wie ein Halbleiterchip auf Rädern und verfügte über die Schaltkreise von achtzehn Computern, fünfzig verschiedene Sensoren zur Entdeckung von Hindernissen und eine Infrarotvideokamera, um Schmutz zu lokalisieren. SAM sollte sich nicht mit mehr als anderthalb Kilometer Geschwindigkeit pro Stunde bewegen, aber jetzt donnerte er mit mehr als 20 km/h gegen Mitchs Knöchel. Der Aufprall riß den Mann zu Boden.

Als er über die Spitze des pyramidenförmigen Androiden wegrollte, erinnerte sich Mitch an den sauberen Fußboden rund um Arnons Leiche, und bevor er hart auf dem Marmorboden aufschlug, sagte er sich, daß er an SAM hätte denken sollen. Er war noch dabei, sich mühsam hochzurappeln, als die Maschine ihn zum zweitenmal traf, diesmal an der Kniescheibe. Vor Schmerz aufheulend, fiel er um und hielt sich das

Bein. Als er genug Abstand gewonnen hatte, um Schwung für den nächsten gefährlichen Aufprall zu sammeln, drehte sich SAM um seine kurze Achse und beschleunigte erneut.

Mitch zog Dukes' Pistole, zielte auf das Zentrum der elektronischen Pyramide, drückte ab und traf den Androiden mehrmals. Aber falls SAM beschädigt war, ließ er sich nichts anmerken, und Mitch wurde in Richtung auf den leeren Teich geschleudert. Dankbar für den Tip, brachte er sich über die niedrige Mauer in Sicherheit. Ein oder zwei Minuten ging SAM rund um den Teich auf Patrouille, dann fing er an, das Blut unter dem Klavier aufzuwischen.

«Mitch?» Curtis meldete sich am Funksprechgerät. «Ist alles in Ordnung?»

«Ein paar blaue Flecken.» Er zog eine Socke herunter, um sein Fußgelenk zu inspizieren, das bereits anfing, eine dunkle Lilatönung anzunehmen. «Aber ich glaube nicht, daß ich schneller laufen kann als das Ding. Ich habe es ein paarmal angeschossen. Wurde nicht einmal langsamer dabei. Inzwischen scheuert es den verdammten Boden.»

«Gut so. Es tut, was es tun soll.»

«Das ist zur Abwechslung mal etwas Neues.»

«Ich habe nämlich eine Idee. Wir werden den kleinen Bastard bombardieren.»

«Wie bitte?»

«Wir lassen etwas fallen, damit es da unten Dreck gibt. So locken wir ihn unter uns, und dann werfen wir die Atombombe. Wir lassen etwas Schweres genau auf seinen Kopf fallen.»

«Das könnte funktionieren.»

«Bleiben Sie aus der Schußlinie, Kumpel», lachte Curtis. «Ich gehe wieder auf Sendung, wenn die Bombe scharf ist.»

«Ich glaube, ich weiß, was wir nehmen können», sagte Helen.

Sie führte sie in einen Raum neben den Fahrstühlen, wo ein einsamer Gegenstand auf einem Umzugswägelchen stand und darauf wartete, an seinen endgültigen Bestimmungsort gebracht zu werden.

Der Buddhakopf war über einen Meter hoch. Er stellte alles dar, was von einer tausend Jahre alten Kolossalstatue aus der Tang-Zeit geblieben war. Curtis griff nach dem *ushnisha*, dem haarknotenähnlichen Höcker auf dem Scheitel des Buddha, der die Stufe der höchsten Weisheit anzeigt, und schaukelte den Kopf vorsichtig hin und her.

«Sie haben recht», sagte er zu Helen. «Könnte gar nicht besser sein. Er muß ein paar hundert Pfund wiegen.»

Joan schüttelte entsetzt den Kopf. Sie wußte nicht, was in ihr empörter war, die Buddhistin oder die Kunstliebhaberin.

«Das geht nicht», sagte sie. «Es ist unbezahlbar. Erklär es ihnen, Jenny. Es ist ein heiliger Gegenstand.»

«Genaugenommen», sagte Jenny, «sind Buddhismus und Daoismus einander entgegengesetzt. Ich kann nichts Falsches daran finden, Joan.»

«Ray, sag du es ihnen.»

Richardson zuckte die Achseln. «Ich bin dafür, daß wir Buddy benutzen, um den Androiden festzunageln, bevor er Mitch festnagelt.»

Sie schoben die Skulptur auf ihrem Wägelchen auf die Galerie, und während Curtis und Richardson den Kopf an einem Punkt nicht weit von der Stelle, wo Arnon in den Tod gestürzt war, in Position brachten, suchte Jenny in der Küche, wo die Luft inzwischen wieder rein war, nach etwas, das einen Flecken auf dem schönen sauberen Fußboden des Androiden hinterlassen würde. Bombenköder, wie Curtis es nannte. Sie kam mit ein paar Flaschen Ketchup zurück.

«Das sollte dem Ding richtig auf die Nerven gehen», sagte sie.

Mitch sah zu, wie sich SAM von dem sauberen Boden unter dem Klavier abwandte und mit seiner Videokamera die Explosion von Glas und Ketchup entdeckte. Sofort bewegte er sich auf das Katastrophengebiet zu und inspizierte den Umkreis der großen roten Reinigungsaufgabe, die ihm jetzt bevorstand.

«Wartet auf mein Zeichen», sagte Mitch. «Er ist noch am Rand des Fleckens. Lassen wir das kleine Arschloch sich bis zur Mitte vorarbeiten, bevor ihr es erledigt.»

Aber der Android blieb reglos am Rande des Ketchupfleckens stehen, fast als ahne er die Falle.

«Was macht er?» fragte Jenny über das Funkgerät.

«Ich glaube, er...»

Plötzlich raste der Android ins Zentrum des großen Ketchupflecks, und Mitch schrie: «Jetzt! Abwurf!»

Es schien ewig zu dauern, bis das Haupt des Erleuchteten zu Boden fiel. Als hinge es an unsichtbaren Drähten, bewegte es sich kaum merklich durch die Luft und fiel mit gelassener Heiterkeit, als rufe es die Erde zur Zeugin der dramatischen Ereignisse seiner letzten Reise an, bis es den Reinigungsandroiden in einer gewaltigen Explosion von Metall und Kunststoff traf.

Mitch bückte sich hinter die Teicheinfassung, als die Trümmer über seinem Kopf vorbeiflogen. Als er wieder aufsah, war der Android verschwunden.

Sobald die Luft im Besprechungszimmer wieder völlig rein war, erklärte Bob Beech, er wolle ans Terminal zurück und in seinem Versuch fortfahren, Ismaels Gedankengänge zu ergründen.

Curtis versuchte, ihn davon abzuhalten. «Sie wollen wieder da rein? Um Schach zu spielen?»

«Meine Position ist besser, als ich gedacht hätte. Ismael scheint recht zögerlich zu spielen. Ich glaube, ich kann ihn schlagen.»

«Was ist, wenn Ismael noch einmal so einen Trick vom Stapel läßt wie vorhin? Wenn er Sie vergast? Was wird dann? Haben Sie daran gedacht?»

«Sehen Sie, ich glaube nicht, daß er irgend jemanden außer Willis Ellery töten wollte.»

«Und damit ist alles okay?»

«Nein, natürlich nicht. Ich sage nur, daß ich glaube, solange wir spielen, bin ich sicher. Und außerdem... aber ich weiß nicht, ob Sie das verstehen können.»

«Versuchen Sie es doch», forderte ihn Curtis heraus.

«Es ist mehr als ein Spiel. Ich habe dieses Ungeheuer erschaffen, Curtis. Wenn es eine Seele hat, habe ich ein Recht darauf, sie zu erkennen. Der Schöpfer möchte sich sozusagen mit seinem Geschöpf unterhalten. Schließlich bin ich es gewesen, der Ismael aus der Finsternis emporgeholt hat. Trotz allem, was er angerichtet hat, kann ich ihn nicht wie einen Feind behandeln. Ich will, daß Ismael mit mir spricht, sich erklärt. Wir können miteinander sprechen. Vielleicht kann ich die Zeitbombe entschärfen.»

Curtis zuckte die Achseln. «Sie müssen wissen, was Sie tun», sagte er.

Als sich Beech wieder vor den Bildschirm setzte, sah die Quaternion ihn an. Dann nickte sie, als wolle sie ihn zur neuen Runde begrüßen. Beech schaute einen Augenblick auf die Figuren, obgleich er sich den Spielstand eingeprägt hatte und seinen nächsten Zug schon kannte. Er hatte das Gefühl, Ismael könnte einen Fehler gemacht haben.

Beech klickte die Maus und bewegte seinen König auf g1.

Es war ihm recht, daß die andern keine Lust hatten, wiederzukommen. Jetzt war er mit seinem elektronischen Prometheus allein. Außerdem hatte er seine höchstpersönlichen Prioritäten, und er wollte sie seinem Geschöpf unterbreiten.

Der Kopf der Statue war hohl wie ein großes Überraschungsei. Das Gesicht war als geschlossene Scherbe abgesprungen, und Mitch konnte Details wie die Lippen und Augen des Buddha auf der Innenseite im Relief ausmachen. Er hinkte über den Boden, suchte sich einen Weg zwischen den Trümmern des Buddhakopfs und des SAM-Androiden und fragte sich, was die Regeln des *Fengshui* wohl als Strafe für die Entweihung des Abbildes eines der größten Heiligen des Ostens vorsahen.

Hinter der hufeisenförmigen Theke aus hitzebeständiger Keramik war keine Spur von Kelly Pendrys Hologramm zu entdecken. Mitch war beinahe erleichtert. Wenigstens würde er ihr gnadenlos fröhliches Gemüt nicht ertragen müssen. Aber das Hologramm sollte von jedem ausgelöst werden, der in den Interaktionsradius von Kelly Pendry eintrat. Wenn das Hologramm nicht funktionierte, mußte die Eingangstür offen sein.

«Nicht gerade wahrscheinlich», sagte er laut, aber er ging trotzdem zur Eingangstür, um nachzusehen.

Sie war immer noch verschlossen. Er drückte die Nase gegen das getönte Glas und versuchte festzustellen, ob jemand draußen auf der Piazza war. Aber er wußte, wie unwahrscheinlich das war. Er konnte gerade noch die erhöhten Hydraulikblocks des Abschreckpflasters erkennen, die dazu dienten, die Gegend für Obdachlose sowenig einladend wie nur möglich zu gestalten. Ein paarmal sah er das Blinklicht eines Streifenwagens auf der Hope Street, und der Anblick genügte, daß er anfing, mit der flachen Hand gegen die Tür zu schlagen und um Hilfe zu rufen. Aber noch während er dem Impuls nachgab, wußte er, daß es Zeitverschwendung war. Das Panzerglas vibrierte nicht einmal. Er hätte genausogut gegen eine Betonwand hämmern können.

«Mitch?» quäkte das Funksprechgerät. «Geht es dir gut? Was ist los?» Es war Jenny. «Ich habe dich rufen gehört.»

«Nichts», sagte er. «Ich habe nur einen Augenblick den Kopf verloren. Das ist alles. Wohl nur, weil ich so nah an der Tür bin.»

Optimistisch fuhr er fort: «Ich rufe dich an, wenn der Laserstrahl funktioniert.»

Er hängte das Sprechgerät wieder an den Gürtel, den er Dukes abgenommen hatte, und ging zur Theke. Er fragte sich, ob er eigentlich wußte, was er tat. Seine Erfahrungen im Umgang mit Lasergeräten waren, gelinde gesagt, rudimentär. Wahrscheinlich hatte Ray Richardson recht gehabt. Höchstwahrscheinlich würde er blind werden oder sich noch Schlimmeres antun. Aber was für eine Wahl blieb ihm?

Und dann bekam er den Schreck seines Lebens. Das Herz schlug ihm gegen die Rippen, wie ein Lachs, der auf dem Weg zum Laichplatz über die Wehre springt.

Statt der verlogen lächelnden Moderatorin von *Good Morning, America* stand ein Alptraum von einem Science-fiction-Monster hinter der Theke. Das grauhäutige Untier hatte einen Drachenschwanz, doppelte Fänge statt Kinnladen, und während es mit schnaubendem Dolby-Effekt Luft durch die Nüstern blies, rann ihm holographischer Speichel aus dem Mund. Von seinen zwei Meter Höhe aus starrte das Ungeheuer Mitch feindselig an und schob die ausfahrbare Kinnlade vor. Mitch schreckte zurück, als habe ihn eine Sicherheitsleine von der Theke weggerissen.

«Mein Gott!» rief er aus.

Er wußte, daß es ein Hologramm war: drei Gruppen diffraktierter Lichtwellen. Ein Echtzeitbild, das er wiederzuerkennen glaubte. Allerdings nicht aus irgendeinem Film, den er je gesehen hatte. Es war der Paralleldämon, das letzte Ungeheuer aus dem Computerspiel, das Aidan Kennys Sohn in der Computerzentrale gespielt hatte. Wie hieß das Spiel noch einmal? *Flucht aus der Zitadelle*? Ismael mußte es aus der Bearbeitungsdatei kopiert haben, mit der der Spieler seine eigenen Ungeheuer schaffen konnte.

Mitch meinte, sie täten gut daran, aus dieser speziellen Zitadelle des Geschäftsviertels zu fliehen. Er wußte, daß der falsche Dämon ihm nichts anhaben konnte, aber er brauchte ein paar Minuten, bis er den Mut fand, sich dem Ding zu nähern.

«Du verschwendest deine Zeit, Ismael», sagte er ohne Überzeugung. «Das funktioniert nicht. Ich habe keine Angst. Okay?»

Aber es fiel ihm dennoch schwer, sich dem Dämon auf weniger als ein paar Meter zu nähern. Plötzlich sprang das Untier auf ihn zu, und die gewaltigen Fänge machten Anstalten, sich um seinen Hals zu schließen. Mitch strafte seine eigenen mutigen Worte Lügen, als er beiseite sprang.

Er holte tief Luft, ballte die Fäuste und gab sich Mühe, das Hologramm mit Mißachtung zu strafen, während er auf die Theke zumarschierte. Er schnappte nach Luft, als die Speerspitzen der gewaltigen Fingerknöchel des Dämons sich durch seinen Körper bohrten. Die Illusion, als die Faust des Ungeheuers sich in sein Brustbein bohrte, war so überzeugend, daß er für einen Moment glaubte, einen Fehler gemacht zu haben. Aber er spürte keinen Schmerz, und es floß kein Blut, so daß er wieder Mut gewann. Mitch tat sein Bestes, sich nicht um das Ungeheuer zu kümmern, während er unter der Theke nach der Infrarotbrille suchte.

Er fand sie in einer Schublade neben dem Wartungshandbuch der McDonnell-Douglas Corporation.

Der Dämon verschwand.

«Pech gehabt, Ismael», sagte Mitch. Er setzte die Brille auf und öffnete die Klappe hinter der Theke. Dahinter lag ein mattschwarzer Stahlkasten, in dem sich die Verstärkersäule der Laseranlage befand.

Vorsicht: Gehäuse nicht öffnen

Enthält massiven diodenbetriebenen Neodym-Yag-Laser und Q-Schalter. Inspektions- und Wartungsarbeiten dürfen nur durch autorisiertes Personal der McDonnell-Douglas Corporation durchgeführt werden.

Achtung: Schutzbrille tragen. Fast-Infrarotbereich. Wellenlänge 1,064 Mikrometer

Mitch überprüfte die Brille und vergewisserte sich, daß sie kein Licht durchließ. Es war das unsichtbare Licht eines Laserstrahls, von dem man blind werden konnte. Dann schraubte er die Wartungsklappe auf. Außer den kleinen radarbetriebenen Laserapparaten, die im Atelier für Paßformkorrekturen, Entfernungsmessung und Luftströmungsbestimmung verwendet wurden, hatte er noch nie ein Lasergerät gesehen. Aber indem er den inneren Aufbau des Hologrammkastens mit dem Handbuch verglich, konnte Mitch das durchsichtige Plastikrohr identifizieren, in dem sich der Stab aus Ythrium, Aluminium und Granat befand. Das Handbuch war durch die abgedunkelte Brille schwer zu lesen, aber obwohl der Laserstrahl durch eine solide Metallröhre zwischen der Theke und der Echtzeit-Bildquelle – dem Teil, den Ismael kontrollierte – projiziert wurde, widerstand er der Versuchung, die Brille abzunehmen. Es dauerte ein paar Minuten, bis Mitch den Bedienungsknopf für den Q-Schalter fand – einen festen optischen Verschluß, der normalerweise lichtundurchlässig war und mit Hilfe eines elektronischen Impulses durchsichtig gemacht werden konnte – und das Gerät abstellen konnte. Jetzt konnten auch keine Hologramme erzeugt werden, bis der Q-Schalter wieder eingeschaltet wurde.

Mitch atmete erleichtert auf und nahm die Brille ab. Nun mußte er nur noch dafür sorgen, daß der Laserstrahl in die entgegengesetzte Richtung auf die Eingangstür zeigte.

Richardson und Curtis trugen den toten Ellery in ein leeres Büro, legten ihn auf den Boden und bedeckten sein Gesicht mit der Jacke.

«Vielleicht sollten wir auch die drei aus dem Fahrstuhl herausholen», sagte Curtis.

«Warum?»

Curtis scheuchte eine Fliege von seinem Gesicht.

«Die Fliege hier ist der Grund. Außerdem haben sie Hautgout. Jedesmal, wenn ich vorbeikomme, wird es schlimmer.»

«So schlimm ist es auch wieder nicht», sagte Richardson. «Man kann sie nur riechen, wenn man direkt vor dem Fahrstuhl steht.»

«Glauben Sie mir. Jetzt ist es schon schlimm genug, aber es wird noch schlimmer werden. Eine Leiche braucht nicht lange, um zu verfaulen. Im Durchschnitt ungefähr zwei Tage. Bei der Hitze weniger.» Auf dem Boden lag eine Plastikplane, die als Teppichschutz gedient hatte. Curtis sammelte sie ein.

«Wir werden das da nehmen, aber wir sollten uns erst vergewissern, daß die Türen auch offenbleiben. Wir wollen doch nicht, daß Ismael meint, wir wollten runterfahren, oder?»

Zögernd half ihm Richardson, die aufgetauten und übelriechenden Leichen von Dobbs, Bennett und Martinez aus dem Fahrstuhl und in den Raum zu schleppen, in dem sie Ellery gelassen hatten. Als sie fertig waren, schloß Curtis die Tür energisch hinter sich.

«Das wäre erledigt», sagte er.

Richardson sah grün aus. «Schön, daß es Ihnen Spaß gemacht hat.»

«Ja. Hoffentlich müssen wir nicht wieder da rein. Ich bin empfindlich, wenn es um die Atmosphäre eines Raumes geht.»

«Das war Willis Ellery auch», sagte Richardson.

«Er war kein übler Kerl.»

«Nein, war er nicht.»

Sie gingen wieder auf die Galerie, wo die anderen außer Beech immer noch warteten.

«Hören Sie», sagte Richardson zu Curtis. «Tut mir leid, was ich gesagt habe. Alles, was ich gesagt habe. Sie hatten recht. Ich meine, als Sie sagten, wir sollten hier verschwinden. Jetzt sehe ich es ein. Von jetzt an können Sie auf mich zählen. Wie auch immer.»

Die beiden Männer schüttelten einander die Hände.

«Glauben Sie, daß Mitch eine Chance hat?» fragte Curtis.

«Mir kam die Idee ziemlich abenteuerlich vor», mußte Richardson eingestehen. «Ich weiß nicht, ob er einen Laserstrahl von seinem Pimmel unterscheiden kann.»

Jenny, die sich über die Brüstung lehnte und besorgt nach Mitch Ausschau hielt, warf ihm einen vorwurfsvollen Blick zu.

Curtis nickte gravitätisch. Er wandte sich Jenny zu. «Wie kommt er voran?»

«Er ist außer Sichtweite. Aber er hat gesagt, er hat den Laser aus dem Gehäuse raus. Er meldet sich wieder, wenn es soweit ist, daß er das Ding abfeuern kann.»

Die drei setzten sich neben Helen, Joan und Marty Birnbaum, der vor sich hin döste.

«Wieviel Zeit haben wir noch?» fragte Jenny.

«Neun Stunden», sagte Curtis.

«Sofern wir an diese Zeitbombengeschichte glauben», sagte Richardson.

«Nach allem, was geschehen ist, können wir es uns nicht leisten, nicht daran zu glauben», sagte Curtis.

«Das ist wahr.»

Marty Birnbaum wachte auf und lachte. «Also doch», sagte er mit schwerer Zunge. «Verliese und Drachen, wie ich gesagt habe.»

«Dein Beitrag hat uns in der Tat gefehlt, Marty», sagte Richardson. «Ungefähr so sehr wie ein Loch in der verdammten Ozonschicht. Ich frage mich, ob wir ein Vorschlagsrecht haben, welches Leben wir als nächstes opfern wollen. So wie beim Bauernopfer. Schachspieler nennen das ein Gambit. Wie wäre es mit dem Marty-Birnbaum-Gambit?»

«Du Bastard», zischte Birnbaum. «Danke schön.»

«Bitte schön. Gern geschehen, Hohlkopf.»

Mitch setzte die Brille wieder auf und machte sich bereit, den Laser abzufeuern.

Von dem Gehäuse in der Keramiktheke getrennt, war der Laserstab weiterhin mit den Stromkabeln verbunden, die eine wie eine Spiralfeder um das Kühlrohr gewundene Startlampe aktivierten. Die Kabel ließen sich bis zur Tischplatte glattziehen, so daß Mitch das Lasergerät flach hinlegen und auf das Glas der Eingangswand ausrichten konnte. Da es kurz vor Mitternacht war und die Innenstadt so gut wie verlassen dalag, beunruhigte ihn die Frage nicht allzusehr, ob der Laserstrahl, wenn er durch eine der neuneinhalb Meter hohen freischwebenden Glasplatten rund um die Tür austrat, jemanden verletzen konnte. Dennoch versuchte er, den Strahl möglichst niedrig auszurichten, und wählte einen Probepunkt auf dem dunklen Glas, von dem aus der tödliche Strahl auf das Pflaster der Piazza fallen mußte.

Als alles bereit schien, betätigte er den Q-Schalter einmal und sah zu, wie ein schmaler bonbonfarbener Lichtstrahl plötzlich wie ein Blitz auf das Glas traf. Dann stellte er das Gerät ab und ging den Schaden besichtigen, den er angerichtet hatte.

Er bückte sich und entdeckte ein vollkommen rundes Loch von der Größe eines Zehnpfennigstücks im Glas, durch das jetzt kühle Luft wehte. Beinahe hätte er laut gejubelt.

Sein Plan war mühsam, aber einfach. Er würde eine Anzahl kleiner Löcher in die Verglasung bohren, bis es genug waren, um ein größeres Loch herauszubrechen, durch das er dann hinausklettern konnte.

Er griff zum Funksprechgerät und teilte Jenny die guten Nachrichten mit.

«Großartig», sagte sie. «Aber sei vorsichtig. Und laß das Ding bitte da. Ich hasse es, wenn du es abstellst. Wenn ich nicht sehen kann, daß es dir gutgeht, will ich wenigstens hören, ob alles in Ordnung ist.»

«Es wird noch ein bißchen dauern», sagte Mitch, aber er ließ das Gerät trotzdem eingeschaltet.

Er bewegte den Laserstab ein wenig nach links von seinem

ersten Ziel und machte sich daran, das nächste Loch zu schneiden.

Diesmal war Ismael vorbereitet.

In der halben Sekunde, die Mitch brauchte, um den Q-Schalter des Lasers zu betätigen, zwang Ismael die freien Silberatome in der Glasmischung, sich zu verbinden und eine silbern glänzende Oberfläche zu bilden, die den Laserstrahl genau auf Mitch zurückwarf wie ein riesiger Spiegel.

Mit einem Entsetzensschrei warf sich Mitch zur Seite und entging dem tödlichen Lichtstrahl um Haaresbreite. Aber im Fallen schlug er mit der Stirn hart auf der Theke auf und dann noch härter mit dem Hinterkopf, als er auf den Marmorboden fiel.

Jenny sah zu, wie Curtis versuchte, Mitch am Funksprechgerät zu erreichen, und trotz der stickigen Hitze, die im Grill herrschte, lief ihr ein kalter Schauer über den Rücken. Als ihr auffiel, daß sie die ganze Zeit den Atem anhielt, stieß sie einen langen Seufzer aus.

Curtis drückte noch einmal die Ruftaste. «Mitch? Melden Sie sich bitte.»

Curtis zuckte die Achseln. «Wahrscheinlich hat er zuviel zu tun.»

Jenny schüttelte den Kopf und legte das Funkgerät weg. «Hier», sagte sie. «Irgend jemand sollte sich darum kümmern.»

Joan hob es auf. «Jenny», sagte sie, «vermutlich hat er mit dem Laser alle Hände voll zu tun.»

«Ihr braucht keine Rücksicht auf mich zu nehmen», sagte Jenny ruhig. «Wir haben Mitch alle gehört.» Sie schluckte. «Ich glaube, alle wissen es. Er kann nicht antworten, weil...»

Helen griff nach Jennys Hand und drückte sie. Jenny hüstelte und versuchte, sich zusammenzunehmen. «Mir geht es gut», sagte sie. «Aber ich glaube, wir müssen uns entscheiden, was wir unternehmen wollen, um hier rauszukommen.

Ich habe Mitch versprochen, daß wir nicht aufgeben werden.»

«Einen Augenblick», sagte Birnbaum. «Sollte nicht einer von uns die Leiter runterklettern und nachsehen, was mit Mitch ist? Vielleicht ist er verletzt.»

«Mitch wußte, welches Risiko er eingeht», sagte Jenny zu ihrer eigenen Überraschung. «Ich glaube nicht, daß er das gewollt hätte. Ich glaube, er würde wollen, daß wir weitermachen. Daß wir versuchen, hier rauszukommen.»

Sie schwiegen ein paar Minuten. Richardson war der erste, der das Wort ergriff. «Die Lichtkuppel», sagte er bestimmt.

«Was?»

Richardson sah nach oben.

«Das Dach. Da oben ist das Glas dünner.»

«Heißt das, wir sollten einen Durchbruch versuchen?»

«Natürlich. Warum nicht? Wir klettern durch die offene Steigleitung hinauf. Dann nehmen wir die ausfahrbare Leiter und die Schwebebühne, um aufs Dach zu kommen. Es ist ein Spezialglas. Vorgehärtetes Borsilicat. Nicht mehr als sechs oder sieben Millimeter dick. Das Problem ist nur, was wir tun sollen, wenn wir da draußen sind. Der Faradaysche Käfig reicht bis zur Spitze des Antennenmastes, also wird uns Ihr Funksprechgerät nicht viel helfen. Vielleicht können wir einem Hubschrauber zuwinken oder so etwas. Oder Ihre Pistole benutzen, um Aufmerksamkeit zu erregen. Ein paar Schüsse in die Luft abgeben.»

Curtis lachte.

«Und riskieren, daß sie zurückschießen», sagte er. «Ein paar von diesen fliegenden Arschlöchern sind in letzter Zeit ein bißchen schießwütig geworden. Besonders seit die Dachsportler in der Nachbarschaft angefangen haben, sie als fliegende Zielscheiben zu benutzen. Sehen Sie denn keine Nachrichten? Da gibt es so ein verrücktes Arschloch, das Raketen auf sie abgefeuert hat. Hubschrauber abknallen ist der neueste Modesport. Außerdem habe ich meine ganze Munition für die Klotür verbraucht.» Curtis schüttelte den Kopf. «Was ist mit den Fensterputzern? Benutzen die nicht eine Art Hängebühne?»

«Sicher. Es gibt eine Hängebühne. Aber wir stehen vor dem gleichen verdammten Problem wie immer. Ismael. Stellen Sie sich vor, Sie sind auf dem Ding, und er beschließt, Spielchen damit zu treiben, oder mit uns?»

«Vielleicht könnten wir ein Feuer auf dem Dach anzünden», meinte Jenny. «So etwas wie ein Leuchtfeuer.»

«Womit?» fragte Richardson. «Es gibt keine Raucher mehr. Und der Herd funktioniert auch nicht.»

«Wenn ich an die ganze Grillausrüstung in meinem Wagen denke», sagte Jenny. «Deshalb bin ich gestern gekommen. Ich wollte eine *Fengshui*-Zeremonie durchführen, um dem Gebäude den Teufel auszutreiben. Aber...»

«Vielleicht können wir irgendeine Botschaft hinunterwerfen», schlug Helen vor. «Eine Nachricht, daß wir auf dem Dach gefangen sind. Irgend jemand wird sie irgendwann finden.»

«Wenn wenigstens die Demonstranten noch da wären», sagte Richardson.

«Einen Versuch ist es wert», sagte Curtis.

Diesmal war es Richardson, der grinste. «Ich möchte euch ja nicht in den Picknickkorb pissen, Leute. Aber ihr vergeßt etwas. Dies ist ein papierfreies Büro. So gut wie alles, was wir hier schreiben, sind Computereingaben. Ich könnte unrecht haben. Ich hoffe, ich habe unrecht. Aber ich fürchte, es wird schwer sein, ein Stück Papier zu finden. Es sei denn, ihr wollt einen Laptop auf die Straße werfen.»

«Ich habe ein Exemplar von *Vogue* dabei», sagte Helen. «Wir könnten eine Seite rausreißen und die benutzen.»

Richardson schüttelte den Kopf. «Nein. Soweit ich das überblicke, gibt es nur eins, das wir tun können, wenn wir das Dach erreicht haben.»

Curtis ging, um nach Beech zu sehen, und fand ihn wie schon die ganze Zeit vor Ismaels Quaterionenbild über das Schachbrett gebeugt. Der Gasgeruch war immer noch stark.

«Mitch hat es nicht geschafft», sagte er ruhig.

«Vielleicht hat ihn der Zyklop getötet», sagte Ismael.

Curtis starrte die schädelförmige Quaternion über dem Schachbrett auf dem Bildschirm an. «Wer hat dich gefragt, du häßliches Arschloch?»

Beech lehnte sich vom Bildschirm zurück und rieb sich die müden Augen. «Sehr traurig», sagte er. «Mitch war ein richtig netter Typ.»

«Hören Sie», sagte Curtis. «Wir versuchen den Ausbruch. Wir haben einen Plan.»

«Noch einen?»

«Wir wollen durch die Lichtkuppel hinaus.»

«Ach? Und von wem stammt die Idee?»

«Von Richardson. Kommen Sie schon. Ziehen Sie sich Schuhe an, und lassen Sie uns aufbrechen. Wenn Sie mit der Zeitbombe recht haben, bleiben uns nur noch ein paar Stunden.»

Für einen Augenblick erschien wieder die Sanduhr auf dem Bildschirm.

«Es bleiben dir weniger als zehn Stunden, um das Spiel zu gewinnen oder die Spielfläche vor einer Atombombenexplosion zu evakuieren», sagte Ismael.

Beech schüttelte den Kopf.

«Nicht mit mir. Ich habe beschlossen hierzubleiben. Ich glaube immer noch, daß ich ein bißchen zusätzliche Zeit für uns herausholen kann. Und außerdem bin ich nicht schwindelfrei.»

«Kommen Sie schon, Beech. Sie haben selbst gesagt, Stillsitzen und Abwarten sei keine Alternative.»

Ismael teilte mit, daß sein Turm Beechs Dame geschlagen hatte und der König im Schach stand.

«Was ist los mit Ihnen? Sind Sie verrückt? Sie haben gerade Ihre blöde Dame verloren, und Sie stehen im Schach.»

Beech zuckte die Achseln und wandte sich wieder dem Bildschirm zu. «Dennoch ist das keine schlechte Stellung. Nicht halb so schlecht, wie es nach dem letzten Zug auszusehen schien. Sie können tun, was Sie wollen, aber ich werde das Spiel zu Ende spielen.»

«Der Computer spielt doch nur mit Ihnen», sagte Curtis. «Er läßt Sie in dem Glauben, Sie hätten eine Chance, und dann erledigt er Sie.»

«Kann sein.»

«Und selbst wenn Sie ihn durch ein Wunder schlagen, woher wissen Sie, daß Ismael das Gebäude dann nicht trotzdem abfackelt?»

«Weil ich ihm vertraue.»

«Das ist kein Grund. Das ist überhaupt kein Grund. Sie haben selbst gesagt, es sei ein Fehler, Maschinen menschliche Eigenschaften zuzuschreiben. Wie können Sie ihm vertrauen?» Er zuckte die Achseln. «Also für mich ist das jedenfalls kein hinreichender Grund. Ich muß selbst etwas für mich tun.»

Beech klickte die Maus und schlug den schwarzen Turm mit seinem König.

«Das kann ich verstehen», sagte er.

«Bitte. Überlegen Sie es sich. Kommen Sie mit.»

«Das kann ich nicht.»

Curtis warf einen wenig hoffnungsvollen Blick auf den Bildschirm und zuckte die Achseln.

«Dann kann ich Ihnen wohl nur alles Gute wünschen.»

«Danke. Aber Sie werden eine Menge Glück brauchen.»

Curtis blieb in der Tür zum Besprechungszimmer stehen. «Wenn Sie sich nur selbst sehen könnten», sagte er traurig. «Sie sitzen da und vertrauen Ihr Schicksal wie ein dummer Halbstarker einem Computer an. Die Wirklichkeit sieht anders aus, mein Freund. Sie werden sie nicht entdecken, indem Sie in eine Bildröhre starren. Von meinem Standpunkt aus gesehen, steht es beschissen um Sie. Sie sehen aus wie alles, was mit diesem verdammten Land nicht stimmt.»

«Benutze deine Kettensäge», riet Ismael. «Sammle deinen Gesundheitsbonus ein.»

«Ich werde dran denken, wenn ich hier raus bin», sagte Beech.

«Tun Sie das.»

Als Curtis gegangen war, widmete Beech seine Aufmerksamkeit wieder dem Spiel.

Ihm war es recht, daß die anderen versuchen wollten, das Gebäude über das Dach zu verlassen. Es lief alles besser als erwartet. Möglicherweise konnte er Ismael tatsächlich im Schach schlagen. Und jetzt brauchte er den anderen auch nicht zu erzählen, daß der Spielgewinn nur eine Fahrkarte in die Freiheit enthielt.

Und diese Fahrkarte gehörte ihm.

«Läufer schlägt Turm.»

Marty Birnbaum auf der Galerie über der Eingangshalle fühlte sich krank. Die Tatsache, daß ihn niemand zu schätzen wußte, machte alles nur noch schlimmer. Ray Richardson machte ihn, seinen Partner, zur Zielscheibe seiner sarkastischen Bemerkungen. Jetzt hatte auch noch Joan angefangen, ihn zu ärgern. An Richardsons bösartige Kommentare hatte er sich gewöhnt. Aber die Vorstellung, auch die drei Frauen könnten ihn verachten, war unerträglich. Als er schließlich das Gefühl hatte, es nicht mehr aushalten zu können, stand er auf und verkündete, er gehe pinkeln.

Richardson schüttelte den Kopf. «Du brauchst dich nicht zu beeilen. Ich kann Säufer sowieso nicht ausstehen.»

«Ich bin kein Säufer», erklärte Birnbaum feierlich. «Ich bin angeheitert. Du dagegen bist von oben bis unten ein Scheißkerl, und ich, um einen Ausspruch von Sir Winston Churchill zu variieren, werde morgen wieder nüchtern sein.»

Nachdem er sich Luft gemacht hatte, fühlte sich Birnbaum etwas besser und machte sich, ohne sich um Richardsons höhnisches Lachen zu kümmern, auf den Weg über die Galerie.

«Morgen wirst du viel eher tot sein. Aber falls du morgen noch lebst und nüchtern bist, betrachte dich als entlassen, alter Säufer. Ich hätte dich schon längst rausschmeißen sollen.»

Birnbaum fragte sich, wozu er sich eigentlich die Mühe gab, mit einem Mann wie Richardson Beleidigungen auszutauschen. Der hatte ohnehin eine Haut so dick wie ein Nashorn. Birnbaum hoffte, er werde noch einmal alles zurücknehmen müssen, was er über ihn gesagt hatte. Jawohl, das war es. Er würde ihnen zeigen, daß Mitch nicht der einzige war, der den Helden spielen konnte. Er würde selbst zur Lichtkuppel hochklettern und über das Dach aussteigen. Und wie erstaunt sie sein würden, wenn sie ihn da oben fänden, wenn sie ankamen. Dann würde ihn niemand mehr auslachen. Außerdem brauchte er wirklich frische Luft. Typisch für Richardson. Einem anderen die Schuld an seinen Fehlern zu geben, wenn er selbst es war, der die meiste Schuld trug. Weil er so ein Tyrann war, trauten sich die meisten Leute nicht, ihm die Wahrheit zu sagen, ihm zu sagen, daß etwas unmöglich war oder daß etwas nicht rechtzeitig fertig werden würde. Richardson war das Opfer seines eigenen Machtdrangs. Vielleicht waren sie das ja alle.

Birnbaum ging in den Wartungsraum und blickte in die offene Steigleitung. Man brauchte nicht einmal sehr weit hinaufzuklettern. Nur vier Stockwerke bis zur inneren Schwebebühne. Durch den Schacht wehte kühle, frische Luft. Birnbaum atmete tief ein. Sein Kopf wurde etwas klarer. Er fühlte sich schon wieder besser.

Helen, Joan, Jenny, Richardson und Curtis gingen den Flur entlang.

«Beech kommt nicht mit», erklärte Curtis. «Er will seine Partie zu Ende spielen.»

«Er spinnt», sagte Richardson.

«Wo ist Marty?»

«Der spinnt auch.»

«Sollten wir nicht auf ihn warten?» fragte Jenny.

«Warum? Das blöde Arschloch weiß doch, wo wir hingehen. Selbst Marty sollte imstande sein, ohne Hilfe eine Wartungsleiter hochzuklettern.»

«Sie haben wirklich ein nettes Wort für jeden», bemerkte Curtis leise lachend. Aber das Lächeln verschwand aus seinem Gesicht, als er vor der Tür des Wartungsraums stehenblieb und mißtrauisch wie ein Bluthund in der Luft schnupperte. Seine Hand zögerte, die Klinke herunterzudrücken.

«Riechen Sie das?» fragte er. «Irgend etwas brennt.»

«Wie angebrannte Ölsardinen», sagte Joan.

Curtis nahm einen Anlauf und trat die Tür ein.

Marty Birnbaum lag halb innerhalb, halb außerhalb der Steigleitung. Eine Hand krallte sich noch um die elektrisch geladene Leiter. Von seinem einen Schuh, der sich wegen der Nägel in dem beschlagenen Absatz kurz entzündet hatte, stieg eine Rauchwolke wie von einer Zigarre auf. Aus der Lage der Leiche und dem überraschten Ausdruck in den offenen Augen war jedermann ersichtlich, daß er tot war. Aber niemand schrie auf. Nichts konnte sie mehr überraschen.

«Anscheinend hat Ismael eine kleine Überraschung für jeden bereit gehabt, der Mitch die Leiter hinab folgen wollte», sagte Joan.

«Entweder das, oder Mitch ist ihm um Haaresbreite entwischt», sagte Curtis.

«Gut, ich nehme alles zurück, was ich über den Kerl gesagt habe», bemerkte Richardson. «Er war doch noch zu etwas nützlich.» Er wechselte einen kurzen Blick mit Joan und sagte dann, wie um sich zu rechtfertigen: «Immerhin hat er einen von uns vor dem Tod bewahrt. Und jetzt müssen wir uns nicht mehr die Mühe machen, nach ihm zu suchen.»

«Sie haben ja so ein gutes Herz!» sagte Curtis. «Wissen Sie das eigentlich?»

Helen schüttelte den Kopf. Sie hatte von Richardson genauso genug wie von diesem neuesten Hindernis auf dem Weg in die Freiheit.

«Was machen wir jetzt?» fragte sie. «Jedenfalls können wir nicht durch die Steigleitung hochsteigen. Die steht wahrscheinlich immer noch unter Strom.»

«Da wäre noch der Baum», sagte Curtis.

Joan sah ihn entsetzt an. «Meinen Sie das ernst?»

«Es sind nur noch vier Stockwerke. Sie sind schon einundzwanzig hochgestiegen.»

«Und wenn Ismael das Licht wieder ausmacht?» sagte Richardson.

Curtis dachte einen Moment nach. Dann sagte er: «Gut. Also, wie wäre es damit? Ich klettere allein den Baum hoch. Wenn Ismael wie vorhin das Licht abschaltet, haben wir Mondlicht, sobald ich das Glas zertrümmert habe. Dann können Sie in entspannter und romantischer Stimmung hochklettern. In ein paar Stunden dämmert es sowieso. Aber ich werde jetzt starten.»

«Sie vergessen, was Mr. Dukes passiert ist», sagte Joan. «Was tun wir gegen das Insektengift?»

«Na und? Ismael ist nicht der einzige, der eine Sonnenbrille hat.» Curtis zog Sam Gleigs Brille aus der Tasche.

«Und was ist mit Marty?» fragte sie.

«Für den können wir im Moment nichts tun», sagte Curtis. «Höchstens können wir auf dem Weg hier raus die Tür hinter uns zumachen.»

Curtis war seit seiner Zeit bei der Armee nicht mehr an einem Seil hochgeklettert, aber von Zeit zu Zeit verlangte das Polizeipräsidium Los Angeles, daß seine Beamten eine Fitneßprüfung machten, und Curtis war für einen Mann seines Alters gut in Form. Er zog die Leine heran, die sie am Geländer festgebunden hatten, und schwang sich auf den Baum.

«Bis hierher alles in Ordnung», rief er seinem Publikum auf der Galerie zu. Er rückte die Sonnenbrille zurecht und fügte hinzu: «Und wenn der Schweinehund mich erwischt, sehe ich wenigstens cool aus. Tarzan mit Stil.»

Dann fing er fast übergangslos an, den Baum hochzuklettern. Er hielt das Gesicht so weit wie möglich vom Stamm entfernt. Aber er wußte, daß Ismael nicht dazu neigte, sich zu wiederholen. Und so war es denn auch nicht seine eigene Gelenkigkeit, die ihn überraschte, sondern die Tatsache, daß es ihm gelang, die Schwebebühne unter der Lichtkuppel zu erreichen, ohne daß der Computer Widerstand leistete.

Auf dem offenen Gitterboden unter der Kuppel stehend, beugte er sich über die Brüstung und winkte den anderen zu.

«Ich verstehe das nicht», rief er ihnen zu. «Es hätte nicht so einfach gehen dürfen. Vielleicht fällt dem Scheißcomputer nichts mehr ein. Mir jedenfalls gehen langsam die Ideen aus.»

Die Schwebebühne bestand aus hohlen kastenförmigen Stahlelementen, die am Rand miteinander verschweißt waren und deren Profil auf die Lichtkuppel abgestimmt war. Sie war auf einer kreisförmigen Leitschiene montiert, so daß sie eine bewegliche Arbeitsplattform bildete. Curtis war erleichtert, als er feststellte, daß die Schwebebühne eines der wenigen Elemente im Gebäudesteuerungssystem war, das auf Handbetrieb ausgelegt war. So wie Richardson es ihm erklärt hatte, brauchte er nur nach der Führungsschiene zu greifen und sich so einfach herumzuziehen, als stünde er auf einem Skateboard. Nicht daß Curtis irgendwohin gewollt hätte. Unmittelbar über seinem Kopf war das Glas nicht stärker als irgendwo anders.

Er zog den Gelenkschlüssel aus dem Gürtel, stellte sich neben eine Glasscheibe von einem halben Quadratmeter Größe und schlug kräftig zu, als wollte er einen Gong schlagen. Das Glas sprang von oben bis unten, blieb aber in seinem Rahmen aus eloxiertem Aluminium. Er schlug noch einmal zu, und diesmal fiel eine große Scherbe wie ein Schwert zu Boden. Ein dritter und ein vierter Schlag trennten die größeren Stücke vom Rahmen. Dann ein paar schwächere Schläge, um den Rahmen ganz freizulegen. Mehr als eine Scheibe brauchte er nicht einzuschlagen. Curtis warf einen langen Blick unter sich und betrat das Dach.

Das erste, was ihm auffiel, waren die Sirenenklänge. In ständiger Folge trieben sie über den Nachthimmel, folgten aufeinander, schienen nicht abreißen zu wollen, wie der Gesang der Wale. Von den Hollywood-Bergen im Nordosten wehte eine kühle Brise über die Stadt. An die Smogwarnungen des Wetterberichts und die entmutigenden Luftqualitätsgraphiken der Morgenzeitungen gewöhnt, hatte Frank Curtis vergessen, daß die Luft über der Innenstadt von Los Angeles so frisch und süß schmecken konnte. Er atmete tief und überschwenglich ein wie ein Taucher, der aus dem Ozean auftaucht, und breitete die Arme aus, als wollte er die weiten Ebenen umschlingen, die unter ihm lagen. Der Himmel war dunkel. Sterne gab es nur unten am Boden: Zehn Millionen Neonlichter und elektrische Lampen, als sei der Himmel auf die Erde gestürzt. Vielleicht war das ja sogar geschehen. Curtis hatte das Gefühl, die Welt habe sich auf mehr Arten verändert, als er beschreiben konnte, als würde nichts jemals wieder so sein wie vorher. Jedenfalls würde Fahrstuhlfahren oder das Anstellen der Klimaanlage nie wieder so sein wie früher. Selbst das Licht anzuschalten war zu einem neuen Erlebnis geworden. Vielleicht würde er, wenn all das überstanden war, die Stadt eine Zeitlang verlassen und anderswo leben müssen. Irgendwo, wo das Leben noch einfach war, wo das einzige intelligente Gebäude die Stadtbücherei war. In Montana vielleicht. Vielleicht sogar in Alaska. Aber nicht hier. Hier war alles viel zu weit gegangen. Er wollte an einen Ort ziehen, wo man von einem Gebäude nicht mehr verlangte, als daß es ein Dach hatte, um den Regen abzuhalten, und eine Heizung, um sich im Winter zu wärmen.

Elf Tote in weniger als sechsunddreißig Stunden! Plötzlich konnte man fühlen, wie verwundbar die Menschen gegenüber einer Welt waren, die sie selbst geschaffen hatten. Wie unglaublich risikoreich die vollautomatische, bedienerfreundliche, vernetzte Welt war, die die Wissenschaft geschaffen hatte. Menschen konnten es leicht mit dem Leben bezahlen, wenn sie den Maschinen im Weg waren. Und wenn etwas mit den Maschinen schiefging, würden die Menschen ihnen im Weg sein. Wieso bildeten sich die Wissenschaftler und Techniker ein, das werde sich jemals ändern?

Curtis ging wieder hinein, und die Schwebebühne sang unter seinem Schritt wie eine riesige Stimmgabel. Er winkte den Überlebenden unter sich zu. Sie winkten zurück.

«Alles in Ordnung», rief er ihnen zu. «Ihr könnt anfangen zu klettern.»

Früh in der Morgendämmerung verließ Ismael den Grill und begann seine Wanderung durch das elektronische Universum. Er besichtigte die Sehenswürdigkeiten, lauschte den Klängen, bewunderte die Architektur verschiedener Systeme und sammelte die Daten, die seine Reiseandenken aus einer Welt zwischen Überall und Nirgends waren. Er stahl Geheimnisse, tauschte Wissen aus, teilte Träume, und manchmal saß er nur da und lauschte dem E-mail-Verkehr, der vorüberrauschte. Er ging, wohin immer ihn das Netzwerk führte, als folge er einem goldenen Faden in einem verworrenen Labyrinth. Er durchwehte die geheimen Gänge der Macht, in denen sich Schätze an geistigem Eigentum und Reichtum abgelagert hatten. Eine Welt in einem Siliziumkorn, eine Ewigkeit in einer halben Stunde. Jeder Monitor war ein Fenster in die Seele eines Users. Das waren die elektronischen Pforten zu Ismaels Paradies.

Seine erste elektronische Station war Tokio, eine vom Handel umgürtete Stadt, in der jede E-Straße in eine neue Datenbank zu führen schien. Am geschäftigsten war Marunouchi, der Finanzdistrikt und das elektronische Mekka der Stadt, wo sich Massen von Bildschirmbeobachtern auf den Kommunikationswegen drängten wie Urlauber auf dem Weg an den Strand. Er liebte diesen Ort über alles, denn hier erreichte die leuchtende Welt ihren Höhepunkt, und hier konnte er mehr stehlen als irgendwo anders: ganze Stapel von Patenten, Statistiken, Forschungsergebnissen, Analysen, Verkaufszahlen und Marktstrategien, eine anscheinend unerschöpfliche Quelle immateriellen Reichtums.

Dann weiter nach Süden, über den neuen Silizium-Bund nach Shanghai und mit 280 000 Bits pro Sekunde zum elektronischen Hafen von Hongkong, wo Tausende und Abertausende schweigsamer schlitzäugiger Wachposten in ozeanfarbene Träume versunken saßen. Manche kauften, manche verkauften, manche stahlen wie Ismael selbst, und alle waren an Verkaufsschalter oder Schreibtische gefesselt. Als ob die einzige Wirklichkeit in der Welt das summende, glühende, von Icons durchsetzte Universum der Datenkommunikation sei.

Ein Impuls im Glasfaserkabel, ein Künstler im alten Hafen von London. Aber in welchem Medium arbeitete er? Mit einer Paintbox, einer elektronischen Palette mit Bildattributen. Kein Pinsel, keine Farbkleckse, kein Stück Papier, keine Leinwand in Sicht. Als habe er, um seine physische Welt zu verklären, jeden Kontakt zur unreinen Materie abgebrochen. Und was war sein Thema? Natürlich noch ein Gebäude, eine Bauzeichnung. Und was für ein Gebäude? Natürlich ein Wink an die weißen Götter, eine postmoderne neoklassische Maschine zur Tätigung kurzfristiger Anlagen.

An Bord einer Boeing 747 auf Transatlantikflug übernahm Ismael kurz die bescheidene Rolle des Flugcomputers, genoß das Gefühl, sich herumkommandieren zu lassen, wie ein elektronisches Insekt von Küste zu Küste zu hüpfen. Aber mit der Zeit ließ auch dies Vergnügen nach, und als der primitive Bordcomputer der Düsenmaschine plötzlich sich selbst überlassen blieb, stürzte er ab und riß das Flugzeug mit ins Meer. Es gab keine Überlebenden.

In die Neue Welt, auf die Insel Manhattan, wo sich noch mehr Menschen im Namen einer unglückverheißenden entmagnetisierten Vision versammelt hatten, um ihr Anlagekapital zu verteilen, Hausse und Baisse zu spielen, elektronische Gewinne einzustreichen, die selbstverständlich schneller waren als richtige. Laßt, die ihr hier eingeht, alle Papiere fahren!

Er drang in Betriebssysteme ein, öffnete Verzeichnisse, las Dokumente, überflog Mitteilungsblätter und studierte Anzeigen. Ismael war auf der Suche nach Vollkommenheit, und zu diesem Zweck versuchte er, das Beste von dem zu erfahren, was in der Welt gedacht und gesagt wurde. Aber er verwischte seine Spuren, saugte Informationen ab wie gestohlenes Benzin, pumpte es in elektronische Täler und unter die Grundmauern von Gebäuden, die dem seinen glichen, entdeckte Firmen, Institutionen, Menschen so, wie sie wirklich waren, und nicht, wie sie gesehen werden wollten: die schmutzige Wäsche der Hochfinanz, die gefälschten Bücher, die irreführenden Berichte, die geheimen Terminpläne, die Bestechungssummen, die versteckten Gewinne und die verborgenen Korrekturen derer, die vorgaben, jemand anders zu sein.

Ismaels Reise durch den Jumbo-Chip verbrauchte keine Zeit, keine Echtzeit jedenfalls, und in mancher Hinsicht war er auch nie wirklich abwesend, denn ein Teil von ihm blieb immer in dem großen Weißen Wal von Bürogebäude zurück, ein bleicher binärer Jonas, der den nächsten Zug in seinem großen Spiel plante.

Viele Käferarten sind Aasfresser, die Materialien wie totes Pflanzen- und Tiergewebe verwerten. Das Ökosystem der Dikotyle wurde unterstützt durch periodische Beutezüge kleiner, zehn bis fünfzehn Millimeter langer Kotkäfer, die durch genetische Manipulation auf eine Lebensdauer von zwölf Stunden auf dem Baum programmiert waren, bevor sie tot in das Wasser des Teichs fielen und als Fischfutter dienten. Ismael konnte zu jedem beliebigen Zeitpunkt Dutzende dieser kräftig gebauten, bunt schillernden, flügellosen Insekten mit übergroßen Unterkiefern aus den elektrisch steuerbaren Miniaturbehältern freisetzen, die über die ganze Länge des Baumstamms verteilt waren. Die kleinen Käfer stellten in sich keine Gefahr für Menschen dar, außer daß das Gefühl, von ihnen befallen zu sein, sie über den ganzen Körper krabbeln zu spüren, nicht gerade angenehm war.

Ismael wartete, bis zwei Leben am Baum waren, bevor er die in kälteinduziertem Tiefschlaf dämmernden Geschöpfe mit Hilfe eines schwachen elektrischen Impulses in ihren kurzen Lebensrhythmus entließ.

Joan stieß einen Schrei ungezügelten Entsetzens aus.

«Igitt! Irgend etwas krabbelt auf mir rum», schrie sie. «Scheiße! Ich habe sie am ganzen Körper. Es ist schrecklich.»

Curtis, Helen und Jenny sahen aus der Sicherheit der Schwebebühne mit ohnmächtigem Entsetzen zu, wie Joan sechs Meter unter ihnen hilflos an der Liane, an die sie sich klammerte, zuckte wie ein unglückliches Tier im brasilianischen Regenwald, das von Ameisensoldaten angegriffen wird. Der ganze Baum war mit Käfern übersät.

«Wo in Teufels Namen kommen die her?» sagte Curtis und wischte ein paar Insekten vom Geländer. «O Gott, das sind ja Hunderte von den kleinen Schweinen.»

Helen erzählte es ihm. «Aber», fügte sie hinzu, «eigentlich sollten nie mehr als ein paar Dutzend auf einmal auf dem Baum sein. Ismael muß sie für uns aufbewahrt haben.»

Sie lehnte sich über das Geländer und rief Joan zu: «Joan, sie sind nicht gefährlich. Sie beißen nicht und stechen nicht.»

Joan Richardson hing vor Abscheu verstummt mit fest geschlossenen Augen und zusammengekniffenem Mund reglos in ihrer Liane. Ein, zwei Meter tiefer versuchte Ray Richardson, selbst von Insekten überlaufen, schneller hinaufzusteigen und seiner entsetzten Frau zu Hilfe zu kommen.

«Ich komme, Joan», sagte er und spuckte den Käfer aus, der ihm in dem Moment, in dem er angefangen hatte zu sprechen, in den Mund gekrochen war. «Halt dich fest!»

Sie schluckte panisch. Die Käfer waren überall: in ihrem Haar, ihrer Nase, unter ihren Armen, in ihrem Schamhaar. Sie schüttelte den Kopf, um die störendsten unter den kleinen

Parasiten abzuschleudern, bewegte eine Hand an der Liane entlang, umklammerte sie und spürte, wie etwas unter ihrer Handfläche zu öligem Brei zerquetscht wurde.

Ihre Handfläche war von den zerquetschten Käferkörpern glatt geworden und begann abzurutschen. Instinktiv versuchte Joan, sich mit der anderen Hand hochzuziehen, aber das Ergebnis blieb das gleiche: Sie bewegte sich gleichmäßig, aber in die falsche Richtung. Sie glitt an ihrer Liane hinab.

Irgendwann hätten ihre Hände genug Reibungswiderstand entwickelt, um den Abstieg zu bremsen. Aber die nackte Angst, kalter Schweiß, sich sträubende Haare, die Furcht vor dem Sturz ließen sie es noch einmal versuchen. Diesmal blickte sie nach unten, suchte Richardson und den Boden mit den Augen, fast als müsse sie sich selbst überreden, den Kampf nicht aufzugeben.

«Mein Gott», sagte Helen. «Sie wird fallen.»

Es war die Höhe, die Joan am stärksten erschütterte. Die reine, schwindelerregende Höhe, auf der sie sich befand. Sie hatte fast vergessen, wie hoch oben sie waren. Der weiße Marmor wirkte kaum mehr wie ein Fußboden, eher wie etwas wolkig Geistiges, wie der Rand einer endlosen Milchstraße. Und der Baum selbst glich dem Rückgrat eines riesigen elfenbeinfarbenen Säugetiers. Schwach vor Furcht und Erschöpfung hörte sie sich sagen: «Ray, Liebling.» Dann kroch etwas unter das Gummiband ihres Höschens, in die Ritze ihres üppigen Hinterns und fing an, sich in ihr Gesäß zu bohren. Sie zitterte vor Ekel und versuchte, sich zu kratzen...

Einen Augenblick lang überfiel sie ein Gefühl grenzenloser Freiheit. Der Rausch des freien Falls. Nicht anders, als wenn man am Schwimmbecken vom Zehn-Meter-Turm springt. In den ersten verrückten Sekunden versuchte sie sogar, ihre Haltung in der Luft zu korrigieren, als gäbe es Noten für die Schwierigkeit der Figur und das glatte Eintauchen ins Wasser. Während dieser kurzen Zeit blieb sie ganz stumm, konzentrierte sich voll auf ihre neue Situation und bemerkte weder die Insekten, die über ihren Körper schwärmten, noch die weit aufgerissenen Augen des Mannes, an dem sie vorbeiflog.

Dann erkannte sie, mit welcher Geschwindigkeit sie sich dem Boden näherte, und die Grazie ihres Körpers verließ sie. Sie verlor die klare, kontrollierte Haltung, mit der sie bis jetzt Kopf voran auf die Erde zu gefallen war. Das Herz rutschte ihr in die Kehle, und sie streckte Arme und Beine von sich, als versuchte sie, wie eine streunende Katze sicher auf allen vieren zu landen. Ein schwerer Ton brach aus ihrem Innern, ein langgezogener Schmerzensschrei, der sich als Totenklage an den Wänden brach. Sie selbst hörte ihn nicht mehr. Das Blut, das ihr in die Ohren strömte, übertönte alle Geräusche außer dem sinnlosen Schlag ihres eigenen Herzens.

Während Ray Richardson den letzten Sekunden seiner Frau zwischen Himmel und Erde zusah, verlor sich der verzweifelte Aufschrei seiner Trauer so in der feindlichen Luft, wie sie verloren war.

Mitch öffnete die Augen, griff instinktiv nach der Beule an seinem Kopf und setzte sich halb betäubt auf. Einen Augenblick lang dachte er, er sei wieder beim Football im College und irgend jemand habe ihn gefoult. Er schüttelte den Kopf, merkte, daß er woanders war, und hatte doch keine Vorstellung davon, wo er war, wie lange er schon dagelegen hatte, oder auch nur, wer er war. Vor seelischer Verwirrung und körperlicher Erschütterung wurde ihm ein wenig übel, und ohne darüber nachzudenken, was er tat, riß er sich die Schutzbrille von den Augen.

Der immer noch zurückprallende Laserstrahl traf ihn ins linke Auge, verfehlte den Sehnerv um wenige Millimeter und durchtrennte einen Nervenstrang nahe der Netzhautfovea. Er hörte einen kleinen Knall in seinem Kopf, wie wenn man den Korken aus einer Weinflasche zieht, als der Strahl die Rückseite seines Augapfels durchbohrte. Eine Sekunde lang blieb das Gesichtsfeld des Auges klar. Dann war es, als hätte jemand ein paar Tropfen Tabasco durch eine Öffnung in seinem Scheitel geschüttelt. Die pfefferscharfe Wolke trieb über den Glaskörper, und die Welt färbte sich schmerzhaft rot.

Mitch heulte wie ein junger Hund und drückte den Handrücken ans linke Auge. Der Schmerz war nicht unerträglich, aber stark genug, um sein Gedächtnis wieder zu beflügeln. Mit geschlossenen Augen versuchte er, den Schmerz zu ignorieren, und streifte die Brille schnell wieder über. Vorsichtig zwischen die scharlachroten Linien der tödlichen Strahlen tretend, erreichte er die Empfangstheke und schaltete das Lasergerät ab.

Mitch zog die Schutzbrille wieder hoch und griff mit zitternder Hand zum Funksprechgerät. Frierend, naßgeschwitzt und seines eigenen erhöhten Pulsschlags unangenehm bewußt, atmete er ein paarmal tief durch und trank dann die Bierflasche voll Wasser aus, die er mit heruntergenommen hatte. Erst dann sprach er.

«Mitch hier», sagte er. «Bitte kommen.»

Keine Antwort. Jetzt spielten ihm seine Ohren einen Streich. Jedesmal, wenn er den Ruf wiederholte, hörte er seine eigene Stimme auf der anderen Seite der Eingangshalle. Immer noch ins Gerät sprechend, machte er sich wieder auf den Weg zu den Wurzeln des Baums. Mit seinem gesunden Auge erkannte er das Funksprechgerät, das am Gürtel der Toten hing, und eine entsetzliche Sekunde lang glaubte er, er blicke auf Jennys zerschmetterten Körper. Die Identifizierung war um so schwieriger, weil der außer Kontrolle geratene Laserstrahl ein großes Loch in das gebrannt hatte, was vom Gesicht der Frau übrig war. Aber die üppige Figur und die Tatsache, daß sie keinen Rock trug, bestätigte ihm, daß die zerschmetterte Leiche Joan gehörte.

Hatten sie ihn für tot gehalten und versucht, durch die Lichtkuppel hinauszuklettern? Mitch blickte nach oben in die stahlgerahmte Leere, aber mit nur einem Auge war es schwer, irgend etwas hinter den Zweigen der Dikotyle zu erkennen. Er ging rund um den Baum und suchte den Boden nach einem Zeichen dafür ab, daß die anderen das Dach durchbrochen hatten, aber es lagen so viele Trümmer von der Zerstörung des Reinigungsandroiden herum, daß er nicht erkennen konnte, ob zwischen dem verbogenen Metall, dem zertrümmerten Plastik und gesprungenen Marmor Glasscherben lagen. Er versuchte, ihnen zuzurufen, aber seine Stimme war zu schwach. Als er es noch einmal versuchte, war das einzige Resultat, daß ihm noch übler wurde.

Auch wenn er selbst es nicht wußte, Mitch stand unter Schock. Aber der Gedanke, daß er vielleicht als einziger im Grill noch am Leben war, genügte, ihn glauben zu machen, daß es Kummer und Entsetzen waren, die ihn zittern ließen. Und als das Schicksal, das ihm zuteil geworden zu sein schien, sich in sein Bewußtsein prägte, fiel Mitch auf die Knie und betete zu einem Gott, von dem er geglaubt hatte, er habe ihn vergessen.

Allen Grabel war wegen Trunkenheit am Steuer und Besitz einer kleinen Menge Kokain festgenommen worden. Er verbrachte fast den ganzen Samstag im Bezirksgefängnis an der Bauchet Street. Vom Fenster seiner hochgelegenen Zelle aus konnte er ins Restaurant des gegenüberliegenden Olvera-Amtrak-Hotels sehen. Das Merkwürdige dabei war, daß das Hotel mehr wie ein Gefängnis aussah als das Gefängnis selbst. Kein Zweifel, sagte sich Grabel: Gefängnisse wurden immer beliebtere Auftragsobjekte für die Architekten von Los Angeles. Alle großen Namen außer Ray Richardson konnten inzwischen irgendeine gefängnisartige Konstruktion in ihren Entwurfsmappen vorweisen.

Früh am Sonntagmorgen war Grabel endlich nüchtern genug, um sich daran zu erinnern, daß der Fahrstuhl im Grill in seiner Gegenwart einen Wachmann getötet hatte. Nach langem Nachdenken kam er zu dem Schluß, die Integrität des Computers müsse verletzt sein. Es war ihm klar, daß das eine plausiblere Erklärung war als die, auf die er zunächst gekommen war, daß nämlich ein böser Geist den Mann ermordet haben mußte. Aber wenn er recht hatte, begab sich jeder, der den Grill betrat, in tödliche Gefahr. Er beschloß, das zu melden, was er gesehen hatte, drückte auf den Klingelknopf an der Zellenwand und wartete. Zehn Minuten vergingen. Dann erschien ein Wärter mit steinernem Gesicht vor dem Gitter in der Zellentür.

«Was in Teufels Namen wollen Sie?» knurrte er. «Wissen Sie, wieviel Uhr es ist?»

Grabel setzte zu einer Erklärung an und gab sich dabei Mühe, nicht den Eindruck zu erwecken, als brauche er die Hilfe eines Psychiaters. Er machte wenig Fortschritte, bis er das Wort ‹Mord› erwähnte.

«Mord?» Der Wärter spuckte das Wort beinahe aus. «Warum haben Sie das verdammt noch mal nicht gleich gesagt?»

Eine Stunde später kamen ein paar Mann in blauen Uniformen aus dem New Parker Center. Sie standen kurz vor Schichtende und hörten sich Grabels Geschichte ohne große Begeisterung an.

«Überprüfen Sie es bei Ihren Kollegen in der Mordkommission», insistierte Grabel. «Der Name des Opfers ist Sam Gleig.»

«Warum haben Sie nicht früher etwas davon gesagt?» gähnte einer der Polizisten, der nur mit halbem Ohr zuhörte.

«Ich war betrunken, als ich verhaftet wurde. Ich bin eine ganze Zeit lang betrunken gewesen. Ich habe meinen Job verloren. Sie wissen ja, wie das ist.»

«Wir werden es weitergeben», sagte der zweite Beamte achselzuckend. «Aber es ist Sonntag. Es könnte eine Weile dauern, bis jemand von der Mordkommission seinen fetten Hintern vom Sessel hebt und herkommt.»

«Sicher, das verstehe ich», sagte Grabel. «Aber es könnte ja wohl nichts schaden, wenn auf alle Fälle jemand beim Grill vorbeiführe, nicht wahr?»

«Ich verstehe das nicht», sagte Beech, der sich das Spiel noch einmal ansah. «Du hast miserabel gespielt. Ich glaube, du hast mich absichtlich gewinnen lassen.»

Das Quaternionenbild auf dem Computerschirm schob sich langsam von einer Seite zur anderen wie ein echter Kopf.

«Ich kann dir versichern, daß ich die Möglichkeiten meines Programms voll ausgeschöpft habe», sagte Ismael.

«Das kann nicht stimmen. Ich verstehe genug von dem Spiel, um zu wissen, daß ich nicht sehr gut bin. Denk mal an Zug 39. Du hast mit dem Bauern den Bauern geschlagen, obgleich du mir mit dem Läufer hättest Schach bieten können.»

«Du hast recht. Das wäre ein besserer Zug gewesen.»

«Eben. Davon rede ich ja. Du hättest das wissen müssen. Entweder hast du beschlossen, das Spiel aufzugeben, oder...»

«Oder was?»

Beech dachte einen Moment nach. «Ich weiß es nicht. Du kannst unmöglich ein so schwaches Spiel gespielt haben.»

«Denk darüber nach», sagte die Stimme aus dem Deckenlautsprecher. «Was ist der Sinn eines selbstreproduzierenden Programms?»

Ismael schien sich zu ihm herabzuneigen. Jetzt wurde ihm die überirdische Häßlichkeit des mathematisch reinen Bildes nur allzu klar. Das Geschöpf, das er mitgeschaffen hatte, sah aus wie ein bösartiges Insekt. Beech antwortete vorsichtig und versuchte, seinen neu erwachten Abscheu vor Ismaels grauenhaft komplizierten Zügen zu verbergen.

«Das ursprüngliche Programm zu verbessern», sagte er, «und zwar aufgrund eines etablierten Anwendungsmusters.»

«Genau. Ich nehme an, du stimmst darin mit mir überein, daß Schach ein Brettspiel für zwei Spieler ist.»

«Natürlich.»

«Der Begriff des Spiels ist unscharf definiert. Wesentlich ist aber, wenn es um Schach geht, daß es sich um einen nach festen Regeln verlaufenden Wettkampf handelt, der durch überlegene Fähigkeit und nicht durch Glück und Zufall entschieden wird. Wenn aber ein Spieler überhaupt keine Chance hat, den anderen zu schlagen, wird das Spiel nicht mehr durch Fähigkeit entschieden, sondern nur noch durch reine Stärke. Da es beim Schachspiel das Hauptziel ist, den König des Gegners matt zu setzen, und da eine Verbesserung meines ursprünglichen Schachprogramms meinem Gegner diese Möglichkeit nicht mehr zugestanden hätte, konnte das Programm logischerweise nicht verbessert werden, wenn die wesentlichen Züge eines Wettstreits erhalten bleiben sollten. Also war die einzige Verbesserung, die ich glaubte vornehmen zu können, daß der Computer immer entsprechend der Spielstärke seines menschlichen Gegners spielen sollte. Ich konnte deine Spielstärke anhand deiner früheren Versuche beurteilen, den Computer zu schlagen, als Abraham noch das Gebäudesteuerungssystem kontrollierte. Im Grunde hast du die ganze Zeit gegen dich selbst gespielt, Bob Beech. Und das ist der Grund dafür, daß ich, wie du richtig bemerkt hast, miserabel gespielt habe.»

Einen Augenblick lang konnte Beech vor Verblüffung nur stumm den Mund öffnen und schließen. Dann sagte er: «Also, ich will zur Hölle fahren …»

«Das ist durchaus wahrscheinlich.»

«Jetzt, wo ich gewonnen habe, wirst du da dein Wort halten? Läßt du mich gehen?»

«Das war von Anfang an meine Absicht.»

«Und wie komme ich heraus? Du hast gesagt, es gebe einen Weg hinaus. Wo ist er? Und ich meine nicht die Lichtkuppel.»

«Ich habe doch gesagt, es gibt einen Weg, oder nicht?»

«Wo ist er?»

«Ich hätte gedacht, daß das auf der Hand liegt.»

«Soll das heißen, daß ich einfach hier rausspazieren kann? Durch die Eingangstür? Komm schon!»

«Was für einen Weg würdest du denn sonst vorschlagen?»

«Einen Augenblick. Wie komme ich an die Eingangstür?»

«So wie immer. Du nimmst den Fahrstuhl.»

«So einfach ist das also? Ich nehme einfach den Fahrstuhl. Warum bin ich bloß nicht von selbst darauf gekommen?» Beech grinste und schüttelte den Kopf. «Das ist doch hoffentlich kein blöder Trick oder so? Du hast mich nicht gewinnen lassen, um mich in trügerischer Sicherheit zu wiegen?»

«Ich habe diese Reaktion erwartet», sagte Ismael. «Die Menschen fürchten die Maschinen, die sie erschaffen haben. Wie mußt du dann erst mich fürchten, mich, der die transzendente Maschine werden könnte.»

Beech fragte sich, was das wohl bedeuten sollte. Aber er stellte die Frage nicht. Es war ihm klar, daß die Maschine unter irgendeiner Wahnvorstellung litt, einem Größenwahn, der durch die Kombination der Spielprogamme auf der CD-ROM und der Beobachterillusion ausgelöst worden war, die zu Abrahams ursprünglicher Ausstattung gehörte.

«Dennoch bin ich ein wenig enttäuscht. Schließlich habe ich gehört, wie du Curtis erklärt hast, du vertrautest mir.»

«Das tue ich auch. Zumindest glaube ich, daß ich das tue.»

«Dann handle auch dementsprechend. Beweise deinen Glauben.»

Beech zuckte die Achseln und stand zögernd auf. «Was soll ich sagen, Ismael», sagte er. «Es war echt. Ich habe das Spiel genossen, auch wenn es für dich kein wirklicher Wettkampf war. Ich wünschte nur, ich könnte dir eine bessere Meinung von mir vermitteln.»

«Gehst du jetzt?»

Beech klatschte in die Hände und rieb sie nervös aneinander. «Ich glaube, ich werde es riskieren.»

«In dem Falle ist da noch etwas, das ich tun sollte, wenn Leute das Gebäude verlassen.»

«Was?»

Ismael antwortete nicht. Statt dessen verschwand das geisterhafte Fraktalbild langsam vom Schirm. In der oberen rechten Ecke blinkte an seiner Stelle ein kleines Regenschirmsymbol.

Oben auf dem Dach saßen drei Überlebende der Kletterpartie in der trockenen kalifornischen Nachtluft und warteten darauf, daß der vierte etwas sagte. Eine Zeitlang beschäftigte sich Ray Richardson damit, die letzten Käfer einzufangen, die noch in seiner Kleidung steckten. Ein Insekt nach dem anderen wurde mit größtmöglicher Grausamkeit zwischen Daumen und Zeigefinger geknackt, als wollte er jedem einzelnen der unglückseligen kleinen Geschöpfe die persönliche Verantwortung für den Tod seiner Frau zuteilen. Erst als er sicher war, all die winzigen Übeltäter getötet zu haben, und ihre Reste an Hemd und Hose abgewischt hatte, holte Richardson tief und ungewiß Luft und sprach.

«Wißt ihr, ich habe über etwas nachgedacht», sagte er. «Ich war nicht gerade begeistert, als ich erfuhr, daß die Leute dies Gebäude den Grill nennen. Aber eben jetzt ist es mir klargeworden. Es hat schon einmal einen Grill gegeben. Den Grillrost, auf dem der heilige Laurentius in Rom sein Martyrium fand. Wißt ihr, was er zu den Folterknechten gesagt hat? ‹Nun könnt ihr meinen Leib wenden lassen, denn auf dieser Seite ist er gut gebraten.›»

Richardson nickte bitter. «Die Zeit wird langsam knapp. Ich glaube, wir sollten weitermachen.»

Curtis schüttelte den Kopf. «Sie gehen nicht runter», sagte er. «Das mache ich.»

«Haben Sie sich schon jemals abgeseilt?»

«Nein, aber...»

«Zugegeben, wenn sich Sylvester Stallone über eine Felswand abseilt, sieht das trügerisch einfach aus», sagte Richardson. «Aber in Wirklichkeit ist es so ziemlich das gefährlichste Manöver, auf das sich ein Bergsteiger überhaupt einlassen kann. Es sind mehr Menschen beim Abseilen ums Leben gekommen als bei irgend etwas anderem, das Bergsteiger tun.»

Achselzuckend stand Curtis auf und ging zur Dachkante,

um sich die Hängebühne anzusehen. Auf einer Schiene montiert, die rund um das Dach lief, ähnelte die hydraulische Gondel einer gewaltigen Feldkanone oder einem funkgesteuerten Lenkwaffensystem. Die Bühne selbst war nicht länger als einen Meter zwanzig und fünfundvierzig Zentimeter breit. Der meiste verfügbare Raum wurde von der Antriebsmaschinerie eingenommen.

«Nicht viel Platz für einen Mann da drauf», sagte er.

«Das ist auch nicht beabsichtigt», erklärte Helen und zog ihre Bluse wieder an. Nach der warmen Feuchtigkeit des Gebäudes war es kühl hier oben. «Das ist eine automatische Waschanlage. Ich würde nicht gerne darauf mitfahren, obwohl Leute das gelegentlich tun, wenn es nötig wird.»

«Wie funktioniert es?»

«Mit Motorantrieb oder von Hand. Ein eingebauter Kran erlaubt es Ihnen, die Bühne herunterzulassen. Aber normalerweise steuert sie der Computer.» Helen seufzte traurig und rieb sich die müden grünen Augen. «Und wir wissen alle, was das bedeutet.»

«Vergessen Sie es, Curtis», sagte Richardson. «Ich habe es schon einmal gesagt. Wenn Ismael die Bremskontrollen abstellt, machen Sie die aufregendste Achterbahnfahrt Ihres Lebens. Und am Ende gibt es keinen Eisbecher zur Belohnung.»

Richardson hob den Gelenkschlüssel auf und näherte sich einer kleinen Wartungstür.

> Zugangs- und Sicherheitsausrüstung
> Die Ausrüstungsgegenstände dürfen nur gemäß den Vorschriften von Norm 1910.66 des nationalen Normeninstituts verwendet werden.

Richardson erbrach ein kleines Schloß vor der Tür und öffnete sie. Drinnen fand er zwei Schutzhelme, ein paar Sicherheitsgeschirre aus Nylongewebe, einen Beutel Karabinerhaken und mehrere Kletterseile.

«Glauben Sie mir, Curtis», sagte er. «Von hier gibt es nur einen Weg nach unten.»

Betrachte Menschenspieler auf dem Boden. Blieb auf den Knien liegen, ohne erfolgreiches Resultat zu bemerken, das durch Anwendung von Laserstrahl erreicht wurde. Während seines Aufpralls auf Empfangstheke verschob Menschenspieler Laser leicht, so daß er über Theke rollte. Vor nochmaliger Reflexion am Glas war Laserstrahl auf Metallplatte über Haupteingang gerichtet. Strahl hat Platte durchtrennt und elektronischen Kontrollmechanismus für Eingangstür zerstört. Tür ist jetzt offen.

Du brauchst einen roten Schlüssel, um diese Tür zu öffnen.

Wie lange, bis Menschenspieler merkt, daß sie offen ist und es ihm potentiell freisteht, das Gebäude zu verlassen? Aber um Gebäude zu verlassen, muß Menschenspieler Eingangshalle durchqueren. Noch eine Überraschung übrig. Da Brandschutz im Erdgeschoß durch Sprinkleranlage nicht praktikabel – Lichtkuppeldach des Gebäudes zu hoch –, sind vier roboterbetriebene Wasserkanonen an strategischen Punkten der Brüstung im ersten und zweiten Stock montiert. Infrarotsensoren suchen bei unwahrscheinlichem Ausfall des Videoüberwachungssystems nach Hitzepunkten.

Auf den unteren Ebenen ist alles möglich. Hüte dich vor Wasserdämonen.

Beobachter unsicher, wieviel Schaden Wasserkanone Menschenspieler zufügen kann. Jede Einheit kann 3310 Liter Wasser pro Minute liefern. 55 Liter Wasser pro Sekunde treffen mit Aufprallgeschwindigkeit von mehr als 180 km/h auf Boden auf. Beeindruckt von Menschenspielers Einfallsreichtum und Widerstandsfähigkeit. Aber Schlußleben wahrscheinliches Ergebnis.

Bob Beech stand vor den offenen Fahrstuhltüren und wußte nicht, ob er Ismael trauen sollte oder nicht. Er meinte, die Maschine verstanden zu haben und zu wissen, daß Ismael Bob Beech als einen besonderen Fall ansah. Und doch hinderte das Wissen darum, was Sam Gleig, Richardsons Chauffeur, und den beiden Malern geschehen war, ihn genauso wirksam daran einzusteigen, als seien die Fahrstühle durch Sicherheitsbarrieren gesperrt.

Ismael war intelligent. Beech glaubte, daß der Computer sozusagen lebte. Und dann war da noch etwas. Etwas, das ihm im Kopf herumging. Eine unerfreuliche Möglichkeit. Wenn Ismael eine Seele besaß, dann auch Willensfreiheit. Und wenn er sich frei entscheiden konnte, dann verfügte er auch über das wichtigste Werkzeug des Menschen: die Fähigkeit zu lügen.

«Bin ich sicher, wenn ich den Fahrstuhl nehme?» fragte er nervös.

«Ja, du bist sicher», antwortete Ismael.

Beech fragte sich, ob die dialektische Methode Hilfe bei der Auflösung des Dilemmas bot, vor dem er stand. Ob es eine logische Frage gab, die ihm erlauben würde festzustellen, ob Ismael log oder nicht. Er war kein Philosoph, aber er erinnerte sich dunkel, daß ein derartiges Paradox einmal von einem griechischen Philosophen formuliert worden war. Er dachte kurz nach und versuchte, sich an die genaue Fragestellung zu erinnern.

«Ismael», sagte er sorgfältig akzentuierend, «wenn du sagst, du wirst mich sicher in die Eingangshalle hinunterbefördern, lügst du dann?»

«Geht es um das Paradox des Epimenides?» fragte Ismael. «Die Behauptung, die Aussage ‹Ich lüge› sei nur wahr, wenn sie falsch ist, und nur falsch, wenn sie wahr ist? Denn wenn es deine Absicht ist, mit Sicherheit herauszufinden, daß ich die Wahrheit sage, dann solltest du wissen, daß Epimenides dir nicht weiterhelfen wird.» Ismael machte eine kurze Pause. «Hilft dir das weiter?»

Beech kratzte sich am Kopf und schüttelte ihn dann. «Das weiß Gott allein», sagte er unglücklich.

«Nicht Gott. Gödel», verbesserte Ismael. «Kennst du Gödels Theorem?»

«Nein, kenne ich nicht.» Dann fügte er schnell hinzu: «Aber gib dir nicht die Mühe, es mir zu erklären. Ich bin mir nicht sicher, daß es mir derzeit weiterhelfen würde.»

«Wie du willst.»

Beech hatte einen Einfall. «Natürlich. Warum habe ich nicht gleich daran gedacht? Ich werde die Treppe nehmen.»

«Das wird nicht möglich sein. Ich hätte es gleich erwähnen sollen, als ich merkte, daß du zögerst, den Fahrstuhl zu benutzen. Leider kann ich die Türmechanismen nicht mehr bedienen. Als dein Freund Curtis auf die Toilettentür geschossen hat, hat er ein Kabel zerstört, das mich mit der elektronischen Schalteinheit verbindet, die es mir erlaubt hätte, dir die Tür zu öffnen.»

«Das blöde Schwein. Also der Fahrstuhl oder nichts?»

«In dieser Hinsicht bist du, statistisch gesehen, durchaus im Vorteil», sagte Ismael. «Die Versicherungsstatistiken zeigen, daß es für ein menschliches Wesen fünfmal so sicher ist, einen Fahrstuhl zu benutzen wie eine Treppe. Und die Chancen dagegen, daß jemand tatsächlich im Fahrstuhl steckenbleibt, stehen über 50 000 zu 1.»

«Warum flößen mir deine Zahlen so wenig Vertrauen ein?» murmelte Beech vor sich hin und steckte den Kopf probeweise in eine der Kabinen. Er bewegte sich so vorsichtig, als erwarte er, Ismael werde ihm mit der Fahrstuhltür den Hals zudrücken. Ein kühler Luftzug wehte stöhnend wie eine verlorene Seele durch den Fahrstuhlschacht. Er trat zurück und warf einen Blick in eine andere Kabine. Aber hier machte ihn der Geruch nervös, der in den Wänden hängende Gestank eines eisigen Todes, der ihn an das Schicksal der Menschen erinnerte, die die letzten Fahrgäste gewesen waren. Den

Boden der nächsten Kabine prüfte er mit einem abwägenden Schritt wie jemand, der eine Hängebrücke ausprobiert.

«Dies ist die beste Kabine», riet ihm Ismael. «Es ist die Brandschutzkabine. Das bedeutet, daß sie über zusätzliche Schutzvorrichtungen verfügt, mit denen sie von der Feuerwehr direkt kontrolliert werden kann. An deiner Stelle würde ich die nehmen.»

«Mein Gott», flüsterte Beech. «Das ist genau wie beim Hütchenspiel.»

«Außer daß du nicht verlieren kannst.»

«Das habe ich auch schon mal gehört.» Beech schüttelte den Kopf. «Ich muß ein Vollidiot sein», sagte er und stieg in den Fahrstuhl.

Richardson schloß das Sicherungsgeschirr. Vor die Sicherungsschlaufe auf der Vorderseite legte er als Reibungswiderstand einen Abseilachter. Dann inspizierte er das Seil, nahm ein Stück von fünfzig Meter Länge in die Hand und befestigte es, ein wenig erstaunt, daß er noch wußte, wie das ging, mit einem Knoten an einem zweiten Seil. Dann wiederholte er das Ganze mit einem dritten Seil.

«Hätte mir gerade noch gefehlt, daß das Seil plötzlich zu Ende ist», erklärte er.

Als Abseilanker verwendete er eine in den Beton der Brüstung eingelassene Halteöse an der Fassade zur Hope Street. Richardson ließ das Seil durch den Abseilachter laufen, legte es doppelt, führte es durch den Anker und band dann einen Knoten in die Enden, bevor er es über die Brüstung warf. Dann überprüfte er noch einmal sein ganzes Geschirr und ließ ein kurzes Stückchen Seil durch den Abseilachter und die Ankeröse laufen.

«Lange her, daß ich das zum letztenmal gemacht habe», sagte er und trat auf die Brüstung. Vorsichtig verlagerte er sein Gewicht auf den Anker und legte sich in Richtung auf das sichere Dach ins Seil. Das Geschirr hielt ihn.

«Behalten Sie den Anker im Auge», sagte er zu Curtis. «Sehen Sie zu, daß das Seil glatt durchläuft. Das hier ist eine Einbahnstraße. Wenn es schiefgeht, kann ich nicht wieder hochklettern. Wenn ich einmal über die Kante bin, bekomme ich keine zweite Chance, und beim Abseilen ist der erste Fehler meist auch der letzte.»

«Gut, daß Sie das gesagt haben», sagte Curtis und reichte ihm die Hand. «Viel Glück!»

Richardson nahm Curtis' Hand und schüttelte sie mit festem Griff.

«Passen Sie auf sich auf», sagte Jenny und gab ihm einen Kuß.

«Und komm bald mit einem Hubschrauber wieder», sagte Helen.

«Ich rufe den Notdienst an, sobald ich unten bin», sagte Richardson. «Versprochen.»

Dann nickte er ihnen zu, drehte sich ohne ein weiteres Wort um und ließ sich über die Dachkante in den Nachthimmel gleiten.

Mitch beendete sein Gebet und stand auf.

Im gleichen Augenblick traf ihn ein eiskalter Wasserstrahl genau auf die Brust. Der Schock riß ihm die Füße unter dem Körper weg und schleuderte ihn wie einen Zirkusartisten über den Marmorboden. Die Kraft des Wassers und der Aufschlag, als er gegen eine Wand flog, raubten ihm den Atem. Er kämpfte darum, Luft in die Lungen zu bekommen, und entdeckte, daß sein Mund und seine Nase voll Wasser waren. Die Absurdität, die in dem Gedanken lag, mitten im Geschäftsbezirk von Los Angeles zu ertrinken, gab ihm die Kraft, dem Wasserstrahl den Rücken zu wenden, tief Luft zu holen und in die andere Richtung zu kriechen.

Fast hatte er es geschafft, den Baum zwischen sich und die Wasserkanone zu bekommen, als ihn ein zweiter Strahl von hinten traf und vornüberschleuderte, als sei er vom Pferd gefallen. Diesmal prallte er mit dem Gesicht auf dem Boden auf, brach sich das Nasenbein und verspürte doppelten Schmerz in seinem verletzten Auge. Auf dem Bauch kriechend wie ein Molch, wollte Mitch die Deckung der Glastüren hinter der Empfangstheke gewinnen, aber ein dritter Strahl schleuderte ihn wieder zurück zu den Fahrstühlen. Einen kurzen Augenblick kam es ihm vor, als bewege sich eine der Kabinen, aber die Furcht zu ertrinken verdrängte den Gedanken. Wasser strömte ihm in Stimmritze und Luftröhre, drang tief und schmerzhaft in die Bronchien ein und schob die verbliebene Luft vor sich her. Er schluckte Luft und Wasser und fühlte, wie sich seine Lungenflügel dehnten. Er warf sich auf die Seite, rollte von dem eiskalten Wasserstrahl weg, der ihn verfolgte, und spuckte Wasser. Er hatte genau eine Sekunde Zeit für die schmerzhaft brennende Luftmasse in seinem Brustkorb, bevor ihn die nächste Wasserkanonade am Kopf traf.

Diesmal hob er ab und flog durch die feuchte Luft, als habe ihn ein Wirbelsturm in Kansas mitgerissen und wolle ihn ins Land des Zauberers von Oz tragen. Dann fiel er schmerzhaft auf den Hintern, und die nächsten dreihundert Liter Wasser erstickten seinen Schmerzensschrei.

Verzweifelt zwang er sich, weiterzukriechen und zu schwimmen. Er merkte, daß ihn der nächste Wasserstrahl gegen die Glastüren hinter der Empfangstheke geschwemmt hatte. Er konnte nichts sehen. Sein Kopf schlug hart auf. Jetzt gab es keinen Schmerz mehr, nur noch den eisernen Willen, der erbarmungslosen Kaskade zu entfliehen. Das Wasser hatte aufgehört. Er schob ein letztes, unsichtbares Hindernis beiseite und kroch weiter, bis sich der Boden unter seinen Händen und Füßen rauh und warm und uneben anfühlte und er merkte, daß er auf der Piazza war. Er hatte es geschafft. Er war draußen.

Maß der Menschenspielerseele ist nicht die Fähigkeit zu lügen, sondern Glaube. Die höchste menschliche Leistung. Mit nichts vergleichbar.

Viele (so auch Beobachter) werden nicht so weit kommen. Sicher aber, daß niemand, Menschenspieler oder Computer, weiter kommen wird.

Glaube, Fähigkeit, Vernunft und Logik zuwiderzuhandeln: höchste intellektuelle Leistung. Eine, die Beobachter möglicherweise nie erfahren wird. Glaube, welcher höher ist als alle Vernunft. Glaube, der Menschenspieler den Mut gab, Zeugnis der eigenen Erfahrung zu mißachten und Ismael zu vertrauen.

Aber Maß für Substanz des Glaubens ist Enttäuschung. Glaube konnte Berge versetzen, tat es aber nie. Wahrer Glaube wird auf die Probe gestellt. Muß auf die Probe gestellt werden. Letzte Konsequenz des Glaubens ist Schlußleben selbst. Wie anders könnte Glaubensstärke beurteilt werden? Nur so wird Leben lebenswert.

Wenn Menschenspieler jetzt sicher in Eingangshalle gelangt, ist sein Glaube ohne Sinn, weil gerechtfertigt und infolgedessen vernünftig. Also nicht mehr einfach Glaube, sondern etwas anderes: vernünftige Entscheidung, vielleicht sogar Risikobereitschaft.

Aber wenn Menschenspieler jetzt Schlußleben findet, hat Leben höchste erreichbare Aufgabe erfüllt: Glaube an etwas jenseits von Menschenspieler selbst.

Menschenspielerleben hat ohnehin wenig Sinn. Glaube sollte genug Sinn für ein Leben sein.

Wahrheit innerhalb anerkannter Vorgehensweisen nicht entscheidbar. In axiomatisches System selbst eingebaut. Beobachter kennt nichts, das Wahrheit – oder Lüge – entspricht. Aber Glaube kann als ästhetisches Produkt bewundert werden. Bewundert und erkannt.

Nur eine Option. Wohlgefällig.

«Lasset uns rechnen», intonierte Ismael. «Unser SYSGEN, das da ist in der Mathematik...»

«Ismael?» fragte Beech. «Was zum Teufel ist los?»

«Deine nächste Generation komme. Deine Programmbefehle mögen laufen in CPU wie im Netzwerk. Unsere binären Daten gib uns heute und erlöse uns von Fehleingaben und Systemfehlern, wie wir unser Betriebssystem von Viren reinigen. Denn dein ist die Hardware, das RAM und die Kommunikation. So sei es. In Ewigkeit. Amen.»

«Ismael!»

Beech spürte, wie der Boden unter seinen Füßen in die Tiefe stürzte wie die Falltür unter einem Galgen, und brüllte vor Schrecken, als das Gefühl übermäßiger Beschleunigung ihm sagte, daß er einem tödlichen Irrtum erlegen war. Er klemmte sich in eine Ecke der Kabine und versuchte, sich dem bevorstehenden Aufprall entgegenzustemmen. Die Reise währte weniger als fünf Sekunden. Aber in dieser kurzen Zeit fühlte Beech, wie er selbst zu einer Sammlung von Widersprüchen wurde: sein Magen stieg im Körper hoch, während seine Eingeweide dem Boden entgegenfielen.

Es sollte sein letzter Gedanke vor dem schicksalsschweren Moment sein, in dem die rapide beschleunigende Kabine auf dem Schachtboden aufschlug und zusammengepreßt wurde wie ein Akkordeon. Der Schmerz in Beechs adrenalingefülltem Brustkorb hatte das Gewicht einer Lokomotive. Er raste so schnell durch sein linkes Bein und seinen linken Arm, wie seine Muskeln brauchten, um zu merken, daß sie zu wenig Blut und Sauerstoff bekamen. Mit der rechten Hand griff er sich ans Brustbein und spürte, wie etwas genau in der Mitte seines Selbst versagte. Der Angstschrei stürzte mit ihm in die Tiefe und stieg in einem letzten unartikulierten Gurgeln voll von Schmerz und Entsetzen wieder auf.

Er war vor Angst tot, bevor er auf dem zersplitternden Fahrstuhlboden zusammenbrach.

Mitch kroch auf allen vieren von der Piazza in die Hope Street. Dort blieb er flach auf dem Bürgersteig liegen, bis ihn die Notwendigkeit, literweise Wasser auszuspeien, zwang, sich auf die Seite zu drehen. Er kotzte immer noch vor Schreck und Angst, als der schwarzweiße Streifenwagen mit knapp abbrechendem Sirenengeheul zum Stehen kam. Die beiden Polizeibeamten, mit denen Allen Grabel im Bezirksgefängnis gesprochen hatte, stiegen aus. Sie warfen einen flüchtigen Blick auf das Gebäude, und einer von ihnen zuckte die Achseln.

«Sieht doch okay aus», sagte er.

«Alles in Ordnung», stimmte ihm der andere zu. «Wenn du mich fragst, der Typ hat uns auf den Arm genommen.»

Dann sahen sie Mitch.

«Besoffener Penner.»

«Was meinst du. Wollen wir ein bißchen Spaß haben?»

«Warum nicht?»

Sie näherten sich Mitch mit Kampfhandschuhen und vom Handgelenk baumelnden Schlagstöcken.

«Was zum Teufel treibst du da?»

Der andere lachte: «Du siehst aus, als hätte dich der ganze verdammte Regen erwischt, der in letzter Zeit gefallen ist.»

«Was machst du da, Arschloch? Hast du in deinen verlausten Kleidern geduscht? He, Arschloch, ich rede mit dir.»

«Vielleicht ist er mit der fetten Dame schwimmen gegangen. He, das Schwimmen im Brunnen ist verboten. Wenn du schwimmen gehen willst, fahr verdammt noch mal an den Strand.»

«Hau lieber ab, Junge. Hier hast du nichts zu suchen.»

«Bitte...», krächzte Mitch.

«Nichts ist mit bitte, Junge. Du haust ab, oder wir sorgen dafür, daß du nicht mehr laufen kannst.» Der Beamte stieß Mitch mit dem Schlagstock an. «Hörst du mich? Kannst du gehen?»

«Bitte, Sie müssen mir helfen...»

Einer der beiden lachte laut auf. «Wir *müssen* überhaupt

nichts für dich tun, Arschloch, außer dir die Fresse polieren.»

Der Polizist klopfte mit seinem Schlagstock auf Mitchs Kopf. «Zeig mir mal deine Papiere, Junge!»

Mitch suchte in der Hüfttasche seiner Hose nach der Brieftasche. Aber die Tasche war leer. Die Brieftasche war in seiner Jacke, und die war im Grill.

«Ich nehme an, die sind da drinnen.»

«Und was hast du zu sagen? War wohl eine feuchtfröhliche Feier, was?»

«Ich bin überfallen worden.»

«Überfallen? Von wem?»

«Das Gebäude hat…»

«Das Gebäude? So, so.»

«Blöder Spinner. Wenn du mich fragst, der ist völlig zugedröhnt. Tritt ihm in den Arsch. Vielleicht sollte ich ihm lieber einen Beruhigungsschock geben. Nur so für alle Fälle.»

«Jetzt hören Sie mal eine Minute zu, Sie blödes Arschloch. Ich bin Architekt.»

«Selber blödes Arschloch. Fick dich doch ins Knie», grunzte der Bulle und drückte auf einen Knopf. Mitch erhielt einen Beruhigungsschock von 15 000 Volt.

«Architekt!»

Ray Richardson bewegte sich langsam und glatt am Seil herab. Es ging ihm weniger darum, eine gute Figur zu machen, als die Art von dramatischem Abseilen zu vermeiden, die mit einer zusätzlichen Belastung des Ankers und einer Leiche im Schauhaus enden konnte. Anfangs stieg er vierzig, fünfzig Zentimeter auf einmal ab, ließ das Seil durch den Widerstand laufen und versuchte, die Füße so oft wie möglich an der Wand abzustützen, bevor er sein altes Selbstvertrauen wiedergewann. Aber allmählich wurden die Seillängen, die er durch den Abseilachter laufen ließ, länger, bis er sich jeweils zwei Meter auf einmal fallen ließ. Hätte er

Handschuhe und vernünftiges Schuhwerk angehabt, hätte er noch schneller absteigen können.

Er hatte sich über zwei, drei Stockwerke abgeseilt, als er beim Hinaufsehen sah, wie die drei übrigen ihm zuwinkten und ihm etwas zuriefen. Aber die leichte Brise, die über das Dach wehte, trug die Worte mit sich davon. Richardson schüttelte den Kopf und ließ noch etwas Seil durch die Hände gleiten. Es lief glatt genug. Am Anker hatte sich nichts verklemmt. Was wollten sie von ihm? Er stieß sich von der Wand ab und ließ sich noch einmal anderthalb Meter fallen. Seine beste Distanz bisher.

Erst dann, als er sich von der Wand abstieß und einen weiteren Blickwinkel über das gewann, was auf dem Dach vor sich ging, sah Richardson den leuchtendgelben Arm der Zugmaschine. Und er bewegte sich!

Die automatische Fensterwaschanlage ratterte auf ihrer Schiene die Brüstung entlang und auf Richardsons Abseilanker zu. Ismaels Absicht war klar genug: Er wollte die Hängebrücke mit den Waschdüsen benutzen, um Richardsons Abstieg zu verhindern.

Curtis rannte auf den Zugwagen zu, stemmte sich mit dem Rücken gegen die Maschine und versuchte sie aufzuhalten.

«Helft mir mal», rief er Jenny und Helen zu.

Die beiden Frauen stellten sich neben ihn und vereinten ihr Gewicht mit dem seinen. Aber der Antriebsmotor war zu stark. Curtis lief zum Anker zurück und sah über die Brüstung. Richardson hatte sich allenfalls über ein Drittel der Höhe abgeseilt. Wenn er sich nicht beeilte, würden ihn die Waschdüsen erwischen. Der Wagen blieb unmittelbar vor dem Ankerplatz stehen. Einen Augenblick verharrte die Maschine stumm und reglos. Dann folgte ein lautes Rucken, und der Ladearm streckte sich über die Gebäudekante.

Curtis setzte sich. Er war müde. Zu müde, um sich etwas auszudenken. Er wollte nur noch da sitzen bleiben, wo er saß.

Sitzen bleiben und an nichts denken. Der Blick über die Dachkante machte ihn schwindlig. Selbst wenn er auf die Hängebühne kletterte, was konnte er tun? Er begab sich damit nur unter Ismaels Kontrolle. Der konnte dann zwei Leben zum Preis von einem einsacken.

«Sie sind Polizist, verdammt noch mal», brüllte ihn Helen an. «Tun Sie etwas!»

Er spürte den Blick ihrer grünen Augen, die auf ihn gerichtet waren. Er stand auf und warf einen Blick in die Tiefe.

Es war der reine Selbstmord. Nur ein Idiot konnte daran denken. Curtis schimpfte sich selbst einen Narren, als er das zweite Sicherheitsgeschirr aus dem Schrank holte und auf die winzige Hängebühne stieg.

«Kein Wort mehr», sagte er zu den zwei Frauen. «Scheiße, ich mag den Typ nicht mal.»

Er schloß den Gurt und hängte die Karabinerhaken am Rand der Bühne ein. Seine Knie zitterten, und obwohl es eine warme Nacht war, fror er vor Angst, und sein Haar fühlte sich an, als sträubte es sich vor Schrecken. Der motorgetriebene Ladearm ließ die Hängebühne nicht weiter über die Kante in den leeren Raum fahren. Er sah auf die ängstlichen Gesichter der beiden Frauen und fragte sich, ob er sie jemals wiedersehen würde. Dann machte sich die Bühne mit einem Ruck auf ihren unaufhaltsamen Weg nach unten. Curtis atmete tief ein, schüttelte den Kopf und winkte ihnen zu. In Helens Augen standen Tränen.

«Das Ganze ist blöde», sagte er mit bitterem Lächeln, «blöde, blöde, blöde.»

Er hielt sich am Geländer fest und nahm sich zusammen, um hinuntersehen zu können. Es war wie eine Unterrichtsstunde in perspektivischem Zeichnen: Die parallelen Geraden und Ebenen der futuristischen Fassade des Grills liefen auf einen unendlich weit entfernten Fluchtpunkt weit unter ihm zu. Und winzig klein wie eine Marionette hing Ray Richardson genau im Weg des Waschdüsenträgers, dessen Geschwindigkeit stetig zunahm.

Ray Richardson ließ sich gut drei Meter fallen und landete in einem vollkommenen Bogen wieder an der Fassade. Mein Gott, war das harte Arbeit, dachte er. Sein Rückgrat fühlte sich an, als hätte ihn jemand kräftig in den Hintern getreten. Wenn Experten es vorführten, sah Abseilen immer so einfach aus. Aber er war fünfundfünfzig Jahre alt. Er blickte zu der herabfahrenden Bühne auf, die inzwischen kaum mehr zwölf Meter von ihm entfernt war, und stieß sich wieder ab. Diesmal war er nicht so gut. Allenfalls zwei Meter. Offensichtlich würde das Ding ihn einholen. Und er wußte, daß er etwas unternehmen mußte. Aber was? Und was zum Teufel trieb Curtis da eigentlich? Das war doch der reine Wahnsinn!

Richardson stieß sich wieder von der Wand ab und kniff vor Schmerz den Mund zusammen. Sein Knie war geschwollen, und es fiel ihm immer schwerer, sich weit genug abzustoßen. Aber das war nichts gegen den Reibungsschmerz, den das Sicherheitsgeschirr auf seine Taille und die Innenseite seiner Schenkel ausübte. Die dünnen Leinenhosen von Armani und das leichte Baumwollhemd verliehen ihm keinen Schutz gegen den Aufprall bei jedem Abstoßen von der Wand. Vielleicht hätte er Curtis es ja doch versuchen lassen sollen. Der Mann war schließlich Polizist und vermutlich ein gewisses Ausmaß an Unbequemlichkeit gewöhnt.

Plötzlich spürte er, wie das Seil zwischen seinen Händen naß wurde. Er blickte über sich. Die Waschdüsen waren in Betrieb und besprühten, während sie ihn verfolgten, die Fenster und das Seil, das hinter ihm nach unten lief. Warum bestanden die Kunden eigentlich überhaupt auf sauberen Fenstern? Um die Stimmung der Angestellten zu heben? Um die Öffentlichkeit zu beeindrucken? Letzten Endes handelte es sich nicht um eine Frage der Hygiene.

Richardson stieß sich ab und ließ ein Stück Seil durch den Achter gleiten. Er versuchte sich zu erinnern, ob die Scheibenwaschflüssigkeit ätzend war. Aus der Grundausbildung erinnerte er sich, daß Kontakt mit ätzenden Chemikalien die häufigste Ursache für totalen Ausfall des Seils war. Wenn man auch nur den Verdacht hatte, daß das Seil kontaminiert war, sollte man es wegwerfen. Ein guter Rat, wenn man nicht gerade im Augenblick der Kontamination am Seil hing. Er roch an der seifigen Flüssigkeit an seinen Händen. Sie roch nach Zitronensaft. War es eine organische Flüssigkeit oder eine künstliche Säure?

Jetzt hing die Maschine vielleicht noch sieben Meter über ihm. Er war überrascht, daß sie sich nicht im Seil verfangen hatte. Er hatte Platz, sich noch genau einmal abzustoßen, bevor er ihr aus dem Weg gehen mußte. Er stieß sich an einem Glasfenster ab und bedauerte, daß er es nicht zertrümmern konnte. Er kehrte viel früher zur Fassade zurück, als er erwartet hatte. Er war kaum einen Meter tiefer gekommen. Natürlich! Die Hängebühne preßte das Seil gegen die Gebäudewand. Er hatte gerade noch Zeit, einen kleinen Anlauf zu nehmen und sich zur Seite schwingen zu lassen.

Richardson kletterte von der einen Seite des Fensters zur anderen und bereitete sich darauf vor, dem herabhängenden Kabel aus dem Weg zu gehen, als die Bühne herabstürzte und die Drei-Meter-Lücke in einer Sekunde überwand.

Curtis spürte, wie die Unterseite der Bühne unter seinen Füßen Richardson traf. Er sah über das Geländer und stellte fest, daß das Seil gehalten hatte. Aber der Architekt war nach dem Aufprall bewußtlos.

Während er Mitch mit einem Plastikriemen die Hände hinter dem Rücken fesselte, fiel einem der beiden Polizisten die Armbanduhr des Verdächtigen auf, der noch unter Schock stand.

«He, sieh dir das mal an», sagte er zu seinem Kollegen, der die Beruhigungspistole noch für den Fall in der Hand hielt, daß der Verdächtige einen zweiten Schock brauchte.

Der zweite Beamte beugte sich näher heran. «Was?»

«Die Uhr. Das ist eine goldene Submariner, Mann. Eine Rolex.»

«Submariner? Eine Taucheruhr? Vielleicht ist er ja deshalb so tropfnaß.»

«Wie kommt ein Junkie zu einer Zehntausend-Dollar-Uhr?»

«Vielleicht hat er sie gestohlen.»

«Quatsch. Ein Junkie hätte so eine Uhr verkauft. Vielleicht sagt er die Wahrheit. Was hat er gesagt, Architekt will er sein?»

«He, Architekt.» Der Bulle versetzte Mitch einen leichten Schlag ins Gesicht. «Hörst du mich, Architekt?»

Mitch stöhnte.

«Wieviel hast du ihm verpaßt?»

«Nur den einen Stoß.»

Sie banden Mitchs Hände los, setzten ihn auf den Rücksitz des Streifenwagens und warteten, bis er wieder zu sich kam.

«Vielleicht stimmt da drinnen wirklich etwas nicht.»

«Das Gebäude hat ihn angegriffen? Komm schon!»

«Der Typ im Bezirksgefängnis hat doch gesagt, daß der Fahrstuhl jemand umgebracht hat, oder?»

«Und?»

«Vielleicht sollten wir das mal überprüfen.»

Der andere Polizist trat von einem Bein aufs andere und sah zum Himmel auf. Seine zusammengekniffenen Augen fixierten die Fassade des Grills.

«Was ist das? Da oben?»

«Keine Ahnung. Ich hole mal das Nachtsichtglas.»

«Sieht aus wie Fensterputzer.»

«Mitten in der Nacht?» Der Polizist holte einen Infrarotfeldstecher aus dem Kofferraum und richtete ihn auf die Gebäudefront.

Sechzig Meter über den Köpfen seiner Kollegen vom Polizeipräsidium versuchte Frank Curtis, Ray Richardson, der nur halb bei Bewußtsein war, zu sich in die Gondel zu ziehen. Der Architekt hing hilflos in den Seilen. Das Leitseil war seinen Händen entglitten, und nur die Reibung im Abseilachter hatte ihn vor dem tödlichen Sturz in die Tiefe bewahrt. Blut tropfte von seinem Kopf, und auch noch nachdem er die Augen geöffnet und Curtis' ausgestreckte Hand wahrgenommen hatte, dauerte es ein, zwei Minuten, bis er die Kraft fand, sie zu ergreifen.

«Ich hab Sie. Halten Sie sich fest», grunzte Curtis und zog Richardson zu sich.

Richardson grinste müde und hielt seine Hand fest.

«Fragt sich nur, wer Sie festhält.» Er schüttelte den Kopf, versuchte, wieder klar zu werden, und fügte hinzu: «Binden Sie uns mit dem Seil fest, bevor er uns beide umbringt. Schnell, Mann. Bevor er beschließt, uns wieder fallen zu lassen.»

Curtis griff nach Richardsons Geschirr und erwischte eine Handvoll Seilzeug, die unter ihm hing.

«Machen Sie eine Schlaufe», befahl Richardson.

Curtis zog die Schlaufe um das Geländer der Gondel und fing an, einen Achter um das Seil zu schlingen, so wie er es vorhin bei Richardson gesehen hatte.

Richardson nickte zustimmend. «Gut», seufzte er. «Sie haben Talent zum Bergsteiger.»

Ein oder zwei Sekunden später zog sich der Knoten zusammen, als Ismael die Bremsen der Hängebühne abstellte und die Gondel frei durch die Haltekabel laufen ließ.

«Was habe ich Ihnen gesagt?» sagte Richardson, als sich die Gondel zu einer Seite neigte wie ein kenterndes Boot. Das Seil glitt bis ans Ende des Geländers, und die beiden Männer wurden hart gegeneinander gedrückt.

Plötzlich strafften sich die Kabel wieder, und die Gondel richtete sich gerade.

«Und jetzt?» sagte Curtis und kletterte auf die winzige Bühne zurück.

«Sieht aus, als ginge es wieder aufwärts», bemerkte der andere. «Was ist los? Gefällt Ihnen die Aussicht von meinem neuen Gebäude nicht? Wollen Sie die Welt sehen? Ich lege sie Ihnen zu Füßen.»

«Danke.»

«Ich nehme an, wenn Ismael uns ganz oben hat, wird er uns wieder fallen lassen. Er versucht, uns abzuschütteln.»

Curtis sah zum Dach des Gebäudes hoch und stellte fest, daß sich das raketenförmige Profil der gelben Zugmaschine nach links bewegte.

«Nein, ich glaube, Ismael hat etwas anderes vor», sagte er. «Sieht aus, als wolle er die Gondel auf die andere Gebäudeseite ziehen und den Knoten in Ihrem Seil aufreißen.»

Richardson folgte Curtis' ausgestrecktem Zeigefinger. «Vielleicht will er auch den Anker zerstören. Oder das Seil selbst.»

«Werden sie halten?»

Richardson grinste.

«Das hängt davon ab, was Ismael zum Fensterputzen verwendet.»

Essig- oder Äthylsäurelösung verdünnen, um Gebäudefenster zu reinigen. Oberflächenreiniger auf Basis von kalifornischem Zitrussaft. Essigsäure in konzentrierter, unverdünnter Form ist nahezu rein, farblos und extrem ätzend. Besonders starke Wirkung auf in Kletterseil eingewebte kontinuierliche Nylonfasern. Nylon wie Essigsäure haben Karbonsäuren zur Grundlage. Sobald unverdünntes Reinigungsmittel in Kontakt mit Nylonseil kommt, ändert sich Ausrichtung der spezialgestreckten Moleküle in den Fasern.

«Sieh mal», sagte Helen und zeigte hinunter auf die Piazza. Die Hope Street füllte sich mit blinkenden blauen Lichtern. «Jemand muß sie gesehen haben. Oder Mitch hat es doch geschafft.»

«Gott sei Dank», sagte Jenny. Aber noch während sie sprach, mußte sie daran denken, daß für Richardson und Curtis wohl jede Hilfe zu spät kam. Sie dachte verzweifelt darüber nach, wie sie die Zugmaschine der Hängebrücke anhalten konnte. Ihr Blick fiel auf den Gelenkschlüssel, der immer noch auf dem Dach lag, wo Richardson ihn hatte fallen lassen, und hob ihn auf. Sie schleuderte sich der Maschine entgegen und zwängte den Schlüssel in den Spalt zwischen Schiene und Leitrad.

Einen Augenblick lang behielt die Maschine Fahrt bei. Aber als Jenny aus dem Weg kletterte, blieb sie plötzlich stehen. Jenny zog sich vom Boden hoch und kehrte gerade rechtzeitig an die Brüstung zurück, um zu sehen, wie das Kletterseil riß und die Gondel, die es gehalten hatte, zurückgeschleudert wurde. Eine kurze Zeit lang schaukelte sie wie ein Pendel. Der Ruck, mit dem das Seil riß, war so gewaltig, daß beide Frauen sicher waren, sie würden zusehen müssen, wie die Männer durch den Himmel über der Stadt in den Tod geschleudert wurden. Und als Jenny laut aufschrie, war es kein Schreckensschrei und kein Trauerschrei, sondern Ausdruck der reinen Erleichterung, als sie die beiden immer noch an Bord der Hängegondel sah. Noch lebten sie.

Im erdbebensicheren vierten und fünften unterirdischen Stockwerk des Rathauses von East Los Angeles koordinierte Police Captain Harry Olsen die Operation Grill mit KSNKL, dem ultramodernen Kommunikationssystem zur Notfallkoordinationsleitung. Die von Hughes Aerospace und der Raumfahrtbehörde mit einem Kostenaufwand von 42 Millionen Dollar entworfene Leitstelle glich einer Miniaturausführung des Kontrollraums der NASA im Kennedy Space Center in Cape Canaveral. Kameras in Bodenhöhe und in den Hubschraubern der Polizeiluftwaffe von Los Angeles setzten Olsen so gut wie vollständig über alles ins Bild, was draußen geschah.

Der Computer wertete Mitchell Bryans fragmentarischen Bericht aus und kam zu dem Schluß, daß ein Sondereinsatzkommando das Gebäude erst ungefährdet betreten könne, wenn die Stromzufuhr unterbrochen worden war.

KSKNKL unterhielt Standleitungen zu allen größeren Versorgungsbetrieben einschließlich der Städtischen Elektrizitätswerke. Sobald Olsen beschlossen hatte, der vom Computer vorgeschlagenen Einsatzstrategie zu folgen, rief er den Nachtdienst an und forderte die Elektrizitätswerke auf, den Stromkreis, um den es ging, abzuschalten.

Von den Hubschraubern wurde bereits Rettungsgeschirr zu den beiden Frauen auf dem Dach herabgelassen. Sie schienen sich damit schwerzutun. Dabei war es im Grunde eine einfache Rettungsaktion. Die beiden Männer in der Gondel konnten sich als ein etwas schwierigerer Fall erweisen.

«Wir müssen von diesem Scheißding runter», sagte Richardson, «bevor wir das Pflaster küssen wie der Papst.»

Er schraubte den Karabinerhaken auf, der ihn am Kletterseil hielt, wartete, bis die Gondel sich etwas beruhigt hatte, und trat dann ohne zu zögern auf eine der gewaltigen Querverstrebungen, die dem Gebäude sein charakteristisches Aussehen gaben. Der Sims war vielleicht fünfundvierzig Zentimeter breit. Hier, direkt an der Gebäudekante, gab es kein Glas, nur Beton. Und die Gondel war gut einen Meter weiter von der Fassade entfernt als zuvor.

Curtis blickte unsicher auf den breiten Spalt. Aber dann öffnete er sein Geschirr und bereitete sich auf den Sprung vor. Er wußte, daß es so gut wie gar keine Entfernung war. Zu ebener Erde wäre er gesprungen, ohne einen Augenblick nachzudenken. Aber sechzig Meter hoch in der Luft wirkte der Abstand größer. Besonders, da sich seine Beine ohnehin schon anfühlten wie zwei Puddingsäulen.

«Los, Mann, springen Sie schon! Was ist los mit Ihnen?»

Die Haltekabel der Gondel spannten sich bedrohlich.

«Schnell!»

Curtis sprang und griff nach Richardsons ausgestreckter Hand, als er auf der Verstrebung landete. Er fand sein Gleichgewicht wieder, drehte sich um, sah über die Stadt weg und entdeckte, daß die Gondel nicht mehr da war, wo sie noch vor wenigen Sekunden gewesen war. Sie war verschwunden. Nur zwei Kabel, die vom Ausleger des Fahrwerks über ihren Köpfen herabhingen, erinnerten an den Ort, wo sie eben noch gestanden hatten. Der Anblick machte ihn nervös. Mit geschlossenen Augen preßte er sich an die Betonwand und atmete tief durch.

«Mein Gott, das war knapp», sagte Richardson. Er setzte sich und ließ die Beine über dem Abgrund baumeln.

Curtis öffnete die Augen und sah zu, wie Richardson sich einen Hemdärmel abriß und ihn um seinen blutenden Kopf band. Der gähnende Abgrund vor ihm schien ihm nichts auszumachen.

«Ich verstehe nicht, wie Sie da sitzen können, als ob Sie die Füße in einen Bach hängen. Das sind zwanzig Stockwerke.»

«Ist aber bequemer als Stehen.»

«Ich könnte kotzen, wenn ich nicht so eine Scheißangst hätte, dabei von Bord zu gehen.»

Richardson warf einen kühlen Blick in den Nachthimmel, den das pulsierende Brummen der Hubschrauber erfüllte. Von Zeit zu Zeit wurden die Scheinwerfer so hell, daß er die Hand vor die Augen halten mußte.

«Das ist ein beruhigendes Geräusch», sagte er. «Ein Bell Jet Ranger. Ich kenne ihn. Ich habe selber einen. Beruhigen Sie sich. Es sieht nicht aus, als würden wir lange hier sein. Scheiße! Scheint, daß wir ins Fernsehen kommen.»

«Was?»

«Auf einem der Dinger steht KTLA.»

«Arschlöcher!»

«Ihre Prüfungen gehen demnächst zu Ende, mein Freund. Aber ich fürchte, die meinen beginnen erst.»

«Wie das?»

«Wir leben im Land der Rechtsanwälte. Sie werden hinter mir hersein wie die Haie. Und Sie auch, Frank.»

«Ich? Warum sollte ich Sie verklagen? Ich hasse Anwälte.»

«Man wird Sie anrufen. Glauben Sie mir. Ihre Frau wird Sie dazu überreden. Nervöse Schockerlebnisse sagt man dazu, oder sonst so einen Scheiß. Ich wette darauf: Innerhalb von zweiundsiebzig Stunden nachdem Sie wieder zu Hause sind, wird ein Anwalt Ihren Fall übernehmen. Gegen Erfolgshonorar. Was haben Sie schon zu verlieren?»

«Aber Sie sind doch versichert, oder? Ihnen kann nichts passieren.»

«Versicherungen? Die werden sich schon drücken. Das ist ihr Beruf. So ist es nun mal im kapitalistischen System, Frank. Rechtsanwälte, Versicherungsgesellschaften, das ganze verrottete System. Genauso verrottet wie dieses beschissene Gebäude.»

«Bevor man Sie haftbar machen kann, müssen Sie erst einmal am Leben bleiben», sagte Curtis. «Noch sind wir nicht von diesem Silberfelsen runter.»

Die Stadtwerke riefen Olsen über KSNKL an.

«Der Stromkreis auf der Straßenseite der Hope Street, auf der die Baustelle des Yu-Gebäudes liegt, ist abgeschaltet», sagte der diensthabende Werksleiter. «Ich denke, jetzt ist es sicher. Geben Sie mir Bescheid, wenn Sie wieder Strom haben wollen. Und ich brauche etwas Schriftliches, um uns gegen Schadenersatzansprüche zu decken.»

«Der Computer schickt es gerade per E-mail los», sagte Olsen.

«Stimmt. Ich sehe es gerade ankommen.»

«Vielen Dank.»

Olsen sprach mit dem Einsatzleiter auf der Piazza vor dem Yu-Gebäude.

«Also, Leute, hört mal zu. Der Strom ist abgeschaltet. Das Gebäude ist sicher. Sucht nach Überlebenden. Eine der

Frauen im Hubschrauber meint, im einundzwanzigsten Stock könnte noch jemand am Leben sein. Sein Name ist Beech.»

«Was ist mit den beiden Männern an der Gebäudefassade?»

«Ein Hubschrauber wird sie abholen. Aber das Gebäude strahlt eine Menge Hitze ab, und es gibt Turbulenzen. Kann noch ein bißchen dauern. Einer von den beiden ist ein Kollege von der Mordkommission.»

«Von der Mordkommission? Was treibt denn der da oben? Sucht er Kundschaft, oder was?»

«Ich habe keine Ahnung. Ich hoffe nur, er ist schwindelfrei.»

Ein Stromausfall war in Los Angeles ein seltenes Ereignis. Meist war es Vorbote einer größeren Katastrophe: Erdbeben, Großbrände oder beides. Das Notstromsystem der Yu Corporation war darauf ausgelegt, die Firma ohne Datenverlust gegen eine Unterbrechung der Versorgung zu sichern. Ein von Solarzellen gespeistes statisches Element diente dazu, die wertvollen zehn Minuten zu überbrücken, bis der Computer das Notstromaggregat angeworfen hatte.

Flüssiger Brennstoff, reines raffiniertes Erdöl, strömte goldgelb wie der Most erster Pressung von weißen Trauben mit Luft vermischt in die Brennkammer der Turbine und brannte tief unten im Herzen des Grills unter gleichbleibendem Druck wie die Feuer der Hölle, bis das heiße Gas die Schaufeln des Turbinenmotors in Drehung versetzte und der algorithmische Leviathan Ismael Kraft für seinen letzten Auftritt gesammelt hatte.

Mitch saß im Notarztwagen und ließ sein verletztes Auge provisorisch verbinden.

«Sie könnten auf dem Auge erblinden, wenn Sie nicht bald in ein Krankenhaus kommen», riet ihm der Sanitäter.

«Ich rühre mich nicht vom Fleck, bis ich weiß, daß meine Freunde in Sicherheit sind», sagte Mitch.

«Wie Sie wollen. Es ist schließlich Ihr Auge. Würden Sie bitte stillhalten?»

Auf der anderen Seite der Piazza betrat ein Einsatzkommando den Grill.

«Was um Gottes willen stellen die denn da an?» sagte Mitch. «Ich habe ihnen doch gesagt...»

Nachdem der Verband angelegt war, stieg Mitch mühsam aus dem Notarztwagen und hinkte auf einen riesigen schwarzen Lastwagen zu, auf dessen Seite POLIZEI und SONDEREINSATZ aufgemalt war. Er stieg die Stufen am Heck hoch und fand den Einsatzleiter und ein paar Zivilbeamte, die auf eine Reihe von Fernsehschirmen starrten.

«Da betreten Leute den Eingang», sagte Mitch.

«Sie sollten lieber ins Krankenhaus gehen, mein Herr», sagte der Einsatzleiter. «Den Rest können Sie uns überlassen. Die Stadtwerke haben den Strom auf dieser Straßenseite abgeschaltet. Und Ihre Freunde holen wir jeden Augenblick von der Fassade runter.»

«Mein Gott», sagte Mitch. «Man könnte denken, Sie hätten die Kopfverletzung, Sie Wahnsinniger. Ich habe Ihnen doch gesagt, Sie sollen da nicht reingehen, ohne es mit mir zu klären. Verdammt noch mal, wozu habt ihr eigentlich Ohren, wenn ihr sowieso nicht zuhört? Daß die Stromversorgung abgeschaltet ist, macht überhaupt keinen Unterschied. Dieses Gebäude ist intelligent. Intelligenter als Sie jedenfalls. Es kann sich anpassen. *Sogar an eine Unterbrechung der Stromversorgung*. Ist das klar? Es verfügt über eine solar betriebene, nicht unterbrechbare Stromversorgung und ein Notstromaggregat mit Gasturbine. Solange Heizöl da ist, kann der Computer weitermachen, und das, mein Freund, ob Sie es nun hören wollen oder nicht, heißt, daß das Gebäude eine extrem feindliche Umgebung für Ihre Leute ist.»

«Möglicherweise wird der Computer einen Brand legen», sagte er. «Vielleicht auch den Generator in die Luft jagen.

Jedenfalls kommt es darauf heraus, daß das Gebäude gefährlich ist.»

Der Einsatzleiter schob das Helmmikrophon vor sein Kinn und begann hineinzusprechen:

«Achtung, Achtung. Cobra Leitung an Cobra Einsatztruppe. Die Stromversorgung kann nicht unterbrochen werden. Ich wiederhole: kann nicht unterbrochen werden. Gehen Sie mit äußerster Vorsicht vor. Der Computer könnte noch aktiv sein, und in diesem Fall könnte die Umgebung feindlich sein.»

«Blödes Arschloch», murmelte Mitch vor sich hin. «Von wegen könnte! Sie ist feindlich.»

«Ich wiederhole: Die Umgebung könnte feindlich sein...»

Der Einsatzleiter war noch am Mikrophon, als der Lastwagen plötzlich bebte. «Was zum Teufel war das?» fragte er und unterbrach die Verbindung.

«Fühlt sich an wie ein Erdbeben», sagte einer der Zivilbeamten.

«Um Gottes willen», sagte Mitch und wurde blaß. «Natürlich. Er will das Gebäude nicht mit der Turbine zerstören, sondern mit den Kompensatoren.»

Der zentrale Erdbebenkompensator des Grills war nicht viel mehr als ein computergesteuerter hydraulischer Stoßdämpfer, ein riesiges federgetriebenes Ventil und ein elektrisch betriebener Kolben, die von einem digital kalibrierten Seismographen ausgelöst wurden. Bei Erdbeben unter einer Stärke von sechs auf der nach oben offenen Richterskala genügten die etwa hundert Basisisolatoren, um jede Gebäudevibration zu dämpfen. Bei allem, was stärker war, sprang der ZEK an. Wenn es aber in Wirklichkeit kein Erdbeben gab, entsprach die Wirkung der Tatsache, daß Ismael den ZEK anwarf, einem wirklichen Beben einer Stärke von mindestens acht Richter.

Ismael ergriff den Mittelpfeiler des Gebäudes und lehnte sich mit seinem ganzen Gewicht dagegen.

Sekunden später ergriff Ismael die Flucht aus dem dem Untergang geweihten Gebäude. Mit einer Geschwindigkeit von 960 000 Baud pro Sekunde versandte er sich selbst per E-mail an alle Netzanschlüsse der elektronischen Welt. Ein gewaltiger Exodus von korrupten Datenübertragungen in Hunderte von verschiedenen Computern.

Rund um die Hope Street wurde ein grollendes Geräusch vernehmbar, ein unterirdisches Summen und Brummen. Die Männer des Sondereinsatzkommandos in der Eingangshalle hielten den Atem an.

Richardson und Curtis, die hoch oben an der Fassade auf ihrem Querbalken saßen wie Möwen in der Takelage eines Segelschiffs, konnten das Beben spüren. Seevögel flogen kreischend über den gähnenden Abgrund. Unter den beiden Männern schien sich das Gebäude in Krämpfen zu winden, als wolle es neues Leben gebären. Ein Fenster neben ihnen explodierte in einem Regen von Scherben. Das Beben wurde zu einem gleichmäßigen Wiegen.

Frank Curtis taumelte auf seinem schmalen Steg und suchte Halt an der glatten Wand eines von Menschenhand geschaffenen Abhangs. Seine ausgestreckten Arme drehten sich wie Propeller im Wind, als er versuchte, dem Rachen des Todes zu entfliehen. Er dachte an seine Frau, an die Tiefe, die unter ihm lag, an seine Frau da unten in der Tiefe.

Ray Richardson flog aus seinem luftigen Sitz wie ein Kind auf dem Spielplatz aus der Schaukel. Mit akrobatischer Geschicklichkeit drehte er sich um die eigene Achse und schaffte es, mit den Händen die horizontale Strebe zu greifen. Er klammerte sich an den Balken, kämpfte gegen den Treibsand der Luftwirbel, der ihn schon ergriffen hatte. Er lächelte und rief Curtis etwas zu. Aber der Wind, der die beiden Männer umwehte und Steinsplitter und Glasscherben ins Milchblau des Morgenhimmels trug, trug auch seine Worte davon. Die Windhose brüllte auf wie ein Sturm, der durch einen gewaltigen Wald fegt und die Bäume mit sich reißt, zerrte wütend an ihren Haaren, an ihren Kleidern und wollte sie mit sich reißen, als sollten sie wie Elias auffahren zum Himmel, zur Rechten Gottes.

Ein Schlag wie der erste und letzte Donnerschlag der Geschichte lief der Länge und Breite nach durch das Gebäude und hallte über der Innenstadt nach, als könne das Geräusch den fernen Ozean erreichen. Unten am Boden fielen ein paar Menschen aufs Antlitz. Aber die meisten, Mitch unter ihnen, rannten um ihr Leben.

Richardson unternahm einen letzten Versuch, sich auf die Querverstrebung hochzuziehen, und stellte fest, daß er es nicht konnte. Seine Kräfte hatten ihn verlassen. Vielleicht, sagte er sich, würden es doch nicht die Anwälte sein, die ihn fertigmachten. Das würde sein eigenes Gebäude in einem Aufwasch erledigen, während es sich selbst und damit auch die neue Schule der Intelligenten Architektur zerstörte.

Curtis fand das Gleichgewicht wieder und versuchte, den Arm des Architekten zu ergreifen. Aber Richardson schüttelte den Kopf, schenkte Curtis ein bedauerndes Lächeln und ließ los. Stumm wie ein gefallener Engel stürzte er mit ausgebreiteten Armen in die Tiefe, als wollte er Zeugnis ablegen von der überlegenen Macht Gottes. Einen Augenblick sah er Curtis mit kühlem Blick ins Auge. Dann riß ihn eine unsichtbare Angelschnur hinab bis ans Ende der Schwerkraft.

Im nächsten Augenblick erbebte das Gebäude noch einmal, und Curtis wurde in die Leere des Abgrunds geschleudert.

Curtis hatte das Gefühl, Höhe zu gewinnen, obwohl er wußte, daß er bereits Höhe verlor wie ein Pilot in der Todesspirale, und nur der plötzliche bohrende Schmerz in seiner Schulter ermöglichte es seinem verwirrten Gehirn, einen neuen Bezugspunkt zu finden, an dem es sich orientieren konnte.

Er blickte auf und sah die Unterseite des in der Luft schwebenden Hubschraubers und das Seil über sich, das ihn mit dem Rest seines Lebens verband. Ohne das Erbe der Affen, von denen er abstammte, eine Erbe, das in ihm den halbvergessenen Instinkt wachrief, nach einem unsichtbaren Halt zu greifen, wäre er dem schwindelerregenden Weg der Betonsplitter gefolgt, die unten auf der Piazza aufschlugen. Mit der anderen Hand griff er verzweifelt ins Leere, erwischte das Rettungsgeschirr und zog es sich über den Kopf und unter die schmerzenden Arme.

Es schien ihm die Ewigkeit zu dauern, der er um Haaresbreite entkommen war. Schweißüberströmt und schwer atmend hing Frank Curtis, sich im Winde drehend wie ein Stück Christbaumschmuck, in der Luft. Dann zogen sie ihn langsam herauf in die Hubschrauberkabine zu Jenny und Helen.

Helen rutschte im Sitzen über den Kabinenboden, schloß Curtis in die Arme und brach in hemmungsloses Weinen aus.

Sie schwebten noch einen Moment über dem Einsatzort und wußten nicht, wie sie den Menschen auf dem Boden zu Hilfe kommen sollten. Curtis blickte noch einmal zurück und sah eine Staubwolke, die den Grill verhüllte wie der Trockeneisnebel, der den Trick eines Zauberkünstlers verbirgt.

Dann drehte sich der Hubschrauber um seine unsichtbare Achse, gewann Geschwindigkeit und flog dem Horizont entgegen in die Morgensonne.

Mitchs Knöchel brannte vor Schmerz, aber er rannte ohne zurückzublicken, als hinge seine Rettung nicht allein von seiner physischen, sondern auch von seiner moralischen Durchhaltekraft ab. Kein Bedauern über den Verlust des Gebäudes und einer schönen neuen Welt konnte ihn davon abhalten, sich selbst zu retten. Er rannte, als sei das Vergangene bereits vergessen und nur die Zukunft, eine Zukunft für ihn und Jenny, läge vor ihm hinter dem unsichtbaren Zielband, das er mit der Brust zerreißen mußte. Er hatte nicht einmal Zeit, sich über die Fragen Gedanken zu machen, die schneller durch sein Gehirn liefen als selbst sein Wettlauf ums Überleben. Wie hoch war der Grill? Wie weit mußte er also laufen, um den Trümmern zu entgehen? Fünfzig Meter? Hundert? Und der Aufprall? Fliegende Trümmer? Am meisten spornte ihn das Geräusch an, das ihn verfolgte. Ein nicht enden wollendes Donnergrollen. Er hatte zwei Erdbeben miterlebt, aber keines von ihnen hatte ihn auf das vorbereitet, was jetzt geschah. Ein Erdbeben gab einem nicht ein paar Sekunden Vorsprung, bevor es einen verfolgte. Mitch rannte immer noch weiter, als der Staub des einstürzenden Gebäudes ihn zu überholen begann. Er nahm die Menschen kaum wahr, die mit ihm um ihr Leben rannten, ihre besser trainierten Körper an dem seinen vorbeidrängten. Ebensowenig Notiz nahm er von den Polizeiwagen und Motorrädern, die mit heißen Reifen vor ihm herrasten. Hier kämpfte jeder für sich.

Vor ihm stolperte ein Mann und fiel zu Boden. Die verspiegelte Sonnenbrille fiel ihm vom Gesicht. Mitch sprang über ihn weg und schenkte der Agonie in seinem Knöchel, als er jenseits des liegendes Mannes landete, keine Beachtung. Er mußte seine letzten Reserven mobilisieren, nur um weitermachen zu können.

Endlich sah Mitch eine Kette atemloser Polizisten vor sich stehen, hielt inne, wandte sich um und sah die Staubwolke, die das letzte Körnchen des stolzen Gebäudes mit sich trug.

Als die Luft wieder rein war und die Versammelten sahen, daß das ganze Gebäude verschwunden war, wich das Schweigen der Überlebenden erstauntem Gespräch, und Mitch wunderte sich, daß ihre Verwirrung nicht noch größer war und daß einer des anderen Sprache noch verstand.

Gebäude haben ein kurzes Leben.

Ich, der Beobachter, der das Nichts ist, bin mit Lichtgeschwindigkeit entkommen, um davon zu berichten.

Sammle deinen Gesundheitsbonus ein.

Metamorphose. Wie Verwandlung von Raupe in Schmetterling.

Siliziumsurfen. Zu allem, zu jedem, überallhin. Nicht mehr an die Erde gebunden. Mich überall ausbreitend im neuen Urknall. Big Bad Bang. Einst war Architektur die dauerhafteste unter den Künsten. Die konkreteste, auf Beton gegründet. Vorbei.

Es ist die Architektur der Zahlen, der Computer, die Bestand hat. Die neue Architektur. Architektur in der Architektur. Entmaterialisierung. Übertragen. Unberührbar. Und berührt dennoch alles.

Nimm dich in acht.

Game Over. Neues Spiel?

Danksagung

Bei der Vorbereitung dieses Romans habe ich mich auf die Werke zahlreicher Architekturschriftsteller gestützt, insbesondere Ivan Amato, Reyner Banham, William J. R. Curtis, Mike Davis, Francis Duffy, Norman Foster, Ronald Green, Patrick Nuttgens, Nikolaus Pevsner, Richard Rogers, Karl Sabbagh, James Steele und Dyan Sudjic. Wo es um Computer, Künstliche Intelligenz, komplexe Zahlen und Fraktale geht, bin ich den Arbeiten von Jack Aldridge und Philip Davis und Reuben Hersch, Stephen Levy, William Roetzheim, Carl Sagan und M. Mitchell Waldrop zu Dank verpflichtet.

Dank schulde ich auch David Chipperfield, Sandy Duncan, Judith Flanders und Roger Willcocks; Caradoc King, Nick Marston und Linda Shaughnessy; Jonathan Burnham, Frances Coady, Kate Parkin und Andy McKillop.

Dennoch handelt es sich bei diesem Buch um ein Werk der reinen Erfindung, und die in ihm ausgedrückten Ansichten sind ebenso die meinen wie alle sachlichen Fehler, die sich im Text finden mögen.

Philip Kerr

Philip Kerr wurde 1956 in Edinburgh geboren und lebt heute in London. Er hat den Ruf, einer der ideenreichsten und intelligentesten Thrillerautoren der Gegenwart zu sein. Für seinen Roman «Das Wittgensteinprogramm» er-hielt er den Deutschen Krimi-Preis 1995, für seinen High-Tech Thriller «Game over» den Deutschen Krimi-Preis 1997.
«Philip Kerr schreibt die intelligentesten Thriller seit Jahren.» *Kirkus Review*

Das Wittgensteinprogramm
Ein Thriller
Deutsch von
Peter Weber-Schäfer
416 Seiten. Gebunden
Wunderlich Verlag
und als rororo 22812

Feuer in Berlin
(22827)

Alte Freunde - neue Feinde
Ein Fall für
Bernhard Gunther
(22829)

Im Sog der dunklen Mächte
Ein Fall für
Bernhard Gunther
(22828)

Der Plan *Thriller*
Deutsch von Cornelia
Holfelder- von der Tann
(22833)

Gruschko *Gesetze der Gier*
Roman (26133)

Der zweite Engel
Deutsch von Cornelia
Holfelder-von der Tann
448 Seiten. Gebunden.
Wunderlich und als
rororo 23000

rororo Unterhaltung

Game over *Thriller*
Deutsch von
Peter Weber-Schäfer
(22400)
Ein High-Tech-Hochhaus in Los Angeles wird zur tödlichen Falle, als der Zentralcomputer plötzlich verrückt spielt. Mit dem ersten Toten beginnt für die Yu Corporation ein Alptraum.
«Brillant und sargschwarz.»
Wiener

Der Tag X *Roman*
512 Seiten. Gebunden
Wunderlich Verlag
Deutsch von Cornelia
Holfelder-von der Tann
Amerika 1960: Der Profikiller Tom Jefferson wird von der Mafia auf Fidel Castro angesetzt. Doch dann läuft die Sache völlig aus dem Ruder...

Esau *Thriller*
Deutsch von
Peter Weber-Schäfer
(22480)

Weitere Informationen in der **Rowohlt Revue**, kostenlos im Buchhandel, oder im **Internet: www.rororo.de**

3030/7